# 제인에어

## Jane Eyre

샬럿 브론테 지음 | 나선숙 옮김

더스토리

# JANE EYRE ❧ BY CHARLOTTE BRONTË

WITH SIX COLOURED
ILLUSTRATIONS BY
EDMUND DULAC

PUBLISHED IN LONDON BY J. M. DENT
& COMPANY, IN NEW YORK BY E. P.
DUTTON & CO. ❧ ❧ ❧ ❧ MCMV

차례

EDMUND
DULAC

# 제1장

산책하는 게 가능하지 않은 날이었다. 아침에는 잎이 다 떨어진 관목 숲을 한 시간쯤 걸었지만, 저녁 식사 후에는(손님이 없는 날이면 리드 부인은 일찌감치 식사했다) 매서운 겨울바람이 아주 칙칙한 구름과 세찬 비를 몰고 왔기 때문에 더 이상의 야외 운동이 가당치 않았다.

내게는 다행스러운 일이었다. 오랫동안 산책하는 것을 원래 좋아하지 않았고, 특히 쌀쌀한 오후에 산책하는 것은 더 싫었다. 으스스한 황혼 녘에 손가락과 발가락이 얼어붙은 채, 유모 베시의 잔소리를 듣고 있자면 마음이 한없이 우울해졌다. 게다가 일라이저와 존과 조지아나 리드에 비해 내 몸이 얼마나 형편없는지를 의식하며 집으로 돌아오는 길에는 항상 초라한 기분에 빠지곤 했다.

일라이저와 존과 조지아나는 지금 응접실에서 자기 엄마를 둘러싸고 모여 있다. 사랑스러운(한동안은 싸우거나 울지 않는) 아이들에게 에워싸여 난롯가 소파에 기대 누운 리드 부인은 더할 나위 없이 행복해 보였다. 나는 그 무리에 낄 수 없다. 리드 부인은 이렇게 말했었다.

"유감이지만 나는 너를 멀리해야 할 것 같다. 좀 더 싹싹하고 순한 성질과 쾌활한 태도를 지니도록 노력해라. 네가 좀 더 발랄하고 솔직하고, 그러니까 좀 더 자연스러운 태도를 익히기 위해 진지하게 애쓰고 있다는 말을 베시에게 전해 듣거나 내가 직접 보기 전까지는 진정으로 만족스럽고 행복한 아이들만이 누리는 특권을 너에게 줄 수 없구나."

"베시가 뭐라고 했는데요?"

내가 물었다.

"제인, 나는 트집 잡거나 캐묻는 아이를 좋아하지 않아. 더구나 아이가 그런 식으로 어른 말을 가로채면 안 되는 거다. 아무 데나 가서 조용히 앉아 있어. 기분 좋게 말할 수 있을 때까지 말이야."

나는 응접실에 연결되어 있는 작은 거실로 들어갔다. 거기에는 책장이 있었다. 나는 곧 그림이 많은 책 한 권을 골랐다. 그러고는 창 밑에 있는 의자로 가서 터키인처럼 발을 모아 책상다리를 하고 앉았다. 빨간 모직 커튼을 바짝 잡아당기자 완벽한 이중 은신처가 만들어졌다.

오른쪽으로는 주홍색 커튼 주름이 시야를 가려 주었고, 왼쪽으로는 깨끗한 창유리들이 나를 보호했다. 하지만 내게서 쓸쓸한 11월의 날씨를 차단한 것은 아니다. 나는 책장을 넘기며 가끔씩 그 겨울 오후의 풍경을 내다보았다. 멀리 안개와 구름이 뿌연 공백을 이루고 있었다. 가까이는 젖은 잔디와 폭우에 시달리는 관목 사이의 공간으로 끝없이 내리는 빗줄기가 길고 을씨년스러운 돌풍에 세차게 휩쓸리고 있었다.

나는 책으로 시선을 돌렸다. 비윅의 《영국 조류사》였다. 본문의 설명에는 별로 관심이 가지 않았지만 서론만은 어린 나로서도 무심하게 넘겨 버릴 수 없었다. 거기에는 바닷새의 서식지들이 적혀 있었다. 그들만이 거주하는 외로운 바위와 벼랑들, 남쪽 끝머리의 린드니스, 또는 네이즈에서부터 노스 케이프에 이르기까지 작은 섬들이 산재해 있는 노르웨이 해안…….

거대하게 소용돌이치는 북해가,
세상 북쪽의 벌거숭이 슬픈 섬들에
파도치고, 대서양의 큰 물결이
폭풍우 치는 헤브리디스 제도에 쏟아진다.

라플란드, 시베리아, 스피츠베르겐, 노바 젬블라, 아이슬란드, 그린란드의 황량한 해안들이 나오는 부분도 그냥 지나칠 수 없었다.

"그곳에는 북극권의 광활한 벌판과 삭막하게 버려진 지역들이 펼쳐져 있다. 수백 년의 겨울이 알프스 산처럼 높이 더 높이 쌓아 올려 눈과 얼음의 저장지로 만들어 버린 단단한 얼음 벌판들이 극지를 에워싸며 혹한의 몇 배나 되는 혹독함을 집중시킨다."

나는 나 나름대로 이 죽음의 백색 영토들을 상상했다. 어린아이의 머리에서 어렴풋이 떠도는 알 듯 모를 듯한 개념처럼, 그것은 흐릿하면서도 묘하게 인상적이었다. 이 서론 페이지의 단어들은 이어지는 삽화와 연결되어, 파도와 물보라 치는 바다에 홀로 서 있는 바위와 쓸쓸한 바닷가에 좌초된 부서진 보트와 막 침몰하고 있는 난파선을 구름 사이로 바라보고 있는 차갑고 섬뜩한 달에 의미를 부여했다.

황혼 무렵임을 알려 주는 갓 떠오른 초승달, 무너진 담장에 둘러싸인 낮은 지평선, 비문이 새겨진 묘석과 문과 두 그루의 나무가 있는 그 적막하고 고독한 묘지 그림을 보고 내가 어떤 감상에 빠졌는지는 모르겠다.

바람 없는 바다에 오도 가도 못하고 멈춰 선 두 척의 배를, 나는 바다의 유령들이라고 믿었다.

뒤에서 도둑의 짐 보따리를 내리누르는 악마 그림은 얼른 넘겨버렸다. 엄청나게 무서웠다.

멀리 떨어진 바위에 올라앉아 교수대 주변의 냉담한 군중을 살피고 있는 뿔 달린 검은 괴물도 마찬가지였다.

각각의 그림은 하나의 이야기를 들려주고 있었다. 아직은 이해력이 미숙하고 감정이 불완전한 나로서는 이해되지 않을 때도 많았지만, 그래도 굉장히 흥미로웠다. 가끔 기분이 좋은 겨울밤이면 베시는 육아실 난롯가에 다리미판을 가져와 우리를 옆에 앉히고, 리드 부인의 레이스와 잠잘 때 쓰는 모자 테두리에 주름을 잡으면서 옛날이야기와 그보다 오래된 민담, 아니면 (나중에 알게 된 것이지만) 《파멜라》, 《모어랜드 백작 헨리》에서 따온 모험과 사랑 이야기를 들려주었는데, 그때 우리를 사로잡았던 그 이야기들만큼이나 흥미로웠다.

비윅의 책을 무릎에 올려놓고 나는 행복했다. 그랬다. 적어도 나름대로는 행복했다. 누가 나를 방해할까 봐 두려울 뿐이었고, 훼방

끈은 너무나 빨리 찾아왔다. 작은 거실 문이 열렸다.

"우왁! 이 궁상아!"

존 리드가 소리쳤다. 그러고는 잠잠해졌다. 방에 아무도 없다는 것을 알아차린 모양이었다.

"이 계집애가 어디 갔지?"

그의 목소리가 이어졌다.

"일라이저! 조지아나! 제인이 여기 없어. 비 오는데 뛰쳐나갔다고 엄마한테 말해, 고약한 년!"

'커튼 치길 잘했어.'

나는 이렇게 생각하며 나의 은신처가 들키지 않기를 간절히 바랐다. 존 리드는 나를 찾아내지 못할 것이다. 머리도 눈치도 둔한 편이니까. 하지만 일라이저가 안으로 고개를 들이밀고 대뜸 말했다.

"틀림없이 창가 의자에 있을 거야."

나는 얼른 밖으로 나갔다. 존에게 끌려 나갈 생각을 하니 소름이 끼쳤기 때문이다.

"무슨 일이에요?"

머뭇머뭇 자신 없는 목소리로 내가 물었다.

"'무슨 일이세요, 리드 도련님?'이라고 해야지. 이리 와."

그가 안락의자에 앉더니 자기 앞으로 와서 서라고 나에게 손짓했다.

존 리드는 열네 살 학생이었다. 내가 겨우 열 살이니까 나보다 네 살이 많다. 나이에 비해 키가 크고 뚱뚱하고, 피부색은 환자처럼 거무죽죽하고, 넓적한 얼굴에 이목구비는 큼직하고, 팔다리는 굵고 손발은 커다랬다. 걸핏하면 성질을 냈고, 식탁에서 아귀처럼 먹어대는 습관이 있었다. 눈은 흐릿하고 침침했으며 뺨은 축 늘어져 있었다. 원래는 학교에 있어야 할 시기였지만, 그의 엄마가 '건강이 약해졌다는 이유로' 그를 집에 데려온 지 한두 달쯤 되었다. 교장인 마일스 씨는 그가 집에서 보내온 케이크와 사탕 과자를 덜 먹으면 훨씬 건강해질 거라고 단언했지만, 리드 부인은 그 의견이 귀에 거슬렸던지 존의 누르스름한 혈색이 지나친 공부와 집에 대한 향수 때문일 거라며 좀 더 고상한 이유를 갖다 붙였다.

존은 어머니와 누이들에게도 별 애정이 없었고, 나에게는 반감을 갖고 있었다. 이제 일주일에 두세 번도 아니고, 하루에 한두 번도 아니고, 순간순간 나를 괴롭히고 못살게 굴었다. 내 몸의 모든 신경이 그를 두려워했고, 그가 가까이 올 때면 뼈에 붙은 작은 살점들까지 오그라들었다. 그 때문에 공포에 질리는 느낌에 빠질 때가 한두 번이 아니었다. 아무리 위협받고 해코지를 당해도 나는 호소할 곳이 없었기 때문이다. 내 편을 들었다간 어린 주인의 심기를 거스를 게 뻔했기 때문에 하인들은 모른 척했고, 리드 부인은 그 문제에 관해 눈과 귀를 막아 버렸으니까. 가끔 자기 앞에서 그가 날 때리거나 괴롭혀도 그녀에게는 보이지도 들리지도 않는 모양이었다. 하지만 그런 일은 그녀의 등 뒤에서 더 자주 일어났다.

나는 평소에 하던 대로 존의 말을 따라 그의 의자로 다가갔다. 그는 혀뿌리가 상하지 않을 정도로 최대한 혀를 내밀며 3분을 보냈다. 때릴 준비를 하고 있는 것이다. 그의 주먹질을 두려워하며, 조만간 공격을 개시해 올 그 흉측하고 역겨운 외모를 생각했다. 내 생각이 얼굴에 나타났던 걸까. 별안간 아무 말도 없이 그가 나를 힘껏 때렸다. 나는 비틀비틀 그의 의자로부터 한두 발짝 뒷걸음질 친 뒤에 균형을 잡았다.

"이건 조금 전에 엄마한테 건방지게 말대꾸한 벌이야. 음흉하게 커튼 뒤에 숨어 있었던 벌, 2분 전 그 눈초리에 대한 벌이야. 쥐새끼 같은 년!"

존 리드의 욕설에 익숙했던 나는 대꾸할 생각이 전혀 없었다. 그 모욕 뒤에 따라올 주먹질을 어떻게 견디느냐가 걱정이었다.

"커튼 뒤에서 뭐 했어?"

그가 물었다.

"책 읽고 있었어."

"책 이리 내."

나는 창가로 가서 책을 가져왔다.

"우리 책에 함부로 손대지 마. 넌 얹혀사는 신세야. 엄마가 그랬어. 돈도 없잖아. 네 아버지가 남겨 준 건 하나도 없어. 넌 구걸을 해야 돼. 우리 같은 신사 계급의 아이들과 같이 살면 안 되고, 우리랑 똑같은 음식을 먹어도 안 되고, 우리 엄마 돈으로 옷을 입어서도 안 돼. 이제 내 책장 뒤지는 버릇을 고쳐 줘야겠어. 왜냐하면 그건 다 내 것이니까. 이 집은 다 내 것이야. 몇 년 뒤면 그렇게 될 거야. 가서 거울이나 창에 닿지 않게 문 옆에 서."

처음에는 그가 무얼 하려는지 몰랐기 때문에 시키는 대로 했지만, 책을 들고 일어나 던질 자세를 취하는 그를 보고 나는 비명을 지르며 본능적으로 몸을 피했다. 하지만 그리 빠르지는 못했다. 책이 날아와 나를 때렸다. 나는 쓰러졌고 문에 부딪혀 머리가 찢어졌다. 상처에서 피가 나면서 끔찍하게 아팠다. 공포심이 절정을 넘어서자 다른 감정들이 밀려들었다.

"잔인한 악질!"

내가 계속해서 말했다.

"살인자 같은 놈, 노예 감독 같은 놈, 로마 황제 같은 놈!"

골드스미스의 《로마사》를 읽으면서 나는 이미 네로나 칼리굴라 황제가 어떤 인물인지 나름대로 판단을 내렸었다. 그리고 이렇게 크게 말하는 건 엄두도 못 내고 속으로만 존과 그들을 비교했었다.

"뭐! 뭐라고!" 하고 그가 소리쳤다.

"나한테 그런 말을 해? 너희도 들었지, 일라이저, 조지아나? 내가 엄마한테 이르지 않을 줄 알아? 하지만 그보다 먼저……."

그가 나한테 돌진해 왔다. 그가 내 머리채와 어깨를 움켜쥐는 게 느껴졌다. 나도 필사적으로 대응했다. 나는 정말 그에게서 폭군을 보았다. 살인자를 보았다. 내 머리에서 목으로 한두 방울의 피가 흘렀고 얼얼한 통증이 느껴졌다. 이런 감각들이 두려움을 압도하자 나는 미친 듯이 그의 공격을 막아 냈다. 내 손으로 무슨 짓을 했는지는 잘 모르겠지만, 그가 "이년이! 이년이!" 하면서 큰 소리로 고함을 쳤다. 그의 지원군은 가까이에 있었다. 일라이저와 조지아나가 리드 부인을 부르러 위층으로 달려갔다. 금세 리드 부인이 현장에 도착했고 베시와 하녀 애보트가 뒤를 따랐다. 그들이 우리를 갈라놓았다. 그들의 말소리가 들렸다.

"세상에! 세상에! 존 도련님에게 덤벼들다니 이 무슨 포악한 짓이야!"

"보다보다 이런 광란은 처음 봐!"

뒤이어 리드 부인이 덧붙였다

"붉은 방으로 데려가서, 거기 가둬."

곧바로 네 개의 손이 나를 덮치더니 위층으로 끌고 갔다.

## 제2장

끌려가는 내내 저항한 건 그때가 처음이었다. 전부터 나를 별로 좋게 보지 않았던 베시와 애보트는 이 일로 자기들의 생각이 옳았음을 더욱 확신하게 되었을 것이다. 사실 나는 제정신이 아니었다. 아니면 프랑스인들의 표현대로 정신이 나가 있었거나 한순간의 항명으로 낯선 형벌을 받게 됐다는 것을 알게 되자, 여느 반항적인 노예처럼 필사적인 심정이 되었다. 갈 데까지 가 보자 싶었다.

"애보트, 이 아이 팔을 잡아요. 미친 고양이 같아요."

"망측해라, 이게 무슨 꼴이야!"

리드 부인의 하녀가 소리쳤다.

"에어 양, 은인의 아드님이신 도련님에게 손찌검을 하다니, 이 무슨 놀라 자빠질 짓이죠! 어린 주인님한테 감히."

"주인님이라니! 그 애가 어떻게 내 주인이야? 내가 하인이란 말이야?"

"아뇨, 하인보다 못하죠. 아무 하는 일 없이 먹고살잖아요. 자, 앉아서 잘못을 잘 생각해 봐요."

이미 그들은 리드 부인이 지시한 방으로 나를 데려와 의자에 눌러 앉히고 있었다. 내가 용수철처럼 발딱 일어나자 두 사람의 손이 얼른 나를 붙잡았다. 베시가 말했다.

"가만히 앉아 있지 않으면 묶을 거예요. 애보트, 양말대님을 빌려 줘. 내 것은 금방 끊어지고 말 거야."

애보트가 튼튼한 다리에서 필요한 끈을 풀어내려고 돌아섰다. 나를 묶으려는 준비와 거기에 더해질 굴욕을 생각하니 흥분이 조금 가라앉았다.

"그거 풀지 마요. 안 움직일게."

나는 얼른 두 손으로 내 몸을 의자에 꽉 붙이며 소리쳤다.

"말을 잘 들어야죠."

내가 정말 진정돼 가고 있다는 것을 확인하자 베시는 이렇게 말하며 나에게서 손을 풀었다. 그 뒤에 베시와 애보트는 팔짱을 끼고 서서 내가 정말 제정신인지 확인하려는 듯 험악하고 의심스러운 표정으로 내 얼굴을 쳐다보았다.

"전에는 한 번도 이런 적이 없었는데."

마침내 베시가 하녀 쪽으로 돌아서며 말했다.

"하지만 저런 성질은 항상 숨어 있었어요. 이 아이에 대해서는 전에도 여러 번 마님께 말씀드렸고 마님도 수긍하셨어요. 조그만 게 아주 앙큼해요. 저 나이에 이렇게 숨기는 게 많다니."

하녀의 대답이었다.

베시는 대답하지 않았지만 얼마 뒤에 나에게 말했다.

"리드 부인에게 신세 지고 있다는 걸 잊으면 안 돼요, 아가씨. 마님이 키워 주시잖아요. 그분이 싫다고 하면 구빈원에 갈 수밖에 없는 거예요."

할 말이 없었다. 처음 듣는 말도 아니었다. 기억이 닿는 어릴 적부터 이와 비슷한 소리를 들어 왔다. 내가 더부살이 신세라는 사실을 잊지 말라는 이 말은 확실하게 이해되지 않으면서도 아주 아프고 쓰라리게 내 귀를 때렸다. 애보트가 끼어들었다.

"마님이 친절하게 같이 키워 주신다고 해서 리드 도련님과 아가씨들과 똑같은 입장이라고 생각하면 안 되죠. 그분들은 많은 돈을 갖게 될 테지만 에어 양은 아무것도 없잖아요. 공손하게 그분들 마음에 들도록 노력해야 하는 처지예요."

베시가 음성을 가다듬고 덧붙였다.

"다 아가씨를 위해서 하는 말이에요. 쓸모 있고 상냥한 사람이 되려고 애써야 해요. 그러면 여기가 집이 될 수도 있겠죠. 성질부리고 못되게 굴면 마님이 쫓아내실 거예요, 틀림없이."

애보트가 말을 이었다.

"어디 그뿐인가요. 하느님이 벌을 내리실걸요. 발악하는 중간에 하느님이 벼락이라도 내리면 그 후에 어디로 가겠어요? 베시, 저 아이를 놔두고 이만 가죠. 저런 아이는 뭘 준대도 싫어요. 혼자 있을 때 기도를 드려요, 에어 양. 잘못을 뉘우치지 않으면 굴뚝에서 무서운 게 내려와 잡아갈지도 몰라요."

그들은 문을 꽉 닫아 잠그고는 떠났다.

붉은 방은 침실로 쓰이는 경우가 거의 없는 예비용 방이었다. 게이츠헤드 저택에 뜻밖의 손님들이 들이닥쳐서 모든 방을 다 써야 할 때가 아니면 절대 사용되지 않는 방이었다. 하지만 저택에서 제일 크고 으리으리한 방 중의 하나이긴 했다. 거대한 마호가니 기둥이 솟아 있고, 짙은 붉은색 다마스크 천 커튼이 드리워진 침대가 방 한복판에 하느님의 장막처럼 놓여 있었다. 항상 블라인드를 내려 두는 커다란 창문 두 개도, 비슷한 커튼 주름과 꽃줄 장식으로 반쯤 가려져 있었다. 양탄자는 붉은색이었다. 침대 발치에 있는 탁자는 진홍색 천으로 덮여 있었다. 벽은 분홍빛이 도는 연한 황갈색이었다. 옷장, 경대, 의자 들은 어두운 광택이 나는 오래된 마호가니로 되어 있었다. 주위의 이런 진한 색조 가운데 눈처럼 하얀 마르세유 무명 침대보로 덮인, 차곡차곡 쌓여 있는 매트리스와 베개들이 하얗게 번쩍거렸다. 침대 머리맡에 순백색으로 쿠션을 댄 넓은 안락의자도 두드러지게 눈에 띄었다. 앞쪽에 발받침까지 갖춘 그 안락의자가 내게는 창백한 권좌 같아 보였다.

불을 피우지 않아 싸늘했고, 육아실과 부엌에서 떨어져 있어 조용했다. 또 드나드는 사람이 없어 엄숙했다. 토요일마다 하녀가 들어와 일주일 동안 내려앉은 먼지를 거울과 가구에서 닦아 냈다. 리드 부인은 옷장 안에 있는 비밀 서랍의 내용물을 점검하기 위해서만 아주 가끔 발을 들였는데, 그 비밀 서랍에는 갖가지 양피지 서류와 그녀의 보석 상자, 죽은 남편의 초상화가 보관되어 있었다. 죽은 남편, 이 마지막 단어에 침실의 비밀이, 이렇게 커다란 방이 너무나 쓸쓸하게 유지되는 마력이 담겨 있다.

리드 씨는 9년 전에 세상을 떠났다. 이 방에서 마지막 숨을 들이쉬었고 이곳에 안치되었다. 장의사 사람들이 그의 관을 여기서 내갔다. 그날 이후로 황량하고 신성한 공간이 된 이 방은 사람들의 발길로부터 멀어졌다.

베시와 매정한 애보트가 나를 꼼짝 못하게 앉혀 둔 자리는 대리석 벽난로 근처의 나지막하고 긴 의자였다. 앞에는 침대가 솟아 있었고, 오른쪽에는 흐릿하고 얼룩덜룩한 영상이 광택을 변화시키는 진한 색의 높다란 옷장이 있었다. 왼쪽에는 커튼을 내려뜨린 창문들이 있었다. 그 사이에는 커다란 거울이 침대와 그 방의 공허한 웅장함을 흉내 내며 서 있었다. 그들이 정말로 문을 잠갔을까. 나는 용기를 내서 자리에서 일어나 확인해 보았다. 아아! 그래, 그보다 더 튼튼한 감옥은 없었다. 돌아오는 길에 나는 거울 앞을 지나야 했다. 내 눈이 홀린 듯 무의식적으로 그것이 드러내는 깊이를 탐험했다. 그 환영 같은 공간에서는 모든 것이 현실에서보다 더 차갑고 어두워 보였다. 거기서 이상하게 나를 노려보는 작은 형체, 하얀 얼굴과 팔이 어둠에 흠집을 내고, 아무것도 움직이지 않는 곳에서 두려움 어린 눈만이 번득이는 그것은, 그야말로 유령 같았다. 베시가 밤에 들려주던 이야기에 등장하는 반은 요정이고 반은 마귀인, 그런 작은 도깨비 중의 하나인 듯했다. 양치류로 가득 찬 외로운 황야의 골짜기에서 밤길 가는 나그네의 눈앞에 나타난다고 했던가. 나는 내 자리로 되돌아왔다.

그 순간 나는 미신에 사로잡혀 있었다. 하지만 아직 완전히 빠져든 것은 아니었다. 내 피는 여전히 뜨거웠다. 반란을 일으킨 노예의 기분이 계속 강하게 나를 지탱해 주고 있었다. 참담한 현실 때문에 기가 죽기 전에 빠르게 분출하는 과거의 기억들을 저지해야 했다.

존 리드의 포악한 횡포, 그 여동생들의 거만한 무관심, 그 어머니의 반감, 전체 하인들의 편애가 탁한 우물 속의 검은 침전물처럼 나의 어지러운 마음에 뒤엉켰다. 어째서 나는 항상 고통받고, 위협당하고, 혼이 나고, 언제나 벌을 받는 것일까? 어째서 나는 다른 이들의 마음에 들 수 없는 것일까? 그들의 눈에 들어 보려고 노력해도 왜 아무런 소용이 없는 걸까? 고집 세고 이기적인 일라이저는 존중을 받았다. 버릇없고 표독스럽고 남의 흠잡기 좋아하고 건방지게 구는 조지아나는 모두에게 귀여움을 받았다. 그녀의 아름다움, 발그레한 볼과 곱슬곱슬한 금발은 모든 이에게 기쁨을 주는 듯했고, 그녀의 잘못을 모두 보상해 주는 듯했다. 비둘기의 목을 비틀고, 공작의 새끼들을 죽이고, 양 떼 사이에 개들을 풀어 놓고, 온실에서 포도송이를 따고, 온실에서 제일 귀한 꽃봉오리를 꺾어도 존은 처벌은커녕 아무런 제지도 받지 않았다. 그는 자기 어머니를 '할망구'라고 불렀다. 때로는 자기 주제도 모르고 피부가 검다며 어머니를 비웃었다. 노골적으로 그녀의 소망을 무시하고 그녀의 비단 옷을 찢거나 망가뜨리는 일도 다반사였다. 그래도 그는 '그녀의 유일한 귀염둥이'였다. 나는 잘못을 저지를 엄두도 못 냈다. 의무를 다하려고 아무리 애써도 나는 아침부터 낮까지, 낮부터 저녁까지 버릇없고 성가시고 부루퉁하고 음흉하다고 욕을 먹었다.

아까 얻어맞고 넘어지면서 생긴 상처에서 피가 흐르고 머리가 계속 지끈거렸다. 이유 없이 나를 때린 존은 아무도 나무라지 않았고, 더 이상 부당하게 맞지 않으려고 대항한 나에게만 비난이 쏟아졌다.

"불공평해! 불공평해!"

괴로운 자극으로 인해 잠시 힘을 얻은 나의 이성이 말했다. 흥분 상태가 된 결단력 역시 참을 수 없는 억압으로부터 벗어날 수 있는 묘한 편법을 부추겼다. 이 집에서 도망치거나 그게 안 되면 음식이나 물 한 방울 입에 대지 말고 죽어 버리라고.

그 쓸쓸한 오후에 나의 영혼이 얼마나 놀랐던가! 나의 머리가 어떠한 격랑에 휩싸이고, 나의 가슴이 어떠한 폭동을 일으켰던가! 하지만 그 정신적 투쟁은 너무도 어둡고 캄캄한 무지 속에서 행해졌다. 나는 끝없이 이어지는 내면의 질문에 대답할 수 없었다. 나는 왜 이렇게 고통받아야 하는가. 몇 년의 세월이 지났는지는 말하지 않겠지만 한참이 지난 지금은 그 이유를 확실히 알고 있다.

나는 게이츠헤드 저택에서 하나의 외딴섬이었다. 그곳의 누구와도 같지 않았다. 리드 부인이나 그 자식들이나 그녀가 선택한 하인들 누구와도 들어맞는 점이 없었다. 그들이 나를 사랑하지 않았으므로 나 역시 그들을 전혀 사랑하지 않았다. 그들은 자기들과 맞지 않는 사람을 사랑으로 대할 의무가 없었다. 나는 성질이나 능력이나 기호 면에서 그들과 반대되는 이질적인 존재였다. 그들의 이익에 도움이 되지도 않고, 즐거움을 더해 주지도 못하는 쓸모없는 존재였다. 그들의 심판을 경멸하고, 그들의 취급에 분개하는 병균을 품고 있는 해로운 존재였다. 내가 명랑하고 밝고 경솔하고 깐깐하고 예쁘고 까불거리는 아이였다면, 내가 아무리 의지할 데 없는 고아에 얹혀사는 신세라 해도 리드 부인은 좀 더 자기만족을 느끼며 나를 참아 주었을 것이다. 그녀의 아이들도 조금쯤 동정을 베풀며 친절하게 대해 주었을 것이다. 하인들도 나를 육아실의 희생양으로 삼으려고만 하지는 않았을 것이다.

붉은 방에서 빛이 사라지기 시작했다. 4시가 지나 흐려진 오후는 적막한 황혼으로 저물어 갔다. 여전히 줄기차게 계단 창을 때리는 빗소리와 저택 뒤쪽의 작은 숲에서 아우성치는 바람 소리가 들렸다. 내 몸은 차츰 돌처럼 차가워졌고, 나의 용기도 사라졌다. 나에게 늘 따라붙는 수치심, 자기 회의, 절망적인 우울함이 꺼져 가는 분노의 재에 찬물을 끼얹었다. 다들 나더러 못된 아이라고 했고, 어쩌면 그 말이 맞을지 모른다. 굶어 죽으려고 하다니, 내가 무슨 생각을 한 것인가? 그런 생각은 분명 죄악이었다. 게다가 내가 죽을 수나 있을까? 아니면 게이츠헤드 교회 성단소 아래의 지하 묘지가 매혹적인 곳이라도 된다는 건가? 그런 묘지에 리드 외삼촌이 묻혀 있다는 말을 들은 적이 있다. 생각이 외삼촌에게로까지 이어지자 나는 점점 두려운 생각에 빠져들었다. 기억은 잘 안 나지만 그분이 나의 외삼촌, 즉 엄마의 오빠이고, 어렸을 때 고아가 된 나를 자기 집으로 데려왔고, 숨을 거두는 마지막 순간까지도 리드 부인에게 나를 자식처럼 키우고 건사하겠다는 약속을 받아 냈다는 건 알고 있다. 리드 부인은 아마 자신이 약속을 지켰다고 생각할 것이다. 그녀의 천성이 허용하는 한에서는 약속을 지켰다고 할 수도 있다. 하지만 자기 집안사람도 아니고, 남편이 죽은 뒤에 어떤 끈으로도 연결되지 않은 침입자를 그녀가 어떻게 진심으로 좋아할 수 있겠는가. 사랑할 수 없는 이상한 아이에게 부모 노릇을 해 주기로 한 서약에 묶여 버린 자신의 처지와 영 마음에 안 드는 이방인이 자기 집에 버티고 있는 모습을 보는 것이 지긋지긋할 게 틀림없었다.

괴상한 생각이 밀려들었다. 리드 외삼촌이 살아 계셨다면 나에게 친절하게 대해 줬을 거라는 점은 전혀 의심하지 않았다. 하얀 침대와 빛을 잃은 벽들을 바라보며, 또 가끔씩 희미하게 빛나는 거울 쪽으로 홀린 듯이 시선을 돌리며 앉아 있자니 죽은 사람들에 대해 들었던 이야기가 떠오르기 시작했다. 마지막 소망이 이루어지지 않으면 무덤에서도 잠을 이루지 못하고 다시 땅으로 나와 거짓 맹세한 자를 벌하고 학대받는 이들의 원수를 갚아 준다던데. 누이의 자식이 당하는 고통에 원통함을 느낀 리드 외삼촌의 영혼이 교회 지하 묘지에서든 망자가 사는 미지의 세계에서든 그 주거지를 떠나 이 방, 내 앞에 나타날 것만 같았다. 내가 드러내는 격한 슬픔의 표시가 나를 위로하려는 초자연적인 목소리를 깨우거나 묘한 연민으로 나를 굽어보는 후광 어린 얼굴을 어둠 속으로 불러낼까 봐 겁이 나서 나는 눈물을 닦고 울음을 참았다. 이론적으로는 위로가 되겠지만 현실로 나타난다면 정말 끔찍할 것 같았다. 있는 힘을 다해서 그런 생각을 억누르려고 애썼다. 굳건해지려고 노력했다. 눈에서 머리카락을 털어 내며 고개를 들어 어두운 방을 담대하게 둘러보았다. 그 순간, 벽에 한 줄기 빛이 번득였다. 블라인드 틈으로 스며드는 달빛일까? 아니, 달빛은 움직이지 않는다. 하지만 그건 움직였다. 내가 보고 있는 동안에도 그 빛은 천장으로 올라와 내 머리 위에서 흔들렸다. 지금이라면 그 빛이, 필시 잔디를 건너가는 사람의 손에 들린 초롱 불빛일 거라는 걸 얼마든지 짐작할 수 있겠지만 그때 내 마음은 공포를 느낄 준비가 되어 있었고, 나의 신경들은 예민하게 떨리고 있었다. 나는 빠르게 날아가는 그 빛이 또 다른 세계에서 다가오는 망령의 전조라고 생각했다. 가슴이 심하게 쿵쾅거리고 머리에 열이 올랐다. 날갯짓 같은 소리가 내 귀를 채웠다. 뭔가가 나에게 다가오는 듯했다. 가슴이 답답해지고 숨이 막혔다. 인내심이 무너져 내렸다. 나는 문으로 달려가 있는 힘을 다해 자물쇠를 흔들었다. 바깥 복도에서 발자국들이 달려왔다. 열쇠가 돌아가고, 베시와 애보트가 들어왔다.

"에어 양, 어디 아파요?"

베시가 말했다.

"왜 이리 시끄러워요? 머리가 쪼개질 것 같잖아!"

애보트가 소리쳤다.

"나가게 해 줘! 육아실로 데려가 줘!"

내가 외쳤다.

"왜 그러는데요? 다쳤어요? 뭐라도 봤어요?"

다시 베시가 다그쳤다.

"아! 어떤 빛을 봤어. 유령이 오는 것 같았어."

나는 베시의 손을 잡고 있었고 그녀는 뿌리치지 않았다.

"일부러 비명을 지른 거예요."

애보트가 넌더리가 난다는 듯이 말하고는 덧붙였다.

"세상에, 그 비명 소리라니! 크게 아픈 데라도 있다면 참아 주겠지만 이 아이는 우리를 불러들이려고 했던 거라고요. 그 버릇없는 술수에 대해서는 익히 알고 있지."

"무슨 소란이야?"

또 다른 목소리가 엄하게 다그쳤다. 리드 부인이 모자 주름을 펄럭이며 가운을 요란하게 바스락거리며 다가왔다.

"애보트, 베시, 내가 직접 데리고 나올 때까지 제인 에어를 붉은 방에 가둬 놓으라고 지시했을 텐데."

"제인 양이 너무 크게 소리를 질러서요, 마님."

베시가 변명했다.

"내버려 둬."

그게 다였다. 그러고는 나를 향해 말했다.

"얘야, 베시의 손을 놔라. 이런 잔꾀는 통하지 않아, 절대로. 난 교활한 건 질색이야. 특히나 아이들이 그러는 건. 속임수가 통하지 않는다는 걸 너에게 가르쳐 주는 게 나의 의무야. 한 시간 더 여기 있어. 아주 다소곳하고 조용해지면 그때 꺼내 주마."

"아, 외숙모, 불쌍히 여겨 주세요! 용서해 주세요! 도저히 못 견디겠어요. 다른 벌을 받을게요! 죽을 것 같아요……."

"조용히 해! 이렇게 사납게 구는 건 더더욱 못 봐 주겠다."

그녀는 그렇게 느꼈음에 틀림없다. 그녀의 눈에 비친 나는 조숙한 여배우였다. 그녀는 진심으로 나를 유해한 격정의 혼합물, 상스러운 영혼, 위험한 이중인격자로 바라보았다.

베시와 애보트가 물러가고, 이제 나의 고통스런 광란과 격한 흐느낌에 짜증스러워진 리드 부인은 더 이상 아무 말 않고 나를 불쑥 안으로 밀어 넣고는 문을 잠갔다. 멀어지는 그녀의 발소리가 들렸다. 그녀가 떠난 직후, 나는 발작을 일으켰던 것 같다. 무의식이 나를 덮쳤다.

# 제3장

그 후에 기억나는 것은 무시무시한 악몽을 꾼 듯한 기분에서 깨어나 두꺼운 검은 줄들이 교차된 끔찍스러운 빨간 광채를 보았다는 것뿐이다. 바람 소리나 물소리에 가려진 듯, 휑하니 울리는 사람의 말소리도 들렸다. 흥분, 불안, 무엇보다 엄청난 공포가 나의 정신을 어지럽혔다. 잠시 뒤 누군가가 나를 부축해서 일으켜 앉혔다. 그 어떤 손길보다도 부드러웠다. 베개인지 팔인지 모를 것에 머리를 기대자 마음이 편안해졌다.

5분쯤 지나자 혼란의 구름이 걷혔다. 나는 내 침대에 있었고 빨간 광채는 육아실의 불빛이었다. 밤이었다. 탁자에 촛불이 하나 타고 있었다. 베시가 대야를 들고 침대 끄트머리에 서 있었고 머리맡에는 신사 한 사람이 의자에 앉아 나를 지켜보고 있었다.

그 방에 게이츠헤드 사람도 아니고 리드 부인의 친척도 아닌 이방인이 있다는 걸 알았을 때, 나는 이루 말할 수 없는 안도감을 느꼈다. 보호와 안전에 대한 확신을 느끼며 마음도 진정되었다. 베시에게서 고개를 돌려(애보트 같은 여자가 있는 것보다는 훨씬 나았지만) 그 신사의 얼굴을 찬찬히 살펴보았다. 내가 아는 사람이었다. 하인들이 병이 났을 때 가끔 리드 부인이 불러들이는 약제사 로이드 씨였다. 그녀 자신이나 아이들이 아플 때는 의사를 불렀다.

"내가 누군지 알겠니?"

그가 물었다.

나는 그의 이름을 말하며 동시에 그에게 손을 내밀었다. 그가 내 손을 잡고 미소 지으며 말했다.

"앞으로 친하게 지내자."

그는 나를 눕히면서 베시에게 밤사이에 내가 불안해하지 않도록 아주 조심해야 한다고 일렀다. 몇 가지를 더 지시하고 다음 날 다시 들르겠다며 그는 떠났다. 나는 슬퍼졌다. 그가 내 베개 옆 의자에 앉아 있을 때는 친구에게 보호받는 느낌이었는데, 그가 문을 닫고 나가자 방 전체가 어두워지고 가슴이 철렁 내려앉았다. 표현할 수 없는 슬픔이 마음을 내리눌렀다.

"졸리지 않아요, 아가씨?"

베시가 약간 부드러운 어조로 물었다.

나는 아무 대답도 할 수 없었다. 말이 거칠게 나올까 봐 두려웠기 때문이다.

"자려고 노력해 볼게."

"뭐 좀 마실래요? 아니면 뭐라도 먹을 수 있겠어요?"

"아니, 괜찮아, 베시."

"그럼 난 자러 가야겠어요. 12시가 넘었어요. 하지만 밤에 필요한 게 있으면 불러요."

왜 이렇게 상냥한 거지? 베시의 태도에 나는 용기를 내어 물어보았다.

"베시, 내가 어떻게 된 거야? 병이 났어?"

"붉은 방에서 하도 울어서 탈이 난 모양이에요. 곧 나을 거예요, 틀림없이."

베시가 옆에 붙어 있는 하녀 방으로 들어갔다. 그녀의 말소리가 들렸다.

"세라, 육아실에서 나랑 같이 자자. 오늘 밤 저 가엾은 아이와 단둘이서는 못 있겠어. 죽을지도 모르잖아. 그렇게까지 발작을 일으키다니 아무래도 이상해. 뭔가를 본 게 아닐까 싶어. 마님이 좀 심하셨어."

세라가 그녀와 같이 돌아왔다. 그들은 침대로 가서 30분 정도 속닥거리다가 잠이 들었다. 드문드문 들은 이야기만으로도 나는 대화의 주제를 분명하게 추측할 수 있었다.

"온통 하얀 옷을 입은 뭔가가 그녀를 지나 사라졌어……. 그 뒤에 커다란 검정개가 있었어. 방문 두드리는 소리가 커다랗게 세 번 울리더니, 교회 묘지의 무덤 위에 불빛이 보였어……."

마침내 둘은 잠이 들었다. 난롯불과 촛불이 꺼졌다. 나는 그 긴 밤을 오싹한 기분으로 지새웠다. 눈과 귀와 마음이 모두 두려움으로 오그라들었다. 아이들만이 느낄 수 있는 그런 두려움으로.

이 붉은 방 사건 이후에 나에게 심각하거나 장기적인 육체적 질병이 이어진 것은 아니었다. 그건 나의 신경에 충격을 안겼을 뿐이고, 오늘날까지 나는 그 충격의 여파를 느낀다.

그래요, 리드 부인, 당신은 나에게 끔찍한 정신적인 고통을 안겼어요. 하지만 당신을 용서해야겠죠. 당신은 자신이 무슨 짓을 하고 있는지 몰랐으니까. 나의 심금을 갈가리 찢어 놓으면서도 당신은 나의 못된 성질을 뿌리 뽑는 거라고만 생각했을 거예요.

다음 날 정오쯤에 나는 자리에서 일어나 옷을 입고 숄을 걸치고 육아실 벽난로 옆에 앉았다. 기운이 없고 쇠약해진 느낌이었지만 더 견딜 수 없는 것은 형언할 수 없는 비참함이었다. 눈물이 끊임없이 흘러내렸다. 짭짜름한 눈물 한 방울을 뺨에서 닦아 내면 곧이어 또 한 방울이 주르륵 흘렀다. 하지만 나는 내가 행복한 기분이어야 한다고 생각했다. 리드 집안사람이 아무도 없었기 때문이다. 그들은 모두 마차를 타고 외출했다. 애보트도 다른 방에서 바느질을 하고 있었고, 베시는 여기저기 돌아다니며 장난감을 치우고 서랍을 정리하고 가끔 나에게 전에 없이 다정하게 말을 걸었다. 늘 혼만 나고 아무리 열심히 일해도 고맙다는 말 한마디 듣지 못하는 생활에 익숙한 나에게는 이 상황이 평화로운 천국으로 느껴질 만도 했다. 하지만 너덜너덜해진 나의 신경들은 이제 평온으로도 달랠 수 없고, 기쁨을 느낄 수 없는 상태에 있었다.

베시가 부엌으로 내려가더니 도자기 접시에 파이를 담아 가져왔다. 메꽃과 장미꽃 봉오리의 화환에 둥지를 튼 극락조 그림이 화사하게 그려진 접시였다. 너무나 아름다워 감탄에 감탄을 거듭하며 가까이에서 볼 수 있게 해 달라고 간청했다. 지금까지 한 번도 만져 보지 못한 귀한 식기가 내 무릎에 놓이고, 그 위의 맛있는 빵과 과자를 먹어 보라는 진심 어린 말까지 듣게 되었다. 그러나 그것은 부질없는 호의였다. 늘 소망했으나 오래도록 뜸을 들이며 오지 않던 호의들이 그렇듯 그건 너무 늦게 나를 찾아왔다. 나는 그 파이를 먹을 수 없었고 극락조의 깃털과 꽃들의 빛깔은 이상하게 퇴색한 듯 보였다. 나는 접시와 파이를 밀어냈다. 베시가 책이라도 읽겠느냐고 물었다. 책이라는 말에 순간 기운이 나서 그녀에게 서재에 있는 《걸리버 여행기》를 가져다 달라고 부탁했다. 내가 몇 번이고 즐겁게 읽었던 책이었다. 나는 그걸 실제 이야기라고 생각했고, 동화 내용보다 더 흥미롭게 여겼다. 디기탈리스 잎사귀와 종 모양의 꽃 사이에서, 버섯 밑이나 오래된 담벼락의 후미진 곳을 덮고 있는 덩굴광대수염 아래서 꼬마 요정들을 찾아보았으나 한 번도 찾지 못하고, 결국에는 그들이 모두 영국을 떠나 숲이 더 울창하고 인구가 적은 미개지로 가 버렸다는 슬픈 결론을 내린 터였다. 그에 비해 소인국과 거인국은 지구 표면에 단단히 박혀 있는 일부분일 거라고 믿었고, 어느 날 내가 긴 항해를 떠나면 그 작은 들판과 집과 나무 들, 조그만 사람들, 자그마한 암소와 양과 새 들의 왕국을 직접 볼 수 있으리라고 믿어 의심치 않았다. 숲처럼 솟은 옥수수 밭과 거대한 맹견, 괴물 고양이, 탑처럼 높은 남녀들이 사는 또 다른 왕국도. 그런데 이 소중한 책이 아무리 책장을 넘기고, 그 신기한 그림과 그림에서 내가 지금까지 언제나 찾을 수 있었던 매력을 찾아보아도 섬뜩하고 지루하기만 했다. 거인들은 말라빠진 괴물들이고, 소인들은 심술궂고 무서운 꼬마 도깨비들이고, 걸리버는 가장 무시무시하고 위험한 지역들을 돌아다니는 외로운 방랑자였다. 나는 더 읽을 마음을 접고 책을 덮어 탁자 위 손대지 않은 파이 옆에 내려놓았다.

베시는 이제 방 청소와 먼지 터는 일을 끝내고 손을 씻은 뒤에,

화려한 비단과 공단 자투리가 가득한 작은 서랍을 열더니 조지아나의 인형에 씌울 새 모자를 만들기 시작했다. 그러면서 그녀가 노래를 불렀다.

우리가 방랑하던 시절,
옛날 옛적에.

전에도 자주 들었고, 들을 때마다 생생한 기쁨을 느꼈던 노래였다. 베시의 목소리가 고왔기 때문이다. 적어도 나는 그렇게 생각했다. 하지만 지금, 그녀의 목소리는 여전히 감미로웠지만 그 가락은 형언할 수 없이 슬프게 느껴졌다. 때때로 바느질에 몰두해 있을 때, 그녀는 아주 나지막하고 느리게 후렴 부분을 노래하곤 했다. "옛날 옛적에"가 세상에서 제일 슬픈 장송곡의 한 구절처럼 흘러나왔다. 그녀가 다른 노래를 부르기 시작했고, 이번에는 정말로 구슬픈 노래였다.

발은 아프고 팔다리도 지쳤어,
갈 길은 멀고 산은 험하구나.
가여운 고아가 가는 길 위로
이제 곧 달도 없는 황혼이 떨어지리니.

회색 바위들의 황야가 펼쳐진 곳에,
어이해 나 홀로 이 먼 길을 가야 하는가?

인정은 메마르고, 친절한 천사들만이
가여운 고아의 걸음걸음을 지켜보는구나.

그래도 멀리서 부드럽게 밤바람이 불고 있어,
그곳에는 구름 하나 없이 밝은 별들이 포근하게 빛나지.
자비로운 신이 보호해 주시네,
가여운 고아에게 위로와 희망을 주시네.

내가 부서진 다리를 지나다 넘어져도
거짓 불빛에 속아 늪에 빠져도
나의 아버지는, 약속과 축복으로,
가여운 고아를 가슴에 안아 주시네.

집도 없고 일가친척 없어도,
나를 강하게 잡아 주는 생각이 있어.
천국은 집이요, 안식은 날 저버리지 않으리니,
신은 가여운 고아의 친구라네.

"자, 울지 말아요, 제인 양."

베시가 노래를 끝내고 말했다. 차라리 화염에게 '불타지 말라!'고 하시지. 하지만 나를 삼키는 그 지독한 고통을 그녀가 어찌 알겠는가? 아침나절에 로이드 씨가 다시 찾아왔다.

"저런, 벌써 일어났네!"

육아실로 들어서며 그가 말했다.

“유모, 아이는 좀 어때요?”

베시는 내가 아주 많이 나아졌다고 대답했다.

“그러면 좀 더 밝은 표정이어야지. 이리 와요, 제인 양. 이름이 제인이지?”

“네, 제인 에어예요.”

“음, 울고 있었구나, 제인 에어. 왜 울었는지 나에게 말해 줄 수 있니? 어디가 아프니?”

“아뇨.”

“아! 아마 마님과 같이 마차 타고 나가지 못해서 울었을 거예요.”

베시가 끼어들었다.

“그럴 리가 있나! 그런 일로 토라질 나이는 지난 것 같은데.”

나 역시 그렇게 생각했고 말도 안 되는 소리에 자존심이 상해서 얼른 대답했다.

“그런 일로 울어 본 적은 한 번도 없어요. 난 마차 타고 나가는 거 싫어해요. 비참해서 울었던 거예요.”

“아이고, 아가씨!”

베시가 말했다.

선량한 약제사는 약간 어리둥절한 얼굴이었다. 나는 그의 앞에 서 있었다. 그가 물끄러미 나에게 시선을 고정시켰다. 작은 눈에 회색 눈동자였다. 그리 초롱초롱하지는 않지만 이제 와 생각하면 예리한 눈이었던 것 같다. 우락부락하게 생겼지만 마음씨는 좋아 보였다. 나를 찬찬히 바라보면서 그가 말했다.

"어제 왜 병이 난 거니?"

"넘어졌어요."

베시가 다시 참견하고 나섰다.

"넘어지다니! 저런, 그것도 어린애 같은 행동이군. 저 나이에 걸을 줄도 모르나? 여덟, 아홉 살은 된 것 같은데."

"맞아서 쓰러졌어요."

또다시 상해 버린 자존심 때문에 내 입에서 그 말이 불쑥 튀어나왔다.

"하지만 그래서 병이 났던 건 아니에요."

내가 덧붙였다. 그동안에 로이드 씨는 코담배 냄새를 맡았다.

그가 조끼 주머니에 담뱃갑을 집어넣는데 하인들의 식사 시간을 알리는 종소리가 크게 울려 퍼졌다. 그는 그 소리의 의미를 알고 있었다.

"당신을 부르는 소리로군요, 유모. 내려가세요. 당신이 돌아올 때까지 내가 제인 양에게 훈계를 좀 할게요."

베시는 남아 있고 싶은 모양이었지만 게이츠헤드 저택의 식사 시간이 워낙 엄격해서 내려가는 수밖에 없었다.

"맞아 쓰러져서 병이 난 게 아니면, 그럼 뭣 때문이지?"

베시가 떠나자 로이드 씨가 물었다.

"전 유령이 있는 방에 갇혔어요. 어두워진 후까지."

로이드 씨가 미소를 지으면서 동시에 인상을 찌푸렸다.

"유령이라니! 이런, 역시 넌 어린애였구나! 유령이 무섭니?"

"리드 외삼촌의 유령은 무서워요. 외삼촌은 그 방에서 돌아가셨고 거기에 안치되었어요. 웬만해서는 베시도 다른 누구도 밤에는 거기 안 들어갈걸요. 촛불도 없이 나 혼자 가둬 둔 건 잔인한 짓이었어요. 내 평생 잊지 못할 거예요."

"당치 않은 소리! 그래서 그렇게 슬픈 거니? 이런 환한 대낮에도 무서운 거냐?"

"아뇨. 하지만 얼마 있으면 다시 밤이 되잖아요. 게다가 전 불행해요. 다른 여러 가지 때문에 너무나 불행해요."

"다른 여러 가지? 그중에서 몇 가지 말해 줄 수 있을까?"

내가 이런 질문에 얼마나 구구절절이 대답하고 싶었던가! 하지만 대답하기 어려운 질문이었다. 아이들은 마음으로 느껴도 자기 느낌을 분석할 수는 없다. 설령 머릿속에서 얼마쯤 분석이 이루어지더라도 그 결과를 말로 표현하는 법을 알지 못한다. 하지만 나는 비통함을 토로하여 슬픔을 덜어 낼 수 있는 처음이자 유일한 기회를 놓치고 싶지 않았다. 혼란스러운 침묵에 빠져 있다가 나는 빈약하고도 진실하게 대답을 했다.

"우선, 저에게는 아버지도 어머니도 형제자매도 없어요."

"친절한 외숙모와 사촌들이 있잖니."

다시 나는 머뭇거리다가 서투르게 의견을 밝혔다.

"하지만 존 리드는 나를 때렸고, 외숙모는 위층 붉은 방에 나를 가뒀어요."

로이드 씨가 그의 두 번째 담뱃갑을 꺼내며 물었다.

"게이츠헤드 저택이 매우 아름다운 집이라고 생각지 않니? 이렇게 좋은 곳에서 사는 게 감사하지 않니?"

"여긴 제 집이 아니에요. 게다가 애보트는 내가 하인보다 더 여기 살 권리가 없다고 했는걸요."

"무슨 소리! 바보같이 이렇게 근사한 곳을 떠나고 싶은 건 아니겠지?"

"갈 곳만 있다면 기꺼이 떠나겠어요. 하지만 전 어른이 될 때까지 게이츠헤드에서 벗어날 수 없어요."

"글쎄다, 그거야 모르는 일이지. 리드 부인 말고 다른 친척은 없니?"

"없는 것 같아요."

"아버지 쪽으로 아무도 없어?"

"모르겠어요. 외숙모께 한번 여쭤 봤는데 에어라는 성을 지닌 가난하고 시시한 친척들이 혹시 있을지는 모르지만 그들에 대해서는 전혀 모른다고 했어요."

"그런 친척이 있다면 그들에게 가고 싶니?"

나는 생각해 보았다. 어른들에게 가난은 아주 고약해 보인다. 하지만 아이들에게는 더욱 그렇다. 아이들은 부지런히 일하는 청빈한 가난이라는 것을 이해하지 못한다. 그 단어를 남루한 옷, 부족한 음식, 불기 없는 난로, 예의 없는 태도, 천박한 악덕과 연결된 것으로만 생각한다. 나에게 가난은 타락과 동의어였다.

"아뇨. 가난한 데로 가고 싶지는 않아요."

내 대답이었다.

"너에게 친절하게 대해 줘도?"

나는 고개를 저었다. 가난한 사람이 무슨 수로 친절해질 수 있을

지 짐작이 되지 않았다. 게다가 그들의 말투를 배우고, 그들의 태도를 본뜨고, 교육도 받지 못하고, 가끔씩 게이츠헤드 마을의 오두막 문 앞에서 자식을 돌보거나 빨래하던 가난한 여자들처럼 자란다는 것은. 아니, 나는 사회적인 지위를 버리고 자유를 택할 정도로 영웅적이지 않았다.

"하지만 네 친척들이 그렇게 가난하니? 노동자들이야?"

"전 몰라요. 외숙모는 저에게 만약 친척이 있더라도 거지 같은 처지일 거라고 했어요. 전 구걸하러 다니고 싶지 않아요."

"학교에 가고 싶니?"

다시 나는 생각해 보았다. 학교가 어떤 곳인지는 잘 알지 못했다. 젊은 숙녀들이 척추 교정판을 대고, 차꼬를 차고 앉아, 대단히 우아하고 신중하게 행동해야 하는 곳이라는 말을 가끔 베시에게서 듣기는 했다. 존 리드는 학교를 싫어했고 교사를 욕했다. 하지만 존 리드의 취향을 내 취향의 잣대로 삼고 싶지는 않았다. 학교 훈육에 대한 베시의 설명이(그녀가 게이츠헤드에 오기 전에 일한 곳에서 젊은 숙녀들에게 주워들은 내용들이었다) 약간 끔찍하긴 했지만, 그 숙녀들이 갖추었다는 교양과 기량은 매력적일 것 같았다. 베시는 그들이 그린 아름다운 풍경화와 꽃 그림, 그들이 부를 수 있는 노래와 연주할 수 있는 곡들, 그들이 짤 수 있는 지갑, 그들이 번역할 수 있는 프랑스 책들에 대해 떠들어 댔다. 그 얘기를 들으면 경쟁심까지 느껴질 정도였다. 게다가 학교에 가면 모든 게 변할 것이다. 그것은 긴 여행, 게이츠헤드와의 완전한 결별, 새로운 생활을 의미했다.

"학교에는 정말 가고 싶어요."

내 생각의 결론은 그랬다.

"그래, 그래. 무슨 일이 일어날지는 아무도 모르는 법이지."

로이드 씨가 일어서면서 혼잣말로 덧붙였다.

"이 아이에게는 환경의 변화가 필요해, 신경이 쇠약해졌어."

마침내 베시가 돌아왔다. 그와 동시에 자갈길로 굴러오는 마차 소리가 들렸다.

"마님이 돌아오시는 건가요, 유모? 떠나기 전에 잠깐 뵈었으면 하는데."

로이드 씨가 물었다.

베시는 거실로 안내하겠다며 그를 데리고 나갔다. 그 뒤에 일어난 일들로 미루어 보아 리드 부인과의 면담에서 로이드 씨는 나를 학교에 보내라고 권고했고, 그 권고는 흔쾌하게 받아들여진 게 분명했다. 어느 날 밤에 내가 잠자리에 들고 나서 베시와 애보트가 육아실에 앉아 바느질을 하고 있을 때였다. 내가 잠든 줄 알았는지 애보트는 그 얘기를 입에 올리며 이렇게 말했다.

"아마 마님은 아주 다행이라고 생각하실 거예요. 항상 사람들을 지켜보면서 몰래 계략을 꾸미는 것 같은 저런 성가시고 막돼먹은 아이를 쫓아 버리는 걸 말이에요."

애보트는 나를 어린 가이 포크스(제임스 1세를 암살하려던 화약 음모 사건에 가담했다가 발각되어 처형당했다 _옮긴이) 같은 존재로 여기는 모양이었다.

그때 애보트가 베시에게 한 이야기를 통해서 나는 처음으로 내 아버지가 가난한 성직자였고, 안 어울리는 짝이라며 말리는 집안의 반대를 무릅쓰고 어머니가 아버지와 결혼했다는 것을 알게 되었다. 어머니의 반항에 화가 난 외할아버지는 돈 한 푼 안 주고 부녀간의 연을 끊어 버렸고, 결혼한 지 1년 후에 아버지는 교구 목사로서 공업 도시의 빈민들을 방문하던 중에 당시 창궐했던 발진티푸스에 걸렸으며, 어머니도 곧 감염되어 한 달 사이에 두 사람 모두 세상을 떠났다는 것이다.

이 이야기를 듣고 베시가 한숨을 내쉬며 말했다.

"제인 양도 가엾은 처지로군요, 애보트."

"그래요, 그 애가 사근사근하고 예뻤다면 그런 의지할 데 없는 신세를 누구든 측은하게 여겼겠죠. 하지만 저렇게 보기 싫은 애한테 무슨 정이 생기겠어요."

애보트가 대꾸했다.

"많이는 아니죠, 물론."

베시가 동의했다.

"어쨌거나 조지아나 양 같은 미인이 그런 처지였다면 훨씬 동정심이 일어났을 거예요."

"그래요, 조지아나 양은 너무너무 예쁘죠."

애보트가 열렬하게 소리쳤다.

"얼마나 사랑스러운지! 파란 눈에 긴 곱슬머리, 그 고운 얼굴빛, 딱 그림으로 그려 놓은 것 같다니까요. 베시, 오늘 저녁에는 치즈토스트를 먹고 싶네요."

"나도요. 구운 양파를 곁들여서. 자, 내려가죠."

그들이 방을 나갔다.

# 제4장

로이드 씨와 나누었던 대화와 베시와 애보트 사이에 오간 이야기로 인해서 나는 건강해져야겠다는 의욕을 느낄 정도로 희망에 부풀었다. 변화가 머지않은 듯했다. 나는 말없이, 그러나 간절히 기다렸다. 하지만 일은 계속 미뤄지고 있었다. 며칠이 지나고 몇 주일이 지났다. 나의 건강은 정상으로 회복되었지만, 내가 그토록 생각하는 주제에 관해서는 별다른 언급이 없었다. 리드 부인은 항상 엄격한 눈으로 나를 살필 뿐 거의 말을 걸지 않았다. 내가 앓고 난 이후로 그녀는 자기 자식들과 나 사이에 전보다 더 확실하게 선을 그었다. 작은 방에서 나 혼자 잠자게 하고, 혼자 식사하게 하고, 나의 사촌들이 수시로 응접실에 드나드는 동안 나는 온종일 육아실에 틀어박혀 지내야 했다. 하지만 나를 학교에 보낼 낌새는 전혀 보이지 않았다. 그래도 나는 그녀가 같은 지붕 아래 있는 나의 존재를 오래 견디지 못할 거라는 걸 본능적으로 확신했다. 전보다 자주 나에게로 향하는 그녀의 시선에 참을 수 없는 깊은 혐오가 담겨 있었기 때문이다.

일라이저와 조지아나는 되도록 나와 얘기하지 않으려 했다. 아마 그렇게 하라는 지시를 받은 모양이었다. 존은 나를 볼 때마다 뺨을 불룩하게 하고는 입에서 혀를 내밀었고, 한번은 나를 때리려고까지 했다. 하지만 전부터 가져왔던 깊은 울분과 될 대로 되라는 반항심으로 흥분한 내가 당장 반격을 가하자, 그만두는 게 낫다고 생각했는지 내가 자기의 코를 뭉갰다고 소리치며 욕설을 퍼붓고는 달아났다. 내가 주먹에 온 힘을 실어 그 얼굴의 툭 튀어나온 부분을 겨냥했던 것은 사실이다.

그런 행동 때문이든 나의 표정 때문이든 그의 기세가 꺾이는 것을 보니 이 기회에 진짜로 한 방 먹여 주고 싶은 마음이 치밀었다. 하지만 그는 이미 자기 엄마 곁에 가 있었다. '막돼먹은 제인 에어'가 미친 고양이처럼 덤벼들었다고 징징거리며 고자질하는 그의 목소리가 들렸다. 다소 거친 목소리가 그의 말을 가로막았다.

"존, 그 아이 얘기는 꺼내지 마라. 가까이하지 말라고 했잖아. 신경 쓸 가치도 없는 애야. 너도 네 동생들도 그 아이와 어울리면 안 돼."

그 순간, 나는 더 생각해 보지도 않고 난간에 고개를 내밀고 냅다 소리쳤다.

"개네들이야말로 나랑 어울릴 자격이 없어요."

리드 부인은 살집이 좀 있는 편이었는데 전에 없이 뻔뻔한 이 말을 듣고는 한달음에 계단을 뛰어 올라왔다. 그러더니 회오리바람처럼 육아실로 나를 밀어 넣고 나를 침대 끝에 내리누르더니 단호한 목소리로 말했다. 오늘 하루 그 자리에서 일어나거나 한마디라도 하면 큰일 날 줄 알라고.

"리드 외삼촌이 살아 계신다면 뭐라고 하실까요?"

이건 거의 무의식적으로 나온 말이었다. 나의 의지가 허락하지 않은 소리를 내 혀가 내 버린 것 같았다. 통제할 수 없는 무언가가 제멋대로 지껄여 버린 것이다.

"뭐야?"

리드 부인이 숨죽여 말했다. 평소에는 그토록 차갑고 차분하던 그녀의 회색 눈에 두려움 같은 것이 서렸다. 그녀는 내 팔에서 손을 떼어 내고, 내가 사람의 아이인지 악마인지 정말 모르겠다는 듯이 뚫어져라 쳐다보았다. 나는 이제 빼도 박도 못할 처지였다.

"리드 외삼촌은 천국에 계셔서 당신의 행동이나 생각을 죄다 알 수 있어요. 엄마, 아빠도 마찬가지예요. 당신이 하루 종일 나를 가둬 두고 내가 죽기를 바란다는 걸 그분들은 다 알아요."

리드 부인이 이내 정신을 차리더니 호되게 내 몸을 흔들고, 나의 양쪽 뺨을 때리고 나서는 한마디 말도 없이 방에서 나가 버렸다. 그 뒤에 베시가 한 시간 동안 훈계를 늘어놓으며 내가 사람의 집안에서 자란 아이들 가운데 가장 고약하고 파렴치한 아이라는 걸 확인시켜 주었다. 그 말이 반쯤은 맞았을지도 모른다. 정말로 내 가슴에서는 나쁜 감정들만 솟구치고 있었으니까.

11월, 12월, 그리고 1월의 반이 지나갔다. 게이츠헤드에서는 평소처럼 축제 분위기로 크리스마스와 새해를 축하했다. 선물이 교환되고 만찬과 야회가 열렸다. 물론 나는 모든 즐거움에서 제외되었다. 날마다 일라이저와 조지아나가 차림새를 단장하며 얇은 모슬린 원피스에 주홍색 띠를 두르고 머리를 정성껏 돌돌 말고 나서 응접실로 내려가는 모습을 보는 게 내가 느끼는 축제 분위기였다. 그 후에는 아래층에서 연주하는 피아노나 하프 소리, 집사와 하인이 이리저리 지나다니는 소리, 다과가 제공될 때 식기와 유리잔이 짤랑거리는 소리, 응접실 문이 열리고 닫히는 사이에 잠깐씩 끊어져 들리는 대화 소리를 들었다. 그것도 지겨워지면 나는 층계 머리를 떠나 쓸쓸하고 조용한 육아실로 돌아갔다. 약간 슬프긴 했지만 비참하지는 않았다. 솔직히 나를 알아봐 주지도 않을 사람들 틈에 끼어 어울리고 싶은 생각은 눈곱만큼도 없었다. 베시가 기분 좋고 친절하기만 하다면, 신사 숙녀 들이 가득한 방에서 리드 부인의 무시무시한 시선을 견디며 저녁 시간을 보내느니 차라리 베시와 조용히 지내는 게 훨씬 즐거울 것이다. 하지만 베시는 어린 숙녀들의 옷을 입히자마자 활기 넘치는 부엌이나 가정부의 방으로 떠났고 보통은 촛불도 같이 가져갔다. 그러면 나는 난롯불이 사그라질 때까지 어두운 방에 나 말고 다른 나쁜 뭔가가 없다는 걸 확인하기 위해 가끔 주위를 둘러보며 무릎에 인형을 올려놓고 앉아 있었다. 깜부기불이 우중충한 빨간색으로 약해지면 내가 할 수 있는 대로 매듭과 끈을 잡아당겨 서둘러 옷을 벗고는, 추위와 어둠을 피해 침대로 기어들어 갔다. 침대에는 항상 내 인형을 가지고 들어갔다. 인간은 무언가를 사랑해야만 하는 존재인지라 달리 애정을 쏟을 대상이 없었던 나는 조그만 허수아비처럼 초라하고 빛바랜 무생물을 사랑하고 귀여워하는 일에서 그럭저럭 기쁨을 찾았다. 그 작은 장난감이 살아 있고 감정이 있다고 얼마쯤 상상하며, 내가 거기에 쏟아부었던 터무니없는 애정과 성실성을 생각하면 지금도 당황스러운 기분이 든다. 그때는 잠옷으로 그걸 품어 주지 않으면 잠이 오지 않을 정도였다. 그것이 거기에 안전하고 따뜻하게 누워 있을 때면 나는 비교적 행복했고 인형도 행복하리라고 믿었다.

손님들이 떠나기를 기다리며, 계단으로 올라오는 베시의 발소리를 기다리며 보내는 시간은 아주 길게 느껴졌다. 때로 그녀는 중간중간에 골무나 가위를 찾으러 올라왔고, 어쩔 때는 저녁 끼니로 빵이나 치즈 케이크 같은 걸 가져다주러 와서 내가 다 먹을 때까지 침대에 앉아 있다가 나에게 이불을 덮어 주고 두 번 뽀뽀해 주고 나서 "잘 자요, 제인 양."이라고 말하기도 했다.

그렇게 너그러울 때의 베시는 세상에서 둘도 없이 착하고 예쁘고 친절한 사람인 듯했다. 그녀가 자주 그러는 것처럼 나를 거칠게 대하거나 야단치거나 심하게 부려 먹지 않고, 항상 이렇게 명랑하고 상냥하게 대해 주기를 얼마나 간절히 바랐는지 모른다. 베시는 천성적으로 재주를 타고난 여자였던 것 같다. 뭐든지 척척 해내고 이야기를 아주 재미있게 할 줄 알았으니까. 적어도 내가 육아실에서 그녀에게 들은 이야기로 판단하기에는 그랬다. 내 기억이 맞는다면 그녀는 얼굴도 예쁘장했다. 검은 머리에 진한 눈동자, 곱디고운 이목구비, 깨끗하고 좋은 피부를 지닌 날씬한 젊은 여성이었던 것으로 기억한다. 하지만 성격이 조급하고 변덕스럽고 원칙이나 정의 따위에는 전혀 관심을 두지 않았다. 그래도 이런 그녀를 나는 게이츠헤드 저택의 다른 누구보다 좋아했다.

1월 15일, 아침 9시 즈음이었다. 베시는 아침을 먹으러 아래층으로 내려가고 없었다. 내 사촌들은 아직 엄마에게 불려 가지 않았다.

일라이저는 자기 닭들에게 모이를 주러 가려고 따뜻한 정원용 코트를 입고 보닛을 쓰고 있었다. 그건 그녀가 좋아하는 일이었고 그녀는 가정부에게 계란을 팔아 돈을 모으는 일도 그에 못지않게 좋아했다. 그녀는 장사꾼 기질과 강한 저축 성향을 지니고 있었다. 계란과 닭만 파는 게 아니라 리드 부인이 큰딸의 화단에서 나오는 무엇이든 그녀가 팔고 싶어 하면 죄다 사 주라고 일러둔 정원사에게 화초 뿌리나 씨앗, 꺾꽂이용 가지 들을 비싼 값에 팔아넘겼다. 상당한 이익이 생기기만 한다면 자기 머리카락이라도 잘라서 팔았을 것이다. 처음에 그녀는 그렇게 번 돈을 헝겊이나 머리 말 때 쓰는 낡은 종이에 싸서 희한한 구석구석에 숨겨 두었다. 하지만 이런 비밀 장소가 가정부에게 발각되자 그 귀중한 보물을 잃어버릴까 봐 걱정이 됐던지 50퍼센트에서 60퍼센트의 높은 이자를 받고 엄마에게 맡겨 두기로 했다. 작은 공책에 정확히 액수를 기록하고는 분기마다 가차 없이 그 이자를 거둬들였다.

조지아나는 거울 앞의 높다란 의자에 앉아 다락방 서랍에서 듬뿍 찾아낸 조화와 빛바랜 깃털들을 곱슬머리에 꽂아 넣으며 머리를 단장하고 있었다. 나는 베시의 지시대로 그녀가 돌아오기 전에 내 침대를 정돈하고 있었다(베시는 나를 하녀 조수로 채용하기라도 한 것처럼 방 청소나 의자 먼지 터는 일 등을 예사로 시켰다). 이불을 정리하고 잠옷을 개고 나서, 창가 의자로 가서 거기에 널린 그림책들과 인형의 집 세간을 정리하려고 했지만 조지아나가 갑자기 자기 장난감을 그냥 놔두라고 하는 바람에(그 조그만 의자와 거울들, 앙증맞은 접시와 컵들은 그녀의 소유였으므로) 나는 하던 일을 그만두었다.

그 뒤에는 별달리 할 일이 없어서 창문 앞에 쪼그리고 앉아 유리창을 뒤덮은 서리꽃에 입김을 불어 모든 게 단단한 얼음의 세력에 들어가 미동 없이 굳어 있는 마당이 드러날 만한 작은 공간을 만들기도 했다.

그 창에서 문지기의 오두막과 마찻길을 볼 수 있었는데 내가 밖이 내다보일 정도로 은백색의 잎사귀 모양들을 녹여 냈을 무렵, 정문이 열리고 그리로 마차 한 대가 굴러 들어오는 모습이 보였다. 점점 가까워지는 마차를 나는 무심하게 바라보았다. 게이츠헤드에 오는 마차는 많지만 내가 관심을 둘 만한 손님을 데려오는 마차는 하나도 없었다. 마차가 집 앞에서 멈추고 초인종이 크게 울리더니 손님이 안으로 사라졌다. 모두 나와는 상관없는 일이라서 하릴없는 나의 관심은 창가 담벼락에 달라붙은 헐벗은 벚나무 가지에서 배고파 지저귀는 울새에게로 옮겨 갔다. 아침에 내가 먹다 남긴 빵과 우유가 탁자에 놓여 있었다. 그 빵을 조금 부스러뜨린 뒤 창턱에 부스러기를 올려 주려고 창틀을 잡아당기는데 베시가 계단을 뛰어올라와 육아실로 달려왔다.

"제인 양, 앞치마 벗어요. 거기서 뭐 하는 거예요? 오늘 아침에 세수했어요?"

어떻게든 빵 부스러기를 새에게 주고 싶어서 나는 한 번 더 창틀을 잡아당겼다. 이내 창틀이 열렸다. 부스러기들을 창턱에 약간, 벚나무 가지에 약간 뿌리고 창을 닫으면서 대답했다.

"아뇨, 지금 막 청소를 끝냈어요."

"하여튼 말썽이라니까! 지금 뭐 한 거예요? 장난이라도 친 것처럼 얼굴이 빨갛잖아요. 창문은 왜 열었어요?"

베시는 너무 급해서 설명을 들을 시간도 없는 듯했다. 나 역시 굳이 대답하고 싶지 않았다. 그녀가 나를 세면대로 끌고 가더니 내 얼굴과 손에 아주 가차 없이, 하지만 다행히도 아주 간단하게 비누칠을 하고는 물로 헹구고 올이 거친 수건으로 닦았다.

뻣뻣한 솔로 내 머리를 빗겨 주고 앞치마를 벗기고 계단 쪽으로 다급하게 끌고 간 뒤, 거실에서 부르는 사람이 있으니 당장 아래층으로 내려가라고 명령했다.

나는 누가 나를 부르는 건지, 리드 부인이 거기 있는지 묻고 싶었지만 베시는 재빨리 나가 버렸고 육아실 문은 닫혔다. 나는 천천히 계단을 내려갔다. 근 3개월 동안, 리드 부인 앞에 불려 간 적이 없었다. 너무 오래 육아실에만 있었던 탓에 거실과 식당과 응접실은 내가 들어가기 겁나는 무서운 곳이 되어 있었다.

나는 텅 빈 복도에 서 있었다. 나는 거실 문 앞에서 두려움에 떨며 멈춰 섰다. 부당한 처벌로 인해 생겨난 두려움이 그 당시의 나를 얼마나 한심한 겁쟁이로 만들었던지! 육아실로 돌아가기도 무섭고 거실로 들어가기도 무서웠다. 불안하게 망설이며 10분을 그렇게 서 있었다. 맹렬하게 울리는 거실의 종소리가 내 마음을 정해 주었다.

'들어가야 돼.'

'나를 보자고 한 사람이 누굴까?' 하고 생각하며 빡빡한 문고리를 두 손으로 잡았다. 일이 초 동안 문이 열리지 않았다. '나는 이 방에서 리드 외숙모 말고 누구를 보게 될까? 남자 아니면 여자?' 손잡이가 돌아가고 문이 열린 뒤, 공손히 절을 하고 들어가는 내 눈에 검은 기둥이 보였다. 적어도 처음에는 가늘고 곧고 검은 천을 걸친 형태가 러그 위에 꼿꼿이 서 있는 것처럼 보였다. 그 꼭대기의 엄격한 얼굴은 조각 가면 같았다. 기둥 위에 올려놓은 기둥머리처럼.

리드 부인은 평소처럼 난롯가에 앉아 있었다. 그녀가 나에게 가까이 오라고 손짓했다. 내가 다가가자 그녀는 그 돌덩이 같은 이방인에게 나를 소개했다.

"이 아이가 제가 말씀드린 아이예요."

그는—남자였으니까—천천히 내가 서 있는 쪽으로 고개를 돌려 덥수룩한 눈썹 아래 반짝이는 회색 눈으로 탐색하듯이 나를 뜯어보더니 낮은 저음으로 엄숙하게 말했다.

"체구가 작군요. 나이가 몇이죠?"

"열 살이에요."

"그렇게 많아요?"

그는 믿기지 않는다는 듯 나를 좀 더 찬찬히 살펴보더니 이윽고 나에게 말을 걸었다.

"이름은?"

"제인 에어입니다."

대답을 하고는 나는 위를 쳐다보았다. 그는 아주 키가 큰 신사처럼 보였지만 그 당시의 내가 아주 작았다는 점을 감안해야겠다. 이목구비는 큼직했고 그 생김새며 체구의 윤곽이 모두 엄격하고 깔끔했다.

"그래, 제인 에어, 너는 착한 아이니?"

그렇다고 대답하기가 어려웠다. 나의 작은 세계에서는 모두들 정반대로 생각하니까. 나는 잠자코 있었다. 리드 부인이 의미심장하게 머리를 흔들어 대답을 대신한 뒤에 곧바로 덧붙였다.

"그런 얘기는 하지 않는 게 나을 거예요, 브로클허스트 씨."

"거참 유감이군요! 아이와 잠시 얘기를 나눠 봐야겠습니다."

그가 꼿꼿이 폈던 몸을 구부려 리드 부인의 맞은편 안락의자에 앉았다.

"이리 와라."

그가 말했다.

나는 러그를 가로질러 갔다. 그가 나를 자기 앞에 똑바로 세웠다. 내 얼굴과 거의 같은 높이에 자리한 그의 얼굴이라니! 그 거대한 코하며, 입은 또 어떻고. 이는 또 얼마나 커다랗게 툭 튀어나왔던지!

"못된 아이처럼 통탄스러운 건 없다."

그가 말을 시작했다.

"특히 못된 여자 아이는. 나쁜 사람이 죽으면 어디로 가는지 아니?"

"지옥으로 가요."

상투적인 답변이었다.

"그럼 지옥은 뭐냐? 나한테 말해 볼래?"

"불이 가득한 구덩이예요."

"그 구덩이에 빠져서 영원히 불타고 싶니?"

"아뇨."

"그렇게 되지 않으려면 어떻게 해야 하지?"

나는 잠시 생각에 잠겼다. 내가 찾아낸 대답은 변변치 않은 것이었다.

"건강을 유지해서 안 죽으면 돼요."

"어떻게 건강을 유지하지? 너보다 어린 아이들이 매일매일 죽어 나가고 있어. 엊그제만 해도 다섯 살짜리 아이를 땅에 묻어야 했단다. 착한 애였지. 지금 그 아이의 영혼은 천국에 있어. 네가 이 세상에서 불려 간다면 너에게 같은 말을 해 줄 수는 없을 것 같구나."

그의 의심을 풀어 줄 처지가 아니라서 나는 그저 러그에 놓인 두 개의 커다란 발에 시선을 내리고, 어서 여기서 멀리 벗어나기를 바라며 한숨을 쉬었다.

"그 한숨이 너의 지극한 은인에게 폐 끼친 것을 뉘우치는 가슴에서 우러나오는 한숨이기를 바란다."

'은인! 은인!' 하고 나는 속으로 말했다.

'다들 리드 부인이 내 은인이래. 그렇다면 은인은 고약한 사람인 게 틀림없어.'

"아침저녁으로 기도를 드리니?"

그가 나를 계속 심문했다.

"네."

"성경을 읽니?"

"가끔요."

"즐겁게 읽니? 성경을 좋아하니?"

"요한계시록, 다니엘서, 창세기와 사무엘서, 출애굽기 약간, 열왕기와 역대기, 욥기와 요나서의 일부분을 좋아해요."

"시편은? 시편도 좋아하겠지?"

"아뇨."

"아니야? 이런 놀라울 데가 있나! 내가 아는 아이 중에 너보다 나이도 어린데 시편 여섯 편을 외우는 사내아이가 있어. 생강 비스킷을 먹을래, 아니면 시편 한 절을 배울래, 하고 물으면 그 아이는 '아, 시편 한 절이요! 시편은 천사들의 노래예요. 저는 이 땅의 작은 천사가 되고 싶어요.'라고 말하지. 그러면 그 아이는 신앙심에 대한 상으로 생강 비스킷 두 개를 받게 돼."

"시편은 재미없어요."

내가 의견을 말했다.

"그건 네 마음이 사악하다는 증거다. 그런 마음을 바꿔 달라고 하느님께 기도해야 돼. 새롭고 깨끗한 마음을 달라고. 돌 같은 심장을 가져가시고 살아 있는 심장을 달라고 기도해야 돼."

내 마음이 어떻게 하면 달라질 수 있는지 물으려는데 리드 부인이 끼어들어 나더러 앉으라고 했다. 그러고는 그녀가 직접 대화를 진행해 나갔다.

"브로클허스트 씨, 3주 전에 제가 편지에서 말씀드렸다시피 이 아이의 성격과 기질은 제가 바라는 것과는 상당히 달라요. 이 아이를 로우드 학교에 받아 주시어 교장 선생님과 교사들이 엄하게 감독하고, 무엇보다 이 아이의 가장 못된 점인 사기적인 성향을 막아 주신다면 저로서는 매우 기쁘겠어요. 내가 너 듣는 데서 이 말을 하는 이유는 제인, 네가 브로클허스트 씨를 속이지 못하게 하려는 뜻이다."

내가 리드 부인을 두려워하고 싫어한 것은 당연했다. 잔인한 말로 내 마음에 상처를 입히는 게 그녀의 천성이었으니까. 그녀가 있는 곳에서 나는 행복한 적이 없었다. 내가 아무리 말을 잘 듣고 그녀의 마음에 들려고 열심히 노력해도 나의 노력은 늘 거부당하고 이런 말들로 보답 받았다. 낯선 사람 앞에서 받은 비난은 나의 심장을 후벼 팠다. 그녀가 나를 들여보내기로 예정한 새로운 생활에서 이미 희망을 꺾어 버리고 있다는 것을 나는 어렴풋이 알아차렸다. 그 감정을 표현할 수는 없었지만 그녀는 나의 앞길에 혐오와 잔인함의 씨를 뿌리고 있었다. 브로클허스트 씨의 눈에 내가 교활하고 불쾌한 아이로 비쳐지고 있다는 것을 알면서도 나에게는 그걸 막을 방법이 없었다.

'방법이 없어, 아무것도!'

나는 흐느낌을 억누르려고 애쓰며 내 무력한 괴로움의 증거인 눈물을 서둘러 닦아 냈다.

브로클허스트 씨가 말했다.

"남을 속이는 버릇은 아이에게 절대 있어서는 안 될 단점이지요. 그건 거짓말과 비슷하고, 거짓말쟁이는 필시 불과 유황이 불타는 수렁에 던져집니다. 이 아이를 잘 감독하겠습니다, 리드 부인. 템플 선생과 이하 다른 교사들에게도 그리 일러두겠습니다."

"이 아이에게 합당한 방법으로 양육해 주시기를 바랍니다."

나의 은인이 말을 이었다.

"쓸모 있고 겸손한 인간이 되게 해 주세요. 방학 기간에도 항상 학교에서 지내게 해 주세요."

"대단히 현명한 결정이십니다, 마담. 겸손은 그리스도인의 미덕이고, 로우드의 학생들에게는 더더욱 적절한 것이지요. 저 역시도 학생들이 그런 덕성을 갖추는 데 특별히 관심을 기울이고 있습니다. 그간 세속적인 자만심을 최대한 억제할 수 있는 방법을 연구해 왔는데, 바로 며칠 전에 내가 성공했다는 기쁜 증거를 얻게 되었답니다. 나의 둘째 딸 어거스타가 제 엄마와 함께 학교에 찾아왔다가 돌아가는 길에 그러더군요. '아빠, 로우드의 여자애들은 모두 조용하고 평범한 것 같아요. 귀 뒤로 빗어 넘긴 머리, 긴 앞치마, 원피스 밖으로 작은 삼베 주머니를 단 모습이 거의 가난한 집 아이들 같았어요! 게다가 비단 옷을 한 번도 본 적이 없는 것처럼 나랑 엄마의 드레스를 쳐다보았어요.'"

브로클허스트 씨가 대답했다.

"제 마음에 꼭 들어요. 영국 어디를 뒤져 봐도 제인 에어 같은 아이에게 그처럼 정확히 어울리는 체계를 찾기는 힘들 거예요. 친애하는 브로클허스트 씨, 저는 모든 면에 일관성 있고 모순이 없는 게 중요하다고 생각합니다."

"마담, 그리스도인의 의무 가운데 첫 번째가 일관성이지요. 로우드에서도 그 원칙이 전반적으로 적용되고 있습니다. 소박한 음식, 간편한 옷차림, 간소한 설비, 활동적이고 고된 습관, 시설과 학생들의 모든 것이 그렇습니다."

"아주 잘하시는 일이에요. 그럼 이 아이가 로우드의 학생으로 받아들여지고, 그 처지와 앞날에 맞게 교육받으리라고 믿어도 되겠지요?"

"믿으셔도 됩니다, 마담. 이 아이는 고르고 고른 식물들을 키우는 그런 곳에 있게 될 것이고, 그 귀한 혜택에 대해 스스로 감사하게 될 것입니다."

"그럼 최대한 빠른 시일 내에 아이를 보내겠습니다, 브로클허스트 씨. 솔직히 제게 주어진 책임이 점점 벅차게 느껴지고 있어서 하루빨리 벗어나고 싶거든요."

"당연히 그러시겠지요, 마담. 이제 작별을 고해야겠군요. 저는 일이 주일 후에 브로클허스트 집으로 돌아갈 겁니다. 각별한 친구인 부주교가 그 전에는 나를 놓아줄 것 같지 않습니다. 이 아이를 받아들이는 데 아무 문제가 없도록 템플 선생에게 신입생이 갈 거라고 알려 놓겠습니다. 안녕히 계십시오."

"안녕히 가세요, 브로클허스트 씨. 부인과 큰따님, 어거스타와 시어도어와 브로튼 도련님께도 안부 전해 주세요."

"그러죠. 얘야, 여기 《어린이의 지침》이라는 책이 있다. 기도하며 읽도록 해. 거짓과 속임수에 빠진 못된 아이, 마사 G의 너무나 갑작스런 죽음에 대한 설명 부분을 특히 유념해라."

브로클허스트 씨는 표지가 있는 얇은 소책자를 내 손에 안겨 주고, 종을 울려 그의 마차를 불러 떠났다.

리드 부인과 나만 남았다. 말없이 몇 분이 지나갔다. 그녀는 바느질을 했고, 나는 그녀를 지켜보고 있었다. 당시에 리드 부인은 서른여섯이나 일곱 살쯤이었다. 떡 벌어진 어깨와 강인한 팔다리, 중간 정도의 키에, 뚱뚱하지만 지나치게 살찌지 않은 건장한 체격이었다. 얼굴은 좀 크다 싶고, 아래턱이 단단하게 발달되어 있었다. 이마는 납작하고 턱은 큼직하게 튀어나오고 입과 코가 제법 균형이 잡힌 얼굴이었다. 옅은 눈썹 아래 슬픔을 알지 못하는 눈이 빛났다. 피부색은 진하고 탁했으며, 머리는 연한 황갈색이었다. 체질은 쇠 종처럼 단단해서 질병이 절대 가까이 오지 못했다. 관리자로서도 꼼꼼하고 영리한 사람이라서 식솔과 소작인들을 완전히 휘어잡고 있었다. 그녀의 아이들만이 가끔 그녀의 권위에 도전하고 조롱하며 비웃었다. 옷도 잘 입고 멋진 의상을 돋보이게 해 주는 풍채와 외양을 하고 있었다.

안락의자에서 몇 미터 떨어진 낮은 의자에 앉아 나는 그녀의 몸을 관찰했다. 그녀의 얼굴을 뜯어보았다. 내 손에는 거짓말쟁이의 갑작스런 죽음에 대한 소책자가 들려 있었다. 나에게 알맞은 경고가 담겨 있다고 했던가. 방금 일어난 일, 리드 부인이 브로클허스트 씨에게 나에 관해 했던 말, 그들이 나눈 대화의 전반적인 분위기가 생생하고 쓰라리게 내 마음을 찔렀다. 나는 그 모든 말을 확실히 들었을 뿐 아니라 예리하게 느꼈다. 내 속에서는 적개심이 무럭무럭 커지고 있었다.

리드 부인이 바느질감에서 시선을 들었다. 그녀의 눈이 나에게 닿더니 민첩하던 손가락 동작이 멈췄다.

"나가. 육아실로 돌아가라!"

그녀가 명령했다. 내 표정이나 다른 뭔가에 비위가 거슬렸는지 내색하지 않으려 했지만 목소리에 짜증이 묻어났다. 나는 일어나서 문으로 걸어가다 다시 돌아왔다. 방을 가로질러 창 쪽의 그녀에게 다가갔다.

난 말해야 했다. 지독하게 짓밟혔으니 갚아 주어야 했다. 하지만 어떻게 갚아 주지? 내가 무슨 힘으로 이 상대에게 보복할 수 있을까? 나는 기력을 모아 퉁명스럽게 말했다.

"나는 남을 속이지 않아요. 그런 경우라면 당신을 사랑한다고 말해야겠지만, 난 당신을 사랑하지 않는다고 말할 거예요. 세상 그 누구보다 존 리드 다음으로 당신이 싫어요. 거짓말쟁이에 대한 이 책은 당신의 딸 조지아나에게나 주세요. 거짓말하는 건 그 아이지 내가 아니니까."

리드 부인의 손은 여전히 미동 없이 바느질감에 놓여 있었다. 얼음 같은 그녀의 눈이 냉랭하게 나를 쳐다보았다.

"더 할 말 있니?"

아이에게 말하는 게 아니라 어른을 상대하는 듯한 어조로 그녀가 물었다.

그 눈초리와 목소리가 내가 품고 있던 혐오감을 온통 뒤흔들었다. 걷잡을 수 없는 흥분으로 머리부터 발끝까지 온몸을 부들거리며 내가 말을 이었다.

"당신이 내 피붙이가 아니라서 얼마나 다행인지 몰라요. 살아 있는 한 다시는 당신을 외숙모라고 부르지 않겠어요. 어른이 돼서도 당신을 보러 오지 않을 거고 당신을 얼마나 좋아하는지, 당신이 나를 어떻게 대했는지 물어보는 사람이 있으면 당신은 정말 역겨운 인간이고 나한테 지극히 잔인하게 굴었다고 말할 거예요."

"어떻게 감히 그런 말을 하니, 제인 에어?"

"어떻게 감히? 어떻게 감히 말하느냐고요? 그게 사실이니까요. 당신은 내가 감정도 없고, 사랑이나 친절 없이도 지낼 수 있다고 생각하죠. 하지만 나는 그렇게 못 살아요. 당신은 동정심도 없어요. 당신이 거칠고 난폭하게 그 붉은 방에 나를 밀어 넣고 가둬 버린 일을 잊지 않을 거예요, 죽을 때까지. 내가 그토록 괴로워했는데 숨이 막히도록 '살려 주세요! 살려 주세요, 외숙모!' 하고 외쳤는데도 당신은 아랑곳하지 않았어요. 게다가 내가 그런 벌을 받은 건 당신의 악랄한 아들이 이유 없이 날 두들겨 팼기 때문이죠. 나에게 물어보는 누구에게든지 이걸 정확하게 다 말해 줄 거예요. 사람들은 당신이 착한 여자인 줄 알지만 당신은 못됐고 냉혹해요. 당신이야말로 사기꾼이에요!"

말을 끝내기 전부터 나는 이제껏 느껴 보지 못한 묘한 자유와 승리감을 맛보았다. 나의 영혼은 부풀어 오르며 기뻐 날뛰기 시작했다. 보이지 않는 끈이 끊어져 뜻밖의 자유를 쟁취해 낸 듯한 기분이었다. 거기에는 그만한 이유가 있었다. 리드 부인은 기겁을 하고 있었다. 바느질감이 그녀의 무릎에서 미끄러졌다. 그녀가 두 손을 들어 올리고, 앞뒤로 몸을 흔들며, 마치 울어 버릴 것처럼 얼굴을 일그러뜨렸다.

"제인, 넌 오해하고 있어. 왜 그러는 거니? 왜 그렇게 부들거리니? 물 좀 마실래?"

"아뇨, 리드 부인."

"다른 거 필요한 거 있니, 제인? 난 네 친구가 되고 싶어."

"관두세요. 당신은 브로클허스트 씨에게 내 성격이 못됐고 사기성이 있다고 말했어요. 나도 로우드의 모든 사람들에게 당신이 어떤 사람인지, 무슨 짓을 했는지 알리겠어요."

"제인, 너는 이해를 못하고 있어. 아이들의 잘못은 고쳐 줘야 하는 거야."

내가 목청 높여 과격하게 소리쳤다.

"나는 남을 속이지 않는다고요!"

"하지만 네 성질이 격한 건 인정해야 돼, 제인. 이제 육아실로 돌아가. 자, 아가야…… 좀 누워 있어라."

"나는 당신의 아가가 아니에요. 누워 있지 못하겠어요. 당장 날 학교로 보내세요, 리드 부인. 여기 사는 건 지긋지긋해요."

"정말로 얼른 보내야겠어."

리드 부인이 혼잣말로 중얼거렸다. 그러고는 자신의 바느질감을 주워 들고 급하게 그 방을 떠났다.

나는 거기에 혼자 남았다. 전장의 승리자로. 내 생애 가장 힘겨운 싸움이었고, 내가 얻은 최초의 승리였다. 브로클허스트 씨가 서 있던 그 러그 위에 잠시 서서 나는 정복자의 고독을 즐겼다. 처음에는 스르르 미소까지 터져 나올 정도로 우쭐한 기분이었다. 하지만 이 격렬한 쾌감은 흥분한 내 맥박의 진통이 진정되는 것만큼이나 빠르게 가라앉았다. 내가 한 것처럼 어른에게 대들고, 내가 쏟아 낸 것처럼 분한 감정을 마구잡이로 쏟아 낸 아이는 곧이어 고통스런 후회와 싸늘한 무력감을 경험할 수밖에 없다. 강렬하게 번쩍이며 불타오르는 히스 언덕, 리드 부인을 비난하고 위협할 때의 내 기분이 정말 그랬다. 반 시간의 침묵과 성찰을 통해 나는 내가 광기 어린 행동을 했음을, 또 미움받고 미워하는 일이 얼마나 황량한 기분을 느끼게 해 주는지를 알게 되었다. 그 후의 내 상태는 불이 사그라든 뒤에 검게 망가져 버린 히스 언덕과 같았다.

내가 처음으로 맛본 복수의 맛이었다. 꿀꺽 삼킬 때는 향긋한 와인처럼 뜨끈하고 독특한 풍미를 풍기더니, 그 뒷맛은 녹슨 쇠붙이 맛이라서 마치 내 몸에 독이라도 주입된 느낌이었다. 이제는 기꺼이 리드 부인에게 가서 용서를 구할 수 있었다. 하지만 경험으로 또 본능적으로, 그래 봤자 내가 그녀에게 이중으로 경멸당하여 물리쳐질 것이고, 그로 인해 사나운 내 성질이 다시 일어나리라는 것을 나는 알고 있었다.

사납게 말하는 것보다 더 나은 능력을 불러내고 싶었다. 침울한 분노보다 극악하지 않은 감정의 영양분을 찾고 싶었다. 나는 책 한 권을—《아라비아의 이야기》를—꺼내 들었다. 의자에 앉아 읽으려고 노력했지만 무슨 소리인지 이해가 되지 않았다. 평소에는 그렇게 매혹적이던 그 페이지와 나 사이에서 생각들이 계속 헤엄쳐 다녔다. 나는 거실의 유리문을 열었다. 관목 숲이 아주 고요했다. 햇빛이나 바람에 부서지지 않은 검은 서리가 밖을 덮고 있었다. 원피스 자락으로 머리와 팔을 감싸고, 적막한 숲을 거닐어 보려고 나갔다. 하지만 말없이 서 있는 수목과 떨어지는 전나무 열매, 가을의 얼어붙은 잔재, 지나는 바람에 휩쓸렸다가 이제 한 덩어리로 굳어 버린 적갈색 낙엽 들에서는 즐거움을 찾을 수 없었다. 나는 정문에 기대 땅딸막한 풀들만이 창백하게 얼어 있는 빈 들판을 바라보았다. 몹시 흐린 날이었다. 잔뜩 눈발이 선 우중충한 하늘이 모든 것을 내리덮었다. 하늘에서 가끔 눈송이가 떨어져 단단한 길과 회백색 풀밭에 녹지 않고 내려앉았다. 나는 너무나 처량하게 서서 혼잣말로 중얼거리고 또 중얼거렸다.

"이제 어떡하지? 어떡하지?"

갑자기 맑은 목소리가 들려왔다.

"제인 양! 어디 있어요? 점심 먹으러 와요!"

베시의 목소리였다. 하지만 나는 움직이지 않았다. 그녀의 가벼운 발소리가 다가왔다.

"이 골칫덩어리! 불렀는데 왜 안 오는 거예요?"

내가 깊은 생각에 빠져 있던 것에 비해, 베시의 존재는 사뭇 경쾌해 보였다. 평소처럼 그녀가 조금 언짢은 기분이었는데도. 사실 리드 부인과 싸워 승리를 거둔 뒤라서 나는 아이를 돌보는 여자의 일시적인 노여움에 신경 쓸 기분이 아니었다. 오히려 그녀의 젊고 가벼운 분위기에 젖어 보고 싶었다. 두 팔로 베시를 끌어안으며 내가 말했다.

"베시! 혼내지 마."

평소에 내가 하던 행동보다 더 솔직하고 용감한 행동이었다. 웬일인지 그게 그녀를 기쁘게 한 모양이었다.

"아무튼 이상한 아이라니까."

그녀가 나를 내려다보며 말했다.

"고독한 방랑자 같아, 어린 방랑자. 학교에 간다면서요?"

내가 고개를 끄덕였다.

"불쌍한 베시를 두고 떠나는 게 하나도 안 섭섭해요?"

"베시가 날 좋아하기나 하나? 항상 야단만 치면서."

"조그만 아이가 너무 괴상하고 겁 많고 소심하니까 그렇죠. 좀 더 대담해져야 돼요."

"뭐야! 더 많이 맞으라고?"

"무슨 그런 소리를! 하지만 아가씨가 좀 구박을 받기는 하죠. 지난주에 우리 엄마가 나를 만나러 왔었는데 자기 자식이 아가씨 같은 처지에 있으면 마음이 아플 거라고 하더군요. 자, 들어가요. 그리고 좋은 소식이 있어요."

"나한테 무슨 좋은 소식이 있겠어."

"어머! 그게 무슨 말이에요? 그렇게 처량한 눈으로 쳐다보지 말아요. 아무튼, 마님과 아가씨들과 존 도련님이 오늘 오후에 차 드시러 나갈 거니까, 제인 양은 나랑 같이 차를 마셔요. 요리사에게 작은 케이크를 구워 달라고 할게요. 그다음에는 아가씨 서랍 정리하는 것 좀 도와줘요. 곧 짐을 싸야 하니까. 마님이 하루 이틀 내로 게이츠헤드에서 떠나보낼 생각이신가 봐요. 가져가고 싶은 장난감을 골라 둬요."

"베시, 이제부터 내가 떠날 때까지 야단치지 않겠다고 약속해 줘."

"음, 약속할게요. 하지만 아가씨도 착하게 굴고 나를 두려워하지 말아요. 어쩌다 내가 좀 매섭게 말해도 움찔거리지 말아요. 정말 짜증나거든요."

"이젠 익숙해져서 별로 무서울 것 같지도 않아. 조만간 두려워해야 할 사람들이 또 생기겠지."

"아가씨가 누굴 무서워하면 그 사람들도 아가씨를 싫어하게 돼요."

"베시처럼?"

"나는 제인 양을 싫어하지 않아요. 다른 누구보다 아가씨를 좋아하는걸요."

"그런 표시 안 했잖아."

"어머나, 암팡져라! 말하는 게 아주 달라졌네요. 웬일로 이렇게 대담하고 배짱 있어졌어요?"

"얼마 있으면 나는 떠날 거고, 게다가……."

리드 부인과의 사이에 있었던 일을 얘기하려다가 나는 이 집의 대장에 관해서는 입을 다무는 게 낫겠다고 판단했다.

"나랑 헤어지게 돼서 좋죠?"

"전혀 아니야, 베시. 사실 지금으로서는 다소 유감스러워."

"지금으로서는! 그리고 다소! 어린 숙녀가 어쩜 이렇게 쌀쌀맞게 말할까. 지금 내가 키스해 달라고 해도 다소 내키지 않는다고 안 해 주겠군요."

"기쁘게 키스해 줄게. 고개 숙여 봐."

베시가 몸을 구부렸다. 우리는 서로를 끌어안았고, 나는 꽤 위로받은 기분으로 그녀를 따라 집으로 들어갔다. 그날 오후는 평화와 조화 속에서 지나갔다. 저녁에 베시는 제일 재미난 이야기를 몇 개 들려주었고 가장 달콤한 노래를 몇 곡 불러 주었다. 나 같은 사람에게도 인생은 한 가닥 햇살을 비춰 주었다.

# 제5장

1월 19일, 시계가 아침 5시를 알리자마자 베시가 나의 골방으로 촛불을 가져왔다. 나는 이미 일어나 옷을 다 입고 있었다. 그녀가 들어오기 30분 전에 일어나 세수를 마쳤고, 내 침대 옆 좁은 창으로 스며드는 막 기우는 반달의 빛에 의지해 옷을 입었다. 그날 아침 6시에 나는 오두막 정문을 지나는 마차를 타고 게이츠헤드를 떠날 예정이었다. 이 집에서 그 시간에 잠을 깬 사람은 베시뿐이었다. 그녀는 육아실에 불을 지피고 나의 아침 식사를 준비하기 시작했다. 여행을 앞두고 흥분해 있는 아이는 목구멍으로 뭔가를 넘길 수 없는 법이다. 나도 마찬가지였다. 베시는 나에게 준비한 빵과 따뜻한 우유를 몇 스푼 먹이려고 애썼지만 소용없는 일이라는 걸 깨닫자, 비스킷을 몇 개 종이에 싸서 내 가방에 넣어 주었다. 내게 외투를 입히고 보닛을 씌워 준 뒤, 자기도 숄을 걸치고 나와 함께 육아실을 나섰다. 리드 부인의 침실을 지날 때 그녀가 말했다.

"들어가서 마님께 작별 인사 할래요?"

"아니. 베시가 어제 저녁 먹으러 내려갔을 때, 리드 부인이 내 침대로 와서 아침에 자기나 아이들을 깨우지 말라고 했어. 자기가 항상 나에게 좋은 친구였던 것을 잊지 말고, 그에 따라 자기 얘기를 하고 자기에게 고마워하라고 하던걸."

"그래서 뭐라고 했어요, 아가씨는?"

"아무 말 안 했어. 이불 뒤집어쓰고 벽으로 돌아누웠어."

"그건 잘못된 행동이에요, 제인 양."

"그건 옳은 행동이었어, 베시. 당신의 마님은 내 친구가 아니야, 원수지."

"어머나, 제인 양! 그렇게 말하지 말아요!"

"게이츠헤드여, 안녕."

복도를 지나 현관으로 나가며 내가 소리쳤다.

달이 지고 밖은 아주 캄캄했다. 베시가 든 초롱의 불빛이 축축한 계단과 최근에 녹은 눈으로 흠뻑 젖은 자갈길을 비췄다. 으스스하고 싸늘한 겨울 아침이었다. 나는 이를 덜덜 떨며 마찻길로 종종걸음 쳤다. 문지기의 오두막에 불빛이 보였다. 도착해 보니 문지기의 아내가 불을 피우고 있었다. 전날 저녁에 옮겨다 둔 내 트렁크가 문간에 묶여 있었다. 6시를 불과 몇 분 앞둔 시간이었고, 6시가 울린 직후에 멀리서 들려오는 바퀴 소리가 마차가 오고 있음을 알렸다. 나는 문으로 가서 어둠을 뚫고 빠르게 다가오는 마차 램프들을 지켜보았다.

"아이 혼자 가는 거야?"

문지기 아내가 물었다.

"네."

"얼마나 먼데?"

EDMUND DULAC

“80킬로미터래요.”

“저런, 먼 길이네! 리드 부인은 그 먼 데로 아이 혼자 보내면서 걱정도 안 되시나.”

마차가 멈춰 섰다. 네 마리 말을 앞에 묶고 위쪽에 승객들을 실은 마차가 정문 앞에 정지했다. 마부와 차장이 큰 소리로 서두르라고 재촉했다. 내 트렁크가 올려졌다. 나는 베시에게 키스하기 위해 매달려 있었다.

“아이 좀 잘 보살펴 주세요.”

베시에게서 나를 떼어 내 안으로 들어 올리는 차장에게 베시가 소리쳤다.

“네, 네!” 하는 대답 소리가 났다. 문이 탁 닫히고 목소리가 소리쳤다. “출발!” 이리하여 나는 베시와 게이츠헤드로부터 떨어져, 당시에는 멀고 신비한 곳으로만 여겨지던 미지의 지역으로 달려 나갔다.

여행에 대해 기억나는 것은 별로 없다. 초자연적으로 긴 하루였고, 수백 킬로미터를 달려가는 것 같았다는 정도만 생각날 뿐이다. 몇 개의 도시를 지난 뒤, 아주 커다란 어느 도시에서 마차가 멈췄다. 말들이 마차에서 풀리고 승객들이 식사를 하기 위해 내렸다. 나는 선술집으로 옮겨졌고 거기서 차장이 나에게 뭘 먹으라고 했다. 하지만 나는 식욕이 없었다. 그는 양쪽 끝에 벽난로와 천장에 샹들리에와 벽 위쪽에 악기들이 가득한 작고 빨간 다락이 있는 거대한 방에 나를 남겨 두었다. 여기서 나는 한참을 돌아다녔다. 누군가 들어와 나를 유괴해 갈 것만 같은 아주 이상하고 심히 걱정스런 기분을 느꼈다. 베시의 화롯가 이야기에 자주 등장하던 유괴범과 그들의 활동상을 믿었기 때문이다.

드디어 차장이 돌아왔다. 다시 한 번 나는 마차에 실렸고, 나의 보호자가 자기 자리로 올라가 휑한 뿔피리 소리를 울리자, 마차는 L 시의 돌길을 덜거덕대며 출발했다.

안개가 약간 낀 축축한 오후였다. 날이 저물어 갈 무렵, 나는 정말로 게이츠헤드에서 아주 멀리 왔다는 것을 실감하기 시작했다. 이제 도시는 보이지 않았고 바깥은 시골 풍경으로 바뀌어 있었다. 거대한 회색 언덕들이 지평선을 빙 둘러 올라서 있었다. 황혼이 깊어지면서 마차는 어두컴컴한 수풀 골짜기로 내려갔고, 주위의 경치가 보이지 않을 정도로 캄캄해진 뒤엔 나무 사이를 지나는 세찬 바람 소리가 들렸다.

그 소리에 스르르 졸음이 쏟아지는가 싶더니, 마침내 잠이 들었던 모양이다. 얼마 지나지 않아 갑작스레 정지하는 느낌에 잠을 깼다. 마차 문이 열리고 하인 같은 사람이 서 있는 게 보였다. 그녀의 얼굴과 옷차림이 램프 불빛에 드러났다.

"여기에 제인 에어라는 아이 있니?"

그녀가 물었다. 내가 대답했다.

"네."

그다음에 내 몸이 들려 나갔다. 내 트렁크가 내려지고 마차는 곧바로 떠나갔다.

오래 앉아 있었던 탓에 몸이 뻣뻣했고 마차의 소음과 움직임 때문에 어리둥절했다. 나는 정신을 차리고 주위를 둘러보았다.

비와 바람과 어둠이 공기를 메우고 있었다. 하지만 내 앞에 있는 담과 거기에 나 있는 문을 어렴풋이 구분할 수는 있을 정도였다. 나는 새로운 안내자와 같이 그 문으로 들어갔다. 그녀가 문을 닫아걸었다. 한 채인지 여러 채인지 모를 건물이 보였다. 길게 뻗어 있어서 잘 알아볼 수가 없었다. 창문이 많고 그중 몇 군데에는 불이 켜져 있었다. 우리는 물을 튀기며 넓은 자갈길을 걸어 올라가 어떤 문으로 들어갔다. 그 하인은 복도를 지나 난롯불이 있는 방으로 나를 안내하더니 거기에 나를 혼자 남겨 두었다.

나는 곱은 손에 불기를 쬐며 방을 빙 둘러보았다. 촛불은 없었지만 일렁이는 난로 불빛이 벽지 바른 벽과 양탄자, 커튼, 윤기 나는 마호가니 가구를 비췄다. 그곳은 거실이었다. 게이츠헤드의 응접실처럼 넓고 화려하지는 않지만 꽤 아늑했다. 내가 벽에 걸린 그림의 주제를 알아내려고 고민하고 있을 때, 문이 열리더니 손에 불을 든 사람이 들어왔다. 그 뒤로 다른 사람이 따라 들어왔다.

앞 사람은 머리도 눈도 진한 색에, 이마가 창백하고 넓으며 키가 큰 숙녀였다. 숄을 두르고 있었는데 표정은 엄숙하고 자세는 꼿꼿했다.

"혼자 여행하기에는 아직 어린 나이네."

그녀가 탁자에 양초를 내려놓으며 말했다. 일이 분 동안 나를 찬찬히 살피고 나서 덧붙였다.

"얼른 재우는 게 낫겠어. 피곤해 보여. 피곤하니?"

그녀가 내 어깨에 손을 얹으며 물었다.

"약간요, 마담."

"배도 고프겠지, 물론. 자기 전에 식사를 하게 하세요, 밀러 선생. 얘야, 부모님 곁을 떠나 학교에 온 게 이번이 처음이니?"

나는 부모님이 없다고 말했다. 그녀는 부모님이 돌아가신 지 얼마나 오래됐는지, 내가 몇 살인지, 이름이 뭔지, 읽기와 쓰기와 바느질은 좀 할 수 있는지 물었다. 그다음에 집게손가락으로 부드럽게 내 뺨을 만지며 "착한 아이가 되길 바란다."고 말하고는 나를 밀러 선생과 같이 내보냈다.

스물아홉 살쯤 되어 보이는 숙녀였다. 나와 같이 방을 나선 사람은 몇 살 더 젊어 보였다. 첫 번째 여자는 목소리와 모습과 분위기가 상당히 인상적이었다. 밀러 선생은 그보다 평범했다. 혈색은 좋았지만 근심 걱정에 찌든 얼굴이었다. 항상 눈앞에 할 일을 수북이 쌓아 두고 있는 사람처럼 걸음걸이와 행동이 조급했다. 나중에 알게 된 대로 그녀는 딱 보조 교사처럼 보였다. 나는 그녀에게 이끌려 커다랗고 불규칙한 건물의 구획에서 구획으로, 통로에서 통로로 지나갔다. 황량함과 적막함만이 감도는 건물 몇 개를 지나자 어디선가 웅성거리는 소리가 들려왔다. 이윽고 우리는 넓고 기다란 방으로 들어섰다. 커다란 전나무로 만든 탁자가 양쪽에 두 개씩 있고 탁자마다 촛불이 하나씩 타오르고 있었는데, 그 주위로 쭉 둘러 있는 벤치에는 아홉 살이나 열 살부터 스무 살까지 다양한 연령의 소녀들이 앉아 있었다. 어슴푸레한 양초 불빛에 비친 그들은 셀 수 없이 많아 보였지만 실제로는 80명을 넘지 않았다. 그들은 모두 똑같이 기이한 모양의 갈색 원피스를 입고 긴 삼베 앞치마를 두르고 있었다. 자습 시간인 듯했다. 모두들 내일 공부할 부분을 외우느라 분주했는데, 아까 들렸던 웅성거림은 조그맣게 암기하는 그들의 소리가 합쳐진 것이었다.

밀러 선생이 문 가까운 벤치에 앉으라고 나에게 손짓하고 나서, 기다란 방 위쪽으로 걸어가 소리쳤다.

"반장, 교과서 모아서 갖다 둬!"

키 큰 소녀 네 명이 각 탁자에서 일어나 돌아다니며 책들을 모아 정리했다. 밀러 선생이 다시 명령을 내렸다.

"반장, 야식 쟁반 가져와!"

키 큰 소녀들이 나갔다가 잠시 뒤에 뭔지 모를 음식과 가운데 물 주전자와 잔이 올려진 쟁반을 들고 돌아왔다. 차례차례 음식이 배분되었다. 원하는 이들은 물을 마셨고, 잔은 전체 공용이었다. 나도 목이 말라서 물을 마셨지만 음식에는 손대지 않았다. 흥분과 피로 때문에 아무것도 넘길 수 없었기 때문이다. 음식의 정체는 조각조각 썰어 놓은 얇은 귀리 케이크였다.

식사가 끝나자 밀러 선생이 기도문을 읽고, 학생들이 둘씩 열을 지어 위층으로 올라갔다. 나는 지칠 대로 지쳐서 침실이 어떤 곳인지 둘러볼 겨를도 없었다. 그저 교실처럼 아주 길다는 것만 알았을 뿐이다. 그날 밤 나는 밀러 선생과 같은 침대를 쓰게 되어 있었다. 그녀는 내가 옷을 벗는 것을 도와주었다. 자리에 누워 길게 늘어진 침대들을 쳐다보니 하나당 두 명씩 빠르게 채워지고 있었다. 10분이 지나자 단 하나 남아 있던 불빛마저 꺼졌다. 캄캄한 어둠과 고요 속에서 나는 잠이 들었다.

눈 깜짝할 사이에 밤이 지났다. 너무 피곤해서 꿈도 꾸지 않았다.

밤중에 딱 한 번 깨어나 격렬한 돌풍에 아우성대는 바람 소리와 억수로 쏟아지는 빗소리를 듣고 밀러 선생이 내 옆에 누워 있다는 걸 알았을 뿐이었다. 다시 눈을 떴을 때는 종소리가 요란하게 울리고 있었다. 학생들이 일어나 옷을 입었다. 아직 날이 밝지 않았고, 방에 한두 개의 골풀 양초가 켜졌다. 나도 겨우 일어났다. 지독한 추위에 덜덜 떨며 간신히 옷을 입고, 대야가 비었을 때 세수를 했다. 방 가운데 있는 세면대에서 여섯 명이 한 대야를 써야 했기 때문에 차례가 금방 오지 않았다. 다시 종이 울렸다. 모두 2열 종대를 이뤄, 순서대로 계단을 내려가 희미하게 불이 켜진 추운 교실로 들어갔다. 밀러 선생이 기도문을 읽고는 소리쳤다.

"수업 준비!"

몇 분간 주위가 어수선해졌고 밀러 선생은 계속해서 소리쳤다.

"조용! 질서 있게!"

소란이 가라앉은 다음에 보니, 학생들은 네 개의 탁자에 놓인 네 개의 의자 앞에, 네 개의 반원형으로 정렬해 있었다. 모두들 책을 들고 있었고 성경인 듯한 커다란 책이 빈 의자 앞의 탁자에 하나씩 놓여 있었다. 잠시 정적이 흐르는 사이, 나지막하고 흐릿한 웅성거림이 그 공백을 채웠다. 밀러 선생이 각 반을 돌아다니며 이 불명확한 소리를 조용히 시켰다.

멀리서 종소리가 울렸다. 곧이어 세 명의 숙녀가 방으로 들어와 각자 다른 탁자로 걸어가 착석했다. 밀러 선생은 문에서 제일 가깝고 제일 어린아이들이 모여 있는 네 번째 탁자의 빈 의자를 차지했다. 나도 이 하급반에 불려 가 맨 끝자리에 앉았다.

본격적인 일과가 시작되었다. 그날의 특별 기도문을 외우고, 성경 구절을 듣고 난 뒤, 한 시간 동안 성경 읽기가 이어졌다. 그 과정이 끝났을 때쯤 날이 환하게 밝았다. 지치지도 않는 종소리가 이제 네 번째로 울렸다. 학생들이 정렬하여 아침을 먹으러 다른 방으로 행진했다. 뭔가를 먹을 수 있게 된다는 게 얼마나 기뻤는지 모른다! 전날 거의 아무것도 먹지 못했기 때문에 배가 고프다 못해 아플 지경이었다.

식당은 커다랗고 천장이 낮고 음침한 방이었다. 기다란 탁자 두 개에 뜨거운 김이 오르는 뭔가가 올려져 있었는데 맙소사, 거기서는 전혀 맛있을 것 같지 않은 냄새가 풍겨 나왔다. 사람들이 음식에서 나오는 김을 맡고 한결같이 얼굴을 찌푸렸다. 맨 앞줄 첫 번째 학급의 키 큰 소녀들 사이에서 속닥거리는 말소리가 퍼졌다.

"으웩! 죽이 또 탔나 봐!"

"조용!"

어떤 목소리가 소리쳤다. 밀러 선생이 아니라 상급반 교사 중 하나인 작고 검은 인물이었다. 옷차림은 말쑥하지만 성깔 있어 보이는 그 사람이 식탁의 상석에 자리를 잡자, 좀 더 통통한 여자가 다른 쪽 상석에 앉았다. 나는 전날 밤에 만난 여자를 찾아보았지만 헛수고였다. 그녀는 보이지 않았다. 밀러 선생이 내가 앉은 식탁의 말석을 차지했고, 외국인으로 보이는 나이 든 노부인이 다른 식탁의 같은 자리에 앉았다. 나중에 알고 보니 그 여자는 프랑스어 교사였다. 식전 감사 기도가 길게 이어지고 성가 한 곡을 부른 뒤에, 하인이 교사들에게 차를 내오자 식사가 시작되었다.

기절할 정도로 배가 고팠던 나는 맛을 생각할 겨를도 없이 얼른 한두 숟가락을 퍼먹었다. 하지만 극심한 허기가 채워지고 나니 구역질이 나서 더는 먹기가 힘들었다. 타 버린 죽은 썩은 감자처럼 맛이 고약하다. 아무리 배가 고파도 금세 속이 메슥거린다. 숟가락질이 느려졌다. 나는 다른 아이들이 죽을 입에 넣고 삼키려 애쓰는 모습을 쳐다보았다. 하지만 대부분의 경우 그런 노력을 금세 포기했다. 아침 식사가 끝났지만 아무도 아침을 먹지 못한 상태였다. 우리는 먹지도 못한 음식에 대해 감사 기도를 드리고 두 번째 성가를 부른 다음 교실로 출발했다. 나는 마지막으로 나가는 줄에 끼어 있었는데, 식탁을 지나면서 선생 한 사람이 죽 그릇을 잡고 맛보는 모습을 보았다. 그녀가 다른 교사들을 바라보았다. 다들 불쾌한 표정이었고 그중에서 통통한 여자가 속삭였다.

"이걸 어떻게 먹으라고! 너무해!"

다시 수업이 시작되기까지의 15분 동안, 교실에서는 한바탕 난리가 났다. 그 시간에는 큰 소리로 자유롭게 떠들어도 되는 모양이었고, 학생들은 그 특권을 마음껏 누렸다. 대체로 아침 식사에 관한 내용이었고 다들 불만이 대단했다. 가엾게도 그것이 그들의 유일한 위안거리였다. 교실에 있는 교사는 밀러 선생뿐이었다. 키 큰 소녀들이 그녀를 둘러싸고 성난 손짓을 섞어 가며 심각하게 이야기했다. 누군가의 입에서 브로클허스트 씨의 이름이 튀어나왔다. 밀러 선생이 못마땅한 듯 고개를 흔들었다. 하지만 학생들의 분노를 진정시키려고 애쓰는 모습은 아니었다. 분명 그녀도 학생들과 같은 생각을 하는 듯했다.

교실의 시계가 9시를 알렸다. 밀러 선생이 에워싼 학생들을 헤치고, 방 가운데로 나서서 소리쳤다.

"조용! 착석!"

훈육이 효과를 발휘했다. 혼란스럽던 학생들이 단 5분 만에 질서를 찾았고 상대적인 고요가 바벨탑의 아우성 같은 소란을 진압했다. 상급반 교사들도 정확하게 자기 자리로 되돌아왔다. 하지만 여전히 모두가 뭔가를 기다리는 모습이었다. 교실 사방에 배치된 벤치에 80명의 학생들이 미동 없이 꼿꼿이 앉아 있었다. 곱슬머리 하나 보이지 않게 머리를 간단히 빗어 넘긴 그들은 기묘한 집단처럼 보였다. 갈색 원피스 차림, 목을 높이 감싸는 좁은 깃 장식, 반짇고리로 사용되는 원피스 앞에 묶은 작은 삼베 주머니들(스코틀랜드 고지 사람들의 지갑처럼 생겼다). 뿐만 아니라 다들 털 스타킹과 놋쇠 버클이 달린 투박한 구두를 신고 있었다. 이런 차림을 한 이들 중 스무 명 이상이 성숙한 소녀 또는 젊은 처녀라 할 만했다. 그런 차림은 그들에게 어울리지 않았고, 아주 예쁜 학생까지도 괴상해 보이게 만들었다.

나는 그들을 쳐다보며 가끔씩 교사들을 관찰했다. 딱히 마음에 드는 교사는 하나도 없었다. 뚱뚱한 여자는 약간 상스럽고, 검은 머리의 여자는 적잖이 사나웠고, 외국인은 엄하고 기괴했고, 가엾게도 밀러 선생은 고생에 찌들고 피곤에 절어 푸르뎅뎅하게 보였다. 내 눈이 이 얼굴, 저 얼굴을 떠돌고 있을 때, 학생 전체가 공통의 끈으로 움직이는 것처럼 일제히 일어났다.

무슨 일일까? 구령 소리를 듣지 못했던 나는 적잖이 당황스러웠다. 정신을 차리기도 전에 학생들이 다시 자리에 앉았다. 모두들 한 곳을 바라보고 있었으므로 나도 그쪽으로 눈을 돌렸다. 지난밤에 나를 맞이했던 사람이 거기 있었다. 그녀는 긴 교실 끝, 난롯가에서 있었다. 양쪽 끝에 난로가 있었기 때문이다. 그녀가 두 줄로 앉은 소녀들을 말없이 근엄하게 관찰했다. 밀러 선생이 다가가 무언가 질문하는 듯했고, 대답을 듣고는 그녀의 자리로 돌아가 큰 소리로 말했다.

"1반 반장, 지구의 가져와!"

지시가 실행되는 동안, 상의를 받았던 숙녀는 천천히 교실 앞으로 걸어왔다. 밝은 대낮에 본 그녀는 큰 키에 뽀얗고 맵시 있는 모습을 하고 있었다. 넓고 새하얀 이마도 아름다웠지만, 홍채에 인자한 빛이 담긴 갈색 눈동자와 그 주위에 곱게 그려진 긴 속눈썹은 정말 인상적이었다. 양쪽 관자놀이에는 아주 진한 갈색 머리카락이 반반한 리본이나 긴 고수머리가 유행하지 않던 당시의 패션에 따라 동글동글하게 말려 있었다. 옷차림도 당시의 유행대로 보라색 천에 스페인풍으로 검정 벨벳 장식을 달아 돋보이게 했다. 허리띠에서는 금시계가 반짝거렸다(당시에는 시계가 지금처럼 흔하지 않았다). 여기에 독자가 세련된 특징들을 덧붙여 그림을 완성해 보라. 창백하면서도 깨끗한 안색, 당당한 분위기와 몸가짐을 더하면 어느 정도는 정확하게 그 선생의 외모를 짐작할 수 있을 것이다. 나중에 내가 교회로 들고 가게 된 기도서에는 그녀의 이름이 마리아 템플이라고 씌어 있었다.

이 로우드 학교의 교장은(이 숙녀가 교장이었다) 탁자에 놓인 한 쌍의 지구의 앞에 앉아 상급반을 불러들이고 지리 수업을 진행하기 시작했다. 하급반들도 교사들에게 불려 갔다. 역사, 문법 등의 암송이 한 시간 동안 이어졌다. 쓰기와 산수가 뒤를 이었고, 템플 선생이 나이 든 소녀 몇 명에게 음악을 가르쳤다. 각각의 수업 시간을 알려 주던 시계가 마침내 12시를 울렸다. 교장이 일어나 말했다.

"학생들에게 전할 말이 있어요."

수업이 끝난 뒤의 소란이 그녀의 목소리에 다시 조용해졌다. 그녀가 말을 이었다.

"여러분은 오늘 아침을 제대로 먹지 못했어요. 배가 고플 거예요. 중식으로 빵과 치즈를 먹을 수 있도록 지시해 놓았어요."

교사들이 놀란 얼굴로 그녀를 바라보았다.

"이 일은 나의 책임하에서 행해질 겁니다."

설명하듯이 덧붙이고 나서 그녀는 바로 교실을 떠났다.

이윽고 빵과 치즈가 배분되자 학생 전체가 매우 기뻐하며 원기를 회복했다. "정원으로!" 하는 구령이 떨어졌다. 학생들은 색색의 옥양목 끈이 달린 성긴 밀짚모자를 쓰고 회색 모직 망토를 입었다. 나도 비슷하게 갖춰 입고 줄줄이 나가는 사람들을 따라 밖으로 나갔다.

널찍한 정원은 바깥 경치가 전혀 보이지 않게 높은 담으로 둘러싸여 있었다. 한쪽으로는 지붕 덮인 베란다가 이어져 있고, 작은 화단들이 수십 개로 나뉜 가운데 넓은 산책로가 뻗어 있었다. 이 화단들은 학생들의 화초 재배용으로 할당된 것이라서 각 화단마다 주인이 있었다. 꽃들이 활짝 피어나면 틀림없이 아주 예뻐 보이겠지만, 지금은 1월 말경이라 모든 것이 황량하게 말라비틀어져 갈색으로 보였다. 나는 거기 서서 몸을 떨며 주위를 살펴보았다. 야외 활동을 하기에는 궂은 날이었다. 실제로 비가 오지는 않지만 부슬부슬 내리는 누런 안개 때문에 주위가 어두컴컴했다. 어제의 폭우로 인해 발밑은 온통 질퍽거렸다. 기운 넘치는 아이들은 사방을 뛰어다니며 활발하게 놀고 있었지만, 창백하고 마른 아이들은 피난처와 온기를 찾아 베란다로 모여들었다. 자욱한 안개가 그들의 떨리는 몸으로 파고드니 몇몇 사람에게서 헛헛한 기침 소리가 터져 나왔다.

나는 아직 누구와도 말해 보지 않았고, 내 존재를 알아차리는 사람은 하나도 없는 듯했다. 나는 꽤 외롭게 서 있었다. 하지만 그런 외톨이 느낌에는 익숙해 있어서 별로 우울하지 않았다. 베란다 기둥에 기대어 회색 망토를 바짝 여미고, 나를 깨물어 대는 추위와 채워지지 않은 배고픔을 잊으려 애쓰며 지켜보고 생각하는 즐거움으로 나를 인도했다. 굳이 말할 필요도 없는 아주 막연하고 단편적인 생각들이었다. 나는 아직 여기가 어딘지도 모르는 상태였다. 게이츠헤드와 과거의 삶은 아득히 먼 곳으로 떨어져 나간 듯했다. 현재는 모호하고 이상했고, 미래에 대해서는 도무지 짐작도 할 수 없었다. 수녀원 같은 정원을 둘러보고 나서 건물을 올려다보았다. 절반은 낡은 회색이고 다른 절반은 꽤 새것인 듯한 커다란 건물이었다. 교실과 기숙사를 포함한 새 건물 쪽은 중간 문설주로 이어진 격자창에 불이 켜져 있어서 교회처럼 보였다. 문 위의 돌 현판에 이런 문구가 적혀 있었다.

로우드 시설. 이 부분은 서기 ○○○○년에, 우리 지역 브로클허스트 저택의 나오미 브로클허스트 여사가 재건한 것이다.

너희도 이와 같이 너희 빛을 사람들 앞에 비취게 하여 그들이 너희의 착한 행실을 보고 하늘에 계신 너희 아버지께 영광을 돌리게 하라.

—마태복음 5장 16절

나는 이 문장을 읽고 또 읽었다. 거기에 맞는 해석이 있을 듯한데 그 의미가 뭔지 알 수 없었다. 내가 여전히 시설의 의미를 곰곰이 생각하며 앞에 나온 말과 성경 구절이 무슨 관련이 있는 건지 고민하고 있을 때, 바로 뒤에서 기침 소리가 났다. 근처 돌 벤치에 한 소녀가 앉아 고개를 숙이고 책 읽기에 열중해 있었다. 내가 서 있는 곳에서 제목이 보였다. 《라셀라스》. 이상한 이름이었고, 그래서 더욱 매력적으로 느껴지는 제목이었다. 책장을 넘기다 그녀가 우연히 고개를 들었을 때, 내가 얼른 말을 걸었다.

"그 책 재미있어?"

나는 이미 언젠가 이 책을 빌려 봐야겠다는 생각을 하고 있었다.

"난 마음에 들어."

일이 초 정도 나를 관찰한 뒤 그녀가 대답했다.

"무슨 내용인데?"

내가 또 물었다. 처음 보는 사람에게 이렇게 말을 거는 배짱을 내가 어디서 찾아냈는지 모르겠다. 이런 행동은 내 성격이나 습관에 반대되는 것이었다. 하지만 그녀의 책 읽는 모습이 어딘가 공감의 끈을 건드렸던 모양이다. 유치하고 시시한 것들이긴 해도 나 역시 책 보는 걸 좋아하니까. 진지하거나 본질적인 내용은 이해할 능력이 없었지만.

"네가 훑어봐."

소녀가 나에게 책을 건네며 대답했다.

나는 책을 잠깐 훑어보았다. 사실 제목에 비해 별로 끌리는 내용은 아닌 것 같았다. 나의 경박한 취향에는《라셀라스》가 꽤나 지루해 보였다. 요정도 없고,《아라비아의 이야기》에서처럼 지니도 나오지 않았다. 빼곡히 글자가 들어찬 이 책에 산뜻하고 다양한 얘기들이 펼쳐져 있으리라고는 생각되지 않았다. 나는 책을 돌려주었다. 그녀가 조용히 받아 들고 아무 말 없이 이전의 학구적인 분위기로 돌아가려 했다. 내가 다시 과감하게 그녀를 방해했다.

"저 문 위의 돌에 쓰인 말이 무슨 뜻이야? 로우드 시설이 뭐야?"

"네가 살게 된 이 집."

"그런데 왜 시설이라고 불러? 다른 학교들하고 뭐가 달라?"

"여긴 부분적인 자선 학교야. 너와 나, 그리고 다른 나머지 아이들 모두 자선의 대상이지. 너도 아마 고아일걸. 네 아버지나 어머니가 돌아가시지 않았니?"

"두 분 다 내가 아주 어렸을 때 돌아가셨어."

"그래, 여기 학생들은 모두 부모 중의 한 분이나 두 분 다 없는 아이들이고, 고아들을 교육하기 때문에 여길 시설이라고 부르는 거야."

"그럼, 우리는 돈을 안 내? 공짜로 키워 주는 거야?"

"아니, 우리 친지들이 1년에 15파운드씩 내."

"그런데 왜 우리가 자선 대상이야?"

"15파운드로는 식비와 수업료를 감당할 수 없거든. 그 부족분이 기부금으로 충당되기 때문이야."

"누가 기부하는데?"

"이 지역과 런던의 자애로운 마음을 지닌 신사 숙녀 들이지."

"나오미 브로클허스트는 누구야?"

"현판에 씌어 있는 대로 여기 새로운 건물을 지어 주신 분이야. 그분의 아들이 모든 걸 운영 감독하고 있어."

"왜?"

"이 시설의 경영자 겸 회계 담당자니까."

"그럼 우리한테 빵과 치즈를 먹게 해 주겠다고 한 시계 찬 그 키 큰 여자분이 주인이 아니었구나."

"템플 선생님? 아니야! 그랬으면 좋겠지만 선생님은 무슨 일을 하든지 브로클허스트 씨에게 설명해야 돼. 브로클허스트 씨가 우리의 먹을 것과 입을 걸 전부 구입하셔."

"그분이 여기에 살아?"

"아니, 3킬로미터 떨어진 커다란 저택에 살아."

"좋은 사람이야?"

"성직자고, 좋은 일을 많이 한대."

"키 큰 그분이 템플 선생님이라고?"

"그래."

"다른 선생님들은 이름이 뭐야?"

"빨이 발그레한 분은 스미스 선생님이야. 재봉 선생님인데 우리의 원피스, 외투, 뭐든지 재단하시지. 우리 옷은 우리가 만들거든. 머리가 검고 체구가 자그마한 분은 스캐처드 선생님이야. 역사와 문법을 가르치고 2학년 반의 암송도 담당하고 있어. 숄을 걸치고 허리에 노란 리본처럼 손수건을 묶은 분은 피에로 선생님이야. 프랑스의 릴 출신이고 프랑스어를 가르치셔."

"선생님들은 마음에 들어?"

"아주 좋아."

"검은 머리의 그 조그만 선생님도 좋아? 이름이…… 발음을 잘 못하겠어."

"스캐처드 선생님은 성미가 급하셔. 화나지 않게 조심해야 돼. 피에로 선생님은 나쁜 사람은 아니야."

"그래도 템플 선생님이 최고지, 그렇지?"

"템플 선생님은 마음씨도 곱고 아주 똑똑하셔. 다른 선생님들보다 아는 게 많으니까, 나머지보다 훨씬 낫지."

"여기 온 지 오래됐어?"

"2년."

"부모님이 다 안 계셔?"

"어머니가 돌아가셨어."

"여기 있는 거 행복해?"

"넌 질문이 참 많구나. 이만하면 대답해 줄 만큼 해 줬어. 이젠 책을 읽고 싶어."

하지만 그 순간 식사 시간을 알리는 호출 소리가 들렸다. 모두 다시 안으로 들어갔다. 식당을 채우는 냄새는 아침에 우리가 맡았던 냄새보다 더 식욕을 북돋아 준다고 할 수 없었다. 거대한 두 개의 양철 그릇에 담겨 나온 음식에서 상한 기름 냄새가 독하게 올라왔다. 질 낮은 감자와 상한 고깃점을 이상하게 뒤섞어 요리한 음식이었다. 이것이 웬만한 정도의 양으로 각 학생의 접시에 배당되었다. 나는 먹을 수 있는 만큼 먹으면서 매일같이 이런 것을 먹어야 하는지 속으로 궁금해했다.

식사가 끝나고 우리는 곧 교실로 자리를 옮겼다. 수업은 5시까지 계속되었다.

그날 오후에 유일하게 눈길을 끌었던 사건은 베란다에서 나와 얘기했던 그 소녀가 역사 수업 시간에 스캐처드 선생에게 쫓겨나 망신스럽게도 커다란 교실 한가운데에 서 있었다는 것이다. 내가 그런 벌을 받았더라도 너무나 창피했을 텐데 그렇게 큰 소녀에게는 더했을 것이다. 열세 살 이상은 되어 보이던데. 나는 그녀가 무척이나 속상해하고 수치스러워할 거라고 예상했다. 그런데 놀랍게도 그녀는 울거나 얼굴을 붉히지 않았다. 엄숙하긴 하지만 차분하게 모두의 시선을 받으며 서 있었다. '어떻게 저렇게 묵묵히, 또 꿋꿋하게 견딜 수 있지?' 하고 나 자신에게 물었다.

'내가 저런 입장이었다면 땅이 열려 나를 삼켜 버리기를 바랐을 거야. 하지만 그녀는 이 상황이 아닌 다른 뭔가를 생각하고 있는 것 같아. 주변이나 눈앞에 보이지 않는 뭔가를. 백일몽이라는 게 있다던데 혹시 지금 백일몽을 꾸고 있는 건 아닐까? 눈은 바닥에 고정되어 있지만 그걸 보는 게 아닌 건 분명해. 저 시선은 내면으로 돌아, 그 가슴으로 들어가는 것 같아. 그녀는 현재가 아니라 자신이 기억할 수 있는 것을 보고 있어. 그녀는 어떤 사람일까? 착한 사람일까, 나쁜 사람일까?'

오후 5시가 지난 직후에, 우리는 약간의 커피와 흑빵 반 조각으로 또 한 번 요기를 했다. 나는 빵과 커피를 맛있게 먹어 치웠다. 하지만 양이 더 많았으면 좋았을 것이다. 먹었는데도 배가 고팠다. 30분의 휴식이 주어지고 나서 공부, 다음에 물과 귀리 케이크 약간, 예배, 그리고 침대로. 나는 이렇게 로우드 학교에서의 첫날을 보냈다.

## 제6장

다음 날도 전날처럼 골풀 양초 불빛에 일어나 옷을 입는 것으로 하루가 시작되었다. 하지만 이날 아침에는 씻는 과정을 생략해야 했다. 물 단지에 든 물이 얼어 버린 것이다. 전날 저녁에 날씨가 달라져서 매서운 북동풍이 밤새도록 우리 침실 창의 틈새 사이사이로 불어닥치는 바람에 우리는 밤새 침대에서 오들거려야 했다. 바람은 물 단지의 물까지 얼음으로 바꿔 버렸다.

한 시간 반의 긴 기도와 성경 읽기가 끝나기도 전에 추워서 죽을 것 같은 느낌이 들었다. 마침내 아침 식사 시간이 왔고, 이날 아침에는 타지 않은 죽을 먹을 수 있었다. 하지만 양이 적었다. 얼마나 적었던지 두 배는 더 먹을 수 있을 것 같았다.

그날 중에 나는 4반의 일원이 되어 정규 과제와 일감을 할당받았다. 지금까지는 로우드에서 진행되는 일의 구경꾼일 뿐이었지만, 이제는 참여자가 된 것이다. 처음에는 외우는 공부가 너무 낯설어서 수업들이 전부 길고 어렵게 느껴졌다. 과제가 자꾸 달라지는 것도 당황스러웠다. 오후 3시쯤, 스미스 선생이 2미터 길이의 모슬린 천과 바늘과 골무 등을 내 손에 쥐어 주며, 조용한 교실 구석에 가서 옷단을 달라고 했을 때는 반갑기까지 했다. 다른 학생들도 대부분 바느질을 하고 있었다. 한 반만 아직 스캐처드 선생의 의자를 둘러싸고 서서 책을 읽고 있었는데 아주 조용했기 때문에 그들이 어떤 주제에 관해 수업하는지, 각 학생이 얼마나 잘하는지, 스캐처드 선생이 그들에게 어떤 비판이나 칭찬을 하는지 다 들을 수 있었다. 영국 역사에 관한 내용이었다. 책 읽는 아이들 중에는 베란다에서 만났던 소녀도 있었다. 수업을 시작할 때는 앞쪽 자리에 앉아 있었지만 발음이 틀리거나 구두점을 잘못 읽는 바람에 그녀는 어느새 맨 끝으로 쫓겨나 있었다. 그 구석진 자리에 있을 때도, 스캐처드 선생은 계속 그녀를 주목의 대상으로 만들었다. 끊임없이 그녀에게 이런 식으로 말했다.

"번스(그게 그녀의 성인 모양이었다. 이 학교에서는 남자 학교에서처럼 여학생들을 성으로 불렀다), 자세가 틀어졌잖아. 당장 똑바로 서." "번스, 턱을 볼썽사납게 내밀고 있잖아, 안으로 밀어 넣어." "번스, 고개를 들고 있으라고 했잖아. 내 앞에서 그런 태도는 용납 못해." 등등.

한 단원을 두 번씩 읽은 뒤에는 책을 덮고 시험을 치렀다. 수업 내용 중에 찰스 1세의 통치 부분이 들어 있었고, 선박의 무게와 요금과 선박세에 관한 갖가지 질문이 이어졌지만 대부분의 학생들은 대답하지 못했다. 하지만 번스에게만 가면 아무리 사소한 난제도 즉시 해결되었다. 그녀는 수업 내용 전체를 기억하는 듯했고, 어떤 질문에도 대답을 준비하고 있었다. 나는 스캐처드 선생이 그녀의 집중력을 칭찬하리라고 예상했는데 오히려 그녀는 갑자기 소리를 질렀다.

"이 더럽고 불쾌한 것 같으니! 오늘 아침에 손톱을 안 닦았구나!"

번스는 대답하지 않았다. 그녀의 침묵이 이해가 되지 않았다. 나는 '물이 얼어붙어서 손을 씻지도 못하고 세수도 못했다고 왜 설명하지 않을까?' 하고 생각했다.

그때 스미스 선생이 실타래를 잡고 있으라고 해서 나의 관심은 그리로 돌아왔다. 그녀는 실을 감으면서 전에 학교에 다닌 적이 있는지, 실로 이름을 수놓을 수 있는지, 바느질과 뜨개질을 할 수 있는지 등을 가끔 물어보았다. 그녀가 다 됐다고 할 때까지 나는 스캐처드 선생의 동정을 살필 수 없었다. 내가 원래 자리로 돌아왔을 때, 그 선생은 내가 알아들을 수 없는 어떤 명령을 내리고 있었다. 번스가 곧 교실을 떠나 책들이 보관된 구석방으로 들어가더니 한쪽 끄트머리를 동여맨 회초리 다발을 들고 30초 만에 돌아왔다. 그녀가 스캐처드 선생에게 이 험악한 도구를 공손하게 건넸다. 그리고 명령이 떨어지기도 전에 조용히 앞치마를 풀자 그 선생은 회초리 다발로 그녀의 목을 호되게 열두 번 내리쳤다. 번스는 눈물 한 방울 흘리지 않았다. 내가 소용도 없는 분노로 손이 떨려 바느질을 못하고 있는 동안에도 그녀의 애수 띤 얼굴의 표정은 전혀 변함이 없었다.

"도대체 가망이 없어!"

스캐처드 선생이 소리쳤다.

"뭘 해도 너의 칠칠치 못한 습관을 고칠 수가 없구나. 회초리를 갖다 놔."

번스는 순종했다. 책방에서 나오는 그녀를 나는 유심히 바라보았다. 그녀는 주머니에 막 손수건을 집어넣고 있었는데 야윈 뺨에서 눈물 자국이 반짝였다.

로우드의 일과 중 제일 즐거운 때는 저녁 휴식 시간이었다. 5시에 목으로 넘긴 커피와 빵 조각은 허기를 완전히 채워 주지는 않았지만 생기를 되살려 주기에는 충분했다. 하루의 긴 구속이 느슨해졌다. 교실은 아침보다 더 따뜻하게 느껴졌다. 아직 켜지 않은 양초의 자리를 어느 정도 메우기 위해 난롯불을 약간 더 세게 땔 수 있는 시간이었다. 불그스름한 황혼, 허가된 소란, 뒤죽박죽 엉킨 사람들의 목소리가 즐거운 해방감을 안겨 주었다.

스캐처드 선생이 번스에게 매질하는 것을 보았던 날 저녁, 나는 평소처럼 친구 없이, 하지만 그리 외롭지 않은 기분으로 긴 의자들과 탁자들과 웃는 아이들 사이를 돌아다녔다. 창가를 지날 때면 가끔씩 블라인드를 올려 밖을 내다보기도 했다. 눈이 펑펑 내려 이미 아래쪽 창유리에는 눈발이 쌓여 있었다. 창문 가까이 귀를 대니 실내의 즐거운 소란으로부터 바깥에서 신음하는 서글픈 바람 소리를 구별할 수 있었다.

내가 최근에 좋은 집과 다정한 부모의 곁을 떠난 거라면 아마 이럴 때 그들과의 헤어짐을 가장 뼈저리게 아쉬워했으리라. 바람이 내 마음을 슬프게 했으리라. 이 어둠침침한 혼란이 나의 평화를 어지럽혔으리라. 하지만 이 순간 내 마음은 무모하게 들떴고, 묘한 흥분이 일어나 이 바람이 좀 더 거칠게 울부짖고, 어둠이 더 캄캄한 암흑으로 깊어지고, 혼란이 아우성으로 자라나기를 바라는 마음이었다.

긴 의자들을 건너뛰고 탁자 밑으로 기어서 한쪽 벽난로로 다가갔다. 거기서 나는 높은 쇠그물 옆에 앉아 있는 번스를 발견했다. 그녀는 주위의 모든 것을 망각하고 조용히 깜부기불의 어두운 불빛에 의지해 책을 읽는 데 몰두해 있었다.

"아직도《라셀라스》야?"

내가 그녀의 뒤로 다가가며 물었다.

"그래. 거의 다 읽었어."

5분 후에 그녀가 책을 덮었다. 반가웠다.

'이제, 어쩌면 그녀에게 말을 시킬 수 있겠어.'

나는 그녀의 옆자리에 앉았다.

"성은 번스고 이름은 뭐야?"

"헬렌."

"멀리서 왔어?"

"멀리 북쪽 지방에서. 스코틀랜드 국경 근처."

"돌아갈 거야?"

"그러고 싶어. 하지만 앞날을 누가 알 수 있겠어."

"로우드를 떠나고 싶지?"

"아니. 내가 왜? 나는 교육을 받으러 로우드에 온 거야. 목표를 이룰 때까지 있어야지."

"하지만 그 선생, 스캐처드 선생이 너무 잔인하잖아?"

"잔인? 전혀 안 그래! 그분은 엄격하시고, 내 단점들을 싫어하실 뿐이야."

"내가 그 입장이라면 그 여자를 미워하고 반항할 것 같은데. 그 여자가 회초리로 때리면 그 손에서 그걸 빼앗을 거야. 그녀가 보는 앞에서 부러뜨릴 거야."

"아마 그렇게는 못할걸. 하지만 만약에 그렇게 한다면 브로클허스트 씨가 학교에서 널 쫓아낼 거야. 그러면 친척 되는 분들이 많이 상심하실 거고. 성급한 행동으로 나와 관련된 모든 사람들을 속상하게 하는 것보다는 끈기 있게 혼자서 아픔을 견디는 편이 훨씬 나아. 게다가 성경에는 악을 선으로 갚으라고 씌어 있잖아."

"하지만 매를 때리고, 사람 가득한 방 한가운데 서 있으라고 하는 건 망신을 주는 거잖아. 이렇게 큰 사람한테. 훨씬 어린 나도 못 견딜 것 같아."

"그래도 피할 수 없다면 참아야 하는 게 너의 의무야. 운명이 요구하는 일에 '참을 수 없다.'고 말하는 건 나약하고 어리석은 짓이야."

놀라운 말이었다. 나는 이 인내의 교리를 이해할 수 없었다. 자신을 벌한 자를 그런 식으로 관대하게 표현하는 것은 더더욱 이해되지도 공감되지도 않았다. 하지만 헬렌 번스가 내 눈에 보이지 않는 어떤 빛으로 사물을 바라보는 것은 분명한 것 같았다. 그녀가 옳고 내가 틀렸을 수 있다고 생각했다. 하지만 그 문제를 깊이 생각하고 싶지는 않았다. 펠릭스(바울의 재판을 담당한 로마의 총독 _옮긴이)처럼, 좀 더 형편이 좋을 때로 미루는 게 나을 듯했다.

"단점들이 있다고 했지, 헬렌? 그게 뭔데? 내가 보기엔 꽤 괜찮은 사람 같거든."

"그럼 나의 겉모습만 보고 판단하면 안 된다는 걸 배울 수 있을 거야. 스캐처드 선생님 말씀대로 나는 칠칠치가 못해. 물건을 정리하지도 못하고 잘 챙기지도 못해. 조심성도 없어. 규칙을 잘 잊어버려. 학과 공부를 해야 할 때 책을 읽어. 난 체계가 없어. 때로는 너처럼 조직적인 처리에 따르는 걸 견딜 수 없다고 말하지. 이 모든 게 스캐처드 선생님을 화나게 하는 거야. 천성적으로 깔끔하고 정확하고 꼼꼼한 분이거든."

"잔인하고 화도 잘 내지."

내가 덧붙였다. 하지만 헬렌 번스는 내 말에 수긍하지 않았다. 침묵을 지켰다.

"템플 선생님도 스캐처드 선생님처럼 모질게 굴어?"

템플 선생님의 이름이 나오자, 그녀의 엄숙한 얼굴에 부드러운 미소가 스쳤다.

"템플 선생님은 아주 좋은 분이야. 누구에게도 엄하게 굴지 못하셔. 이 학교에서 가장 형편없는 학생한테도 나의 실수를 보시면 부드럽게 타이르시지. 내가 칭찬받을 만한 일을 하면 후하게 보상해 주시고. 내가 얼마나 형편없고 결함 많은 인간인지는 그렇게 온유하고 합리적인 분의 충고조차 나의 결점을 치유하지 못한다는 걸 보면 알 수 있어. 그분의 칭찬을 매우 귀하게 여기기는 하지만 그런 칭찬을 받아도 꾸준히 주의를 기울이고 조심성 있게 행동하는 게 잘 안 돼."

"이상하네, 조심하는 건 아주 쉬운데."

내가 말했다.

"'너'한테는 분명히 그럴 거야. 오늘 아침에 네가 수업받는 걸 봤는데 아주 열심히 듣고 있더라. 선생님이 설명하고 질문하는 동안에 생각이 다른 데로 흘러가는 것 같지 않았어. 그런데 나는 자꾸만 다른 생각을 하게 돼. 스캐처드 선생님의 말을 잘 듣고 모든 말씀에 정신을 집중해야 할 때도 자주 그 목소리를 놓치게 돼. 꿈꾸는 것 같은 상태로 빠져들지. 때로는 내가 있는 곳이 노섬벌랜드이고, 주위에서 들리는 소리가 우리 집 근처의 디프덴을 흐르는 개울 소리인 것 같아. 그러다 내가 대답해야 할 차례가 돼서야 퍼뜩 깨어나지. 꿈속의 개울 소리를 듣느라 수업 내용을 하나도 못 들었으니 대답을 못할 수밖에."

"하지만 오늘 오후에는 척척 대답했잖아."

"그건 우연이었어. 내가 관심 있어 하는 내용이었거든. 오늘은 디프덴을 꿈꾸는 대신에 옳은 일을 하고자 하는 사람이 어떻게 찰스 1세가 때로 그랬던 것처럼 부당하고 지각없는 행동을 할 수 있는지 궁금해하고 있었어. 그렇게 성실하고 진지한 사람이 왕위의 특권보다 더 멀리 보지 못했다는 건 정말 안 된 일이야. 그가 좀 더 멀리 내다보거나 시대정신이 향하는 방향을 알았더라면 좋았을 텐데! 그래도 난 찰스 1세가 좋아. 그를 존경하고 동정해. 처형당한 불쌍한 왕! 그래, 그의 적들은 최악이었어. 그들에겐 피를 뿌릴 권리가 없었어. 어떻게 감히 그를 죽일 수 있느냔 말이야!"

헬렌은 이제 혼자 중얼거리고 있었다. 내가 그런 말을 잘 이해하지 못한다는 것을 그녀는 잊고 있었다. 나는 그녀에게 내 수준을 일깨워 주었다.

“템플 선생님이 가르칠 때도 집중이 안 돼?”

“물론 아니지. 자주 그렇지는 않아. 템플 선생님은 보통 내가 생각하는 것보다 더 새로운 것들을 말씀해 주시거든. 그분의 어법이 나한테 유난히 잘 맞는 데다가 내가 알고 싶었던 걸 알려 주시는 경우도 많아.”

“음, 그럼, 템플 선생님한테는 착한 학생인 거야?”

“그래, 소극적으로는 노력하는 건 아냐. 마음이 이끄는 대로 따라가는 거지. 그런 식으로 착한 건 내세울 게 못 돼.”

“그렇지 않아. 자기에게 잘해 주는 사람한테 착한 거잖아. 나도 꼭 그렇게 되고 싶어. 잔인하고 부당하게 구는 사람한테 항상 순종하고 친절하게 대하면 그 못된 인간들은 죄다 자기 마음대로 하려고 들어. 그들은 절대 겁을 내지 않아. 그러니 달라지지도 않고 점점 더 심해지는 거야. 이유 없이 얻어맞으면 있는 힘을 다해서 되갚아 줘야 돼. 난 그래야 한다고 생각해. 우리를 때린 그 사람이 다시는 그렇게 하지 못하게 본때를 보여 줘야 돼!”

“더 나이가 들면 생각이 달라질 거야. 아직 너는 교육받지 못한 어린아이니까.”

“하지만 나는 그렇게 생각해, 헬렌. 내가 아무리 마음에 들려고 노력해도 계속 날 싫어하는 사람은 나도 싫어해야 돼. 나를 부당하게 벌하는 사람들에게는 저항해야 돼. 그건 나에게 애정을 보여 주는 사람을 사랑하거나, 받아야 할 벌을 달게 받는 것처럼 자연스런 일이야.”

"이교도와 야만족들은 그런 교리를 지키겠지. 하지만 그리스도인과 문명인들은 달라."

"어떻게? 난 이해가 안 돼."

"미움을 가장 잘 이겨 내는 방법은 폭력이 아니야. 상처를 가장 잘 아물게 하는 것도 복수가 아니고."

"그럼 뭔데?"

"신약을 읽고 그리스도의 말씀과 그분의 행동을 살펴봐. 그분의 말씀을 규율로 삼고 그분의 행동을 본보기로 삼아."

"그분이 뭐라고 말씀하셨는데?"

"너희 원수를 사랑하라. 너희를 저주하는 자를 위하여 축복하라. 너희를 미워하고 핍박하는 자에게 선을 행하라."

"그러면 난 리드 부인을 사랑해야 되는데 그럴 순 없어. 그 여자의 아들 존을 축복해야 되는데 그건 불가능해."

이번에는 헬렌 번스가 나의 설명을 듣고 싶어 했다. 나는 즉시 내 방식대로 내가 당한 고통과 원한 맺힌 이야기를 쏟아 놓았다. 흥분한 상태에서 거칠고 신랄하게, 조심하거나 돌리지 않고 내가 느끼는 대로 말했다.

헬렌은 끝까지 끈기 있게 내 말을 들어 주었다. 나는 그녀가 한마디 할 거라고 예상했지만, 그녀는 아무 말도 하지 않았다.

"어때, 리드 부인은 냉혹하고 나쁜 여자지?"

내가 성마르게 물었다.

"그녀가 너에게 매정했던 건 분명해. 스캐처드 선생님이 나를 못마땅해하시듯 그녀 역시 너의 성격을 싫어했을 거야. 하지만 너는 그녀의 모든 행동과 말을 너무 상세히 기억하고 있어. 그녀의 부당함이 네 가슴에 유난히 깊은 인상을 남긴 것 같아. 그런 낙인으로 내 감정을 학대할 필요는 없어. 그녀의 모진 행동과 그로 인한 격한 감정들을 잊어버리는 편이 더 행복하지 않을까? 원한을 키우고, 또 잘못을 마음에 새기며 보내기에는 삶이 너무 짧은 것 같아. 우리는 누구든지 흠을 지니고 있고 그럴 수밖에 없어. 하지만 이 썩어 갈 육신과 함께 그것들을 다 버리게 되는 날이 곧 올 거야. 이 성가신 육체에서 타락과 죄가 떨어져 나가고, 영혼의 불꽃만이 남게 되는 시간이지. 조물주가 창조물에게 영감을 불어넣을 때처럼 순수하게, 무형적인 삶과 사고의 본질만이 남을 때가 올 거야. 그건 왔던 곳으로 돌아갈 거야. 어쩌면 다시 인간보다 더 고상한 존재와 소통하게 되겠지. 어쩌면 파리한 인간의 영혼으로부터 하늘의 천사로 밝아지는 영광의 단계를 통과하게 되겠지! 설마 그 반대로, 인간에서 악마로 타락하지는 않겠지? 아니야, 그건 확신할 수 없어. 내게는 또 다른 믿음이 있어. 아무도 가르쳐 주지 않았고, 나도 별로 말한 적 없지만 그 믿음 안에서 기쁨을 얻고, 나는 거기에 의지해. 그게 모두에게 희망을 던져 주니까. 그건 내세를 휴식으로 만들어 주지. 공포도 나락도 아닌 커다란 안식처로. 게다가 이 교의를 통해 나는 죄인과 그의 죄를 아주 분명하게 구별할 수 있어. 죄는 밉더라도 죄인은 진심으로 용서할 수 있어. 그래서 복수는 결코 내 마음을 괴롭히지 않아. 수치를 당해도 그리 깊이 화나지 않아. 부당함은 나를 심하게 짓뭉개지 못해. 나는 마지막을 바라보며 평온하게 살아."

내내 수그리고 있던 헬렌의 머리가 이 문장을 마치며 밑으로 더 내려갔다. 그녀의 표정에서 나는 그녀가 나와 더 얘기하기보다 자신의 생각과 소통하고 싶어 함을 알았다. 명상할 시간은 그리 길게 주어지지 않았다. 덩치 크고 거친 반장이 나타나 강한 컴벌랜드 사투리로 소리쳤다.

"헬렌 번스, 당장 가서 네 서랍을 정리하고 바느질감을 치워 놓지 않으면 스캐처드 선생님한테 이를 거야!"

상념에서 깨어난 헬렌은 한숨을 내쉬고 일어나 지체 없이 반장의 지시를 따랐다.

## 제7장

로우드에서 보낸 나의 첫 3개월은 한 시대만큼이나 길게 느껴졌다. 황금시대였던 것도 아니다. 새로운 규칙과 익숙지 않은 과제들에 적응해 나가는 어려움과 지겨운 투쟁의 연속이었다. 실패에 대한 두려움은 내 몫으로 주어진 신체적 고난보다 더 심하게 나를 괴롭혔다. 신체적 고난도 사소하지는 않았지만.

1월 2월, 그리고 3월의 일부가 지나는 동안, 길에는 눈이 깊이 쌓였고 눈이 녹은 뒤에도 통행이 거의 불가능해서, 우리는 교회에 갈 때를 제외하고 정원 담 너머로 나가지 못했다. 하지만 이런 제약 속에서도 매일 정원에 나가 한 시간씩을 보내야 했다. 옷은 우리를 혹독한 추위에서 보호해 주지 못했다. 장화도 없어서 눈이 구두 속으로 들어와 그 안에서 녹았다. 발은 물론이고 장갑을 끼지 않은 손도 마비되어 동상에 시달렸다. 동상에 걸려 부어오른 발 때문에 저녁마다 내가 얼마나 미치도록 짜증스러웠는지 생생하게 기억이 난다. 아침에 퉁퉁 붓고 쓰라리고 딱딱해진 발가락들을 구두로 넣을 때의 고통은 또 어떠했던가. 식사량이 적은 것도 괴로웠다. 한참 성장할 나이라 식욕은 왕성한데 허약한 병자가 간신히 생명을 부지할 정도밖에 먹지 못했다. 이로 인해 어린 학생들이 심한 괴로움을 당했다. 굶주린 상급생들이 기회가 있을 때마다 어린 학생들의 식사를 위협하거나 구슬려서 빼앗아 갔기 때문이다. 차 마시는 시간에 나의 소중한 흑빵을 두 명의 상급생과 나눠 먹어야 했던 적이 한두 번이 아니다. 세 번째 상급생에게 내 커피의 절반을 내주고는 허기로 인해 남몰래 흐르는 눈물과 함께 나머지 커피를 삼킨 적도 있었다.

그 겨울의 일요일은 황량하기 짝이 없었다. 우리는 우리의 후원자가 집전하는 브로클브리지 교회까지 3킬로미터를 걸어가야 했다. 부들부들 떨면서 출발하여, 더욱 와들와들 떨면서 교회에 도착했다. 오전 예배 시간이면 우리의 몸은 거의 마비되었다. 식사하러 돌아가기에는 너무 먼 거리라서 예배 사이의 쉬는 시간에 평소처럼 인색한 양의 차가운 고기와 빵이 배분되었다.

오후 예배가 끝나면 우리는 비바람에 노출된 언덕길로 되돌아왔다. 눈 덮인 봉우리 너머 북쪽으로 불어 대는 모진 겨울바람이 우리 얼굴의 살갗을 벗겨 낼 것만 같았다. 축 늘어진 우리 곁에서 우리를 격려하시던 템플 선생님의 모습이 기억난다. 선생님은 매서운 바람에 펄럭이는 격자무늬 외투를 바짝 여미고 경쾌하고 빠르게 걸으며 사기를 잃지 말라고, 강건한 병사들처럼 앞으로 행진하라고 힘을 주곤 했다. 가엾게도 다른 교사들은 대체로 기운이 쭉 빠져서 남을 독려할 여력이 없었다.

학교로 돌아왔을 때 활활 타오르는 불길의 열기와 빛이 우리를 맞아 주기를 얼마나 갈망했는지 모른다. 그러나 적어도 어린 학생들에게는 바랄 수 없는 일이었다. 커다란 상급생들이 제일 먼저 교실에 있는 각각의 난로를 이중으로 둘러쌌고, 어린 학생들은 그들 뒤에서 얼어붙은 팔을 앞치마로 감싸고 한데 몰려 웅크려 있어야 했다.

그래도 차 시간이면 작은 위로가 찾아왔다. 평소의 두 배 되는 빵에—반쪽이 아니라 온전한 한 조각이었다—맛있는 버터까지 얇게 발라진 형태로 그것은 이번 안식일에서 다음 안식일까지 우리 모두가 고대하는 일주일에 한 번 있는 기쁨이었다. 나는 자주 이 넉넉한 양의 절반을 따로 남겨 두곤 했다. 하지만 늘 변함없이 남은 것을 나눠야 했다.

일요일 저녁은 교리 문답과 마태복음 5장, 6장, 7장을 암송하며 보냈다. 밀러 선생님이 억누를 수 없는 하품으로 피곤을 드러내며 읽어 주는 긴 설교도 들어야 했다. 이 시간에는 어린 소녀 대여섯 명이 유두고(사도 바울이 설교할 때 졸다가 3층에서 떨어져 죽었으나 기적적으로 다시 살아난 성경 속의 인물 _옮긴이) 같은 행동을 하는 촌극이 자주 벌어졌다. 3층 누각에서 떨어진 건 아니지만 졸음을 못 이긴 아이들이 넷째 줄 의자에서 떨어져 쓰러졌다가는 반쯤 죽은 듯이 일으켜지곤 했다. 대책은 그들을 교실 가운데로 밀어 넣고, 설교가 끝날 때까지 거기 서 있게 하는 것이었다. 그들이 더 이상 버티지 못하고 한 무더기로 무너지는 경우도 있었다. 그러면 반장들이 높은 의자로 그들의 몸을 받쳐 놓았다.

브로클허스트 씨의 방문에 대해서 나는 아직 별다른 언급을 하지 않았다. 사실 그 신사는 내가 도착하고 첫 달이 거의 다 지나도록 이곳에 오지 않았다. 아마 친구인 부주교 댁에서 체류가 길어졌던 모양이다. 그가 오지 않는 건 나에게 다행스런 일이었다. 내가 왜 그의 출현을 두려워하는지는 따로 말할 필요가 없을 것이다. 하지만 마침내 그가 나타났다.

어느 날 오후(내가 로우드에서 3주를 보냈을 즈음이었다), 석판을 들고 앉아 긴 나눗셈을 계산하느라 골머리를 썩다가 나는 멍하니 창쪽을 바라보게 되었다. 마침 지나가는 형체가 내 눈을 사로잡았다. 나는 그 말라빠진 윤곽을 거의 본능적으로 알아차렸다. 2분 후, 선생님들을 포함한 학생 전체가 일제히 일어났을 때도 나는 그들이 누구를 맞이하려는 것인지 얼른 알아챌 수 있었다. 긴 보폭으로 교실을 가로질러 기립하고 있는 템플 선생님 옆에 우뚝 선 검은 기둥은 게이츠헤드의 난롯가 러그에서 너무나 불길하게 나에게 인상을 찌푸렸던 그 사람의 것이었다. 나는 이 기둥의 일부를 곁눈질로 쳐다보았다. 그래, 내 짐작이 틀림없었다. 그건 외투 단추를 채우고 전보다 더 길쭉하고 더 가늘고 더 뻣뻣해 보이는 브로클허스트 씨였다.

나는 나의 성질과 기타 등등에 대해 늘어놓던 리드 부인의 터무니없는 말들을 아주 또렷이 기억하고 있었다. 브로클허스트 씨가 템플 선생님과 다른 교사들에게 나의 비뚤어진 천성을 알리겠다고 다짐했던 약속도 물론 잊지 않고 있었다. 나는 줄곧 이 약속이 이행될까 봐 두려워했고, 내 과거에 관한 정보와 대화로 나를 영원히 나쁜 아이로 낙인찍어 버릴 '곧 도래할 남자'가 나타날까 봐 매일매일 긴장하고 있었다. 이제 거기에 그 남자가 있었다. 템플 선생님 옆에, 그가 그녀의 귀에 작은 소리로 뭔가를 말하고 있었다. 나의 악행을 폭로하고 있으리라고 믿어 의심치 않았다. 템플 선생님의 검은 안구가 혐오와 경멸을 담아 나에게 돌려지리라 예상하며, 매 순간 조마조마하게 그녀의 눈을 지켜보았다. 귀도 기울였다. 우연히 내가 교실의 꽤 위쪽에 자리하고 있었으므로 나는 그의 말을 거의 다 알아들을 수 있었다. 그 내용은 나의 불안감을 곧 덜어 주었다.

"템플 선생, 내가 로튼에서 구입한 정도의 실이면 무난할 거요. 그만하면 옥양목 속옷에 쓸 만할 것이고, 그에 어울리는 바늘도 골라 왔소. 뜨개바늘에 대해 기록하는 걸 내가 깜박했는데, 다음 주 중으로 서류를 보낸다고 스미스 선생에게 얘기하시오. 필히, 학생 한 명당 하나씩만 주어야 하오. 여러 개를 주면 잘 잃어버리거든. 그리고 말이오, 선생! 털 스타킹을 좀 더 잘 관리해야겠더군! 지난번에 부엌 정원에 나가 빨랫줄에 널린 옷가지를 살펴봤는데 수선 상태가 아주 나쁜 검정 스타킹이 꽤 많더군. 거기에 난 구멍 크기로 봐서는 제대로 손질을 하지 않는 것 같소."

그가 말을 멈췄다.

"지시하신 대로 주의하겠습니다."

템플 선생님이 대답하자 그가 말을 계속했다.

"그리고 세탁부 얘기로는 주 중에 깨끗한 옷깃 장식 두 개를 쓰는 아이들이 있다던데 그건 너무 많아요. 규칙에는 하나로 제한되어 있잖소."

"그에 대해서는 설명드릴 수 있어요. 아그네스와 캐서린 존스턴이 지난 목요일에 로튼에 있는 몇몇 친구들과 차 모임에 초대를 받아서, 그때 새것을 달고 가라고 제가 허락했습니다."

브로클허스트 씨가 고개를 끄덕였다.

"음, 한 번은 넘어갈 수 있소. 하지만 그런 일이 너무 자주 일어나지 않도록 하시오. 그리고 나를 놀라게 한 일이 또 있소. 가정부와 계산을 맞추다가 지난 2주 동안에 중식으로 빵과 치즈가 두 번이나 제공되었다는 것을 알게 되었소. 이게 어찌된 일이오? 규정을 아무리 살펴봐도 그런 중식에 대한 내용은 없는데, 누가 이 혁신을 도입한 것이오? 무슨 권한으로?"

"그에 대한 책임은 저에게 있습니다."

템플 선생님이 대답했다.

"아침 식사가 너무 형편없이 나와서 학생들이 입을 대지 못했어요. 그들을 저녁때까지 굶길 수가 없었습니다."

"마담, 잠깐 내 얘기를 들어 보시오. 이 학생들에 대한 나의 양육 방침은 사치와 방종의 습관에 젖어 들게 하는 것이 아니라 강인함과 인내와 자제력을 부여하는 것이오. 혹여 음식이 잘못되거나 드레싱이 넘치거나 모자라는 등 식욕을 줄이는 작은 문제가 발생하더라도, 그 놓친 위안을 보다 좋은 무언가로 대신 무마해 주어서는 안 되오. 그건 육신의 응석을 받아 주고 이 시설의 목표를 무너뜨리는 일이오. 일시적인 상실을 의연하게 대처할 수 있도록 격려함으로써 학생들의 영적인 수준을 계발시켜야지요. 현명한 교사라면 이런 경우를, 초기 그리스도인들의 고난에 관해, 순교자의 고통에 관해, 제자들에게 그들의 십자가를 지고 따르라 하셨던 우리 신성한 주님의 권고에 대해, 사람이 빵으로만 살 것이 아니라 하느님의 입에서 나오는 모든 말씀으로 살아야 할 것이라고 하신 그분의 경고에 대해, '나로 인하여 주리고 목마른 자는 복이 있다.'고 말씀하신 그분의 거룩한 위로에 대해 설명할 기회로 삼을 것이오. 마담, 당신은 이 아이들의 입에 불에 탄 죽 대신에 빵과 치즈를 넣어 줌으로써 그들의 미천한 육신을 먹였을지는 모르나, 그 불멸의 영혼을 굶주리게 하고 있다는 사실을 전혀 생각지 못했소."

브로클허스트 씨가 다시 말을 멈췄다. 아마 자기감정에 복받쳤던 것 같다. 그가 얘기를 시작했을 때만 해도 템플 선생님은 시선을 내리고 있었다. 하지만 이제는 앞을 똑바로 응시했고, 평소에도 대리석처럼 창백하던 얼굴에 차가움과 부동성마저 더해진 듯했다. 특히 그녀의 입은 조각가의 끌로나 벌릴 수 있을 만큼 꾹 다물어졌고 이마는 차츰 엄격하게 굳어졌다.

그사이에 브로클허스트 씨는 뒷짐을 지고 난롯가에 서서, 위엄 있게 전체 학생을 살펴보았다. 갑자기 눈부신 무언가, 아니면 충격적인 무언가를 본 것처럼 그가 눈을 한 번 깜박였다. 그러더니 고개를 돌려 지금까지의 어조보다 더 빠르게 말했다.

"템플 선생, 템플 선생, 저…… 저 곱슬머리 여자애는 뭐지? 곱슬곱슬…… 온통 구불거리는 저 빨간 머리는 뭐요?"

그가 손을 떨면서 지팡이를 뻗어 그 끔찍한 대상을 가리켰다.

"줄리아 세번이에요."

템플 선생님이 조용하게 대답했다.

"줄리아 세번이라고! 그런데 그녀가 왜, 아니 누구든 상관없어, 곱슬머리가 왜 있지? 어째서 이 학교의 모든 교훈과 원칙을 어기고, 복음주의적인 자선 시설인 여기서 저런 곱슬머리로 세속을 따르고 있느냔 말이오?"

"줄리아는 선천적으로 곱슬머리예요."

템플 선생님이 더 낮은 목소리로 대꾸했다.

"선천적으로! 그래, 하지만 우리는 자연의 틀에 순응하지 않소. 나는 이 아이들이 은혜로운 아이들이 되기를 바라오. 그런데 저 치렁치렁한 머리가 웬 말이오? 단정하고 정숙하고 평범하게 머리를 정리하라고 누누이 일렀잖소. 템플 선생, 저 아이의 머리카락을 완전히 잘라 내시오. 내일 이발사를 보내겠소. 그러고 보니 다른 아이들도 쓸데없이 너무 많이 길렀군. 저기 큰 학생, 돌아서 보라고 하시오. 상급반 전체를 일으켜서 벽으로 돌아서게 하시오."

템플 선생님이 무의식적으로 뒤틀리는 입술의 움직임을 가리려는 듯 입에 손수건을 댔다. 하지만 그녀는 명령을 내렸고, 상급반 학생들은 그들에게 요구되는 바를 알아차리고 순종했다. 내가 의자에서 뒤로 약간 몸을 기울여 보니 그들의 눈초리와 찌푸린 얼굴이 이 조치에 대해 불만을 표시하고 있었다. 브로클허스트 씨가 그걸 보지 못한 게 유감이었다. 어쩌면 그도 잔과 대접의 표면에는 무슨 짓을 할 수 있을지라도, 속까지 자기 힘으로 좌지우지할 수는 없다는 걸 느꼈을지 모른다.

그는 5분 정도, 이 살아 있는 메달들의 뒷모습을 꼼꼼히 뜯어보고 나서 판결을 내렸다. 그의 말이 운명의 종소리처럼 울렸다.

"묶은 머리를 전부 잘라 내시오."

템플 선생님이 이의를 제기하려 하자 그가 말을 이었다.

“마담, 내가 섬기는 분의 왕국은 이 세상이 아니오. 나의 사명은 이런 소녀들에게서 육신의 갈망을 억제시키는 것이오. 땋은 머리와 호사스런 옷이 아니라, 부끄러움과 절제의 옷을 걸치도록 가르치는 것이 나의 할 일이오. 우리 앞에 있는 젊은이들의 땋은 머리는 허영이 엮어 낸 것이오. 다시 말하지만, 이건 다 잘라 내야 하오. 그로 인해서 낭비되는 시간을 생각하시오.”

브로클허스트 씨의 말이 여기서 끊겼다. 다른 방문객인 숙녀 세 명이 방으로 들어왔기 때문이다. 그들도 조금 더 빨리 와서 그의 훈계를 들었어야 했는데 그들은 모두 벨벳과 비단과 모피로 화려하게 차려입고 있었다. 젊은 두 명은(열일곱과 열아홉 살의 고운 소녀들) 당시에 유행하던 타조 털이 달린 회색 비버 모자를 썼고, 이 우아한 머리 덮개의 챙 아래로 정교하게 구불거리는 머리가 풍성하게 치렁거렸다. 나이 든 여자는 흰 담비 털로 테를 두른 고급 벨벳 숄을 감고, 프랑스제 곱슬머리 가발로 앞머리를 장식했다.

이 숙녀들은 브로클허스트 부인과 영애들로서 템플 선생님의 공손한 영접을 받으며 교실 위쪽의 명예석으로 안내되었다. 그들은 성직자 남편 혹은 아버지와 같이 마차를 타고 와서 그가 가정부와 업무를 처리하고 세탁부에게 질문하고 교장에게 훈계하는 동안, 위층 방들을 샅샅이 조사하고 다녔던 모양이다. 이제 그들은 기숙사 감독과 리넨 제품의 관리를 맡고 있는 스미스 선생에게 여러 가지 의견과 잔소리를 늘어놓기 시작했다. 하지만 나는 그들의 말을 듣고 있을 시간이 없었다. 곧이어 발생한 다른 문제가 나의 관심을 붙잡았기 때문이다.

그때까지 나는 브로클허스트 씨와 템플 선생님의 대화를 주워듣는 동시에, 나의 개인적인 안전 확보를 위한 예방 조치에도 만전을 기하고 있었다. 눈에 띄지만 않으면 된다. 이를 위해 나는 의자 뒤로 앉아 계산하느라 바쁜 척하며 석판으로 얼굴을 가리고 있었다.

그 망할 석판이 내 손에서 미끄러지지만 않았던들, 사정없이 소리 내며 떨어져 단번에 모든 사람의 시선을 나에게로 끌어들이지만 않았던들 들키지 않을 수 있었을 텐데. 이제 나는 모든 게 끝장이라는 것을 알았고, 쪼개진 석판 두 조각을 주우려고 몸을 굽히며, 최악의 상황에 대비하여 기력을 끌어모았다. 곧 우려하던 상황이 닥쳤다.

"조심성 없기는!"

브로클허스트 씨가 곧바로 말을 이었다.

"흐음, 새로 들어온 그 학생이로군."

내가 숨 돌릴 겨를도 없이 그가 말했다.

"저 아이에 관해 말하는 것을 잊으면 안 되지."

나에게는 그 소리가 얼마나 크게 들렸는지 모른다.

"석판 깨뜨린 학생, 앞으로 나와!"

나는 내 힘으로 움직일 수 없었다. 몸이 마비되었다. 하지만 내 양쪽에 앉아 있던 커다란 학생 둘이 나를 일으켜 그 무서운 심판관 쪽으로 밀었고, 다음에 템플 선생님이 부드럽게 그의 바로 앞까지 나를 인도하며 나지막이 속삭였다.

"걱정하지 마, 제인. 실수한 거잖아. 벌 받지 않을 거야."

그 다정한 속삭임이 단검처럼 내 심장을 찔렀다.

'1분만 있으면 선생님도 나를 위선자라고 경멸하겠지.'

그런 확신이 들자 리드와 브로클허스트 패거리에 대한 분노가 내 맥박 속에서 들끓었다. 나는 헬렌 번스가 아니었다.

"의자 가져와."

브로클허스트 씨가 방금 전에 반장이 앉아 있던 높은 의자를 가리키며 말했다. 의자가 옮겨졌다.

"그 위에 아이를 올려."

알 수 없는 누군가가 나를 거기에 올렸다. 사실 자세한 상황은 기억할 수가 없다. 그저 그들이 나를 브로클허스트 씨의 코앞까지 들어 올렸고, 그가 1미터도 안 되는 내 앞에 있었고, 각도에 따라 빛깔이 달라지는 주황색과 보라색 비단 외투와 은색 깃털 구름이 내 아래 펼쳐져 흔들리고 있는 것을 인식했을 뿐이다.

브로클허스트 씨가 헛기침을 했다. 그가 자기 가족을 돌아보며 말했다.

"숙녀 여러분, 템플 선생, 여러 교사들, 학생들, 모두 이 소녀가 보입니까?"

당연한 일이다. 그들의 눈이 달아오른 내 피부에 볼록 렌즈처럼 직행했다.

"아직 어린아이처럼 보이지요. 보통 아이의 모습이라고 생각될 겁니다. 자애로우신 하느님은 우리 모두에게 주신 형상을 이 아이에게도 주셨습니다. 어디에도 이 아이의 성질을 드러내는 기형적인 표식은 없습니다. 그 안에 이미 악마의 종과 중개인이 들어 있으리라고 누가 생각이나 하겠습니까? 하지만 슬프게도, 이것이 사실입니다."

침묵이 흘렀다. 나의 마비된 신경은 이미 차분해지고 있었다. 루비콘 강을 건넜으니 더 이상 피하지 말고, 굳건하게 이 시련을 견뎌야 하리라.

검은 대리석 같은 이 성직자가 구슬프게 말을 이었다.

"친애하는 학생 여러분, 슬프고 우울한 일입니다. 하느님의 양일 수도 있는 이 아이가 실은 버림받은 양이라는 것을 경고하는 게 나의 의무가 되었으니 말이오. 이 아이는 참된 양 떼의 일원이 아니라 틀림없는 불법 침입자이자 이방인이오. 이 아이를 경계하시오. 본을 받으면 안 돼요. 필요하다면 같이 어울리지 말고 같이 놀아 주지 말고 대화에 끼워 주지도 말아야 합니다. 교사들도 잘 지켜보시오. 이 아이의 움직임을 감시하고 말과 행동을 꼼꼼히 따져보고 몸을 벌해서라도 영혼을 구하시오. 그렇게 해서 구제가 가능하다면 말이지만 왜냐하면(이 말을 하는 나의 혀가 떨리는군), 그리스도의 땅에서 태어난 이 소녀는 브라마에게 기도하고 자간나타(힌두교의 신 크리슈나의 신상 _옮긴이) 앞에 무릎을 꿇는 이교도보다 더 나쁜 거짓말쟁이요!"

10분 정도 정적이 이어졌다. 이때쯤 완전히 제정신이 돌아온 나는 그사이에 브로클허스트 가의 여자들이 일제히 손수건을 꺼내 눈에 대면서 나이 든 여자는 앞뒤로 몸을 흔들고, 젊은 여자들은 "어쩜 그럴 수가!" 하고 속삭이는 모습을 관찰했다.

브로클허스트 씨가 다시 말했다.

"나는 그녀의 은인에게서 이 아이에 대해 들었소. 그 신실하고 자비로운 숙녀는 고아인 이 아이를 받아들여 자신의 딸처럼 키웠는데, 이 몹쓸 아이는 그 친절과 관대함을 너무나 못되고 두려운 배은망덕으로 되갚아, 마침내 이 훌륭한 은인은 그녀의 타락한 사례가 자기 아이들의 순수성을 오염시킬까 봐 걱정이 되어 자기 아이들 곁에서 이 아이를 떼어 놓을 수밖에 없었소. 그 옛날 유대인들이 소용돌이치는 베데스다 연못으로 병자를 보냈던 것처럼 이 아이를 치료하려고 여기로 보낸 것이오. 교사 여러분, 교장 선생, 이 아이 주위의 물이 썩지 않게 주의하기를 부탁드리오."

이 고상한 결론을 끝으로 브로클허스트 씨가 외투의 맨 위 단추를 매만지고, 그의 가족에게 뭐라고 중얼거리자 그들은 자리에서 일어나 템플 선생님에게 고개를 숙였다. 그 뒤에 이 위대한 인간들은 모두 당당하게 교실을 걸어 나갔다. 나의 심판관이 문에서 돌아서며 말했다.

"저 아이를 30분 더 의자에 세워 놓고, 오늘 하루 종일 아무도 말 걸지 못하게 하시오."

나는 거기에 높이 올라서 있었다. 내 발로 교실 한가운데 서 있는 것조차 수치스러워 참을 수 없다고 했던 내가, 이제 오명의 연단에서 뭇사람들의 시선에 노출되어 있었다. 내가 어떤 느낌이었는지 말로는 표현할 수 없다. 여러 가지 감정이 일어나 내 숨통을 조이고 목구멍을 오그라들게 할 때, 한 소녀가 다가와 내 곁을 지나갔다. 지나면서 그녀가 시선을 들어 올렸다.

거기에 얼마나 묘한 빛이 담겨 있었는지! 그 빛이 얼마나 특별한 느낌으로 나에게 밀려들었는지! 얼마나 새로운 감각이 나를 지탱해 주었는지! 마치 순교자나 영웅이 노예나 희생자의 곁을 지나며 힘을 불어넣어 주는 것 같았다. 나는 격렬해지는 광분을 억누르며 머리를 높이 쳐들고 의자에 꿋꿋이 버티고 섰다. 헬렌 번스가 스미스 선생에게 바느질에 대해 대단찮은 질문을 했다가 하찮은 질문이라고 꾸중을 듣고, 자기 자리로 돌아가는 길에 다시 지나치면서 나에게 미소를 보냈다. 그 미소라니!

나는 아직도 그 미소를 기억하고 있다. 그것은 뛰어난 지성과 진정한 용기의 발산이었다. 천사의 모습을 반영하듯이, 그녀의 특징 있는 용모, 야윈 얼굴, 움푹 들어간 회색 눈을 환하게 만드는 미소였다. 그런데 그 순간에 헬렌 번스의 팔에는 '단정치 못함.'이라는 표지가 붙어 있었다. 바로 한 시간 전에 그녀가 베껴 쓰는 연습을 하다가 잉크를 흘렸다는 이유로 스캐처드 선생이 다음 날 점심에 물과 빵만 먹으라고 벌하는 것을 내 귀로 들었다. 세상에 완전한 사람이 어디 있겠는가! 아주 깨끗한 달의 표면에도 티는 있게 마련이다. 스캐처드 선생 같은 사람은 사소한 결점만을 볼 뿐, 그 밝고 환한 전체 모습은 보지 못한다.

## 제8장

30분이 지나지 않아 시계가 5시를 울렸다. 수업이 끝났고 모두들 차를 마시러 식당으로 사라졌다. 나는 의자에서 내려왔다. 진한 어스름이 깔려 있었다. 구석으로 가서 바닥에 주저앉았다. 지금까지 나를 지탱해 준 마력이 약해지기 시작했다. 이윽고 나는 도저히 감당할 수 없는 비통함에 사로잡혀 땅에 얼굴을 대고 엎드려 쓰러졌다. 울었다. 헬렌 번스는 여기 없었다. 나를 붙잡아 줄 아무것도 없었다. 혼자 남겨진 나는 나 자신을 포기했고 눈물로 마룻바닥을 적셨다. 난 착한 아이가 될 생각이었다. 로우드에서는 꼭 그렇게 되고 싶었다. 친구를 많이 사귀고 존중을 받고 애정을 얻고 싶었다. 이미 눈에 띄는 진전도 이뤘다. 그날 아침에 나는 반에서 제일 우수한 학생이었다. 밀러 선생은 따뜻한 말로 나를 칭찬해 주었고 템플 선생님 역시 동의한다는 듯 미소를 보내 주었다. 그림 그리는 걸 가르쳐 주겠다고 약속했고, 두 달 더 이런 식으로 계속 발전하면 프랑스어도 배울 수 있을 거라고 했다. 다른 아이들도 나를 잘 받아 주었다. 내 또래의 아이들은 나를 동등하게 대접했고 누구도 나를 괴롭히지 않았다. 그런데 지금 나는 여기에 다시 짓밟혀 뭉개진 채 누워 있다. 내가 다시 일어날 수 있을까?

'불가능해.' 하고 나는 생각했다. 그저 죽고만 싶었다. 흐느낌 사이사이로 이런 소망을 내뱉고 있는데 누군가가 다가왔다. 나는 화들짝 일어났다. 다시 헬렌 번스가 내 곁에 있었다. 사그라지는 불길이 길고 텅 빈 방으로 걸어오는 그녀의 모습을 보여 주었다. 그녀가 나에게 커피와 빵을 내밀었다.

"자, 좀 먹어 봐." 하고 그녀가 말했다. 하지만 그 상태에서는 부스러기 하나, 물 한 방울만 먹어도 목이 멜 것 같아서 나는 둘 다 밀어냈다. 헬렌은 놀랐는지 나를 바라보았다. 이제 아무리 애를 써도 감정을 다스릴 수가 없었다. 큰 소리로 엉엉 울어 댔다. 그녀는 내 옆 바닥에 앉아 두 팔로 무릎을 감싸고 거기에 머리를 기댄 채 인도인처럼 말없이 남아 있었다. 먼저 입을 연 사람은 나였다.

"헬렌, 모두가 거짓말쟁이라고 믿는 내 옆에 왜 있는 거야?"

"모두? 어머, 네가 거짓말쟁이라는 말을 들은 사람은 겨우 80명이고, 세상에는 수억 명이 있어."

"하지만 수억 명이 나랑 무슨 상관이야? 내가 아는 80명이 나를 경멸하는데."

"제인, 그건 오해야. 아마 이 학교에서 널 경멸하거나 싫어하는 사람은 단 한 명도 없을 거야. 많은 아이들이 너를 정말 가엾게 여길 거야."

"브로클허스트 씨가 그런 말을 했는데 어떻게 날 가엾게 여길 수 있어?"

"브로클허스트 씨는 신이 아니야. 위대하고 존경받는 사람도 아니지. 여기서 그를 좋아하는 사람은 별로 없어. 호감 살 만한 일을 전혀 하지 않았거든. 그가 너를 특별히 총애하는 것처럼 대했다면 네 주위에는 노골적으로 아니면 은밀하게 적들이 생겨났을 거야. 하지만 그게 아니니까 더 많은 아이들이 너를 동정하고 있을 거야. 하루 이틀쯤은 교사와 학생들이 너를 차갑게 바라볼지 몰라도 그들의 마음에는 친절한 감정이 숨어 있어. 네가 잘 견뎌 내면 일시적으로 억눌려 있던 이런 감정들이 오래지 않아 더 분명하게 나타날 거야. 게다가, 제인."

그녀가 말을 멈췄다.

"응, 헬렌?"

내가 그녀의 손 사이에 내 손을 넣으며 말했다. 그녀가 부드럽게 내 손을 문질러 따뜻하게 해 주면서 말을 이었다.

"세상 모두가 널 미워하고 못된 아이로 여기더라도, 네 양심이 옳다 하고 죄를 멀리한다면 너에게 친구가 없을 리 없어."

"그래, 내가 나를 좋게 생각해야 한다는 건 알아. 하지만 그것으로는 충분하지 않아. 다른 사람들이 날 사랑하지 않으면 그렇게 사느니 차라리 죽는 게 나아. 외톨이로 미움받는 건 견딜 수 없어. 헬렌 여길 봐. 너한테든, 아니면 템플 선생님에게든, 내가 정말 사랑하는 누구에게든 진정한 애정을 받을 수만 있다면 내 팔이 부러져도, 황소가 나를 내던져도, 사나운 말 뒤에 섰다가 발굽에 가슴을 차이는 한이 있어도 난 기꺼이 감수할 거야."

"쉿, 제인! 넌 인간의 사랑을 너무 크게 생각해. 너무 충동적이야, 너무 격렬해. 너의 형상을 지으시고 그 안에 생명을 주신 하느님의 손은 너의 연약한 자아나 너처럼 연약한 피조물들과는 다른 자원을 제공해 주셔. 이 땅 이외에, 인간의 족속 이외에, 보이지 않는 세상과 영들의 왕국이 있어. 그 세상은 우리 주위에 있어. 그건 어디에나 있으니까. 그 영들은 우리를 보호하는 게 임무라서 우리를 지켜보고 있어. 우리가 고통과 치욕에 빠져 죽어 가더라도, 사방에서 조롱이 우리를 공격하고 증오가 우리를 짓뭉개더라도, 천사들은 우리의 고통을 보고, 우리의 결백을 알아차리시고(우리가 결백하다면 그렇다는 거야. 브로클허스트 씨가 리드 부인에게 전해 들은 말로 근거 없이 거만하게 되풀이한 그 비난에 대해 나는 네가 결백하다는 걸 알아. 너의 열렬한 눈과 맑은 얼굴에서 거짓 없는 성격을 읽었거든), 하느님은 우리에게 충분한 보상을 내려 주시려고 우리의 영혼이 육신에서 분리되는 날을 기다리고 계셔. 삶은 곧 끝나고, 죽음은 행복과 영광으로 들어가는 길이 확실한데, 우리가 왜 비탄에 젖어 허우적대야 하니?"

나는 잠자코 있었다. 헬렌의 말은 나의 마음을 평온하게 해 주었다. 하지만 그녀가 전해 준 평온에는 표현할 수 없는 슬픔이 섞여 있었다. 그녀의 말을 듣는 동안에도 왠지 모를 비애감이 느껴졌지만 그게 어디서 온 건지는 알 수 없었다. 말을 끝낸 그녀가 약간 숨을 헐떡이며 밭은기침을 토해 냈다. 막연히 그녀가 걱정스러워서 나는 잠시 내 슬픔을 잊었다.

나는 헬렌의 어깨에 머리를 기대고 그녀의 허리에 두 팔을 감았다. 그녀가 날 안아 주었고 우리는 말없이 그렇게 앉아 있었다. 얼마 지나지 않아 다른 사람이 들어왔다. 강해지는 바람이 하늘의 무거운 구름들을 흩어 달님을 고스란히 드러냈다. 근처의 창에서 스며드는 달빛이 우리 둘과 다가오는 그 형체를 충분히 비춰 주었다. 우리는 그 사람이 템플 선생님이라는 것을 금방 알아차렸다.

"일부러 널 찾으러 왔어, 제인 에어. 내 방으로 가자. 헬렌 번스도 같이 있으니 함께 가자꾸나."

우리는 일어나서 따라갔다. 선생님이 이끄는 대로, 복잡한 통로들을 지나 계단을 오른 뒤에 그녀의 방에 도착했다. 불길이 활활 타고 있는 푸근한 공간이었다. 템플 선생님이 헬렌 번스에게 난로 한 쪽의 낮은 안락의자를 권하고, 자신은 다른 쪽 의자에 앉고 나서 나를 옆에 세웠다.

"실컷 울었니?"

그녀가 내 얼굴을 바라보며 다시 물었다.

"눈물로 슬픔을 다 씻어 냈니?"

"절대 다 씻어질 것 같지 않아요."

"어째서?"

"저는 부당하게 비난받았으니까요. 선생님과 다른 모두가 이제 나를 못된 아이로 생각할 테니까요."

"우리는 네가 보여 주는 것을 보고 판단한단다. 앞으로 계속 착하게 행동하면 난 너에게 만족할 거야."

"정말이에요, 템플 선생님?"

"그렇단다."

그녀가 한 팔로 나를 감싸 안으며 말했다.

"이제 브로클허스트 씨가 너의 은인이라고 말한 그분이 누구인지 얘기해 줄래?"

"리드 부인이라고, 제 외삼촌의 아내예요. 외삼촌은 돌아가셨는데, 돌아가시면서 저를 맡기신 거예요."

"그럼 그분이 자의로 너를 맡은 게 아니니?"

"아뇨, 리드 부인은 그럴 마음이 없었어요. 하지만 하인들이 쑥덕거리는 말을 들었는데, 외삼촌이 돌아가시기 전에 저를 계속 부양하겠다는 약속을 받아 냈대요."

"그래, 제인, 너도 알겠지만, 아니 적어도 나는 이렇게 생각하는데 말이다. 비난을 받을 때는 누구든 자기를 변명할 기회가 주어져야 돼. 너는 거짓 비난을 받았어. 최선을 다해서 나에게 너를 변호해 보렴. 네가 사실로 기억하는 걸 뭐든지 말해 봐. 하지만 말을 덧붙이거나 과장하지는 마라."

나는 아주 중립적으로, 아주 정확하게 말하겠다고 마음속으로 결심했다. 몇 분간 할 말을 조리 있게 정리하고 나서, 나는 내 불행한 어린 시절의 이야기를 모두 다 털어놓았다. 감정을 한껏 쏟아 낸 뒤라 내 말씨는 평소보다 훨씬 차분했다. 분노에 빠져들지 말라던 헬렌의 경고를 떠올리며, 보통 때보다 아주 많이 괴로움과 씁쓸함을 덜어 냈다. 그렇게 삼가고 간소화시키자 이야기가 더 신뢰감 있게 들렸다. 이야기를 하는 동안 나는 템플 선생님이 나를 믿는다고 느꼈다.

내가 발작을 일으켰을 당시 로이드 씨가 나를 살피러 왔던 일에 대해서도 이야기했다. 붉은 방의 그 섬뜩한 사건은 절대로 잊을 수 없는 일이었다. 그 상황을 설명하면서 나는 다소 도를 넘을 정도로 흥분했다. 용서해 달라고 미친 듯이 애원하는 나를 뿌리치고, 리드 부인이 유령이 나오는 어두운 방에 나를 두 번째로 가뒀을 때 내 심장을 움켜쥐었던 그 고통스런 경련은 도저히 내 기억에서 덜어 낼 수 없었다.

내가 이야기를 마쳤다. 템플 선생님이 말없이 몇 분 동안 나를 바라보더니 말했다.

"내가 로이드 씨를 좀 알아. 그쪽으로 편지를 보낼 생각이야. 그의 답장이 네 말과 일치하면 너는 공개적으로 모든 누명을 벗게 될 거야. 제인, 나에게 너는 이제 결백해."

그녀가 나에게 키스했고, 여전히 나를 옆에 둔 채로(나는 그 자리에 서 있는 게 매우 만족스러웠다. 그녀의 얼굴과 옷, 한두 가지 장신구, 하얀 이마, 돌돌 말려 있는 빛나는 머리, 반짝이는 검은 눈동자를 보면서 아이로서의 기쁨을 찾아냈다) 헬렌 번스에게 말을 걸었다.

"오늘 밤은 어떠니, 헬렌? 낮에 기침을 많이 했니?"

"그렇게 많이 하진 않았어요, 선생님."

"가슴 통증은?"

"좀 나아졌어요."

템플 선생님이 일어나 그녀의 손을 잡고 맥을 짚었다. 그러고는 자기 자리로 되돌아갔다. 의자에 다시 앉을 때, 나는 그녀의 낮은 한숨 소리를 들었다. 그녀가 잠시 생각에 잠겼다가 기운을 차리며 쾌활하게 말했다.

"너희는 오늘 밤 내 손님이야. 손님답게 대접을 해 드려야지."

그녀가 종을 울렸다. 그리고 방에 들어온 하인에게 말했다.

"바바라, 난 아직 차를 마시지 않았어. 이 두 분 숙녀의 잔도 챙겨

서 가지고 와요."

곧 차 쟁반이 들어왔다. 불가의 작고 동그란 탁자에 놓인 자기 그릇과 산뜻한 찻주전자가 내 눈에 얼마나 예뻐 보였는지! 차에서 나오는 김과 토스트 향은 또 얼마나 향긋했는지! 하지만 실망스럽게도(배가 고파지기 시작했기 때문에) 토스트는 아주 작은 조각 하나뿐이었다. 템플 선생님도 그걸 알아보고 말했다.

"바바라, 버터와 빵을 좀 더 가져올 수 있을까? 셋이 먹기에는 부족하겠어."

바바라가 나갔다가 금세 돌아왔다.

"하든 부인이 평소대로 올려 보냈다고 하는데요."

여기서 말하는 하든 부인은 가정부였다. 브로클허스트 씨처럼 심장이 고래수염과 강철로 만들어진 여자였다.

"오, 알았어!"

템플 선생님이 대꾸했다.

"이걸로 때워야 할 모양이네."

하인이 물러가자 그녀가 싱긋 웃으며 덧붙였다.

"다행히 이번에는 나한테 부족분을 메울 방도가 있지."

그녀는 헬렌과 나를 탁자로 불러들이고 맛있어 보이지만 야박하게 얇은 토스트 조각과 찻잔을 우리에게 내주었다. 그러고는 서랍을 열더니 종이에 싼 꾸러미를 꺼내서, 곧이어 꽤나 커다란 씨앗 케이크를 우리 앞에 가져왔다.

"너희가 돌아갈 때 주려고 했는데, 토스트가 조금밖에 없으니 지금 먹으렴."

그렇게 말하며 후하게 몇 조각을 잘라 우리에게 건네주었다.

그날 저녁에 우리는 넥타와 신들의 음식으로 잔치를 벌인 기분이었다. 넉넉하게 제공된 맛있는 식사로 허기진 배를 채우는 동안, 그런 우리를 흐뭇하게 바라보는 선생님의 미소도 그 연회의 적지 않은 기쁨이었다. 차를 다 마시고 쟁반이 치워지고 나서, 그녀가 다시 우리를 불가로 불렀다. 우리는 선생님의 양쪽에 앉았고, 이제 그녀와 헬렌 사이에 대화가 이어졌다. 사실 그 대화를 듣는 것은 특권이었다.

템플 선생님에게는 늘 차분한 분위기와 위엄 있는 태도, 세련되고 교양 있는 말씨가 배어 있어서 격하게 흥분하고 열을 올리는 경우가 없었다. 그녀를 보고 있으면 듣는 사람의 기쁨을 절제시키는 경외감 같은 것이 느껴졌다. 내 느낌이 바로 그랬다. 하지만 헬렌 번스는 나에게 놀라움을 안겨 주었다.

기운을 북돋아 준 식사, 화사한 불길, 좋아하는 선생님의 존재와 그 친절함, 아니 어쩌면 다른 무엇보다도 그녀의 남다른 정신에 있는 무언가가 그녀 안에 있는 능력을 깨워 낸 모양이었다. 그것이 깨어나 불이 붙었다. 처음에 그것은 핏기 없이 창백하기만 하던 뺨에 전에 없이 발그레한 빛깔을 자극했다. 다음에는 그녀의 눈에 투명한 광채를 일으키며, 갑자기 템플 선생님보다 더 독특한 아름다움을 뿜어냈다. 고운 색채나 긴 속눈썹이나 그린 눈썹이 아니라, 의미와 움직임과 빛이 만들어 내는 아름다움이었다. 그녀의 영혼이 그녀의 입술에 내려앉아 나로서는 어디서 나오는지 알 수 없는 말들이 술술 흘러나왔다. 열네 살 소녀가 어떻게 그렇게 순수하고 풍성하고 열렬한 웅변이 넘치는 크고 강한 가슴을 지닐 수 있었을까? 잊을 수 없는 그날 저녁에 헬렌이 자아낸 대화는 그런 것이었다. 그녀의 영혼은 보통 사람이 오랜 시간에 걸쳐 살아가는 그 많은 삶을 짧은 시간 안에 살아 가려고 서두르는 듯했다.

그들은 내가 한 번도 들어 보지 못한 것들을 이야기했다. 여러 민족과 과거의 시대, 멀고 먼 나라들에 대해, 발견되었거나 추측되는 자연계의 비밀에 대해. 그들은 책에 대해서도 이야기했다. 그들의 독서량이 얼마나 방대했던지! 그들의 지식은 또 얼마나 풍부했던지! 그들은 프랑스의 인명과 작가들을 아주 잘 알고 있는 듯했다. 템플 선생님이 헬렌에게 아버지가 가르쳐 주신 라틴어를 가끔 떠올릴 때가 있느냐고 물으면서, 선반에서 책을 가져와《베르길리우스》의 한 페이지를 읽고 해석해 보라고 했을 때 나의 놀라움은 절정에 달했다. 헬렌이 선생님의 말을 따라 한 행 한 행 읽을 때 나는 진심으로 그녀를 숭배하게 되었다. 그녀의 해석이 끝나자 곧 취침 시간을 알리는 종이 울렸다. 꾸물거릴 시간이 없었다. 템플 선생님이 우리 둘을 가슴에 끌어당겨 안으며 말했다.

"얘들아, 너희에게 하느님의 축복이 있기를!"

그녀는 나보다 헬렌을 조금 더 오래 안아 주었다. 그리고 더 아쉬워하며 놓아주었다. 문을 나올 때까지 그녀의 시선은 헬렌에게 머물러 있었다. 그녀가 두 번째로 슬픈 한숨을 내쉰 것은 헬렌을 위해서였다. 헬렌을 위해 그녀는 뺨으로 흐르는 눈물을 닦았다.

침실로 가는데 스캐처드 선생의 목소리가 들려왔다. 그녀는 서랍을 검사하는 중이었다. 마침 헬렌 번스의 서랍을 꺼내던 참이어서 들어가자마자 헬렌은 날카로운 꾸중을 들었고, 내일 지저분하게 흩어 놓았던 물건 여섯 가지를 어깨에 달고 있어야 하는 벌을 받았다.

헬렌이 나에게 작은 목소리로 속삭였다.

"정말 내가 너무 심하게 물건을 어질러 놨어. 정리할 생각이었는데 깜빡 잊어버렸지 뭐야."

다음 날 아침에 스캐처드 선생은 두꺼운 종잇장에 눈에 확 띄는 글씨로 '단정치 못함.'이라는 단어를 써서, 온화하고 지적이고 너그러워 보이는 헬렌의 넓은 이마에 부적처럼 묶어 놓았다. 헬렌은 그것을 당연한 벌로 여기고 원망하는 기색 없이 참을성 있게 저녁까지 달고 있었다. 스캐처드 선생이 오후 수업을 끝내고 나가자마자, 나는 헬렌에게로 달려가 그걸 갈기갈기 찢어서 난롯불에 집어 던졌다. 그녀의 가슴에 없는 분노가 하루 종일 내 영혼을 불태웠고, 굵고 뜨거운 눈물이 하염없이 내 뺨을 데웠다. 슬프게 체념한 그녀의 모습이 참을 수 없이 내 마음을 아프게 했기 때문이다.

이 사건이 있고 나서 일주일쯤 뒤에, 템플 선생님이 로이드 씨로부터 답장을 받았다. 그 내용이 내가 한 설명을 확증해 준 모양이었다. 템플 선생님은 전교생이 모인 자리에서 제인 에어에 대해 제기된 비난을 조사해 보았으며, 그녀가 이 모든 비난으로부터 완전히 자유로워졌음을 알릴 수 있게 되어 행복하다고 말했다. 선생님들이 내 손을 잡아 흔들며 키스했고, 다른 아이들 사이에 기쁨의 속삭임이 번졌다.

이렇게 비통한 짐을 벗어던지게 된 나는, 어떠한 어려움이 있더라도 내 길을 개척해 나가리라고 새롭게 각오를 다졌다. 나는 열심히 노력했고, 또 노력만큼 성과를 거뒀다. 원래 좋지 않았던 기억력은 연습을 통해 개선되었다. 몇 주일 뒤에는 더 높은 반으로 올라갔다. 두 달도 안 되어 프랑스어와 미술 공부를 시작할 수 있게 되었다. 같은 날 나는 '에트르(Être)' 동사의 시제 두 개를 배웠고, 난생처음 오두막을 그려 보았다(말이 났으니 말인데, 그 벽은 피사의 사탑이 무색할 정도로 삐딱하게 기울어 있었다). 그날 밤, 침대로 가면서 나는 언제나 내적인 갈망을 달래려고 떠올리곤 했던 뜨끈뜨끈한 구운 감자나 흰 빵과 신선한 우유가 놓인 상상의 저녁 식사를 잊어버렸다. 대신에 어둠 속에서 내 눈앞에 떠오른 것은 이상적인 그림들의 풍경으로 차려진 잔치였다. 모두 내 손으로 그린 작품들이었다. 자유롭게 그려 낸 집과 나무들, 매력적인 바위와 옛터들, 네덜란드 화가 코이프가 그린 것 같은 소 떼, 아직 피어나지 않은 장미 위로 맴도는 나비들, 익은 체리를 쪼아 대는 새들, 어린 담쟁이덩굴 가지로 엮어 진주 같은 알들을 품은 굴뚝새 둥지들. 피에로 선생이 보여 준 프랑스 동화책을 거침없이 번역하게 될 날이 언제일까도 생각해 보았다. 만족스런 해답을 찾기 전에 나는 곧 곤하게 잠이 들었다.

솔로몬이 이런 말을 했다.

"채소를 먹으며 서로 사랑하는 것이 살진 소를 먹으며 서로 미워하는 것보다 나으니라."

나는 이제 이 궁핍한 로우드의 생활을, 게이츠헤드의 사치스런 일상과 바꾸지 않기로 작정했다.

# 제9장

그러나 로우드에서의 결핍과 고난도 차츰 줄어들고 있었다. 봄이 오고 있었던 것이다. 아니 사실은 이미 왔다고 해야겠다. 겨울의 서리가 자취를 감추고, 눈이 녹고 살을 에는 바람도 기세가 꺾였다. 1월의 혹독한 추위에 살갗이 벗겨지고 부풀어 올라 절름거리던 불쌍한 내 발이 부드러운 4월의 바람에 치료되어 가라앉기 시작했다. 밤과 아침은 더 이상 캐나다의 기온처럼 우리 혈관의 피를 얼어붙게 하지 않았다. 이제 정원에서 노는 시간도 견딜 만했다. 햇살 좋은 날에는 가끔 유쾌하고 쾌적하기까지 했다. 갈색 화단에 초록빛이 자라기 시작하더니, 밤새 그리로 오락가락하던 희망의 여신이 아침이면 더욱 화사한 걸음의 흔적을 남긴다는 생각이 들 정도로 날마다 싱싱해졌다. 아네모네, 크로커스, 보랏빛 앵초, 금빛을 품은 팬지, 이런 꽃들이 이파리들 사이로 고개를 내밀었다. 우리는 이제 반공일인 목요일 오후마다 산책을 했고, 산울타리 아래 길가에서 피어나는 어여쁜 꽃들을 새록새록 찾아 나갔다.

담장 못을 박은 우리 정원의 높은 담벼락 너머에, 지평선만이 그 경계인 즐거움과 크나큰 기쁨이 존재한다는 것도 알게 되었다. 신록과 나무 그늘이 짙은 거대한 언덕 분지를 에워싸고 있는 고고한 봉우리들을 바라보는 것, 검은 돌들과 활기찬 소용돌이가 가득한 맑은 시내를 바라보는 것은 기쁨이었다. 강철색의 겨울 하늘 아래 서리로 얼어붙고 눈으로 덮여 있을 때 보았던 모습과는 정말 다른 풍경이었다. 그때는 죽음처럼 싸늘한 안개가 동풍의 변덕에 따라 보라색 봉우리들을 헤매 다니고, 목초지와 강가의 낮은 지대로 굴러 내려가 냉랭한 안개가 뒤섞였었는데! 그 무렵의 시내는 거칠 것 없이 치닫는 탁류를 쏟아 냈었다. 숲을 갈가리 찢어 놓고, 세차게 퍼붓는 비나 소용돌이치듯 내리는 진눈깨비에 자주 시달리던 허공에 굉음을 쏘아 보내곤 했다. 양쪽 기슭의 숲은 그야말로 그저 뼈다귀들이 줄줄이 늘어서 있는 듯했었다.

4월이 5월로 향했다. 밝고 화창한 5월이었다. 푸른 하늘, 따사로운 햇살, 부드러운 서풍이나 남풍이 하루하루를 채우는 날들이 이어졌다. 이제 초목은 쑥쑥 성장했다. 로우드는 머리채를 풀어 헤치고 흔들었다. 온통 초록빛에, 꽃들이 흐드러지게 매달렸다. 커다란 느릅나무, 물푸레나무, 참나무 뼈대들이 늠름한 모습을 회복했다. 으슥한 구석구석에서 숲 속 식물들이 풍성하게 싹을 틔웠다. 수없이 다양한 이끼가 우묵한 분지를 채우고, 그 사이에 무성하게 피어난 야생 앵초들은 기묘한 지상의 햇살 같았다. 앵초의 연한 금빛은 마치 그늘진 응달에 사랑스러운 광채를 흩뿌려 놓은 듯했다. 이 모든 것을 나는 자주, 충분히, 자유롭게 감시하는 이 없이 거의 혼자 즐겼다. 이처럼 뜻밖의 자유와 즐거움을 누리게 된 데에는 그만한 이유가 있었고, 이제부터 그 이야기를 시작하려 한다.

언덕과 숲으로 싸인 시냇가에 학교가 있다고 하면, 그곳이 꽤 아늑할 것이라고 생각되지 않는가? 물론 꽤 아늑하긴 하다. 하지만 건강에 좋은지 나쁜지에 대해서는 또 다른 문제다. 로우드가 위치한 이 숲 속 골짜기는 안개와, 안개가 키우는 역병의 요람이었다. 역병은 빠르게 다가오는 봄과 같이 찾아와 고아원 안으로 기어들었다. 그러고는 다닥다닥 붙은 교실과 기숙사에 발진티푸스의 숨결을 불어넣었고, 5월이 되기 전에 학교를 병원으로 바꿔 놓았다.

반기아 상태와 소홀히 했던 감기 때문에 대부분의 아이들은 무방비 상태로 감염에 노출되었다. 80명 중에서 45명이 한꺼번에 앓아누웠다. 학급은 해산되고 규율은 해이해졌다. 감염되지 않은 소수의 학생들에게는 거의 무제한적인 자유가 주어졌다. 의사가 건강을 유지하려면 자주 운동해야 한다고 주장했기 때문이다. 설령 그렇지 않았다 해도, 그들을 감독하거나 통솔할 여유가 있는 사람은 하나도 없었다. 템플 선생님은 환자들에게 모든 관심을 쏟아붓고 있었다. 밤에 몇 시간 쉬는 걸 제외하고는 병실을 떠나지 않고 거기서 살다시피 했다. 교사들은 이 전염병의 소굴에서 빼내 줄 친구나 친척이 있는 운 좋은 아이들을 위해 짐을 싸고 다른 필요한 준비를 하느라 정신이 없었다. 이미 전염된 많은 아이들이 집에 가서 죽었다. 어떤 아이는 학교에서 죽었고, 지체하면 안 되는 병의 성격상 빠르고 조용하게 매장되었다.

이렇게 질병은 로우드의 주민이 되고 죽음은 단골 방문객이 되었다. 담장 안에는 두려움과 음울함이 깔렸고, 방과 복도에서는 병원 냄새가 짙게 풍겼다. 그러나 약품과 약 들이 죽음의 악취를 진압하려고 부질없는 수고를 계속하는 동안에도 우뚝 솟은 언덕과 아름다운 수풀 위에는 눈부신 5월이 구름 한 점 없이 빛나고 있었다. 정원에서도 꽃들이 반짝였다. 접시꽃이 나무처럼 높이 솟아오르고, 백합이 피어나고, 튤립과 장미가 만개했다. 작은 화단 가장자리에는 분홍빛 아르메리아와 진홍색 데이지 들이 화사함을 더했다. 들장미가 아침저녁으로 향료와 사과 향기를 뿜었다. 이 향긋한 보배들은 로우드에 사는 사람들에게 전혀 쓸모가 없었다. 이따금씩 관에 놓이는 한 줌의 허브와 꽃송이들을 제외하고는.

그러나 나와 나머지 건강한 아이들은 이런 풍경과 계절의 아름다움을 마음껏 즐겼다. 우리는 집시처럼 아침부터 밤까지 숲을 거닐었다. 하고 싶은 일을 했고 가고 싶은 곳에 갔다. 사는 형편도 나아졌다. 브로클허스트 씨와 그의 가족은 이제 로우드 근처에 얼씬도 하지 않았다. 당연히 살림살이를 꼼꼼하게 검사하지도 않았다. 심술궂은 가정부는 전염될까 봐 두려웠는지 부리나케 떠나 버렸다. 로튼 치료원의 수간호사였던 후임자는 새 근무처의 방식에 익숙지 않은 탓에 비교적 자유를 많이 주었다.

게다가 음식을 먹을 사람도 줄어들었다. 환자들은 거의 먹지 못했으니까. 우리의 아침 식사는 훨씬 넉넉히 담겨 나왔다. 정규 식사 시간에 맞춰 식사가 준비되지 않는 경우가 많았고, 그럴 때는 커다랗게 자른 차가운 파이나 두껍게 자른 치즈 빵이 주어졌으므로 우리는 그걸 가지고 숲으로 가서 각자 제일 좋아하는 자리를 골라 거하게 먹어 치웠다.

내가 좋아하는 자리는 개울 한가운데 하얗게 말라 있는 매끄럽고 널찍한 바위였는데, 물속을 걸어가야만 거기 닿을 수 있었다. 나는 맨발로 거기까지 걸어갔다. 그 바위는 나와 내가 선택한 다른 아이인 메리 앤 윌슨이 딱 편안히 앉을 정도의 넓이였다. 메리 앤 윌슨은 영리하고 눈치 빠른 소녀였다. 재치 있고 독창적인 데다가, 나를 편하게 해 주는 태도를 지니고 있었기 때문에 나는 그녀와 곧잘 어울렸다. 나보다 몇 살 위인 그녀는 세상을 좀 더 알았고, 내가 알고자 하는 여러 가지 것들을 말해 주었다. 그녀와 같이 있으면 나의 호기심이 채워졌다. 그녀는 나의 결점을 너그럽게 받아 주었고, 내가 무슨 말을 해도 구속하거나 제어하지 않았다. 그녀는 얘기하는 재주가 있었고 나는 분석하는 재주가 있었다. 그녀는 알려 주는 걸 좋아했고 나는 물어보는 걸 좋아했다. 서로를 통해 좀 더 계발되지는 않았는지 몰라도 우리는 서로에게서 많은 즐거움을 얻을 수 있었고 꽤나 죽이 잘 맞았다.

그런데 그사이에, 헬렌 번스는 어디에 있었을까? 내가 왜 이 자유롭고 달콤한 나날을 그녀와 함께 보내지 않았을까? 내가 그녀를 잊어버렸을까? 아니면 그녀와의 순수한 교제가 점차 지겨워졌을 정도로 내가 하찮은 인간이었을까? 물론 메리 앤 윌슨은 나의 첫 번째 친구만은 못했다. 그녀는 재미있는 이야기를 하고, 내가 탐닉하는 통렬하고 신랄한 소문에 맞장구를 쳐 줄 수 있을 뿐이었다. 반면에, 내 생각이 틀림없다면 헬렌은 자기와 대화하는 특권을 누린 자들에게 한결 고상한 풍미를 맛보게 해 주는 그런 사람이었다.

독자여, 이건 사실이다. 나는 이것을 알았고 또 느꼈다. 수많은 결점과 얼마 안 되는 장점을 지닌 보잘것없는 존재지만, 나는 헬렌 번스에게 싫증을 낸 적이 한 번도 없었다. 내 마음에서 일어난 어느 무엇보다 강하고 부드럽고 존경스러운 애정의 감정을 늘 소중히 간직하고 있었다. 절대 불쾌하게 기분 나빠하지 않고 심란하게 짜증 내지 않고, 언제 어떤 환경에서든 조용하고 충실한 우정을 보여주는 헬렌에게 나는 그럴 수밖에 없었다. 하지만 헬렌은 현재 앓고 있었다. 몇 주일째 내가 모르는 위층 어느 방으로 사라져 보이지 않았다. 그녀는 열병 환자들과 같이 학교 병동 구역에 있는 게 아니라고 했다. 발진티푸스가 아니라 폐결핵을 앓고 있기 때문이라나. 그리고 폐결핵에 무지했던 나는 어느 정도 시간이 지나고 치료를 받으면 틀림없이 나을 수 있는 가벼운 병이라고 생각했다.

아주 따뜻하고 화창한 오후에 그녀가 한두 번 템플 선생님에게 이끌려 아래층으로 내려와 정원으로 나왔다는 사실이 나의 이런 생각을 굳어지게 했다. 하지만 그럴 때도 내가 가까이 가서 말을 붙이는 것은 허용되지 않았다. 교실 창으로 어렴풋이 그녀를 보았을 뿐이다. 그녀가 모포를 뒤집어쓰고 멀리 베란다 아래에 앉아 있었기 때문이다.

6월이 시작되던 무렵의 어느 날 저녁, 나는 메리 앤과 같이 늦게까지 숲에 남아 있었다. 우리는 평소처럼 다른 아이들과 떨어져 멀리까지 돌아다녔다. 너무 멀리 가는 바람에 길을 잃어서 숲 속 나무 열매로 반야생 돼지를 키우며 사는 외진 오두막의 남녀에게 길을 물어야 했다. 우리가 돌아온 것은 하늘에 달이 떠오른 뒤였다. 의사가 타고 다니는 조랑말이 정원 문에 서 있었다. 메리 앤은 베이츠 씨가 이런 저녁 시간에 불려왔을 정도면 누가 아주 많이 아픈 모양이라고 말했다. 그녀는 안으로 들어갔다. 숲에서 파 온 풀뿌리들을 아침까지 그냥 두면 시들 것 같아서 나는 그것을 내 화단에 심으려고 뒤에 남았다. 일을 마치고 나서도 조금 더 서성거렸다. 이슬 젖은 꽃들의 향이 몹시 향기로웠다. 무척이나 상쾌하고 고요하고 포근한 저녁이었다. 여전히 벌겋게 타오르는 서쪽 하늘은 내일도 화창한 날이 될 거라고 굳게 약속했다. 엄숙한 동쪽에는 달이 장엄하게 떠올라 있었다. 어린아이의 심정으로 이런 것들을 바라보며 즐기고 있을 때, 전에는 해 본 적 없는 생각이 내 마음에 밀려들었다.

'지금 병상에 누워 죽을 위험에 처해 있다면 얼마나 슬플까! 이렇게 좋은 세상에서 불려 나가 어딘지 모를 곳으로 떠나야 한다면 쓸쓸하기 짝이 없겠지?'

처음으로 나는 천국과 지옥에 관해 들어 왔던 것들을 이해해 보려고 진지하게 노력했다. 처음으로 내 마음은 움츠러들었고 당황했다. 앞뒤 좌우를 흘끔거리며 사방이 온통 헤아릴 수 없는 심연인 것을 처음으로 알았다. 마음은 그게 서 있는 한 지점, 현재만을 느꼈다. 다른 모든 것은 형체 없는 구름이며 공허한 혼돈이었다. 그 혼돈 한가운데 뛰어들어 비틀거릴 생각을 하니 몸서리가 쳐졌다. 이 새로운 생각에 빠져 있는 사이에, 현관문 열리는 소리가 들렸다. 베이츠 씨가 나오고 간호사가 따라 나왔다. 말에 올라 떠나가는 의사를 지켜보고 나서 문을 닫으려는 그녀에게 내가 달려갔다.

"헬렌 번스는 어때요?"

"아주 안 좋아."

"베이츠 씨가 헬렌을 보러 온 건가요?"

"그래."

"그분이 뭐라고 하셨어요?"

"헬렌이 여기 오래 있지 못할 것 같대."

어제 내가 이 말을 들었다면 그녀가 노섬벌랜드로, 그녀의 고향으로 떠나려는 모양이라고 생각했을 것이다. 그녀가 죽어 간다는 뜻이리라고는 짐작도 못했을 것이다. 하지만 난 그 즉시 알아차렸다. 헬렌 번스가 이 세상에서의 마지막 날을 세고 있고, 영혼들의 영역이 있는지는 모르겠지만, 그리로 곧 옮겨 갈 거라는 게 명확하게 이해되었다. 충격적인 공포와 강한 슬픔의 전율을 느꼈고, 그녀를 보고 싶은 마음, 꼭 봐야겠다는 마음이 일었다. 나는 그녀가 어느 방에 있느냐고 물었다.

"템플 선생님의 방에 있어."

간호사가 말했다.

"가서 얘기해도 돼요?"

"오, 안 돼! 그건 안 될 말이야. 넌 이제 들어갈 시간이다. 밖에서 밤이슬을 맞으면 열병에 걸려."

간호사가 현관문을 닫았다. 나는 교실로 이어진 옆문으로 들어갔다. 마침 9시가 울리고 밀러 선생이 취침 시간이라고 소리치고 있었다.

두 시간쯤 지났을까, 아마 11시가 다 되어 갈 무렵이었을 것이다. 잠이 오지 않았다. 기숙사가 완벽하게 조용해졌으니 아이들이 다 깊이 잠들었으리라고 생각했다. 나는 소리 없이 일어나 잠옷 위에 겉옷을 걸치고 맨발로 살금살금 기어 나가 템플 선생님의 방으로 출발했다. 그곳은 기숙사에서 꽤 떨어진 다른 쪽 끝에 있었다. 하지만 나는 길을 알고 있었고, 구름을 걷어 낸 여름 달빛이 복도의 창 여기저기로 스며들어서 어렵지 않게 길을 찾을 수 있었다. 장뇌와 향초 타는 냄새가 열병 환자 병동에 가까이 왔음을 알려 주었다. 밤새 깨어 있는 간호사가 혹시라도 내 소리를 들을까 봐 재빨리 그 문을 지났다. 발각되어 돌려보내질까 봐 겁이 났다. 나는 헬렌을 꼭 만나야 했다. 죽기 전에 그녀를 안아 주어야 했다. 그녀에게 마지막 키스를 해 주어야 했다. 그녀와 마지막 인사를 나눠야 했다.

계단을 내려가 건물의 아랫부분을 가로질러 소리 나지 않게 두 개의 문을 열었다 닫는 데 성공한 다음, 또 다른 층계참에 도착했다. 이 계단을 오르면 바로 맞은편에 템플 선생님의 방이 있다. 열쇠 구멍과 문 밑에서 불빛이 새어 나왔다. 그 부근에 깊은 정적이 배어 있었다. 가까이 가 보니 문이 살짝 열려 있었다. 갑갑한 병실에 신선한 공기를 들이려고 열어 둔 모양이었다. 성마른 충동에 휩싸인 나는—나의 영혼과 감각들이 예리한 괴로움으로 떨었다—주저 없이 문을 열고 안을 들여다보았다. 죽음을 발견할까 봐 두려워하며 내 눈은 헬렌을 찾고 있었다.

템플 선생님의 침대 가까이에 하얀 커튼으로 반쯤 가려진 작은 침대가 놓여 있었다. 이불 밑으로 하나의 윤곽이 보였지만 얼굴은 커튼에 가려 보이지 않았다. 아까 정원에서 얘기를 나누었던 간호사가 안락의자에 앉아 잠들어 있었다. 심지를 끄지 않은 양초가 탁자에서 희미하게 타올랐다. 템플 선생님은 보이지 않았다. 그녀가 환각을 일으킨 환자 때문에 열병 병동에 불려 갔었다는 건 나중에 알게 되었다. 나는 앞으로 나아갔다. 침대 옆에서 멈췄다. 손으로 커튼을 잡았지만 그걸 걷어 올리기 전에 말을 붙여 보고 싶었다. 아직도 시체를 보게 될지 모른다는 두려움에 겁이 났다.

"헬렌! 깨어 있어?"

내가 조그맣게 속삭였다. 그녀의 몸이 꿈틀거리더니 커튼이 걷혔고, 나는 창백하고 쇠약하지만 상당히 차분한 그녀의 얼굴을 알아보았다. 별로 달라진 게 없는 것 같아서 두려움이 곧 사라졌다.

"제인, 너니?"

그녀가 특유의 부드러운 목소리로 물었다.

'아! 헬렌은 죽지 않을 거야. 사람들이 잘못 알고 있는 거야. 죽을 사람이 이렇게 차분한 얼굴로 얘기할 수는 없어.' 하고 나는 생각했다.

침대로 다가서서 그녀에게 입을 맞췄다. 그녀의 이마는 차가웠고, 뺨도 야위고 차가웠고, 손과 손목도 마찬가지였다. 하지만 그녀의 미소는 예전과 똑같았다.

"여기 웬일이야, 제인? 11시가 넘었어. 조금 전에 시계 치는 소리를 들었어."

"널 만나러 왔어, 헬렌. 많이 아프다는 말을 들어서, 얘기하기 전에는 잠을 못 잘 것 같아서."

"나한테 작별 인사를 하러 왔구나. 시간을 잘 맞춘 것 같아."

"어디로 가는 거야, 헬렌? 집에 가는 거야?"

"그래, 멀리 있는 집…… 나의 마지막 집에."

"안 돼, 안 돼, 헬렌."

나는 너무 괴로워서 입을 다물었다. 내가 눈물을 삼키려고 애쓰는 동안, 헬렌은 기침 발작을 일으켰다. 하지만 간호사는 깨지 않았다. 기침이 잦아들자 헬렌은 피곤한 듯 잠시 조용히 누워 있었다. 그러고 나서 속삭였다.

"제인, 너 맨발이구나. 내 이불을 덮고 누워."

나는 시키는 대로 했다. 그녀가 나에게 한 팔을 둘렀고, 나는 그녀에게 바짝 안겼다. 오랜 침묵이 흐른 뒤에, 그녀가 여전히 속삭이는 목소리로 말했다.

"난 아주 행복해, 제인. 내가 죽었다는 소리를 들어도 절대 슬퍼하지 마. 슬퍼할 거 없어. 누구든지 언젠가는 죽어야 하고, 나를 데려가는 이 병은 고통스럽지 않아. 부드럽게 조금씩 다가와 내 마음은 편안해. 나로 인해 많이 슬퍼할 사람도 없어. 아버지만 한 분 계시는데, 얼마 전에 결혼하셔서 날 그리워하지 않으실 거야. 젊어서 죽으니 큰 고통들도 면하게 됐어. 난 세상에서 잘 살아갈 재능이나 자질이 없어. 허구한 날 잘못만 저질렀을 거야."

"어디로 가는 건데, 헬렌? 그걸 볼 수 있어? 그걸 알아?"

"나는 믿어. 난 하느님께로 가는 거야."

"하느님이 어디 있는데? 하느님이 뭔데?"

"나와 너를 만드신 분이고, 당신의 피조물을 절대 파괴하지 않으시는 분이야. 나는 무조건 그분의 힘에 의지하고, 그의 선하심을 전적으로 신뢰해. 그분에게 돌아가 모습을 뵐 수 있는 감격의 순간이 오기를 즐거운 마음으로 기다려."

"그럼 천국이라는 게 있고, 우리가 죽으면 거기에 갈 수 있다고 확신하는 거야, 헬렌?"

"나는 내세가 있다고 믿어. 하느님의 선하심을 믿어. 나는 아무런 불안 없이 내 불멸의 부분을 그분에게 맡길 수 있어. 하느님은 나의 아버지요, 나의 친구야. 난 그분을 사랑해. 그분도 날 사랑한다고 믿어."

"내가 죽으면 다시 너를 보게 될까, 헬렌?"

"너도 똑같은 행복의 나라로 오게 될 거야. 위대한 만물의 아버지가 틀림없이 너를 받아 주실 거야, 제인."

다시 나는 질문했다. 하지만 이번에는 생각으로만 물었다.

'그 나라가 어디 있을까? 정말 있을까?'

그러고는 헬렌을 두 팔로 꼭 끌어안았다. 그녀가 전보다 더 소중하게 느껴졌다. 그녀를 놓아줄 수 없을 것 같았다. 나는 그녀의 목덜미에 얼굴을 묻고 누웠다. 그리고 잠시 뒤, 헬렌이 더할 나위 없이 감미로운 목소리로 말했다.

"참으로 편안해! 아까 기침한 것 때문에 조금 피곤해. 잠들 수 있을 것 같아. 하지만 날 두고 가지 마, 제인. 네가 옆에 있어 주면 좋겠어."

"옆에 있을게, 사랑하는 헬렌. 아무도 날 못 데려가."

"따뜻하니?"

"응."

"잘 자, 제인."

"잘 자, 헬렌."

그녀가 나에게 키스했고 나도 그녀에게 키스했다. 우리는 둘 다

금방 잠이 들었다.

잠에서 깨어났을 때는 아침이었다. 나를 깨운 건 특이한 움직임이었다. 시선을 들어 보니 내가 누군가의 품에 안겨 있었다. 간호사가 나를 안고 기숙사로 데려가는 중이었다. 침대를 빠져나갔다고 혼내는 사람은 없었다. 모두들 달리 생각할 게 있는 듯했다. 내가 아무리 물어봐도 돌아오는 건 같은 대답뿐이었다. 하지만 하루 이틀이 지난 뒤에, 그날 새벽에 방으로 돌아온 템플 선생님이 작은 침대에 누워 있는 나를 보았다는 것을 알았다. 헬렌 번스의 어깨에 내 얼굴을 기대고, 그녀의 목을 두 팔로 끌어안은 채 나는 잠들어 있었고, 헬렌은…… 죽어 있었다.

그녀의 무덤은 브로클허스트 교회 묘지에 있다. 그녀가 죽은 뒤 15년 동안 풀이 우거진 흙더미에 덮여 있었다. 하지만 지금은 그녀의 이름과 '나 부활하리.'라는 글이 새겨진 회색 대리석 비석만이 무덤의 소재를 알려 주고 있다.

## 제10장

지금까지 나는 나의 보잘것없는 생활에 일어난 사건들을 세세하게 기록했다. 내 생애 첫 10년을 설명하기 위해 거의 그만큼의 장을 할애한 셈이다. 하지만 자서전을 쓸 생각은 아니었다. 내가 어느 정도 관심 있게 간직하고 있는 기억들을 더듬어 보려 했을 뿐이다. 이제 나는 8년이라는 기간을 말없이 건너뛰려 한다. 맥락을 잇기 위해 몇 줄의 설명만이 필요할 뿐이다.

발진티푸스 열병은 로우드에서 약탈의 임무를 완수하고 차츰 사라져 갔다. 하지만 그 질병의 파괴력과 희생자 수는 로우드 학교로 세간의 관심을 끌었다. 재난의 원인을 규명하는 조사가 이루어졌고, 세상 사람들을 분노케 하는 다양한 사실들이 하나씩 드러났다. 건강에 해로운 학교 부지의 특성, 학생들이 먹는 식사의 양과 질, 조리에 사용된 염분 성분의 냄새나는 물, 학생들의 초라한 옷과 숙박 설비, 이 모든 것들이 밝혀졌다. 그리고 이로 인해 브로클허스트 씨에게는 굴욕적이지만 학교에는 유익한 결과가 생겨났다.

그 지역의 부유하고 자비로운 몇몇 독지가들이 보다 나은 환경에 더 편리한 건물을 세우기 위해 많은 액수의 돈을 기부했다. 새로운 규정들이 만들어졌다. 식사와 의복 상태가 개선되었다. 학교 기금은 위원회가 관리하게 되었다. 브로클허스트 씨는 재력으로나 집안의 인맥으로나 무시할 수 없는 존재였으므로 회계 책임자로서의 위치를 유지했다. 하지만 좀 더 마음이 넓고 인정 많은 신사들이 그의 업무를 보조했다. 감독관으로서의 직무 역시 엄격함과 합리성을, 경제성과 안락함을, 올곧음과 연민을 조화시킬 줄 아는 사람들이 분담했다. 이렇게 개선된 학교는 얼마 지나지 않아 매우 유익하고 훌륭한 시설이 되었다. 이 혁신 이후에 나는 8년을 더 학교에서 보냈다. 6년은 학생으로, 2년은 교사로서. 어느 입장에서든 이 학교의 가치와 중요성을 입증할 수 있다.

8년 동안 내 인생은 한결같았다. 하지만 정체되었던 것이 아니었으므로 불행하지 않았다. 탁월한 교육 수단들이 내 손이 미치는 범위에 있었다. 내가 좋아하는 몇몇 과목과 모든 과목에서 뛰어나고 싶은 욕구, 게다가 선생님들, 특히 내가 사랑하는 선생님을 기쁘게 할 수 있다는 크나큰 즐거움이 더해져서 나를 자극했다. 나는 나에게 제공된 이점을 십분 활용하여 오래지 않아 최고 학급의 최고 학생이 되었다. 그 뒤에는 교사직을 맡게 되었다. 2년 동안 열성적으로 소임을 다했다. 그러나 그 시기가 끝나 갈 무렵에 나는 달라졌다.

여러 가지 변화가 일어나는 동안에도, 템플 선생님은 줄곧 학교의 교장직을 맡고 계셨다. 내가 얻은 교양과 지식의 대부분은 그녀에게서 배운 것들이었다. 템플 선생님과 나눈 교제와 우정은 나에게 끊임없는 위안이 되었다. 선생님은 나에게 어머니이자, 가정 교사이자, 후에는 친구였다. 그런데 이제, 그녀는 결혼과 동시에 남편(그러한 아내를 얻을 자격이 있는 훌륭한 성직자)과 같이 먼 고장으로 떠나게 되었고, 결과적으로 내 곁에서도 떠나갔다.

선생님이 떠난 날부터 나는 더 이상 어제의 내가 아니었다. 로우드를 어느 정도 나의 집으로 느끼게 해 주었던 모든 연상 작용과 안정감이 선생님과 함께 사라졌다. 그녀의 몇 가지 성격과 상당한 정도의 습관, 균형 잡힌 생각들이 나에게 흡수되었다. 보다 절제할 줄 아는 감정이 내 안으로 들어왔다. 나는 의무와 질서를 충실히 지켰다. 나는 조용했다. 나는 내가 만족한다고 믿었다. 다른 사람들이 보기에나 내가 보기에도, 나는 절도 있고 차분한 사람인 듯했다.

하지만 운명은 네이즈미스 목사를 보내 나와 템플 선생님 사이를 갈라놓았다. 나는 결혼식을 끝내고 여행복 차림으로 사륜마차에 오르는 선생님을 바라보았다. 마차가 언덕을 올라 고개 너머로 사라지는 모습을 지켜보았다. 그러고는 내 방으로 돌아와 선생님의 결혼을 축하하기 위해 인정된 반공일의 대부분을 그곳에서 혼자 보냈다.

나는 대부분의 시간을 방에서 걸어다녔다. 내가 잃어버린 것을 안타까워하며 상실을 메울 수 있는 방법을 찾을 뿐이라고 생각했지만 오후가 지나고 저녁으로 접어들 무렵, 생각을 끝내고 고개를 들었을 때, 또 다른 깨달음이 찾아왔다. 그사이에 나는 변혁의 과정을 겪었던 것이다. 내 마음은 템플 선생님에게 빌려 온 모든 것을 던져 버렸다. 아니 오히려 그녀의 곁에서 내가 들이쉬던 평온한 공기를 그녀가 가져가 버렸다고 해야 할까. 이제 나의 본래 성격이 돌아와 오래전의 감정들이 살아나 꿈틀거리고 있었다. 버팀목이 치워진 게 아니라, 동기가 사라진 것 같았다. 평온의 힘이 사라진 게 아니라, 더 이상 평온을 유지해야 할 이유가 없어졌다. 수년 동안 나의 세상은 로우드 안에 있었다. 이곳의 규칙과 체계가 내가 가진 경험의 전부였다. 진짜 세상은 넓다는 사실을, 그 광대함으로 나아가 세상의 위험 속에서 진정한 삶의 지식을 추구할 용기가 있는 자들을 희망과 두려움과 감각과 흥분의 다채로운 장이 기다리고 있다는 사실을, 이제 나는 기억해 냈다.

나는 창가로 걸어가 창을 열고 밖을 내다보았다. 양쪽으로 건물이 늘어서 있었다. 정원이 있었다. 로우드 숲의 외곽이 있었다. 언덕들로 이루어진 지평선이 있었다. 내 시선은 다른 모든 사물을 지나쳐, 저 멀리 푸른 봉우리들에 내려앉았다. 그것들을 넘고 싶었다. 바위와 히스의 경계 내에 있는 모든 것이 감옥의 뜰이요, 유배지처럼 느껴졌다. 산허리를 빙빙 돌아 골짜기 사이로 사라지는 하얀 길을 더듬어 보았다. 내가 그 길을 얼마나 더 따라가고 싶었는지! 마차로 그 길을 달려오던 때가 생각났다. 황혼 녘에 그 언덕을 내려오던 기억이 났다. 내가 처음 로우드에 온 날로부터 한 시대가 지난 듯했고, 그 뒤로 나는 한 번도 여길 떠나지 않았다. 방학은 항상 학교에서 보냈다. 리드 부인은 게이츠헤드로 나를 불러들이지 않았다. 그녀나 그녀의 가족 누구도 나를 찾아오지 않았다. 나는 편지나 다른 어떤 방법으로도 바깥세상과 연락하지 않았다. 학교의 규칙, 학교에서의 의무, 학교의 관습과 견해, 목소리, 얼굴, 성경 구절, 옷차림, 좋아하는 것, 싫어하는 것, 그런 것이 내가 아는 생활의 전부였다. 그리고 이제 나는 그것으로 충분하지 않다고 느꼈다. 반나절 사이에 8년의 일상이 지겨워졌다. 자유가 그리웠다. 자유를 열망했다. 자유를 위해 기도했다. 기도는 살짝 불어온 바람에 날려 흩어지는 듯했다. 나는 이것을 포기하고 더 소박한 기원을 드렸다. 변화와 자극을 달라고. 이 탄원도 모호한 공간으로 날아가 버리는 듯했다. 나는 얼마쯤 절망적으로 소리쳤다.

"그렇다면, 적어도 새로운 예속이라도 허락해 주세요!"

저녁 식사 시간을 알리는 종소리가 나를 아래층으로 불러 내렸다.

취침 시간이 될 때까지 중간에 끊긴 내 생각의 사슬은 다시 이어지지 못했다. 방에 돌아와서도 같은 방을 쓰는 교사가 언제 끝날지 모르는 잡담을 늘어놓으며 내 생각을 방해했다. 그녀가 어서 잠이 들어 조용해지기를 얼마나 바랐는지 모른다. 창가에서 마지막에 내 마음으로 들어온 그 생각으로 돌아갈 수만 있다면 나를 구원해 줄 묘안이 나올 것 같았다.

그라이스 선생이 마침내 코를 골았다. 웨일스 출신의 덩치 큰 그녀의 코 고는 습관은 지금까지는 그저 성가신 문제일 뿐이었다. 하지만 오늘 밤 나는 처음으로 그 깊은 가락이 반가웠다. 나를 방해할 사람이 사라진 것이다. 반쯤 지워졌던 생각이 다시 되살아났다.

'새로운 예속! 뭔가가 있어.' 하고 나는 독백했다(속으로 생각했다는 것이지, 크게 말했다는 것은 아니다). '그다지 달콤하게 들리지 않는 걸로 봐서 거기에는 분명 뭔가가 있을 거야. 자유, 흥분, 즐거움 같은 단어랑은 달라. 말이야 참으로 좋게 들리지만, 나에게는 그냥 소리일 뿐이야. 그렇게 공허하고 헛된 소리에 귀를 기울이는 건 시간 낭비지. 하지만 예속! 그건 사실적인 문제야. 일은 누구 밑에서든 할 수 있는 거야. 나는 여기서 8년을 일했어. 이제 다른 데서 일해 보고 싶어. 그 정도도 내 마음대로 못하겠어? 할 수 있지 않을까? 그래…… 그래, 그리 어려운 목표는 아냐. 내가 그걸 성취할 방법을 찾아낼 수만 있다면.'

나는 그 방법을 찾기 위해 침대에 일어나 앉았다. 싸늘한 밤이었다. 숄로 어깨를 감싸고 다시 있는 힘을 다해서 생각을 했다.

'내가 원하는 게 뭐지? 새로운 집, 새로운 얼굴들, 새로운 환경이 있는 새 일자리. 더 근사한 건 원해 봤자 소용없으니까 이 정도만 바라자. 새 일자리를 구하려는 사람들이 어떤 방법을 쓰지? 아마 친구들에게 부탁할 거야. 난 친구가 없어. 친구 없는 사람은 많아. 그런 사람들은 스스로 둘러보고 원하는 걸 찾아내야 돼. 그들이 어떤 방법을 쓰지?'

그건 알 수 없었다. 대답이 떠오르지 않았다. 나는 나의 두뇌에게 얼른 대답을 찾으라고 명령했다. 머릿속이 점점 더 빠르게 돌아갔다. 내 머리와 관자놀이에서 펄떡이는 맥박이 느껴졌다. 하지만 근 한 시간 동안 혼돈 속을 헤맬 뿐, 내 노력은 어떤 결실도 거두지 못했다. 소득 없는 노력에 열이 나서, 벌떡 일어나 방을 한 바퀴 돌았다. 커튼을 열어젖혀 별 한두 개를 쳐다보다가 싸늘함에 몸을 떨며 다시 침대로 기어들었다.

친절한 요정이 내가 없는 사이에 묘안을 베개에 얹어 놓고 간 게 틀림없었다. 베개에 눕자마자 저절로 방법이 떠올랐기 때문이다.

'일자리를 구하는 사람들은 광고를 내. 너도 ○○ 주 신문에 광고해야 돼. 어떻게 광고를 하지? 난 광고에 대해 아무것도 모르잖아.'

그러나 곧 대답이 술술 흘러나왔다.

'신문 편집자 앞으로 보내는 봉투에 광고문과 광고료를 넣어야 돼. 기회가 오는 대로 빨리 그걸 로튼의 우체통에 넣어. 답장은 로튼 우체국의 J. E.에게 보내게 해. 편지 보내고 일주일쯤 있다가 가서 답장 온 게 있는지 물어보고, 그 결과에 따라 행동하면 되는 거야.'

나는 두 번, 세 번 계획을 점검했다. 그러고는 마음에 잘 새겨 두었다. 명확하고 실용적인 계획이 갖춰졌다. 나는 만족스런 기분으로 잠이 들었다.

다음 날 일찌감치 자리에서 일어났다. 학교를 깨우는 종이 울리기 전에 광고문을 작성하고, 편지 봉투에 넣었다. 안에는 이런 글이 씌어 있었다.

"교사 경험이 있는 젊은 여성(내가 교사로 2년을 일한 것은 사실이니까). 열네 살 미만의 자녀가 있는 가정집에 일자리를 구함(내가 겨우 열여덟 살이니 내 나이 또래의 학생을 맡으면 안 되겠다고 생각했다). 영국의 정규 교육에 필요한 일반 과목은 물론, 프랑스어, 미술, 음악 교사 자격도 있음(독자여, 지금 생각하면 옹색하기 짝이 없지만 그 시절에는 이 정도 교양 과목이면 어지간히 종합성을 갖춘 것이었다). 주소는 ○○ 주, 로튼 우체국. J. E."

이 서류는 하루 종일 내 서랍에 잠긴 채로 들어 있었다. 차 시간이 지난 뒤, 나는 신임 교장에게 내 볼일과 동료 교사 한둘의 용무를 처리하러 로튼에 다녀오게 해 달라고 청했다. 허락은 쉽게 떨어졌다. 나는 출발했다. 로튼까지는 약 3킬로미터 거리였다. 비가 오는 저녁이었지만 해가 지려면 아직 꽤 시간이 남아 있었다. 한두 군데 가게에 들르고, 우체통에 편지를 넣고, 쏟아지는 비를 맞아 옷은 흠뻑 젖었지만 한결 가벼운 마음으로 학교로 돌아왔다.

이어지는 한 주는 한없이 길게 느껴졌다. 하지만 세상 모든 일이 그렇듯 결국 그 한 주도 지나가고, 나는 다시 한 번 상쾌한 가을날이 저물어 갈 무렵, 로튼으로 가는 길에 올랐다. 말이 났으니 말인데 가는 길은 그림처럼 아름다웠다. 시냇물을 따라 구불구불한 골짜기를 지나는 운치 있는 길이었다. 하지만 그날은 풀밭과 물의 매력보다 내가 향하는 작은 마을에서 나를 기다릴 수도 있고 기다리지 않을 수도 있는 편지가 내 마음을 더 많이 차지했다.

이번 외출의 표면적인 이유는 구두를 맞추는 것이었다. 나는 우선 그 일을 먼저 처리하고, 구둣방에서 우체국까지 이어진 깨끗하고 조용한 거리를 걸어갔다. 우체국에는 콧등에 뿔테 안경을 걸치고 검은 벙어리장갑을 낀 할머니가 앉아 있었다. 내가 물었다.

"J. E. 앞으로 온 편지 있어요?"

그녀가 안경 너머로 날 쳐다보더니 서랍을 열고 아주 오랫동안, 내 희망이 꺾이기 시작할 정도로 오랫동안 뒤적거렸다. 거의 5분 동안 안경 앞에 봉투 하나를 갖다 대고 있다가, 마침내 또다시 미심쩍게 캐묻는 듯한 시선을 보내고는 카운터에 올려놓았다. J. E. 앞으로 온 편지였다.

"한 통뿐인가요?"

내가 물었다.

“더는 없어요.”

그녀가 말했다. 나는 그걸 주머니에 넣고 학교로 향했다. 그 자리에서 열어 볼 수는 없었다. 규칙상 8시까지 돌아가야 하는데 벌써 7시 반이었다.

학교에 도착하니 여러 가지 할 일이 나를 기다리고 있었다. 자습 시간에 아이들과 같이 앉아 있어야 했다. 그날은 내가 기도문을 읽고 아이들을 잠자리에 들여보낼 차례였다. 그다음에는 다른 교사들과 같이 식사를 했다. 겨우 숙소로 돌아온 뒤에도, 피할 수 없는 그라이스 선생이 여전히 내 동료였다. 촛대에는 타다 남은 초가 몽당하게 남아 있어서 그게 다 타 버릴 때까지 그녀가 수다를 떨면 어쩌나 걱정스러웠다. 하지만 다행히도 푸짐하게 먹은 식사가 식곤증을 일으켰는지 내가 옷을 다 벗기도 전에 그녀는 이미 코를 골고 있었다. 초가 아직 2.5 센티미터가량 남았다. 나는 그제야 편지를 꺼내 들었다. F. 자가 찍힌 인장을 확인하고 봉투를 뜯었다. 내용은 간단했다.

“지난 목요일에 ○○ 주 신문에 광고를 내신 J. E.가 기재한 바와 같은 소양을 갖추었고, 품성과 능력에 대해 만족스런 추천서를 제시할 수 있다면, 열 살이 안 된 여자아이 하나뿐인 가정에서 일자리를 제공하겠습니다. 보수는 1년에 30파운드입니다. 추천서와 이름, 주소 및 기타 상세한 내용을 이 주소로 보내 주기 바랍니다. ○○ 주, 밀코트 부근, 손필드, 페어팩스 부인.”

나는 그 편지를 오래도록 들여다보았다. 필체가 구식이고 흔들림이 있는 걸 보면, 나이 많은 여인의 글씨인 듯했다. 이 점은 만족스러웠다. 나 혼자서 나만의 생각으로 하는 행동이니 만큼, 어떤 곤란한 일이 발생할지 모른다는 두려움이 적잖이 나를 괴롭혀 왔다. 그리고 무엇보다도 내 노력이 정식으로 남부끄럽지 않은 적절한 결과로 이어지기를 바랐다. 이제부터 하려는 일에 나이 든 부인이 관여되어 있는 것은 그리 나쁘지 않다는 느낌이 들었다. 페어팩스 부인! 검은 옷에 미망인 모자를 쓰고, 어쩌면 쌀쌀맞을 수는 있지만, 교양이 없지는 않은 여자를 상상했다. 점잖은 영국 노부인의 전형이겠지. 손필드! 그건 분명히 그녀가 사는 곳의 이름이리라. 깔끔하고 정돈된 곳일 거라고 확신했다. 하지만 그 부지가 어떻게 생겼을지 상상해 보려는 나의 노력은 실패로 돌아갔다. ○○ 주 밀코트, 나는 영국 지도를 머릿속에 떠올렸다. 그래, 그게 보였다. 그 주와 마을이 둘 다 떠올랐다. ○○ 주는 내가 지금 사는 외진 곳보다 110킬로미터나 런던에 더 가까이 있었다. 마음에 들었다. 나는 생기와 활기가 있는 곳으로 가고 싶었다. 밀코트는 A 강 근처에 있는 큰 공업 도시였다. 틀림없이 아주 분주한 곳이리라. 이 점도 무척 마음에 들었다. 적어도 완벽한 변화가 보장될 것이다. 높은 굴뚝과 연기구름에 매혹을 느꼈던 것은 아니므로 '하지만 손필드는 아마, 도시에서 꽤 떨어진 곳에 있을 거야.' 하고 나는 나를 안심시켰다.

이때 초가 다 녹아 심지가 꺼졌다.

다음 날은 새로운 단계를 밟아야 했다. 이제 계획을 마음에만 담아 둘 수는 없었다. 목표를 달성하려면 남들에게 알려야 했다. 정오 휴식 시간에 교장에게 면담 신청을 하고, 내가 지금 받는 보수보다

두 배 많은 새 일자리를 얻을 가능성이 있다고 말했다(로우드에서는 1년에 15파운드밖에 받지 못했으니까). 브로클허스트 씨나 다른 위원님에게 이 문제를 말씀드리고, 내가 그분들을 추천인으로 언급해도 되는지 확인해 달라는 부탁도 했다. 그녀는 친절하게 이 일의 중재자 역할을 맡아 주기로 동의했다. 다음 날 그녀가 브로클허스트 씨에게 이 이야기를 꺼내자, 그는 리드 부인이 나의 보호자이므로 그녀에게 편지를 써야 한다고 말했다. 그에 따라 리드 부인에게 편지가 전달되었고, 그녀가 보내온 답장에는 '네 마음대로 해라. 나는 너의 일에 일체의 간섭을 끊은 지 이미 오래다.'라는 답변이 적혀 있었다. 이 편지가 위원회에 회람되고, 너무나 지루하게 느껴지는 시간이 흐른 뒤, 마침내 내가 나의 상황을 개선시킬 수 있다면 그렇게 해도 좋다는 공식 허가가 떨어졌다. 로우드에서 내가 교사로서나 학생으로서나 항상 바람직하게 행동했으므로, 나의 품성과 능력에 대해 시설 감독위원들이 서명한 추천서가 곧 제공될 거라는 보증도 덧붙여졌다.

한 달쯤 후에 추천서를 받아 페어팩스 부인에게 사본을 보냈고, 그쪽에서 결과가 만족스러우니 2주일 후에 손필드에서 가정 교사 일을 시작하는 것으로 하자는 내용의 답장이 왔다.

이제 모든 일을 서둘러야 했다. 2주일이 숨 가쁘게 지나갔다. 나는 옷이 그리 많지 않았지만 필요한 만큼은 갖고 있었다. 마지막 하루는 트렁크에—8년 전에 게이츠헤드에서 가져온 그 트렁크에—짐을 싸며 보냈다.

짐을 끈으로 묶고 꼬리표를 달았다. 30분 후에 그걸 로튼으로 가져갈 짐꾼이 오기로 했다. 나는 다음 날 아침 일찍이 로튼에서 마차를 탈 예정이었다. 검은 여행복을 솔질하고, 보닛과 장갑과 머프를 준비했다. 서랍을 죄다 열어 보며 남은 물건이 없는지 확인했다. 더 이상 할 일이 없어지자 자리에 앉아 쉬기로 했다. 하지만 쉴 수가 없었다. 하루 종일 서 있었는데도 잠시도 앉아 있을 수 없었다. 나는 너무나 흥분해 있었다. 오늘 밤에 내 인생의 한 장이 막을 내리고, 내일이면 새로운 장이 열릴 것이다. 그사이에 잠을 자기란 불가능했다. 변화가 성취되어 가는 것을 열렬하게 지켜보아야 했다.

"선생님, 아래층에 어떤 분이 찾아오셨어요."

내가 심란한 유령처럼 방황하고 있을 때, 복도에서 마주친 하인이 말했다. '짐꾼일 거야, 틀림없이.' 나는 이렇게 생각하고, 다른 질문 없이 아래층으로 달려갔다. 교사들의 휴게실로 쓰이는 뒤쪽 거실을 지나 부엌으로 가려는데 반쯤 열려 있던 휴게실 문에서 누군가가 뛰어 나왔다.

"아가씨네, 틀림없어! 어디서든지 알아볼 수 있다니까."

내 앞을 가로막고 내 손을 잡으며 그 사람이 소리쳤다. 나는 그 사람을 쳐다보았다. 잘 차려입은 하인 행색이었고, 결혼한 것 같지만 아직 젊은 여인이었다. 검은 눈에 검은 머리, 혈색이 좋았고 아주 예뻤다.

"자, 내가 누굴까요?"

그녀가 어쩐지 낯설지 않은 목소리와 미소로 나에게 다시 물었다.

"설마 날 잊어버린 건 아니겠죠, 제인 아가씨?"

다음 순간 나는 기쁨에 젖어 그녀를 껴안고 키스했다.

"베시! 베시! 베시!"

그 말밖에 나오지 않았다. 베시는 울다 웃다를 반복하는 것으로 반응했고, 우리는 함께 거실로 들어갔다. 불가에 격자무늬 외투와 바지를 입은 세 살짜리 꼬마아이가 서 있었다.

"얘는 내 아들이에요."

베시가 얼른 말했다.

"결혼했어, 베시?"

"5년쯤 전에 마부로 일하는 로버트 레븐이랑 했죠. 여기 있는 바비 말고 그 밑으로 딸이 더 있는데 이름을 제인이라고 붙여 줬어요."

"그럼 게이츠헤드에 안 사는 거야?"

"문지기 오두막에서 살아요. 문지기 할아범이 죽었거든요."

"그렇구나, 다들 어떻게 지내? 거기 사람들이 어떤지 얘기해 줘, 베시. 하지만 우선 앉아야지. 바비, 이리 와서 내 무릎에 앉을래?"

하지만 바비는 엄마에게 슬금슬금 다가갔다.

"키가 별로 안 컸네요, 제인 아가씨. 살도 별로 안 찌고."

레븐 부인이 말을 이었다.

"학교에서 먹을 걸 제대로 안 줬나. 일라이저 아가씨는 그보다 머리 하나가 더 크고, 조지아나 아가씨는 살집이 두 배는 될 텐데."

"조지아나는 예쁘겠지?"

"아주 예쁘죠. 작년 겨울에 마님과 같이 런던에 갔는데 거기 사람들이 다들 감탄을 하고, 어떤 젊은 귀족은 사랑에 빠져 버렸다니까요. 그런데 그쪽 친척들이 결혼을 반대했어요. 그래서 어떻게 됐을 것 같아요? 그분이 조지아나 아가씨랑 도망치기로 마음을 먹었어요. 하지만 들켜서 다 끝나 버렸죠. 그들을 찾아낸 건 일라이저 아가씨였어요. 샘이 나서 그런 게 아니겠어요. 이제 큰아가씨와 작은아가씨는 원수처럼 지내요. 만나기만 하면 싸운다니까요."

"그렇구나, 존 리드는 어때?"

"아, 그분은 마님이 바라시는 대로 되지 못했어요. 대학에 갔는데 낙제했다던가, 사람들이 그렇게 말하던데요. 그 후에는 삼촌들이 변호사가 되게 하려고 법률 공부를 시켰는데 하도 방탕하게 굴어서 이젠 별로 기대도 하지 않을 거예요."

"모습은 어때?"

"키가 아주 커요. 간혹 잘생겼다는 말도 듣는데 입술이 무지하게 두꺼워요."

"리드 부인은?"

"마님은 통통하고 얼굴도 아주 좋아요. 하지만 마음이 그리 편치는 않으실 거예요. 도련님이 영 마음에 안 드는 짓을 하시니까요. 돈을 펑펑 써 대거든요."

"리드 부인이 여기 보낸 거야, 베시?"

"아뇨, 그럴 리가요. 오래전부터 아가씨를 보고 싶었는데 편지가 왔다고 하고, 멀리 다른 데로 갈 거라고 하기에, 바로 출발하면 내가 갈 수도 없는 먼 곳으로 떠나기 전에 얼굴을 볼 수 있겠다 싶어서 부지런히 달려온 거예요."

"베시가 날 보고 실망했을 것 같아."

내가 웃으면서 말했다.

베시의 시선에 호감은 담겨 있었지만, 감탄하는 빛은 조금도 없다는 것을 알았기 때문이다.

"아뇨, 제인 아가씨, 그렇지 않아요. 아주 점잖은 숙녀 같아 보이는걸요. 내가 예상한 그대로예요. 어렸을 때도 그리 예쁘진 않았잖아요."

베시의 솔직한 대답에 웃음이 났다. 맞는 말이기는 했지만 솔직히 무심하게 흘려버릴 수만도 없었다. 대부분의 열여덟 살 소녀들은 남들의 눈에 들기를 원하고, 그 소망을 이루기에 부족한 외모라는 게 확인되면 전혀 기쁘지 않은 법이다.

"그래도 아마, 아가씨는 영리할걸요."

위로할 요량으로 베시가 말을 이었다.

"뭘 할 수 있어요? 피아노 칠 수 있어요?"

"약간."

그 방에 피아노가 있었다. 베시가 그리로 가서 피아노를 열고, 나더러 거기에 앉아 한 곡 쳐 달라고 부탁했다. 내가 왈츠 한두 곡을 연주하자 그녀가 마음에 들어 하며 의기양양하게 말했다.

"리드 아가씨들은 그 정도로 연주 못해요! 배우는 면에서는 제인 아가씨가 훨씬 나을 거라고 내가 항상 말했답니다. 그림도 그릴 줄 알아요?"

"난로 선반 위에 있는 게 내 그림이야."

수채화로 그린 풍경화였다. 위원회에 내 일을 친절하게 중재해 준 데 대한 감사의 뜻으로 내가 교장에게 선물한 것인데, 그녀가 유리 액자에 끼워 걸어 두었다.

"참 아름답네요, 제인 아가씨! 리드 아가씨의 미술 교사 못지않게 잘 그리셨어요. 물론 큰아가씨, 작은아가씨는 그 근처에도 못 가고요. 프랑스어도 배웠어요?"

"응, 말하고 읽을 수 있어."

"모슬린과 캔버스에 수도 놓을 수 있어요?"

"할 수 있지."

"와, 진짜 숙녀가 되셨네요, 제인 아가씨! 내 이럴 줄 알았다니까. 친척들이 알아주든 말든 아가씨는 잘될 거예요. 아가씨한테 물어보고 싶은 게 있는데 친가 쪽 에어 집안에서 무슨 소식 없었어요?"

"전혀 없었어."

"흐음, 마님은 항상 그들이 가난하고 비루할 거라고 말씀하셨죠. 하지만 가난할지는 몰라도 그분들은 리드 가문만큼이나 점잖은 사람들인 것 같아요. 언젠가, 그러니까 거의 7년 전에 게이츠헤드에 에어 씨가 찾아와서 아가씨를 만나고 싶어 했어요. 마님은 아가씨가 80킬로미터 떨어진 학교에 있다고 말했죠. 그분은 아주 실망하는 눈치였어요. 더 머물 수가 없었거든요. 외국으로 떠날 계획인 데다, 하루 이틀 후에 그 배가 런던에서 출항할 예정이라서. 꽤 신사 같아 보이더라고요. 아마 아가씨 아버지의 형제인 것 같았어요."

"그분이 외국 어디로 가신다고 했어, 베시?"

"수천 킬로미터 떨어진 어느 섬이래요. 와인 만드는 데라고 집사가 말해 줬는데……."

"마데이라!"

내가 말했다.

"그래, 맞아요. 바로 거기예요."

"그분은 그냥 가셨어?"

"네, 그 집에 얼마 있지도 않았어요. 마님이 아주 거만하게 굴었거든요. 나중에는 '천한 장사꾼'이라고 부르더군요. 로버트 말로는 와인 상인인 것 같대요."

내가 대꾸했다.

"그럴 수도 있겠지. 와인 상인의 중개인이나 점원일 수도 있고."

베시와 나는 한 시간 더 옛날 일을 이야기했고, 그 뒤에 베시는 떠나야 했다. 다음 날 아침에 내가 로튼에서 마차를 기다리는 사이에 우리는 잠깐 다시 만났다. 그리고 그곳 브로클허스트 암스 입구에서 마침내 헤어져 각자의 길을 갔다. 그녀는 게이츠헤드로 돌아가는 마차를 타러 로우드 펠 언덕으로 출발했고, 나는 새로운 일과 새로운 삶이 기다리고 있는 미지의 장소 밀코트로 향하는 마차에 올랐다.

# 제11장

소설의 새로운 장은 연극의 새로운 장면과 같다. 독자여, 이번 막에서는 밀코트에 있는 조지 여인숙의 방 하나를 상상해 주기 바란다. 여느 여인숙의 방처럼 커다란 무늬의 벽지를 바른 벽, 여느 여인숙에나 있을 법한 양탄자, 가구, 난로 선반 위의 장식들, 그림들, 조지 3세의 초상과 황태자의 초상, 울프 장군의 최후 장면을 그린 그림, 천장에 달린 기름 램프와 활활 타오르는 난로의 불빛이 이 모든 것을 보여 주고, 그 불가에 내가 망토와 보닛 차림으로 앉아 있다. 나는 머프와 우산을 탁자에 올려놓고 으스스한 10월의 날씨 속에서 열여섯 시간이나 달려오느라 차갑게 얼어붙은 몸을 녹이고 있다. 새벽 4시에 로튼을 떠났는데 이제 밀코트의 시계가 정각 8시를 울리고 있다.

독자의 눈에는 내가 편안하게 앉아 있는 것처럼 보이겠지만 내 마음은 그리 편치 못하다. 마차가 멈춰 서면 나는 누군가 나를 맞으러 나온 사람이 있을 거라고 생각했다. 여인숙 심부름꾼이 나를 위해 놓아 준 나무 계단을 내려서면서, 나는 누군가 내 이름을 부르고 나를 손필드까지 실어 갈 마차가 보이기를 기대하며 불안하게 주위를 둘러보았다. 그러나 그런 것은 하나도 눈에 띄지 않았다. 에어 양을 찾는 사람이 있었는지 종업원에게 물어보니 아무도 없다고 했다. 할 수 없이 나는 방으로 안내해 달라고 부탁했다. 그리고 여기서 이렇게 온갖 의심과 두려움으로 머릿속을 어지럽히며 기다리고 있다.

아무 경험 없는 젊은이가 모든 연결 고리에서 끊어진 채, 가야 할 항구에 도달할 수 있을지는 알 수 없고, 떠나왔던 곳으로 돌아가기에는 갖가지 장애물이 가로막고 있어서, 세상에 혼자 덜렁 남겨져 있는 것 같은 아주 야릇한 기분이었다. 모험의 매력이 그 감각을 누그러뜨리고 자존심의 온기가 그것을 데운다. 하지만 그 뒤에는 두려움의 진동이 그것을 어지럽힌다. 30분이 지나도 찾으러 오는 사람이 없자 두려움이 더 커졌다. 종을 울려야겠다는 생각이 들었다.

"이 동네에 손필드라는 곳이 있나요?"

내 호출에 대답한 종업원에게 내가 물었다.

"손필드요? 모르겠는데요, 마담. 가서 물어보고 올게요."

그가 나가더니, 금세 다시 나타났다.

"혹시 에어 양이세요?"

"맞아요."

"기다리는 사람이 있는데요."

나는 벌떡 일어나 머프와 우산을 집어 들고 여인숙 복도를 종종걸음 쳤다. 열린 문 옆에 한 남자가 서 있었고 램프가 켜진 거리에 말 한 필이 끄는 탈것이 어렴풋이 보였다.

"이게 당신 짐이겠죠?"

그 남자가 나를 보고는 복도에 있는 내 트렁크를 가리키며 약간 무뚝뚝하게 말했다.

"네."

그는 마차라고 하기에는 좀 부족한 탈것에 짐을 실었다. 나도 거기에 올라탔다. 그가 문을 닫기 전에 나는 손필드까지 거리가 얼마나 되느냐고 물었다.

"10킬로미터쯤."

"시간은 얼마나 걸려요?"

"한 시간 반은 걸릴 거요."

마차 문을 닫고 밖에 있는 자기 자리에 올라탄 뒤에 그가 출발했다. 마차가 아주 천천히 달렸으므로 생각할 시간이 충분했다. 드디어 여행이 끝나 간다는 게 다행스러웠다. 우아하지는 않지만 편안한 좌석에 등을 기대고 앉아 느긋하게 많은 생각을 했다.

'하인이나 마차가 소박한 걸로 봐서 페어팩스 부인도 그리 화려한 사람은 아닌 것 같아. 그 편이 훨씬 좋아. 호사스런 사람들 사이에서 살아 본 건 한 번뿐이지만 그때 아주 비참했잖아. 그녀가 어린 딸과 둘이서 사는 걸까. 그렇다면, 그리고 그녀가 조금만 상냥한 사람이라면, 틀림없이 잘 지낼 수 있을 거야. 난 최선을 다할 거야. 최선을 다한다고 해서 항상 보답이 오는 게 아니라는 건 안 된 일이지만 로우드에서는 사실 그런 결심을 했고, 그대로 노력했고, 사람들의 눈에 들 수 있었어. 물론 리드 부인의 집에서는 나의 최선이 항상 비웃음만 샀지. 페어팩스 부인이 제2의 리드 부인이 아니기를 하느님께 기도해야지. 하지만 만약에 그런 경우라면 그녀에게 묶

여 있을 필요는 없어. 최악의 경우에는 다시 광고를 내면 돼. 이제 얼마나 온 걸까?'

나는 창문을 내리고 밖을 내다보았다. 밀코트가 뒤로 멀어지고 있었다. 불빛이 많은 걸로 봐서 로튼에 비할 수 없이 꽤 커다란 마을인 듯했다. 우리는 이제 마을 공유지 같은 곳을 지나고 있었다. 하지만 사방에 집들이 흩어져 있었다. 로우드와는 다른 곳, 인구는 더 많고 풍경은 덜 그림 같고, 번화하긴 하지만 낭만은 덜한 곳에 와 있는 느낌이었다.

길은 울퉁불퉁하고 안개가 자욱한 밤이었다. 마부가 내내 말을 걷게 몰아 왔기 때문에 한 시간 반 예정이 내 짐작에는 틀림없이 두 시간으로 늘어난 것 같았다. 마침내 그가 뒤돌아보며 말했다.

"이제 손필드까지 얼마 안 남았어요."

나는 다시 밖을 내다보았다. 마차가 교회 앞을 지나고 있었다. 나지막하고 널찍한 탑이 하늘에 맞닿아 있고, 교회 종이 15분을 알리고 있었다. 마을이나 촌락이 있는 듯, 산허리에 가느다란 불빛들의 은하수가 보였다. 10분쯤 지나자 마부가 자리에서 내려 두 짝으로 된 정문을 열었다. 마차가 그곳을 지났고 우리 뒤로 문이 덜커덕 닫혔다. 우리는 이제 천천히 마찻길을 올라 건물의 기다란 정면으로 다가갔다. 커튼이 쳐진 내닫이창 한 군데서 촛불 빛이 흘러나왔다. 나머지 창은 모두 어두웠다. 마차가 현관문 앞에서 멈추자 하녀가 문을 열었다. 나는 마차에서 내려 안으로 들어갔다.

"이쪽으로 오세요."

그 소녀가 말했다. 나는 그녀를 따라 사방에 큰 문이 나 있는 네

모난 현관홀을 지나갔다. 그녀가 안내한 방에는 난로와 촛불이 이중으로 밝혀져 있어서 두 시간 동안 어둠에 익숙해져 있던 내 눈을 부시게 했다. 하지만 그 빛에 적응하고 나니, 아늑하고 쾌적한 장면이 내 앞에 드러났다.

안락하고 아담한 방, 기운차게 타는 불길 옆에 놓인 동그란 탁자, 등이 높은 구식 안락의자가 있고 거기에는 미망인 모자를 쓰고 검은 비단옷에 순백의 모슬린 앞치마를 두른 아주 단정하고 조그만 노부인이 앉아 있었다. 근엄함이 덜하고 온화함이 더해 보일 뿐 내가 생각했던 페어팩스 부인의 모습 그대로였다. 그녀는 뜨개질에 몰두해 있었다. 커다란 고양이 한 마리가 그녀의 발치에 새침하게 앉아 있었다. 모든 것이 완벽했다. 새로 온 가정 교사의 마음을 이보다 더 안심시키는 첫 장면을 더 이상 상상할 수 없을 정도로. 위압적인 웅장함도 없고, 당황스럽게 하는 위엄도 없었다. 게다가 내가 들어서자 노부인이 자리에서 일어나더니 빠르고 친절하게 다가왔다.

"안녕하세요? 오시느라 지루하셨죠? 존이 말을 아주 천천히 몰거든요. 추울 텐데 불가로 오세요."

"페어팩스 부인이시겠지요?"

내가 말했다.

"그래요, 맞아요. 앉으세요."

그녀는 나에게 자기 의자를 권하고 나서, 나의 숄을 벗기고 보닛 끈을 풀어 주기 시작했다. 나는 그렇게까지 수고하실 필요 없다고 극구 만류했다.

"수고랄 게 있나요. 당신은 아마 추위로 손이 굳어 있을 거예요. 리어, 따끈한 니거스 술과 샌드위치를 좀 가져와. 저장실 열쇠는 여기 있어."

그러고는 주머니에서 주부들이 씀 직한 열쇠 뭉치를 꺼내 하인에게 건네주었다.

"자, 자, 불가로 더 가까이 와요."

그녀가 말을 이었다.

"짐을 가져왔겠지요, 그렇죠?"

"네, 마담."

"당신 방에 들여놓으라고 할게요."

그녀가 말하고는 바삐 나갔다. 혼자 남은 나는 생각했다.

'나를 손님처럼 대접하네. 이런 환영을 받을 줄은 몰랐어. 차갑고 딱딱하게 대할 거라고 예상했는데. 내가 들어 본 가정 교사 대우와는 다르잖아. 하지만 아직 기뻐하기에는 일러.'

그녀가 돌아와서 자기 손으로 탁자에 있는 책 한두 권과 뜨개질감을 치워 쟁반 놓을 공간을 만들었다. 이어 리어가 쟁반을 가져오자 나에게 직접 다과를 건넸다. 여태까지 받아 본 적 없는 극진한 대우를, 그것도 나의 고용주이자 윗사람에게 받게 되자 다소 당황스럽기까지 했다. 하지만 그녀가 자기 지위에 맞지 않는 행동을 한다고 생각하지 않는 듯했으므로, 그녀의 접대를 겸손히 받아들이기로 했다.

"오늘 밤에 페어팩스 양을 만나 볼 수 있을까요?"

그녀가 제안한 다과를 먹고 나서 내가 물었다.

"뭐라고요?"

가는귀가 먹은 그 선량한 여자가 내 입에 귀를 가까이 대며 대꾸했다. 내가 더 또렷하게 질문을 반복했다.

"페어팩스 양? 아, 바랭 양 말이로군요! 당신이 가르칠 아이는 바랭 양이에요."

"그렇군요! 그럼 따님이 아닌가요?"

"아니에요, 나에겐 가족이 없어요."

그다음에 그녀가 바랭 양과 어떤 관련이 있는지를 묻는 두 번째 질문이 이어져야 했을 것이다. 하지만 너무 꼬치꼬치 캐묻는 건 예의가 아닌 것 같았다. 게다가 분명히 시간이 지나면 알게 될 일 아닌가.

"정말이지 기뻐요."

그녀가 내 맞은편에 앉아 무릎에 고양이를 올리며 말을 계속했다.

"당신이 와서 무척 기쁘답니다. 말벗이 생겼으니 이제 여기 생활도 꽤 즐거울 거예요. 물론 항상 즐겁긴 하죠. 손필드는 오래된 멋진 저택이고, 최근에는 다소 방치된 감이 있지만 여전히 훌륭한 곳이니까요. 하지만 아무리 좋은 곳이라도 겨울철에 혼자 있으면 꽤나 적적하다는 걸 이해하실 거예요. 혼자 있으면 말이에요. 리어는 착한 아이고, 물론 존과 그의 아내도 아주 무던한 사람들이죠. 하지만 그들은 아무래도 하인이라서 대등하게 대화할 수가 없어요. 권위를 유지하려면 적당히 거리를 둬야 하거든요. 지난겨울에는(기억나실지 모르지만 아주 혹독한 겨울이었잖아요. 눈이 오지 않으면 비가 오거나 바람이 불었죠) 11월부터 2월까지, 정육 업자와 우체부밖에 이 집을 방문한 사람이 없었다니까요. 밤이면 밤마다 혼자 앉아 있어야 했으니 사실 많이 우울했어요. 가끔은 리어에게 들어와 책을 읽어 달라고 했지만, 그 가엾은 아이가 그걸 별로 좋아하는 것 같지 않았어요. 답답해했죠. 봄과 여름에는 한결 지내기가 괜찮았어요. 낮이 길어지고 햇빛이 나니 좀 낫더라고요. 그런데 바로 이번 가을이 시작할 무렵에 아델 바랭과 그녀의 유모가 왔답니다. 아이가 생기면 갑자기 집에 생기가 넘치잖아요. 이제 당신까지 왔으니 너무나 잘됐어요."

이 후덕한 부인의 얘기를 들으면서 내 마음은 따뜻해졌다. 나는 그녀에게 의자를 더 가까이 잡아당기고, 그녀의 기대에 어긋나지 않게 유쾌한 말벗이 되고 싶다는 진지한 소망을 표시했다.

"하지만 오늘 밤에는 늦게까지 잡아 두지 않을게요."

그녀가 덧붙였다.

"벌써 12시가 다 됐어요. 하루 종일 여행하셨으니 많이 피곤할 거예요. 발이 녹으면 당신이 쓸 방을 보여 줄게요. 내 방 옆방으로 준비해 놨어요. 작긴 하지만 당신 앞쪽에 있는 커다란 방보다 더 마음에 들 거예요. 거긴 가구들이 고급스럽기는 해도 너무 쓸쓸하고 적막해서 나도 거기서는 절대 안 자거든요."

나는 그녀의 배려 깊은 선택에 감사를 드리고, 긴 여정으로 인해 사실 피곤한 느낌이었으므로 이만 쉬러 가고 싶다고 말했다. 그녀가 불을 들고 일어섰고, 나는 그녀를 따라 방을 나섰다.

그녀는 현관홀의 문이 잠겼는지부터 확인했다. 그러고는 자물쇠에서 열쇠를 빼내고 나서 위층으로 길을 안내했다. 계단과 난간은 참나무로 되어 있었다. 계단의 창은 높고 격자가 달려 있었다. 그 창과 침실 문들이 이어진 기다란 복도는 집이라기보다 교회처럼 보였다. 지하실처럼 아주 싸늘한 공기가 계단과 복도에 배어 있어서 우울한 공허함과 고독의 느낌을 전했다. 마침내 내 방으로 들어서서야 나는 마음을 놓았다. 자그마하고 평범하게 현대식으로 꾸며진 방이었다.

페어팩스 부인이 상냥하게 잘 자라는 인사를 하고 떠난 뒤, 나는 문을 잠그고 느긋하게 주위를 둘러보았다. 그 작은 방의 생기 있는 모습은 넓은 홀과, 어둡고 거대한 계단과, 길고 싸늘한 복도에서 받은 오싹한 인상을 어느 정도 지워 주었다. 그제야 비로소 신체적으로 피곤하고 정신적으로 불안했던 하루가 끝나고, 이제 마침내 안전한 안식처에 도착했다는 느낌이 들었다. 감사의 충동으로 가슴이 벅차올라 나는 침대 옆에 무릎을 꿇고, 마땅히 감사드려야 할 곳에 감사를 드렸다. 앞으로도 나의 가는 길에 도움을 주시고, 상 받을 일을 하기도 전에 내게 주어진 이 호의에 보답할 수 있는 힘을 내려 달라고 간청하는 것도 잊지 않았다. 그날 밤 나의 침상에는 근심의 가시가 없었다. 나 혼자만의 방에 있다는 두려움도 없었다. 고단하고 만족스러워서, 금세 곤하게 잠이 들었다. 깨어났을 때는 환하게 날이 밝아 있었다.

아침 햇살이 화사한 푸른색 사라사 커튼 사이로 스며들어 벽지 바른 벽과 양탄자가 깔린 바닥을 보여 주었다. 널빤지와 얼룩덜룩한 회반죽이 드러난 로우드와는 전혀 달랐다. 그 작고 밝은 방의 모습이 내 기분까지 밝게 해 주었다. 겉모양은 젊은이에게 지대한 영향을 미친다. 나에게도 가시와 수고만이 아니라 꽃과 즐거움까지 있는 아름다운 삶의 한 시기가 열리고 있는 느낌이었다. 희망을 불러일으키는 새로운 장소와 변화된 환경으로 인해 나의 능력들이 모조리 활기를 띠고 일어나는 듯했다. 정확히 무언지는 몰라도 아무튼 유쾌한 기대가 마음을 가득 채웠다. 그날 또는 그달은 아니더라도, 막연한 미래의 시간에 찾아올 유쾌한 일들이.

나는 자리에서 일어났다. 신중하게 옷을 차려입었다. 지극히 수수한 옷가지밖에 없으니 소박한 차림일 수밖에 없었지만 그래도 깔끔하게 입으려고 노력했다. 나는 외모에 무관심하거나, 남에게 어떤 인상을 줘도 상관없다고 생각하는 사람이 아니었다. 오히려 최대한 괜찮아 보이고 싶었고, 허락하는 한 남들의 마음에 들고 싶었다. 때로는 내가 더 예쁘게 생기지 못한 게 불만스럽기도 했다. 장밋빛 뺨과 반듯한 콧날, 앵두 같은 작은 입술을 소망하기도 했다. 큰 키에 당당하고 멋진 몸매이기를 열망하기도 했다. 내가 너무 작고, 너무 창백하고, 눈에 띄게 균형 잡히지 않은 이목구비를 지닌 것을 불행하게 느끼기도 했다. 나는 왜 이런 열망과 애석함을 간직하게 되었던 걸까? 딱 꼬집어 말할 수는 없다. 당시에 나는 나에게 이유를 명확하게 말할 수 없었다. 하지만 이유는 있었고, 논리적이고 지당한 이유이기도 했다. 하지만 머리를 매끄럽게 빗고, 검정 옷을 입고—그건 퀘이커 교도 같은 옷이었는데 적어도 아주 잘 맞는다는 장점이 있었다—깨끗한 흰색 옷깃 장식을 바로잡자, 그 정도면 페어팩스 부인 앞에 나가도 부끄럽지 않겠다는 생각이 들었다. 내가 맡게 될 새로운 학생이 나에게 혐오감을 느껴 뒷걸음질 치는 일도 없을 것이다. 나는 방의 창문을 열고, 경대 위의 물건들이 모두 깔끔하게 정리된 것을 확인한 다음 용기를 내 밖으로 나섰다.

매트를 깔아 놓은 긴 복도를 지나 매끄러운 참나무 계단을 내려갔다. 현관홀에 도착했다. 거기서 잠시 멈춰 섰다. 벽에 걸린 그림들(하나는 갑옷을 입은 험악한 남자였고, 하나는 머리에 파우더를 뿌리고 진주 목걸이를 걸친 여인의 초상이었던 것으로 기억한다), 천장에 매달린 청동 램프, 오랜 세월과 손때로 검게 변한 기이하게 조각된 참나무 틀에 들어 있는 커다란 시계를 쳐다보았다. 모든 것이 나에게는 매우 당당하고 인상적으로 보였다. 하지만 나는 아직 웅장한 것에 그리 익숙한 사람이 아니었다. 절반이 유리로 된 현관홀 문이 열려 있었다. 나는 문지방을 넘어갔다. 맑은 가을 아침이었다. 이른 아침의 태양이 갈색으로 물든 숲과 아직 초록빛인 들판 위로 잔잔하게 빛을 비췄다. 나는 잔디로 걸어가서 고개를 들고 저택의 정면을 살펴보았다. 거대하지는 않지만 상당히 커다란 3층 건물이었다. 귀족의 저택이라기보다 신사의 저택이었다. 지붕 위에 있는 흉벽이 그림 같은 느낌을 자아냈다. 깍깍대며 비행하는 당까마귀 떼를 배경으로 건물의 회색 정면이 두드러져 보였다. 그들이 잔디와 정원 위로 날아 도랑으로 분리되어 있는 넓은 목초지에 내려앉았고, 목초지에는 참나무처럼 굵직하고 단단하고 옹이가 진 거대한 가시나무 고목들이 늘어서 있어서 이 저택의 명칭이 어디서 유래했는지 짐작게 했다(가시나무(thorn tree)가 많아서 손필드(Thornfield)라고 부른다는 뜻이다 _옮긴이). 저 멀리에 언덕들이 보였다. 로우드 주위에 있던 산처럼 높거나 험하지 않았고 세상을 단절시키는 장벽 같지도 않았다. 그럼에도 꽤나 조용하고 고적한 언덕들이어서 활기찬 밀코트 지방에 어울리지 않게 격리된 느낌을 풍기며 손필드를 감싸고 있었다. 나무 사이사이로 지붕을 드러낸 작은 촌락이 언덕의 한쪽 기슭에 뿔뿔이 흩어져 있었다. 그 구역의 교회는 손필드에 더 가까운 곳에 자리했다. 낡은 탑이 저택과 정문 사이의 둔덕을 굽어보고 있었다.

나는 그 차분한 경치와 유쾌하고 상쾌한 공기를 즐기며, 당까마귀들의 깍깍거림을 기분 좋게 듣고 있었다. 고색창연한 저택의 정면을 바라보며 페어팩스 부인처럼 외로운 노부인이 살기에는 너무 큰 곳이라고 생각하고 있을 때, 장본인이 문에 나타났다.

"어머! 벌써 나왔어요? 일찍 일어나는 편인가 봐요."

내가 가까이 다가가자, 그녀는 상냥한 키스와 악수를 선사하며 나에게 물었다.

"손필드는 어때요?"

나는 대단히 마음에 든다고 대답했다.

"그래요, 예쁜 곳이죠. 하지만 로체스터 씨가 여기서 눌러사시든지 더 자주라도 들러 주셔야 할 텐데, 더 황폐해질까 봐 걱정이에요. 큰 저택과 아름다운 정원에는 주인의 손길이 필요하거든요."

"로체스터 씨요? 그분이 누군데요?"

내가 외쳤다.

"손필드의 주인이에요."

그녀가 조용히 대답하고는 다시 물었다.

"그분의 이름이 로체스터인 걸 몰랐어요?"

당연하지, 알 리가 없잖은가. 지금까지 들어 본 적도 없는 이름인데. 하지만 이 노부인은 그의 존재를 누구라도 직감적으로 알아야 하는 보편적인 사실로 여기는 듯했다. 내가 말했다.

"저는 부인이 손필드의 주인인 줄 알았어요."

"내가요? 어머나 저런, 무슨 그런 생각을! 내 집이라뇨? 나는 여기 가정부예요. 관리하는 사람이죠. 물론, 로체스터가의 외가 쪽 먼 친척이긴 해요. 적어도 내 남편이 그랬다는 얘기예요. 남편은 저기 언덕에 있는 작은 마을인 헤이 교구를 관리하던 목사였고 정문 옆에 있는 교회에서 목회를 보았답니다. 지금의 로체스터 씨 어머니가 페어팩스였고 내 남편과는 재종간이었어요. 하지만 나는 절대 그 관계를 이용하지 않아요. 사실 나랑은 아무 상관이 없잖아요. 나는 자신을 평범한 가정부라고 생각해요. 로체스터 씨가 항상 잘 대해 주시니 그 이상 기대하는 건 없어요."

"그러면 그 아이는…… 제가 맡을 학생은요?"

"로체스터 씨가 맡아 키우는 아이예요. 나에게 그 아이의 가정교사를 찾으라고 하셨거든요. ○○ 주에서 키우실 생각이신가 봐요. 마침 저기 오네요. 본(bonne)과 같이, 그 애는 유모를 그렇게 부르더라고요."

이제야 수수께끼가 풀렸다. 이 상냥하고 친절한 미망인은 지체 높은 귀부인이 아니라 나처럼 고용된 입장이었던 것이다. 그렇다고 해서 그녀에 대한 느낌이 나빠진 것은 아니었다. 아니, 전보다 더 기뻤다. 그녀와 나는 진짜 대등한 관계였다. 그녀가 단순히 생색을 낸 것이 아니었던 것이다. 더욱 잘된 일이었다. 나의 입장이 훨씬 자유로워졌다.

내가 이 새로운 사실에 대해 생각하고 있는 사이에, 한 소녀가 뒤에 유모를 달고 잔디로 달려왔다. 아직은 나를 알아보지 못한 듯했다. 일곱 살이나 여덟 살쯤의 어린아이로 체구가 꽤 작고, 얼굴은 파리하고, 이목구비는 오목조목하고, 곱슬곱슬한 머리카락이 허리까지 탐스럽게 늘어져 있었다. 나를 본 페어팩스 부인이 말했다.

"잘 잤어요, 아델 양? 이리 와서 앞으로 아가씨에게 공부를 가르쳐 주시고 언젠가 슬기로운 여인으로 만들어 주실 선생님께 인사드려요."

아이가 다가왔다.

"C'est là ma gouvernante(이분이 내 선생님이야)?"

그녀가 내 쪽을 가리키며 유모에게 물었다. 그녀가 대답했다.

"Mais oui, certainement(네, 그래요)."

"외국인이에요?"

프랑스어를 듣고 놀라서 내가 물었다.

"유모는 외국인이고 아델은 대륙에서 태어났어요. 아마 6개월 전까지는 거길 떠나 본 적이 없을 거예요. 처음 여기 왔을 때는 영어를 전혀 못했어요. 이제 조금 할 수 있기는 한데 프랑스어를 워낙 많이 섞어 얘기하기 때문에 난 이해를 못하겠더라고요. 하지만 당신이라면 아마 잘 알아들을 수 있을 거예요."

다행히 나는 프랑스인에게 프랑스어를 배웠다는 이점이 있었다. 기회가 닿는 대로 자주 피에로 선생과 대화를 나눴고, 지난 7년 동안 악센트에 신경 쓰며 선생의 발음을 최대한 똑같이 따라 하면서 프랑스어를 외워 익혔으므로 어느 정도 정확하고 능숙한 프랑스어 실력을 갖추었고, 따라서 아델 양과 얘기할 때 크게 곤란을 겪을 것 같지 않았다. 내가 자신의 가정 교사라는 말을 듣고 그녀가 다가와 나와 악수를 나눴다. 아침 식사를 하러 그녀를 데리고 들어가면서 내가 프랑스어로 몇 마디를 건넸다. 그녀는 처음에 짤막하게 대답했지만, 식탁에 앉아서 그 커다란 개암나무 빛 눈동자로 10여 분간 나를 관찰하더니 갑자기 유창하게 프랑스어로 재잘거리기 시작했다.

"와. 마드무아젤은 로체스터 씨만큼이나 프랑스어를 잘하시네요. 아저씨에게 말하는 것처럼 얘기할 수 있겠어요. 소피도 그럴 수 있겠어요. 소피가 기뻐할 거예요. 여기 사람들은 그녀의 말을 못 알아듣거든요. 페어팩스 부인은 죄다 영어로 말해요. 소피는 내 유모예요. 나랑 같이 굴뚝에서 연기 나는 커다란 배를 타고 바다를 건너왔는데(연기가 정말 심했어요!) 난 멀미가 났어요. 소피도 멀미하고 로체스터 씨도 그랬어요. 로체스터 씨는 살롱이라는 예쁜 방 소파에 누워 있었고, 소피랑 나는 다른 방에 있는 작은 침대에 있었어요. 침대에서 떨어질 뻔한 적도 있어요. 선반 같은 거였거든요. 그런데 마드무아젤…… 이름이 뭐예요?"

"에어…… 제인 에어야."

"에이르? 헤! 발음이 잘 안 되네요. 음, 우리가 탄 배는 날이 밝기도 전 새벽에 큰 도시에 도착했어요. 새까만 집들과 온통 연기뿐인 아주 커다란 도시였어요. 내가 살던 예쁘고 깨끗한 마을과는 전혀 달랐어요. 로체스터 씨가 나를 안고 널빤지를 건너 땅에 내렸고, 소피가 따라왔고, 우리 모두 마차에 탔죠. 그걸 타고 여기보다 더 크고 멋지고 아름다운 집으로 갔어요. 호텔이라고 부르는 데였어요. 우리는 거기서 일주일 정도 있었어요. 나는 소피랑 같이 초록빛 나무들이 아주 많은 커다란 공원으로 매일 산책을 나갔어요. 거기에는 나 말고 다른 아이들도 많았고, 아름다운 새들이 떠 있는 연못도 있었는데, 내가 걔네들한테 빵 부스러기를 뿌려 줬어요."

"저렇게 빠르게 말하는데 알아들을 수 있어요?"

페어팩스 부인이 물었다.

나는 피에로 선생의 말씨에 적응이 돼 있어서 그녀의 말을 이해하는 데 어려움이 없었다.

그 선량한 노부인이 말을 이었다.

"저 아이한테 부모에 대해 좀 물어봐 주세요. 부모를 기억하는지 궁금하거든요."

아이에게 내가 물었다.

"아델, 네가 말한 그 예쁘고 깨끗한 마을에 있을 때 누구와 같이 살았니?"

"오래전에 엄마와 같이 살았는데, 엄마는 성모 마리아에게 떠났어요. 엄마가 춤추고 노래하고 시 낭송하는 걸 가르쳐 줬어요. 아주 많은 신사 숙녀 분들이 엄마를 만나러 왔는데 나는 그분들 앞에서 춤을 추거나 무릎에 앉아 노래를 부르곤 했어요. 정말 좋았어요. 제 노래 한번 들어 보실래요?"

그녀가 아침을 다 먹은 상태였으므로 나는 그녀의 노래 솜씨를 들어 보기로 했다. 그녀가 의자에서 내려와 나에게 다가오더니 내 무릎에 앉았다. 이어 조그만 두 손을 새침하게 앞으로 모아 잡고, 곱슬머리를 뒤로 흔들며 천장으로 시선을 올리더니, 어느 오페라에 나오는 가곡을 부르기 시작했다. 버림받은 여인이 애인의 변심을 슬퍼하다가 자존심을 불러일으키는 노래였다. 시녀에게 가장 화려한 보석과 가장 값비싼 옷으로 단장시켜 달라고 하고, 그날 밤 무도회에서 그 거짓된 자를 만나 명랑한 태도를 보임으로써 그의 배신이 그녀에게 아무런 아픔도 주지 못했다는 것을 보여 주리라 결심하는 내용이었다.

어린 가수가 부르기에는 어울리지 않는 주제인 듯했다. 하지만 어린아이의 혀 짧은 소리로 부르는 사랑과 질투의 노래를 듣는 게 이 공연의 핵심이었던 모양이다. 형편없는 취향이었다. 내 생각에는 그랬다.

아델은 꽤 음정을 제대로 맞춰서 어린아이답게 순진하게 노래했다. 다 부르고 나서, 내 무릎에서 팔짝 뛰어 일어나며 말했다.

"마드무아젤, 이번에는 시를 낭송해 드릴게요."

그녀가 자세를 잡더니, 'La Ligue des Rats, fabel de La Fontaine(쥐들의 회의, 라퐁텐 우화)'를 읊기 시작했다. 구두점과 강세를 세심하게 신경 쓰며, 굴곡 있는 목소리로 적절한 몸짓까지 섞어 가며 우화를 외워 나가는데, 그 나이 또래에게는 매우 보기 드문 일이라서 꼼꼼하게 훈련받았다는 것을 알 수 있었다.

"엄마가 가르쳐 줬니?"

내가 물었다.

"네, 엄마는 이런 식으로 말했어요. 'Qu'avez vous donc? lui dit

un de ces rats. Parlez(그렇다면 당신은 어떻게 할 건가요? 하고 쥐 한 마리가 그에게 말했어요. 대답해 줘요)!' 질문이 나올 때 억양 올리는 걸 잊지 않게 하려고 엄마가 이렇게 내 손을 들게 했어요. 이제 춤도 보여 드릴까요?"

"아니, 그만하면 됐어. 엄마가 네 말처럼 성모 마리아에게 떠나고 난 다음에는 누구와 같이 살았니?"

"프레데릭 부인과 그 남편과 같이 살았어요. 날 돌봐 주긴 했지만 친척은 아니에요. 엄마처럼 좋은 집이 없는 걸 보면 가난한 사람이었던 것 같아요. 거기서는 오래 있지 않았어요. 로체스터 씨가 영국에 가서 같이 살겠느냐고 물으셔서 내가 좋다고 했거든요. 로체스터 씨는 내가 프레데릭 부인을 알기 전에 알았던 분이고, 항상 나에게 친절하게 대해 주시고 예쁜 옷과 장난감들을 사 주셨죠. 하지만 아저씨는 약속을 지키지 않고 있어요. 영국으로 날 데려다 놓고 혼자 돌아가 버려서 이젠 통 보질 못하거든요."

아침 식사를 한 뒤 아델과 나는 서재로 물러갔다. 로체스터 씨가 그곳을 공부방으로 쓰라고 지시한 모양이었다. 대부분의 책은 유리문 안에 잠겨 있었다. 하지만 기초적인 학습에 필요할 만한 갖가지 책과 가벼운 문학, 시, 전기, 여행서, 로맨스 등이 꽂힌 책장 하나가 열려 있었다. 이 정도 책이면 가정 교사가 읽기에 충분하리라고 생각한 듯했다. 그리고 사실, 현재의 나에게는 충분히 만족스러웠다. 로우드에서 가끔 찾아볼 수 있었던 얼마 안 되는 책들에 비하면 풍성한 오락과 지식을 제공해 줄 만했다. 이 방에는 음색이 탁월한 새 캐비닛형 피아노도 있었다. 그림을 그릴 수 있는 이젤과 지구의도 한 쌍 있었다.

나의 학생은 공부에 별로 집중하지 않았지만 그런대로 유순한 편이었다. 무엇이건 규칙적인 일에는 전혀 익숙하지 않은 모양이었다. 처음부터 지나치게 구속하는 것은 현명한 처사가 아닐 듯했다. 나는 그녀와 많은 이야기를 나누고 공부를 조금 가르치며 오전 시간을 보내다가 정오에 유모에게 돌려보냈다. 그러고는 식사 시간이 될 때까지 아델의 학습 교재에 필요한 그림을 몇 장 그리기로 마음먹었다.

화첩과 연필을 가지러 위층으로 올라가려는데 페어팩스 부인이 나를 불렀다.

"오전 공부가 이제 끝났나 보죠?"

그녀는 접이문들이 열려 있는 방에 있었다. 그녀의 말을 듣고 내가 그리로 들어갔다. 보랏빛 의자와 커튼, 터키산 양탄자, 호두나무 패널을 댄 벽, 스테인드글라스가 화려한 큼직한 창문, 우아하게 틀 잡힌 천장이 높이 솟은 커다랗고 품위 있는 방이었다. 페어팩스 부인은 사이드보드 앞에서 보라색 섬광 광석으로 된 고급 꽃병들을 닦고 있었다.

"방이 참 아름다워요!"

내가 둘러보면서 소리쳤다. 이 방의 절반만큼이라도 인상적인 방은 한 번도 본 적이 없었다.

"그렇죠? 여긴 식당이에요. 햇빛과 공기를 통하게 하려고 방금 창문을 열었어요. 사람이 자주 드나들지 않는 방에는 아무래도 습기가 차게 마련이거든요. 저쪽 응접실은 지하실 같아요."

그녀가 창문과 비슷하게 널찍한 아치를 가리켰다. 늘어뜨려졌던 보랏빛 커튼이 이제 동그랗게 묶여 있었다. 폭넓은 계단 두 개를 올라 들여다본 그 너머의 광경이 너무나 화려해서 나의 경험 없는 눈에는 마치 동화 속의 세계처럼 보였다. 하지만 그곳은 아주 어여쁜 응접실일 뿐이었다. 안쪽에 내실이 하나 있었는데 양쪽에 모두 화려한 꽃 화환을 올려놓은 듯한 하얀 양탄자가 펼쳐져 있었다. 천장에는 하얀 포도송이와 포도 잎사귀들이 눈처럼 하얗게 새겨져 있고, 그 아래로 진홍색 카우치와 긴 의자들이 선명한 대조를 이루었다. 반면에 연한 파로스 대리석으로 된 벽난로 선반 위의 장식은 루비처럼 빨갛게 반짝이는 보헤미아 유리 제품이었다. 창문 사이사이에 있는 커다란 거울들이 눈과 불이 섞여 있는 듯한 방 안의 분위기를 그대로 재현했다. 내가 말했다.

"어쩜 이렇게 말끔히 정리해 놓으셨어요, 페어팩스 부인! 먼지도 없고 덮개도 없네요. 공기만 싸늘하지 않다면 매일같이 쓰는 방인 줄 알겠어요."

"에어 양, 로체스터 씨가 여기 오시는 경우는 아주 드물지만, 오시게 되면 항상 예상치 못하게 갑자기 오시거든요. 죄다 덮개를 씌워 놨다가 도착하신 뒤에 준비하느라 법석 떠는 걸 언짢아하시는 것 같아서 평소에 미리미리 준비해 두는 편이에요."

"로체스터 씨는 엄격하고 까다로운 편인가요?"

"딱히 그렇지는 않아요. 하지만 신사다운 취향과 습관을 지니신 분이라, 모든 것이 그에 걸맞게 관리되기를 기대하시죠."

"그분을 좋아하세요? 사람들이 대체로 그분에게 호감을 느끼나요?"

"아, 그럼요. 집안 대대로 여기서 존경을 받아 왔어요. 이 부근의 토지는 눈길이 닿는 데까지 거의 모두가 아득한 옛날부터 로체스터 가문의 것이었답니다."

"하지만 토지는 그렇다 치고 그분의 됨됨이를 좋아하시나요? 그가 인격적으로 존경받는 분인가요?"

"나로서는 주인 나리를 좋아하지 않을 이유가 없죠. 소작인들도 공정하고 관대한 영주로 생각할 거예요. 같이 얼굴 뵌 적도 별로 없지만요."

"특이한 점 같은 건 없나요? 간단히 말해서, 그분의 성격은 어때요?"

"아! 성격은 나무랄 데 없어요. 조금 별나다고 할 수 있을지는 모르겠지만요. 여행을 많이 다니시니까 세상의 이런저런 것들을 많이 보셨을 거예요. 아마 머리도 좋으실걸요. 대화를 많이 나눠 본 건 아니지만."

"어떤 식으로 별나신데요?"

"글쎄요, 설명하기가 쉽지 않네요. 확연하게 드러나는 건 아닌데 얘기하다 보면 느끼게 돼요. 그분이 농담을 하는 건지 진담을 하는 건지, 마음에 드시는 건지 아닌 건지 도통 감이 안 잡히거든요. 확실하게 이해가 안 된다고 할까요. 적어도 난 그래요. 하지만 중요한 일은 아니죠. 아주 좋은 주인이시니까."

페어팩스 부인에게 그녀와 나의 고용주에 대해 얻어들은 설명은 이게 전부였다. 세상에는 사람이나 사물의 성격을 설명하거나 두

드러지는 특징을 관찰하고 묘사할 줄 모르는 이들이 있다. 이 선량한 부인도 분명 그런 부류에 속하는 사람이었다. 나의 질문은 그녀를 당황하게 했을 뿐, 별다른 정보를 끌어내지 못했다. 그녀에게 로체스터 씨는 그냥 로체스터 씨였다. 영지를 지닌 지주, 신사, 그뿐이었다. 그녀는 그 이상 알려 하지 않았고, 그에 대해 좀 더 정확히 파악하고 싶어 하는 나를 의아하게 여기는 듯했다.

식당에서 나오자 그녀가 집의 다른 부분들을 보여 주겠다고 했다. 나는 위층과 아래층으로 그녀를 따라다니며 하나같이 멋들어지고 잘 정돈된 모습에 감탄을 금치 못했다. 앞쪽의 큼지막한 침실들이 특히 웅장하게 느껴졌다. 3층의 몇몇 방들은 어둡고 천장이 낮았지만 고풍스러운 분위기가 흥미로웠다. 한때 아래층에 있던 가구들이 유행이 바뀌면서 이리로 옮겨져 온 모양이었다. 좁은 여닫이창으로 들어오는 불완전한 빛이 백 년 된 침대 틀들을 보여 주었다. 참나무나 호두나무로 만든 것 같은 궤짝들은 마치 유대인의 계율 상자처럼 종려나무 가지와 아기 천사들의 머리가 묘하게 조각되어 있었다. 등이 높고 폭이 좁은 아주 오래된 의자들이 줄을 이었다. 등받이 없는 의자들은 그보다 더 오래되어서, 두세 대 이상 관 속의 먼지가 되어 있는 사람들이 수를 놓았을 쿠션 윗부분의 자수들이 반쯤 지워져 있었다.

이 모든 유물들로 인해 손필드 저택의 3층은 과거의 집, 기억의 성소 같은 인상을 풍겼다. 이 으슥한 곳의 예스러움과 정적과 어둠을 낮에 보는 것은 꽤나 매력적이었다. 하지만 저 넓고 묵직한 침대들 중 하나에서 밤을 보내고 싶은 마음은 절대 일어나지 않을 것이다. 그중 어느 것은 참나무 문 안에 갇혀 있었다. 다른 것들은, 기묘한 꽃들과 더 기묘한 새들, 더더욱 기묘한 인간들의 형상을 두툼하게 수놓아 정성을 들인 고대 영국의 장막들로 가려져 있었다. 창백한 달빛이 비치면 정말로 모두 기묘해 보일 듯했다.

"하인들이 자는 곳인가요?" 하고 내가 물었다.

"아뇨. 그들은 뒤쪽에 있는 더 작은 방들을 사용해요. 여기서 자는 사람은 없어요. 손필드 저택에 유령이 있다면 아마 여기가 소굴일걸요?"

"그럴 것 같아요. 그럼 유령은 안 나오는 건가요?"

"지금까지 나온다는 말은 못 들어 봤어요."

페어팩스 부인이 미소 지으며 대답했다.

"전해 내려오는 이야기는 없나요? 전설이나 유령 이야기라도?"

"없는 것 같아요. 로체스터 집안사람들이 살아생전에 조용하다기보다 과격한 사람들이었다는 말은 있어요. 하지만 아마 그래서 지금 무덤에서 평안하게들 쉬시는 게 아닐까요?"

"네……. '인생의 끊임없는 열병을 다 치른 뒤에 편안히 잠들어 있다.'는 말이로군요."

내가 중얼거렸다.

"이제 어디 가시는 거예요, 페어팩스 부인?"

다시 걸음을 옮기고 있는 그녀에게 내가 물었다.

"납판 지붕으로요. 당신도 가서 같이 경치를 보겠어요?"

나는 계속 그녀의 뒤를 따라, 다락방으로 통하는 비좁은 계단을 올라, 거기서 뚜껑 문까지 사다리를 타고 지붕으로 나갔다. 이제 까마귀 떼와 같은 높이에서 그들의 둥지를 바라볼 수 있었다. 흉벽에 몸을 기대고 아래를 내려다보니 지도처럼 펼쳐진 부지가 눈에 들어왔다. 밝은 벨벳 같은 잔디가 저택의 회색 토대를 빈틈없이 에워싸고 있었다. 공원처럼 넓은 들판에 고목들이 점점이 박혀 있었다. 나무에 달린 잎사귀보다 이끼가 더 진한 초록빛으로 무성한 오솔길이 암갈색으로 말라붙은 숲을 나눠 놓았다. 정문 앞의 교회, 길, 평화로운 언덕들, 이 모든 것이 가을날의 태양 아래서 쉬고 있었다. 진주 같은 하얀색으로 무늬를 그린 딱 좋은 하늘색의 하늘이 지평선과 마주 닿아 있었다. 이렇다 할 특징은 없지만, 보이는 모든 것이 상쾌한 풍경이었다. 그곳에서 다시 뚜껑 문으로 내려올 때, 사다리로 내려가는 길을 찾기가 힘들 지경이었다. 내가 올려다보았던 푸른 하늘과 즐겁게 내려다보았던 저택 주위의 햇살 가득한 수풀과 목초지와 푸른 언덕에 비해 다락방은 지하 창고만큼이나 캄캄했다.

페어팩스 부인이 뚜껑 문을 닫느라 잠시 뒤로 처졌다. 나는 손으로 더듬어 다락방에서 나가는 출구를 찾아낸 뒤 좁은 계단을 내려갔다. 3층의 앞쪽 방과 뒤쪽 방들을 가르며 길게 이어진 복도에서 머뭇거렸다. 멀리 끝에 작은 창이 하나 있을 뿐이라서 복도는 어둡고 좁고 낮았다. 양쪽으로 줄지어 선 작고 검은 문들마저 모두 닫혀 있어서, 마치《푸른 수염》의 성에 나오는 복도 같았다.

조용히 걸음을 떼어 놓는데, 이 적막한 공간에서 들으리라고는 전혀 예상할 수 없는 소리, 웃음소리가 내 귀를 때렸다. 기괴한 웃음이었다. 또렷하고 딱딱하고 기쁨이 없는 웃음에 나는 멈칫했다.

소리는 아주 잠깐 멎었다가 더 커졌다. 처음에는 뚜렷하긴 했지만 나지막한 소리였다. 하지만 이제는 시끄러울 정도로 요란해져서 텅 빈 모든 방에 메아리쳐 울리는 듯했다. 하지만 웃음소리가 나오는 방은 한곳이었고 나는 그게 어느 방인지 알 수 있었다.

"페어팩스 부인!" 하고 내가 소리쳤다. 계단을 내려오는 그녀의 발소리가 들렸다.

"저 웃음소리 들었어요? 누구 소리죠?"

"하인들 중의 누구겠죠. 아마, 그레이스 풀일 거예요."

그녀가 대답했다.

"그 소리 들으셨어요?"

내가 다시 물었다.

"네, 분명히 들었어요. 자주 듣는 소리인걸요. 그녀가 이쪽 방에서 바느질을 해요. 가끔은 리어도 같이 있는데 그들이 같이 있으면 자주 소란스러워지죠."

그 웃음은 낮게 뚝뚝 끊어지며 반복되더니, 묘한 웅얼거림으로 끝났다.

"그레이스!"

그쪽을 향해 페어팩스 부인이 소리쳤다.

나는 그레이스라는 인물이 대답할 리 없다고 생각했다. 그처럼 비극적이고 초자연적인 웃음은 들어 본 적이 없었으니까. 지금이 한낮이고, 유령이 나올 것 같지 않은 곳에서 기괴한 웃음이 들렸고, 두려움을 자아내는 상황이나 시기도 아니었기에 망정이지, 그렇지 않았다면 나는 미신적인 공포에 사로잡혔을 것이다. 하지만 내가 놀라움을 느낀 것조차 어리석었다는 사실이 곧 밝혀졌다.

나에게서 제일 가까운 문이 열리더니 하인 하나가 나타났다. 서른에서 마흔 사이로 보이는 여자였다. 단단하고 떡 벌어진 몸, 빨간 머리, 딱딱하고 못생긴 얼굴. 그보다 더 유령 같지 않은 유령은 상상하기 힘들 정도였다. 페어팩스 부인이 말했다.

"너무 시끄러워, 그레이스. 지시 사항을 잊지 말아요!"

그레이스가 말없이 예를 갖추고 들어갔다. 그러자 그 미망인이 말을 이었다.

"바느질을 하고 리어의 일을 도와주는 사람이에요. 못마땅한 점이 아주 없는 것은 아니지만 일은 아주 잘해요. 아참, 오늘 아침에 새 제자와는 어떠셨어요?"

아델 쪽으로 화제가 돌아간 우리의 대화는 아래층의 가볍고 경쾌한 지역에 도달할 때까지 계속되었다. 아델이 현관홀에서 우리를 맞으러 달려오며 소리쳤다.

"Mesdames, vous êtes servies(식사 준비가 다 됐어요)!"

그리고 덧붙였다.

"J'ai bien faim, moi(배고파 죽겠어요)!"

준비된 식사가 페어팩스 부인의 방에서 우리를 기다리고 있었다.

## 제12장

처음 손필드 저택에 차분하게 받아들여졌을 때 기대했던 대로, 내 생활은 그 집이나 집안사람들에게 익숙해지고 난 뒤에도 평탄하게 유지되었다. 페어팩스 부인은 보이는 그대로 차분하고 다정다감한 성격에 적절한 교육과 무난한 지성을 소유한 여성이었다. 아델은 활발한 아이였다. 응석받이로 자란 탓에 가끔 제 마음대로 하려고 고집을 부리긴 했지만, 아델의 교육은 전적으로 내 몫이었고 그것을 방해하는 사람도 없었다. 아델은 곧 특유의 변덕스러움을 버리고 가르치기 쉬운 순한 아이가 되었다. 아델에게 평범한 아이의 수준을 조금이라도 뛰어넘는 특출한 재능이나, 두드러진 성격적 특징이나, 독특한 취향이나, 감각적으로 계발된 면모가 있었던 것은 아니다. 하지만 그 수준 아래로 떨어지는 결함이나 나쁜 버릇도 없었다. 아델은 무리 없이 향상됐고, 그리 깊지는 않았지만 나에게도 명랑한 애정을 표현했다. 단순한 성격과 쾌활한 수다, 내 마음에 들려고 하는 아델의 노력 덕분에 나 역시 아이에게 애정을 느끼게 되었다. 우리 둘은 이제 서로 만족스럽게 어울릴 수 있는 사이가 되었다.

여담이지만, 어린아이의 천사 같은 성질과 그 교육을 맡은 자의 의무에 대해 엄격한 교리를 강조하며 아이들을 맹목적으로 떠받들어 주어야 한다고 생각하는 사람들에게는 내 말이 사뭇 차갑게 들릴 수도 있다. 하지만 나는 부모의 자만을 추켜세우고, 위선적인 말을 되풀이하거나 허튼소리를 지지하고 싶은 생각은 조금도 없다. 진실을 말할 뿐이다. 나는 아델의 행복과 향상에 세심하게 신경을 썼고, 그 아이를 꽤 좋아했다. 내가 페어팩스 부인의 친절에 감사하며 그녀가 내게 보여 주는 변함없는 관심과 그 균형 잡힌 태도나 성격으로 인해 그녀와 함께 어울리는 것을 즐거워하는 것처럼 말이다.

이 말에 대해서 비난하고 싶은 사람은 누구든 비난해도 좋다. 가끔씩 혼자서 정문까지 걸어가 그 사이로 바깥 길을 바라보면서, 또는 아델이 유모와 놀고 있고 페어팩스 부인이 저장실에서 젤리를 만들고 있을 때 3층까지 올라가 다락방의 뚜껑 문을 올리고 지붕으로 나가서 나는 하늘과 맞닿은 아련한 지평선을 따라 저 멀리 호젓한 들판과 언덕을 내다보았다. 경계를 넘어 바라볼 수 있는 천리안이 있다면 얼마나 좋을까 생각하면서 말이다. 듣기만 하고 보지는 못했던 분주한 세상과 도회지와 활기 넘치는 지방에 나가 지금보다 훨씬 풍부한 실제 경험을 쌓고 싶었다. 지금 여기서 할 수 있는 것보다 더 나와 비슷한 사람들과 교류하고, 갖가지 성격의 사람들을 알아 가고 싶었다. 페어팩스 부인의 좋은 점과 아델의 좋은 점을 높이 평가하지만, 세상에는 그와 달리 좀 더 생동하는 좋은 것들이 존재한다고 믿었고, 그런 내 믿음을 눈으로 확인하고 싶었다.

누가 나를 비난할까? 많은 이들이 그럴 것이다, 틀림없이. 나더러 불만이 많다고 욕하는 사람도 있을 것이다. 그래도 어쩔 수 없다. 나의 천성에는 불안정성이 도사리고 있었다. 때때로 그것은 나를 고통스럽게 들쑤셨다. 그럴 때 내가 할 수 있는 일은 오로지 3층의 조용하고 고독한 분위기에 젖어 그곳 복도를 앞뒤로 걸어다니며, 마음의 눈앞에 일어나는 화려한 영상들을 바라보는 것이었다. 물론, 그것들은 아주 많고 강렬했다. 괴로움으로 부어오를 수도 있지만 생기로 부풀어 오를 수도 있는 내 마음을 약동하는 환희로 들썩이게 했다. 무엇보다도 결코 끝나지 않는 이야기에 내 내면의 귀를 열게 해 주었다. 나의 상상력은 이야기를 창조해 냈고, 끊임없이 이야기보따리를 풀어 놓았다. 간절히 소망하지만 나의 현실에는 존재하지 않는 갖가지 사건과 삶과 열정과 느낌이 생생하게 살아났다.

인간에게 평온한 삶에 만족하라고 말하는 것은 별로 소용없는 일이다. 인간에게는 활동이 필요하고, 그걸 찾을 수 없으면 만들어내기도 하는 법이다. 나보다 더 적막한 운명에 처한 사람이 수백만이고, 자신의 운명에 말없이 항거하는 사람이 수백만이다. 정치적인 반란 이외에도 지상에 살고 있는 사람들 속에서 얼마나 많은 반란들이 격동하고 있는지 어느 누가 알고 있을까. 여인들은 보통 매우 차분한 존재로 여겨진다. 그러나 여자도 남자들과 똑같이 느낀다. 그들의 오빠나 남동생처럼 여자들도 자신의 능력을 연습하고 노력해 볼 기회가 필요하다. 여자도 남자들이 괴로워하는 만큼, 경직된 속박과 답답한 정체를 고통스러워한다. 그들에게 푸딩을 만들고 스타킹을 짜고 피아노를 치고 가방에 수나 놓으라고 하는 것은 더 많은 특권을 가진 남성들의 생각이 편협한 탓이다. 관습이 허락하는 것보다 더 배우거나 더 많은 일을 하고자 한다고 해서, 그들을 비웃거나 단죄하는 것은 생각이 얕은 자들의 경솔한 행동일 뿐이다.

이렇게 혼자 있을 때면, 가끔 그레이스 풀의 웃음소리가 들리곤 했다. 처음 들었을 때 나를 오싹하게 만들었던 것과 똑같은 울림, 똑같이 나지막하고 느린 하! 하! 소리. 괴상하게 중얼거리는 소리도 들렸다. 그건 웃음보다 더 이상했다. 그녀가 꽤 조용하게 지내는 날들도 있었다. 하지만 도대체 종잡을 수 없는 소리들이 들리는 날들도 있었다. 때로는 그녀의 모습을 보기도 했다. 그녀는 방에서 대야나 접시나 쟁반을 들고 나와 부엌으로 내려갔다가 금세 돌아왔는데, 대개의 경우(아, 낭만적인 독자여, 진실을 있는 그대로 말하는 나를 용서하라!) 흑맥주 단지를 들고 있었다. 그녀의 외모는 언제나 그녀의 입에서 나오는 괴상한 소리로 인해 부풀어 오른 호기심에 찬물을 끼얹는 작용을 했다. 험상궂은 얼굴에 착 가라앉은 태도는 그녀에게 호기심이 달라붙을 여지를 주지 않았다. 그녀를 대화에 끌어들이려고 몇 차례 시도해 봤지만 그녀는 과묵한 사람인 듯했다. 보통은 아주 간단한 대답으로 나의 노력을 무색하게 잘라 버렸다.

그 집의 다른 사람들, 즉 존과 그의 아내, 하녀 리어, 프랑스인 유모 소피는 괜찮은 사람들이었다. 하지만 별다른 특징은 없었다. 소피와는 프랑스어로 얘기를 나누었고, 가끔은 그녀에게 고향 이야기를 물어보았다. 하지만 그녀는 설명을 하거나 이야기하는 재주가 없어서 질문을 격려하기보다 가로막으려는 게 아닐까 싶을 정도로 지루하고 혼란스러운 대답을 하기가 일쑤였다.

10월, 11월, 12월이 지나갔다. 1월의 어느 오후에, 페어팩스 부인은 아델이 감기에 걸렸으니 공부를 하루 쉬게 해 달라고 했다. 열렬하게 찬성하는 아델의 모습을 보니 나도 어렸을 적에 가끔 쉬는 날을 얼마나 소중하게 여겼는지가 생각나 융통성을 발휘하기로 했다. 아주 춥긴 했지만 바람 없이 맑은 날이었다. 오전 내내 서재에 앉아 있자니 지겨워졌다. 마침 페어팩스 부인이 편지를 다 쓰고 부치려던 참이어서 내가 보닛과 외투를 걸치고 헤이 마을로 부치러 가겠다고 자청했다. 3킬로미터 거리면 상쾌한 겨울 오후의 산책 거리로는 충분했다. 아델이 페어팩스 부인과 거실 불가의 작은 의자에 편안히 앉아 있는 것을 보고, 그녀가 가지고 놀 수 있는 제일 좋은 밀랍 인형과(평소에 내가 은종이에 싸서 서랍에 넣어 두는 것) 기분 전환용으로 볼 수 있는 동화책 한 권을 안겨 주었다. "Revenez bientôt, ma bonne amie, ma chère Mdlle. Jeannette(빨리 돌아오세요, 나의 좋은 친구, 사랑하는 마드무아젤)." 하고 인사하는 그녀에게 키스로 답하며, 나는 출발했다.

땅은 꽁꽁 얼었고 바람은 잔잔했고 길은 호젓했다. 몸이 더워질 때까지 빠르게 걷다가 나중에는 그 시간과 상황이 나에게 부여하는 즐거움들을 분석하고 즐기며 천천히 걸었다. 종탑 밑을 지날 때 교회 종이 3시를 울렸다. 아래로 저물어 가며 창백한 빛을 발하는 태양과 다가오는 어두움이 이 시간의 매력이었다. 나는 손필드에서 1.5킬로미터쯤 떨어진 길에 있었다. 여름에는 들장미들이, 가을에는 나무 열매와 블랙베리들이 시선을 끄는 곳이었고, 지금도 들장미 열매와 산사나무 열매들이 군데군데 산호색 보물처럼 달려 있었지만, 겨울철에는 뭐니 뭐니 해도 그 철저한 고독과 낙엽 진 정적이 최고의 기쁨이었다. 바람이 불어도 여기에는 소리가 나지 않았다. 바스락대는 상록수도 없고, 호랑가시나무도 없었다. 잎사귀 떨어진 산사나무와 개암나무 덤불이 길 한가운데 깔려 있는 닳아빠진 흰 돌멩이들처럼 고요했다. 좌우 어디를 내다보아도 풀 뜯는 소 한 마리 없는 들판뿐이었다. 가끔 산울타리에서 움직이는 조그만 갈색 새들은 떨어지는 것을 잊어버린 갈색 나뭇잎들처럼 보였다.

이 길은 헤이 마을까지 줄곧 오르막이었다. 중턱에 도달했을 때, 나는 들판으로 통하는 울타리 계단에 내려앉았다. 매섭게 얼어붙는 날씨였지만, 외투를 꼭 여미고 머프에 두 손을 넣고 있어서 별로 춥지 않았다. 자갈길에 덮인 얼음이 맹추위를 증명하고 있었다. 지금은 얼어붙은 개울이 며칠 전에 잠깐 녹았을 때 흘러넘쳤던 모양이다. 내가 앉은 곳에서 손필드가 내려다보였다. 아래 골짜기에서 제일 뚜렷하게 보이는 것은 회색 흉벽을 갖춘 저택이었고, 숲과 검은 당까마귀들이 서쪽 배경으로 솟아 있었다. 나는 태양이 숲으로 내려가 그 뒤에서 진홍빛으로 침몰할 때까지 바라보았다. 그 뒤에 동쪽으로 고개를 돌렸다.

위쪽 언덕 꼭대기에 떠오르는 달이 앉아 있었다. 구름처럼 희끗하지만 시시각각 밝아지는 달이, 나무에 반쯤 가리고 굴뚝에서 푸른 연기를 피워 올리는 헤이 마을을 굽어보고 있었다. 1.5킬로미터쯤 떨어진 거리였지만 절대적인 정적 속에서 어렴풋한 삶의 속삭임들을 분명히 들을 수 있었다. 물살이 흐르는 소리도 들려왔다. 어떤 골짜기에서 어느 개울에서 나는 소리인지는 알 수 없었다. 하지만 헤이 마을 너머에는 언덕들이 많으니, 틀림없이 그 산길을 요리조리 누비며 지나가는 개울들도 많을 것이다. 잔잔한 저녁이라 저 멀리 흐르는 물살과 가까이서 흐르는 물살의 소리를 모두 들을 수 있었다.

그때 아주 멀리서 하지만 아주 명료하게, 어떤 거친 소리가 이 아름다운 물결 소리와 속삭임들을 깨뜨렸다. 따가닥따가닥. 부드러운 물소리를 몰아내는 금속성의 짤랑거림이었다. 그림으로 치면 전경에 어둡고 강하게 그려진 울퉁불퉁하고 단단한 바윗덩어리나 거대하고 거친 참나무 줄기가, 여러 색조들이 한데 어우러진 구름과 맑은 지평선과 하늘색 언덕의 원경을 지워 버리는 것과 같았다.

소음은 자갈길에서 들려오고 있었다. 말 한 마리가 다가오는 모양이었다. 구불구불한 길에 가려 보이지 않았지만 가까워지고 있었다. 나는 울타리 계단을 막 일어서려던 참이었다. 하지만 길이 좁아서 그것을 먼저 보내기로 마음먹고 그대로 주저앉았다. 그때만 해도 내가 젊었던 시절이라서 내 마음에는 온갖 밝고 어두운 환상들이 자리하고 있었다. 여러 잡동사니들 가운데에는 동화에 대한 기억들도 있었다. 기억들이 되살아나면서 어릴 적에는 느끼지 못했던 활기와 생동감이 더해졌다. 말이 다가와 어스름 사이로 모습을 드러내기를 기다리면서 나는 영국 북부의 정령 '가이트래시'를 주인공으로 하는 베시의 이야기들을 또렷하게 기억해 냈다. 말이

나 노새나 커다란 개의 모습으로 외진 길에 나타나 밤길 가는 길손들에게 다가온다고 했던가. 지금 이 말이 나에게 다가오는 것처럼.

소리는 가까워졌지만 눈앞에는 아직 아무것도 보이지 않았다. 그때 산울타리 아래에서 따가닥 소리와 함께 바스락거리는 소리가 들리더니, 개암나무들 바로 옆으로 거대한 개 한 마리가 흑백의 얼룩을 뚜렷이 드러내며 내달렸다. 베시가 얘기해 준 가이트래시와 똑같은 모습이었다. 커다란 머리에 털이 기다란 사자 같았다. 하지만 개는 상당히 조용하게 내 앞을 지나갔다. 내가 얼마간 상상했던 대로 개의 눈이 아닌 묘한 시선으로 내 얼굴을 쳐다보거나 멈추거나 하지도 않았다. 그 뒤에 말이 따라왔다. 커다란 준마였고 사람이 타고 있었다. 남자, 인간의 존재가 단번에 마력을 깨뜨렸다. 가이트래시는 아무것도 태우지 않는다. 언제나 혼자 다녔다. 내 생각에 악귀들이 말 못하는 야수의 시체를 빌려 쓸 수는 있어도, 평범한 인간의 형상으로 나타날 리는 없었다. 이건 가이트래시가 아니라 지름길을 달려 밀코트로 가는 여행객일 뿐이었다. 그는 지나갔고 나는 걸어갔다. 몇 걸음 걷다가 뒤를 돌아보았다. 미끄러지는 소리와 "제기랄, 이게 뭐야?" 하는 소리와 덜그럭대며 넘어지는 소리가 나의 관심을 끌었기 때문이다. 남자와 말이 넘어져 있었다. 자갈길에 깔린 얼음판에 미끄러진 것이다. 개가 다시 달려와 곤경에 처한 주인을 바라보고 말이 내는 신음 소리를 듣고는, 그 거대한 덩치에 걸맞은 깊은 소리로 황혼 녘의 언덕들이 메아리치도록 짖어 댔다. 녀석은 넘어져 있는 말과 사람 주위로 킁킁대며 돌아다니다가 나에게로 달려왔다. 녀석으로서는 그게 최선이었을 것이다. 달리 도움을

EDMUND
DULAC

청할 데가 없었으니. 나는 녀석이 원하는 대로 말에게서 벗어나려고 안간힘을 쓰고 있는 여행객에게로 다가갔다. 기운차게 움직이는 것을 보니 별로 다친 것 같지는 않았다. 그래도 나는 그에게 질문을 던졌다.

"어디 다치셨어요?"

그가 그때 욕을 하고 있었던 것 같은데 확실하지는 않다. 어쨌든 그는 어떤 주문 같은 것을 중얼거리느라고 나에게 곧바로 대답하지 못했다.

"제가 뭘 도와 드릴까요?"

내가 다시 물었다.

"옆으로 비켜서기나 하시오."

그가 대답하며 처음엔 무릎으로 다음엔 발로 일어났다. 나는 그의 말대로 했다. 그 뒤에 끙끙 들어 올리는 소리와 발 구르는 소리와 달그락대는 소리가 이어지고, 개도 같이 컹컹 짖어 대고 울어 대는 바람에 나는 몇 걸음 뒤로 물러났다. 하지만 멀리 갈 생각은 없었다. 결과적으로 볼 때 그건 잘한 일이었다. 말이 다시 일어섰고, "그만해, 파일럿!"이라는 명령과 함께 개 소리가 잠잠해졌다. 여행객은 이제 허리를 굽히고, 자기 발과 다리가 온전한지 살피는 듯 이리저리 매만졌다. 분명 어디 문제가 생긴 모양이었다. 그가 절룩절룩 걸어가더니 내가 방금 일어난 울타리 계단에 주저앉았다.

나는 도움이 되고 싶었거나 적어도 참견하고 싶은 기분이었던 것 같다. 내가 다시 그에게로 다가갔다.

"다치셨나요? 도움이 필요하시면 손필드 저택이나 헤이 마을에 가서 사람을 불러올게요."

"고맙지만, 괜찮소. 뼈가 부러진 건 아니고 삐끗했을 뿐이오."

그가 다시 일어서려고 발을 짚다가, 무의식적으로 "윽!" 소리를 냈다.

일광이 아직 남아 있었고 달은 밝게 차오르고 있었다. 나는 그의 모습을 확연히 볼 수 있었다. 그는 모피 깃을 달고 강철 걸쇠로 여민 승마용 외투를 입고 있었다. 자세한 건 알 수 없지만, 중간 정도의 키에 가슴이 떡 벌어져 보였다. 검은 얼굴에 미간을 찌푸린 게 엄격해 보이는 인상이었다. 눈과 찌푸린 눈썹으로 보아 몹시 화가 나고 짜증스러워하고 있는 게 분명했다. 청년기는 지났지만 중년에 이르지는 않은 모습이었다. 서른다섯쯤 되었을까. 나는 그가 두렵지도 않았고 별로 수줍음이 느껴지지도 않았다. 그가 잘생기고 늠름해 보이는 젊은 신사였다면, 감히 이렇게 그의 앞에 서서 원하지도 않는 질문을 던지며 요구하지도 않는 도움을 제안하지 못했을 것이다. 나는 잘생긴 젊은이를 거의 본 적이 없다. 말을 건넨 적은 평생에 한 번도 없었다. 물론 이론적으로는 아름다움, 우아함, 용맹, 매력에 대해 존경과 경의를 갖고 있었다. 하지만 그런 자질이 남자라는 구체적인 형태로 내 눈앞에 나타난다면, 그게 나의 자질과 일치하지도 않고 일치할 수도 없음을 본능적으로 알아차리고, 불이나 번개 아니면 밝기는 해도 싫게 느껴지는 어떤 것에 반응하듯이 얼른 피해 버렸을 것이다.

내가 말을 걸었을 때 이 낯선 사람이 미소 지으며 싹싹하게 굴기만 했더라도, 내가 제안한 도움을 그가 유쾌하게 감사하며 사양했더라도, 나는 다시 물어볼 생각을 하지 않고 내 갈 길을 갔을 것이다. 하지만 그의 찌푸린 표정과 거친 태도는 나를 편안하게 했다. 그가 나에게 가라고 손을 흔들자, 나는 그 자리에 버티고 서서 이렇게 말했다.

"당신이 말에 오를 수 있다는 걸 확인하기 전에는, 이렇게 외딴 길에, 이렇게 늦은 시간에 혼자 두고 갈 수 없습니다."

그가 날 쳐다보았다. 이제껏 그는 내 쪽으로 거의 눈길을 돌리지 않았었다.

"당신이야말로 집으로 돌아가야 할 것 같군. 이 근방에 살고 있다면 말이오. 집이 어디요?"

"저기 바로 아래예요. 그리고 달이 떠 있을 때는 늦도록 나와 있어도 전혀 두렵지 않아요. 원하시면, 제가 헤이 마을로 달려가 도움을 청할게요. 사실은 편지를 부치러 가는 중이었거든요."

"바로 아래라면 흉벽 있는 저 집을 말하는 건가?"

그가 손필드 저택을 가리켰다. 서쪽 하늘과 대비되어 이제 하나의 그림자 덩어리처럼 보이는 숲과 다르게, 훤한 달빛을 받은 저택이 뿌옇고 뚜렷하게 드러나 있었다.

"네, 맞아요."

"누구 집이오?"

"로체스터 씨 댁이에요."

"로체스터 씨를 아시오?"

"아뇨, 뵌 적은 없어요."

"그럼 그가 거기에 안 사는 건가?"

"네."

"그가 어디 있는지 아시오?"

"아뇨."

"저 집의 하인은 아닐 테고. 당신은……."

그가 말을 멈추고, 평소처럼 아주 소박하게 차려입은 내 옷차림을 훑어보았다. 검정 메리노 모직 외투, 검은 비버 보닛, 둘 다 어느 집 마님의 시중을 드는 하녀에도 한참 모자라는 차림새였다. 내가 뭘 하는 사람인지 영 감이 잡히지 않는 모양이었다. 내가 그를 도와주었다.

"저는 가정 교사예요."

"아, 가정 교사!"

그가 내 말을 되풀이했다.

"이런 멍청한! 그걸 생각 못하다니! 가정 교사!"

그러고는 다시 나의 차림새를 꼼꼼히 뜯어보았다. 2분 후에 그가 울타리 계단에서 일어났다. 움직일 때마다 그의 얼굴이 일그러졌다. 그가 말했다.

"당신에게 사람을 불러오라 할 수는 없소. 하지만 괜찮다면, 약간 도움을 받을 수는 있겠지."

"괜찮아요."

"지팡이로 삼을 만한 우산이 있나?"

"없어요."

"그럼 말고삐를 잡아 이리 끌어다 주시오. 겁나지 않소?"

혼자 있다면 말에게 손을 대는 게 두려웠겠지만, 그의 말을 들으니 왠지 기꺼이 해 주고 싶은 생각이 들었다. 나는 계단에 머프를 내려놓고 커다란 준마에게 다가갔다. 고삐를 잡으려고 애를 썼지만, 워낙 혈기 왕성한 녀석이라서 나를 머리 근처에도 오지 못하게 했다. 몇 번이나 시도해 봤지만 헛수고였다. 사실 나는 마구 차 대는 녀석의 앞발이 죽을 만큼 무서웠다. 여행객은 한동안 기다리며 지켜보다가 결국 웃음을 터트리며 말했다.

"산이 마호메트에게 올 것 같지 않으니, 마호메트가 산으로 가게 도와주는 수밖에 없겠군. 당신에게 이리 와 달라고 청해야겠소."

내가 걸어갔다. 그가 말을 이었다.

"실례하겠소. 피치 못하게 당신의 도움을 받을 수밖에 없겠소."

그가 내 어깨에 묵직한 손을 얹고, 약간의 무게를 실어 기대면서 절룩절룩 말까지 걸어갔다. 고삐를 잡자마자 말을 제압하고는 안장에 올라탔다. 그 와중에 삔 곳에 힘이 실리자 그가 험악하게 인상을 찡그렸다.

"자!" 하고 그가 꽉 물었던 아랫입술을 풀며 말했다.

"채찍을 집어 주시오. 저기 산울타리 아래 있을 거요."

나는 그것을 찾아냈다.

"고맙소. 이제 얼른 헤이 마을에 가서 편지를 부치고, 최대한 빨리 돌아가시오."

박차 달린 뒤꿈치가 말에게 닿자 말이 깜짝 놀라 뒷발로 일어서더니, 곧바로 달려 나갔다. 개도 그 뒤를 따랐다. 말과 사람과 개가 모두 사라졌다.

거센 바람이 휩쓸어 가는,

황야의 히스처럼.

나는 머프를 집어 들고 가던 길을 계속 갔다. 방금 일어난 사건이 뇌리에 달라붙어 떠나지 않았다. 어느 면에서 보면 중요할 것도 없고 낭만적일 것도 없고 흥미로울 것도 없는 사건이었다. 하지만 단조로운 삶의 한순간에 변화가 생겨났다. 내 도움이 필요했고 도움을 요청받았다. 나는 도움을 주었다. 무언가 했다는 게 기뻤다. 사소하고 일시적인 행위였지만, 그래도 적극적인 행위였다. 나는 너무나 소극적인 생활을 지긋지긋해하고 있었다. 새로운 얼굴 역시, 기억의 화랑에 들어온 새로운 그림과 같았다. 거기에 걸린 다른 그림들과 전혀 닮지 않은 그림이었다. 우선 그것은 남성이었고, 둘째로 그것은 어둡고 강하고 험악했다. 헤이 마을에 도착하여 우체통에 편지를 집어넣을 때까지도 여전히 그 얼굴이 내 눈앞을 떠나지 않았다. 집을 향해 언덕을 빠르게 걸어 내려오는 동안에도 내내 그 얼굴이 보였다. 울타리 계단에 닿았을 때, 나는 잠시 멈춰 서서, 다시 그 자갈길에 말발굽 소리가 울릴까 하여 귀를 기울이고, 외투 입은 남자와 가이트래시 같은 뉴펀들랜드 종 개가 다시 나타날까 하여 주위를 둘러보았다. 달빛을 맞으려고 고요히 꼿꼿하게 올라서 있는 산울타리와 가지를 짧게 친 버드나무만이 보일 뿐이었다. 1.5킬로미터 떨어진 손필드 주변의 나무 사이에서 변덕스레 배회하는 희미한 바람 소리만이 들릴 뿐이었다. 소리 나는 쪽을 흘깃 내려다보는데, 저택 정면으로 움직이던 내 눈에 창을 밝힌 불빛이 들어왔다. 너무 늦었다! 나는 서둘러 걸음을 재촉했다.

나는 손필드로 다시 들어가고 싶지 않았다. 그 문지방을 넘어가면 정체로 돌아가는 것이다. 조용한 현관홀을 지나 어둠침침한 계단을 올라, 외로운 내 작은 방으로 들어가고, 늘 변함없는 페어팩스 부인을 만나 오로지 그녀와만 긴긴 겨울밤을 보낸다는 것은, 오늘의 산책이 깨운 나의 희미한 흥분을 송두리째 없애 버리는 일이었다. 너무나 평온하고 한결같은 생활의 보이지 않는 족쇄를 다시 나에게 채우는 일이었다. 날이 갈수록 점점 더 감사할 수 없는 것이 되어 가는 편안하고 안정된 생활의 족쇄. 차라리 힘겹고 불안정한 삶의 폭풍우에 내던져져 모질고 쓰라린 일을 다 경험한 후에, 지금의 이 평온함을 갈망하는 것이라면 얼마나 좋을까! 그래, 너무 안락한 의자에 가만히 앉아 있는 게 지겨워진 사람이 오래도록 산책을 한 것만큼 좋으리라. 그리고 그런 상황에 있는 사람처럼, 나 같은 상황에서 꿈틀거리고 싶은 소망이 일어나는 것도 자연스러운 일일 것이다.

나는 정문에서 머뭇거리다 잔디에서 머뭇거리다 돌길에서 이리저리 걸어다녔다. 유리문 덮개들이 닫혀 있었다. 안을 들여다볼 수 없었다. 내 눈과 영혼이 둘 다 그 음울한 집에서, 빛 없는 독방들로 가득한 회색 동굴처럼 보이는 그곳에서 벗어나, 내 앞에 펼쳐진 하늘로, 구름으로 얼룩지지 않은 푸른 바다로 끌려가는 듯했다. 달이 장엄하게 행진하며 그리로 올라갔다. 멀리, 저 멀리 아래 언덕 뒤에서부터 올라와, 헤아릴 수 없는 깊이와 측량할 수 없는 거리의 캄캄한 어둠, 그 정점을 열망하듯 올려다보며 언덕 정상을 떠나는 듯했다. 부들부들 떠는 별들이 그 궤도를 뒤따랐다. 그 별들을 바라보는 내 가슴은 떨렸고 나의 혈관은 뜨거웠다. 우리를 세상으로 끌어 내리는 것은 아주 작은 것들이다. 현관홀에서 시계 소리가 울렸다. 그것으로 충분했다. 나는 달과 별들의 풍경을 포기하고, 옆문을 열고 안으로 들어갔다.

현관홀에는 어둡지도 않고 환하지도 않게 높이 매달린 청동 램프만 켜져 있었다. 따뜻한 광채가 현관홀과 참나무 계단 아래쪽을 채우고 있었다. 이 불그스레한 빛은 커다란 식당에서 나오는 것이었다. 그곳의 두짝문이 열려 있어서, 기분 좋게 타오르는 쇠살대 안의 불길을 볼 수 있었다. 그 불꽃은 대리석 벽난로와 놋쇠 난로용 기구에 번득이며 보라색 커튼과 윤기 나는 가구를 보기 좋게 드러냈다. 벽난로 선반 근처에 있는 사람들의 모습도 보였다. 모여 있는 사람들을 보고, 명랑하게 섞이는 목소리들 중에 아델의 목소리가 끼어 있는 것 같다고 생각하는 순간에, 문이 닫혔다.

나는 페어팩스 부인의 방으로 종종걸음 쳤다. 벽난로의 불길은 타고 있었지만, 촛불도, 페어팩스 부인도 보이지 않았다. 대신에 오솔길에서 본 가이트래시와 꼭 닮은, 검정색과 흰색의 긴 털을 지닌 큰 개 한 마리가 러그에 똑바로 앉아, 엄숙하게 불길을 응시하고 있었다. 생긴 모습이 너무나 비슷해서 나는 슬며시 앞으로 걸어가며 불러 보았다.

"파일럿."

그러자 녀석이 일어나 나에게 다가오더니 킁킁대며 냄새를 맡았다. 내가 살살 어루만져 주자 그 커다란 꼬리를 흔들어 댔다. 하지만 단둘이 있기에는 상당히 무시무시하게 생긴 녀석이었고, 그 녀석이 어디서 나타난 건지도 알 수 없었다. 나는 촛불을 청하려고 종을 울렸다. 이 개에 대해서도 물어보고 싶었다. 리어가 들어왔다.

"이 개가 웬 개예요?"

"주인님이 데려온 거예요."

"누구요?"

"주인님, 로체스터 씨요. 그분이 방금 도착하셨어요."

"그래요! 그럼 페어팩스 부인이 그분과 같이 있나요?"

"네, 아델 양도요. 모두들 식당에 있고, 존은 의사를 부르러 갔어요. 주인님이 사고를 당하셨거든요. 말이 넘어지는 바람에 발목을 삐셨대요."

"헤이 마을로 통하는 길에서 말이 넘어졌나요?"

"네, 언덕을 내려오다가 얼음에 미끄러졌대요."

"아, 네! 나에게 양초를 가져다주겠어요, 리어?"

리어가 양초를 가져왔다. 그녀가 들어온 후에, 페어팩스 부인이 뒤따라 들어와 같은 이야기를 다시 들려주었다. 의사 카터 씨가 도착해서, 이제 로체스터 씨와 같이 있다는 말도 덧붙였다. 그녀는 곧 차를 준비시키러 바삐 나갔고, 나는 외투와 모자를 벗으려고 위층으로 올라갔다.

## 제13장

그날 밤 로체스터 씨는 의사의 지시로 일찌감치 잠자리에 든 듯했고, 다음 날 아침에도 일찍 일어나지 않았다. 그가 내려온 것은 업무를 보기 위해서였다. 중개인과 소작인 몇 명이 찾아와 그와 얘기하려고 기다리고 있었다.

아델과 나는 이제 서재를 비워 주어야 했다. 서재는 앞으로 매일 방문객을 맞는 접대실로 사용될 것이다. 위층 방 한 곳에 불이 지펴졌고, 나는 그곳으로 책을 가져가 공부방으로 꾸몄다. 손필드 저택은 달라져 있었다. 더 이상 교회처럼 적막하지 않았고, 한두 시간마다 노크 소리가 나거나 종소리가 울렸다. 발소리들이 자주 현관홀을 가로질렀고 다른 억양으로 이야기하는 새로운 목소리들이 들렸다. 바깥세상의 시냇물이 흘러들고 있었다. 이 저택이 주인을 맞은 것이다. 나는 그 편이 훨씬 마음에 들었다.

그날은 유난히 아델을 가르치기가 쉽지 않았다. 아이는 집중을 하지 못했다. 틈만 나면 문으로 달려 나가 난간 너머를 내려다보며 로체스터 씨의 모습을 찾곤 했다. 급기야는 아래층에 내려가려고 온갖 핑계를 만들어 내기도 했다. 나 역시 그걸 모를 정도로 둔하지는 않다. 서재에 가 봐야 환영받지도 못할 텐데 내가 약간 화를 내며 가만히 앉아 있게 하자, 그녀는 로체스터 씨를 "ami, Monsieur Edouard Fairfax de Rochester(친구인 에두아르 페어팩스 드 로체스터 씨)."라고 부르며(나는 이전에 한 번도 그의 세례명을 들어 본 적이 없다) 그에 대해 끝도 없이 지껄여 댔고, 그가 어떤 선물을 가져왔을지 상상하느라 정신이 없었다. 전날 밤에 그가 밀코트에서 짐이 도착하면 아델이 좋아할 만한 물건이 든 작은 상자가 있을 거라고 말한 모양이었다.

그녀가 말했다.

"Et cela doit signifier, qu'il y aura là dedans un cadeau pour moi, et peut-être pour vous aussi, mademoiselle. Monsieur a parlé de vous. Il m'a demandé le nom de ma gouvernante, et si elle n'était pas une petite personne, assez mince et un peu pâle. J'ai dit qu'oui. Car c'est vrai, n'est-ce pas, mademoiselle(틀림없이 그 상자에 제게 주실 선물이 들어 있다는 뜻일 거예요, 마드무아젤에게 드릴 선물도요. 로체스터 씨가 마드무아젤에 관해 얘기를 하셨거든요. 가정 교사의 이름이 뭐냐, 안색이 창백하고 마르고 자그마한 분이 아니냐고 물으셨어요. 전 그렇다고 대답했어요. 제 말이 맞죠, 마드무아젤)?"

나와 아델은 여느 때처럼 페어팩스 부인의 거실에서 식사를 했다. 오후에는 바람이 거칠어지고 눈이 내려서, 우리는 공부방에 틀어박혀 시간을 보냈다. 날이 어두워져서야 나는 아델에게 책과 바느질감을 치우고 아래층에 내려가도 좋다고 허락했다. 아래가 비교적 조용해졌고 초인종 소리가 잠잠한 것으로 보아, 로체스터 씨가 이제 좀 한가해졌으리라 짐작했기 때문이다. 혼자 남은 나는 창가로 걸어갔다. 하지만 거기에는 아무것도 보이지 않았다. 어스름과 눈송이들이 허공을 가득 메워, 잔디 위의 관목들을 가리고 있었다. 나는 커튼을 내리고 불가로 돌아갔다. 선명한 깜부기불 속에서, 이전에 그림에서 본 적이 있는 라인 강변의 하이델베르크 성과 다르지 않은 풍경을 찾아보고 있을 때 페어팩스 부인이 들어왔다. 덕분에 불을 바라보며 이어 맞추던 모자이크와 외로운 나에게 밀려들기 시작한 무겁고 반갑지 않은 생각들이 흩어졌다. 그녀가 말했다.

"로체스터 씨가 오늘 저녁 응접실에서 당신과 아델 양과 함께 차를 드시고 싶다고 하세요. 하루 종일 일이 많아서 진작 그러지를 못하셨어요."

"차 드시는 시간이 몇 시죠?"

내가 물었다.

"아, 6시예요. 시골에 오시면 일찍 자고 일찍 일어나시거든요. 이제 옷을 갈아입는 게 낫겠어요. 내가 같이 가서 도와줄게요. 촛불 여기 있어요."

"옷을 갈아입어야 하나요?"

"네, 그러는 편이 좋아요. 로체스터 씨가 계실 때는 나도 항상 저녁에 옷을 갖춰 입는답니다."

이렇게까지 예를 갖춘다는 게 좀 야단스러운 일이 아닌가 싶기도 했지만 나는 내 방으로 돌아가 페어팩스 부인의 도움을 받으며 검은 모직 옷을 검은 비단 옷으로 갈아입었다. 로우드에서 배운 옷차림에 대한 나의 사고방식으로는 너무나 고급스러워서 아주 대단한 자리가 아니고서는 입을 수 없을 것 같은 연회색 옷 다음으로, 내 옷장에서 제일 좋고 특별한 옷이었다.

"브로치가 있어야겠어요."

페어팩스 부인이 말했다. 템플 선생님이 이별의 선물로 준 조그만 진주 장식이 내가 가진 유일한 장신구였다. 그것을 달고, 페어팩스 부인과 같이 아래층으로 내려갔다. 낯선 사람을 만나는 데 익숙하지 않은 나는 로체스터 씨 앞에 공식적으로 불려 가는 게 편치 않았다. 페어팩스 부인을 앞세워 식당으로 들어간 후에, 내내 그녀의 뒤에 숨어서 공간을 가로질렀다. 마침내 커튼이 드리워져 있는 아치를 지나 그 너머의 우아한 내실로 들어섰다.

탁자에 두 개, 벽난로 선반에 두 개의 양초가 켜져 있었다. 활활 타오르는 불빛과 열기를 쬐며 파일럿이 누워 있었고 그 옆에 아델이 앉아 있었다. 쿠션에 발을 받치고 카우치에 반쯤 기대 누운 로체스터 씨가 보였다. 그는 아델과 개를 바라보고 있었다. 불길이 그의 얼굴을 완전하게 비추었다. 새까맣고 두꺼운 눈썹만 보고도 나는 그가 그 여행객임을 알아보았다. 그의 넓은 이마는 옆으로 빗어 넘긴 검은 머리 때문에 더 네모나게 보였다. 결연해 보이는 코는 잘생겼다기보다 개성적으로 보였다. 커다란 콧구멍이 성마른 성질을 표시하는 듯했다. 엄격한 입과 위아래 턱, 세 가지 모두 아주 험악했고, 내가 잘못 본 게 아니었다. 그는 외투를 벗고 있었다. 얼굴에 어울리게 몸집도 네모나다는 걸 알 수 있었다. 키가 크거나 우아하지는 않았지만, 가슴이 넓고 허리는 가는 것이 운동선수를 해도 좋을 만한 체격이었다.

로체스터 씨는 페어팩스 부인과 내가 들어온 것을 알아차린 게 분명했다. 하지만 우리를 알아봐 줄 기분이 아닌 듯, 우리가 다가갔는데도 고개를 들지 않았다.

"에어 양이 오셨어요, 나리."

페어팩스 부인이 예의 조용한 태도로 말했다. 그는 여전히 개와 아이에게 시선을 떼지 않은 채 고개만 까딱했다.

"에어 양에게 앉으라고 하시오."

그가 말했다. 억지로 하는 딱딱한 고갯짓과 성마르고 형식적인 어조는, 마치 '에어 양이 와 있든 말든 나와 무슨 상관이야? 난 지금 그녀에게 말 걸 기분이 아니야.' 하고 말하는 것 같았다.

왠지 한결 부담이 덜어졌다. 정중하고 세련된 대접을 받았더라면 아마 당황했을 것이다. 나는 그에 어울리는 우아하고 품위 있는 대답이나 반응을 보일 수 없었을 테니까. 하지만 시큰둥한 대접에는 부담을 느낄 필요가 없었다. 오히려 그런 괴팍한 태도에 점잖고 조용하게 대응하는 내 입장이 더 유리해졌다. 게다가 그 괴팍한 방식은 나의 흥미를 끌었다. 그가 앞으로 어떻게 나올지 호기심이 일었다.

그는 그 후로도 계속 조각상처럼 굴었다. 말하지도 않고 움직이지도 않았다는 뜻이다. 누구 한 사람은 사교적으로 굴어야 한다고 생각했는지, 페어팩스 부인이 입을 열었다. 평소처럼 상냥하게, 그리고 평소처럼 다소 진부하게 그녀는 하루 종일 일하시느라 피곤하시겠다거나, 아픈 발목 때문에 많이 불편하셨을 거라며 그를 위로했다. 다음에는 그 괴로움을 견뎌 낸 그의 참을성과 끈기를 칭찬했다.

"마담, 차를 마시고 싶군요."

그녀에게 돌아온 대답은 그뿐이었다. 그녀는 서둘러 종을 울렸고, 쟁반이 들어오자 컵, 스푼 등을 바지런하고 신속하게 배열했다. 나와 아델은 탁자로 자리를 옮겼다. 하지만 그는 카우치를 떠나지 않았다.

"로체스터 씨에게 잔을 건네주시겠어요?"

페어팩스 부인이 나에게 말했다.

"아델은 흘릴지도 몰라요."

나는 부탁받은 대로 했다. 그가 내게서 잔을 받아 드는데, 그때가 나를 위해 부탁할 절호의 기회라고 생각했는지 아델이 소리쳤다.

"N'est-ce pas, monsieur, qu'il y a un cadeau pour Mademoiselle Eyre, dans votre petit coffre(아저씨, 그 작은 상자에 마드무아젤 에어께 드릴 선물도 들어 있지요)?"

"누가 선물 이야기를 하든?"

그가 퉁명스럽게 말했다.

"선물을 기대했나, 에어 양? 선물을 좋아하시오?"

그는 속을 꿰뚫어 보는 듯 어둡고 성난 눈동자로 내 얼굴을 살펴보았다.

"잘 모르겠습니다. 받아 본 적이 없어서요. 흔히들 기분 좋은 일로 생각하지요."

"흔히들 생각해? 당신은 어떻게 생각하느냐 말이오?"

"적절한 대답을 드리려면 시간이 필요할 것 같습니다. 선물에는 여러 가지 측면이 있으니까요. 그렇지 않나요? 선물의 성질에 대해 어떤 의견을 밝히려면 그 전에 모든 면을 고려해 봐야 해요."

"에어 양, 당신은 아델처럼 순진하지가 않군. 그 애는 나를 보자마자 선물을 달라고 난리인데, 당신은 돌려 말하잖소."

"아델보다 상 받을 자신이 없기 때문이지요. 그녀는 잘 아는 지인에게 당연히 그런 요구를 할 수 있고 습관적으로도 그래요. 나리가 전에도 항상 장난감을 안겨 주시곤 했다니까요. 하지만 제 입장에서는 난처할 수밖에 없어요. 저는 처음 뵙는 처지인 데다 인정받을 만한 일을 하지도 않았으니까요."

"아, 지나친 겸손은 그만두시오! 아델을 살펴보니, 당신이 꽤 정성을 쏟았다는 걸 알겠더군. 똑똑하거나 재능 있는 아이가 아닌데 짧은 기간에 많이 발전했더군."

"지금 저에게 선물을 주셨습니다. 감사해요. 그건 대부분의 교사가 바라는 포상이지요. 자신의 학생이 발전했다는 칭찬 말이에요."

"흥!"

로체스터 씨가 코웃음 치고는 말없이 차를 마셨다.

"불가로 오시오."

쟁반이 치워지고, 페어팩스 부인이 뜨개질감을 들고 구석에 자리를 잡자 그가 말했다. 그사이에 아델은 내 손을 잡고 방을 돌아다니며 콘솔과 작은 상자에 있는 아름다운 책이며 장신구 들을 보여 주었다. 우리는 의무적으로 그의 명령에 따랐다. 아델이 내 무릎에 앉으려 했지만 파일럿과 놀라는 명령을 받았다.

"여기 3개월쯤 있었나?"

"네."

"전에는 어디 있었소?"

"○○ 주의 로우드 학교에 있었습니다."

"아! 자선 재단 말이군. 거기에 얼마나 있었소?"

"8년이요."

"8년이라! 생명력이 아주 질긴가 보군. 그런 곳에서는 그 시간의 절반만 보내도 웬만한 사람은 녹초가 돼 버렸을 텐데! 다른 세상에서 온 것 같은 느낌이 나는 것도 무리가 아니야. 어디서 그런 느낌이 생겨났을까 궁금했었지. 어젯밤에 헤이 마을로 통하는 길에서 당신이 나에게 다가왔을 때, 이상하게도 요정 이야기가 떠오르면서 당신이 내 말을 홀려서 넘어뜨린 게 아니냐고 따지고 싶은 기분이 들었소. 아직도 긴가민가하긴 해. 부모님은?"

"안 계십니다."

"어릴 때 돌아가신 모양이군. 기억나긴 하나?"

"아뇨."

"그럴 줄 알았어. 그 울타리 계단에 앉아서 동족을 기다리고 있었나?"

"동족이라뇨?"

"초록 옷을 입은 요정들 말이오. 그들이 나타나기에 딱 알맞은 달밤이었잖소. 내가 당신들 놀이터를 헤치고 지나갔다고, 그 길에 빌어먹을 얼음을 깔아 놓은 건가?"

나는 고개를 흔들며 상대와 마찬가지로 진지하게 답했다.

"초록 옷을 입은 요정들은 모두 백 년 전에 영국을 떠났어요. 헤이로 가는 길에서도, 그 주위의 들판에서도, 이제는 그들의 흔적을 찾을 수 없어요. 여름 달도 가을 달도 겨울 달도, 더는 그들의 축제를 비추지 못할 거예요."

무슨 얘기가 오고 가는지 궁금한 듯, 페어팩스 부인이 뜨개질감을 내리고 눈썹을 치켜들었다.

로체스터 씨가 다시 물었다.

"부모가 없으면 친척이라도 있을 테지. 숙부나 숙모는 어떻소?"

"없습니다. 만나 뵌 적이 없어요."

"그럼, 집은 어디요?"

"없습니다."

"형제자매들은 어디서 살지?"

"형제도 자매도 없습니다."

"여기에 누구 추천으로 오게 되었소?"

"제가 광고를 냈는데 페어팩스 부인이 답신을 주셨습니다."

"그렇답니다."

이제 우리가 어떤 얘기를 하는지 알아차린 그 선량한 부인이 덧붙였다.

"저는 이 선택으로 이끌어 주신 하늘의 뜻에 매일 감사하고 있어요. 에어 양은 저에게 다시없는 소중한 친구이자, 아델에게는 사려 깊고 상냥한 선생님이에요."

로체스터 씨가 대꾸했다.

"에어 양을 설명해 주느라 수고할 것 없소. 그런 소릴 듣는다고 해서 내 의견이 흔들리진 않아. 내가 직접 판단할 거요. 그녀는 내 말을 넘어뜨리는 일부터 시작했소."

"네?"

페어팩스 부인이 말했다.

"그녀 덕분에 발목을 삐었단 말이오."

그 미망인은 어리둥절한 표정이었다.

"에어 양, 도회지에서 살아 본 적 있소?"

"아뇨."

"사람들과 많이 어울려 봤나?"

"로우드의 학생들과 교사들이 전부입니다. 이제 손필드 사람들이 더해졌죠."

"책은 많이 읽었소?"

"손에 잡히는 대로 읽었을 뿐입니다. 그리 많지도 않고 수준이 대단치도 않습니다."

"수녀처럼 살아온 셈이군. 종교적으로는 훈련이 잘 돼 있겠어. 로우드를 관리하는 브로클허스트가 목사 아니요, 그렇지?"

"맞습니다."

"당신 같은 여자애들이 그를 숭배했겠군. 수녀원 수녀들이 원장을 숭배하는 것처럼."

"전혀 아니에요."

"이런 냉담할 데가 있나! 아니라니! 애송이 수녀가 원장을 숭배하지 않다니! 꽤 불경스럽게 들리는걸."

"저는 브로클허스트 씨를 싫어했어요. 저만 그런 게 아니었고요.

그는 가혹한 사람이었어요. 거만하고 사사건건 간섭을 했어요. 우리 머리를 잘라 버리고, 경비를 절약한다는 이유로 꿰매지도 못할 형편없는 실과 바늘을 사 왔어요."

"아주 잘못된 절약이군요."

다시 대화의 흐름을 파악한 페어팩스 부인이 말했다.

"그런 이유로 그를 싫어했던 건가?"

로체스터 씨가 캐물었다.

"위원회가 생기기 전, 식품 공급 부서를 그가 혼자 담당할 때 그는 학생들을 굶기다시피 했어요. 일주일에 한 번씩 장황한 설교로 우리를 지루하게 했고, 저녁에는 갑작스런 죽음과 심판에 대해 자신이 쓴 책을 읽게 해서 침대에 가는 것도 무섭게 만들었어요."

"몇 살 때 로우드에 갔소?"

"열 살 무렵이었어요."

"거기서 8년을 있었으면, 지금은 열여덟?"

그렇다고 대답했다.

"보다시피 산술은 꽤 쓸모가 있어. 그게 없었으면 당신 나이를 짐작도 못했겠지. 당신처럼 용모와 표정이 일치하지 않는 사람은 가늠하기가 어렵거든. 자, 로우드에서는 무얼 배웠소? 피아노를 칠 줄 아시오?"

"약간요."

"물론 그렇겠지. 흔히들 그렇게 대답하거든. 서재로 가시오. 아, 이건 부탁하는 거요(내가 명령조로 말하더라도 불쾌해하지 마시오. 이래라저래라 하는 데 익숙해서 말이오. 새로운 사람 하나 때문에 평소 습관을 바꿀 수는 없잖소). 그럼 서재로 가시오. 촛불도 가져가고 문을 열어 두시오. 피아노 앞에 앉아 한 곡 쳐 보시오."

나는 그의 지시대로 서재로 출발했다.

"그만 됐소!"

잠시 뒤에 그가 소리쳤다.

"과연 약간 치는군. 영국의 여느 여학생들처럼 어쩌면 몇몇 사람보다 나을 순 있겠지만 뛰어난 건 아니야."

내가 피아노 뚜껑을 닫고 돌아왔을 때, 로체스터 씨가 말을 이었다.

"아델이 오늘 아침에 당신이 그린 거라면서 스케치를 몇 장 보여 주던데, 그게 전적으로 당신이 그린 작품일지 모르겠군. 아마 선생이 도와주지 않았을까?"

"아뇨, 천만에요!"

내가 불쑥 말했다.

"아! 자존심이 상한 모양이군. 화첩을 가져와 보시오. 그 내용물이 당신의 것이라고 맹세할 수 있다면. 확실한 게 아니면 함부로 맹세하지는 말고. 다른 사람이 땜질한 건 금방 알아볼 수 있거든."

"저는 아무 말도 않겠습니다. 나리가 직접 판단하세요."

내가 서재에서 화첩을 가져왔다.

"탁자를 가져오시오."

그가 말했다. 내가 그의 카우치 앞으로 탁자를 끌고 갔다. 아델과 페어팩스 부인이 그림을 보려고 다가왔다.

"몰려들지 말고, 내가 다 보면 가져가."

로체스터 씨가 말했다.

"나한테 얼굴 들이밀지 말고."

그는 일부러 찬찬히 스케치와 그림들을 살펴보았다. 석 장만 따로 놔두고 나머지는 살펴보고 나서 옆으로 치웠다. 그가 말했다.

"저걸 다른 탁자로 가져가서 아델과 같이 보시오, 페어팩스 부인. 당신은(나를 흘깃 보며) 그 자리에 앉아 내 질문에 대답하시오. 이 그림들이 한 사람의 손으로 그려진 건 알겠소. 그 손이 당신 손인가?"

"네."

"그러면 언제 이걸 다 그렸지? 시간도 많이 걸리고 생각도 좀 해야 했을 텐데."

"로우드에서 보낸 마지막 두 번의 방학 때 그린 겁니다. 일이 없을 때요."

"어디서 베낀 거요?"

"제 머리에서 나온 겁니다."

"지금 당신 어깨 위에 얹혀 있는 그 머리에서?"

"네."

"그 안에 이런 종류의 다른 알맹이도 들어 있소?"

"들어 있을 거라고 생각합니다. 더 나은 거라면 좋겠죠."

그는 자기 앞에 그림들을 펼쳐 놓고, 다시 번갈아 가며 살펴보았다.

그가 열심히 집중하고 있는 동안에, 독자여, 나는 그게 어떤 그림들인지 설명해야겠다. 우선, 별로 대단치 않은 그림이라는 것을 일러두어야겠다. 사실 그림의 주제는 내 마음에 선명하게 떠오른 것들이었다. 그걸 구체화하려고 시도하기 전에, 마음의 눈으로 본 풍경은 굉장히 인상적이었다. 하지만 나의 손은 내 심상을 따라가지 못했고, 매번 내가 상상한 광경의 창백한 초상만을 만들어 내는 데 그쳤다.

석 장 모두 수채화였다. 첫 번째 것은 넘실거리는 바다 위에 낮게 떠 있는 잿빛 구름들을 표현한 그림이었다. 원경은 어두웠고, 전방의 경치도 마찬가지였다. 육지는 전혀 없으니까 제일 가까이 있는 파도라고 말해야겠다. 한 줄기 빛이 반쯤 물에 잠겨 있는 돛대를 두드러지게 드러냈고, 그 위에 물거품이 묻어 날개가 얼룩덜룩한 검고 커다란 가마우지가 앉아 있었다. 녀석은 보석이 알알이 박힌 황금 팔찌를 부리에 물고 있었는데, 나는 이 팔찌를 내 팔레트가 만들어 낼 수 있는 가장 화려한 색조로 칠하고 붓이 그려 낼 수 있는 가장 반짝이는 느낌으로 표현했다. 그 새와 돛대 아래에, 가라앉고 있는 익사체가 초록빛 물 사이로 언뜻 보였다. 거기서 유일하게 명확히 볼 수 있는 것은 팔찌가 저절로 빠진 건지 억지로 빼낸 건지 알 수 없는 허연 팔뚝 하나뿐이었다.

두 번째 그림의 전경은 어스레한 언덕 봉우리에 풀과 나뭇잎 들이 바람 맞은 듯이 기울어져 있는 모습이었다. 그 너머 위쪽에 해 질 무렵의 암청색 하늘이 광활하게 펼쳐져 있었다. 하늘로 떠오르는 것은 여자의 상반신이었고, 나는 그것을 가장 어둑하고 부드러운 색조로 묘사했다. 그녀의 흐릿한 이마에 별 하나가 얹혀 있었다. 얼굴 아래 윤곽은 자욱한 증기에 싸인 듯이 보였다. 검은 눈이 거칠게 빛을 발했다. 머리는 폭풍이나 전류에 찢긴 먹구름처럼 어둡게 흘러내렸다. 목덜미에 달빛처럼 뿌연 빛이 걸려 있었다. 똑같이 희미한 광채를 머금고 있는 엷은 구름의 행렬 사이로 초저녁 샛별이 올라와 고개를 숙였다.

세 번째 그림은 북극의 겨울 하늘을 뚫고 올라간 뾰족한 빙산 봉우리였다. 지평선을 따라 북극광의 흐릿한 빛줄기들이 빽빽하게 창을 꽂아 놓은 듯 버티고 서 있었다. 이 빛들을 배경으로 전경에 머리 하나가 올라왔다. 빙산 쪽으로 비스듬히 기울어져 기대고 있는 거대한 머리, 야윈 두 손을 머리 뒤로 엮어 머리를 받치고 얼굴 아랫부분에 검은 베일을 끌어 올렸다. 핏기 하나 없이 백골처럼 창백한 이마와 생기 없는 절망을 제외하고 아무 의미 없이 퀭하게 고정되어 있는 눈만이 내다보였다. 관자놀이 위에, 구름처럼 자욱하고 희미한 검정색 터번의 주름 사이에, 이글이글 번뜩이는 불꽃들로 장식한 하얀 화염의 고리가 반짝였다. 이 창백한 초승달은 왕관의 닮은꼴이었다. 그것은 '형체 없는 형체'에게 관을 씌워 주었다.

"이런 그림을 그릴 때 당신은 행복했소?"

이윽고 로체스터 씨가 물었다.

"열중해 있었어요. 네, 그리고 행복했어요. 그림을 그리는 건 제가 아는 가장 강렬한 즐거움 중의 하나였어요."

"그래 봤자 별거 아니겠지. 당신 얘기를 들어 보면 즐거움이랄 게 거의 없었으니까. 하지만 이런 기묘한 색을 섞고 칠하는 동안에 아마 화가의 꿈나라 같은 데 있었을 거야. 매일 오랜 시간을 앉아 있었나?"

"다른 할 일이 없었어요. 방학이었으니까요, 아침부터 점심때까지, 점심때부터 밤까지 앉아 있었죠. 한여름이라 낮이 길어서 전념하기 좋았어요."

"그리고 그 열렬한 노동의 결과에 스스로 만족했나?"

"만족은커녕 내 생각과 결과물이 너무 차이가 나 괴로웠어요. 매번 상상한 것을 그대로 그려 낼 능력이 저에게는 없었어요."

"아주 없었던 건 아니오. 상상한 것의 그림자는 그려 냈소. 아마 그 이상은 아니겠지만. 그걸 구체적으로 표현해 낼 화가로서의 기술과 지식이 충분치 못했던 거지. 하지만 여학생이 그린 것치고 그림들이 꽤 독특해. 생각도 요정 같고. 샛별에 있는 이런 눈은 틀림없이 꿈에서 본 것일 텐데, 어떻게 이렇게 선명해 보이면서도 전혀 빛나지 않게 보일 수 있지? 위에 있는 별이 빛을 억눌러서 그런 것 같아. 그 눈의 엄숙한 깊이에는 어떤 의미가 있지? 바람을 그리는 건 누구에게 배웠나? 저기 하늘에, 여기 언덕 위에도 강한 돌풍이 불고 있어. 라트모스 산(그리스 신화에 나오는 소아시아의 산 _옮긴이)을 어디서 봤지? 이건 바로 라트모스 산이거든……. 자, 그림을 치우시오!"

내가 화첩의 끈을 묶자, 그가 자기 시계를 쳐다보며 불쑥 말했다.

"9시군. 에어 양, 아델을 이렇게 늦게까지 재우지 않는 건 뭐요? 아이를 데려가 재우시오."

아델이 방을 떠나기 전에 그에게 키스하러 갔다. 그는 그 키스를 견뎌 냈지만, 파일럿이 그랬더라도 그보다는 기꺼워했을 것이다.

"이제 모두 잘들 주무시오."

우리와 같이 있는 것이 피곤하니 물러가라는 듯, 그가 문 쪽으로 손짓하며 말했다. 페어팩스 부인이 뜨개질감을 접었다. 나는 화첩을 집어 들었다. 우리는 그에게 예를 갖추었고, 그 역시 딱딱한 고갯짓으로 인사를 대신했다.

"로체스터 씨가 그리 특이하지 않다고 말씀하셨잖아요, 페어팩스 부인."

아델을 재우고는 그녀의 방으로 들어가서 내가 말했다.

"글쎄요, 그분이 특이한가요?"

"제가 보기에는 그래요. 아주 변덕스럽고 퉁명스러워요."

"그래요. 틀림없이, 처음 보는 사람에게는 그렇게 보일 수도 있겠어요. 하지만 그런 태도에 익숙해져서 그런지 나는 그런 생각이 안 들어요. 그리고 그분 성격이 좀 독특하더라도 이해를 해 드려야 해요."

"왜요?"

"타고난 성품이 그렇기도 하고……, 천성은 누구도 어쩔 수 없는 거잖아요. 또 심적인 고통이 분명 그분의 마음을 괴롭히고 영혼을 불안정하게 하는 걸 거예요."

"어떤 고통인데요?"

"가족에 관련된 그런 게 있어요."

"그분은 가족이 없잖아요."

"지금은 없지만, 전에는 있었어요. 아니, 적어도 핏줄은 있었죠. 몇 년 전에 형님이 돌아가셨어요."

"그분의 형님이요?"

"그래요. 지금의 로체스터 씨가 재산을 상속받은 건 얼마 안 됐답니다. 겨우 9년쯤 됐죠."

"9년이라면 웬만큼 치유가 됐을 텐데요. 아직도 형님을 잃은 슬픔을 달래지 못할 정도로 형님을 좋아했나요?"

"어머, 아니에요. 아마 그런 건 아닐 거예요. 두 분 사이에 오해가 좀 있었던 것 같아요. 로랜드 로체스터 씨가 에드워드 씨에게 공정하지 않으셨어요. 아버지에게 동생에 대한 편견을 심은 것 같기도 하고요. 그 노신사는 돈을 몹시 좋아하셨고, 가문의 영지를 고스란히 유지하고 싶어 하셨어요. 영지를 나누면 작아지니까 그걸 마땅치 않아 하셨던 반면에, 에드워드 씨도 가문의 이름에 걸맞은 부자가 되기를 바라셨죠. 나리가 성년이 된 직후에, 매우 부당하고 대단히 해악을 끼치는 어떤 조치들이 취해졌어요. 부친과 로랜드 씨가 에드워드 씨를 부자로 만들려고 그분이 고통스러워하는 그런 상황으로 몰아넣으신 거예요. 그게 정확히 어떤 상황인지는 잘 모르지만, 그로 인한 고통을 참기 힘들었던가 봐요. 나리는 그리 마음이 넓으신 분이 아니에요. 가족과 인연을 끊고, 수년째 방황하며 살아오셨어요. 형님이 유언장 없이 돌아가셔서 이 영지의 주인이 되신 뒤로도, 2주일 이상 손필드에 머무른 적이 없었답니다. 사실 나리가 이 옛집을 멀리하는 것도 당연해요."

"왜 여길 멀리해야 하는데요?"

"아마 음침하다고 생각하시는 게 아닐까요."

모호한 대답이었다. 나는 좀 더 명확한 답변을 듣고 싶었다. 하지만 페어팩스 부인은 로체스터 씨가 겪은 고난의 원인과 성격에 대해 더 분명하게 말해 줄 수 없거나 아니면 말해 주고 싶지 않은 모양이었다. 그녀는 자신도 잘 모르는 일이며, 대부분은 짐작으로 알 뿐이라고 말했다. 어쨌든 그녀가 이 이야기를 계속하고 싶어 하지 않는 게 분명했으므로, 나는 더 묻지 않았다.

## 제14장

그 후 며칠 동안은 로체스터 씨를 거의 보지 못했다. 아침에는 할 일이 아주 많은 듯했고, 오후에는 밀코트나 이웃 동네에서 신사들이 찾아와 만찬을 같이하기도 했다. 승마를 해도 될 만큼 상처가 회복되자, 그는 자주 말을 타고 나갔다. 전에 찾아온 이들에게 답례 방문을 하는지 대개는 밤늦은 시간까지 돌아오지 않았다.

이 기간 동안에는 아델도 그의 앞에 불려 가는 일이 거의 없었다. 내가 그를 보는 경우는 이따금씩 현관홀이나 계단이나 아니면 복도에서 우연히 마주칠 때뿐이었는데, 그럴 때면 그는 쌀쌀맞게 고개를 까닥이거나 싸늘한 시선으로 겨우 알은체를 하고는 오만하고 차갑게 나를 지나쳐 갔고, 또 어쩔 때는 신사답게 상냥한 미소를 지으며 고개를 숙여 보이기도 했다. 그의 기분 변화가 나와 아무 관계가 없다는 걸 알았기 때문에, 나는 그의 변덕에 별로 신경 쓰지 않았다. 나와는 전혀 상관없는 이유가 그의 기분을 오락가락하게 만드는 것이니까.

하루는 그가 손님들과 같이 식사를 하다가, 손님들에게 보여 주려는 모양인지 나의 화첩을 가져오라고 사람을 보냈다. 페어팩스 부인은 그 손님들이 밀코트에서 열리는 공적인 모임에 참석하려고 일찌감치 떠났다고 나에게 알려 주었다. 하지만 비바람이 몰아치는 밤이라서 로체스터 씨는 그들과 같이 출발하지 않았다. 손님들이 떠나자 그가 종을 울렸다. 나와 아델에게 아래층으로 내려오라는 전갈이 왔다. 나는 아델의 머리를 빗기고 단정하게 차려 주고 나서 나 역시 평소와 마찬가지로 말쑥한 퀘이커 교도 차림임을 확인하고—땋은 머리를 비롯해서 모든 게 잘 맞고 무난해서 흐트러질 여지가 없었다—아래층으로 내려갔다. 아델은 드디어 '작은 상자'가 온 게 아닐까 궁금해했다. 무슨 착오가 일어나서 그게 지금까지 도착하지 않았기 때문이다. 아델의 기대는 곧 충족되었다. 우리가 식당에 들어갔을 때 탁자 위에는 작은 상자가 놓여 있었던 것이다. 아이는 본능적으로 그걸 알아차린 듯했다.

"Ma boîte! ma boîte(내 상자! 내 상자)!"

아델이 소리치며, 그것을 향해 달려갔다.

"그래, 드디어 네 상자가 왔다. 파리의 꼬마야, 구석으로 가져가 내장을 꺼내며 놀아라."

난롯가의 커다란 안락의자에서 로체스터 씨의 깊은 목소리가 다소 냉소적으로 흘러나왔다. 그가 말을 이었다.

"하지만 명심해라. 해부 절차나 내장의 상태에 대해 일일이 나한테 알려 줄 필요는 없어. 조용히 하란 말이다. tlenstoi tranquille, enfant, comprends-tu(조용히, 꼬마야, 알았냐)?"

아델에게는 굳이 이런 경고가 필요하지 않은 듯했다. 이미 자기 보물을 소파로 가져가서 뚜껑에 묶인 끈을 푸느라 정신이 없었기 때문이다. 끈을 풀어내고 은색의 얇은 포장지를 들어 올리더니 아이가 탄성을 질렀다.

"Oh ciel! Que c'est beau(어머나! 예뻐라)!"

그러고는 홀린 듯이 바라보았다.

"에어 양, 거기 있나?"

이제 그가 의자에서 반쯤 일어나, 내가 서 있는 문 쪽을 돌아보며 다그쳤다.

"아, 그래. 이리 오시오. 여기 앉으시오."

그가 자기 자리 가까이로 의자를 끌어당겼다.

"난 아이들이 재잘거리는 걸 좋아하지 않소. 나이 든 독신남이라서 그런지 그 혀 짧은 소리가 영 유쾌하게 들리지 않는단 말이야. 저녁 내내 꼬마 녀석과 'téte-à tête(마주 앉아)' 있는 건 견딜 수가 없지. 의자를 멀리 가져가지 마시오, 에어 양. 내가 놔둔 그 자리에 앉으시오. 아…… 부탁한다는 뜻이오. 빌어먹을 예의! 그걸 자꾸 잊어버린단 말이야. 얼빠진 노부인 흉내를 내는 것도 아니고. 아참, 그러고 보니 이 집에 있는 노부인을 생각해야겠군. 그녀를 소홀히 하면 안 되지. 그녀는 페어팩스, 아니 페어팩스와 결혼한 사람이잖아. 피는 물보다 진하다던데."

그가 종을 울려 페어팩스 부인을 데려오라고 했고, 그녀가 곧 뜨개질 바구니를 들고 도착했다.

"잘 오셨소, 마담. 자선을 좀 부탁드리려고 오시라 했소. 나한테 선물에 대해 얘기하지 말라고 아델에게 일러 놨는데, 지금 저 아이는 얘기하고 싶어 죽을 지경인 것 같소. 부디 저 아이의 얘기를 들어 주고 대화 상대도 돼 주시오. 그렇게 해 준다면 더없이 자비로운 행동이 될 거요."

실제로 아델은 페어팩스 부인을 보자마자, 그녀를 소파로 불러들이더니 자신의 상자에서 도자기, 상아, 밀랍으로 된 것들을 줄줄이 꺼내 무릎에 펼쳐 놓았다. 그동안에 그녀의 입에서는 엉터리 영어로 기쁨과 설명이 쏟아져 나오고 있었다. 로체스터 씨가 말했다.

"이제야 착실하게 주인 역할을 마쳤군. 손님들을 서로 즐기게 해주었으니 나도 내 즐거움을 추구할 자유가 있어야지. 에어 양, 의자를 좀 더 앞으로 끌어오시오. 아직 너무 뒤쪽에 있잖소. 당신을 보려면 이 편안한 의자에서 내 자세를 바꿔야 하는데, 난 그렇게 할 생각이 전혀 없거든."

나는 어두운 곳에 남아 있는 편이 더 좋았지만, 그가 시키는 대로 했다. 로체스터 씨는 직접적으로 명령을 내리는 사람이었고, 즉시 순종하는 게 당연한 일 같았다.

앞서 얘기한 대로 우리는 식당에 있었다. 만찬을 위해 켜 놓은 불빛이 빛의 축제를 벌이듯 방 안을 가득 채웠다. 벽난로의 불길이 온통 빨갛고 선명하게 타올랐다. 높은 창문과 더 높은 아치 앞에 호화롭고 풍성하게 보라색 커튼들이 늘어져 있었다. 아델의 숨죽인 속삭임과(그녀는 감히 큰 소리로 말하지 못했다) 그 사이사이에 유리창을 때리는 겨울비 소리를 제외하고는 모든 것이 고요했다.

다마스크 천이 덮인 의자에 앉아 있는 로체스터 씨는 전과 달라 보였다. 그리 험악해 보이지 않았다는 뜻이다. 그리고 훨씬 덜 음울해 보였다. 입술에는 미소가 머물렀고 눈은 반짝거렸다. 그게 와인 때문인지 아닌지는 확실치 않지만 와인 때문이었을 가능성이 크다고 생각한다. 간단히 말해서, 그는 식사 후의 느긋한 기분을 즐기고 있었다. 딱딱하고 냉랭한 아침 기분보다 더 너그럽고 상냥하고 거리낌 없는 기분. 그래도 불룩한 의자 등에 커다란 머리를 기대고, 화강암으로 깎은 듯한 얼굴과 그 크고 검은 눈에 불빛을 받아들이고 있는 모습은 대단히 무시무시해 보였다. 그의 눈은 크고 검고, 또 아주 근사했다. 때때로 그 깊은 눈동자에서 부드러움까지는 아니더라도, 그 비슷한 느낌을 연상시키는 변화가 일기도 했다.

그는 2분 정도 불길을 바라보았고 나는 그동안 그를 바라보고 있었다. 자신의 얼굴을 빤히 쳐다보는 내 눈길을 알아차린 듯 갑자기 그가 고개를 돌려 말했다.

"나를 살펴보고 있군, 에어 양. 내가 잘생겼다고 생각하나?"

내가 좀 더 신중했더라면 이런 질문에 대해 전통적으로 이어지는 애매하고 정중한 대답을 했을 테지만, 나도 모르는 사이에 입에서 다른 대답이 튀어나왔다.

"아뇨."

그가 말했다.

"하! 이것 참! 하여튼 특이한 데가 있어. 당신에게는 어린 수녀 같은 분위기가 숨어 있소. 두 손을 앞으로 모으고 앉아 양탄자로 눈을 내리고 있을 때면(아참, 그 눈이 꿰뚫을 듯이 내 얼굴로 향해 있을 때는 제외해야지, 예를 들면 바로 지금처럼), 예스럽고 조용하고 엄숙하고 단순해 보여. 그런데 누가 질문을 하거나, 꼭 대답해야 할 말을 건네기라도 하면, 거칠다고까지는 할 수 없어도 퉁명스럽고 거침

없이 대답을 해 버린단 말이지. 그건 어떤 의미지?"

"제가 너무 솔직했어요. 사과드립니다. 외모에 대한 질문은 즉석에서 대답하기 쉽지 않다거나, 사람마다 취향이 다르다거나, 잘생기고 못생긴 건 중요하지 않다거나 그런 식으로 대답했어야 했습니다."

"그렇게 대답하면 안 되지. 사실은 외모가 중요하지 않다니! 좀 전의 모욕을 얼버무리고, 나를 어르고 달래는 척하면서, 내 귀 아래에 교활한 칼을 찌르는군! 계속해 보시오. 부디, 나에게 어떤 결함이 보이는지 말해 주겠소? 내가 생각하기에는 여느 남자들처럼 사지 멀쩡하고 이목구비도 제대로 갖춘 것 같은데?"

"로체스터 씨, 처음에 한 대답은 취소할게요. 신랄한 대답을 하려던 게 아니었어요. 그냥 말이 잘못 나온 거예요."

"그렇겠지. 나도 그렇게 생각해. 그래도 말에 대한 책임은 져야지. 나를 비판해 보시오. 내 이마가 마음에 안 드나?"

그는 눈썹 위에 가로놓인 검은 곱슬머리를 들어 올려, 지성적인 면은 충분하지만 관대하고 부드러운 느낌이 매우 부족한 단단한 이마를 드러냈다.

"자, 내가 멍청해 보이나?"

"전혀 그렇지 않아요. 혹시 박애주의자이신지 여쭤 본다면 저를 무례하게 여기실까요?"

"또! 또 내 이마를 토닥이는 체하면서 칼을 찌르는군. 그리고 그건 내가 아이와 늙은 여자와 어울리는 걸 좋아하지 않는다고 말했기 때문일 거야(이건 작게 얘기해야지). 아니, 나는 박애주의자라고 할 수는 없소. 하지만 양심은 있어."

그러고는 흔히 양심적인 성격을 나타낸다고 하는 이마의 불룩한 부분을 가리켰고, 다행스럽게도 그 부분은 아주 눈에 잘 띄었다. 사실 그의 이마 위쪽은 두드러지게 넓은 편이었다.

"뿐만 아니라, 나도 한때는 투박하고 부드러운 마음을 지닌 적이 있었소. 당신만 한 나이였을 때는 제법 감정이 풍부한 친구였지. 어리고 의지할 데 없고 불운한 이들을 동정할 줄 아는 사람이었소. 하지만 그 후 운명은 나를 학대했어. 운명의 손이 나를 하도 주물럭거려서 이제는 고무공처럼 질기고 단단해진 내가 대견스러울 정도야. 여전히 한두 군데 틈이 벌어져 있어서 감각을 느끼는 지점이 있기는 하지만. 그래, 그게 나에게 희망을 줄 것 같은가?"

"무슨 희망이요?"

"고무공에서 다시 인간으로 돌아가는 나의 마지막 변혁의 희망이랄까?"

'와인을 너무 많이 드셨나 봐.' 하고 나는 생각했다. 그 괴상한 질문에 어떻게 대답해야 할지 갈피를 잡을 수 없었다. 그가 변할 수 있을지 없을지 내가 어떻게 알겠는가?

"몹시 당황스러운 모양이군요, 에어 양. 내가 잘생기지 않은 것처럼 당신도 그리 예쁘지는 않지만 당황하는 분위기는 어울리는군. 게다가 그 관찰하는 시선을 내 얼굴에서 떨어뜨려 러그의 털꽃들 위를 바쁘게 돌아다니게 하니, 편리한 면도 있어. 그러니 계속 궁리하시오. 나는 오늘 밤 사교적으로 대화를 나누고픈 기분이오."

이 말을 하면서 그는 의자에서 일어나 대리석 벽난로 선반에 팔을 기대고 섰다. 그 자세를 취하자 그의 얼굴뿐 아니라 몸도 확연하게 드러났다. 보기 드물게 넓은 가슴은 팔다리 길이에 어울리지 않을 지경이었다. 대부분의 사람들은 그를 못생겼다고 생각할 것이다. 하지만 그의 행동거지에는 무의식적인 자신감이 배어 있었다. 그의 태도는 여유로웠고, 자신의 외모에 대해 철저히 무관심한 표정이었다. 본래의 것이건 후천적인 것이건, 외적인 매력의 결핍을 보상하는 자신의 다른 자질들을 오만하다 싶을 정도로 굳게 믿고 있어서, 그를 바라보는 사람도 부지불식중에 그런 초연한 태도에 감화되어 맹목적이고 불완전한 감각이라 할지라도 그 자신감을 신뢰하게 만들 것 같았다. 그가 다시 입을 열었다.

"오늘 밤에는 사교적으로 대화를 나누고픈 기분이오. 그래서 당신을 부른 거요. 불길과 샹들리에로는 만족이 되지 않더군. 파일럿도 마찬가지요. 어느 것 하나 말을 못하니까. 아델은 그나마 낫지만, 그래도 기준에 한참 못 미치지. 페어팩스 부인도 마찬가지고. 당신은 당신이 그럴 마음만 있다면 내 말상대가 될 수 있을 것 같더군. 처음 당신을 여기로 불러들인 날, 당신은 날 당황하게 했어. 그 후로는 거의 당신을 잊고 있었어. 다른 생각들이 내 머리에서 당신을 몰아냈지. 하지만 오늘 밤에는 느긋해질 생각이오. 귀찮은 것들을 다 쫓아내고 즐거움을 찾을 생각이오. 지금은 당신에게 마음대로 지껄이게 하고……, 당신에 대해 알아보는 게 즐거워. 그러니 말해 보시오."

말 대신 나는 미소를 지었다. 그리 상냥하고 고분고분한 미소는 아니었다.

“얘기하시오.”

그가 재촉했다.

“무슨 얘기를요?”

“하고 싶은 건 뭐든지. 어떤 주제를 택하든, 어떤 식으로 말하든 온전히 당신에게 맡겨 두겠소.”

나는 아무 말 없이 앉아 있었다. ‘내가 쓸데없이 주절거리고 과시하기를 기대하시는 거라면, 사람을 잘못 골랐다는 걸 알게 될 거예요.’ 하고 나는 생각했다.

“벙어리가 되셨군, 에어 양.”

나는 계속 입을 열지 않았다. 그가 살짝 내 쪽으로 고개를 기울이며, 순간적으로 내 눈을 들여다보며 말했다.

“고집인가? 짜증도 좀 났군. 아, 그럴 만도 하지. 내가 터무니없이 오만하게 내 요구만 했으니까. 에어 양, 용서하시오. 사실 나는 절대 당신을 아랫사람처럼 다루고 싶지 않소. 말하자면(자신의 뜻을 정확히 하며), 20년의 나이 차와 한 세기쯤 차이 나는 경험의 우위를 주장할 뿐이오. 이 정도는 정당할 거요. 아델의 말마따나 et j’y tiens(난 확실하게 믿어). 그리고 오로지 그 우위 하나만으로 도대체 한 지점에서 떨어지지 않고 나를 미치게 하는, 녹슨 못처럼 부식되어 가는 내 생각들을 전환하고 싶을 뿐이오. 당신이 들려주는 약간의 이야기를 들으면서 말이오.”

그는 일부러 해명을 했다. 거의 사과에 가까운 해명이었다. 나는 그의 겸손한 태도를 무심하게 받아들이지 않았고, 그렇게 보이고 싶지도 않았다.

"제가 할 수 있다면 기꺼이 나리를 즐겁게 해 드리겠어요. 아주 기꺼이요. 하지만 나리가 어떤 주제를 흥미로워하실지 모르니, 무슨 이야기를 꺼내야 할지 모르겠군요. 저에게 질문을 하시면 최선을 다해 답해 드릴게요."

"그럼 우선, 방금 전과 같은 이유로, 그러니까 내가 당신 아버지뻘이 될 정도로 나이가 많고, 당신이 한곳에서 똑같은 사람들과 조용히 사는 동안에 내가 여러 나라의 많은 사람들과 다양한 경험을 거쳐 왔고, 지구의 반을 헤매 다녔다는 이유로, 약간 거만하고 퉁명스럽고, 때로는 다소 까다롭게 굴어도 된다는 데 동의하겠소?"

"좋으실 대로 하세요."

"그건 대답이 아니오. 아니 대단히 애매모호해서 약이 오를 정도인걸. 확실하게 대답하시오."

"나리가 저보다 나이가 많거나 더 많은 세상을 보았다는 이유로, 저에게 명령할 권리가 있다고는 생각지 않습니다. 그 시간과 경험을 어떻게 사용했느냐에 따라 우위가 결정되겠지요."

"흠! 영리한 대답이군. 하지만 내 경우에는 맞지 않으니 용인하지 않겠소. 내가 이 두 가지 장점을 악용했다고까지는 할 수 없어도, 별 의미 없이 사용한 건 사실이니까. 그러면 우위에 대해서는 문제 삼지 않기로 하지. 그래도 내가 가끔 명령을 하더라도 당신이 내 명령조의 말투에 발끈하거나 상처받지 않겠다고 동의해야 돼. 동의하겠지?"

나는 미소 지었다. 속으로, 로체스터 씨가 특이한 사람이라고 생각했다. 그는 자신이 명령할 수 있는 대가로 나에게 연 30파운드씩

지불하고 있다는 사실을 잊은 듯했다. 스쳐 지나가는 그 표정을 바로 알아차리며 그가 말했다.

"그 미소는 아주 좋아. 하지만 말도 하시오."

"급료를 받는 고용인(雇傭人)에게, 명령을 받아 화나고 기분 상하냐고 물어보는 주인은 아마도 거의 없을 거라고 생각하고 있었어요."

"급료를 받는 고용인! 그래, 당신은 내 고용인이야, 그렇지? 맞아, 그걸 깜빡했군! 그럼 급료를 받는 입장에서 내가 약간 을러대도 괜찮다고 동의하겠나?"

"아뇨, 그 이유로는 아니에요. 하지만 나리가 그 점을 잊으셨고, 고용인이 나리의 밑에서 편안한지 불편한지에 관심을 가졌다는 면에서 진심으로 동의합니다."

"그리고 여러 전통적인 형식과 어투를 생략하더라도 무례한 것으로 받아들이지 않겠다는 데 동의하나?"

"격식이 없는 것과 무례함을 착각하면 안 된다고 생각합니다. 한쪽은 제가 좋아하는 것이나, 다른 한쪽은 자유인으로 태어난 자라면, 설령 급료 때문이라 하더라도 복종하지 않을 것이지요."

"제기랄! 자유인으로 태어난 자들도 대부분은 급료를 위해서라면 무엇에든 복종할 거요. 그러니 그런 건 속으로 묻어 두고 당신이 전혀 모르는 일에 일반론을 내걸지 마시오. 하지만 비록 부정확하긴 해도 나는 당신의 대답에 정신적으로 당신과 악수를 나누는 바요. 말의 내용뿐 아니라 말하는 태도에 대해서도 솔직하고 진솔한 태도였소. 그런 태도는 자주 보기 힘들지. 아니, 반대로 허식이

나 냉담함, 어리석고 천박한 오해가 흔히 솔직함의 보상이 되지. 학교를 갓 나온 가정 교사 3천 명 중에서 방금 전 당신처럼 대답할 사람은 세 명도 채 안 될 거요. 하지만 당신을 추켜세우려는 건 아니오. 당신이 대다수의 사람들과 다르게 만들어졌다 해도, 그건 당신의 공이 아니야. 자연이 그렇게 만든 거지. 게다가 어차피 내가 너무 성급하게 결론 내리는 걸 수도 있어. 아직은 뭘 아는 게 아니니, 당신이 다른 이들보다 낫지 않을 수도 있어. 그 얼마 안 되는 장점들을 덮어 버릴 만큼 참을 수 없는 결점들을 가졌을 수도 있지."

'그건 나리도 마찬가지예요.' 하고 나는 생각했다. 그 생각이 내 마음을 스칠 때 내 눈이 그와 마주쳤다. 그가 내 시선을 읽었던 걸까? 그 생각이 말로 표현되기라도 한 듯 그가 대답했다.

"그래, 그래, 당신 말이 맞아. 나도 결점이 많은 사람이오. 그걸 모르는 게 아니고 변명하고 싶지도 않아. 하느님은 내가 다른 사람들에게 엄하게 굴 처지가 아니라는 것을 아시지. 나의 비난과 비웃음을 이웃이 아닌 나에게 돌려, 내 과거와 갖가지 행위와 삶의 색채들을 가슴 깊이 묵상해야 하오. 나는 스물한 살의 나이에 잘못된 길로 빠져들기 시작했소. 아니, 밀려 들어갔어(자기 의무에 태만한 다른 이들처럼 나도 얼마쯤은 불운과 해로운 환경을 원망하고 싶군). 그 후로 바른 길로 돌아오지 못하고 있소. 하지만 완전히 다른 길을 갈 수도 있었소. 당신처럼 착하고 좀 더 현명하고 오점 없이 살 수도 있었다는 얘기지. 당신이 가진 마음의 평화가, 깨끗한 양심이, 오염되지 않은 기억이 부럽소. 오염이나 얼룩 없는 기억은 틀림없이 절묘한 보물일 거야. 무궁무진하게 순수를 재생시키는 원천. 그렇지 않나?"

"열여덟 살 때의 기억은 어떠세요?"

"그때는 괜찮았지. 맑고 건전했어. 바닥에 괸 구정물이 그걸 악취 나는 웅덩이로 바꿔 놓거나 하지는 않았어. 내 나이 열여덟 때는 당신과 다르지 않았소. 꽤 비슷했지. 자연은 웬만하면 나를 좋은 놈으로 키워 낼 생각이었소, 에어 양. 더 나은 놈으로. 그런데 보다시피 나는 그렇지가 못하오. 당신은 나에게 그렇게 보이지 않는다고 말할 셈이군. 적어도 당신 눈에서 그런 느낌을 읽은 것 같아(말이 났으니 말인데, 그 눈으로 표현하는 것을 조심하시오. 나는 그런 걸 아주 민감하게 알아채거든). 이것만은 분명히 말할 수 있소. 나는 악한 사내가 아니오. 나를 악당으로 보지 마시오. 몹쓸 놈으로 생각지 말라는 말이오. 하지만 내가 굳게 믿기로는 타고난 성향보다는 환경 때문에, 돈 많고 가치 없는 놈들처럼 그 모든 한심하고 하찮은 방탕에 빠져 노닥거리는 흔해 빠진 보통 죄인이 되었지. 내가 당신에게 이런 고백을 하는 게 이상한가? 알아 두시오. 앞으로도 당신은 뜻하지 않게 지인들의 비밀 얘기를 자주 들어 주는 처지가 될 거요. 내가 그랬듯이, 사람들은 당신이 자기 얘기를 하는 것보다 남들 얘기를 들어 주는 쪽으로 더 뛰어나다는 것을 본능적으로 알게 될 거요. 또한 당신이 그들의 경솔한 행위를 악의적인 경멸이 아니라 진심으로 동정을 느끼며 들어 주는 것을 알게 될 것이오. 표현하지 않는다고 해서 위로와 격려가 되지 않는 것은 아니거든."

"그걸 어떻게 아세요? 그걸 어떻게 짐작할 수 있죠?"

"난 그런 걸 잘 알아. 그러니까 일기에 생각을 정리하듯 이렇게 기탄없이 말하는 게 아니겠나. 당신은 내가 환경에 굴복하지 말았어야 했다고 말하겠지. 그랬어야 했어…… 그랬어야 했지. 하지만 보다시피 나는 그러질 못했소. 운명이 나를 학대할 때 차분하고 지혜롭게 견뎌 내지 못했소. 나는 자포자기했소. 그리고 타락했지. 지금은 그 어떤 사악한 얼간이가 비열하고 상스러운 짓으로 나를 역겹게 하더라도, 내가 그보다 낫다고 자신할 수 없는 신세요. 내가 그놈과 다르지 않음을 고백할 수밖에 없소. 좀 더 꿋꿋하게 버텼어야 했는데 지금의 내 심정을 하느님은 아실 거요! 잘못된 길로 가고자 하는 유혹이 생기면 후회를 두려워하시오, 에어 양. 후회는 인생의 독이오."

"회개하면 치유가 된다고들 하죠."

"그건 치료책이 아니오. 사람이 완전히 바뀐다면 모를까. 나는 달라질 수 있소. 아직은…… 그럴 힘이 있소. 하지만 짐에 묶여 저주받고 방해받는 나 같은 사람이 그런 생각을 하는 게 무슨 소용이 있을까? 행복도 늘 예외 없이 나를 거부할 뿐이니, 이 인생에서 쾌락쯤은 얻을 권리가 있겠지. 무슨 수를 써서라도 쾌락을 찾아내겠어."

"그러면 더 타락하게 될 거예요."

"그럴 수도 있지. 하지만 달콤하고 신선한 쾌락을 취한다고 해서 꼭 타락하는 것일까? 황야의 야생 꿀벌이 그러하듯이 달콤하고 신선한 꿀을 얻을 수도 있지 않겠소."

"그 가시가 찌를 거예요. 쓴맛이 날 거예요."

"당신이 어떻게 알지? 맛을 본 적도 없잖아. 표정이 참으로 진지하고 심각하군. 당신은 이 카메오에 조각된 머리처럼 그런 문제에 대해 아무것도 몰라."

그는 벽난로 선반에서 카메오 하나를 집어 들었다.

"애송이 수녀 아가씨, 삶의 문을 지나 보지도 않고, 그 불가사의를 전혀 경험해 보지 않는 당신은 나에게 설교할 자격이 없소."

"저는 나리가 하신 말씀을 일깨워 드렸을 뿐이에요. 잘못을 저지르면 후회가 따르고, 후회는 삶의 독이라고 하셨잖아요."

"잘못이라니, 누가 그런 소리를 하나? 나는 내 머리에 스친 그 생각을 잘못으로 여기지 않소. 유혹이라기보다는 오히려 영감이지. 그건 아주 상냥하게 나를 달래 줘. 난 그걸 알아. 다시 그게 오는군! 장담하건대, 그건 악마가 아니오. 아니 악마라 해도 빛의 천사의 옷을 입은 악마야. 이렇게 아름다운 손님이 내 마음에 들어오겠다고 하면 당연히 맞아들여야지."

"그걸 믿지 마세요. 진짜 천사가 아니에요."

"이번에도 역시, 당신이 어떻게 알지? 지옥에 떨어진 천사와 영원한 권좌에서 보내온 사자를, 안내자와 유혹자의 차이를 어떤 본능으로 구별해 낸다는 거요?"

"나리의 표정을 보고 구별했어요. 심란한 표정이셨어요. 그게 다시 돌아온다고 말씀하실 때요. 그런 말에 귀를 기울이면 더 비참해지실 거라는 확신이 느껴져요."

"그렇지 않소. 그건 세상에서 가장 친절한 소식을 가져다주지. 당신이 내 양심을 지키는 파수꾼도 아니니 다른 것에 대해서는 괜하게 신경 쓸 것 없소. 자, 들어오시오, 아름다운 방랑자여."

그는 자신의 눈에만 보이는 환영에게 말하는 듯 이렇게 말을 했다. 그러고는 보이지 않는 존재를 포옹하듯이 팔을 반쯤 벌렸다가 가슴을 감싸 안고는 다시 말을 이었다.

"자! 나는 그 순례자를 맞아들였소. 그건 틀림없이 변장한 신일 거야. 벌써부터 나에게 이로운 일을 하는군. 내 마음은 납골당 같았으나 이제 신성소가 될 거요."

"솔직히, 저는 무슨 말씀인지 전혀 이해가 안 돼요. 제 이해 능력을 벗어나는 것이라서 이 대화를 계속할 수가 없겠어요. 다만 이거 하나만은 알아요. 나리는 자신이 선량하지 않다고 하셨고, 자신의 불완전함을 애석해하셨어요. 제가 이해할 수 있는 것은 이거 하나예요. 나리는 더럽혀진 기억이 영원한 맹독이 될 수 있다고 하셨죠. 제가 보기에 나리가 열심히 노력한다면 언젠가 스스로 기뻐할 수 있는 사람이 될 수 있을 것 같아요. 이날로부터 생각과 행동을 바꾸기 위해 단호하게 시작한다면 몇 년 후에 새로이 오점 없는 기억들, 즐거이 돌이켜 볼 수 있는 기억들이 쌓일 거예요."

"옳은 생각이야. 정확히 말했소, 에어 양. 이 순간에 나는 열심히 지옥의 길을 포장하고 있소."

"네?"

"부싯돌처럼 단단하리라 믿는 선의를 깔고 있는 중이오. 물론, 어울리는 자들이나 추구하는 일도 전과는 달라질 거요."

"더 나은 쪽인가요?"

"더 낫지. 순수한 광석이 더러운 불순물보다 나은 것만큼. 날 의심하는 모양이군. 하지만 나는 나를 의심하지 않소. 내 목적이 무언지, 나의 동기가 무언지 알고 있소. 이제 나는 메디아와 페르시아의 법령처럼 올바르고 변치 않는 법을 제정하겠소."

"정당성을 주장하기 위해 새로운 법이 필요하다면, 그건 옳은 게 아니에요."

"절대적으로 새로운 법이 필요하긴 하지만, 그건 옳은 것이오, 에어 양. 전에 없는 상황에서는 전에 없는 규칙들이 필요한 거요."

"위험한 격언처럼 들리는군요. 악용될 게 뻔하니까요."

"독선적인 현자로군! 그건 그렇소. 하지만 내 집안의 수호신을 걸고 악용하지 않을 것을 맹세하겠소."

"하지만 인간인 이상 오류를 범할 수 있어요."

"그래, 당신도 마찬가지야. 그래서 뭐가 어떻다는 거지?"

"오류를 범하기 쉬운 인간은 완벽한 신에게만 마음 놓고 맡길 수 있는 힘을 사사로이 남용하면 안 돼요."

"무슨 힘 말이오?"

"인정받지 못할 이상한 행동에 대해 '그것을 옳다고 하라.'고 말하는 힘 말이에요."

"'그것을 옳다고 하라.' 바로 그거야. 정확히 말해 줬어."

"그럼 아무쪼록 그것이 옳기를 바랍니다."

도무지 이해할 수 없는 대화를 계속하는 것이 쓸데없는 일이라 생각되어 나는 자리에서 일어섰다. 게다가 내 능력으로는 상대의 성격을 파악할 수 없을 것 같았다. 적어도 현재로서는 그랬다. 무지에 대한 자각과 함께 불확실함과 막연한 불안감이 동반되었다.

"어디 가는 거요?"

"아델을 재우려고요. 잠잘 시간이 지났어요."

"날 두려워하는군. 내가 스핑크스처럼 말해서."

"나리의 말씀은 수수께끼 같아요. 하지만 혼란스럽기는 해도 두렵지는 않습니다."

"당신은 두려워하고 있어. 당신의 자기애가 실수를 겁내고 있는 거야."

"그런 면으로 염려스럽기는 해요. 허튼소리를 늘어놓고 싶지 않거든요."

"당신은 허튼소리를 할 때도 대단히 진지하고 조용한 태도로 말할 테니, 나는 그걸 분별 있는 얘기로 오해할 거요. 당신은 절대 웃는 법이 없나, 에어 양? 대답할 거 없소. 당신이 좀처럼 웃지 않는다는 거 알아. 하지만 당신은 아주 명랑하게 웃을 수 있소. 내가 천성적으로 악하지 않은 것처럼 당신도 천성적으로 심각한 사람이 아니오. 아직 로우드의 속박이 당신에게 매달려 있을 뿐이지. 그게 당신의 표정을 통제하고, 목소리를 억누르고, 손발을 붙잡아 매고 있는 거요. 당신은 남자 앞에서—형제나 아버지나 주인이나 당신이 두려워하는 존재가 있을 때—쾌활하게 미소 짓고, 자유롭게 말하고, 재빠르게 움직이는 것을 불편해하지. 하지만 때가 되면 내가 당신에게 관습적으로 대하지 못하는 것처럼, 당신도 내 앞에서 자연스러워질 수 있으리라 생각하오. 당신의 표정과 움직임도 지금보다 한결 쾌활하고 다양해질 거요. 촘촘한 새장의 창살 사이로 흘끔흘끔 밖을 내다보는 호기심 어린 새 같은 모습이 가끔 보이거든. 활발하고 불안정하고 결연한 자질이 그 안에 붙잡혀 있소. 그게 자유로워지기만 하면 구름 높이 비상할 거요. 당신은 여전히 자리를 뜰 생각뿐이군."

"9시가 다 됐어요."

"상관없어, 좀 더 있어요. 아델은 아직 자러 갈 상태가 아니오. 에어 양, 내가 난로를 등지고 방 쪽을 바라보고 있어서 관찰하기가 수월하다오. 당신과 얘기하는 동안에 가끔 아델을 지켜봤소(내가 그 아이를 흥미로운 연구 대상으로 생각하는 나름의 이유가 있소. 언젠가 당신에게도 그 이유를 얘기해 줄 날이 있겠지. 꼭 얘기해 주겠소). 10분쯤 전에, 아델은 상자에서 조그만 분홍색 비단 옷을 꺼냈소. 그걸 펼치면서 얼굴에는 기쁨이 가득 찼지. 아델의 피에는 교태가 흘러. 그게 두뇌와 섞여 골수까지 스며들어 있소. 'Il faut que je l'essaie! et à l'instant même(입어 볼래! 지금 당장)!' 이렇게 소리치고는 방에서 달려 나갔소. 지금 소피가 옷을 입혀 주는 중일 거요. 잠시 후에 돌아오겠지. 어떤 광경이 펼쳐질지 잘 알아. 막이 오를 때 무대에 등장하던 셀린 바랭의 축소판이겠지. 그건 상관없어. 하지만 내 마음의 아주 여린 감정은 충격을 받을 거요. 내 예감이 그래. 여기 남아서 그게 맞을지 두고 보시오."

오래지 않아 현관홀을 달려오는 아델의 작은 발소리가 들렸다. 로체스터 씨의 예상대로 아이는 달라진 모습으로 들어왔다. 아까 입고 있던 갈색 옷 대신 치마에 잔뜩 주름을 잡은 짧은 장밋빛 공단 드레스를 입고 있었다. 이마에는 장미꽃 봉오리 화환을 쓰고, 비단 스타킹과 하얀색의 작은 공단 샌들을 신고 있었다. 그녀가 앞으로 뛰어오며 소리쳤다.

"Est-ce que ma robe va bien(이 옷 잘 어울려요)? et mes souliers? et mes brás? Tenez, je crois que je vais danser(신발은 어때요? 양말은 어울려요? 제가 춤을 춰 볼까요)?"

아이가 드레스를 펼치고 미끄러지듯이 빠르게 방을 가로질렀다. 로체스터 씨 앞으로 다가가 그 앞에서 발끝으로 가볍게 한 바퀴 돌고, 그 발치에 한쪽 무릎을 꿇고 앉으며 소리쳤다.

"Monsieur, je vour remercie mille fois de votre bonté(친절을 베풀어 주셔서 너무너무 감사합니다)."

그러고는 일어서며 덧붙였다.

"C'est comme cela que maman faisait, n'est-ce pas, monsieur(엄마가 이렇게 하셨죠, 네)?"

그가 대답했다.

"똑-같-구-나! 그렇게 해서 나의 영국제 바지 주머니에서 금화를 꾀어냈지. 나는 풋내기였소, 에어 양. 그래…… 새파란 풋내기였어. 지금 당신을 싱싱하게 해 주는 봄은 왕년에 나를 싱싱하게 해 주던 봄의 색채만 못해. 하지만 나의 봄은 가 버렸소. 내 손에 저 작은 프랑스 꽃을 남기고. 기분이 언짢을 때는 버리고 싶어지지. 지금은 그 꽃을 피워 낸 뿌리를 가치 있게 여기지 않거든. 거름으로 금가루만 줘야 한다는 것을 알고 나니 별로 정이 안 가. 특히 지금처럼 일부러 꾸미는 것처럼 보일 때는 크건 작건 하나의 선한 행실로 수많은 죄를 보상한다는 로마 가톨릭의 원칙에 따라 저 꽃을 보호하고 키우는 거요. 언젠가 자세히 설명해 주리다. 잘 자요."

## 제15장

후에 로체스터 씨는 그 일에 대해 설명해 주었다.

어느 날 오후, 그가 우연히 나와 아델을 정원에서 만났을 때였다. 아이가 파일럿과 셔틀콕을 가지고 노는 동안, 그는 나에게 아델의 모습이 보이는 긴 너도밤나무 길을 걷자고 했다.

그때 그는 아델이 자신이 한때 대단한 정열을 품었던 프랑스의 오페라 무희 셀린 바랭의 딸이라고 말했다. 셀린은 더욱 열렬한 정열로 보답하는 체했다. 그는 자신이 그녀의 우상인 줄 알았다나. 못생기긴 했지만 그는 그녀가 아폴론의 우아함보다 그의 늠름한 체격을 더 좋아한다고 믿었단다.

"에어 양, 프랑스의 요정이 영국의 못생긴 난쟁이를 좋아해 주자, 나는 기분이 우쭐해져서 그녀에게 호텔을 잡아 주었소. 하인, 마차, 캐시미어, 다이아몬드, 값비싼 레이스 등을 완벽하게 갖춰 주었지. 간단히 말하면 여자한테 사족을 못 쓰는 얼간이들이 걷는 파멸의 과정을 그대로 답습했던 거요. 새로운 길을 개척하는 독창성도 없이, 남들이 다 아는 길에서 한 치도 어긋나지 않게 아주 정확하고 어리석게 그 오래된 길을 밟았던 거요. 그런 꼴을 당해도 싸지. 그리고 다른 얼간이들과 똑같은 운명에 처했소. 어느 날 밤에 우연히 예고 없이 셀린을 찾아갔는데 그녀가 외출하고 없더군. 무더운 밤이었고, 파리 거리를 돌아다니느라 피곤해서 나는 그녀의 침실에 앉아 있었소. 바로 얼마 전까지 그녀로 인해 신성해진 공기를 행복하게 들이쉬면서. 아니, 그건 과장이군. 그녀에게 신성한 미덕 같은 게 있다고 생각해 본 적은 없소. 그건 거룩한 냄새라기보다 그녀가 남기고 간 사향과 용연향 같은 향제의 냄새였지. 온실의 꽃들과 향수 냄새에 숨이 막힐 것 같아서 창을 열고 발코니로 나가 보기로 했소. 달빛에 가스등까지 켜져 있었고 아주 조용하고 평온했지. 발코니에 의자가 한두 개 놓여 있었소. 나는 거기에 앉아 시가를 꺼냈어. 실례지만, 지금 하나 피워야겠군."

잠시 말이 끊기고, 그가 시가를 꺼내 불을 붙였다. 그걸 입에 물고 싸늘하고 흐릿한 허공에 하바나 시가 냄새가 나는 연기를 뿜어내더니, 그가 말을 이었다.

"나는 그 시절에 사탕 과자를 좋아했다오, 에어 양. 와드득와드득(듣기 거북하더라도 용서하시오) 초콜릿 과자를 깨물어 먹거나 시가를 피우면서, 세련된 거리를 따라 근처 오페라 극장으로 달려가는 사륜마차들을 쳐다보고 있었는데, 아름다운 한 쌍의 영국 말이 끄는 우아한 마차가 화려한 도시의 밤거리에 확연하게 나타나더군. 내가 셀린에게 준 'voiture(마차)'였소. 그녀가 돌아오는 거였지. 당연히 내 심장은 내가 기대고 있는 철창살에 닿아 열렬하게 쿵쾅거렸소. 내 예상대로 마차가 호텔 앞에서 멈췄소. 나의 불꽃이(이건 오페라 무희인 그 여자를 말하는 거요) 거기서 내렸소. 외투로 감싸긴 했지만, 말이 났으니 말인데 무더운 6월 저녁이라 그건 거추장스러운 물건에 지나지 않았어. 나는 마차 계단을 내려오는 치맛자락 밑으로 살짝 보이는 그 작은 발만 보고도 그녀를 즉시 알아봤소. 발코니 너머로 고개를 내밀고 '나의 천사'라고 부르려던 참이었소. 물론 사랑하는 이의 귀에만 들리는 목소리로. 그때 마차에서 다른 사람이 그녀를 따라 뛰어내렸소. 역시 외투를 걸쳤더군. 하지만 길에 닿은 건 박차 달린 발뒤꿈치였고 아치형의 호텔 입구로 들어서는 것은 모자 쓴 머리였소.

질투를 느껴 본 적이 없겠지, 에어 양? 물론 없을 거야. 물어볼 필요도 없어. 사랑을 느껴 본 적이 없을 테니까. 앞으로 그런 감정을 경험하게 되겠지. 당신의 영혼은 잠들어 있소. 그걸 깨워 줄 충격이 아직 오지 않았으니 당신은 당신의 젊음이 지금까지 흘러왔던 대로 모든 인생이 조용하게 흘러갈 거라고 생각할 거야. 눈을 감고 귀를 막고 떠내려가다 보면, 멀지 않은 곳에 솟아 있는 바위도 보이지 않고 바위 밑에서 부글거리는 파괴의 소리도 들리지 않겠지. 하지만 실은 말이오, 내 말을 새겨들으시오. 언젠가는 당신의 인생도 소용돌이와 혼란, 물거품과 소음으로 부서지는 험난한 물길에 도달할 거요. 날카로운 바위에 부딪혀 산산조각 나거나 아니면 더 커다란 물결에 실려 보다 평온한 물길로 나서게 되거나 둘 중 하나가 되는 거지. 지금의 나처럼.

나는 이런 날이 좋소. 강철빛을 띤 하늘도 좋고 서리에 묻힌 세상의 적막함과 단단함도 좋아. 나는 손필드가 좋소. 이 고풍스럽고 외진 느낌, 까마귀들이 사는 고목과 가시나무들, 건물의 회색 정면과 저 금속 빛의 하늘을 비추는 어두운 창문들. 하지만 이 집을 생각하는 것만으로도 내가 얼마나 오랫동안 진저리를 쳐 왔는지. 이 집을 얼마나 전염병처럼 피해 왔는지! 지금도 너무나 혐오스러워…….”

그는 이를 악물며 입을 다물었다. 걸음을 멈추고 부츠로 딱딱한 땅을 걸어갔다. 증오스러운 생각 하나가 그를 사로잡아, 앞으로 나아가지 못하게 꽉 움켜쥐고 있는 것처럼 보였다.

그가 그렇게 멈췄을 때 우리는 너도밤나무 길을 올라가고 있었다. 저택이 정면으로 보였다. 그는 흉벽으로 시선을 들어 올려, 내가 전에도 후에도 본 적이 없는 지독한 눈빛으로 노려보았다. 고통과 치욕과 분노가, 성마름과 역겨움과 증오가 새까만 눈썹 아래서 팽창되는 그의 커다란 동공에서 순간적으로 갈등을 일으키는 듯했다. 그들이 서로 세력을 차지하기 위해 치열한 전투를 벌였다. 하지만 또 다른 감정이 일어나 승리를 거뒀다. 단호하고 냉소적이고 고집스럽고 결연한 무언가가 그것이 그의 흥분을 가라앉히고 그의 얼굴을 돌처럼 바꿔 놓았다. 그가 말을 이었다.

“내가 입을 다물고 있던 사이에, 에어 양, 나는 내 운명과 한 가지 결판을 내고 있었소. 운명의 여신이 저기 너도밤나무 옆에 서 있었소. 포레스의 황야에서 맥베스 앞에 나타났던 자들 가운데 하나처럼 생긴 마귀할멈이었지. ‘손필드를 좋아하나?’ 그녀가 그렇게 말하면서 손가락을 들어 올리더니 허공에 경고문을 썼소. 집 정면의 끝에서 끝까지 위쪽 창문과 아래쪽 창문 사이에 섬뜩한 상형 문자를 휘갈겼소. ‘좋아할 수 있으면 좋아해 봐라! 감히 그럴 배짱이 있다면 좋아해 봐!’

나는 대답했소. '좋아할 거다. 감히 좋아할 거다.' 그리고(그가 침울하게 덧붙였다) 나는 그렇게 할 거요. 행복해지고 선량해지는 걸 방해하는 것들을 부셔 버리겠소. 그래, 선량함. 전보다 더 나은 사람이 되고 싶소. 지금보다도 나은 사람이 되고 싶어. 〈욥기〉의 괴물 리바이어던이 작살과 화살과 쇠사슬 갑옷을 끊어 버렸듯이, 다른 이들이 무쇠와 놋쇠로 여기는 장애물들을 나는 썩은 나무와 지푸라기쯤으로 여길 거요."

여기까지 얘기했을 때 아델이 셔틀콕을 들고 그의 앞으로 달려왔다. 그가 거칠게 소리쳤다.

"저리 가! 가까이 오지 마, 꼬마야. 소피한테 돌아가든지!"

나는 잠자코 그의 걸음을 쫓아가다가 그의 얘기가 갑자기 빗나갔던 부분을 일깨워 줬다.

"마드무아젤 바랭이 들어왔을 때 발코니에서 나오셨나요?"

시기적절하지 못한 이 질문이 무시당할 거라고 예상했지만, 예상과 달리 그는 인상을 찌푸리고 몰두해 있던 상념에서 벗어나 내게로 시선을 돌렸다. 그의 이마에서 어두운 그늘이 걷히는 듯했다.

"아, 셀린 얘기를 하다 말았군! 그래, 다시 시작해야지. 나를 홀린 여자가 다른 기사를 대동하고 들어오는 것을 보니, 질투의 초록 뱀이 쉭쉭대면서 달빛 내리는 발코니에서 구불구불 똬리를 틀고 올라와 내 조끼 안으로 기어들고, 2분 만에 내 심장의 깊숙한 데까지 파고들어 오는 것 같았어. 이상한 일이야!"

그가 다시 본론에서 벗어나 불쑥 소리쳤다.

"내가 이 모든 얘기를 당신에게 털어놓다니 참으로 이상한 일이야, 어린 아가씨. 마치 나 같은 남자가 오페라 무희 애인의 이야기를 당신처럼 경험 없고 별난 여자에게 말하는 게 세상에서 제일 흔한 일인 것처럼 당신이 내 말을 조용히 듣고 있는 것도 대단히 이상해! 하지만 내가 전에도 말했듯이 당신의 특징 때문일 거야. 당신은 진지하고 신중하고 조심스러운 사람이라서 비밀을 말하기에 제격이야. 게다가 나는 내가 어떤 마음에게 내 마음을 털어놓는지 알고 있지. 그건 웬만해서 감염되지 않아. 독특해. 아주 진기해. 다행히 그 마음에 해를 끼칠 의도는 전혀 없어. 하지만 설사 그런 의도가 있더라도, 그 마음은 나로 인해 해를 입지 않을 거야. 당신과 나는 얘기를 많이 하면 할수록 좋아. 나는 당신을 말려 죽일 수 없지만, 당신은 나를 기운 차리게 할 수 있거든."

이렇게 사족을 덧붙인 뒤 그는 하던 이야기로 돌아갔다.

"나는 발코니에 그대로 있었소. '그들이 틀림없이 침실로 들어올 거야. 숨어서 보자.' 그렇게 생각했소. 그래서 열린 창으로 손을 넣어 내가 들여다볼 수 있는 틈만 남기고 커튼을 잡아당겼지. 연인들의 속삭이는 맹세가 흘러나올 정도의 공간만 남기고 여닫이창도 닫았소. 그리고 살며시 의자로 돌아갔소. 내가 다시 앉았을 때 두 사람이 들어오더군. 나는 얼른 창틈에 눈을 갖다 댔소. 셀린의 하녀가 들어와 램프를 켜고 그걸 탁자에 놓고 나갔어. 덕분에 두 사람의 모습을 분명하게 볼 수 있었지. 둘은 외투를 벗었고, 바랭은 공단 옷에 보석으로 빛나더군. 물론 내가 준 선물들이었어. 남자는 장교 제복을 입은 자였소. 나는 그가 난봉꾼으로 소문난 젊은 자작이라는 걸 알았소. 가끔 사교계에서 얼굴을 마주쳤지만 너무나 경멸스러워서 싫어할 생각조차 안 나던, 머리에 든 것 없이 악덕만 가득한 청년이었소. 그를 알아보는 순간, 초록 뱀, 질투의 독니가 부러지더군. 그 순간에 셀린에 대한 내 사랑이 완벽하게 꺼져 버렸던 거요. 그런 놈 때문에 나를 배신할 수 있는 여자라면 차지하려고 싸울 가치도 없었소. 경멸이나 퍼부어 줘야 마땅할 여자였지. 그녀에게 속아 넘어간 나는 그보다 더하지만.

그들이 얘기를 하기 시작했소. 그 대화가 내 마음을 아주 홀가분하게 해 주더군. 어찌나 경박하고 탐욕스럽고 비정하고 무의미하던지, 분노가 일기보다 차라리 따분해지더군. 내 이름이 적힌 카드가 탁자에 놓여 있었소. 그걸 보면서 그들이 나에 대해 떠들어 대더군. 두 사람 모두 나를 호되게 공격할 만한 재치도 능력도 가지고 있지 못했소. 하지만 그들 나름의 천박한 방식으로 상스럽게 나를 모욕하더군. 특히 셀린이 더했어. 내 외모의 결함을 제법 영리하게 깎아내리더군. 그걸 기형이라고 칭하면서, 나를 자신의 '아름다운 남자'라고 부르며 열렬하게 감탄하는 게 그녀의 습관이었는데 말이오. 그런 면에서 두 번째 만났을 때 나더러 잘생기지 않았다고 딱 잘라 말한 당신과는 정반대였지. 당시에 나는 전혀 다른 그 소리에 놀랐고……."

이때 아델이 다시 뛰어 올라왔다.

"아저씨, 대리인이 만나 뵈러 찾아왔다고 방금 존이 알려 주고 갔어요."

"아! 얘기를 빨리 끝내야겠군. 나는 창을 열고 그들에게 걸어갔소. 셀린을 나의 보호로부터 해방시켜 줬소. 그녀에게 호텔을 비우라고 통고했소. 당장 필요한 데 쓰라고 지갑을 쥐어주었소. 비명, 히스테리, 애원, 항변, 발작은 무시했소. 그 자작과는 불로뉴 숲에서 만나기로 했지. 다음 날 아침에 나는 그놈과 마주하는 즐거움을 누렸소. 병든 닭의 날개처럼 허약하고 가련하고 허옇게 뜬 그자의 한 팔에 총알을 박아 넣고, 내가 그 패거리를 완전히 처리했다고 생각했소. 하지만 그보다 6개월 전에 바랭이 아델을 낳고는 내 딸이라고 주장했다는 게 불행이었어. 어쩌면 사실일 수도 있어. 아무리 얼굴을 뜯어봐도 험악한 아비를 닮은 구석이라곤 찾아볼 수 없지만. 그녀보다 차라리 파일럿이 더 나를 닮았어. 바랭은 나와 헤어지고 몇 년 후에, 제 아이를 버리고 음악가인지 가수인지 하는 놈과 이탈리아로 도망쳤소. 나는 나에게 아델을 부양해야 하는 친권이 있다는 걸 인정하지 않았소. 인정하지 않는 건 지금도 마찬가지요. 난 그 아이의 아비가 아니거든. 하지만 아이가 꽤 궁핍하게 산다는 얘기를 듣고, 파리의 더러운 진창에서 그 가엾은 것을 건져 내 영국의 건전한 시골 정원에서 깨끗하게 자라라고 이리 옮겨 심었소. 페어팩스 부인이 그걸 교육시킬 사람으로 당신을 찾아낸 거요. 하지만 아이가 프랑스 오페라 무희의 사생아라는 걸 알게 된 이상, 당신의 일자리와 학생에 대한 생각이 달라졌을지도 모르겠군. 어느 날 다른 일자리를 찾았으니 새 가정 교사를 찾으라는 등등의 통지를 들고 나에게 찾아오는 건 아니겠지, 응?"

"아뇨. 아델은 자기 엄마나 당신이 저지른 잘못에 전혀 책임이 없어요. 저는 그 아이를 좋아하고, 이제 부모가 없다시피 한 상태라는 것을 알았으니—엄마에게는 버림받고 나리에게는 딸로 인정받지 못하니—전보다 더 친근한 애정으로 다가갈 거예요. 가정 교사를 성가셔하고 미워하는 부유한 집안의 버릇없는 아이보다는 나를 친구로 믿고 의지하는 외로운 고아를 더 좋아할 수밖에 없겠죠."

"아, 당신이 이 문제를 바라보는 관점은 그렇군! 자, 나는 이만 가봐야겠소. 당신도 들어가야지. 날이 어두워지고 있소."

하지만 나는 아델과 파일럿과 같이 잠시 더 밖에 남아 있었다. 달리기를 하고 셔틀콕과 라켓으로 게임을 했다. 안으로 들어가 보닛과 외투를 벗겨 준 뒤에 아이를 내 무릎에 앉혔다. 한 시간 동안 무릎에 안고, 아델이 원하는 대로 마음껏 재잘거리게 했다. 흔히 관심을 많이 받을 때 하던 대로 아델이 약간 제멋대로 굴고 시시콜콜하게 지껄여 대도 나무라지 않았다. 그것은 아마도 엄마에게서 물려받았을 경박한 성격을 드러냈고, 영국인의 기호에는 맞지 않는 것이었다. 그래도 아델에게는 나름의 장점이 있었다. 나는 아이의 좋은 점들을 최대한 인정해 주고 싶었다. 그 표정과 모습에서 로체스터 씨와 닮은 점을 찾아보았지만, 하나도 찾을 수 없었다. 부녀간이라고 할 만한 표정 변화도 없고, 생김새의 특징도 없었다. 딱한 일이었다. 닮았다는 것을 증명할 수만 있다면 로체스터 씨가 좀 더 소중히 여겨 주었을 텐데.

밤에 내 방으로 돌아온 뒤, 나는 로체스터 씨가 한 이야기를 곰곰이 돌이켜 보았다. 그의 말대로 내용 자체는 그리 특별할 게 없는 이야기였다. 프랑스 무희에 대한 부유한 영국 남자의 열정과 그녀의 배신은 틀림없이 사교계에서 흔하게 일어나는 일일 것이다. 하지만 그가 오래된 저택과 그 환경에서 새로이 찾아낸 즐거움과 현재의 만족 상태를 표현하던 중에, 갑자기 느닷없이 폭발시킨 감정에는 분명히 괴상한 데가 있었다. 나는 그 사건을 이상히 여기며 생각에 잠겼다. 하지만 현재로서는 도저히 설명이 안 되는 부분이라서 그 생각을 접고, 나를 대하는 로체스터 씨의 태도 쪽으로 생각을 돌렸다. 그가 나를 신뢰할 만한 사람으로 여기는 것은 나의 신중함에 대한 칭찬인 듯했다. 나는 그렇게 해석하고 받아들였다. 이제 몇 주일째 그가 나를 대하는 태도는 처음보다 훨씬 일관성이 있었다. 나를 귀찮아하는 것 같지도 않았고, 싸늘하거나 오만하게 굴지도 않았다. 뜻밖에 나를 만나면 매우 반가워하는 듯 보이기도 했다. 항상 나에게 말을 건넸고 때로는 미소를 지었다. 정식으로 그의 앞에 불려 갔을 때는, 그런 저녁 모임이 나를 위해서만이 아니라 그의 기쁨을 위해서인 듯이, 정말로 그를 즐겁게 할 능력이 내게 있다고 느껴지게 하는 진심 어린 대접을 받았다.

사실 나는 비교적 말이 적은 편이었다. 하지만 그의 이야기를 재미있게 들었다. 그는 이야기하기를 즐기는 성격이었다. 세상을 모르는 이에게 세상의 갖가지 모습과 방식을 보여 주는 것을 좋아했다(부패한 모습과 부정한 방식 들이 아니라, 그 규모의 크기와 특징을 이루는 기이한 진기함 때문에 흥미를 일으키는 이야기들이었다). 나는 그가 제시한 새로운 생각들을 받아들이고, 그가 묘사한 새로운 광경들을 상상했다. 머릿속으로 그가 펼쳐 보이는 새로운 영역으로 따라가는 일에 짜릿한 기쁨을 느꼈으며, 듣기 거북한 말이 나와도 절대 놀라거나 불안해하지 않았다.

그의 편안한 태도가 나를 답답한 구속에서 풀어 주었다. 그는 친근하고 솔직하게, 진심으로 예의 바르게 나를 대했고, 그것이 나를 그에게로 끌어당겼다. 가끔은 그가 나의 주인이라기보다 친척 같은 기분이 들기도 했다. 여전히 독선적으로 구는 경우도 가끔 있었지만, 나는 신경 쓰지 않았다. 그게 그의 방식이라는 것을 알고 있었기 때문이다. 생활에 새로운 재미가 생겨나자 나는 너무나 행복하고 만족스러워서 친척을 찾고픈 갈망도 접어 두었다. 얇은 초승달 같던 내 운명이 점점 커지는 듯했다. 생활의 공백들이 메워졌다. 신체적인 건강도 좋아졌다. 나는 살이 붙고 튼튼해졌다.

그러면 로체스터 씨가 지금도 내 눈에 못생기게 보였을까? 독자여, 그렇지 않다. 늘 즐겁고 기분 좋은 만남들과 감사하는 마음까지 더해져서, 그의 얼굴은 내가 가장 보고 싶은 얼굴이 되었다. 그가 방에 있으면 그의 존재가 밝은 불길보다 더 나의 기운을 북돋았다. 하지만 내가 그의 단점을 잊은 것은 아니었다. 사실 그가 내 앞에서 자주 단점을 드러내 보였기 때문에 잊으려야 잊을 수 없었다. 그는 자만심이 강하고, 냉소적이고, 자기보다 못한 이들에게 가혹했다. 그가 나에게 베푸는 크나큰 친절이 다른 이들에게 행하는 부당한 가혹함을 균형 잡고 있다는 것을 나는 은밀하게 알고 있었다. 그는 종종 우울한 기분에 빠져들기도 했다. 왜 그러는지 알 수 없었다. 책을 읽어 달라는 부름을 받고 서재에 들어갔다가 두 팔에 머리를 기대 엎고 혼자 앉아 있는 모습을 본 적이 한두 번이 아니었다. 고개를 들 때면, 시무룩하고 거의 무서울 정도로 찌푸린 표정이 그의 얼굴을 어둡게 했다. 하지만 나는 그런 침울함과 가혹함과 예전의 도덕적인 과오들(이제 그런 문제들이 고쳐진 것 같아서 '예전'이라고 말하는 것이다)이 그가 겪어 온 잔인한 운명의 심술 때문이라고 믿었다. 환경이 키우고 교육이 주입하고 운명이 격려한 것보다, 본래는 더 선량한 성향과 고상한 원칙과 순수한 취향을 지닌 남자라고 믿었다. 그에게 탁월한 점들이 있다고 생각했다. 현재는 그것들이 다소 망가지고 헝클어져서 한데 뭉쳐 있긴 하지만 그의 슬픔이 무엇이건, 내가 그의 슬픔 때문에 가슴이 아프고, 그 괴로움을 덜어 주기 위해 수고를 아끼지 않으리라는 점은 부인할 수 없었다.

촛불을 끄고 침대에 누웠지만 잠을 이룰 수 없었다. 그가 길에 멈춰 섰을 때, 운명이 눈앞에 나타나 손필드에서 감히 행복해져 보라고 도전했다던 말을 할 때의 표정이 뇌리에서 떠나지 않았다. 나는 나 자신에게 물었다.

'왜 행복해질 수 없다는 거지? 무엇이 그를 이 집에서 멀어지게 하는 걸까? 그가 조만간 다시 여기를 떠나려나? 페어팩스 부인은 그가 2주일 이상 여기에 머무는 경우가 없다고 했는데 벌써 8주가 됐어. 그가 떠나면 슬픈 변화가 일어나겠지. 그가 없는 봄, 여름, 가을을 생각해 봐. 햇살 가득한 맑은 날들이 얼마나 쓸쓸하게 느껴질까!'

이런 생각을 하다가 내가 잠이 들었는지 어땠는지는 잘 모르겠다. 여하튼, 희미하게 웅얼거리는 소리를 듣고는 화들짝 잠에서 깨어났다. 기묘하고 구슬픈 소리가 내 바로 위에서 들리는 것 같았다. 양초를 켜 두지 않은 게 후회스러웠다. 황량하게 캄캄한 밤이었다. 나의 영혼은 우울하게 가라앉았다. 나는 침대에 일어나 앉아 귀를 기울였다. 소리는 잠잠해졌다.

다시 잠을 청했지만 가슴이 불안하게 두근거렸다. 내 마음의 평정이 깨어졌다. 멀리 아래 현관홀의 시계가 2시를 쳤다. 바로 그때 내 침실 문이 흔들리는 듯했다. 마치 어두운 복도를 더듬어 가는 누군가의 손가락이 문을 쓸고 지나간 것처럼. 나는 "거기 누구예요?" 하고 속삭였다. 아무런 대답이 없었다. 나는 두려움으로 오싹해졌다.

문득 그게 파일럿일지도 모른다는 생각이 떠올랐다. 어쩌다 부엌문이 잠기지 않았을 때면, 녀석은 곧잘 로체스터 씨의 방문까지 찾아 들어오곤 했다. 아침에 거기에 누워 있는 녀석을 내 눈으로 본 적도 있었다. 생각이 거기에 미치자 두려움이 약간 진정되었다. 나는 침대에 누웠다. 고요함은 긴장된 신경을 가라앉혀 주는 효과가 있다. 이제 다시 깨지지 않는 침묵이 온 집 안을 지배하자, 차츰 졸음이 밀려오기 시작했다. 하지만 그날 밤, 나는 잠을 잘 운명이 아니었다. 내 귀에 다가오는 듯하던 꿈이, 뼛속까지 얼어붙게 하는 하나의 사건에 놀라 소스라쳐 달아나 버렸다.

그것은 내 방문의 열쇠 구멍에서 들려오는 듯한, 나지막하고 깊고 억제된 악마 같은 웃음소리였다. 내 침대머리가 문 가까이에 있어서, 처음에는 악마가 내 침대 옆에 서서, 아니 내 베개 옆에 웅크리고 앉아 웃어 대는 거라는 생각이 들 정도였다. 벌떡 일어나 사방을 둘러보았지만 아무것도 보이지 않았다. 내가 바라보는 동안에도, 그 괴상망측한 소리는 계속되었다. 방 바깥에서 들리는 소리였다. 내가 제일 먼저 한 행동은 일어나서 빗장을 채우는 것이었다. 그 뒤에 다시 소리쳤다.

"거기 누구예요?"

뭔가가 꿀꺽거리며 신음했다. 얼마 후, 복도에서 3층 계단 쪽으로 발소리가 물러갔다. 최근에 그 계단을 막으려고 문을 하나 달아두었는데 그 문이 열렸다 닫히는 소리가 들리더니 모든 게 조용해졌다.

'그레이스 풀이었나? 그 여자가 악마에게 홀렸나?'

나는 더 이상 혼자 있을 수가 없었다. 페어팩스 부인에게 가야 할 것 같았다. 서둘러 겉옷과 숄을 걸쳤다. 빗장을 풀고 떨리는 손으로 문을 열었다. 문 바로 밖 복도의 매트 위에 양초 하나가 타고 있었다. 나는 놀랐다. 하지만 연기로 가득한 것처럼 공기가 아주 흐리다는 것을 알고는 더욱 놀랐다. 이 푸른 소용돌이가 어디서 나오는지 알아보려고 오른쪽 왼쪽을 바라보는 동안, 어디선가 타는 냄새가 심하게 난다는 것을 차츰 알아차렸다.

뭔가가 삐걱거렸다. 로체스터 씨의 방문이 약간 열려 있었고, 거기서 연기구름이 쏟아져 나왔다. 이제 페어팩스 부인에 대한 생각은 내 머리에서 사라졌다. 그레이스 풀이나 그 웃음에 대한 생각도 사라졌다. 나는 곧 그 방으로 뛰어 들어갔었다. 화염의 혓바닥이 침대 주위에서 널름거리고 있었다. 커튼에도 불이 붙어 있었다. 화염과 연기 한가운데, 깊은 잠에 빠진 로체스터 씨가 미동 없이 누워 있었다.

"일어나세요! 일어나세요!"

내가 소리쳤다. 그를 흔들어 깨웠지만, 그는 중얼대며 돌아누울 뿐이었다. 연기가 그의 감각을 마비시킨 것이다. 1분도 지체할 겨

EDMUND
DULAC

를이 없었다. 이불에 불이 붙어 타들어 가기 시작했다. 나는 대야와 물동이가 있는 곳으로 달려갔다. 다행히 하나는 넓고 다른 건 깊었는데, 둘 다 물이 차 있었다.

그것들을 가져와 침대와 사람에게 물을 뿌리고, 내 방으로 달려가서 물병을 가져와 다시 침대에 물세례를 주고 나자, 하느님이 도우사, 침대를 집어삼키고 있던 불길이 꺼졌다.

칙-칙 불 꺼지는 소리, 내가 물을 퍼붓고 나니 내팽개친 물병이 요란한 소리를 내며 깨졌다. 그리고 무엇보다도 내가 양껏 쏟아부은 물세례가 마침내 로체스터 씨를 깨웠다. 방 안이 어두컴컴했지만 나는 그가 깨어난 것을 알았다. 자신이 물웅덩이에 누워 있다는 것을 알고 그가 이상한 욕설을 내뱉었다.

"홍수가 났나?"

그가 소리쳤다.

"아니에요."

내가 대답했다.

"불이 났어요. 일어나세요, 어서요. 흠뻑 젖으셨어요. 제가 초를 가져올게요."

"그리스도 나라의 모든 요정의 이름으로 묻겠는데, 당신은 제인 에어인가?"

또다시 그가 다그쳤다.

"나한테 무슨 짓을 한 거지, 이 마녀, 요술쟁이야? 이 방에 당신 말고 또 누가 있지? 나를 익사시켜 죽일 계획이었나?"

"제가 초를 가져올게요. 그리고 제발 일어나세요. 누군가가 뭔가를 계획하긴 했어요. 그게 뭔지 누가 그랬는지 곧 알아낼 수 있을 거예요."

"자…… 난 이제 일어났소. 하지만 초는 아직 가져오지 마. 내가 마른 옷을 걸칠 때까지 2분만 기다리시오. 마른 옷이 있을지 모르겠지만. 그래, 여기 가운이 있군. 이제 달려가시오!"

나는 달렸다. 여전히 복도에 남아 있던 양초를 가져왔다. 그가 내 손에서 초를 받아 들어, 온통 꺼멓게 그을린 침대와 흠뻑 젖은 이불과 물에 흥건히 잠긴 주위의 양탄자를 살펴보았다.

"이게 어떻게 된 거요? 누가 이랬어?" 하고 그가 물었다.

나는 일어난 일을 간단하게 설명했다. 복도에서 들은 이상한 웃음소리, 3층으로 올라가는 발소리, 연기……, 나를 그의 방으로 이끈 타는 냄새. 그 방의 상태가 어떠했는지, 그리고 내가 어떻게 손에 잡히는 대로 그에게 물을 퍼부었는지.

그는 아주 엄숙하게 듣고 있었다. 내 말이 이어지는 동안, 그의 얼굴에는 놀라움보다 걱정이 드러났다. 내 말이 끝났는데도 그는 곧바로 입을 열지 않았다.

"페어팩스 부인을 부를까요?"

내가 물었다.

"페어팩스 부인? 아니, 뭐하러 그녀를 부르나? 그녀가 무얼 할 수 있겠어? 편안히 자게 놔두시오."

"그러면 리어를 부르고 존 내외를 깨울게요."

"관두시오. 그냥 가만히 있어요. 숄을 걸쳤나? 추우면 저기 있는 내 외투를 입어도 돼. 그거 걸치고 안락의자에 앉아요. 자, 내가 입혀 주지. 이제 발이 젖지 않게 의자에 올려놔. 나는 잠시 다녀와야겠소. 초를 가져갈게. 내가 돌아올 때까지 거기 앉아 있어요. 아주 얌전하게. 난 3층에 올라가 봐야겠소. 명심하시오, 꼼짝하지 말고 누굴 부르지도 마시오."

그가 방을 나갔다. 나는 멀어지는 불빛을 지켜보았다. 그는 소리 없이 복도를 지나, 최대한 소리 나지 않게 계단 문을 열고 뒤로 문을 닫았다. 마지막 불빛이 사라졌다. 나는 새까만 암흑 속에 남겨졌다. 무슨 소리든 들어 보려고 귀를 세웠지만 아무 소리도 들리지 않았다. 아주 오랜 시간이 흘렀다. 나는 차츰 지쳐 가고 있었다. 외투를 걸쳤는데도 추웠다. 집안사람들을 깨우지 않을 거면, 거기 앉아 있는 게 무슨 소용이 있을까 싶었다. 로체스터 씨가 언짢아하더라도 명령을 거역해야겠다고 마음먹고 있는데, 다시 한 번 복도의 벽에 불빛이 어슴푸레하게 빛나더니 맨발로 매트를 밟고 다가오는 소리가 들렸다. 나는 생각했다.

'제발 저 소리가 그분이기를. 더 나쁜 일이 아니기를.'

그가 창백하고 몹시 우울한 표정으로 다시 들어왔다. 그러고는 세면대에 양초를 내려놓으며 말했다.

"모든 것을 알아냈소. 내가 짐작한 대로야."

"어떻게 된 거예요?"

그는 대답 없이 팔짱을 끼고 바닥을 내려다보며 서 있었다. 몇 분 뒤, 그가 약간 묘한 어조로 물었다.

"방문을 열었을 때 뭔가를 봤다고 했던가?"

"아뇨. 바닥에 있는 촛대만 봤어요."

"하지만 이상한 웃음소리를 들었다고 했지? 전에도 그 비슷한 소리를 들었나?"

"네. 그레이스 풀이라고, 바느질하는 여자가 있는데…… 그녀가 그런 식으로 웃어요. 특이한 사람이죠."

"그래. 그레이스 풀……, 그렇게 짐작하고 있었군. 당신 말대로 특이한 여자야, 아주 특이해. 그 부분은 내가 생각해 보겠소. 그나저나 오늘 밤에 벌어진 일을 자세히 아는 사람이 당신과 나뿐이라서 다행이오. 당신은 수다스러운 바보가 아닐 테니 이 일에 대해 입을 열지 마시오. (침대를 가리키며) 이게 왜 이 지경이 됐는지는 내가 설명하겠소. 이제 방으로 돌아가요. 나는 남은 시간을 서재 소파에서 보낼 테니까. 4시가 다 됐군. 두 시간 후면 하인들이 일어날 거요."

"그럼 안녕히 주무세요." 하고 내가 인사하고 걸음을 옮겼다.

그는 놀란 듯했다. 방금 나에게 방으로 돌아가라고 했던 그의 말과는 너무나 모순되게.

"뭐야! 벌써 나를 두고 떠나는 건가, 그런 식으로?"

그가 소리쳤다.

"가도 된다고 하셨잖아요."

"하지만 작별 인사도 없이, 한두 마디 호의와 감사의 말도 안 듣고 가 버리면 안 되지. 그렇게 간단하게 시시하게 보낼 수야 있나. 당신은 내 생명을 구했소! 끔찍하고 괴로운 죽음에서 나를 건져 주었소! 그런데도 생면부지의 사람처럼 그렇게 나를 지나가 버리다니! 최소한 악수라도 해야지."

그가 손을 내밀었다. 내가 그에게 손을 맡겼다. 그는 처음에 한 손으로 잡았다가 두 손으로 내 손을 잡았다.

"당신이 내 생명을 구했소. 나는 당신에게 이렇게 큰 빚을 진 게 기쁘오. 더는 말할 수가 없어. 다른 누군가가 이런 일의 채권자로 나타났다면 견딜 수 없었을 거요. 하지만 당신은 달라. 나는 당신의 은혜가 전혀 부담스럽지 않소, 제인."

그가 말을 멈추고 나를 물끄러미 바라보았다. 눈에 보일 정도로 떨리는 입술이 무언가 말하려는 듯했지만, 소리가 되어 나오지는 않았다.

"다시, 안녕히 주무세요. 빚이나 은혜나 부담이나 채무 같은 건 전혀 없어요."

"난 알고 있었소."

그가 계속했다.

"당신이 언젠가 어떤 식으로든, 나에게 좋은 일을 하리라는 것을. 당신을 처음 봤을 때 당신 눈에서 그것을 봤소. 그 표정과 미소가…… (다시 그가 말을 멈췄다) 아무 이유 없이(그가 서둘러 말을 이었다) 내 가슴 가장 깊숙한 곳을 그렇게 기쁘게 했던 게 아니었어. 타고난 교감이라는 게 있다고들 하지. 선한 정령이 있다는 얘기도 들어 봤어. 허황한 동화에도 일말의 진실이 있소. 나의 소중한 수호자여, 잘 자요!"

그의 목소리에 이상한 힘이 담겨 있었다. 그의 눈빛에 이상한 불이 담겨 있었다.

"저도 제가 마침 깨어난 게 다행이라고 생각해요."

나는 이렇게 말하고는 걸음을 옮겼다.

“뭐야! 당신 가는 거요?”

“추워서요.”

“추워? 그래, 물웅덩이에 서 있었으니! 그럼, 가요, 제인. 가시오!”

하지만 그가 여전히 내 손을 쥐고 있어서 손을 빼낼 수 없었다. 나는 편법을 생각해 냈다.

“페어팩스 부인이 일어나는 소리가 들린 것 같아요.”

“그럼, 가 보시오.”

그가 손가락의 힘을 풀었고, 나는 그 방을 나섰다.

내 침대로 돌아왔지만 잠을 잘 수 없었다. 아침이 밝을 때까지 용솟음치는 기쁨 아래 근심의 물결이, 경쾌하면서도 소란스런 바다에서 출렁거렸다. 때로는 그 거친 바다 너머로 뷸라(이스라엘의 빛나는 미래를 상징하는 안식의 땅 _옮긴이)의 언덕처럼 아름다운 해안이 보이는 것도 같았다.

가끔은 상쾌한 바람이 나의 희망을 깨워, 의기양양하게 그 목적지를 향해 내 영혼을 실어 날랐다. 하지만 상상에서조차 나는 그곳에 닿을 수 없었다. 육지에서 불어오는 맞바람이 계속해서 나를 뒤로 밀어냈다. 분별력이 흥분을 가로막았다. 판단력이 정열에 경종을 울렸다. 열에 들떠 쉴 수가 없었으므로, 나는 날이 밝자마자 자리에서 일어났다.

## 제16장

이렇게 불면의 밤을 지새운 다음 날, 나는 로체스터 씨를 만나고 싶기도 하고 한편으로는 만나는 것이 두렵기도 했다. 그의 목소리를 다시 듣고 싶었지만 그의 눈을 마주 보는 것은 겁이 났다. 이른 오전 중에, 나는 문득문득 그가 오기를 기대했다. 그는 공부방에 자주 들어오지 않았다. 하지만 때로는 몇 분쯤 들르는 경우가 있었고, 그날은 그가 틀림없이 찾아오리라 믿었다. 하지만 오전 시간은 평소처럼 지나갔다. 무엇 하나 아델의 조용한 공부를 방해하지 않았다. 아침 식사 직후에, 로체스터 씨의 침실 부근에서 페어팩스 부인과 리어와 요리사와—즉, 존의 아내—심지어 존의 무뚝뚝한 목소리까지 뒤섞인 떠들썩한 소리가 들렸을 뿐이다. "주인 나리가 화재로 돌아가시지 않은 게 얼마나 다행인지!" "어쨌든 밤에 초를 켜 두면 위험하다니까." "그 경황에 물동이 생각을 해내시다니 참으로 하늘이 도우셨어요!" "왜 아무도 안 깨우셨을까!" "서재 소파에서 주무시다 감기에라도 걸리신 건 아닌지." 이런 이야기들이었다.

수많은 잡담 소리에 이어 북북 닦고 정리하는 소리들이 계속 이어졌다. 아래층으로 식사하러 내려가기 위해 그 방을 지나면서 열린 문틈으로 보니 모든 게 다시 완벽하고 질서 정연하게 복구되어 있었다. 침대 커튼이 떼어져 있을 뿐이었다. 리어가 창턱에 서서 연기에 그을린 유리창을 닦고 있었다. 어젯밤 사건이 어떻게 설명되었을지 궁금해서, 나는 그녀에게 말을 걸어 보기로 했다. 하지만 몇 걸음 걷다가 나는 그 방에 있는 두 번째 인물을 알아보았다. 침대 옆 의자에 앉아 새 커튼에 고리를 꿰매고 있는 여자는 다름 아닌 그레이스 풀이었다.

그녀는 갈색 모직 옷에 체크무늬 앞치마, 하얀 목수건에 모자 차림으로 평소처럼 침착하고 과묵하게 거기 앉아 있었다. 생각이 온통 일에 쏠려 있는 듯 바느질에 열중해 있었다. 그녀의 단단한 이마와 평범한 이목구비에는 살인을 시도한 여자의 얼굴에서 나타날 만한 절망이나 파리함은 물론이고, 자신이 죽이려 했던 사람이 어젯밤에 방으로 쫓아가(내가 믿기로는) 그녀가 저지르려 했던 범죄를 추궁했으리라고 짐작할 만한 모습을 전혀 찾아볼 수 없었다. 놀랍고 기가 막혔다. 내가 응시하고 있는 사이에 그녀가 고개를 들었다. 죄책감이나 발각의 두려움 때문에 안색이 붉어지거나 창백해지지도 않았고 움찔하지도 않았다. 그녀는 여느 때와 다름없이 차분하고 간단하게 "안녕하세요." 하고 말했다. 그러고는 다른 고리와 끈을 집어 들고 바느질을 계속했다. 나는 속으로 생각했다.

'저 여자를 시험해 봐야겠어. 어떻게 저렇게 아무렇지 않을 수 있지? 이해가 안 돼.'

그녀를 향해 내가 말했다.

"안녕하세요, 그레이스. 여기서 무슨 일이 있었어요? 좀 전에 하인들이 무슨 얘기를 하는 것 같던데요."

"주인 나리가 어젯밤에 침대에서 책을 읽으시다가 초를 켜 둔 채로 잠이 들어서 커튼에 불이 붙었대요. 하지만 다행히 침구나 목조에 불이 붙기 전에 깨어나셔서 물동이의 물로 불을 끄셨어요."

"이상하네." 하고 내가 낮은 소리로 중얼거렸다. 그런 다음 나는 그녀를 뻔히 쳐다보며 말했다.

"로체스터 씨가 아무도 안 깨우셨어요? 아무도 그분이 움직이는 소리를 못 들었나요?"

그녀가 다시 나에게 눈을 들어 올렸다. 이번에는 그 눈에 뭔가 의식하는 표정이 서렸다. 신중하게 나를 살피는 얼굴이었다. 그 뒤에 그녀가 대답했다.

"아시다시피 하인들이 자는 곳은 멀리 떨어져 있으니까, 그들은 아무 소리도 못 들었을 거예요. 페어팩스 부인과 당신의 방이 주인 나리의 침실에서 제일 가까워요. 하지만 페어팩스 부인은 아무 소리도 못 들었다고 하더군요. 나이가 들면 깊은 잠에 빠지곤 하잖아요."

그녀가 잠시 멈췄다가, 무심한 척하면서도 상당히 의미심장한 어조로 덧붙였다.

"하지만 당신은 젊은 분이고 깊이 잠드는 편이 아닌 것 같은데 혹시 무슨 소리 들으셨나요?"

나는 아직 유리창을 닦고 있는 리어에게 들리지 않게 목소리를 낮춰 말했다.

"들었어요. 처음에는 그게 파일럿인 줄 알았어요. 하지만 파일럿은 웃을 수 없어요. 그런데 웃음소리 같은 이상한 소리를 분명히 들은 것 같아요."

그녀가 새로 실을 풀어 거기에 살살 밀랍을 바르고, 안정된 손놀림으로 바늘에 실을 꿰고 나서, 아주 침착하게 말했다.

"그렇게 위험한 상황에 처해 있던 나리가 웃었을 것 같지는 않네요. 꿈을 꾸셨나 봐요."

"꿈을 꾼 게 아니에요."

뻔뻔할 정도로 차분한 그녀의 태도에 화가 나서, 내가 약간 격앙된 어조로 대꾸했다. 그녀가 다시 나를 쳐다보았다. 아까처럼 생각에 잠겨 찬찬히 뜯어보는 눈으로.

"웃음소리를 들었다고 나리께 말씀드렸나요?"

"아직 얘기할 기회가 없었어요."

그녀가 또다시 물었다.

"문 열고 복도를 내다볼 생각은 안 하셨어요?"

도리어 그녀가 나를 심문하고, 나에게서 무의식적인 정보를 끌어내려는 것 같았다. 내가 그녀의 죄를 알거나 의심하고 있다는 것을 눈치채면, 그녀가 나에게 악의적인 간계를 부릴 수도 있다는 생각이 스쳤다. 조심하는 게 좋을 것 같았다. 내가 대답했다.

"반대로, 문을 잠갔어요."

"그러면 매일 밤 자기 전에 문을 잠그지 않는다는 건가요?"

'사악해라! 내 습관을 알아내서 그에 맞춰 계획을 세우려는 거야!'

다시 분한 마음이 조심성을 누르고 말았다. 나는 날카롭게 쏘아

붙였다.

"지금까지는 자주 빗장 잠그는 걸 잊어버렸어요. 그럴 필요가 없는 줄 알았죠. 손필드 저택에서 어떤 위험이나 골칫거리를 걱정할 필요는 없다고 생각했거든요. 하지만 앞으로는(나는 이 말을 두드러지게 강조했다) 자기 전에 모든 게 잘 잠겼는지 꼼꼼하게 확인할 거예요."

"그러는 편이 현명할 거예요. 내가 알기로 이 동네는 아주 조용하고, 이 저택이 들어선 후로 여기에 강도가 들었다는 말은 한 번도 들어 본 적이 없어요. 하지만 식기장에 수백 파운드 값어치의 접시가 들어 있다는 건 다들 아는 사실이죠. 보다시피, 집은 이렇게 넓은데 하인은 얼마 안 돼요. 주인 나리가 여기서 많이 사시는 게 아니니까요. 집에 오시더라도 홀몸이시라 시중들 일도 별로 없고요. 하지만 나는 언제든지 안전을 기하는 게 최선이라고 생각해요. 일찌감치 문을 잠그고, 자신과 주위에 있을지 모르는 해악과의 사이에 빗장을 단단히 걸어 놔야죠. 하느님의 뜻에만 모든 것을 맡기는 사람이 많지만 나는 재앙을 막는 수단을 갖추고 있어야 하느님의 뜻도 이루어지는 거라고 생각해요. 그 수단을 신중하게 사용하면 하느님이 자주 축복을 내려 주시죠."

그녀가 열변을 끝냈다. 그녀로서는 꽤 긴 연설이었고, 퀘이커 교도처럼 새침한 어조였다.

이 믿어지지 않는 차분함과 꿰뚫을 수 없는 위선으로 여겨지는 그녀의 태도에 내가 할 말을 잃고 멍하니 서 있을 때, 요리사가 들어왔다. 그녀가 그레이스에게 말을 건넸다.

"풀 부인. 하인들 식사가 곧 준비될 거예요. 내려올래요?"

"아뇨. 흑맥주와 푸딩을 조금 쟁반에 담아 주면, 내가 위층으로 가져갈게요."

"고기도 좀 놓을까요?"

"고기 한 조각과 치즈 약간, 그거면 돼요."

"사고(사고 야자나무에서 나오는 흰 전분으로, 식용이나 풀의 원료로 쓰인다 _옮긴이)는?"

"지금은 그냥 두세요. 차 시간 전에 내가 내려갈게요. 내가 알아서 만들게요."

요리사가 나를 돌아보더니 페어팩스 부인이 나를 기다린다고 말했다. 그래서 나는 방을 나섰다. 식사하는 동안 나는 페어팩스 부인이 설명하는 커튼 화재 사건에 좀처럼 귀를 기울이지 못했다. 그레이스 풀의 불가해한 성격과 손필드에서 차지하는 그녀의 위치에 대해 생각하느라 정신이 없었다. 왜 그녀는 그날 아침에 감옥에 갇히지 않았을까. 어째서 해고조차 되지 않은 것일까. 간밤에 로체스터 씨는 그녀의 소행에 유죄 판결을 내린 것이나 다름없었다. 그런데 어떤 불가사의한 이유로 그녀를 고발하지 못한 것일까? 왜 나에게는 비밀로 하라고 했을까? 이상한 일이었다. 대담하고 앙심 깊고 오만한 신사가 왠지 모르게 고용인 중에서도 제일 비천한 자의 수중에 잡혀 있는 듯했다. 그 손아귀에 얼마나 꽉 잡혀 있기에 그의 생명을 노리는 짓을 저질렀는데도 그녀를 벌하기는커녕 드러내 놓고 죄를 비난하지도 못하는 것일까?

그레이스가 젊고 예쁜 여자였다면 두려움이나 신중함보다 더 다정한 감정이 로체스터 씨를 그녀의 편으로 끌어간 게 아닐까 하고 생각했을지도 모른다. 하지만 그렇게 험상궂고 나이도 어리지 않은 여자에게 그럴 가능성이 있으리라고는 생각되지 않았다. 하지만 나는 생각했다. '그녀에게도 젊은 시절이 있었어. 로체스터 씨와 비슷한 나이였을 거야. 페어팩스 부인도 전에 얘기했잖아. 그녀가 여기서 꽤 오래 살았다고. 그녀가 한때나마 미인이었을 거라고는 생각되지 않지만, 외모의 부족을 보상하는 독특하고 뛰어난 점이 있을 수도 있어. 로체스터 씨는 단호하고 별난 사람을 좋아해. 그레이스가 적어도 별나긴 하잖아. 예전에 어떤 일탈을(그처럼 성급하고 고집스러운 성격에 저지르고도 남을 만한 일탈을) 저질러서 그녀에게 약점을 잡혔고, 그녀가 지금 그의 행동들을 뒤에서 은밀히 조종할 수 있는 거라면, 그가 자신의 무분별한 행동 때문에 그녀의 영향력을 떨쳐 낼 수도 무시할 수도 없는 건 아닐까?' 하지만 이런 추측까지 도달했을 때, 풀 부인의 네모지고 납작한 몸매와 예쁘지 않을 뿐 아니라 냉담하고 거칠기까지 한 얼굴이 내 마음의 눈에 너무나 또렷이 떠올랐다. '아니야, 있을 수 없는 일이야! 내 짐작이 맞을 리 없어, 하지만.' 마음에서 말하는 은밀한 목소리가 속삭였다. '하지만 너도 아름답지 않은데, 로체스터 씨가 마음에 들어 하는 것 같잖니. 아무튼 자주 그 비슷한 느낌이 들었고, 지난밤에는…… 그가 한 말을 기억해 봐. 그의 시선을 생각해 봐. 그의 목소리를 떠올려 봐!'

나는 그 모든 것을 또렷하게 기억했다. 말, 시선, 어조가 그 순간에 생생하게 되살아나는 듯했다. 나는 이제 공부방에 있었다. 아델은 그림을 그리고 있었다. 나는 아이에게 몸을 숙여 연필 잡는 법을 가르쳐 주었다. 아델은 깜짝 놀란 듯 시선을 들어 올리며 말했다.

"QU'avez-vous, mademoiselle(왜 그러세요, 마드무아젤)? Vos doigts tremblent comme la feuille, et vos joues sont rouges. Mais, rouges comme des cerises(손가락이 나뭇잎처럼 떨려요, 볼도 버찌처럼 새빨개요)!"

"몸을 굽히고 있었더니 더워서 그래!"

그녀는 계속 스케치를 했고, 나는 다시 생각에 잠겼다.

나는 그레이스 풀에 관해 이어지는 불쾌한 생각들을 내 마음에서 몰아냈다. 생각만으로도 역겨웠다. 나 자신과 그녀를 비교해 보았고, 우리가 다르다는 것을 발견했다. 베시 레븐이 나더러 점잖은 숙녀 같다고 했던 말은 사실이었다. 나는 숙녀였다. 게다가 지금은 베시가 나를 보았을 때보다 한결 나아진 모습이었다. 얼굴빛이 좋아졌고 살도 붙었다. 더 생기 있고 활기차 보였다. 더 밝은 희망과 더 즐거운 기쁨들을 누리고 있었으니까. 창 쪽을 바라보며 내가 중얼거렸다.

"저녁이 다 됐어. 오늘은 이 집에서 로체스터 씨의 목소리도 발소리도 듣지 못했어. 하지만 밤이 되기 전에는 뵙게 되겠지. 아침에는 만나기가 두려웠는데 이제는 어서 만나 뵙고 싶어. 너무 오래 기다렸어."

어스름이 내리고, 아델이 소피와 같이 놀려고 육아실로 떠나자 소망은 더더욱 간절해졌다. 아래층에서 종소리가 울리나 싶어 귀를 기울였다. 연락을 갖고 올라오는 리어의 발소리에 귀를 기울였다. 때로는 로체스터 씨의 발소리를 들은 것 같아서, 문을 바라보며 그게 열리고 그가 들어오기를 기대했다. 그 문은 닫힌 채로 남아 있었다. 어둠만이 창으로 들어올 뿐이었다. 하지만 아직 늦은 시간은 아니었다. 그는 7시나 8시에 나를 부른 적도 많았고, 지금은 겨우 6시였다. 그에게 할 말이 너무나도 많은데 오늘 밤에 실망하게 되지는 않을 것이다! 다시 그레이스 풀의 얘기를 꺼내서 그의 대답을 듣고 싶었다. 어젯밤에 그 소름 끼치는 짓을 저지른 장본인이 정말로 그녀라고 생각하는지 솔직하게 물어보고 싶었다. 만약에 그렇다면, 왜 그녀의 못된 행동을 비밀로 덮어 두는지. 나의 호기심이 그를 화나게 하더라도 문제될 것은 없었다. 나는 그를 성나게 했다가 달래 주는 방법을 알고 있었다. 그것은 나의 주된 즐거움 중 하나였고, 믿음직한 본능이 내가 너무 지나치게 나아가는 것을 늘 막아 주었다. 도발의 한계를 넘어선 적은 한 번도 없었다. 그 아슬아슬한 경계의 끝에서 내 솜씨를 시험해 보는 게 재미있었다. 변함없이 존경을 보이고 내가 갖춰야 할 모든 예의를 지키면서 한편으로는 불편한 구속을 겁내지 않고 그와 논쟁을 벌일 수 있었다. 그것은 그에게도 나에게도 만족스러웠다.

드디어 계단에서 삐거덕거리는 소리가 올라왔다. 리어가 나타났다. 하지만 그녀의 용건은 단지 페어팩스 부인의 방에 차가 준비되었다는 말을 전하기 위해서였다. 나는 아래층으로 내려가는 것만으로도 기뻐서 그리로 향했다. 로체스터 씨에게 나를 좀 더 가까이 데려가는 거라고 상상했다. 내가 들어서자 그 선량한 숙녀가 말했다.

"차 생각이 나실 것 같아서요. 식사 때 너무 조금밖에 안 드셨잖아요. 오늘 어디가 불편하신가요? 얼굴이 발그레하니 열이 있는 것 같아요."

"아뇨, 아무 문제없어요! 이보다 더 좋을 수 없을 정도예요."

"그렇다면 왕성한 식욕으로 증명해 봐요. 내가 이 바늘 들어간 만큼만 마저 뜰 테니까 찻주전자에 물을 부어 줄래요?"

그녀는 그 일을 끝내고, 지금까지 올려져 있던 블라인드를 내리기 위해 일어섰다. 일광을 최대한 받아들이려고 걷어 놓았던 모양이다. 하지만 이제 어스름이 빠르게 어둠으로 깊어지고 있었다. 그녀가 창밖을 내다보며 말했다.

"오늘 밤은 날이 좋네요. 별빛은 없지만, 대체로 로체스터 씨가 여행하기에는 무리가 없겠어요."

"여행이요? 로체스터 씨가 어디 가셨어요? 저는 그런 줄은 몰랐는데요."

"아, 아침 드시고 바로 출발하셨답니다! 리스에 가셨어요. 밀코트 저쪽으로 16킬로미터쯤 떨어진 애시턴 씨 댁이죠. 거기서 꽤 여러분이 모이나 봐요. 잉그램 경, 조지 린 경, 덴트 대령, 그 외에도 많은 분들이 있겠죠."

"오늘 밤에 돌아오시나요?"

"아뇨, 내일도 어려울걸요. 아마 일주일 이상 머무르시지 않을까 싶어요. 이렇게 멋진 사교계 인사들이 모일 때면 온통 우아하고 경쾌한 분위기에 휩싸이지요. 즐겁게 누릴 수 있는 것들이 고루 갖춰져 있으니 서둘러 헤어지게 되질 않나 봐요. 그런 경우에 특히 신사들이 빠질 수 없죠. 로체스터 씨는 사교에 능하고 활발하셔서 인기가 많으실 거예요. 숙녀들도 그분을 아주 좋아해요. 당신은 그분이 숙녀들의 눈에 특출하게 들 만한 외모가 아니라고 생각할 수도 있겠지만요. 하지만 나는 그분의 학식과 능력에 어쩌면 재산과 좋은 혈통까지 더해져서 외모의 사소한 단점이 보완될 거라고 생각한답니다."

"리스에 숙녀들도 있나요?"

"애시턴 부인과 세 따님들이 있어요. 매우 품위 있는 아가씨들이에요. 잉그램 경의 따님인 블랑시 아가씨와 메리 아가씨도 있어요. 너무너무 아름다우시죠. 사실 육칠 년 전에, 열여덟 살 소녀였던 블랑시 아가씨를 본 적이 있어요. 여기서 열린 로체스터 씨의 크리스마스 무도회와 파티에 참석했었거든요. 그날 식당이 어땠는지 당신이 봤어야 하는데. 장식은 얼마나 호화로웠는지, 불은 얼마나 눈부시게 켜져 있었는지! 손님이 50명은 족히 되었을 거예요. 다들 이 지방의 일류 가문 출신이었죠. 잉그램 양이 그날 밤 최고의 미인이었어요."

"그녀를 직접 보셨다고 했죠, 페어팩스 부인. 어떻게 생기셨나요?"

"네, 봤어요. 식당 문이 열리고, 크리스마스 시즌이라서 하인들도 현관홀에 모여 숙녀분들의 노래와 연주를 들을 수 있었어요. 로체스터 씨가 안으로 들어오라고 하셔서 나도 조용한 구석에 앉아 지켜봤답니다. 그보다 화려한 광경은 본 적이 없어요. 숙녀들이 아주 화려하게 차려입었었지요. 대부분은, 적어도 젊은 분들 대부분은 참으로 예쁘더군요. 물론 잉그램 양이 그중의 여왕이었지만요."

"어떻게 생겼는데요?"

"키는 훤칠하고 어깨선이 곱고 가슴은 풍만해요. 목은 길고 우아해요. 안색은 가무잡잡하고 깨끗한 올리브색이었고, 이목구비는 고상했죠. 눈은 로체스터 씨와 비슷하게 크고 검은데, 그녀가 달고 있는 보석들처럼 반짝거렸죠. 머리도 너무나 아름다웠어요. 갈까마귀 같은 검은 머리를 참으로 잘 어울리게 단장했더군요. 뒤쪽은 굵게 땋아 틀어 올리고, 앞머리는 반짝반짝하는 곱슬머리를 아주 길게 늘어뜨렸었지요. 순백의 드레스를 입고 있었는데, 맑은 노란색 스카프를 어깨에서 가슴으로 걸쳐 옆으로 묶고, 술이 길게 달린 끝부분을 무릎 아래로 내려뜨렸더군요. 머리에 똑같은 색의 꽃도 달았죠. 그게 새까만 곱슬머리와 멋지게 대조를 이루었어요."

"사람들이 무척 감탄했겠네요?"

"그럼요. 미모만이 아니라 기량 면에서도 감탄을 자아냈죠. 노래도 불렀거든요. 신사 한 분이 피아노 반주를 맡고 잉그램 양과 로체스터 씨가 이중창을 불렀어요."

"로체스터 씨가요? 그분이 노래를 잘하시는 줄은 몰랐어요."

"어머나! 목소리가 아주 멋진 저음이에요. 음악적인 취향도 탁월하시고."

"잉그램 양도 마찬가지겠죠. 그분 목소리는 어때요?"

"성량이 풍부하고 힘찬 목소리예요. 유쾌하게 노래를 하셨죠. 듣는 귀가 즐거울 정도였어요. 그 뒤에는 연주도 했어요. 나는 음악을 잘 모르지만 로체스터 씨는 조예가 깊으세요. 대단히 훌륭한 솜씨라고 칭찬하시더군요."

"그렇게 아름답고 재주가 뛰어난 여성이 아직 미혼이시라는 건가요?"

"그런 모양이에요. 그분도 동생분도 재산이 별로 없으신 것 같아요. 노 잉그램 경의 영지는 주로 한정 상속되었는데, 장남이 거의 다 물려받았거든요."

"하지만 부유한 귀족이나 신사가 그녀에게 호감을 가졌을 것 같은데요. 예를 들면 로체스터 씨 같은 분이. 그분은 부자시잖아요?"

"아! 그럼요. 하지만 나이 차가 상당히 나요. 로체스터 씨는 마흔에 가까운데 그 아가씨는 겨우 스물다섯이에요."

"그게 어때서요? 더 차이 나는 사람들도 얼마든지 결혼하는걸요."

"그렇긴 하죠. 하지만 로체스터 씨가 그런 쪽으로 생각하시는 것 같진 않아요. 그런데 전혀 드시질 않네요. 차 마시기 시작한 후로 거의 손도 안 댔어요."

"네. 목이 말라서 아무것도 못 먹겠어요. 차 한 잔 더 주시겠어요?"

나는 로체스터 씨와 아름다운 블랑시의 결합 가능성에 대해 더 이야기하고 싶었지만 아델이 들어오는 바람에 대화는 다른 방향으로 흘러갔다.

다시 혼자 남게 되자 나는 내가 얻은 정보를 곱씹어 보았다. 내 마음을 들여다보고, 그 생각과 느낌들을 조사하고, 길도 없고 끝도 없는 상상의 황야에서 헤매고 있던 것들을 엄한 손으로 붙잡아 상식이라는 안전한 우리로 돌려보내려고 노력했다.

내 마음의 법정에 나를 세웠을 때, 기억은 내가 어젯밤 이후로 소중히 품어 왔던 희망과 소망과 감상의 증거를, 내가 지난 2주일 동안 탐닉했던 전반적인 심경의 증거를 제시했다. 그러자 이성이 앞으로 나와 특유의 조용한 목소리로, 내가 현실을 인정하지 않고 어떻게 미친 듯이 이상을 탐식하고 있었는지를 꾸밈없이 솔직하게 드러냈다. 나는 다음과 같은 판결을 내렸다.

지금까지 제인 에어보다 더한 바보는 세상에서 숨을 쉰 적이 없었다고. 달콤한 거짓말을 폭식하고, 독을 과즙인 양 삼켰던 그보다 더 지독한 얼간이는 없었다고. 나는 나에게 말했다.

'네가' 로체스터 씨에게 총애를 받아? '네가' 그를 기쁘게 할 능력이 있어? '네가' 어떤 식으로든 그에게 중요한 존재라고? 집어치워라! 너의 어리석음이 역겹구나. 너는 그가 가끔 보여 주는 호의에서 기쁨을 끌어냈어. 세상 물정에 통달한 좋은 가문의 남자가 풋내기 고용인에게 보이는 애매모호한 표시에서 말이다. 어떻게 감히 네가? 불쌍하고 어리석은 멍청이! 자신을 위해서라도 좀 더 똑똑하게 굴 수 없니? 오늘 아침에 너는 간밤의 그 짧은 장면을 얼마나 반복해서 떠올렸니? 얼굴을 가리고 부끄러운 줄 알아라! 그가 네 눈을 칭찬하더냐? 눈먼 강아지 같으니! 그 침침한 눈꺼풀을 열어 너의 저주받은 무분별을 똑똑히 바라보아라! 자신과 결혼할 마음이 있을 리 없는 윗사람의 호의는 여자에게 아무 소용이 없는 거야. 마음에 비밀스런 사랑을 불태우는 여자는 다 미친 거야. 상대가 알아주지도 않고 보답해 주지도 않는 사랑은 인생을 삼켜 버리지. 상대가 그걸 알고 응답해 주면 도깨비불에 홀린 듯이 빠져나올 길 없는 수렁의 황무지로 말려들어 가게 돼.

그러니 너의 선고에 귀를 기울여라, 제인 에어. 내일 거울 앞에 앉아, 네 모습을 크레용으로 충실하게 그리려무나. 단점 하나도 가리지 마. 보기 싫은 선도 빼먹지 말고, 보기 흉한 부조화도 없애지 마라. 그 아래, '연고 없고, 가난하고, 못생긴 가정 교사의 초상.'이라고 써라.

그 후에 매끄러운 고급 종이를 한 장 꺼내. 그림 도구 상자에 있을 거야. 팔레트를 가져다가 제일 상큼하고 곱고 선명한 색을 섞어라. 제일 섬세한 낙타 털로 된 화필을 골라라. 네가 상상할 수 있는 가장 사랑스런 얼굴의 윤곽을 조심스럽게 그려라. 페어팩스 부인이 설명한 블랑시 잉그램의 모습대로 가장 부드러운 색조와 가장 달콤한 빛깔로 그걸 칠해라. 갈까마귀 색의 곱슬머리와 그 동양적인 눈을 잊지 마. 뭐야! 로체스터 씨의 눈을 모델로 떠올리는 거냐! 명령이야! 훌쩍거리지 마! 감상적으로 굴지 마! 아쉬워하지 마! 분별력과 결의만을 허용하겠어. 당당하고 조화로운 생김새, 그리스 조각 같은 목과 풍만한 가슴을 떠올려라. 둥그렇고 눈부신 팔과 섬세한 손이 보이게 해야 돼. 다이아몬드 반지도 금팔찌도 빠뜨리지 마. 의상도 충실하게 묘사해. 하늘하늘한 레이스와 반짝이는 공단, 우아한 스카프와 황금빛 장미까지. 그 그림에 '재색을 겸비한 명문가의 숙녀 블랑시.'라고 이름 붙여.

앞으로 로체스터 씨가 너에게 호감을 갖고 있다는 환상에 빠질 때마다, 이 두 개의 그림을 꺼내 비교해 보아라. '로체스터 씨는 마음만 먹으면 이 고귀한 숙녀의 사랑을 얻을 수 있어. 그런 그가 가난하고 볼품없는 평민 여자에게 진지한 생각을 낭비할 것 같아?' 이렇게 말해. '그렇게 하겠어.' 결심을 하고 나니 마음이 차분하게 가라앉아 그제야 잠이 들 수 있었다.

나는 내가 한 약속을 지켰다. 크레용으로 내 초상화를 그리는 데에는 한두 시간이면 충분했고, 2주일이 지나기 전에 상상으로 그린 블랑시 잉그램의 고급스런 작은 초상을 완성했다. 그것은 꽤 사랑스러운 얼굴로 그려졌고, 크레용으로 그린 커다란 자화상과 비교해 볼 때, 자기 통제력이 원하는 만큼의 현격한 차이를 드러냈다. 나는 그 작업에서 이로움을 얻어 냈다. 내 머리와 손을 분주하게 놀리며, 내 마음에 지워지지 않게 각인시키려 했던 새로운 인상을 효과적으로 고정시킬 수 있었다.

머지않아, 나는 내 감정을 이렇게 굴복시켰던 유익한 훈련 과정을 스스로 축하할 수 있게 되었다. 그 덕분에 나는 후에 이어진 상황들을 점잖고 차분하게 맞이할 수 있었다. 만약 준비되지 않았더라면, 나는 어쩌면 겉으로도 평온을 유지하기 힘들었을 것이다.

# 제17장

일주일이 지나도 로체스터 씨에게서는 아무 소식이 오지 않았다. 열흘이 지나도 여전히 그는 오지 않았다. 페어팩스 부인은 그가 리스에서 곧장 런던으로 가, 거기서 대륙으로 건너간 다음, 앞으로 1년간 손필드에 다시 얼굴을 보이지 않는다 하더라도 놀라운 일은 아니라고 했다. 그전에도 그는 예기치 않게, 급작스럽게 그곳을 떠나곤 했다는 것이다. 이 말을 듣자 가슴이 무너지면서 묘한 한기가 느껴지기 시작했다. 나는 내 마음이 구질구질한 실망감에 빠지는 것을 허락하고 있었다. 하지만 정신을 차리고 스스로 정한 원칙들을 되새기며 나의 감각들에게 주의하라고 소리쳤다. 나는 이 일시적인 실수를 놀라운 방법으로 극복했다. 로체스터 씨의 행동을 나에게 중요한 관심사가 될 만한 문제로 생각하는 실수를 일거에 사라지게 했다. 비천한 자격지심으로 나를 비하했던 것은 아니다. 반대로, 나는 간단히 이렇게 말했다.

'너는 손필드의 주인과 아무런 상관이 없어. 그가 보호하고 있는 아이를 가르치는 대가로 급료를 받고 있는 거야. 본분을 다하고 그에 상응하는 정중하고 친절한 대접에 감사하면 그뿐이야. 그가 너와의 사이에 진지하게 인정하는 끈은 그거 하나밖에 없다는 것을 명심해. 그러니 그를 너의 좋은 감정, 환희, 고통, 기타 등등의 대상으로 삼지 마. 그는 너와 같은 부류가 아니야. 네 신분을 지켜. 그리고 온 마음과 영혼과 기력을 다한 사랑을 원하지도 않고 경멸하는 이에게는 너의 선물을 아낌없이 퍼붓지 말아야 해. 그게 네 자존심을 지키는 일이야.'

나는 평온하게 하루 일과를 계속해 나갔다. 하지만 가끔씩 내가 손필드를 떠나야 할 이유들이 막연하게 내 머릿속을 떠다니기도 했다. 나는 나도 모르게 광고문을 짜고 새로운 일자리를 상상하며 시간을 보내곤 했다. 이런 생각들을 굳이 억눌러야 한다고는 생각지 않았다. 가능한 일이라면 그들이 싹을 틔우고 열매를 맺을 것이다.

로체스터 씨가 집을 비운 지 2주일이 지났을 때, 우체부가 페어팩스 부인에게 편지 한 통을 가져왔다. 겉봉을 보고 그녀가 말했다.

"주인님이 보내신 거네. 이제 나리가 돌아오실지 어떨지 알게 되겠어요."

그녀가 밀봉을 뜯고 편지를 읽는 동안, 나는 계속해서 커피를 마셨다(우리는 아침 식사 중이었다). 커피는 뜨거웠고, 갑자기 내 얼굴에 불같은 홍조가 올라왔다. 커피 탓이었으리라. 내 손이 떨리는 이유와 부지불식중에 커피의 반을 접시에 엎지른 이유에 대해서는 생각하고 싶지 않았다.

"음…… 가끔은 여기가 지나치게 조용하다고 생각했는데, 이제는 상당히 바빠질 것 같아요. 적어도 한동안은."

페어팩스 부인이 여전히 안경을 쓰고 편지를 들여다보며 말했다.

왜 그런 말을 하는지 물어보기로 마음먹기 전에, 나는 마침 풀어져 있던 아델의 앞치마 끈을 묶어 주었다. 그녀에게 빵을 하나 더 먹게 하고 잔에 우유를 다시 채워 주고 나서 태연하게 물었다.

"로체스터 씨가 곧 돌아오진 않으시겠죠?"

"실은 곧 오실 모양이에요. 사흘 뒤라고 하시네요. 돌아오는 목요일이겠군요. 혼자 오시는 것도 아니에요. 리스의 고상하신 분들이 몇 분이나 같이 오실지 모르겠네요. 제일 좋은 침실을 모조리 준비해 두고 서재와 응접실을 다 청소하라고 지시하셨어요. 밀코트의 조지 여인숙이나 다른 어디서든 부엌일 도와줄 사람을 구해야겠어요. 숙녀들에게는 하녀들이, 신사들에게는 시종들이 따라올 테니 이 집이 꽉 차겠어요."

페어팩스 부인은 아침 식사를 얼른 삼키고 준비를 시작하기 위해 서둘러 떠났다.

페어팩스 부인이 예언한 대로 사흘간은 눈코 뜰 새 없이 바빴다. 나는 손필드의 방들이 모두 아름답고 깨끗하게 잘 정리되어 있다고 생각했는데, 그것은 착각이었던 모양이다. 일을 거들어 줄 여자 셋이 고용되었다. 그렇게 쓸고, 닦고, 도료를 씻어 내고, 양탄자 먼지를 털고, 그림을 내렸다 올리고, 거울과 샹들리에와 촛대에 광을 내고, 침실마다 불을 지피고, 난롯가에 깃털 침대와 시트를 널어놓으며 법석을 떨어 대는 광경을 나는 전에도 후에도 본 적이 없다. 아델은 그 가운데서 신나게 뛰어 놀았다. 손님맞이 준비와 손님이 올 거라는 예상이 이 아이를 황홀경으로 몰아넣은 듯했다. 아델은 소피에게 프록이라 부르는 의상을 빠짐없이 살펴보게 했다. 옛날 것은 전부 새것처럼 만들게 하고, 새것은 말려서 정리하게 했다. 아델이 하는 일이라고는 이 방 저 방을 뛰어다니고, 침대 틀에 올라갔다 내려오고, 굴뚝마다 굉음을 일으키며 타오르는 불길 앞에 쌓아 둔 매트리스와 베개와 덧베개 무더기 위에 누웠다 일어나는 것이 전부였다. 게다가 아델은 공부에서도 해방되었다. 페어팩스 부인이 나에게 도움을 청했기 때문에 나는 하루 온종일 저장실에서 그녀와 요리사의 일을 거들었다(아니면 방해했다고 해야 할까). 커스터드와 치즈 케이크와 프렌치 패스트리 만드는 법을 배웠고, 새고기를 꼬챙이에 끼우거나 디저트 접시에 고명 올리는 법도 알게 되었다.

손님 일행은 목요일 오후 6시 만찬 시간에 맞춰 도착할 예정이었다. 그 기간 동안에는 공상에 빠질 겨를이 없었다. 아델만큼은 아니지만 나도 누구 못지않게 적극적이고 쾌활했던 것으로 기억한다. 그러나 이따금씩 나의 쾌활함은 물벼락을 맞은 듯 가라앉았고, 어느새인지 모르게 의심과 불길한 느낌과 어두운 억측의 영역으로 밀려들어 갔다. 내가 이런 기분이 되는 것은 3층 계단 문이 천천히 열리고(최근에 이 문은 항상 잠겨 있었다) 새침한 모자와 하얀 앞치마와 목수건 차림의 그레이스 풀이 나타나는 것을 볼 때였다. 또 천 슬리퍼를 신은 그녀가 소리 나지 않게 조용히 복도로 걸어가는 것을 보았을 때, 그녀가 부산하고 뒤죽박죽된 침실들을 들여다보는 것을 보았을 때도 그랬다. 그저 날품 파는 여자에게 쇠살대를 제대로 윤내는 방법이나 대리석 벽난로 선반을 청소하는 법이나 벽지 바른 벽에서 얼룩을 제거하는 법 등에 대해 한마디 하고 지나가려는 것뿐이겠지만 그렇게 그녀는 하루에 한 번 부엌으로 내려가, 식사를 하고, 난롯가에서 싸구려 파이프를 한 대 피우고, 개인적인 위안거리로 흑맥주 단지를 들고, 다시 우울한 위층 소굴로 되돌아갔다. 그녀가 아래층에서 동료 하인들과 어울리는 시간은 24시간 중 딱 한 시간이었다. 나머지 시간은 모두 3층의 어느 천장이 낮은 참나무로 된 방에서 보냈다. 지하 감옥의 죄수처럼 말상대도 없이 거기에 앉아 바느질을 했다. 아마도 혼자 황량하게 웃으면서.

무엇보다 가장 이상한 것은 이 집에서 나를 제외한 어느 누구도 그녀의 습관을 눈여겨보거나 이상하게 여기는 것 같지 않았다는 점이다. 그녀가 하는 일이나 그녀의 위치를 입에 올리는 사람도 없었다. 그녀의 고독이나 격리된 상황을 동정하는 사람도 없었다. 사실 나는 리어와 임시 고용된 여자가 그레이스에 대해 얘기하는 것을 잠깐 엿들은 적이 있다. 내가 알아듣지 못한 어떤 말을 리어가 하자 다른 여자가 말했다.

"보수는 넉넉히 받겠네요?"

"그럼요." 하고 리어가 말했다.

"나도 그만큼 받으면 좋겠어요. 내가 적게 받는다고 불평하는 건 아니에요. 여긴 그리 인색하지 않거든요. 하지만 풀 부인이 받는 거에 비하면 5분의 1도 안 돼요. 그녀는 저축까지 하고 있어요. 석 달에 한 번씩 밀코트에 있는 은행에 가죠. 여길 그만두더라도 먹고살 만큼 충분히 모아 놨을걸요. 하지만 그녀는 여기에 적응한 것 같아요. 아직 마흔도 안 됐고 뭐든지 할 수 있을 정도로 건강하죠. 일손을 놓기는 아직 일러요."

"일을 잘하는 모양이네요." 하고 다른 여자가 말했다.

"아! 그녀는 자기가 해야 할 일을 잘 알고 있어요. 그만한 사람도 없죠."

리어가 의미심장하게 대답했다.

"게다가 아무나 대신할 수 있는 일이 아니에요. 그만한 돈을 받는다고 해도 말이에요."

"그건 그래요! 주인 나리가……."

그 여자가 말을 이어 가고 있었다. 하지만 그때 리어가 고개 돌려 나를 알아보고는 즉시 상대를 쿡 찔렀다.

"저 사람은 모르는 거예요?"

그 여자의 속삭임이 내 귀에 들렸다.

리어가 고개를 흔들었고, 대화는 물론 중단되었다. 내가 거기서 주워들은 내용은 다음 두 가지가 전부였다. 손필드에 비밀이 있고, 나는 그 비밀에서 의도적으로 제외되었다는 것.

목요일이 되었다. 모든 준비는 전날 저녁에 완료되었다. 양탄자를 깔고, 침대 길이에 꽃줄을 장식하고, 새하얀 침대 덮개를 펼치고, 경대를 정리하고, 가구를 반들반들하게 닦고, 꽃병에 꽃을 꽂았다. 방이며 객실이며 모든 곳이 사람의 손으로 할 수 있는 최고의 상태로 산뜻하고 화사하게 정리되었다. 현관홀도 문질러 닦았다. 계단과 난간은 말할 것도 없고 조각 장식이 된 거대한 시계까지 유리처럼 반짝반짝 빛을 냈다. 식당에는 사이드보드에 식기들이 눈부시게 빛났다. 응접실과 내실에는 이국적인 꽃들을 머금은 꽃병들이 사방에서 꽃을 피웠다.

오후가 되었다. 페어팩스 부인은 제일 좋은 검정색 공단 드레스와 장갑과 금시계로 단장했다. 일행을 맞아들이고 숙녀들을 방으로 안내하는 일이 모두 그녀의 몫이었기 때문이다. 아델도 꽃단장을 하고 싶어 했다. 적어도 그날은 그녀가 손님들에게 소개될 가능성이 없다는 게 내 생각이었지만 그래도 그녀의 기분을 맞춰 주려고 소피에게 짧고 풍성한 모슬린 프록을 입혀 주라고 허락했다. 나로 말할 것 같으면 전혀 갈아입을 필요가 없었다. 내가 공부방이라는 성소에서 불려 나갈 일은 없을 테니까. 이제 그곳은 나에게 성소와 마찬가지였다. 고난의 시기에 매우 쾌적하게 피할 수 있는 안식처.

포근하고 화창한 봄날이었다. 3월 말이나 4월 초에, 여름의 전령처럼 햇살이 대지 위를 비추는 그런 날들 중의 하나였다. 이제 하루가 저물고 있었다. 하지만 저녁이 더 포근해서, 나는 창을 열어 둔 공부방에 앉아 바느질을 하고 있었다. 페어팩스 부인이 옷자락 스치는 소리를 내며 들어와 말했다.

"늦어지시네요. 로체스터 씨가 말씀하신 시간보다 한 시간 늦게 만찬을 준비시킨 게 다행이에요. 이제 6시가 지났잖아요. 길에 뭐가 보이는지 알아보라고 존을 정문으로 내려보냈어요. 거기서는 밀코트 쪽으로 멀리 내다볼 수 있거든요."

그녀가 창가로 걸어가며 말했다.

"저기 오네요! 여기예요, 존."

고개를 내밀며 그녀가 물었다.

"무슨 소식 있어요?"

존이 대답했다.

"지금들 오고 계세요. 10분이면 도착할 겁니다."

아델이 창으로 달려갔다. 나도 따라갔다. 커튼에 가려 보이지 않게 내다볼 수 있도록 한쪽으로 비켜서는 것을 잊지 않았다.

존이 말한 10분이 아주 길게 느껴졌지만, 마침내 바퀴 소리가 들려왔다. 말에 올라탄 네 명이 마찻길을 빠르게 달려왔고, 그 뒤로 무개마차 두 대가 이어 달렸다. 나풀거리는 베일과 흔들리는 깃털 장식들이 마차를 가득 메웠다. 두 명의 기사는 젊고 멋진 신사들이었다. 세 번째는 그의 검은 말 메스루에 타고 있는 로체스터 씨였다. 그 앞에서 파일럿이 기운차게 껑충거렸다. 그의 옆으로 한 여자가 말을 달렸고, 그 둘이 일행의 선두였다. 그녀의 보라색 승마복은 거의 땅에 스칠 듯했고, 베일이 바람 따라 길게 나부끼고 있었다. 베일의 투명한 주름과 섞여 들거나 그 사이사이로 반짝이는 갈까마귀 색의 곱슬머리가 언뜻언뜻 내비쳤다.

"잉그램 양이에요!"

페어팩스 부인이 소리치고는, 다급하게 아래층 자신의 자리로 내려갔다.

마찻길을 올라오던 화려한 행렬이 빠르게 굽이를 돌아 내 시야에서 사라졌다. 아델이 아래층으로 내려가게 해 달라고 애원했다. 하지만 나는 그녀를 무릎에 앉히고, 내려오라는 부름이 있지 않는 한은 지금이든 언제든 숙녀들 앞에 나갈 생각을 하면 안 된다고 이해시켰다. 로체스터 씨가 몹시 화내실 거라는 등의 이유를 대면서. 이 말을 듣더니 그녀의 눈에서 자연스럽게 눈물이 흘렀다. 하지만 내가 아주 엄한 표정을 지어 보이자, 결국 아델은 눈물을 닦았다.

현관홀에서 흥겹게 법석거리는 소리가 들려왔다. 신사들의 깊은 목소리, 숙녀들의 맑은 음성이 조화롭게 뒤섞였고, 무엇보다도 소리는 그리 크지 않지만 아름답고 용감한 손님들이 이 집에 오신 것을 환영하는 손필드 저택 주인의 낭랑한 목소리를 구분할 수 있었다. 그 뒤에 가벼운 발걸음들이 계단을 올라왔다. 복도로 걸어오는 소리, 부드럽고 쾌활한 웃음소리, 문이 열리고 닫히는 소리, 그리고 잠시 정적이 흘렀다.

"Elles changent de toilettes(옷을 갈아입는 거예요)."

귀를 쫑긋 세우고 모든 동작을 따라 하던 아델이 말했다. 그러고는 한숨을 내쉬었다.

"Chez maman, quand il y avait du monde, je le suivais partout, au salon et à leurs chambres. Souvent je regardais les femmes de chambre coiffer et habiller les dames. et c'était si amusant. Comme cela en apprend(엄마와 같이 있을 때는, 손님이 오시면 어디든지 따라다녔어요. 응접실에서 침실까지. 하녀가 손님의 머리를 매만지거나 옷 입히는 것을 자주 봤어요. 아주 재미있었어요. 많이 배웠고요)."

"배고프지 않니, 아델?"

"Mais oui, mademoiselle. voilà cinq ou six heures que nous n'avons pas mangé(배고파요. 대여섯 시간이 지나도록 아무것도 못 먹었어요)."

"그러면 숙녀들이 방에 계시는 동안, 내가 내려가서 먹을 걸 좀 가져올게."

나는 조심스럽게 나의 피난처를 빠져나와, 부엌으로 직접 이어진 뒤쪽 계단을 내려갔다. 부엌은 온통 불과 소란이 지배하는 영역이었다. 수프와 생선은 차려 내기 직전이었고, 요리사는 심신이 금방이라도 타 버릴 것 같은 상태로 도가니에 고개를 숙이고 있었다. 하인용 구역에는 마부 두 명과 신사들의 종복 셋이 불가에 서거나 앉아 있었다. 하녀들은 숙녀들과 같이 위층에 있을 것이다. 밀코트에서 데려온 새 하인들이 도처에서 바쁘게 일하고 있었다. 나는 이 혼돈을 요리조리 누비고 지나, 마침내 식료품 저장실에 도착했다. 거기서 차가운 닭고기, 빵 한 덩이, 과일 파이, 접시 한두 개와 나이프와 포크를 손에 넣고 서둘러 빠져나왔다. 다시 2층 복도로 돌아가 뒷문을 막 닫는데 와글와글한 소리가 점점 커지면서 숙녀들이 방에서 나오려는 참이라는 것을 경고해 주었다. 공부방에 닿으려면 그중 몇 개의 문을 지나다 내가 들고 있는 음식으로 숙녀들을 놀라게 해야 할지도 몰랐다. 할 수 없이 나는 창문 없이 컴컴한 그 끄트머리에 가만히 서 있었다. 해가 저물고 황혼이 내리는 시간이라서 꽤 어둑어둑했다.

이윽고 아름다운 숙녀들이 하나둘씩 방에서 나왔다. 모두들 어스름 속에 빛나는 드레스를 입고, 명랑하고 경쾌한 모습으로 나타났다. 한동안 그들은 복도의 저쪽 끝에 모여 소곤소곤 조용하면서도 활기찬 어조로 대화를 나눴다. 그러더니 환한 안개가 언덕을 굴러 내려가듯이 거의 소리를 내지 않고 계단을 내려갔다. 한데 모여 있던 그들의 모습은 이전에 내가 한 번도 느껴 본 적 없는 고귀한 태생의 우아함을 깊이 각인시켜 주었다.

공부방 문을 살짝 열고 엿보는 아델의 모습이 보였다. 그녀가 영어로 소리쳤다.

“어쩜 저렇게 아름다울까! 아, 나도 저분들과 같이 갈 수만 있다면! 로체스터 씨가 만찬 후에 우리를 불러 주실까요?”

“아니, 그렇게는 안 될 거야. 로체스터 씨는 달리 생각할 게 많으시거든. 오늘 밤에는 숙녀들을 생각하지 마라. 어쩌면 내일은 볼 수 있을지 모르지. 여기 네 저녁 식사를 가져왔어.”

아델은 정말로 배가 많이 고팠는지, 한동안은 닭고기와 파이에 정신이 팔려 있었다. 내가 이 식량을 구해 온 것은 참으로 잘한 일이었다. 그러지 않았더라면 아델과 나와 우리 음식을 같이 나눠 먹은 소피까지 저녁 식사를 할 수 없었을 것이다. 아래층 사람들은 다들 정신없이 바빠서 우리를 생각해 줄 겨를이 없었다. 디저트는 9시가 지나서야 식당으로 들어갔고, 10시가 되어서도 하인들은 커피 잔을 얹은 쟁반을 들고 이리저리 달리고 있었다. 나는 아델에게 평소보다 늦게 자도 된다고 허락했다. 아래층에서 문이 계속 열리고 닫히고 사람들이 부산하게 움직이는 동안에는, 잠이 오지 않을 거라고 아델이 우겼기 때문이다. 게다가 아델은 잠옷으로 갈아입은 뒤에 로체스터 씨에게 연락이 올 수도 있다고 덧붙였다.

“Et alors quel dommage(그러면 얼마나 아까운 일이겠어요)!”

나는 아델이 귀를 기울이는 한 오래도록 이런저런 이야기를 들려주었다. 그 뒤에는 기분 전환을 위해 복도로 데리고 나갔다. 현관 홀에는 이제 램프가 켜져 있었고, 난간에 고개를 내밀고 앞뒤로 지나다니는 하인들을 지켜보며 아델은 황홀해했다. 밤이 한창 무르익었을 무렵, 피아노를 옮겨 놓은 응접실에서 음악 소리가 들려왔다. 아델과 나는 계단 제일 꼭대기에 앉아 피아노 연주를 들었다. 잠시 후에 풍부한 악기의 음색과 목소리가 어우러졌다. 노래하는 여자의 목소리가 매우 감미로웠다. 독창이 끝나고, 이중창이 이어지고, 혼성 합창곡이 울려 퍼졌다. 흥겨운 대화 소리가 그 사이사이를 메웠다. 나는 한참 동안 귀를 기울였다. 문득 나는 내 귀가 그 혼합된 소리들을 분석하며 뒤죽박죽된 소리들 속에서 로체스터 씨의 것을 구별해 내려고 애쓰고 있다는 것을 깨달았다. 그것은 어렵지 않은 일이었고, 그 후에는 떨어져 있는 거리 때문에 분명하지 않은 음성들을 말로 바꿔 보려고 신경을 곤두세웠다. 시계가 11시를 울렸다. 옆에 앉은 아델의 머리가 내 어깨에 닿아 있었다. 눈꺼풀이 점점 내려앉고 있었으므로 그녀를 안아서 침대로 데려갔다. 손님들이 각자 방으로 돌아간 것은 새벽 1시가 다 되어서였다.

이튿날도 전날처럼 날씨가 화창했다. 손님들은 그 근방의 어느 곳으로 유람을 나섰다. 몇 명은 말을 타고, 나머지는 마차에 올라 정오가 되기 전에 일찌감치 떠났다. 나는 그들이 출발하는 것과 돌아오는 것을 모두 지켜보았다. 전처럼 말에 탄 여성은 잉그램 양뿐이었고, 전처럼 로체스터 씨가 그녀의 옆에서 말을 달렸다. 두 사람은 다른 일행으로부터 약간 떨어져 달리고 있었다. 나는 함께 창가에 서 있던 페어팩스 부인에게 이 점을 지적했다.

"부인께서는 두 사람이 결혼을 생각하지 않을 거라고 하셨지만, 보다시피 로체스터 씨는 분명 다른 어느 숙녀보다도 잉그램 양을 좋아하고 있어요."

"그렇군요. 그런 것 같아요. 그녀에게 마음이 끌리시는 게 틀림없어요."

"잉그램 양도 그래요."

내가 덧붙였다.

"마치 비밀 얘기를 나누듯이 로체스터 씨에게 고개를 기울이는 걸 보세요. 얼굴을 한번 봤으면 좋겠어요. 아직 한 번도 못 봤거든요."

"오늘 저녁에 보게 될 거예요."

페어팩스 부인이 대답했다.

"아델이 숙녀들에게 소개되기를 간절히 바라고 있다고 로체스터 씨에게 말씀드렸더니, '아! 만찬 이후에 응접실로 보내시오. 에어 양도 같이 오라고 하시오.' 하고 말씀하셨어요."

"그렇군요. 예의상 하신 말씀이겠죠. 당연히, 저까지 갈 필요는 없어요." 하고 내가 대답했다.

"글쎄요. 그렇잖아도 당신이 사람들이 많이 있는 자리에 익숙지 않을 거라고 말씀드렸거든요. 그렇게 화려한 파티에, 낯선 사람들 앞에 나가는 걸 좋아하지 않을 것 같아서요. 그랬더니 당장에 '쓸데없는 소리! 그녀가 마다하면 내가 특별히 원하는 일이라고 말하시오. 그래도 싫다고 하면 내가 가서 직접 데려올 거라고 하시오.' 이렇게 대답하셨어요."

"그런 수고를 끼쳐 드릴 순 없지요. 더 나은 방법이 없다면 갈게요. 하지만 별로 내키지는 않네요. 같이 있어 주실 거죠, 페어팩스 부인?"

"그건 안 되겠어요. 나리께 부탁드려서 빠져도 된다는 허락을 받았거든요. 제일 괴로운 게 정식으로 입장할 때인데, 그런 어색함을 면할 수 있는 방법을 가르쳐 줄게요. 숙녀들이 만찬장을 떠나기 전에 비어 있는 응접실로 들어가 마음에 드는 조용한 구석에 자리를 잡아요. 더 있고 싶지 않으면 신사들이 들어온 후에 오래 머물지 않아도 돼요. 그냥 로체스터 씨에게 당신이 거기 있다는 것만 보이고 슬쩍 빠져나오세요. 아무도 알아차리지 못할 거예요."

"손님들이 여기 오래 계실까요, 어떻게 생각하세요?"

"아마 이삼 주 정도. 그 이상은 아닐 거예요. 부활절 휴가가 끝나면 최근에 밀코트 의원으로 선출되신 조지 린 경이 런던에 가서 등원하셔야 할 거예요. 아마 로체스터 씨도 동행하시겠죠. 나리가 손필드에 이렇게 장기간 체류한 것만으로도 이미 놀랄 일이에요."

나는 아델과 같이 응접실로 가게 될 시간이 다가오는 것을 불안하게 의식하고 있었다. 아델은 저녁에 숙녀들 앞에 나갈 수 있게 됐다는 소식을 들은 후로 하루 종일 제정신이 아니었다. 소피가 옷을 입히기 시작했을 때에야 진정이 되었다. 그 과정의 중요성이 금세 그녀를 안정시켰던지, 곱슬머리를 보기 좋게 매만져 늘어뜨리고, 분홍색 공단 프록을 입고, 긴 머리띠를 묶고, 긴 레이스 장갑을 끼고 나자 아델은 재판정의 판사만큼이나 엄숙해 보였다. 옷매무새를 흐트러뜨리지 말라고 주의를 줄 필요도 없었다. 옷을 다 입고 나자 아델은 구겨지지 않게 미리 공단 치마를 들어 올리고 작은 의자에 새침하게 앉아, 내가 준비를 마칠 때까지 꼼짝하지 않겠다고 말했다. 나의 준비는 곧 끝났다. 나는 서둘러 가지고 있는 옷 중에서 제일 좋은 옷을 입었다(템플 선생님의 결혼식 때 구입했다가 그 후로 한 번도 입지 않은 은회색 옷이었다). 머리도 금세 손질했다. 유일한 장신구인 진주 브로치도 급히 달았다. 우리는 아래층으로 내려갔다.

다행히 손님들이 모두 만찬을 들고 있는 살롱을 거치지 않고도 응접실로 들어가는 문이 있었다. 응접실은 비어 있었다. 대리석 난로에 불길이 소리 없이 활활 타오르고, 탁자 위에 장식된 화사한 꽃들 사이로 양초들이 하나씩 밝은 빛을 뿜었다. 아치 앞에는 진홍색 커튼이 드리워져 있었다. 그 옆 살롱에 있는 무리들을 분리시키기에는 약소한 장막이었지만, 그들이 워낙 낮은 어조로 얘기하고 있어서 그들의 대화를 조용히 웅얼거리는 소리 이상으로 구별할 수는 없었다.

아직도 매우 엄숙한 분위기에 사로잡혀 있는 듯한 아델은 말 한마디 없이 내가 가리킨 의자에 앉았다. 나는 창가 의자로 가서 근처 탁자에 있는 책을 한 권 집어 들고 읽으려 했다. 아델이 자기 의자를 내 발치로 가져왔다. 오래지 않아 그녀가 내 무릎을 건드렸다.

"왜 그래, 아델?"

"Est-ce que je ne puis pas prendre une seule de ces fleurs magnifiques, mademoiselle? Seulement pour completer ma toilette(이 예쁜 꽃을 하나만 가져도 될까요? 제 의상을 완벽하게 하고 싶거든요)."

"아델, 너는 의상에 너무 많이 신경을 써. 하지만 꽃 한 송이 쓰는 거야 안 될 거 없지."

내가 꽃병에서 장미 한 송이를 떼어 그녀의 머리띠에 꽂아 주었다. 그제야 행복의 잔이 가득 찬 듯 아이가 더할 수 없이 만족스런 한숨을 내쉬었다. 나는 억누를 수 없는 미소를 감추려고 얼굴을 돌렸다. 작은 파리지엔의 이 열렬하고 천성적인 옷에 대한 집착이 우스꽝스러우면서도 한편으로는 안쓰러워웠다.

이제 자리에서 일어나는 소리들이 어렴풋이 들려왔다. 아치의 커튼이 뒤로 걷혔다. 그 사이로 샹들리에와 촛대가 기다란 식탁 위의 멋들어진 디저트용 은 식기와 유리 식기에 빛을 쏟아붓는 식당의 모습이 드러났다. 일단의 숙녀들이 그 입구에 섰다. 그들이 들어오고 그 뒤로 커튼이 내려졌다.

여덟 명에 불과했지만 어쩐지 훨씬 더 많아 보였다. 몇 명은 키가 아주 컸고, 하얀 드레스를 입은 사람이 많았다. 모두들 달을 커 보이게 하는 안개의 효과처럼 그들의 몸을 확대시키는 풍성한 자락을 늘어뜨리고 있었다. 내가 일어나 그들에게 예를 갖췄다. 한두 명이 답례로 고개를 숙여 보였다. 다른 사람들은 빤히 나를 쳐다보기만 했다.

그들이 방 안 여기저기로 흩어졌다. 그 가볍고 경쾌한 움직임들은 깃털 하얀 새들의 무리를 연상시켰다. 몇몇은 소파와 오토만에 반쯤 기대듯이 비스듬하게 앉았다. 몇몇은 탁자에 있는 꽃과 책들을 살펴보았다. 나머지는 난롯가에 무리 지어 모였다. 몸에 밴 습관인 듯 모두가 나지막하면서도 맑은 목소리로 소곤거렸다. 내가 그들의 이름을 알게 된 것은 나중의 일이지만, 지금 그들을 언급하는 것이 나을 듯싶다.

우선, 애시턴 부인과 그녀의 두 딸이 있었다. 애시턴 부인은 왕년에 매우 미인이었을 듯하고 여전히 고운 모습을 간직하고 있었다.

그녀의 맏딸 에이미는 다소 왜소하고, 얼굴과 태도가 어린아이처럼 순진하고 몸매는 매력적이었다. 하얀 모슬린 드레스와 푸른 장식 띠가 그녀에게 잘 어울렸다. 둘째 딸 루이자는 키가 더 크고 외모도 우아했다. 프랑스인이 귀엽다고 말하는 종류의 어여쁜 얼굴이었다. 둘 다 백합처럼 싱그러웠다. 린 부인은 마흔가량의 덩치 크고 살찐 여자였다. 아주 꼿꼿하고 오만한 표정에, 다채롭게 광택이 변하는 공단 드레스를 호사스럽게 차려입고 있었다. 보석들을 박은 장식 고리 안에서, 그리고 하늘색 깃털 장식의 그늘 아래서, 그녀의 검은 머리가 반들반들하게 빛났다.

덴트 대령의 부인은 그보다 덜 화려했다. 하지만 나는 그녀가 더 숙녀답다고 생각했다. 호리호리한 몸매에, 얼굴은 창백하고 온화했으며, 머리는 금발이었다. 그녀의 검은 공단 드레스와 귀한 외국산 레이스 스카프와 진주 장신구들이 지체 높은 린 부인의 무지개 색 광채보다 더 마음에 들었다.

하지만 그중에서 제일 눈에 띄는 세 사람은 아마도 키가 제일 커서 그런 탓도 있겠지만 잉그램 경의 미망인인 잉그램 부인과 그녀의 두 딸 블랑시와 메리 잉그램이었다. 그들 모두 여자치고 키가 꽤 큰 편이었다. 잉그램 부인은 마흔에서 쉰 사이로 보였다. 얼굴과 몸매는 여전히 보기 좋았다. 머리도(적어도 촛불 빛으로 볼 때) 여전히 검었다. 치아 역시 완전해 보였다. 대개의 사람들은 그녀를 그 나이 또래에서 돋보이는 여자라고 말할 것이다. 신체적인 면으로 보면 그 말은 틀림없이 맞는 말이다. 그러나 그녀의 태도와 표정에는 참기 힘든 오만함이 묻어 있었다. 그녀는 로마 인 같은 이목구비에 기둥 같은 목으로 연결된 이중 턱을 지니고 있었다. 이 생김새는 거만하고 험악했으며, 게다가 자만심으로 주름져 있는 듯이 보였다. 턱도 똑같은 원칙에 의해 거의 믿어지지 않을 정도의 꼿꼿함을 유지했다. 눈도 사납고 쌀쌀맞아 보였다. 리드 부인을 연상시키는 눈이었다. 그녀는 말을 할 때 큰 소리로 말했다. 목청은 굵고 말씨는 매우 거만하고 독선적이었다. 한마디로 말해서 매우 봐 주기 힘들었다. 진홍색 벨벳 드레스와 인도 직물에 금실로 수놓은 숄 터번은 그녀에게 실로 제왕적인 위엄을 부여했다(그녀는 아마 그렇게 믿고 있었을 것이다).

블랑시와 메리는 거의 같은 키로 포플러 나무처럼 크고 곧게 뻗어 있었다. 메리는 키에 비해 너무 말랐지만, 블랑시는 다이애나 여신처럼 빚어 놓은 몸매였다. 당연히 나는 그녀를 특히 관심 있게 지켜보았다. 우선, 페어팩스 부인의 설명과 그녀의 외모가 일치하는지 알고 싶었다. 둘째로는, 내가 그린 상상 속의 초상이 그녀와 조금이라도 닮아 있는지. 그리고 세 번째로, 다 털어놓겠다! 그녀가 로체스터 씨의 취향에 맞을 만한지 알고 싶었다.

외모 면에서 그녀는 내가 그린 그림과 페어팩스 부인의 묘사에 조목조목 들어맞았다. 풍만한 가슴선, 비스듬한 어깨, 우아한 목, 검은 눈과 검은 곱슬머리를 모두 갖추고 있었다. 하지만 그녀의 얼굴은? 그녀의 어머니와 비슷했다. 주름살만 지운 젊은 닮은꼴이었다. 똑같이 낮은 이마, 똑같이 높은 이목구비, 똑같은 교만. 하지만 그것은 무뚝뚝한 교만이 아니었다. 그녀는 끊임없이 웃었다. 그건 빈정대는 웃음이었고, 오만하게 휘어진 입술에 나타나는 습관적인 표정도 마찬가지였다.

천재는 자의식이 강하다고들 한다. 잉그램 양이 천재인지는 알 수 없지만 그녀의 자의식은 강했다. 유난히 강했다. 그녀는 온화한 덴트 부인과 식물학 얘기를 나누기 시작했다. 덴트 부인은 그 분야를 잘 모르는 듯했다. 하지만 꽃을, 특히 야생화를 좋아한다고 말했다. 그러자 잉그램 양이 점잔 빼며 전문 용어를 읊어 댔다. 나는 곧 그녀가 덴트 부인을(흔한 말로) 추적하고 있다는 것을 알아차렸다. 즉, 그녀의 무지함을 놀리고 있는 것이었다. 영리할지는 몰라도 분명 친절한 행동은 아니었다. 그녀는 연주를 했다. 뛰어난 실력이었다. 그녀는 노래를 했다. 고운 목소리였다. 그녀는 자신의 어머니에게 프랑스어로 말했다. 억양은 훌륭하고 표현은 유창했다.

메리는 블랑시보다 유순하고 순박해 보였다. 이목구비도 부드럽고, 한층 뽀얀 피부를 지니고 있었다(잉그램 양은 스페인 사람처럼 가무잡잡했다). 하지만 그녀에게는 생기가 부족했다. 얼굴에는 표정이 부족했고 눈에는 광채가 부족했다. 일단 자리에 앉은 다음부터는 벽감에 있는 조각상처럼 꼼짝하지 않았고 입을 열지도 않았다. 그 자매는 둘 다 얼룩 하나 없는 하얀 옷을 입고 있었다.

이제 내가 잉그램 양을 로체스터 씨가 선택할 만한 상대라고 생각했을까? 그건 알 수 없다. 여성의 아름다움을 바라보는 그의 취향이 어떤지 나는 알지 못했다. 그가 위엄 있고 인상적인 여자를 좋아한다면, 그녀는 거기에 딱 들어맞았다. 게다가 그녀는 기량이 뛰어나고 활발했다. 웬만한 신사들은 그녀에게 감탄의 시선을 보낼 것 같았다. 그가 그녀에게 감탄하고 있다는 증거도 이미 잡아 놓은 듯했다. 두 사람이 함께 있는 모습을 보기만 하면, 마지막 의심의 그림자가 사라질 것이다.

독자여, 그동안에 아델이 내 발치의 의자에 미동 없이 앉아만 있었을 거라고 생각하면 안 된다. 천만의 말씀이다. 숙녀들이 들어오자, 그녀는 자리에서 일어나 그들을 맞으러 나갔고, 점잖게 예를 갖추며 진지하게 말했다.

"Bon jour. mesdames(안녕하세요, 여러분)."

잉그램 양이 조롱하는 듯한 말투로 그녀를 내려다보며 소리쳤다.

"어머나, 조그만 인형 같네!"

린 부인이 말했다.

"로체스터 씨가 맡고 있는 아이일 거야. 전에 말씀한 프랑스 아이."

덴트 부인은 친절하게 그녀의 손을 잡고 입을 맞춰 주었다. 에이미와 루이자 애시턴은 동시에 소리쳤다.

"어머 귀여워라!"

그 후에 그들은 아델을 소파로 불러 앉혔고, 이제 아델은 그들 사이에 편안히 앉아 프랑스어와 변칙 영어를 섞어 가며 재잘거렸다. 젊은 숙녀들만이 아니라, 애시턴 부인과 린 부인의 관심까지 받으며 실컷 귀염을 떨고 있었다.

드디어 커피가 들어오고 신사들이 불려 들어왔다. 나는 그늘에 앉아 있었다. 눈부시게 불이 환한 이 공간에 그늘이 있기나 하다면. 어쨌든 창의 커튼이 나를 반쯤 가리고 있었다. 다시 아치가 하품을 했다. 그들이 들어왔다. 숙녀들이 들어올 때처럼 한꺼번에 밀려드는 신사들의 등장은 대단히 인상적이었다. 모두가 검정색 옷을 입고 있었다. 대부분은 키가 크고 몇 사람은 젊었다. 헨리 린과 프레데릭 린은 매우 생기 있고 멋진 청년들이었다. 덴트 대령은 늠름한 군인 같았다. 그 지역의 치안 판사인 애시턴 씨는 신사다워 보였다. 머리는 하얗게 세고, 눈썹과 구레나룻은 아직 검은 빛이라서 'père noble of théâtre(연극 속의 노귀족)' 같은 인상을 풍겼다. 젊은 잉그램 경은 그의 누이들처럼 키가 아주 컸다. 그들처럼 잘생긴 얼굴이지만 메리처럼 무감각하고 맥없는 모습이었다. 두뇌의 활기나 혈액 속에 있는 생기보다 팔다리가 더 길 것 같았다.

로체스터 씨는 어디 있지?

그는 마지막에 들어왔다. 나는 아치 쪽을 보고 있지 않았지만, 그가 들어오는 것을 알 수 있었다. 나는 내가 뜨고 있는 지갑의 그물코와 바늘에 관심을 집중하려고 애썼다. 내 손에 쥐고 있는 바느질감만을 생각하고, 내 무릎에 놓인 비단실과 은구슬들만 보고 싶었다. 하지만 그의 형체가 또렷이 보였다. 피할 수 없이 나는 내가 그를 마지막으로 보았던 순간을 떠올렸다. 내가 그에게 매우 중요하게 여겨지는 도움을 준 직후에 그가 내 손을 잡고, 내 얼굴을 내려다보며, 흘러넘치려 하는 벅찬 심정을 드러내는 눈으로 나를 살펴보던 때를. 나도 같은 심정이었다. 그때 내가 얼마나 그에게 가까이 다가갔던가! 그 후에 그와 나의 상대적인 지위를 변화시키는 어떤 일이 일어났었나? 그런데 이제, 우리는 얼마나 멀리 틀어져 버렸나! 그가 나에게 다가와 말을 거는 건 상상도 할 수 없을 만큼 우리는 멀어져 버렸다. 그가 나를 쳐다보지 않고, 다른 쪽에 앉아 숙녀들과 대화를 시작했을 때도 나는 전혀 놀라지 않았다.

그의 관심이 다른 이들에게 쏠려서 내가 들키지 않고 바라볼 수 있게 되자, 내 눈은 무의식적으로 그의 얼굴에 이끌려 갔다. 나의 눈꺼풀을 통제할 수가 없었다. 눈꺼풀이 올라갔고 홍채가 그에게 고정되었다. 그를 바라보면서 나는 격렬한 기쁨을 느꼈다. 소중하고도 가슴에 사무치는 기쁨이었다. 강철 같은 고통을 지닌 순전한 황금. 목이 말라 죽어 가는 남자가 자신 앞에 있는 우물에 독이 있다는 것을 알면서도, 허리를 굽혀 하늘의 선물인 양 그 물을 마시면서 느낄 것 같은 그런 쾌감이었다.

'아름다움은 보는 이의 눈에 달려 있다.'는 말은 진리다. 로체스터 씨의 핏기 없는 올리브색 얼굴, 네모나고 큼직한 이마, 굵고 진한 눈썹, 움푹한 눈, 뚜렷한 이목구비, 굳게 다문 험악한 입술, 한결같이 힘과 결단력과 의지를 보여 주는 이 모든 것은 세상의 잣대로 보면 아름다운 것이 아니었다. 하지만 나에게는 더할 나위 없이 아름다워 보였다. 흥미진진하고, 나를 휘어잡는 힘으로 충만했다. 그 힘이 내 감정을 나에게서 빼앗아 그에게 묶어 버렸다. 나는 그를 사랑하고 싶지 않았다. 내가 내 영혼에서 간파된 사랑의 병균을 제거하려고 얼마나 열심히 노력했는지 독자들은 알 것이다. 그런데 이제 그를 다시 보는 순간, 그 병균들은 제멋대로 되살아났다. 싱싱하고 강하게! 그는 나를 쳐다보지 않고도 내가 그를 사랑하게 만들었다.

나는 다른 손님들과 그를 비교해 보았다. 린 형제의 씩씩한 품위, 젊은 잉그램 경의 나른한 우아함, 덴트 대령의 군인다운 늠름함조차 그의 타고난 기운과 진정한 힘에는 비할 수 없었다. 그들의 외모와 표정은 내 마음에 맞지 않았다. 하지만 대부분의 사람들이 그것을 매력적이고 잘생겼고 인상적이라고 말할 것이다. 반면에 대부분의 사람들은 로체스터 씨의 외모가 거칠고 표정이 음울하다고 표현하리라. 나는 다른 남자들의 미소와 웃음을 바라보았다. 거기에는 아무것도 들어 있지 않았다. 촛불의 빛에도 그들의 미소만 한 영혼은 담겼으리라. 종소리에도 그들의 웃음만 한 의미가 깃들어 있으리라. 나는 로체스터 씨의 미소를 바라보았다. 그의 엄한 표정이 누그러졌다. 그의 눈은 날카로우면서도 달콤한 빛을 발했으며, 밝고 온화했다. 그는 그 순간에 루이자와 에이미 애시턴과 얘기하고 있었다. 그들이 그렇게 꿰뚫는 듯한 시선을 태연하게 받아들일 수 있다는 게 놀라웠다. 나는 그들의 눈길이 아래로 떨어지고 안색이 붉어지기를 기다렸다. 하지만 그들의 눈은 전혀 흔들리지 않았다. 기뻤다. 나는 마음속으로 생각했다.

'나와 그들에게, 그는 다른 사람이야. 그는 그들과 같은 종류가 아니야. 나와 같은 종류인 것 같아. 나는 그렇게 확신해. 그와 내가 닮았다는 느낌이 들어. 난 그의 표정과 행동의 의미를 이해해. 신분과 재산이 우리를 멀리 갈라놓고 있지만, 내 머리와 마음, 내 피와 신경에는 정신적으로 그와 나를 동화시키는 뭔가가 있어. 며칠 전에 내가 그에게 급료를 받는 것 이외에 그와 아무런 관계가 없다고 말했던가? 그를 고용주가 아닌 다른 면으로 생각하는 것을 나 자신에게 금지했던가? 자연에 대한 모독이야! 내가 가진 선하고 진실하고 왕성한 모든 느낌들이 충동적으로 그의 주위로 모여들고 있어.

내 감정을 숨겨야 한다는 거 알아. 희망을 질식시켜야 해. 그가 나에게 별 관심이 있을 리 없다는 것을 기억해야 돼. 내가 그와 같은 종류라고 해도, 내가 그와 똑같은 영향력과 끌어들이는 매력을 지녔다는 뜻은 아니니까. 취향과 느낌 면에서 공통점이 좀 있을 뿐이야. 그러니까 우리가 영원히 분리된 존재라는 것을 지속적으로 되새겨야 해. 하지만 내가 숨을 쉬고 생각을 하는 한은 그를 사랑할 수밖에 없어.'

커피 잔이 건네졌다. 신사들이 입장한 후로, 숙녀들은 종달새처럼 생기가 넘쳤다. 대화가 점점 활발하고 경쾌해졌다. 덴트 대령과 애시턴 씨는 정치를 논하고 있었다. 그들의 아내는 듣고만 있었다. 자존심 센 노마님들—린 부인과 잉그램 부인—이 함께 담소를 나누었다. 조지 경, 그러고 보니 이 사람을 설명하는 것을 잊어버렸다. 조지 경은 덩치가 아주 크고 건강해 보이는 그 지역의 지주인데, 커피 잔을 손에 들고 노부인들의 소파 앞에 서서 가끔 한마디씩 끼어들었다. 프레데릭 린 씨는 메리 잉그램의 옆에 앉아 화려한 책의 판화들을 보여 주고 있었다. 그녀는 그것을 보면서 이따금씩 미소를 지었지만 말은 거의 하지 않았다. 키가 크고 차가운 인상의 젊은 잉그램 경은 팔짱을 낀 채 조그맣고 명랑한 에이미 애시턴의 의자 등에 기대어 있었다. 그녀는 그를 흘끔흘끔 올려다보며 굴뚝새처럼 재잘거렸다. 그녀는 로체스터 씨보다 그를 훨씬 좋아하고 있는 것 같았다. 헨리 린은 루이자의 발치에 있는 긴 의자를 차지했다. 아델이 그와 같이 앉아 있었다. 그는 아델과 프랑스어로 얘기해 보려 애쓰고 있었는데, 그의 실수에 루이자가 웃었다. 블랑시 잉그램은 누구와 짝이 되어 있을까? 그녀는 탁자 앞에 홀로 서서 우아하게 앨범을 들여다보고 있었다. 누군가가 다가오기를 기다리는 듯했다. 하지만 그리 오래 기다리지는 않았다. 그녀는 직접 상대를 골랐다.

로체스터 씨가 애시턴 자매의 곁을 떠나, 탁자 앞에 선 그녀와 마찬가지로 고독하게 벽난롯가에 섰다. 그녀가 벽난로 반대편으로 걸어가서 그와 마주했다.

"로체스터 씨, 아이들을 좋아하지 않는 줄 알았는데요?"

"그래요."

"그런데 어쩌다 저런 조그만 인형을 맡게 되셨어요? (아델을 가리키며) 어디서 아이를 집어 오셨어요?"

"내가 집어 온 게 아니라, 그 아이가 내 손에 남겨진 거요."

"아이를 학교에 보내셔야 해요."

"그만한 여유가 없소. 학비가 너무 비싸서."

"어머, 가정 교사까지 두신 게 아니었나요. 아이와 같이 있는 사람을 봤거든요. ……가 버렸나? 아, 아니! 저기 아직 창가의 커튼 뒤에 있군요. 물론 그녀에게 급료를 지급하시겠지요. 적은 금액은 아닐 텐데요. 그보다 더 들겠지요. 두 사람의 생활비가 포함될 테니까요."

나에 대한 언급으로 인해 로체스터 씨가 내 쪽으로 시선으로 돌릴까 봐 두려웠다. 아니 희망했다고 말해야 할까? 나는 나도 모르게 그늘 속으로 더욱 몸을 움츠렸다. 하지만 그는 전혀 눈길을 돌리지 않았다.

"그런 문제는 생각해 보지 않았소."

그가 똑바로 앞을 바라보며 무심하게 말했다.

"그렇겠죠. 남자들은 경제와 상식을 고려하지 않아요. 가정 교사 문제라면 제 어머니 말씀을 들어야 해요. 메리와 저는 어렸을 때 적어도 열두 명의 가정 교사를 겪어 보았어요. 그중 절반은 혐오스럽고 나머지는 바보 같았고, 모두가 끔찍했어요. 그렇죠, 어머니?"

"뭐라고 했니, 내 딸아?"

이렇게 귀부인의 특별한 소유물인 양 불린 젊은 여인은 다시 질문을 설명했다.

"가정 교사 얘기는 꺼내지도 마라. 그 단어만 들어도 신경이 예민해져. 그들의 무능력과 변덕 때문에 나는 순교자만큼이나 고통을 치렀어. 이제 그들을 다시 보지 않아도 된다는 것을 하늘에 감사하고 있다!"

이때 덴트 부인이 그 독실한 체하는 노부인에게 고개를 숙여, 그녀의 귀에 몇 마디 속삭였다. 뒤이어 나온 대답으로 미루어 보아 그 혐오스러운 종족 중의 한 명이 이 자리에 있다고 주의를 준 모양이었다. 그녀가 말했다.

"그래도 어쩔 수 없지! 내 말이 약이 됐으면 좋겠어요!"

그러고는 목소리를 낮춰서, 하지만 여전히 나에게 들릴 만큼 큰 소리로 말했다.

"나도 그 여자를 봤어요. 내가 인상을 좀 볼 줄 아는데, 그 계층에 속한 결점들이 얼굴에 다 들어 있더군요!"

"어떤 결점입니까?"

로체스터 씨가 큰 소리로 물었다.

"개인적으로 따로 말씀드릴게요."

그녀가 불길하다는 의미로 터번을 세 번 흔들며 대답했다.

"하지만 기다리는 동안 내 호기심이 식욕을 잃을 겁니다. 그게 지금 음식을 달라는군요."

"블랑시에게 물어보세요. 그 애가 나보다 더 가까이 있으니."

"어머, 저에게 떠넘기지 마세요, 어머니! 그런 족속에 대해 할 말은 하나밖에 없어요. 골칫거리라는 거죠. 물론 내가 그들에게 크게 괴롭힘을 당한 건 아니에요. 오히려 반대였지요. 시어도어와 내가 윌슨 선생과 그레이 선생과 주베르 선생에게 얼마나 골탕을 먹였게요! 메리는 항상 기운이 없어서 적극적으로 계획에 참여할 수가 없었고요. 그중에서 주베르 부인을 골려 준 게 제일 재미있었어요. 윌슨 선생은 어찌나 잘 울고 기운 없고 힘겨워하던지, 간단히 말해서 이겨 보려고 수고할 가치조차 없는 인물이었죠. 그레이 선생은 천하고 둔감했어요. 무슨 수를 써도 효과가 없었어요. 하지만 가엾은 주베르 부인! 우리가 더 이상 참을 수 없는 지경까지 몰아갔을 때, 그녀가 분해서 펄펄 뛰던 장면은 아직도 눈에 선해요. 차를 엎지르고, 버터 빵을 부스러뜨리고, 책을 천장으로 던지고, 책상과 자와 난롯불과 부젓가락으로 장단을 맞추며 별별 소란을 다 떨었거든요. 시어도어, 그 즐거웠던 시절 생각나니?"

젊은 잉그램 경이 느릿하게 말했다.

"생각나고말고. 그 꼬장꼬장한 늙은이가 우리에게 '이런 고약한 악당들!' 어쩌고 하면서 소리쳤잖아. 그러면 우리는 아무것도 모르는 무식쟁이가 우리처럼 영리한 아이들을 가르치려 드는 게 뻔뻔한 일이라고 훈계를 해 줬지."

"맞아. 시어도어, 너의 개인 교사, 우리가 '찡그린 목사'라고 불렀던 얼굴이 허여멀건 한 바이닝 씨를 일러바치는 것도 내가 도와줬잖니. 그 선생이 멋대로 윌슨 선생과 연애를 벌인 것 말이야. 적어도 시어도어와 나는 그렇게 생각했어요. 은근한 시선과 한숨이 오가는 현장들을 잡았을 때 우리는 그걸 'la belle passion(아름다운 정열)'의 표시로 해석했고, 우리가 밝혀낸 게 모두를 위해 잘된 일이었다고 장담할 수 있었어요. 우리는 그걸 일종의 지렛대로 삼아 부담스러운 짐을 집에서 들어냈지요. 어머니도 그걸 눈치채고는 당장에 부도덕하다는 것을 아셨잖아요. 그렇죠, 어머니?"

"물론이지. 그리고 내가 한 행동은 옳았어, 틀림없이. 법도가 있는 집안에서 선생들이 시시덕거리는 것을 참지 말아야 할 이유는 천 가지도 넘어. 첫째……."

"맙소사, 어머니! 그걸 일일이 나열하지는 말아 주세요! Au reste(게다가), 우리도 이미 다 알아요. 그건 순수한 어린아이들에게 나쁜 본이 될 수가 있죠. 당사자들은 정신이 분산되고 결과적으로 의무에 태만하게 되고요. 서로 결탁하고 의지하고, 그러다 비밀을 고백하게 되고 오만방자해지고 반항하고 화내기까지 하죠. 제 말이 맞나요, 잉그램 파크의 잉그램 남작 부인?"

"나의 백합 같은 아이야, 네 말은 항상 맞다."

"그럼 더 얘기할 필요 없어요. 주제를 바꿔요."

에이미 애시턴이 이 말을 듣지 못했거나 아니면 신경을 쓰지 않은 듯, 유하고 아기 같은 목소리로 대화에 끼어들었다.

"루이자와 나도 가정 교사에게 장난을 많이 쳤어요. 하지만 그이는 너무나 착해서 뭐든지 다 견뎌 냈어요. 무슨 짓을 해도 화내지 않았는걸요. 한 번도요. 그렇지, 루이자?"

"그래, 한 번도 없었어. 우리는 우리 마음대로 다 할 수 있었어요. 그녀의 책상과 바느질 상자를 뒤지고 서랍을 뒤집어엎기도 했죠. 그런데도 사람이 워낙 좋아서 우리가 달라는 건 뭐든지 다 줬답니다."

잉그램 양이 냉소적으로 입술을 비틀며 말했다.

"우리의 가정 교사들을 모두 회고록에서 발췌해야 할 모양이군요. 그런 재난을 막기 위해서라도 다시 한 번 새로운 대화 주제를 도입하자고 제안하고 싶군요. 로체스터 씨, 제 제안에 찬성하시나요?"

"다른 모든 일에서처럼 이 점에 관해서도 당신을 지지하오."

"그럼 새로운 주제를 제시하는 책임은 제가 질게요, 세뇨르 에두아르도(에드워드를 이탈리아식으로 부른 것 _옮긴이). 오늘 밤 목소리 상태가 괜찮으신가요?"

"돈나 비앙카(블랑시를 이탈리아식으로 부른 것 _옮긴이), 당신이 명하면 충분히 괜찮아질 거요."

"그렇다면 세뇨르, 나는 당신에게 폐와 다른 발성 기관을 잘 닦아 놓으라고 명하겠어요. 그것이 나에게 귀하게 쓰이길 원하거든요."

"어느 누가 이렇게 신성한 메리 여왕의 리치오(스코틀랜드의 메리 여왕의 음악가이자 비서이자 연인이었다 _옮긴이)가 되지 않겠소?"

"리치오라니 시시해요!"

그녀는 이렇게 소리치고 곱슬머리를 흔들어 대며 피아노 쪽으로 걸어갔다.

"바이올리니스트 리치오는 틀림없이 재미없는 남자였을 거예요. 나는 검은 보스웰(메리 여왕의 세 번째 남편으로 후에 해적이 되었다 _옮긴이)이 더 마음에 들어요. 악마적인 요소가 없는 남지는 남자 같지가 않거든요. 역사가 무슨 소리를 하건, 나는 보스웰이 야성적이고 격렬하고 영웅적인 악당이었다고 생각해요. 혼인을 승낙할 만한 사람이죠."

"신사 여러분, 들으셨지요! 여러분 중에 누가 제일 보스웰과 비슷합니까?"

로체스터가 소리쳤다.

"아무래도 당신에게 우선권이 있을 것 같소이다."

덴트 대령이 대꾸했다.

"그 말씀, 감사히 받겠습니다."

로체스터 씨의 대답이었다.

이제 피아노 앞에 눈처럼 하얀 드레스를 여왕처럼 풍성하게 펼치고, 도도하고 우아하게 자리 잡은 잉그램 양이 화려한 전주곡을 연주하기 시작했다. 사이사이에 이야기도 했다. 그녀는 오늘 밤 오만함에 한껏 취해 있는 듯했다. 말과 분위기로 청중의 감탄만이 아니라 경탄까지 자아내려고 작정한 듯이 보였다. 대단히 화려하고 대담한 무언가로 사람들에게 깊은 인상을 심어 주려고 결심한 사

EDMUND
DULAC

람 같았다. 그녀가 피아노를 치면서 말했다.

"아, 요즘 젊은 남자들은 너무나 지겨워요! 부친의 정원 문 밖으로 한 걸음도 나가지 못하고 모친의 허락과 보호 없이는 멀리 가지도 못하는 한심하고 허약한 이들뿐이죠! 그들은 자기의 예쁜 얼굴과 하얀 손과 조그만 발에 너무나 관심을 쏟아요. 남자의 미모가 무슨 소용이라고! 사랑스러움은 여인들만의 특별한 특권이죠. 여인의 정당한 영지이자 유산이에요! 못생긴 '여인'이 창조의 아름다운 얼굴에 튄 얼룩이라는 건 인정해요. 하지만 '신사'들은 오로지 힘과 용맹을 갖추는 데만 전념했으면 좋겠어요. 사냥하라, 쏴라, 그리고 싸워라. 이것을 구호로 삼으세요. 그 밖의 것은 아무런 가치가 없어요. 내가 남자라면 이 말을 충고로 삼겠어요. 내가 결혼을 결심할 때는……."

그녀가 잠시 말을 멈췄지만 방해하는 사람은 아무도 없었다. 그녀의 말이 계속되었다.

"내 남편이 나의 경쟁자가 아니라 나를 돋보이게 해 주는 사람이어야 해요. 나는 내 옥좌 근처에 경쟁자를 허용하지 않을 거예요. 그에게 한눈팔지 않는 경의를 요구할 거예요. 그는 오로지 내게만 헌신해야 해요. 로체스터 씨, 제가 반주해 드릴 테니 이제 한 곡 불러 주세요."

"전적으로 순종하겠소."

그가 대답했다.

"여기 해적의 노래가 있어요. 제가 해적에 빠져 있다는 것을 알아 두세요. 그러니 활기차게 불러 주세요."

"잉그램 양의 입에서 나온 명령은 물을 탄 우유도 술로 바꿔 놓을 거요."

"그러니 조심하세요. 제 마음에 들지 않으면 노래 부르는 법을 가르쳐서 창피를 드릴 테니까요."

"그건 무능력에 상을 주는 셈이로군요. 나는 이제부터 실수하려고 노력하겠소."

"Gardez-vous en bien(조심하세요)! 일부러 실수하시면 적당한 벌을 생각해 내겠어요."

"잉그램 양은 사람이 참아 낼 수 없는 응징을 가하는 능력이 있으니, 너그러이 봐주셔야 하오."

"어머! 무슨 뜻이지요?"

그 숙녀가 명령했다.

"용서하시오. 무슨 설명이 필요하겠소. 당신의 찌푸림 한 번이면 치명적인 처벌을 대신하고도 남을 거라는 걸 당신의 훌륭한 판단력이 알려 주겠지요."

"노래를 하세요!"

그녀가 말하고는 다시 피아노 건반을 누르며 생기발랄하게 반주를 시작했다.

'이제 빠져나가도 되겠어.' 하고 나는 생각했다. 하지만 그 순간 허공을 가르는 목소리들이 나를 붙잡아 앉혔다. 페어팩스 부인은 로체스터 씨의 목소리가 좋다고 말했었는데 그건 정말이었다. 감정과 힘이 실리는 부드럽고 힘찬 저음이었다. 귀를 통해 가슴으로 파고들어와 묘하게 감각을 깨워 내는 목소리였다. 노래 마지막의 깊고 풍부한 떨림이 끝날 때까지 나는 기다렸다. 잠시 끊어졌던 이야기의 흐름이 다시 시작될 때까지. 그 후에 나는 숨어 있던 구석을 벗어나, 다행히도 가까이에 있던 옆문으로 빠져나왔다. 좁은 복도가 현관홀로 이어져 있었다. 문득 내 샌들 끈이 풀어진 게 눈에 띄었다. 계단 밑 매트에서 멈춰 끈을 묶으려고 내려앉았다. 식당 문이 열리는 소리가 들렸다. 한 남자가 걸어 나왔다. 나는 서둘러 일어나 그의 얼굴을 마주 보았다. 로체스터 씨였다.

"잘 지냈나?"

그가 물었다.

"잘 지냈습니다."

"왜 내게 와서 말을 걸지 않았지?"

나는 그에게도 똑같은 질문으로 받아칠 수 있다고 생각했다. 하지만 그런 무례를 범하지는 않았다. 나는 대답했다.

"바쁘신 것 같아서, 방해하고 싶지 않았습니다."

"내가 없는 동안 뭘 하고 지냈소?"

"별다른 건 없었습니다. 평소처럼 아델을 가르쳤어요."

"전보다 더 창백해졌군. 내가 처음 봤을 때처럼 무슨 문제가 있나?"

"아무 문제없습니다."

"나를 익사시킬 뻔했던 그날 감기에라도 걸렸나?"

"아닙니다."

"응접실로 돌아가시오. 너무 빨리 일어났잖소."

"피곤해서요."

그가 잠시 나를 바라보며 말했다.

"게다가 약간 우울하군. 이유가 뭐지? 나에게 말해 보시오."

"그런 거 없습니다. 전혀 우울하지 않아요."

"하지만 내가 보기에는 분명히 우울해. 몇 마디만 더하면 당신 눈에서 눈물이 떨어질 것 같군. 사실 지금도 눈물이 고여 빛나고 있어. 한 방울이 속눈썹에서 미끄러져 바닥으로 떨어졌지. 내게 시간 여유가 있다면, 또 수다스럽고 융통성 없는 어느 하인이 지나갈까 봐 심히 걱정스럽지만 않다면, 이 모든 게 무슨 의미인지 알아낼 텐데. 음, 오늘 밤은 봐주겠소. 하지만 손님들이 머무는 동안, 매일 저녁 응접실에 나타나기를 기대하겠소. 그게 나의 소망이오. 흘려듣지 마시오. 이제 가시오, 그리고 소피더러 아델을 데려가라고 하시오. 잘 자요, 나의……."

그는 말을 멈추고 입술을 깨물더니, 갑자기 자리를 떠났다.

# 제18장

손필드 저택에는 명랑한 날들이 이어졌다. 분주한 나날이기도 했다. 내가 그 지붕 아래서 보낸 적막하고 단조롭고 고독하던 첫 3개월과는 정말 달랐다. 이제 그 집에서는 슬픈 감정들과 우울한 연상들이 모조리 밀려난 듯했다. 어디에나 생기가 넘쳤고, 하루 온종일 움직임이 있었다. 그렇게 고요하던 복도나 그렇게 한적하던 앞방을 지나거나 들어가려면 언제나 말쑥한 하녀들과 멋쟁이 시종들을 마주쳐야 했다.

부엌, 집사의 식료품 저장실, 하인들의 방, 현관홀에도 하나같이 활기가 넘쳤다. 온화한 봄날의 평온한 햇살과 푸른 하늘이 사람들을 밖으로 불러낼 때를 제외하고 살롱은 항상 북적거렸다. 날씨가 불안정하고 며칠 동안 계속해서 비가 내려도 즐거움은 시들지 않는 것 같았다. 야외에서의 놀이가 중지되면 오히려 실내에서 즐길 수 있는 오락들이 더 활발하고 다양해졌다.

이제까지와는 다르게 놀아 보자는 제안이 나온 첫날 저녁, 나는 그들이 무엇을 하려는 건지 알지 못했다. '셔라드 놀이'를 한다고 했는데, 무지한 내게는 이해되지 않는 말이었다. 하인들이 불려 들어오고, 식탁들이 치워지고, 등불의 위치가 바뀌고, 아치 맞은편에 의자들이 반원형으로 놓였다. 로체스터 씨와 다른 신사들이 개조 작업을 지휘하는 동안, 숙녀들은 하녀들을 부르며 계단 위아래로 종종걸음 쳤다. 페어팩스 부인도 불려 와 숄과 옷과 커튼 종류가 집 안의 어디에 얼마나 있는지 질문을 받았다. 하녀들이 3층 옷장들을 뒤져 그 안에서 문직 비단을 살대로 버텨 만든 페티코트와 헐렁한 공단 저고리, 검은 옷들, 레이스 주름 등을 한 아름씩 꺼내 왔다. 곧 이어 선별 작업이 이루어지고, 선택된 옷들은 응접실 안쪽의 내실로 옮겨졌다.

그사이에 로체스터 씨는 다시 숙녀들을 주위로 불러들여 자기편이 될 사람을 몇 명 고르고 있었다.

"잉그램 양은 당연히 내 편이고."

그가 말했다. 그 뒤에 애시턴가의 두 딸과 덴트 부인을 호명했다. 그가 나를 쳐다보았다. 우연히 나는 덴트 부인의 풀어진 팔찌 걸쇠를 걸어 주느라 그의 근처에 서 있었다.

"당신도 게임에 참여하겠나?"

그가 물었다. 나는 고개를 저었다. 그가 고집을 부릴까 봐 약간 걱정이 되었지만 다행히 그러지 않았다. 그는 내가 원래의 자리로 얼른 돌아가는 것을 허락해 주었다.

그의 편 일행이 이제 커튼 뒤로 물러났다. 덴트 대령이 이끄는 다른 편은 초승달처럼 배열된 의자에 자리를 잡았다. 신사들 중에서 애시턴 씨가 나를 게임에 같이 참여시키자고 제안하는 듯했다. 하지만 잉그램 부인이 즉시 반대했다. 그녀의 말이 내 귀에 들렸다.

"안 돼요. 저 여자는 멍청해서 이런 게임을 못할 거예요."

잠시 후에, 종이 울리더니 커튼이 올라갔다. 아치 안에는 로체스터 씨의 편으로 선택된 조지 린의 거대한 형체가 하얀 시트에 감싸여 있었다. 그의 앞쪽 탁자에는 커다란 책이 펼쳐져 있었다. 그 옆에 로체스터 씨의 외투를 걸친 에이미 애시턴이 손에 책을 들고 서 있었다. 보이지 않는 누군가가 경쾌하게 종을 울렸다. 아델이(아델은 로체스터 씨의 편에 끼워 달라고 졸랐다) 앞으로 뛰어와, 한 팔에 안은 꽃바구니에서 내용물을 꺼내 주위에 흩뿌렸다. 다음에 흰 옷을 입고 머리에 긴 베일을 쓰고 이마에 장미 화환을 걸친 잉그램 양이 아름다운 모습으로 나타났다. 그녀 옆에서 로체스터 씨가 함께 걸어 나와 탁자로 다가갔다. 그들이 무릎을 꿇었다. 마찬가지로 흰 옷을 입은 덴트 부인과 루이자 애시턴이 그들의 뒤로 가서 섰다. 무언극으로 진행된 예식은 결혼을 의미하고 있었다. 극이 끝나자, 덴트 대령과 그의 일행이 2분간 소곤소곤 상의하고 나서 대령이 소리쳤다.

"신부."

로체스터 씨가 고개를 숙이고, 커튼이 떨어졌다. 상당한 시간이 흐른 뒤에 커튼이 다시 올라갔다. 이번에는 지난번보다 더 정교하게 꾸며진 장면이 연출되었다. 앞서 얘기했듯이, 응접실은 식당에서 계단 두 개를 올라야 했는데, 그 안쪽으로 한두 걸음 들어가 있는 계단 위에 커다란 대리석 수반이 보였다. 그것은 평소에 이색적인 식물에 둘러싸여 금붕어의 보금자리 역할을 하던 온실의 장식품이었고, 그 크기와 무게를 감안해 볼 때 거기서 옮겨 오는 일이 쉽지는 않았을 것이다.

이 수반 옆 양탄자 위에, 숄을 걸치고 머리에 터번을 두른 로체스터 씨가 보였다. 그의 검은 눈과 가무잡잡한 피부와 회교도풍의 얼굴이 의상과 딱 맞아떨어졌다. 그는 동양의 군주처럼 보였다. 아니면 교수형의 집행자나 희생자처럼 보이기도 했다. 이윽고 잉그램 양이 나타났다. 그녀도 동양풍으로 차려입고 있었다. 진홍색 스카프를 허리에 띠처럼 묶고 수가 놓인 손수건을 관자놀이에 가져다 댔다. 팔은 아름다운 형태로 맨살을 드러냈고, 우아하게 머리에 얹은 물병을 붙잡고 있는 듯이 한 팔을 들어 올렸다. 그녀의 얼굴과 모습, 태도와 전반적인 분위기는 모두 고대의 이스라엘 공주를 연상시켰고, 그녀가 맡은 역할이 바로 그것인 듯했다.

그녀는 수반으로 다가가 물동이를 채우려는 듯이 그 위로 고개를 숙였다. 그녀가 다시 물동이를 머리에 이었다. 이제 우물가의 인물이 그녀에게 말을 걸어 무언가 부탁을 하는 듯했다. 그녀가 급히 물동이를 내리고 그에게 물을 마시게 해 주었다. 그러자 그가 품에서 작은 상자를 꺼내 열고 화려한 팔찌와 귀걸이 들을 보여 주었다. 그녀가 놀라며 감탄하는 척했다. 그가 무릎을 꿇고 그녀의 발치에 보화를 내려놓았다. 그녀는 표정과 몸짓으로 믿어지지 않는 기쁨을 표현했다. 남자가 그녀의 팔에 팔찌를, 귀에 귀걸이를 걸어 주었다. 그건 아브라함의 종 엘리에셀과 이삭의 아내가 된 리브가였다. 낙타만 없을 뿐이었다.

알아맞히는 편에서 다시 머리를 맞대고 의논했다. 이 장면이 설명하는 단어에 대해 의견이 일치하지 않는 모양이었다. 덴트 대령이 그들의 대변인으로서 전체 장면을 보여 달라고 요청했다. 그에 따라 커튼이 다시 내려갔다.

세 번째 막이 올랐을 때는 응접실의 한 부분만이 열렸다. 나머지 부분은 검은 빛의 거친 천 같은 것으로 가려져 있었다. 대리석 수반은 사라졌고, 그 자리에 전나무 탁자와 부엌용 의자가 놓여 있었다. 뿔로 만든 초롱에서 나오는 희미한 빛이 이들을 보여 줄 뿐, 양초는 모두 꺼져 있었다. 이 칙칙한 장면 한가운데, 두 손을 무릎에 엮어 쥐고 시선을 땅으로 내린 한 남자가 앉아 있었다. 지저분하게 검댕이 묻은 얼굴, 헝클어진 옷차림(난투를 벌이다 뒤에서 찢겨진 것처럼 외투가 한 팔에 느슨하게 걸려 있었다), 절망적이고 험악한 표정, 덥수룩한 머리로 교묘하게 변장하고 있었지만, 나는 그가 로체스터 씨라는 것을 금방 알았다. 그가 움직이자 사슬 소리가 짤랑거렸다. 그의 손목에 쇠고랑이 묶여 있었다.

"브라이드웰 교도소(첫 장면은 신부[bride], 두 번째 장면은 우물[well], 두 단어를 합하면 런던에 있는 브라이드웰[bridewell] 교도소가 된다 _옮긴이)!"

덴트 대령이 소리쳤고, 그것으로 셔라드 놀이는 끝이 났다.

공연자들이 원래의 복장으로 갈아입느라 한참의 시간이 흐른 뒤에, 그들이 다시 식당으로 들어왔다. 로체스터 씨가 잉그램 양을 안내했다. 그녀가 그의 연기를 칭찬하고 있었다.

"그거 알아요? 당신이 연기한 세 인물 중에서 저는 마지막 역이 제일 마음에 들었어요. 아, 당신이 조금만 더 일찍 태어났더라면 얼마나 용맹한 신사-노상강도가 되었을지!"

"내 얼굴의 검댕이 말끔히 지워졌소?"

그가 그녀 쪽으로 얼굴을 돌리며 물었다.

"아쉽게도, 그래요. 정말 아쉬워요! 악당 분장이 당신에게 최고로 잘 어울렸는데."

"그럼 당신은 길 위의 영웅을 좋아하시오?"

"영국의 길 위의 영웅은 이탈리아의 산적 다음으로 멋져요. 이탈리아 산적도 레반트의 해적보다는 못하지만요."

"흠, 내가 무엇이건 간에, 당신이 내 아내임을 기억하시오. 이 많은 증인 앞에서 우리는 한 시간 전에 결혼식을 올렸소."

그녀가 얼굴을 붉히며 웃음을 터트렸다. 로체스터 씨가 말을 이었다.

"자, 덴트, 이제 당신 차례요."

덴트 대령의 일행이 커튼 뒤로 물러가자, 로체스터 씨와 그 일행은 빈 의자들을 차지했다. 잉그램 양이 그의 오른편에 앉았다. 다른 사람들은 그와 그녀의 양옆 의자를 채웠다. 내 눈은 이제 연기자들을 보고 있지 않았다. 더 이상 커튼이 올라가기를 흥미롭게 기다리지도 않았다. 나의 관심은 관객 쪽으로 쏠려 있었다. 아치에 고정되었던 내 눈은, 이제 반원형의 의자들 쪽에 머물렀다. 덴트 대령 일행이 어떤 무언극을 연출했는지, 어떤 단어를 선택했는지, 그들이 어떻게 연기했는지는 기억이 나지 않는다. 하지만 각 장면이 끝난 후에 상의하던 모습은 아직도 기억에 생생하다. 로체스터 씨가 잉그램 양에게, 잉그램 양이 그에게 고개 돌리던 모습, 그녀의 새카만 곱슬머리가 그의 어깨를 건드리고 그의 뺨에서 흔들릴 정도로 그녀의 머리가 그에게로 기울어지던 모습. 그들의 속삭임도 아직까지 내 귓가에 쟁쟁하다. 그들이 주고받던 시선이 떠오른다. 그 장면을 보면서 나에게 일어났던 감정까지도 이 순간에 생생히 되살아난다.

독자여, 나는 이미 내가 로체스터 씨를 사랑하게 되었다고 말했다. 그는 나를 알아봐 주지도 않았다. 그의 앞에서 내가 몇 시간을 보내든 내 쪽으로 눈길 한번 돌리지도 않았다. 그는 나를 지나칠 때면 치맛자락이 스치는 것조차 꺼려하고 어쩌다 그 검고 도도한 눈이 우연히 나에게로 향하더라도 주목할 가치 없는 비천한 대상에게서 얼른 시선을 떼어 내는 대단한 숙녀에게 온통 관심이 집중되어 있었다. 하지만 그렇다고 해서 이제 와 그를 사랑하지 않을 수는 없었다. 그가 바로 그 여인과 곧 결혼할 것 같다고 해서, 그녀의 자신만만한 확신을 통해 그녀에 대한 그의 관심이 매일매일 읽힌다고 해서, 쫓아다니기보다 찾아오기를 기다리며 무관심하게 구는 것이 구애라면, 바로 그 매혹적인 무관심과 저항할 수 없는 자부심에서 내가 매 시간 그의 구애를 목격한다고 해서, 내가 그를 사랑하지 않을 수는 없었다.

절망을 일으키는 요소는 많았지만 사랑을 식혀 주거나 쫓아내는 것은 아무것도 없었다. 독자여, 당신은 또 많은 요소가 나에게 질투를 유발했을 거라고 생각할 것이다. 나 같은 처지의 여자가 잉그램 양 같은 여자에게 감히 질투할 수 있다면 말이다. 하지만 나는 질투하지 않았다. 간혹 질투를 했더라도 아주 가끔이었다. 그 단어로는 내가 겪은 고통의 성격을 설명할 수 없다. 잉그램 양은 질투의 대상이 될 만한 인물이 아니었다. 그런 감정을 일으키기에는 한참 부족한 여자였다. 모순된 말처럼 들리는가? 하지만 용서하시라. 내 말은 모두 사실이다. 그녀의 외양은 매우 화려하지만 속은 진실하지 않았다. 멋진 몸매와 눈부신 기예를 갖추었지만, 그녀의 정신은 빈곤하고 마음은 천성적으로 메말라 있었다. 자생적으로는 아무것도 피어나지 않을 토양이었다. 그 싱싱함으로 기쁨을 주는 자연의 열매는 맺히지 않을 것이다. 그녀는 선하지 않았다. 독창적이지 않았다. 책에서 읽은 구절을 그럴듯하게 되풀이하곤 했지만, 자신의 의견을 제시한 적도 없고 그런 것을 갖고 있지도 않았다. 말로는 고상하게 감정을 옹호하지만, 실제로는 동정과 연민의 감정을 알지 못했다. 그녀의 안에는 부드러움도 진실도 없었다. 어린 아델에게 품은 심술궂은 반감을 지나치게 표시함으로써, 그녀는 이 점을 너무나 자주 드러냈다. 아델이 그녀에게 다가가면 거만한 말로 밀어냈다. 때로는 방에서 나가라고 명하고, 언제나 차갑고 표독스럽게 대했다.

나 이외의 다른 사람들도 이런 행동을 지켜보았다. 유심히, 날카롭게, 빈틈없이 지켜보았다. 그렇다. 미래의 신랑 로체스터 씨 자신도 미래의 신부를 끊임없이 감시했다. 그는 연인의 결점을 기민하고 신중하게, 또 완벽하고 명료하게 의식하고 있었으며, 그녀를 향해 결코 정열을 품고 있지도 않았다. 나를 내내 괴롭히던 고통은 바로 그것이었다.

내 눈에는 그가 집안을 위해 어쩌면 정략적인 이유로 그녀와 결혼할 것처럼 보였다. 그녀의 지위와 연고가 그에게 합당하기 때문에. 나는 그가 그녀에게 사랑을 주지 않았고, 그녀의 자질이 그 보물을 얻어 내기에 적합하지 않다는 것을 알았다. 바로 그것이 나의 신경을 건드리고 괴롭히고 있었다. 또 그 때문에 나의 열병이 식기는커녕 오히려 가열되고 있었다. 그녀는 그를 매료시키지 못했던 것이다.

그녀가 단번에 승리를 따내고, 그가 그녀의 발치에 진심으로 마음을 내놓고 굴복했더라면, 나는 내 얼굴을 가리고 벽으로 돌아서서(비유적으로 말하자면) 그들에게 죽은 사람이 되었을 것이다. 잉그램 양이 힘과 열정과 친절과 분별력을 부여받은 선량하고 고상한 여인이었다면, 나는 질투와 절망이라는 두 마리 호랑이와 단 한 번의 치명적인 전투만을 벌였을 것이다. 그러고는 갈가리 찢어지고 삼켜진 가슴을 안고 그녀를 부러워했을 것이다. 그녀의 탁월함을 인정하고, 내 남은 날들 동안 조용했을 것이다. 그녀의 탁월함이 절대적일수록 나는 더 깊이 감탄했을 것이다. 나의 침묵은 진실로 더 평온했으리라. 하지만 로체스터 씨를 미혹시키려 애쓰는 잉그램 양의 노력은 계속해서 실패하고 있었다. 그녀 자신은 화살이 과녁을 맞혔다고 믿었겠지만, 그녀의 자존심과 자기만족은 상대를 점점 더 밀어내고 있었다. 이를 모른 채 성공에 도취되어 자랑스러워하는 모습을 지켜보는 것은 나를 끝없이 자극하는 동시에 무자비하게 구속하는 양날이었다.

왜냐하면 그녀가 실패했을 때 나는 성공할 방법을 알고 있었기 때문이다. 지속적으로 로체스터 씨의 가슴에서 미끄러져 그의 발치에 떨어지는 화살들이, 더 확실한 손으로 날려 보냈더라면, 그의 도도한 가슴에서 예리하게 떨렸으리라는 것을 나는 알았다. 그의 엄한 눈에 사랑을, 그의 냉소적인 얼굴에 부드러움을 불러냈을 것이다. 아니 더 나아가서, 무기 하나 없이도 조용히 정복할 수 있었을 것이다. 나는 나 자신에게 물었다.

'저렇게 가까이 다가갈 특권을 가지고도 어째서 그녀는 그의 마음을 움직이지 못하는 걸까? 그거야 물론 그녀가 진심으로 그를 좋아하지 않기 때문이지. 진실한 애정으로 그를 좋아하지 않아! 그런 마음이 있다면 저렇게 헤프게 미소를 꾸며 낼 필요가 없지. 저렇게 쉴 새 없이 쳐다보고, 저렇게 공들여 점잔을 빼고, 저렇게 수없이 애교를 떨 필요가 없어. 그의 옆에 조용히 앉아서 입을 다물고 지금보다 덜 쳐다보더라도, 그의 마음에 더 가까이 다가갈 수 있을 거야. 그녀와 한창 쾌활하게 얘기를 나누면서도 그의 표정은 지금 굳어 있어. 나는 다른 얼굴을 보았어. 아주 자연스럽게 우러나왔던 그런 얼굴이었지. 그건 겉만 번지르르한 기교와 계산된 술책에서 나온 것이 아니었어. 그냥 받아들이기만 하면 돼. 수수하게 그의 질문에 답하고, 필요할 때 찡그리지 말고 말을 걸면 돼. 그러면 자애로운 햇살처럼 점점 자라나 따뜻하고 친절하고 상냥해지지. 결혼하면 그녀가 그를 기쁘게 해 줄 수 있을까? 그럴 것 같지는 않아. 그래도 가능할 수는 있겠지. 그의 아내는 태양 아래 가장 행복한 여인이 될 거야.'

나는 로체스터 씨가 이해와 연고 때문에 결혼하려는 것에 대해 비난하고 싶은 마음이 전혀 없었다. 그의 의도를 처음 알아차렸을 때 놀라기는 했다. 그가 아내를 선택하는 기준으로 그렇게 진부한 동기를 따르리라고는 생각하지 않았기 때문이다. 하지만 두 사람의 지위와 교육 등을 고려해 보면, 어린 시절부터 주입받은 개념과 원칙에 따라 행동하고 있을 그들을 비난하고 심판하는 것은 정당하지 않은 일인 듯했다. 그들 계층에 속한 사람들은 모두 이러한 원칙을 가지고 있다. 당시에 나는 그들이 그런 원칙을 고수하는 데에는 내가 헤아릴 수 없는 다른 이유들이 있을 거라고 생각했다.

내가 만약 로체스터 씨와 같은 신사라면, 내가 사랑할 수 있는 사람만을 아내로 품을 것 같았다. 그런 결혼에서 남편이 얻을 수 있는 행복은 너무나 명확했다. 바로 그 이유 때문에, 이 일반론과는 달리 내가 모르는 뭔가가 있을 거라고 생각했다. 그게 아니라면 세상 모든 사람들이 나와 같은 방식으로 행동할 테니까.

하지만 이뿐 아니라 다른 면에서도, 나는 로체스터 씨에게 매우 관대해지고 있었다. 한때 방심하지 않고 경계했던 그의 모든 결점들을 잊어 가고 있었던 것이다. 전에는 그의 성격의 모든 측면을 연구하려고 노력했다. 좋은 점과 나쁜 점을 견주어 보고 그 둘을 저울질하여 합리적인 판단을 내리려 애썼다. 이제는 나쁜 점이 보이지 않았다. 한때 나를 기겁하게 했던 가혹함과, 나를 불쾌하게 했던 냉소가 최고급 요리의 톡 쏘는 양념처럼 느껴질 뿐이었다. 혀를 얼얼하게 해 주는 그런 양념들이 없다면 얼마나 밍밍하겠는가. 게다가 애매모호한 무언가가 있었다. 그 표정이 음흉함이었을까, 슬픔이었을까, 교활함이었을까, 아니면 낙담이었을까? 그것은 유심히 살펴보는 사람만 알아볼 수 있도록 이따금씩 그의 눈에 나타났다가, 부분적으로 노출된 묘한 속을 누가 헤아려 보기도 전에 닫혀 버렸다. 그것은 마치 화산이 폭발할 듯한 언덕 가운데로 헤매다니다가, 갑자기 땅의 진동이 느껴지고 그게 갈라지는 것을 본 것처럼 나를 두려움으로 움츠러들게 했다.

나는 여전히 그 알 수 없는 표정을 가끔 보았다. 마비된 신경으로 보는 게 아니라, 두근대는 가슴으로 피하고 싶어 하는 대신에 감히 그것을 간파하고 싶다는 마음뿐이었다. 나는 잉그램 양이 행복한 사람이라고 생각했다. 언젠가는 느긋하게 그 심연을 들여다보고 비밀을 탐구하여 본질을 분석할 수 있을 테니까.

내가 이렇게 로체스터 씨와 미래의 신부에 대해서만 생각하는 동안, 그들만을 바라보고, 그들의 대화만을 듣고, 그들의 중요한 행동만을 고려하는 동안—다른 손님들은 각자 자신의 흥미와 즐거움에 빠져 있었다—린 부인과 잉그램 부인은 변함없이 심각한 표정으로 이야기를 나눴다. 서로에게 터번을 까딱거리며, 잡담의 화제에 따라 한 쌍의 커다란 꼭두각시처럼 손을 번쩍 들어 놀라움이나 불가사의함이나 공포를 표시했다. 온화한 덴트 부인은 친절한 애시턴 부인과 얘기했고, 두 사람은 때로 나에게 미소 짓거나 상냥하게 말을 건넸다. 조지 린, 덴트 대령, 애시턴 씨는 정치나 그 지방의 일이나 법적인 문제를 토론했다. 젊은 잉그램 경은 에이미 애시턴에게 집적거렸다. 루이자는 린 형제 중 한 명과 노래를 하고 피아노를 연주했다. 메리 잉그램은 린 형제 중 다른 한 명의 씩씩한 언사에 기운 없이 귀를 기울였다.

때로는 모두 다 같이 조연 연기를 중단하고 주연 배우들을 관찰하며 이야기를 듣기도 했다. 어차피 로체스터 씨와 그와 긴밀하게 연결되어 있는 잉그램 양이 그 무리의 핵심이자 중심인물이었기 때문이다. 한 시간이라도 그가 방을 비우면, 눈에 보일 정도의 지루함이 손님들에게로 기어드는 듯했다. 그가 다시 들어오면 대화의 활력에 신선한 바람을 불어넣었다.

그가 일 때문에 밀코트에 불려 가 늦게까지 돌아올 것 같지 않던 어느 날, 그의 부재는 사람들 사이에서 완전히 활기를 빼앗아 갔다. 오후에 비가 내리는 바람에 헤이 마을 너머 공유지에 최근 세워진 집시촌에 구경 가기로 했던 산책 계획이 연기되었다. 몇몇 신사들은 마구간으로 사라졌다.

젊은 남녀들은 당구실에서 당구를 쳤다. 잉그램 부인과 린 부인은 카드게임에서 조용히 위안을 찾았다. 블랑시 잉그램은 그녀를 대화에 끌어들이려는 덴트 부인과 애시턴 부인의 노력을 멸시하는 태도와 침묵으로 물리치고, 피아노 앞에 앉아 감상적인 곡조를 두드리며 흥얼거렸다. 이어 그녀는 서재에서 소설책을 가져와 오만하고 나른한 태도로 소파에 털썩 주저앉아서 주인 없는 지루한 시간을 소설 읽기로 때워 보려고 애썼다. 방도 집도 조용했다. 이따금씩 당구 치는 이들의 왁자한 소리가 위층에서 들려올 뿐이었다.

어스름이 내릴 무렵, 시계는 이미 만찬을 위해 옷을 갈아입을 시간이 다 되었음을 알려 주었다. 그때 내 옆에서 응접실 창가 의자에 무릎 꿇고 앉아 있던 아델이 소리쳤다.

“Voilà Monsieur Rochester, qui revient(저기 로체스터 씨가 돌아오세요)!”

나는 창 쪽을 돌아보았고, 잉그램 양이 소파에서 부리나케 달려왔다. 다른 사람들도 각자 하던 일에서 고개를 들었다. 자갈길을 구르는 바퀴 소리와 첨벙거리는 말발굽 소리가 들려왔기 때문이다. 사륜 역마차가 다가오고 있었다. 잉그램 양이 말했다.

"저런 모양새로 집에 오시다니 어떻게 된 걸까? 나갈 때는 메스루를 타고 갔잖아? 파일럿도 따라갔고. 동물들을 다 어떻게 한 거지?"

그녀가 말을 하면서 그 커다란 체격과 풍성한 의상을 창에 바짝 갖다 댔기 때문에, 나는 등뼈가 거의 부러질 정도로 몸을 뒤로 젖혀야 했다. 밖을 내다보느라 정신이 없어서 나를 알아차리지 못했던 그녀가, 나를 보고는 입을 삐죽거리며 다른 창으로 옮겨 갔다. 역마차가 멈췄다. 마부가 초인종을 울렸고, 여행복 차림의 신사가 마차에서 내렸다. 하지만 그는 로체스터 씨가 아니었다. 키가 크고 세련되게 차려입은 낯선 남자였다.

"짜증나! 이 성가신 원숭이 같으니! (갑자기 아델을 보며) 누가 이런 거짓말이나 하라고 너를 창가에 앉혀 놨니?"

잉그램 양이 소리쳤다. 그러고는 내 잘못이라는 듯이 나를 노려보았다.

현관홀에서 이야기하는 소리가 들리더니, 곧 낯선 인물이 들어섰다. 그는 잉그램 부인을 제일 연장자라고 생각한 듯 그녀에게 고개를 숙였다.

"제가 시간을 잘못 맞춰 온 모양입니다. 하필 저의 친구 로체스터 씨가 외출 중이라는군요. 하지만 제가 아주 긴 여행을 거쳐 온 데다가, 이 집의 주인과 오래도록 친밀한 사이였던지라 그가 돌아올 때까지 여기서 기다려도 되리라고 생각합니다."

그의 태도는 정중했다. 말하는 억양이 좀 특이한 것 같았다. 확실한 외국 억양도 아니지만 완벽한 영국식 억양도 아니었다. 나이는 서른에서 마흔 사이로 로체스터 씨와 비슷해 보였다. 안색은 유난히 누르스름했다. 그 점만 빼면 말끔하게 생겼다고 할 수 있었고, 특히 처음 봤을 때는 미남의 인상을 풍겼다. 하지만 더 자세히 관찰하면 어딘지 불쾌한, 아니 그보다는 유쾌하지 않은 느낌이 드는 얼굴이었다. 이목구비는 균형 잡혀 있었지만 맥이 빠져 보였다. 눈은 크고 보기 좋은 모양이었지만 그 안에 담긴 생기라고는 멍한 무기력뿐이었다. 적어도 내 눈에는 그렇게 보였다.

몸치장 시간을 알리는 종소리가 사람들을 흩어 놓았다. 만찬이 끝난 후에 나는 다시 그를 보았다. 그는 꽤 편안해 보였다. 하지만 그의 생김새는 전보다 훨씬 더 내 마음에 들지 않았다. 불안정하고 활기도 없는 인물 같았다. 그의 눈은 이리저리 떠돌아다녔고, 그 방황에는 아무런 의미가 없었다. 그래서인지 그의 표정은 내가 한 번도 본 적이 없는 이상한 것이었다. 잘생겼고 붙임성이 없는 편도 아닌데 나는 왠지 모르게 그가 싫었다. 완벽한 계란형에 매끈한 피부를 지닌 얼굴에는 힘이 없었다. 매부리코와 앵두 같은 작은 입술에는 단호함이 없었다. 낮고 평평한 이마에는 생각이 없었다. 그 멍한 갈색 눈에는 장악력이 없었다.

나는 늘 앉던 구석 자리에 앉아, 벽난로 선반의 장식 촛대 불빛에 환하게 비치는 그의 모습을 지켜보았다. 그가 추운 듯이 불 가까이에 안락의자를 끌어당기고, 그러고도 더 가까이 몸을 움츠렸다. 그와 로체스터 씨를 비교해 보았다. (미안한 말이지만) 미끈한 거위와 포악한 매의 차이도 이보다는 크지 않을 듯했다. 온순한 양과 그 양을 지키는 질긴 가죽과 매서운 눈을 지닌 개도 이만큼의 차이는 나지 않을 것 같았다.

그는 자신이 로체스터 씨의 오랜 친구라고 말했다. 틀림없이 기묘한 우정일 것이다. '극과 극은 통한다.'는 격언을 정확히 보여 주는 사례이리라.

그의 옆에 신사 두세 명이 앉아 있었고, 나는 가끔씩 방 건너에서 그들이 주고받는 대화의 단편들을 알아들었다. 처음에는 내가 들은 말들이 잘 이해되지 않았다. 내 가까이에 앉은 루이자 애시턴과 메리 잉그램이 드문드문 들려오는 단편적인 문장들을 뒤엉키게 했기 때문이다. 이 여성들은 낯선 남자에 관해 이야기하고 있었다. 둘 다 그를 '아름다운 남자'라고 불렀다. 루이자는 그가 '사랑스러운 창조물'이라며 그를 흠모했고, 메리는 자신의 이상형이 그 남자처럼 작고 어여쁜 입과 멋진 코를 지닌 사람이라고 했다. 루이자가 외쳤다.

"게다가 저 이마는 얼마나 사람 좋아 보이는지요! 아주 매끈하잖아요. 내가 질색하는 울퉁불퉁한 찌푸림은 찾아볼 수가 없어요. 저 눈과 미소는 또 얼마나 평온해 보이는지요!"

그때, 나로서는 대단히 다행스럽게, 헨리 린 씨가 연기된 헤이 마을 공유지로의 소풍 건을 매듭짓자며 그들을 방 저편으로 불러 데려갔다.

나는 이제 난롯가의 무리들에게 관심을 집중할 수 있었고, 이윽고 낯선 남자가 메이슨 씨라고 불리는 것을 알아들었다. 방금 영국에 도착했고, 어딘가 아주 더운 나라에서 왔다고 했다. 그의 얼굴색이 누르스름한 것이나, 불가에 그렇게 가까이 앉아 있는 것이나, 집 안에서 외투를 입고 있는 이유가 그 때문인 듯했다.

잠시 후에 자메이카, 킹스턴, 스페인 타운이라는 단어들이 그의 거주지가 서인도 제도라는 것을 알려 주었다. 그가 로체스터 씨를 거기서 처음 만나 알게 되었다는 소리를 듣고 나는 적잖이 놀랐다. 그는 로체스터 씨가 그 지역의 타는 듯한 열기와 허리케인과 우기를 싫어했다고 말했다. 로체스터 씨가 여행가라는 것은 페어팩스 부인에게 들어 알고 있었다. 하지만 나는 그의 방랑이 유럽 대륙에 한정되어 있는 줄 알았다. 지금까지 그가 그보다 먼 해안 지방으로까지 다녀왔다는 암시는 들어 본 바 없었다.

내가 이런 것들을 곰곰이 생각하고 있을 때, 다소 예상치 못한 하나의 사건이 내 생각의 고리를 끊었다. 누군가가 문을 열자 메이슨 씨가 부르르 떨며, 난로에 석탄으로 더 넣어 달라고 청했다. 숯 덩어리는 아직 빨갛게 이글거렸지만 불길은 꺼져 있었다. 하인이 석탄을 가지고 들어왔다. 나가는 길에, 애시턴 씨의 의자 옆에 멈춰서 조그맣게 뭐라고 속삭였다. 내가 들을 수 있었던 단어는 '노파', '아주 귀찮게' 정도였다.

"썩 꺼지지 않으면 차꼬를 채워 망신을 주겠다고 전하게."

그 치안 판사가 대답했다.

"아니…… 잠깐만요!"

덴트 대령이 끼어들었다. 그리고 그가 목소리를 높여 말을 이었다.

"그 여자를 보내지 말아요, 애시턴. 우리가 활용할 수도 있을 거요. 숙녀분들과 상의하는 게 낫겠소. 숙녀 여러분, 헤이 마을 공유지에 집시촌을 구경하러 가신다고 했잖습니까. 여기 샘이 그러는데, 지금 집시 노파 하나가 하인 방에 와서 점을 쳐 드릴 테니 높으신 분들 앞에 데려다 달라고 한다는군요. 그녀를 만나 보시렵니까?"

"대령님, 설마 그런 천박한 사기꾼을 봐주려고 하는 건 아니시겠지요? 부디 그녀를 쫓아 주세요, 당장!"

잉그램 부인이 소리쳤다.

"하지만 아무리 가라고 해도 말을 듣지 않습니다요. 누구 말도 안 들어요. 지금 페어팩스 부인이 제발 떠나 달라고 사정하고 있는데요. 그 노파는 난롯가 의자를 차지하고 앉아서, 여기 들어오라는 허락이 떨어질 때까지 절대 꼼짝도 않겠다고 우깁니다요."

하인이 말했다.

"그 노파가 원하는 게 뭐지?"

애시턴 부인이 물었다.

"높으신 분들의 점을 쳐 드리겠다고 합니다. 꼭 그래야 하고 반드시 할 거라고 말하는데요."

"어떻게 생겼어요?"

애시턴가의 따님들이 동시에 물었다.

"지독히 못생긴 늙은이예요, 아가씨. 오지그릇처럼 까매요."

"오호, 진짜 요술쟁이인가 보군! 들어오라고 합시다."

프레데릭 린이 소리쳤다.

"당연히 그래야죠."

그의 형제가 거들었다.

"이렇게 재미난 기회를 던져 버리는 건 몹시 애석한 일입니다."

"얘들아, 무슨 생각을 하는 거야?"

린 부인이 소리쳤다.

"나는 그런 터무니없는 짓에 찬성할 수 없어요."

잉그램 부인이 맞장구쳤다.

"그렇겠죠, 어머니. 하지만 어머니는 찬성할 수 있고 찬성하실 거예요."

블랑시가 피아노 의자에서 빙글 돌아앉으며 오만한 목소리로 선언했다. 지금까지 그녀는 거기에 앉아 말없이 여러 악보들을 살피고 있었다.

"저는 제 운명이 어떤지 듣고 싶어요. 그러니까 샘, 그 노파를 들여보내."

"블랑시! 생각해 봐라……."

"알아요. 어머니가 무슨 말씀을 하실지 다 알아요. 그래도 저에게는 제 의지가 있어요. 어서, 샘!"

"그래요…… 그래요…… 그래요!"

호기심 넘치는 젊은이들이 모두 소리쳤다.

"노파더러 들어오라고 해요. 무척 재미있을 거예요!"

하인은 여전히 머뭇거리며 말했다.

"몰골이 아주 지저분한데요."

"가라니까!"

잉그램 양이 호통을 치자 하인이 나갔다.

곧바로 모두들 흥분 상태가 되었다. 농담과 희롱이 한창 이어지고 있을 때 샘이 돌아왔다.

"이젠 또 오지 않겠다는데요. 자기는 저속한 무리(이건 노파가 한 말입니다) 앞에 나타날 수 없답니다. 혼자 있을 수 있는 방을 안내하고, 그다음에 운을 점치고 싶은 사람을 하나씩 들여보내랍니다요."

"그것 봐라, 나의 여왕 같은 블랑시야. 갈수록 더하잖니. 내 말 들어라, 천사 같은 아이야, 그리고……."

잉그램 부인이 입을 열었다. 그때 '천사 같은 아이'가 말을 가로막았다.

"노파를 서재로 안내해. 저속한 무리 앞에서 얘기를 듣는 건 나도 마땅치 않아. 무슨 말을 하는지 혼자 들어야겠어. 서재에 불이 피워져 있나?"

"네, 아가씨. 그런데 그 노파, 아무래도 빈대 붙는 거지가 틀림없는 것 같아요."

"멍청한 놈! 쓸데없는 소리 그만하고 명령대로 해."

다시 샘이 사라졌고, 신비감과 기대감과 생동감이 다시 한 번 완전하게 되돌아왔다.

"준비됐습니다. 누가 먼저 오실 건지 알아보라는데요."

하인이 다시 들어와 말했다.

"숙녀분들을 보내기 전에 내가 가서 들여다봐야겠어."

덴트 대령이 말했다.

"샘, 신사분이 들어간다고 전해."

샘이 갔다가 돌아왔다.

"나리, 신사들은 받지 않겠답니다요. 굳이 오실 필요 없다는데요."

그가 킥킥 터지는 웃음을 간신히 참으며 덧붙였다.

"부인들도 안 된답니다. 젊은 아가씨들만 봐 드리겠답니다."

"이런 세상에, 주제에 가리는 것도 많구먼!"

헨리 린이 소리쳤다.

잉그램 양이 엄숙하게 일어났다.

"내가 먼저 갈게요."

그녀가 말했다. 부하들의 선봉에서 갈라진 성벽 틈으로 올라가는 결사대 대장에게나 걸맞을 만한 어조였다.

"오, 소중한 내 딸아! 아, 사랑하는 딸아! 멈춰라. ……다시 생각해 봐라!"

그녀의 어머니가 외쳤다. 하지만 그녀는 입을 꽉 다물고 당당하게 그 앞을 지나쳐, 덴트 대령이 열어 준 문을 빠져나갔고, 잠시 후 서재로 들어가는 소리가 들렸다.

오랜 정적이 이어졌다. 잉그램 부인은 그것을 두 손을 비틀어 짜야 할 'le cas(사건)'로 여겼다. 실제로 그렇게 행동했다. 메리 양은 자기는 절대 못 들어갈 것 같다고 말했다. 에이미와 루이자 애시턴은 약간 겁먹은 얼굴로 숨죽여 키득거렸다.

아주 느리게 몇 분이 지나갔다. 15분 후에 서재 문이 다시 열렸다. 잉그램 양이 아치를 지나 되돌아왔다.

그녀가 웃으려나? 농담으로 받아들이려나? 모든 사람이 열렬한 호기심을 담아 그녀를 바라보았고, 그녀는 차갑게 거부하는 눈으로 그 시선들을 맞았다. 당황한 것 같지도 않고 즐거워 보이지도 않았다. 그녀는 뻣뻣하게 자리로 걸어가 말없이 앉았다.

"어때, 블랑시?"

젊은 잉그램 경이 물었다.

"그 여자가 뭐라고 했어, 언니?"

메리가 물었다.

"어떻게 생각해요? 어떤 것 같아요? 진짜 점쟁이 같아요?"

애시턴가의 딸들이 다그쳤다. 그러자 잉그램 양이 대답했다.

"자, 자, 여러분, 조르지 말아요. 정말이지 조그만 일에도 신기해하고 금세 믿어 버리는 여러분의 기관은 쉽사리 흥분하는군요. 저의 어머니를 포함해서 여러분 모두가 이 일을 이렇게 중요하게 여기는 걸 보니 이 집에 악마와 굳게 결탁한 진짜 마녀가 있다고 믿으시는 모양이에요. 저는 집시 방랑자를 보았을 뿐이에요. 흔히 하는 식으로 손금을 보고, 그런 이들이 흔히 하는 말들을 들려주더군요. 내 호기심은 충족되었어요. 이제 애시턴 씨가 위협하신 대로 내일 아침에 그 할멈에게 차꼬를 채우는 게 낫겠다고 생각해요."

잉그램 양이 책을 들고 의자에 기대앉아, 더 이상의 대화를 단호하게 거절했다. 나는 근 30분 동안 그녀를 지켜보았다. 그 시간 동안 그녀는 한 페이지도 넘기지 않았고, 얼굴은 갈수록 어둡고 불만스러워지고 불쾌한 실망감을 드러냈다. 좋은 이야기를 듣지 못한 게 분명했다. 그녀의 침묵과 우울함이 길어지는 것으로 보아, 겉으로는 무관심한 체했음에도 불구하고 자신이 들었던 어떤 계시에 꽤나 중요성을 두고 있는 듯이 보였다.

그사이에, 메리 잉그램, 에이미와 루이자 애시턴은 혼자 가지 않겠다고 말했다. 그러면서도 다들 가고 싶어 했다. 특사 격인 샘의 중재로 협상이 이루어졌다. 샘의 종아리에 쥐가 날 지경까지 수도 없이 왔다 갔다 한 뒤에, 마침내 그 완고한 무녀의 입에서 가까스로 세 명이 한꺼번에 들어와도 좋다는 허락이 떨어졌다.

그들이 들어갔을 때는 잉그램 양이 들어갔을 때처럼 조용하지 않았다. 서재에서 낄낄거리는 웃음소리와 새된 외침 소리들이 들려왔다. 20분쯤 후에 문이 벌컥 열리더니, 그들이 얼마간 두려움에 정신 나간 사람들처럼 현관홀을 가로질러 달려왔다.

"사악한 마녀가 틀림없어요!"

그들이 저마다 소리쳤다.

"우리한테 별의별 얘기를 다했어요! 우리에 대해 전부 알고 있더군요!"

그러고는 신사들이 부리나케 대령한 의자에 각자 숨 가쁘게 앉았다.

좀 더 설명해 보라고 재촉하자, 그들은 자신이 아주 어렸을 때 했던 말과 행동을 노파가 다 알아맞히더라고 말했다. 그들의 집 내실에 있는 책과 장신구 들을 묘사하고, 친척들에게 선물로 받은 이런저런 기념품까지 알고 있더라고 했다. 그들의 생각을 예측하고, 세상에서 제일 좋아하는 사람의 이름을 각자의 귀에 속삭이고, 그들이 가장 원하는 것을 밝혀냈다고 했다.

그러자 신사들이 끼어들어 마지막으로 말한 두 가지에 관해 좀 더 알려 달라고 간절하게 부탁했다. 하지만 그들은 신사들의 끈덕진 요청에 대해 얼굴을 붉히거나 소리를 지르거나 부르르 몸을 떨거나 나지막이 웃기만 했다. 그동안에 마나님들은 정신 나게 하는 약을 건네주며 부채질을 해 댔다. 어른들의 경고를 들었어야 했다는 걱정스런 말을 몇 번이나 되풀이하면서 나이 든 신사들은 웃었고, 젊은 남자들은 흥분해 있는 이 아름다운 아가씨들의 시중을 들어주려고 야단이었다.

내 눈과 귀가 내 앞에서 벌어지는 소란에 완전히 쏠려 있을 때, 옆에서 흠흠 기침 소리가 들렸다. 고개를 돌리니 샘이 서 있었다.

"저기요, 그 집시가 아직 오지 않은 아가씨가 있다면서, 모두 다 볼 때까지 떠나지 않겠다고 우기는데요. 당신을 얘기하는 것 같아요. 다른 사람이 없거든요. 그녀에게 뭐라고 말할까요?"

"오, 반드시 가야죠."

내가 대답했다. 나도 호기심이 고조되어 있던 터라 이를 만족시킬 수 있는 뜻하지 않은 기회가 온 것이 매우 반가웠다. 모두들 방금 돌아와 흥분해 있는 세 여인 주위에 한 덩어리로 모여 있었기 때문에, 나는 눈에 띄지 않게 그 방을 빠져나와 뒤로 조용히 문을 닫았다. 샘이 말했다.

"원하시면 내가 현관홀에서 기다릴게요. 그 여자가 무섭게 하면 소리치세요, 내가 달려 들어갈 테니."

"아니에요, 샘, 부엌으로 돌아가요. 나는 하나도 안 무서워요."

정말이었다. 오히려 대단히 흥미롭고 흥분된 기분이었다.

## 제19장

서재는 아주 평온해 보였고, 그녀를 무녀라고 할 수 있을지 모르겠지만, 아무튼 그 무녀는 난롯가의 안락의자에 꽤 편안하게 앉아 있었다. 빨간 외투에 검은 보닛을 쓴 모습이었다. 아니 보닛이라기보다는 챙이 넓은 집시 모자를 쓰고, 줄무늬 손수건을 턱 아래에 묶고 있었다. 꺼진 양초가 탁자에 놓여 있었다. 그녀는 불길 쪽으로 고개를 숙이고, 그 불꽃의 빛으로 기도서처럼 생긴 작고 검은 책을 읽고 있었다. 대부분의 늙은 여자들이 그렇듯이 중얼중얼거리며 내가 들어갔어도 곧바로 그만두지 않는 것으로 보아 한 단락을 마저 읽으려는 모양이었다.

나는 러그에 서서 손을 녹였다. 응접실 불가에서 멀리 앉아 있었던 탓에 손이 다소 얼어 있었다. 여느 때와 마찬가지로 기분은 차분했다. 사실 그 집시의 외모에는 마음을 불안하게 하는 요소가 하나도 없었다. 그녀가 책을 덮고 천천히 고개를 들었다. 챙이 부분적으로 얼굴을 가리고 있었지만, 그녀가 고개를 들었을 때 어딘가 이상하다는 생각이 들었다. 얼굴이 온통 갈색과 검정색이었다. 턱 아래 묶은 흰 끈 밑으로 헝클어진 머리카락들이 삐져나와 뺨을 반쯤 덮고 턱까지 내리덮었으니 그녀의 눈이 똑바로 대담하게 나를 바라보았다.

"그래, 운수를 듣고 싶은가?"

그녀가 그 생김새처럼 거칠고 그 시선처럼 단호한 목소리로 내게 물었다.

"저는 별로 관심 없어요. 좋으실 대로 하세요. 하지만 미리 말씀드리는데 믿지는 않을 거예요."

"과연 건방진 사람이 할 만한 말이야. 그럴 줄 알았어. 당신이 문지방을 넘어설 때 그 발걸음을 듣고 알아차렸어."

"그러셨어요? 귀가 예민하시군요."

"그래, 눈도 예민하고 머리도 예민하지."

"이런 일을 하려면 그래야겠죠."

"그래, 특히 당신 같은 손님을 다룰 때는. 왜 떨지 않지?"

"춥지 않거든요."

"왜 창백해지지 않지?"

"병들지 않았거든요."

"왜 나에게 운을 물어보지 않지?"

"어리석지 않거든요."

노파가 보닛과 끈 안에서 낄낄 웃었다. 그러고는 짤막한 검정색 파이프를 꺼내 불을 붙이고 피우기 시작했다. 한동안 이 진정제를 즐긴 후에, 노파는 구부린 허리를 펴고 파이프를 내린 뒤 불길을 물끄러미 쳐다보며 아주 신중하게 입을 열었다.

"당신은 추워. 병들었어. 그리고 어리석어."

"증명해 보세요."

내가 대꾸했다.

"그러지, 간단하게. 당신은 혼자이기 때문에 추워. 그 안에 있는 불을 일으켜 줄 사람이 아무도 없어. 당신은 병들었어. 인간에게 주어진 가장 최고의 고상하고 달콤한 감정을 멀리 떼어 놓았거든. 스스로 고통스러울지라도 그 감정에게 다가오라고 손짓하지 않으니 당신은 어리석어. 당신은 그게 기다리는 곳으로 한 걸음도 움직이지 않을 거야."

그녀는 다시 짧은 검정색 파이프를 입에 물고 힘차게 피우기 시작했다.

"커다란 저택에 고용인으로 혼자 사는 사람들에게는 거의 그렇게 말할 수 있어요."

"누구에게나 그런 말을 할 수는 있어. 하지만 그게 대부분의 누구에게나 맞을까?"

"나와 같은 처지라면 맞겠죠."

"그래. 그렇지, 당신 같은 처지. 하지만 당신과 정확히 똑같은 처지에 놓인 사람을 나에게 찾아 줘 봐."

"얼마든지 찾아 드릴 수 있을 거예요."

"한 명도 찾지 못할걸. 당신은 모르겠지만, 당신은 특이하게 행복과 아주 가까운 곳에 있어. 그래, 손 닿을 거리에 있지. 재료는 다 준비됐어. 그것들을 결합하는 움직임 하나가 부족할 뿐이야. 운명의 여신은 그 재료들을 좀 떨어뜨려 놨어. 그게 일단 서로 가까워지면 더없는 기쁨이 찾아올 거야."

"나는 신비를 이해하지 못해요. 한 번도 수수께끼를 맞혀 본 적이 없거든요."

"더 확실하게 듣고 싶으면 손바닥을 보여 봐."

"거기에 은화를 얹어야겠죠?"

"당연하지."

나는 그녀에게 1실링짜리 은화를 주었다. 그녀는 주머니에서 꺼낸 낡은 스타킹의 발 부분에 그것을 넣고 둥글게 묶어 제자리에 집어넣은 다음, 나에게 손을 펼치라고 말했다. 나는 시키는 대로 했다. 그녀는 내 손을 만지지 않고 손바닥에 얼굴을 들이댄 채 자세히 들여다보며 말했다.

"너무 미세해. 이런 손으로는 아무것도 볼 수 없어. 금이 거의 없잖아. 게다가 손바닥이 무슨 소용이야? 운명은 이런 데 씌어 있지 않아."

"그 말이 맞겠죠."

내가 말했다.

"그래."

그녀가 말을 이었다.

"운명은 얼굴에 씌어 있어. 이마에, 눈가에, 눈 안에, 입가의 주름에. 무릎을 꿇고 고개를 들어 봐."

내가 그녀의 지시를 따르며 말했다.

"아! 이제야 현실로 돌아오시네요. 조만간 당신을 약간 믿게 될 것 같아요."

나는 그녀에게서 반걸음쯤 떨어진 곳에 무릎을 꿇었다. 그녀가 불을 휘저어 흐트러지는 석탄에서 빛의 파문이 일어나게 했다. 하지만 그 빛은 쪼그려 앉은 그녀의 얼굴을 더 그늘지게 했을 뿐이다. 불빛이 내 얼굴을 비추었다. 그녀가 잠시 나를 관찰하고 나서 말했다.

"오늘 밤 나에게 올 때 당신은 어떤 느낌이었을까. 저 고상한 사람들이 환등기의 형상처럼 당신 앞을 휙휙 지나다니는 방에 앉아 있는 동안 당신의 마음에는 어떤 생각들이 바삐 움직였을까. 그들이 인간의 모습을 한 그림자일 뿐 실질적인 알맹이가 없는 것처럼, 당신과 그들 사이에는 아무런 교감이 흐르지 않았을 거야."

"지루할 때가 많고, 때로는 졸리기도 해요. 그렇지만 슬프지는 않아요."

"그럼 미래에 관한 속삭임으로 당신의 기운을 북돋고 기쁘게 하는 비밀스런 희망이 있나?"

"아뇨. 나의 가장 큰 바람은 언젠가 작은 집을 빌려 학교를 세울 수 있는 만큼의 돈을 모으는 거예요."

"영혼이 살아가기 위한 영양분으로는 빈약해. 그러면 당신은 그 창가 자리에 앉아(보다시피 나는 당신의 습관을 알아)……."

"하인들에게 알아냈겠죠."

"아! 당신은 자신이 예리하다고 생각하는군. 그래…… 어쩌면 그럴지도 모르지. 솔직히 그들 중에 내가 아는 사람이 하나 있어. 풀 부인……."

그 말을 듣고 나는 생각했다.

'당신…… 당신이? 그렇다면 결국 이 일에는 악마의 장난이 숨어

있는 거야!'

그 묘한 존재가 계속 말했다.

"놀라지 마. 풀 부인은 믿음직한 사람이야. 과묵하고 조용해. 누구든지 그녀를 신뢰할 수 있지. 하지만 그건 그렇고, 당신은 그 창가 자리에 앉아 미래의 학교 외에는 아무것도 생각하지 않나? 당신 앞의 소파와 의자들을 점령한 사람들 가운데 아무에게도 관심이 없나? 자세히 살펴보는 얼굴이 없나? 호기심에서라도 행동 하나하나를 주시하는 사람이 없나?"

"나는 모든 사람의 얼굴과 모습을 관찰하는 게 좋아요."

"하지만 그중에서 한 사람…… 아니면 두 사람을 골라내지는 않나?"

"자주 그래요. 두 사람의 몸짓이나 표정이 같은 이야기를 하는 것 같을 때, 그들을 지켜보는 게 재미있어요."

"어떤 이야기를 제일 좋아하지?"

"별로 선택의 여지는 없어요! 대개는 대화 주제가 똑같거든요. 구애에 대해서죠. 결국은 결혼이라는 똑같은 대단원으로 막을 내리는."

"그런 단조로운 주제를 좋아하나?"

"전혀요, 난 그런 데 관심이 없어요. 내게는 아무 의미도 없거든요."

"의미가 없어? 매력적인 미모에 지위와 재산까지 지닌 생기 넘치고 건강한 젊은 여인과 마주 앉아 생글생글 미소 짓고 있는 남자가 바로 당신이……."

"내가 뭐요?"

"당신이 알고 있는…… 그리고 어쩌면, 좋게 생각하는 남자라면 말이야."

"나는 여기 있는 신사들을 몰라요. 그들과 한마디도 나눠 본 적이 없어요. 물론 어떤 분들은 점잖고 품위 있는 중년 신사고, 어떤 분들은 젊고 멋지고 활달한 호남이라고 생각해요. 하지만 물론 그분들이 아무리 좋아하는 사람의 미소를 받아들이더라도, 내 감정에는 전혀 변화가 일어나지 않아요."

"여기 있는 신사들을 모른다고? 그들과 한마디도 나눠 보지 않았다고? 이 집의 주인에 대해서도 그렇게 말할 텐가?"

"그분은 집에 없어요."

"심오한 말이야! 영리한 궤변이야! 그는 오늘 아침에 밀코트에 갔고, 오늘 밤이나 내일 돌아올 거야. 그렇다고 해서 당신이 아는 사람의 목록에서 그를 제외할 수 있나? 말하자면 그의 존재를 빼 버릴 수 있나?"

"그런 건 아니에요. 하지만 당신이 말하는 주제와 로체스터 씨가 무슨 관련이 있는지 모르겠군요."

"나는 남자들 앞에서 미소 짓는 숙녀들의 얘기를 하고 있었어. 최근에 아주 많은 미소가 두 개의 잔이 흘러넘칠 정도로 로체스터 씨의 두 눈에 뿌려졌어. 그걸 보지 못했나?"

"로체스터 씨는 손님들과 어울려 즐길 권리가 있어요."

"그의 권리에 대해 묻는 게 아니야. 여기서 언급된 결혼 이야기들 중에, 로체스터 씨가 가장 활발하고 지속적으로 대상에 올랐다는 것을 알아차리지 못했나?"

"열심히 듣는 귀가 있으면 말하는 자의 혀에 활기가 생기는 법이에요."

집시에게라기보다 나 자신에게 한 말이었다. 이때쯤 그의 이상한 말과 목소리와 태도는 나를 꿈결처럼 감싸고 있었다. 예기치 못한 한마디가 내 입에서 튀어나오고 또 다른 말이 이어지면서, 나를 신비의 거미줄에 얽어 놓았다. 어느 보이지 않는 영이 몇 주일간 내 심장 옆에 앉아 모든 맥박을 기록하며 그 움직임을 지켜본 게 아닐까 싶을 정도였다.

노파가 내 말을 반복했다.

"열심히 듣는 귀! 그래, 로체스터 씨는 그들의 대화에서 큰 기쁨을 얻는 매혹적인 입술에 귀를 기울이며 몇 시간째 앉아 있었지. 로체스터 씨는 그것을 매우 기꺼이 받아들이며 그에게 주어진 즐거움에 매우 감사하는 듯했어. 당신은 이걸 알아차렸나?"

"감사요? 그의 얼굴에서 감사의 표정을 발견한 적은 단 한 번도 없어요."

"발견! 그럼 당신은 분석을 하고 있었군. 감사가 아니라면 무엇을 찾아냈지?"

나는 아무 말도 하지 않았다.

"당신은 사랑을 보았을 거야. 그렇지 않나? 앞날을 떠올려 볼 때, 결혼한 그와 행복해하는 신부를 보았나?"

"흥! 그렇지는 않아요. 마녀의 기술도 가끔은 틀리는군요."

"그럼 대체 뭘 봤지?"

"상관없어요. 나는 고백하러 온 게 아니라 물으려고 온 거예요. 로체스터 씨가 결혼할 거라는 소문이 있던가요?"

"그래, 아름다운 잉그램 양과."

"곧 한다던가요?"

"보기에는 그렇게 될 것 같더군. 틀림없이(당신은 길들여지지 않은 그 건방진 태도로 그걸 의심하는 모양이지만) 그들은 세상에서 제일 행복한 한 쌍이 될 거야. 그렇게 예쁘고 고상하고 재치 있고 기량도 뛰어난 숙녀를 사랑할 수밖에 없겠지. 그녀도 아마 그를 사랑할 거야. 아니, 그의 외모가 아니라면 적어도 그의 지갑이라도. 그녀는 로체스터가의 재산을 결혼에 대단히 바람직한 것으로 여기고 있어. (신이여 용서하소서!) 내가 한 시간쯤 전에 그 점에 관해 뭔가를 말해 줬더니, 그녀의 표정이 상당히 어두워지더군. 그녀의 입꼬리가 1센티미터는 처졌어. 내가 얼굴색이 거무스름한 구혼자를 조심하라고 충고했거든. 더 길거나 더 확실한 소작료 장부를 쥔 다른 남자가 나타나면 그는 차이게 될 거야."

"하지만 나는 로체스터 씨의 운수를 들으러 온 게 아니에요. 내 운을 들으러 왔어요. 왜 그 얘기를 해 주지 않는 거죠?"

"당신의 운은 아직 분명치 않아. 얼굴을 보면, 한 가지 특징이 다른 특징에 위배돼. 운명의 여신은 당신에게 어느 정도의 행복을 배당해 줬어. 그건 확실해. 오늘 저녁에 여기 오기 전부터 알고 있었어. 운명의 여신은 그걸 당신의 한쪽에 조심스레 내려놓았어. 그러는 걸 내가 봤지. 손을 뻗어 잡느냐 마느냐는 당신에게 달렸어. 하지만 당신이 과연 그렇게 할지는 연구해 볼 문제야. 러그에 다시 무릎을 꿇어.”

“오래 끌지 말아 주세요. 불길이 너무 뜨거워요.”

내가 무릎을 꿇었다. 그녀는 내 쪽으로 몸을 수그리지 않고, 의자에 기대앉아서 바라보기만 했다. 그녀가 중얼거리기 시작했다.

“불길이 눈에 일렁거려. 눈이 이슬처럼 빛나. 부드럽고 감정이 가득해 보여. 나의 허튼소리에 미소를 지어. 그 눈은 민감해. 맑은 눈동자에 여러 가지 인상이 흘러가는군. 미소를 그치면 그 눈은 슬퍼져. 무의식적인 권태가 눈꺼풀을 내리누르지, 그건 외로움에서 나오는 우울함이야. 내 시선을 피하는군. 더 이상 관찰당하지 않겠다는 거겠지. 그건 조롱하는 눈빛으로 내가 이미 발견한 진실들을 부인하는 듯해. 민감하다는 것도 고뇌하는 것도 인정하지 않으려 하는 듯하군. 그 자존심과 신중함은 내 견해를 확인시켜 줄 뿐이야. 그 눈에는 행운이 들어 있어.

그 입은 때로 웃음 지으며 기뻐해. 머리가 생각하는 모든 것을 표현해 주지. 마음으로 경험하는 것들에 관해서는 아마 침묵하겠지만. 활동적이고 유연해서 고독 속에 영원히 침묵하려 들지 않을 거야. 많이 말하고 자주 미소 지어야 하는 입이야. 대화 상대에게 인간적인 애정을 지닌 입이야. 그 생김새 역시 행운을 향해 있어.

행운에 반대되는 것은 이마뿐이야. 그 이마는 이렇게 말하는 척하지. ‘내 자존심과 상황이 요구한다면 나는 혼자 살 수 있어. 영혼을 팔면서까지 행복을 살 필요는 없어. 나에게는 타고난 내면의 보물이 있어. 외부의 모든 기쁨이 저지당하거나 내가 내줄 수 없는 값으로만 제공되더라도, 그것이 나를 살아 있게 해 줄 거야.’ 이마는 이렇게도 선언하고 있어. '이성이 단단히 고삐를 쥐고 앉아 있으니, 나는 폭발하는 감정의 거친 균열에는 가까이 가지 않을 거야. 정열이 마치 진짜 이교도들이 그러는 것처럼 맹렬하게 일어날 수 있고, 욕망은 온갖 헛된 것들을 상상할 수 있어. 하지만 어떤 논쟁에서도 판단력이 마지막에 말할 것이고 어떤 결정에서든 판단력이 결정권을 쥐고 있을 거야. 강풍과 지진과 불길이 지나갈 수도 있어. 그래도 나는 양심의 지시를 해석하는 이 작은 목소리의 안내를 따라갈 거야.'

잘 말했다, 이마여. 네 선언을 존중하마. 나는 내 계획을, 내가 옳다고 여기는 계획을 세웠고 그 안에서 양심의 주장과 이성의 속삭임에 귀를 기울였어. 주어진 행복의 잔에 한 방울의 수치와 미미한 양심의 가책이라도 끼어든다면, 젊음이 얼마나 금세 시들고 꽃이 얼마나 빨리 죽어 버리는지 나는 알아. 게다가 나는 희생과 슬픔과 붕괴를 원하지 않아. 그런 건 내 취향이 아니야. 나는 파괴하는 게 아니라 키워 주고 싶어. 피눈물을 짜내는 게 아니라 감사를 얻어 내고 싶어. 나의 수확은 미소와 애정과 달콤함으로 이뤄져야 해, 그거면 돼. 내가 격한 광란에 빠진 듯이 헛소리를 지껄이는 것 같군. 지금 이 순간을 무한히 연장하고 싶어. 하지만 감히 그럴 수는 없겠지. 지금까지 나는 나 자신을 철저히 제어했어. 내가 맹세한 대로 행동했어. 하지만 이 이상 가면 내 힘으로 어쩌지 못하는 시험에 들 수 있어. 일어나시오, 에어 양. 나가시오. '연극은 끝났소.'"

내가 어디 있었지? 내가 깨어 있었던가, 자고 있었던가? 내가 꿈을 꾸고 있었나? 아직도 꿈꾸고 있나? 노파의 목소리가 변했다. 그녀의 억양과 몸짓과 모든 것이 거울로 보는 내 얼굴처럼, 내 혀로 하는 말처럼 익숙했다. 자리에서 일어난 뒤에도 나는 나가지 않고 쳐다보았다. 불길을 휘젓고 다시 바라보았다. 하지만 그녀는 보닛과 끈을 얼굴에 바싹 잡아당기고, 다시 나에게 나가라고 손짓했다. 불빛이 뻗어 나온 그녀의 손을 비추었다. 정신을 차리고 긴장한 채 바라보니 그 손이 누구의 것인지 알 수 있었다. 내 손이 쇠약하지 않은 것처럼 그것도 더 이상 노인의 힘없는 손이 아니었다. 매끄러운 손가락이 균형 잡힌 둥그스름하고 유연한 손이었다. 굵은 반지가 그 새끼손가락에서 번쩍였고, 고개 숙여 들여다보았을 때, 내가 전에 백 번쯤 보았던 보석이라는 것을 알아보았다. 다시 나는 그 얼굴을 바라보았다. 그 얼굴은 더 이상 나를 피하지 않았다. 반대로 보닛을 벗고 끈을 풀어 고개를 내밀었다.

"제인, 나를 알아보겠소?"

낯익은 그 목소리가 물었다.

"빨간 외투를 벗으시면, 그러면……."

"하지만 끈이 풀리질 않는군. 좀 도와주시오."

"끊어 버리세요."

"자, 됐어. '가거라, 너 빌린 것들아!'"

로체스터 씨가 변장을 풀었다.

"나리, 왜 이런 이상한 짓을 하신 거예요!"

"하지만 그럴듯하게 해냈잖아, 응? 그렇게 생각지 않소?"

"숙녀분들에게는 잘 해내신 게 틀림없어요."

"당신에게는 아니고?"

"저에게는 집시처럼 행동하지 않으셨어요."

"내가 어떤 연기를 했지? 나 자신의 역이었나?"

"아뇨. 설명할 수 없는 것이었어요. 간단히 말하면, 저에게 말을 꾀어내려고 하신 것 같아요. 아니면 저를 끌어들이려 했거나. 저에게 헛소리를 끌어내시려고 말도 안 되는 헛소리를 늘어놓으셨어요. 이건 공평하지 않아요."

"날 용서해 주겠소, 제인?"

"모든 걸 생각해 보기 전에는 뭐라고 말씀드릴 수 없어요. 잘 생각해 보고, 제가 크게 어리석은 짓을 하지 않았다는 판단이 서면 용서하려고 노력할게요. 하지만 옳은 행동은 아니셨어요."

"아! 당신은 전혀 틀림이 없었소. 아주 신중하고 현명했어."

나는 생각에 생각을 거듭했다. 대체로 그가 말한 대로였다. 그게 위로가 되었다. 하지만 사실 나는 이 만남을 시작하는 거의 초반부터 경계를 하고 있었다. 뭔가 속임수가 있는 것 같았기 때문이다. 집시와 점쟁이 들이 이 노파처럼 말하지 않는다는 것을 알고 있었다. 게다가 그녀의 꾸며 낸 듯한 목소리와 자기 모습을 숨기려는 불안감을 알아차렸다. 하지만 내 생각은 계속 그레이스 풀, 살아 있는 수수께끼, 불가사의 중의 불가사의로 생각하는 여자에게 향해 있었다. 로체스터 씨일 줄은 꿈에도 생각하지 못했다.

"흠, 무슨 생각을 하지? 그 심상치 않은 미소는 어떤 의미요?"

그가 말했다.

"놀라움과 자기만족이에요. 그럼 이만 물러가도 되겠지요?"

"아니, 잠시 더 있어요. 저기 응접실에서 사람들이 뭘 하고 있는지 말해 주시오.”

“집시에 관해 이야기하고 있을 거예요, 아마.”

“앉아요! 그들이 나에 대해 뭐라고 했는지도 말해 보시오.”

“저는 여기 오래 있지 않는 게 낫겠어요. 11시가 다 됐을 거예요. 아참! 로체스터 씨, 오늘 아침에 나리가 떠나신 후로 손님이 찾아오셨다는 걸 알고 계신가요?”

“손님이! ……그런 줄은 몰랐소. 누구지? 올 사람이 없는데. 그가 떠났소?”

“아뇨. 오래전부터 나리와 알고 지낸 사이라면서 돌아오실 때까지 여기서 기다리겠다고 했어요.”

“그런 소리를 했나! 이름이 뭐라던가?”

“이름은 메이슨이에요. 서인도 제도에서 오신 것 같아요. 자메이카의 스페인 타운에서.”

로체스터 씨는 내 가까이에 서 있었다. 나를 의자로 데려가려는 듯이 내 손을 잡고 있다가 내 말을 듣고는 경련하듯 내 손목을 움켜잡았다. 그 입술의 미소가 얼어붙었다. 그의 호흡이 발작을 일으키는 듯했다.

“메이슨! 서인도 제도!”

말하는 자동인형처럼 그가 단조롭게 중얼거렸다.

“메이슨! 서인도 제도!”

점점 얼굴이 잿빛으로 창백해지며 그가 세 번이나 이 말을 되풀이했다. 자신이 뭘 하고 있는지도 모르는 것 같았다.

“어디 불편하세요?”

내가 물었다.

"제인, 이건 충격이오. 충격이오, 제인!"

그가 비틀거렸다.

"어머! 저에게 기대세요."

"제인, 전에 나에게 어깨를 빌려 주겠다고 한 적이 있지. 지금 좀 빌려 주시오."

"네, 네. 제 팔도 빌려 드릴게요."

그는 자리에 앉은 뒤 나를 옆에 앉혔다. 두 손으로 내 손을 잡고 문질렀다. 그러면서 너무나 괴롭고 침통한 시선으로 나를 응시하며 말했다.

"나의 어린 친구여, 조용한 섬에서 당신과 단둘이 있을 수 있다면 얼마나 좋을까. 그러면 괴로움도 위험도 소름 끼치는 기억들도 다 사라질 텐데."

"제가 도와 드릴 일이 있을까요? 나리를 섬기기 위해서라면 제 생명이라도 바치겠어요."

"제인, 도움을 받고 싶으면 반드시 당신에게 부탁하겠소. 그건 약속하겠소."

"고맙습니다. 제가 어떻게 하면 될지 말씀해 주세요. 최소한 노력이라도 해 보겠어요."

"식당에서 와인을 한잔 가져다주시오, 제인. 사람들이 거기서 저녁을 들고 있을 거요. 메이슨이 그들과 같이 있는지, 무얼 하고 있는지 알려 주시오."

나는 식당으로 갔다. 로체스터 씨의 말대로 모두가 저녁 식사 중이었지만 식탁에 앉아 있지는 않았다. 사이드보드에 식사가 차려져 있었다. 각자 원하는 음식을 덜어서 접시와 잔을 손에 쥐고, 여기저기 무리 지어 서 있었다. 다들 기분이 좋아 보였다. 웃음과 대화에 활기가 넘쳤다. 메이슨 씨는 불가에 서서 덴트 대령 부부와 얘기하고 있었는데, 누구 못지않게 명랑해 보였다. 나는 와인을 한 잔 따라(그 행동을 할 때 잉그램 양이 눈살을 찌푸리는 것을 보았다. 그녀는 내가 멋대로 굴고 있다고 생각했을 것이다) 서재로 돌아왔다.

얼굴에서 극심한 창백함이 사라지자, 로체스터의 얼굴은 다시 한 번 굳세고 엄격해 보였다. 그가 내 손에서 잔을 받아 들었다.

"내게 봉사하는 영혼, 당신의 건강을 위해!"

그가 말했다. 그는 내용물을 삼키고 나에게 잔을 돌려주었다.

"그들이 무얼 하고 있던가, 제인?"

"웃고 얘기하고 있었어요."

"괴상한 얘기라도 들은 것처럼 분위기가 심각하거나 이상하지는 않던가?"

"전혀요. 농담하며 즐거워하시던데요."

"메이슨은?"

"그분도 웃고 있었어요."

"그 모든 사람들이 일제히 나에게 와서 침을 뱉는다면 당신은 어떻게 할 거지, 제인?"

"그들을 방에서 내보내야지요. 제가 할 수 있다면요."

그가 피식 미소 지었다.

"하지만 내가 그들에게 갔을 때, 그들이 나를 차갑게 쳐다보기만

하고 냉소적으로 서로 속삭이다가 하나둘씩 내 곁에서 떠나간다면 그때는 어쩔 거지? 당신도 그들과 같이 가겠나?"

"그러지 않을 것 같아요. 저는 나리와 같이 있는 게 더 즐거울 거예요."

"나를 위로할 건가?"

"네, 제가 할 수 있는 한 나리를 위로해 드리겠어요."

"그들이 나에게 붙어 있지 말라고 막으면 어쩔 거지?"

"저는 아마 그들이 막는지 어쩌는지도 모를 거예요. 안다고 해도 전혀 신경 쓰지 않을 거예요."

"그럼, 나를 위해 비난을 감수할 수 있나?"

"저의 충성을 받을 자격이 있는 친구라면 누구를 위해서라도 그렇게 할 수 있어요. 나리도 그러실 거라고 생각해요."

"이제 식당으로 돌아가시오. 메이슨에게 조용히 가서 로체스터 씨가 만나고 싶어 한다고 귀띔하시오. 그를 여기로 안내해 준 뒤에 물러가면 되겠소."

"알겠습니다."

나는 그의 명령대로 했다. 내가 손님들 사이를 뚫고 곧장 지나가자 모두들 나를 쳐다보았다. 메이슨 씨를 찾아 전갈을 전하고, 식당에서 그를 데리고 나왔다. 그를 서재로 안내한 다음 나는 위층으로 올라갔다.

내가 침대에 누운 지 얼마 뒤, 밤늦은 시간에 손님들이 침실로 돌아가는 소리가 들렸다. 나는 로체스터 씨의 목소리를 구분할 수 있었고, 그의 말소리를 들었다.

"이쪽이네, 메이슨. 여기가 자네 방이네."

그는 쾌활하게 말했다. 그 명랑한 어조가 내 마음을 편하게 했다. 나는 곧 잠이 들었다.

# 제20장

평소와 다르게 커튼 내리는 것을 잊어버렸다. 창문의 블라인드를 치는 것도 잊었다. 결과적으로 훤한 보름달이(구름 없는 맑은 밤이었기 때문에) 내 창의 맞은편 하늘로 올라와 장애물 없는 유리창 사이로 고스란히 나를 들여다보고 있었다. 그 밝은 달빛이 나의 잠을 깨웠다. 한밤중에 깨어나 보니 둥그런 달이 내 눈에 들어왔다. 크리스털처럼 맑고 투명한 은백색의 달이었다. 아름다우면서도 장엄한 느낌이었다. 나는 반쯤 일어나, 커튼을 내리려고 팔을 뻗었다.

맙소사! 이게 무슨 비명이지?

그 밤, 그 고요, 그 휴식은 손필드 저택의 끝에서 끝까지 내닫는 야만적이고 날카로운 소리에 의해 둘로 쪼개졌다.

내 맥박이 멎었다. 심장 박동도 그대로 멈췄다. 내 팔은 뻗은 그대로 마비되었다. 비명 소리는 다시 이어지지 않았다. 사실 그토록 두려운 비명을 내지른 게 무엇이건 금세 또다시 되풀이할 수는 없었을 것이다. 안데스 산맥에서 날개가 제일 큰 콘도르도, 그 높은 둥지를 덮는 구름 사이로 그런 비명 소리를 연달아 두 번이나 쏟아내기 위해서는 휴식을 취해야 할 것이다.

3층에서 터져 나온 소리였다. 내 머리 위로 지나갔으니까. 그리고 내 머리 위에서, 그렇다, 내 방 천장 바로 위에 있는 그 방에서 이제 치고받는 격투 소리가 들렸다. 소리로 미루어 보아 매우 치열한 싸움인 듯했고, 숨 막히는 목소리가 소리쳤다.

"살려 줘! 살려 줘! 살려 줘!" 하고 빠르게 세 번 외치더니 "거기 아무도 없소?" 하고 목소리가 소리쳤다. 그 뒤에 비틀거리고 쿵쿵거리는 소리가 격렬하게 이어지는 동안, 널빤지와 벽토 사이로 또 다른 소리가 들려왔다.

"로체스터! 로체스터! 제발, 와 줘!"

방문이 열렸다. 누군가가 복도로 달렸다. 아니 질주했다. 그 위층 마루에서 또 다른 발소리가 쿵쿵거리고 뭔가가 쿵 쓰러졌다. 그리고 조용해졌다.

나는 공포로 온몸을 부들부들 떨며 옷을 걸쳤다. 내 방에서 나갔다. 자던 사람들이 모두 깨어났다. 이 방 저 방에서 놀란 외침 소리와 겁에 질린 속삭임이 일어났다. 문이 하나둘씩 열렸다. 한 사람이 내다보고 다른 사람이 내다보았다. 복도가 가득 찼다. 신사들도 숙녀들도 모두 침대에서 나왔다. "어머나! 이게 무슨 소리야?" "누가 다쳤나?" "무슨 일이오?" "촛불을 가져와!" "불이 났나?" "강도가 들었나?" "어디로 피하지?" 사방팔방에서 다그치는 소리가 뒤엉켰다. 달빛이 없었더라면 그들은 깜깜한 어둠 속에 있었을 것이다. 사람들이 앞으로 뒤로 뛰어다녔다. 함께 모여들었다. 누군가는 흐느꼈고 누군가는 비틀거렸다. 혼란이 멈출 것 같지 않았다.

"로체스터는 대체 어디 있는 거요?"

덴트 대령이 소리쳤다.

"방에도 없던데."

"여기! 여기 있어요!"

외치는 대답 소리가 들렸다.

"진정하세요, 다들. 내가 갑니다."

복도 끝의 문이 열리더니 로체스터 씨가 촛불을 들고 나타났다. 막 위층에서 내려오는 참이었다. 한 여자가 곧장 그에게 달려가 그의 팔을 움켜잡았다. 잉그램 양이었다. 그녀가 물었다.

"무슨 끔찍한 사건이 벌어졌나요? 말해 보세요! 무슨 나쁜 일이라도 당장 말씀해 주세요!"

"날 끌어 내리거나 숨 막히게 하지는 마시오."

그가 대답했다. 애시턴가의 딸들이 그에게 매달리고 있었기 때문이다. 거대한 흰색 실내복을 걸친 두 마나님들도, 돛을 활짝 펼친 배처럼 그에게 빠르게 다가가고 있었다. 그가 소리쳤다.

"괜찮아요! 괜찮아요! '헛소동' 극의 연습일 뿐이오. 숙녀분들, 저리 비켜요. 안 그러면 내가 폭발할 수도 있소."

그는 위험스러워 보였다. 그의 검은 눈이 불꽃을 내뿜었다. 애써 자신을 진정시키며 그가 덧붙였다.

"하인이 악몽을 꾸었소. 그것뿐입니다. 신경과민이라 쉽게 흥분하는 사람이오. 꿈꾼 것을 유령이나 그 비슷한 것을 본 것으로 착각했던 모양이오, 틀림없이. 무서워서 발작을 일으킨 겁니다. 이제 그럼, 모두 방으로 돌아가십시오. 집 안이 안정되어야 그녀를 돌봐 줄 수가 있소. 신사 여러분, 부디 숙녀분들에게 모범을 보여 주시오. 잉그램 양, 당신은 이 근거 없는 공포를 능히 제압할 수 있겠지요. 에이미와 루이자, 한 쌍의 비둘기처럼 두 분 둥지로 돌아가시오. (미망인들에게) 부인들, 이 싸늘한 복도에 더 오래 계시다가는 필시 감기에 걸리고 말 겁니다."

그렇게 달래기도 하고 명령하기도 하면서, 그는 그들 모두를 다시 침실로 들여보내는 데 성공했다. 나도 명령을 기다리지 않고 얼른 방으로 들어왔다. 방을 나섰을 때처럼 눈에 띄지 않게.

하지만 침대로 가지는 않았다. 반대로 조심조심 옷을 입기 시작했다. 그 비명 이후에 내가 들은 격투 소리와 말소리는 아마 나만 들었을 것이다. 내 윗방에서 나는 소리였으니까. 이렇게 집 안을 공포로 발칵 뒤집어 놓은 원인이 하인의 꿈이 아닌 것은 분명했다. 로체스터 씨가 들려준 설명은 단지 손님들을 안심시키려고 꾸며 낸 허구였다. 나는 비상사태를 대비해 옷을 입었다. 옷을 다 입고 나서, 오래도록 창가에 앉아 고요한 정원과 은빛 들판을 내다보며 뭔지 모르는 무언가를 기다렸다. 괴상한 비명 소리와 격투 소리와 외침 이후에 무언가 사건이 뒤따를 것 같았다.

그렇지 않았다. 정적이 되돌아왔다. 모든 속삭임과 움직임이 차츰 가라앉았고, 한 시간쯤 뒤에 손필드 저택은 다시 사막처럼 고요해졌다. 잠과 밤이 그들의 지배권을 되찾은 듯했다. 그사이에 달이 기울었다. 추운 어둠 속에 앉아 있는 게 싫어서, 옷을 입은 채로 침대에 누워야겠다고 생각했다. 창가를 떠나 양탄자 위로 소리 없이 움직였다. 신발을 벗으려고 몸을 굽히는데, 누군가 조심스럽게 똑똑 문을 두드렸다.

"제가 필요하신가요?"

내가 물었다.

"일어나 있소?"

내가 들으리라 예상했던 목소리, 바로 로체스터 씨의 목소리가 물었다.

"네."

"옷을 입었소?"

"네."

"그럼 나와요, 조용히."

나는 순종했다. 로체스터 씨가 복도에서 촛불을 들고 있었다. 그가 말했다.

"당신이 와 줘야겠소. 이쪽으로. 천천히, 소리 내지 말고."

슬리퍼 바닥이 얇아서 매트가 깔린 바닥을 고양이처럼 조용조용하게 걸을 수 있었다. 그가 복도를 지나 계단을 올라, 어둡고 낮고 불길한 3층 복도에 멈춰 섰다. 나는 따라가서 그의 옆에 섰다.

"당신 방에 스펀지가 있소?"

그가 속삭여 물었다.

"네."

"암모니아도 있나, 탄산 암모니아수?"

"네."

"가서 둘 다 가져와요."

나는 방으로 돌아가 세면대에서 스펀지를 찾고, 서랍에서 암모니아를 찾아 다시 계단을 올라갔다. 그가 기다리고 있었다. 그의 손에는 열쇠가 들려 있었다. 그곳의 작고 검은 문 하나로 다가가 자물쇠에 열쇠를 꽂았다. 그가 멈칫하더니 다시 나에게 말했다.

"피를 보고 속이 뒤틀리거나 하진 않겠지?"

"그럴 것 같지는 않아요. 아직 본 적은 없습니다만."

대답하면서도 몸이 떨렸다. 하지만 몸이 싸늘해지거나 기절할 것 같은 기분은 아니었다.

"손을 이리 줘 봐요. 기절이라도 하면 안 되니까."

나는 그의 손에 내 손가락을 맡겼다.

"따뜻하고 안정돼 있군."

그의 말이었다. 그가 열쇠를 돌려 문을 열었다.

전에 보았던 것으로 기억나는 방이 눈앞에 나타났다. 페어팩스 부인이 구경시켜 주었던 날, 거기에는 태피스트리가 걸려 있었다. 하지만 그 태피스트리는 이제 한쪽으로 묶여 있었고, 거기에 숨겨져 있던 문이 드러났다. 그 문이 열렸다. 안에서 불빛이 흘러나왔다. 개가 싸우는 소리 비슷하게 으르렁거리며 와락 잡아채는 소리가 들렸다. 로체스터 씨가 초를 내려놓으며 나에게 말했다.

"잠깐 기다리시오."

그러고는 방 안으로 들어갔다. 커다란 웃음소리가 그의 등장을 맞았다. 처음에는 요란스럽다가, 그레이스 풀의 악마 같은 하! 하! 소리로 끝이 났다. 그녀가 거기에 있었다. 그는 말없이 어떤 정리를 하는 듯했다. 낮은 목소리가 그에게 말하는 소리도 들렸다. 그가 밖으로 나와 문을 닫았다.

"이리 오시오, 제인!"

그가 말했다. 나는 그 방의 상당 부분을 늘어진 커튼으로 가리고 있는 커다란 침대의 반대편으로 걸어갔다. 침대 머리맡에 안락의자가 하나 있었고 코트를 벗은 남자가 거기 앉아 있었다. 그는 꼼짝도 하지 않은 채 머리를 뒤로 기대고 눈을 감고 있었다. 로체스터 씨가 그 위로 양초를 들어 올렸다. 나는 그 창백하고 죽은 듯한 얼굴을 알아보았다. 낯선 손님인 메이슨이었다. 셔츠의 한쪽 옆구리와 한쪽 팔이 피로 젖어 있었다.

"촛불을 들고 있으시오."

로체스터 씨가 말했고, 나는 그걸 받아 들었다. 그가 세면대에서 물이 든 대야를 가져왔다.

"이걸 잡아 주시오."

그가 말했다. 나는 그렇게 했다. 그가 스펀지를 거기에 담갔다가, 시체 같은 얼굴에 물을 적셨다. 그가 나에게 냄새 맡는 병을 달라고 한 뒤에, 그의 콧구멍에 들이댔다. 금세 메이슨 씨가 눈을 떴다. 그가 신음했다. 로체스터 씨가 붕대로 감긴 팔과 어깨를 드러내며 상처 입은 남자의 셔츠를 벌렸다. 거기서 계속해서 흐르는 피를 스펀지로 닦아 냈다. 메이슨 씨가 중얼거렸다.

"이제 곧 죽는 건가?"

로체스터 씨가 대답했다.

"흥! 아니……, 살짝 긁혔을 뿐이야. 너무 과장하지 마. 기운 내게! 난 이제 의사를 부르러 가야겠어, 직접. 아침까지는 다른 데로 옮길 수 있겠지. 제인."

"네?"

"이 신사와 당신을 이 방에 남겨 둬야겠소. 한 시간이나 어쩌면 두 시간 정도 걸릴 거요. 피가 나면 내가 하던 대로 스펀지로 닦으시오. 이자가 기절한 것 같으면, 저 탁자에 있는 물 잔을 입에 대 주고 암모니아를 코에 대시오. 무슨 일이 있어도 이자에게 말을 걸면 안 돼. 그리고 리처드, 이 여자한테 말을 걸면 자네 생명이 위험할 줄 알아. 그 입을 열었다간 무슨 결과가 생겨도 난 책임지지 않겠어."

다시 그 가엾은 남자가 신음했다. 그는 감히 움직이지도 못할 것 같았다. 죽음 또는 다른 무언가에 대한 두려움이 그를 거의 마비시키는 듯했다. 로체스터 씨는 이제 피범벅이 된 스펀지를 내 손에 넘겼고, 나는 그가 하던 대로 계속 피를 닦아 냈다. 그가 잠시 나를 지켜본 뒤에 말했다.

"명심하시오! 말 걸지 마시오."

그가 방을 떠났다. 열쇠가 자물쇠 안에서 돌아가고, 멀어지던 그의 발소리가 완전히 사라지자 나는 아주 이상한 기분에 사로잡혔다.

이렇게 나는 3층의 비밀스런 어느 방에 갇혔다. 밤이 나를 둘러쌌다. 내 눈과 손 바로 밑에 창백한 피투성이 남자가 있었다. 단 하나의 문 사이로 살인자가 거의 내 옆에 있었다. 그랬다. 소름이 끼치는 일이었다. 다른 건 다 견딜 수 있었지만 그레이스 풀이 저 문에서 튀어나와 나에게 덤벼들 것 같아 몸서리가 쳐졌다.

하지만 나는 이 자리를 지켜야 했다. 이 송장 같은 얼굴을 지켜봐야 했다. 말하는 것이 금지된 미동 없는 시퍼런 입술을. 그의 눈이 감기고 다시 열리고 사방으로 방황하다가 나에게 고정되었다. 그 눈은 언제나 멍한 두려움에 젖어 흐릿해 보였다. 나는 또다시 핏물이 흥건한 대야에 손을 담가야 했고 흐르는 피를 닦아야 했다. 심지가 꺼지지 않은 양초 불빛이 약해지는 것을 보아야 했다. 그림자들이 고풍스럽게 수놓인 태피스트리에서 어두워지고, 거대하고 오래된 침대 장막 아래서 점점 검어지고, 맞은편의 커다란 장식장 문에서 기묘하게 흔들리는 것을 보아야 했다. 열두 개의 패널로 나뉜 장식장 앞면에는 패널 하나당 하나의 틀로 둘러싼 사도 열두 명의 머리가 으스스하게 각인되어 있었다. 그 위쪽 꼭대기에 흑단의 십자가와 죽어 가는 그리스도의 형상이 올려져 있었다.

변화무쌍한 어둠과 명멸하는 빛이 여기서 배회하고 저기서 번쩍임에 따라, 그것은 턱수염을 기른 의사 누가의 눈살 찌푸리는 모습이 되었다가, 또 다음 순간에는 성 요한의 구불구불한 긴 머리가 되었다. 그것은 이내 흉악한 유다의 얼굴이 되어 패널의 틀에서 벗어나더니, 점점 생기를 모으며 최대의 반역자인 사탄 자신의 형상을 드러내려 하고 있었다.

이 모든 것들 속에서, 나는 지켜보는 것만이 아니라 소리까지 들어야 했다. 저쪽 옆 밀실에서 악마 아니면 야생의 맹수가 움직이는 소리를. 하지만 그것은 로체스터 씨가 들어갔다 나온 이후로 주문에 걸린 듯 오랜 간격을 두고 밤새 세 번쯤밖에 소리를 내지 못했다. 삐걱거리는 발소리, 아주 잠깐 개가 으르렁대는 듯한 소리, 인간의 깊은 신음 소리, 게다가 나 자신의 생각들이 나를 괴롭혔다. 이 외딴 저택에서 사람의 모습으로 살아가는 저것은, 주인이 막을 수도 쫓아낼 수도 없는 저것은 어떤 죄악일까? 가장 밤 깊은 시간에 불이 나기도 하고 피가 나기도 하는 것은 무슨 불가사의일까? 평범한 여자의 얼굴과 형태를 하고 인간의 소리를 냈다가, 다음에는 조롱하는 악마의 소리를 냈다가, 이내 썩은 고기를 찾아 헤매는 새소리를 내는 것은 대체 어떤 생명체일까?

그리고 내가 돌보고 있는 이 남자, 이 평범하고 조용한 이방인은 어쩌다가 공포의 거미줄에 엮이게 된 것일까? 분노의 여신이 왜 그를 공격했을까? 그가 이 적절치 못한 시간에, 한참 침대에서 자고 있어야 할 시간에 이 저택의 이 공간을 찾아온 이유는 무엇일까? 나는 로체스터 씨가 아래 어느 방을 그에게 지정해 주는 소리를 들었었다. 그런 그가 무엇 때문에 이 위에 올라왔을까? 그리고 그는 자신에게 행해진 배신 또는 폭력을 왜 이렇게 무기력하게 받아들이는 걸까? 어째서 로체스터 씨가 강요한 은폐에 이다지도 조용히 복종하는 것일까? 어째서 로체스터 씨는 이 일을 감추는 걸까? 그의 손님이 폭행당했고, 전에는 그 자신의 생명까지 죽이려고까지 했었다. 그런데 그는 이 두 가지를 모두 비밀에 붙이고 망각 속에 던져 버렸다! 끝으로, 나는 메이슨 씨가 로체스터 씨에게 고분고분하게 순종하는 것을 보았다. 로체스터 씨의 맹렬한 의지는 메이슨 씨를 완전히 무기력하게 만들었다. 그들 사이에 오간 몇 마디 말이 이것을 확실하게 보여 주었다. 예전부터 한쪽의 소극적인 기질이 다른 쪽의 적극적인 힘에 습관적으로 영향을 받았던 것이 분명했다. 그렇다면 메이슨 씨의 도착 소식을 들었을 때 로체스터 씨는 왜 그렇게 놀랐던 걸까? 이렇게 순종적이고 어린아이처럼 그의 말을 잘 듣는 사람의 이름 하나가, 불과 몇 시간 전에는 어째서 참나무에 떨어진 벼락처럼 그에게 충격을 주었던 걸까?

아! 나는 로체스터 씨가 "제인, 이건 충격이오. 충격이오, 제인."이라고 중얼거릴 때의 그 표정과 창백한 얼굴을 잊을 수 없다. 내 어깨에 놓인 그 팔이 얼마나 떨렸는지 잊을 수 없다. 페어팩스 로체스터의 그 건장한 뼈대를 떨게 하고 그 의연한 영혼을 굴복시킬 수 있는 일이라면 그것은 결코 가벼운 문제가 아니었다.

'언제 돌아오실까? 언제 돌아오실까?'

밤이 머물고 또 머무는 동안, 나는 속으로 소리쳤다. 피 흘리는 내 곁의 환자는 쇠약해진 채 축 늘어져 신음했다. 날이 밝지도 않고 도움이 오지도 않았다. 나는 다시, 또다시 메이슨의 핏기 없는 입술에 물을 갖다 댔다. 다시, 또다시 그의 코에 암모니아를 갖다 댔다. 이런 노력들은 아무 소용이 없는 듯했다. 신체적인 고통이나 정신적인 고통이나 출혈, 아니면 이 세 가지가 합해져서 빠르게 그의 힘을 앗아 가고 있었다. 그의 지독한 신음 소리를 들으며, 정신을 잃은 듯 흐트러지고 너무나 약해 보이는 그 모습을 보면서, 나는 그가 죽어 가고 있는 게 아닌지 두려웠다. 그런데도 나는 그에게 말조차 걸 수 없었다!

양초가 마침내 다 닳아서 꺼졌다. 불이 꺼졌을 때, 창문의 커튼 가장자리로 회색빛 광선이 비쳤다. 새벽이 다가오고 있었다. 이윽고 저 아래 멀리 안뜰에 있는 개집에서 나와 짖어 대는 파일럿의 소리가 들렸다. 희망이 되살아났다. 그 소리는 근거 없는 것이 아니었다. 5분 후에 삐걱거리는 열쇠와 거기에 굴복하는 자물쇠가 나의 불침번이 끝나고 있음을 알려 주었다. 두 시간 이상 걸렸을 리 없건만, 몇 주일이 그보다는 더 짧을 듯했다.

로체스터 씨가 데리러 갔던 의사와 같이 들어왔다. 그가 의사에게 말했다.

"자, 카터, 빈틈없이 처리해 주게. 상처를 치료하고, 붕대를 감고, 환자를 아래층으로 옮기는 것까지 다하는 데 30분 주겠소."

"옮겨도 되는 상태인가요?"

"그 점은 염려 말게. 심각한 건 아니야. 이 친구는 신경과민이니 기운 차리게 해 줘야 돼. 자, 시작하게나."

로체스터 씨가 두꺼운 커튼을 걷고, 삼베 블라인드를 걷어 올려 바깥의 빛을 최대한 받아들였다. 새벽이 한참 진행된 것을 보니 놀랍기도 하고 힘도 솟았다. 장밋빛 줄무늬들이 동쪽 하늘을 밝게 물들이기 시작했다. 그는 이미 의사의 치료를 받고 있는 메이슨에게 다가갔다.

"자, 친구, 어떤가?"

그가 물었다.

"내가 이제 죽을 모양이네."

가냘픈 대답이었다.

"절대 그렇지 않아! 용기를 내게! 2주일만 지나면 아무렇지도 않을 걸세. 피를 좀 흘렸을 뿐이야. 그게 다야. 카터, 환자에게 생명에 지장이 없다고 안심시켜 주게."

"제 양심을 걸고 말씀드리지만 생명에는 지장이 없습니다."

카터가 이제 붕대를 다 풀어내고 말했다.

"좀 더 빨리 오지 못한 게 안타까울 뿐입니다. 그랬으면 이렇게 피를 많이 흘리지 않으셨을 텐데. 그런데 어쩌다 이렇게 된 겁니까? 어깨 살점이 베인 것만이 아니라 찢어져 있군요. 이 상처는 칼로 벤 게 아닙니다. 여기에 잇자국이 있잖아요?"

"그녀가 날 물었어."

그가 계속해서 중얼거렸다.

"로체스터가 칼을 빼앗자 그녀가 마치 암호랑이처럼 나를 물고 흔들었어."

"당하고 있지 말았어야지. 그 즉시 맞붙어 싸웠어야 했어."

로체스터 씨가 말했다.

"하지만 그런 상황에서 무얼 할 수 있겠나?"

메이슨이 대꾸했다. 그가 몸서리치며 덧붙였다.

"아, 무시무시했어! 상상도 못한 일이었어. 처음에는 너무나 조용해 보였단 말일세."

"내가 경고했잖나. 그녀에게 가까이 갈 때 조심하라고 했잖아. 게다가 내일까지 기다렸다가 나와 같이 갈 수도 있었잖아. 오늘 밤에 혼자 만나려 한 건 어리석은 짓이었어."

"그러면 도움이 될 거라고 생각했네."

"생각했다고! 자네가 생각을 했다고! 그랬겠지. 자네 말을 듣고 있으면 짜증이 치밀어 올라. 하지만 어쨌든 자네는 내 충고를 듣지 않은 일로 고통받고 있고, 충분히 고통받게 될 것 같아. 그러니 더 말하지 않겠네. 카터…… 서두르게! 서둘러! 해가 곧 떠오를 텐데, 이 친구를 옮겨야 돼."

"곧 끝납니다, 나리. 어깨 붕대를 다 감았습니다. 팔에 난 다른 상처를 살펴봐야 돼요. 여기도 물어뜯은 모양인데요."

메이슨이 말했다.

"그녀가 피를 빨았어. 내 심장의 피를 모조리 빨아먹겠다고 했어!"

나는 로체스터 씨가 몸서리치는 모습을 보았다. 역겨움과 공포와 증오가 역력한 표정으로 그의 얼굴이 심하게 일그러졌다. 하지만 그는 이렇게 말했을 뿐이다.

"이봐, 조용히 해, 리처드. 그런 쓸데없는 소리에 신경 쓰지 마. 다시는 말하지도 마."

"잊어버릴 수 있다면 얼마나 좋을까."

그게 대답이었다.

"이 나라 밖으로 나가면 잊혀질 거야. 스페인 타운으로 돌아가면, 죽어서 땅에 묻힌 사람으로 그녀를 생각할 수 있을걸세. 아니 오히려, 그녀를 생각할 필요가 전혀 없어."

"이 밤을 잊는 건 불가능해!"

"그렇지 않아. 힘을 내게, 친구. 두 시간 전만 해도 죽는 줄 알았는데, 지금은 멀쩡히 살아서 얘기하고 있잖나. 자! 카터가 다 끝냈군, 거의 끝났어. 내가 순식간에 자네를 말짱하게 만들어 주겠네. 제인(돌아온 후 그는 처음으로 나를 돌아보았다), 이 열쇠 받으시오. 내 침실로 가서 곧장 옷방으로 걸어가, 옷장 맨 위 서랍을 열어 깨끗한 셔츠와 목수건을 꺼내시오. 그걸 이리 가져오시오. 빨리 움직여요."

나는 내려갔다. 그가 말한 옷장을 열고 호명된 품목들을 찾아 그것들을 가지고 돌아왔다.

“자, 내가 이 사람에게 옷을 갈아입히는 동안 당신은 침대 저편에 가 있으시오. 방을 떠나지는 말고. 또 필요할 수도 있으니까.”

그가 말했고, 나는 지시대로 물러났다.

“아래층에 갔을 때 누구 움직이는 사람이 있던가, 제인?”

이윽고 로체스터 씨가 물었다.

“아뇨. 모두들 아주 조용했어요.”

“자네를 신중하게 출발시킬 생각일세, 리처드. 자네를 위해서나 저쪽에 있는 저 가엾은 생명을 위해서나 그 편이 나아. 사람들에게 알려지지 않게 하려고 오랫동안 노력해 왔는데, 이제 와 알려지는 건 바라지 않네. 이봐, 카터, 조끼 입히는 것 좀 도와주게. 자네 털외투는 어디에 뒀나? 이 빌어먹을 추운 날씨에 외투가 없이는 잠시도 여행할 수 없어. 자네 방에 있어? 제인, 메이슨 씨 방으로 내려가서, 내 옆방이오, 거기 있는 외투를 가져오시오.”

다시 나는 달려갔고, 가두리와 안감에 모피를 댄 커다란 외투를 들고 다시 돌아왔다.

“심부름이 하나 더 있소.”

지치지도 않는 나의 주인이 말했다.

“내 방에 다시 다녀와야겠소. 당신이 벨벳 신발을 신은 게 다행이구려, 제인! 이런 중대한 때에 아둔한 심부름꾼은 아무 소용이 없다니까. 내 경대의 중간 서랍을 열고 거기 있는 작은 약병과 작은 유리잔을 찾아 가져오시오, 빨리!”

나는 그리로 날아갔다가 필요한 것들을 가지고 돌아왔다.

“됐어! 자, 의사 선생, 내 멋대로 내가 책임지고 이 환자에게 약을 투여하겠소. 로마에서 이탈리아 돌팔이 의사에게 구한 강심제요. 자네가 걷어차 버릴 만한 작자지, 카터. 분별없이 시용하면 안 되겠지만 경우에 따라서는 괜찮아. 예를 들면 지금 같은 경우. 제인, 물 좀."

그가 작은 유리잔을 내밀었고, 나는 세면대의 물병에 있던 물을 거기에 반쯤 따랐다.

"됐어. 이제 약을 따르시오."

나는 그렇게 했다. 그가 진홍색 액체를 열두 방울 떨어뜨리게 한 뒤, 그것을 메이슨에게 내밀었다.

"마시게, 리처드. 이게 자네에게 부족한 원기를 북돋아 줄걸세, 한 시간 정도."

"몸에 해롭지 않을까? ……염증을 일으키지는 않을까?"

"마셔! 마시라니까! 어서!"

반항해 봤자 소용없었으므로 메이슨 씨는 순순히 마셨다. 그는 이제 옷을 갖춰 입었다. 여전히 창백해 보였지만, 피범벅으로 지저분한 상태는 아니었다. 로체스터 씨는 약을 먹이고 나서 3분 동안 그를 앉혀 두었다. 다음에 그의 팔을 잡으며 말했다.

"이제 일어설 수 있을 거야. 일어나 보게."

환자가 일어섰다.

"카터, 저쪽 어깨를 부축하게. 기운을 내, 리처드. 걸어 봐. ……바로 그거야!"

"기분이 좀 나아졌어."

메이슨 씨가 말했다.

"물론 그렇겠지. 이제 제인, 우리보다 먼저 뒤쪽 계단으로 내려가시오. 복도 옆문의 빗장을 풀고 마당에서 기다리고 있는 역마차 마부에게 아니, 그 바깥에 있을지도 몰라. 내가 돌바닥에 덜그럭대는 바퀴 소리를 내지 말라고 했으니까. 준비하고 있으라고 말하시오. 우리가 간다고. 만약에 주위에 누가 있으면 제인, 계단 발치로 와서 헛기침을 하시오."

5시 반을 지난 시각이라서 해가 막 떠오르려는 참이었다. 하지만 부엌은 여전히 어둡고 잠잠했다. 복도 옆문은 잠겨 있었다. 나는 최대한 소리 나지 않게 문을 열었다. 마당 전체가 고요했다. 하지만 정문이 활짝 열려 있었고, 마구를 갖춘 말들을 달고 마부석에 마부가 올라앉은 역마차가 밖에 세워져 있었다. 나는 그에게 다가가 신사들이 나온다고 말했다. 그가 고개를 끄덕였다.

그 뒤에 나는 조심스레 주위를 살피며 귀를 기울였다. 어디에나 이른 아침의 정적이 잠들어 있었다. 하인 숙소의 창문에는 아직 커튼들이 드리워져 있었다. 마당 한쪽을 에워싼 담 위로 하얀 화환처럼 가지를 늘어뜨리고 흰 꽃들이 만발한 과수원 나무에서 작은 새들이 이제 막 지저귀고 있었다. 마차용 말들이 이따금씩 좁은 마구간 안에서 발을 굴렀다. 그 밖의 모든 것은 조용했다.

신사들이 나타났다. 로체스터 씨와 의사의 부축을 받은 메이슨은 견딜 만한 듯 수월하게 걷고 있었다. 그들이 그를 마차로 들여보냈다. 카터가 따라 들어갔다. 로체스터 씨가 의사에게 말했다.

"그를 보살펴 주게. 웬만큼 완쾌될 때까지 자네 집에 데리고 있어 주게. 하루 이틀 뒤에 내가 상태를 살펴보러 건너가겠네. 리처드, 자넨 어떤가?"

"상쾌한 공기를 마시니 기운이 나네, 페어팩스."

"그쪽 창을 열어 두게, 카터. 바람이 잠잠하니까. ……잘 가게, 리처드."

"페어팩스……."

"뭔가?"

"그녀를 돌봐 주게나. 될 수 있는 대로 부드럽게 대해 주게나. 그녀를……."

그가 말을 멈추고 눈물을 터트렸다.

"난 최선을 다하고 있네. 지금까지 그래 왔고, 앞으로도 그럴걸세."

이것이 대답이었다. 그가 마차 문을 닫았고, 마차가 굴러갔다.

"그래도 이 모든 일에 끝이 있다면 좋겠네!"

무거운 문을 닫고 빗장을 지르면서 로체스터 씨가 덧붙였다. 이후에 그는 상념에 잠긴 듯 과수원을 두른 담에 나 있는 문 쪽으로 느릿느릿 걸어갔다. 나는 이제 볼일이 끝났으리라 생각하며 집으로 돌아갈 참이었다. 하지만 다시, 그가 "제인!" 하고 부르는 소리가 났다. 그는 문을 열고 거기에 서서 나를 기다리고 있었다. 그가 말했다.

"잠시 상쾌함이 있는 곳으로 갑시다. 그 집은 지하 감옥이야. 그렇게 느껴지지 않소?"

"제가 보기에는 웅장한 저택 같은데요."

그가 대답했다.

"당신 눈에는 무경험이라는 마법이 씌워져 있어. 당신은 마법에 홀린 눈으로 바라보고 있소. 그 금도금이 진흙이고, 비단 휘장들이 거미줄인 것을 식별하지 못해. 그 대리석이 더러운 석판이고, 광택 나는 목재들이 쓸데없는 나무 부스러기에 비늘 덮인 나무껍질이라는 걸 보지 못하지. 자, 여기(그는 우리가 들어선 잎이 우거진 공간을 가리켰다) 있는 모든 것은 진실하고 신선하고 순수해."

그는 회양목이 경계 짓고 있는 산책로를 돌아다녔다. 한쪽에는 사과나무, 배나무, 벚나무가 있고, 다른 쪽에는 갖가지 낮익은 꽃과 나무줄기, 아메리카패랭이꽃, 앵초, 팬지, 서던우드와 들장미, 향긋한 온갖 허브 들이 뒤섞여 있었다. 4월의 소나기와 햇살이 이어진 뒤에 찾아온 화창한 봄날 아침이 보여 줄 수 있는 최고의 신선함을 자랑하고 있었다. 태양은 얼룩덜룩한 동쪽 하늘에 떠오르고, 그 빛이 꽃 장식을 달고 이슬을 머금은 과수원 나무들을 밝게 비추며, 고요한 산책로를 반짝이게 했다.

"제인, 꽃을 따 줄까?"

그는 덤불에서 제일 앞에 있는 반쯤 핀 장미를 따서 나에게 건넸다.

"감사합니다."

"이런 해 뜨는 아침을 좋아하나, 제인? 태양이 뜨거워지면 사라져 버릴 저 높고 가벼운 구름들이 떠 있는 하늘……, 이 차분하고 향기로운 대기를 좋아하나?"

"네, 아주 좋아해요."

"이상한 밤을 보냈지, 제인?"

“네.”

“안색이 창백해졌군. 메이슨과 단둘이 남겨졌을 때 많이 두려웠나?”

“안쪽 방에서 누군가 나올까 봐 두려웠어요.”

“그 문은 내가 잠갔소. 열쇠는 내 주머니에 있어. 귀여워하는 양을 늑대의 소굴과 그리 가까운 곳에 무방비 상태로 남겨 두는 건 경솔한 목동이나 할 일이지. 당신은 안전했소.”

“그레이스 풀이 계속 여기서 살게 되나요?”

“아, 그래! 그녀에 대한 생각으로 머리를 어지럽히지 마시오. 당신 생각에서 내보내시오.”

“하지만 그녀가 있는 한은 나리의 생명이 안전할 것 같지 않아요.”

“걱정 마시오. 내 몸은 내가 보살피겠소.”

“지난밤에 나리가 걱정했던 위험은 이제 지나간 건가요?”

“메이슨이 영국에서 벗어날 때까지는 장담할 수 없소. 그때도 확실하진 않아. 산다는 것은 나에게, 언젠가 금이 가서 불을 뿜어낼 분화구 표면에 서 있는 것과 같소.”

“하지만 메이슨 씨는 쉽사리 움직일 수 있는 분이 아닌 것 같던데요. 나리의 힘이 그에게 강한 영향을 미치는 것 같아요. 나리를 무시하거나 고의로 해를 끼치지는 않을 거예요.”

“그렇긴 하지! 메이슨은 나에게 반항하지 않을 거요. 일부러 나를 해치지도 않을 거요. 하지만 무심코, 순식간에, 부주의한 말 한마디로, 나의 생명까지는 아니더라도 나의 행복을 영원히 앗아 갈 수 있소."

"그에게 조심하라고 말씀하세요. 나리가 걱정하시는 바를 전하고, 그 위험을 막을 수 있는 방법을 알려 주세요."

그가 쓸쓸하게 웃으며 불쑥 내 손을 잡더니 얼른 그 손을 풀었다.

"바보 같은 아가씨야, 그렇게 할 수만 있다면 위험할 게 뭐가 있겠나? 당장에 없어지겠지. 내가 메이슨을 안 이후로 지금까지 '이렇게 해.' 하고 말하면, 그대로 다 이루어졌어. 하지만 이 경우에는 그에게 명령할 수 없소. '나에게 해가 되지 않도록 조심해, 리처드.' 이렇게 말할 수도 없소. 왜냐하면 그가 나에게 해를 끼칠 수 있다는 걸 필히 몰라야 하니까. 당황스러운 표정이군. 나는 당신을 더 당황스럽게 할 거요. 당신은 나의 작은 친구요, 그렇지?"

"옳은 일이라면 그 어떤 일이건 나리를 도와 드리며 따르고 싶어요."

"정확한 말이야. 그건 나도 알아. 당신이 말했듯이 옳은 일이라면 그 어떤 일이건 나를 도와주고 기쁘게 해 줄 때, 내 옆에서 나를 위해 일해 줄 때, 당신의 걸음걸이와 태도와 그 눈과 얼굴에 진정으로 만족하는 기색이 보이거든. 잘못이라고 생각하는 일을 하라고 하면 당신은 발걸음 가볍게 달리지도 않을 테고, 여물고 민첩하게 처리하지도 않을 테고, 생기 있는 시선과 활기찬 안색도 볼 수 없을 거야. 그럴 때 당신은 조용하고 창백하게 나를 돌아보며, '안 됩니다. 그렇게 할 수 없습니다. 그건 옳은 일이 아니라서 저는 못하겠습니다.' 이렇게 말하겠지. 그러고는 고정된 항성처럼 움직이지 않을 거야. 그래, 당신도 나에게 힘을 미칠 수 있고, 나에게 상처를 입힐 수 있어. 당신이 아무리 충실하고 친절해도 단번에 나를 찔러 버릴 수 있으니까, 당신에게 나의 연약한 부분을 보여 주지는 않겠어."

"나리가 저에게 그렇듯이 메이슨 씨를 두려워하지 않는다면, 위험할 건 전혀 없을 거예요."

"제발 그렇게 하느님이 허락해 주시기를! 제인, 여기에 정자가 있군. 앉읍시다."

정자는 벽에 나 있는 아치에 담쟁이덩굴이 감겨 있는 곳이었다. 거기에 통나무 의자가 놓여 있었다. 로체스터 씨가 자리에 앉으며, 내가 앉을 공간을 남겨 두었다. 하지만 나는 그의 앞에 서 있었다. 그가 말했다.

"앉아요. 두 사람이 넉넉히 앉을 수 있소. 설마 내 옆에 앉는 게 망설여지는 건 아니겠지? 이게 잘못된 일인가, 제인?"

나는 거기에 앉는 것으로 대답을 대신했다. 거절하는 것은 현명하지 않은 행동인 듯했다.

"자, 내 작은 친구여. 태양이 이슬을 마시는 동안, 이 오랜 정원의 모든 꽃들이 깨어나 피어나고 새들이 손필드에서 어린 새끼들의 아침 식사를 가져오는 동안, 부지런한 꿀벌들이 하루의 첫 작업을 행하는 동안 당신에게 한 가지 예를 들어 보겠소. 당신 자신의 일인 것처럼 생각해 줘야 해. 하지만 우선 나를 보고 편안하다고 말해 주시오. 내가 당신을 붙잡아 두는 것이나 당신이 여기 머무는 것을 잘못으로 여기지 않는다고 말해 주시오."

"그렇게 생각지 않아요. 전 편안해요."

"그래, 그럼 제인, 상상력의 도움을 빌려 봐요. 당신이 제대로 교육받고 훈련된 소녀가 아니라, 어린 시절부터 내내 제멋대로였던 거친 소년이라고 상상해 보시오. 당신이 먼 외국 땅에 가 있다고 상상해 봐. 그곳에서 그 성격이나 동기와는 상관없이 어떤 중대한 잘못을 저질렀고, 그 결과가 평생 당신을 따라다니며 당신의 생활 전체를 오염시킨다고 생각해 보시오. 명심해요, 나는 범죄를 말하는 게 아니오. 피를 뿌리거나 가해자에게 법적인 책임이 따르는 다른 죄악의 행위를 말하는 게 아니오. 내가 말하는 것은 실수요. 당신이 행한 일의 결과는 시간이 흐를수록 도저히 견딜 수 없는 것이 되지. 고통을 덜어 보려고 방법을 강구하게 돼. 평범한 방법은 아니지만 법에 저촉되거나 죄가 되지는 않는 것들이오. 그래도 당신은 비참해. 인생의 문턱에서 희망이 당신을 떠났으니까. 당신의 태양은 정오에 일식이 되어 어두워지고, 해 저물 때까지 그 어둠이 남아 있을 것 같아. 씁쓸하고 저급한 연상들이 당신의 기억을 먹이는 유일한 음식이오. 당신은 이리저리 떠돌아다니며 방랑에서 휴식을 구하지. 지성을 무디게 하고 감정을 메마르게 하는 그런 쾌락에서, 무정하고 감각적인 쾌락을 말하는 거요. 행복을 찾아보려 해. 마음은 지치고 영혼은 시들어 버린 채, 스스로 택한 유형의 세월을 보낸 후에 집으로 돌아오게 돼. 그리고 거기서 새로운 사람을 알게 되는 거요. 방법이나 장소는 상관없어. 당신은 이 새로운 사람에게서 당신이 20년간 찾으려 했지만 한 번도 만나 보지 못했던 선하고 밝은 자질들을 많이 발견하게 되오. 오염이나 얼룩 없이 오로지 신선하고 건강한 자질들이지. 이런 교제가 당신을 소생시키고 새로워지게 해.

더 좋은 나날, 더 높은 희망, 더 순수한 감정들이 돌아오는 것을 느껴. 인생을 다시 시작하고, 불멸의 존재로서 보다 가치 있는 방법으로 남은 날들을 보내고 싶어지지. 이 목적을 이루기 위해서라면, 당신의 양심이 시인하거나 판단력이 인정하지 않는 단순한 인습의 장벽을 뛰어넘는 걸 정당화할 수 있을까?"

그는 말을 멈추고 대답을 기다렸다. 내가 뭐라고 해야 할까? 아, 사려 깊고 만족스런 답을 제시해 주는 선한 정령이라도 있었으면! 헛된 열망이다! 서풍이 불어와 내 주위의 덩굴에 속삭였다. 하지만 그 숨결을 말로 빌려 줄 온화한 공기 요정은 없었다. 새들이 나무 위에서 노래했다. 하지만 그들의 노래가 아무리 달콤하더라도 알아들을 수는 없었다.

로체스터 씨가 다시 질문했다.

"죄 많은 인간으로 방황했으나 이제 안식을 추구하며 회개하는 남자가 이 온화하고 상냥하고 따뜻한 새 친구를 영원히 곁에 잡아 두기 위해 세상의 견해에 도전하는 것이, 그리하여 자기 마음의 평화와 새로운 인생을 찾아보려는 것이 정당화되겠소?"

나는 대답했다.

"방랑자의 안식이나 죄인의 회개를 다른 사람에게 의지해서는 안 됩니다. 남자나 여자나 죽게 마련이에요. 철학자라도 지혜가 부족할 수 있고, 그리스도인들도 선함이 부족할 때가 있어요. 나리가 아는 어떤 분이 고통당하고 실수를 저질렀다면, 같은 인간이 아닌 좀 더 높은 곳에 변화의 힘과 치료해 줄 위로를 구하게 하세요."

"하지만 도구…… 도구가 있는 법이오! 그 일을 행하는 하느님이 도구를 정하시잖소. 비유하지 않고 말하겠소. 나 자신이 바로 세속적이고 방탕하고 불안정한 남자였소. 그리고 나는 나를 치료해 줄 도구를 찾았다고 믿소……."

그가 말을 멈췄다. 새들은 계속해서 지저귀고 나뭇잎들은 가볍게 살랑거렸다. 나는 그들이 이제 곧 드러날 이야기를 듣기 위해 노래와 속삭임 소리를 낮추지 않는 게 이상할 지경이었다.

하지만 그랬다 하더라도 그들은 꽤 오래 기다려야 했을 것이다. 아주 오랫동안 침묵이 이어졌다. 마침내 나는 좀처럼 말을 잇지 않는 그를 향해 시선을 들었다. 그가 간절하게 나를 바라보고 있었다.

"이보게, 친구."

그가 상당히 달라진 어조로 말했다. 얼굴도 달라져 있었다. 부드러움과 진지함은 온데간데없이 사라지고, 가혹하게 비꼬는 표정이었다.

"당신은 나의 애정이 잉그램 양에게 기울어진 것을 알아차렸을 거요. 내가 그녀와 결혼하면 그녀가 나를 확실하게 소생시켜 주리라 생각지 않나?"

그가 벌떡 일어나 산책로 끝까지 걸어갔고, 돌아올 때는 콧노래를 흥얼거리고 있었다. 그가 내 앞에 멈추고 말했다.

"제인, 제인. 잠을 못 자서 그런지 안색이 아주 창백하군. 당신의 휴식을 방해했다고 나를 욕하는 건 아닌가?"

"나리를 욕하다니요? 아니에요."

"그렇다면 증거로 악수합시다. 손이 너무나 차군! 어젯밤에 그 미지의 방문 앞에서 만졌을 때는 이보다 따뜻했는데. 제인, 언제 다시 나와 밤샘을 해 주겠나?"

"제가 필요할 때면 언제든지요."

"예를 들면, 내가 결혼하기 전날 밤은 어떨까! 틀림없이 나는 잠을 이룰 수 없을 거야. 나와 같이 밤새워 말동무가 되어 주겠다고 약속하겠나? 난 당신에게 나의 사랑스러운 이에 대해 말할 수 있어. 이제 당신도 그녀를 보았고 그녀를 아니까."

"약속할게요."

"그녀와 같은 여자는 드물어. 그렇지 않나, 제인?"

"네, 그래요."

"아주 크지, 진짜 커. 덩치 좋고 가무잡잡하고 풍만해. 카르타고 여인 같은 머리하며. 이런, 덴트와 린이 마구간에 있군! 저쪽 문을 지나 관목 숲으로 해서 안으로 들어가시오."

나는 한쪽 길로 가고 그는 다른 쪽 길로 갔다. 마당에서 쾌활하게 말하는 그의 목소리가 들렸다.

"자네들이 선수를 놓쳤군. 오늘 아침 메이슨이 해 뜨기 전에 떠났소. 내가 4시에 일어나 배웅했지."

## 제21장

예감이란 이상한 것이다! 교감도 그렇다. 정조도 그렇다. 이 세 가지가 합해지면 인간이 아직까지 풀어내지 못한 하나의 신비가 된다. 나는 이제껏 예감을 비웃은 적이 없다. 나 스스로가 그런 기이한 예감을 지니고 있기 때문이다. 교감이라는 것도 존재한다고 믿는다(예를 들면, 멀리 떨어져 오래도록 왕래가 전혀 없던 친지들 사이에, 그렇게 떨어져 있었는데도 불구하고, 근원을 거슬러 올라가다 보면 서로 일치한다는 것을 알게 되는 경우가 그렇다). 교감 작용은 인간의 이해력을 당황스럽게 한다. 그리고 모르긴 몰라도, 정조라는 것 역시 인간과 자연의 교감일 수 있다.

내가 겨우 여섯 살 어린 소녀였던 어느 날 밤, 나는 베시 레븐이 마사 애보트에게 어린아이 꿈을 꾸었다고 말하는 소리를 들은 적이 있다. 아이들에 관한 꿈은 자신이나 친지에게 문제가 발생할 거리는 걸 알려 주는 확실한 징조라고 했다. 내 기억에서 흐릿하게 사라질 수도 있었던 그 말은, 곧바로 이어진 상황으로 인해 잊을 수 없이 나의 뇌리에 박혔다. 다음 날 베시는 여동생이 죽었다는 연락을 받고 집으로 불려 갔다.

최근에 나는 이 사건을 자주 떠올렸다. 지난 한 주 동안 갓난아기의 꿈을 꾸지 않고 밤을 보낸 적이 하루도 없었기 때문이다. 때로는 품에 안아 달래고, 때로는 무릎에 앉혀 어르고, 때로는 잔디에서 데이지 꽃을 가지고 놀거나 흐르는 물에 손을 첨벙거리며 노는 모습을 지켜보았다. 어떤 날 밤에는 울부짖는 아기였고, 다음 날 밤에는 웃는 아이였다. 언제는 나에게 찰싹 달라붙어 있었고, 언제는 나에게서 달아났다. 하지만 어떤 분위기를 풍기고 어떤 표정을 하고 있건 간에, 그 환영은 일곱 밤을 내리 내 잠의 영토로 찾아왔다.

이런 상념이 반복되자—하나의 이미지가 묘하게 되풀이되는 것이 마음에 들지 않았다—잠잘 시간이 가까워지고 꿈의 시간이 다가오는 것이 불안해졌다. 그 징조는 달 밝은 밤에 울부짖는 소리로 나를 깨워 냈던 아기의 환영과 함께 현실로 나타났다. 다음 날 오후에 나는 페어팩스 부인의 방에 나를 만나러 온 사람이 있다는 연락을 받고 아래층으로 내려갔다. 그리로 가 보니, 신사의 시종 같은 차림을 한 남자가 나를 기다리고 있었다. 그는 검은 상복을 입고 있었고, 손에 든 모자에도 검정 비단 띠가 둘러져 있었다. 내가 들어가자 남자가 일어나며 말했다.

"혹시 기억하실지 모르겠지만 저는 레븐이라는 사람입니다. 팔구 년 전, 아가씨가 게이츠헤드에 있을 때 리드 부인의 마부였고, 아직도 거기에 살고 있어요."

"아, 로버트! 안녕하세요? 기억하고말고요. 가끔 조지아나의 밤색 조랑말에 나를 태워 주곤 했잖아요. 베시는 어떻게 지내요? 베시와 결혼하셨죠?"

"네, 아내는 아주 건강해요. 고맙습니다. 두 달쯤 전에 아이를 하나 더 낳았어요. 이제 아이가 셋이 됐죠. 엄마와 아이 모두 잘 지내고 있습니다."

"그 댁 분들은 모두 무고하신가요, 로버트?"

"좋은 소식을 들려 드릴 수 없어서 유감이에요, 아가씨. 그분들은 지금 상황이 말이 아니에요. 아주 힘들어요."

"누가 돌아가신 게 아니었으면 좋겠는데."

내가 그의 검은 상복을 흘깃 쳐다보며 말했다. 그도 자기 모자의 검은 띠를 내려다보고 대답했다.

"존 씨가 런던의 하숙집에서 돌아가신 지 어제로 일주일 됐어요."

"존 씨가요?"

"네."

"그의 어머니는 그 일을 어떻게 견디고 계신가요?"

"그게 말입니다, 에어 양. 이건 예사 불행이 아니에요. 그분 생활이 아주 방탕하셨어요. 마지막 3년은 이상한 데 빠져 있으셨죠. 죽음도 충격적이었고요."

"그가 기대에 못 미치는 삶을 살고 있다는 얘기는 베시에게 들었어요."

"그 정도가 아니에요! 그보다 더 심할 수 없을 정도였죠. 아주 몹쓸 남자와 여자 들 사이에서 건강도 영지도 다 망쳐 버렸어요. 빚을 지고 감옥에 들어가기도 했었죠. 마님이 두 번 빼 주셨는데, 풀려나자마자 다시 예전 버릇과 패거리들에게로 돌아가셨어요. 머리도 좋은 분은 아니었어요. 같이 어울렸던 악당들이 일찍이 들어 본 적 없을 정도로 독하게 그분을 벗겨 먹었죠. 3주일 전쯤 게이츠헤드에 내려와 마님에게 전 재산을 양도해 달라고 하셨대요. 마님은 안 된다고 하셨죠. 아들의 방탕 때문에 재산이 줄어든 지 한참 됐거든요. 그래서 그분은 그냥 런던으로 올라갔는데, 그 후에 돌아가셨다는 소식이 날아온 거예요. 어떻게 돌아가셨는지는 하느님만이 아시겠죠! 사람들 말로는 자살이래요."

나는 입을 열지 않았다. 끔찍한 소식이었다. 로버트 레븐이 다시 말했다.

"마님은 얼마 전부터 몸이 편찮으세요. 살은 많이 찌셨는데 건강하진 않으셨던 거죠. 줄어든 재산과 가난에 대한 두려움 때문에 기력이 쇠해지셨는데 존 씨가 그런 식으로 돌아가셨다는 소식이 갑작스럽게 날아든 거예요. 그 때문에 발작을 일으켰죠. 사흘을 말씀을 못하셨어요. 지난 화요일에 조금 나아지신 듯했는데 뭔가를 말씀하고 싶은 것처럼, 제 아내에게 계속 신호를 보내면서 중얼거리셨어요. 겨우 어제 아침에야 베시는 마님이 말하는 게 아가씨 이름이라는 걸 알아들었어요. '제인을 데려와. 제인 에어를 데려와, 얘기하고 싶어.' 이렇게 말하는 소리였죠. 베시는 마님이 제정신인지, 그 말에 무슨 의미가 있는지 알 수 없었어요. 하지만 일라이저 양과 조지아나 양에게 그걸 말씀드리고 제인 아가씨를 부르러 보내라고 충고했어요. 두 분 아가씨께서는 미적미적 미루시다가 마님이 점점 오락가락하시고, '제인, 제인.' 이렇게 너무 여러 번 말씀을 하시니까 끝내는 승낙을 하시게 된 거예요. 저는 어제 게이츠헤드를 떠나왔어요. 준비가 가능하시다면, 내일 아침 일찌감치 모시고 갔으면 하는데요."

"알았어요, 로버트. 준비할게요. 내가 가야 할 것 같군요."

"제 생각도 그래요, 아가씨. 베시는 아가씨가 절대 거절하지 않을 거라고 했어요. 하지만 먼저 허락을 받아야겠지요?"

"그래요. 지금 허락받을 거예요."

그를 하인들 방으로 데려가 존 내외에게 잘 보살펴 달라고 부탁한 뒤에, 나는 로체스터 씨를 찾아 나섰다.

그는 아래층 어느 방에도 보이지 않았다. 마당에도, 마구간에도, 정원에도 없었다. 페어팩스 부인에게 그분을 봤느냐고 물으니 잉그램 양과 함께 당구를 치고 있을 거라고 대답했다. 나는 서둘러 당구실로 향했다. 달각달각 공 소리와 와글와글한 목소리 들이 거기서 울려 나왔다. 로체스터 씨, 잉그램 양, 애시턴가의 두 따님, 그들의 숭배자들이 모두 게임에 열중해 있었다. 그렇게 즐거워하는 사람들을 방해하려면 어느 정도 용기가 필요하다. 하지만 미룰 수 있는 용건이 아니었기에, 나는 잉그램 양의 옆에 서 있는 로체스터 씨에게 다가갔다. 내가 가까이 가자 그녀가 고개를 돌려 도도하게 쳐다보았다. 그녀의 눈은 '이 버러지 같은 여자가 무슨 볼일이야?' 하고 다그치는 듯했고, 내가 조그마한 목소리로 "로체스터 씨." 하고 불렀을 때는 나를 쫓아낼 듯한 자세를 취했다. 그 순간에 그녀의 모습이 어떠했는지 나는 기억하고 있다. 대단히 우아하고 인상적이었다. 하늘색 크레이프로 만든 아침 예복을 입고 있었고 머리에는 얇은 하늘색 스카프를 감고 있었다. 그녀는 게임에 열을 올리고 있었고, 짜증이 치민 자존심은 그녀의 오만한 인상을 누그러뜨리지 않았다.

"이 사람이 당신에게 볼일이 있나 봐요?"

그녀가 로체스터 씨에게 말했다. 로체스터 씨는 '이 사람'이 누군지 알아보려는 듯 고개를 돌렸다. 그가 묘하게 인상을 찌푸리더니—이도저도 아닌 그의 이상한 표정 중의 하나—큐를 던지고 내 뒤로 그 방을 빠져나왔다.

"뭐지, 제인?"

그가 공부방 문을 닫고, 그 문에 기대서면서 물었다.

"죄송하지만 일주일이나 2주일쯤 휴가를 얻고 싶습니다."

"뭘 하려고? 어디 가려고?"

"저를 부르시는 병든 부인을 만나러 가려고요."

"병든 부인이라니? 그녀가 어디에 사는데?"

"○○ 주의 게이츠헤드에 사십니다."

"○○ 주? 거긴 160킬로미터나 떨어진 곳이야! 그녀가 누군데 그 먼 데까지 사람을 오라 가라 하는 거요?"

"리드라는 분이에요, 리드 부인."

"게이츠헤드의 리드? 게이츠헤드의 리드가 있었지, 아마 치안 판사지?"

"그분의 미망인이에요."

"그런데 당신이 그녀와 무슨 상관이지? 어떻게 아는 사이인거요?"

"리드 씨가 저의 외삼촌이에요, 제 어머니의 오라버니요."

"제기랄! 그런 말은 한 번도 한 적이 없잖아. 항상 친척이 없다고 했잖소."

"저를 친척으로 인정할 사람은 없습니다. 리드 씨는 돌아가셨고, 그의 아내는 저와 인연을 끊었습니다."

"왜?"

"제가 가난하고 짐스럽고, 저를 싫어했기 때문이에요."

"리드가에 자식들이 있나? 당신 사촌들이 있을 테지? 마침 어제 조지 린이 게이츠헤드의 리드 이야기를 했어. 런던 최고의 망나니 중 하나라고 하던데. 잉그램도 같은 곳 출신의 조지아나 리드 얘기를 했고. 얼마 전까지 런던에서 미모로 꽤나 이름을 날렸다더군."

"존 리드 역시 죽었습니다. 자신을 망치고 집안도 절반쯤 망친 후, 자살했다고 하더군요. 그 소식이 너무나 충격적이어서 그의 어머니가 쓰러지셨대요."

"당신이 그녀에게 무슨 도움이 되겠나? 말도 안 돼, 제인! 당신이 도착하기 전에 죽을지도 모르는 늙은이를 보려고 160킬로미터나 달려가다니, 나 같으면 생각도 못할 일이오. 더구나 그 여자는 당신을 버렸다면서."

"그래요, 하지만 그건 오래전 일이에요. 상황이 지금과는 매우 달랐을 때죠. 이제 와 그녀의 소망을 모른 체하는 건 마음이 편치 않아요."

"얼마나 있을 생각이지?"

"되도록 빨리 돌아와야죠."

"일주일만 있겠다고 약속하시오."

"약속하지 않는 편이 낫겠어요. 약속을 어기게 될 수도 있으니까요."

"아무튼 꼭 돌아와야 돼. 어떤 핑계로든 거기서 영원히 눌러살겠다고 하진 않을 거지?"

"그럼요! 일이 끝나면 틀림없이 돌아올 거예요."

"누구랑 같이 가지? 160킬로미터를 당신 혼자 가진 않을 테고."

"네, 그쪽에서 마부를 보내왔어요."

"믿을 만한 사람이오?"

"네, 그 집에서 10년째 살고 있는 사람이에요."

로체스터 씨가 생각에 잠겼다.

"언제 떠날 거요?"

"내일 아침 일찍이요."

"돈이 좀 있어야겠군. 돈 없이 여행할 수는 없을 테니. 아마 별로 없겠지, 내가 아직 급료를 주지 않았잖아. 대체 얼마나 갖고 있소, 제인?"

그가 미소 지으며 물었다. 나는 얄팍하기 짝이 없는 지갑을 꺼냈다.

"5실링 있어요."

그가 내 지갑을 받아, 손바닥에 내용물을 쏟아 내더니 그 빈약함이 마음에 드는 듯 낄낄 웃었다. 그러고는 자신의 돈지갑을 꺼냈다. "자!" 하고 그가 나에게 지폐를 내밀었다. 그가 나에게 지급할 급료는 15파운드뿐인데, 그건 50파운드였다. 나는 거스름돈이 없다고 말했다.

"거스름돈은 됐어. 그 정도는 알 거 아냐. 당신의 급료니까 받아 두시오."

나는 내가 받을 금액보다 많이 받을 수는 없다고 거절했다. 처음에 그는 인상을 찌푸렸다. 다음에는 뭔가 다른 생각이 떠올랐는지 이렇게 말했다.

"맞아, 맞아! 지금 다 주지 않는 편이 낫겠군. 50파운드가 있으면 당신이 석 달 동안 안 돌아올 수도 있어. 여기 10파운드가 있소. 이거면 충분하지 않나?"

"네, 하지만 저에게 5파운드를 빚지신 셈이에요."

"그러면 그걸 받기 위해서라도 돌아와. 내가 당신 돈 40파운드를 보관하고 있을 테니까."

"로체스터 씨, 기회가 생긴 김에 일 문제로 말씀드리고 싶은 게 있어요."

"일 문제? 대단히 듣고 싶군."

"나리께서 친절하게도 곧 결혼하실 거라고 저에게 알려 주셨지요?"

"그래. 그런데?"

"그렇게 되면 아델은 학교에 보내야 해요. 나리께서도 필요성을 느끼실 거라고 생각합니다."

"내 신부의 길에서 아이를 치우라는 거로군. 그렇게 하지 않으면 꽤나 짓밟힐 테니까. 일리 있는 제안이야. 맞는 말이야. 당신 말대로 아델은 학교에 들어가야 할 거야. 그리고 당신도 곧바로 어디로든 가 버리겠지. 악마에게 가려나?"

"그건 아니기를 바랍니다. 하지만 저도 어딘가 다른 일자리를 찾아야 해요."

"당연하지!"

그가 이상야릇하고도 우스꽝스럽게 얼굴을 일그러뜨리며, 콧소리로 소리쳤다. 그가 몇 분간 나를 바라보았다.

"늙은 리드 부인이나 그 딸들에게 일자리를 알아봐 달라고 부탁하려는 거겠지?"

"아뇨. 그런 부탁을 해도 될 정도로 가까운 사이가 아니에요. 저는 광고를 낼 거예요."

그가 떽떽거렸다.

"차라리 이집트 피라미드에 걸어 올라가시지! 광고하려면 어디 한번 해 봐! 10파운드 대신 1파운드만 줄 걸 그랬어. 9파운드 돌려주시오, 제인. 쓸 데가 있소."

내가 지갑 든 손을 뒤로 감추며 대꾸했다.

"저도 마찬가지예요. 무슨 일이 있어도 이 돈은 못 드려요."

그가 말했다.

"노랑이 같으니! 내 돈 부탁을 거절하다니! 그럼 5파운드만 주시오, 제인."

"5실링도 안 돼요. 5펜스도 안 돼요."

"그럼 그냥 보여만 주시오."

"안 돼요. 나리를 믿지 못하겠어요."

"제인!"

"네?"

"하나만 약속해."

"제가 할 수 있는 일이라면, 뭐든지 약속할게요."

"광고하지 마시오. 일자리 문제는 나한테 맡겨요. 때가 되면 내가 구해 주겠소."

"나리가 이 집에 신부를 맞아들이기 전에 아델과 저를 안전하게 내보내 주시겠다고 약속하신다면 기꺼이 그렇게 하겠습니다."

"좋아! 좋아! 틀림없이 약속하겠소. 그럼, 내일 갈 건가?"

"네. 일찍이요."

"만찬 후에 응접실로 내려올 거요?"

"아뇨, 떠날 준비를 해야 해요."

"그럼 잠시 작별 인사를 해야겠군?"

"그렇겠죠."

"사람들이 어떤 식으로 작별을 하지, 제인? 내게 가르쳐 주시오. 나는 그런 걸 잘 몰라."

"안녕이라고 말하겠지요. 아니면 나름대로 좋아하는 방법을 택하거나."

"그럼 그렇게 말해 보시오."

"로체스터 씨, 당분간 안녕히."

"나는 뭐라고 해야 하지?"

"괜찮으시면, 똑같이 하시면 돼요."

"에어 양, 당분간 안녕히, 이게 다인가?"

"네."

"너무 야박하고 냉담하고 정이 없는 것 같아. 다른 말이 있었으면 좋겠군. 거기에 좀 더 추가를 하든가. 예를 들면, 악수를 한다든가. 하지만 아니야, 그것도 별로야. 안녕이라는 말 말고 다른 걸 해 보겠나, 제인?"

"그걸로 충분해요. 진심 어린 한마디는 여러 마디 말에 못지않은 호의를 전달할 수 있어요."

"아주 그럴듯해. 하지만 차갑고 공허하잖아, '안녕히'라니!"

'언제까지 저 문에 등을 기대고 서 계실 참일까?' 하고 나는 속으로 생각했다. '이제 짐 꾸리는 일을 시작해야 할 텐데.' 만찬 시간을 알리는 종이 울리자 갑자기 그가 말 한마디 없이 방에서 뛰어나갔다. 나는 그 후로 더 그를 보지 못했고, 아침에 그가 일어나기 전에 출발했다.

5월 1일 오후 5시경에 나는 게이츠헤드의 문지기 오두막에 도착했다. 저택으로 올라가기 전에 먼저 들른 것이다. 오두막은 아주 깨끗하고 깔끔했다. 장식 창에 작고 하얀 커튼들이 걸려 있었고 바닥에는 얼룩 하나 없었다. 쇠살대와 난로용 기구들은 반짝반짝 윤이 났고 불길은 선명하게 타올랐다. 베시는 난롯가에 앉아 갓난아기에게 젖을 먹이고, 바비와 그의 여동생은 구석에서 조용히 놀고 있었다.

"어머나 세상에! 꼭 오실 줄 알았다니까!"

내가 들어가자 레븐 부인이 소리쳤다.

"응, 왔어, 베시."

내가 그녀에게 입을 맞추고 나서 말했다.

"그리 늦은 것 같지는 않은데. 리드 부인은 어떠셔? 아직 살아 계시겠지?"

"네, 살아 계세요. 전보다 정신도 돌아오고 차분해지셨어요. 의사 말로는 아직 일이 주쯤은 견디실 거래요. 하지만 회복하긴 힘드실 거라더군요."

"리드 부인이 최근에도 내 얘기하셨어?"

"바로 오늘 아침에 말씀하셨는걸요, 아가씨가 왔으면 좋겠다고. 하지만 지금은 주무세요. 아니 10분 전에 내가 그 집에 있었을 때는 주무시고 계셨어요. 보통은 오후 내내 혼수상태 비슷하게 누워 계시다가 6시나 7시쯤 깨어나세요. 여기서 한 시간 정도 쉬고 나랑 같이 올라가요."

이때 로버트가 들어오자, 베시는 잠든 아이를 요람에 눕히고 그를 맞았다. 그 뒤에 그녀는 내가 창백하고 피곤해 보인다면서, 보닛을 벗고 차를 마시라고 고집했다. 나는 그녀에게 환대받는 게 기뻤다. 내 옷을 벗겨 주곤 하던 어린 시절처럼 나는 내 여행복을 벗겨 주는 그녀의 손길을 순순히 받아들였다.

그녀는 분주하게 돌아다녔다. 제일 좋은 도자기로 쟁반을 준비하고, 빵을 잘라 버터를 바르고, 케이크를 굽고, 그 사이사이에 예전에 나에게 그랬듯이 가끔 바비나 제인을 톡톡 때리거나 밀어내기도 했다. 그 모습을 보고 있으려니 옛날 기억이 새록새록 되살아났다. 가벼운 걸음걸이와 예쁜 외모뿐 아니라 발끈하는 성질도 여전했다.

차가 준비되었을 때, 나는 탁자 있는 데로 자리를 옮기려 했다. 하지만 그녀는 예전처럼 단호한 어조로, 가만히 앉아 있으라고 말했다. 난롯가에서 차를 대접받아야 한다는 것이었다. 그러더니 지난날 육아실 의자에 나를 앉혀 놓고 개인적으로 슬쩍해 온 맛난 것들을 먹여 주던 때와 똑같이 찻잔과 토스트 접시를 얹은 작고 동그란 탁자를 내 앞에 가져다 놓았다. 나 역시 과거에 그랬듯이 미소를 지으며 그녀가 시키는 대로 했다.

그녀는 내가 손필드 저택에서 행복한지, 안주인은 어떤 사람인지 알고 싶어 했다. 내가 바깥주인밖에 없다고 했더니, 그가 훌륭한 신사인지, 내 마음에 드는 사람인지 물었다. 좀 못생긴 편에 속하지만 꽤 신사다운 사람이고, 나에게 친절히 대해 주므로 만족하고 있다고 대답해 주었다. 그 뒤에 나는 최근 그 저택에 체류하고 있는 쾌활한 손님들에 대해 들려주었다. 내가 상세하게 얘기하는 동안 베시는 흥미롭게 귀를 기울였다. 그것은 그녀가 아주 좋아하는 종류의 이야기였다.

그런 대화를 나누는 사이에 한 시간이 금세 지나갔다. 베시는 나의 보닛과 다른 여장을 다시 입혀 주고, 나와 같이 저택을 향하여 문지기 오두막을 나섰다. 9년 전쯤, 지금 올라가고 있는 그 길을 걸어 내려올 때도 그녀와 함께였다. 으스스하게 안개가 끼고 어두컴컴하던 1월 아침에, 나는 절박하고 억울한 심정으로—거의 신에게 버림받아 추방되는 그런 느낌으로—이 적대적인 지붕 밑을 떠나 로우드라는 싸늘한 피난처로 달려갔다. 아주 멀고 낯선 목적지였다. 그때와 마찬가지로 적대적인 지붕이 내 눈앞에 올라서 있었다. 나의 앞날은 아직 불확실했다. 내 가슴은 아직도 쓰라렸다. 나는 여전히 지구 위의 방랑자 같은 느낌이었다. 하지만 나 자신과 나의 능력을 좀 더 확실히 믿게 되었고, 억압을 받더라도 전처럼 주눅 들지 않을 자신이 있었다. 내가 행한 잘못으로 인해 벌어진 상처 역시, 이제 상당히 치료를 받았다. 원망의 불길은 꺼졌다.

"우선 거실로 들어가 봐요."

베시가 앞장서서 현관홀을 지나며 말했다.

"두 분 아가씨들이 거기 계실 거예요."

다음 순간 나는 거실에 들어서 있었다. 모든 가구들이 내가 처음 브로클허스트 씨에게 소개되던 날 아침의 모습 그대로인 듯했다. 그가 밟고 서 있던 러그가 여전히 벽난로 앞을 덮고 있었다. 책장을 흘깃 쳐다보니, 세 번째 선반에는 비윅의《영국 조류사》두 권과 바로 그 윗줄에《걸리버 여행기》와《아라비안 나이트》가 그대로 자리를 차지하고 있었다. 생명이 없는 그것들은 변한 것이 없었다. 하지만 살아 있는 사람들은 알아볼 수 없을 만큼 변해 있었다.

젊은 숙녀 두 명이 내 앞에 나타났다. 한 명은 키가 아주 커서 잉그램 양과 맞먹을 정도였다. 비쩍 마른 몸에, 얼굴은 흙빛이고 태도는 엄숙했다. 그녀의 모습에서는 어딘지 금욕주의적인 분위기가 풍겼다. 치마가 일자형으로 된 검정색 모직 옷, 빳빳한 리넨 칼라, 관자놀이에서 빗어 넘긴 머리, 흑단 구슬을 꿴 줄과 수녀의 것처럼 보이는 십자가상이 달린 장신구, 이런 외양에서 드러나는 극도의 간소함이 금욕적인 분위기를 더욱 강하게 했다. 그 길쭉하고 핼쑥한 얼굴에서 이전의 모습은 전혀 찾아볼 수 없었지만, 나는 그녀가 일라이저일 거라고 확신했다.

다른 여자는 분명히 조지아나였다. 하지만 내가 기억하고 있는

EDMUND DULAC

날씬하고 요정 같던 열한 살 소녀 조지아나가 아니었다. 그녀는 아주 통통하게 활짝 피어난 처녀였고, 밀랍 인형처럼 아름다웠다. 어여쁘고 균형 잡힌 이목구비에 나른한 푸른 눈과 곱슬곱슬한 금발을 지니고 있었다. 그녀의 옷 빛깔도 검정색이었다. 하지만 모양새는 언니의 옷과 천지 차이로 달랐다. 훨씬 풍성하게 늘어지는 그 옷은 그녀에게 잘 어울렸다. 다른 한쪽이 청교도적으로 보인다면 이쪽은 매우 세련돼 보였다.

자매들은 각각 어머니의 특징을 하나씩 지니고 있었다. 딱 하나씩만. 가늘고 핏기 없는 큰딸은 어머니의 검은빛 갈색 눈을 물려받았다. 꽃처럼 피어나는 화사한 작은딸은 턱의 위아래 윤곽이 어머니와 비슷했다. 어쩌면 좀 더 부드러울지 모르지만, 그래도 여전히 딱 꼬집어 말할 수 없는 무정한 인상을 풍겼고, 그것만 아니라면 훨씬 더 육감적이고 매력적으로 보였을 것이었다.

내가 걸어 들어가자 그들이 나를 맞으려고 일어섰고, 둘 다 나를 "에어 양."이라고 불렀다. 일라이저는 웃음기 없이 무뚝뚝한 목소리로 간단하게 인사했다. 그 뒤에 다시 자리에 앉아 나를 잊은 듯 난롯불만 뻔히 쳐다보았다. 조지아나는 "어떻게 지냈어?" 하고 묻고는 다소 점잔 빼는 어조로 나의 여행이나 날씨 등에 관해 몇 마디 상투적인 말들을 덧붙였다. 그러면서 여러 번의 곁눈질로 나의 머리부터 발까지를 평가했다. 나의 충충한 메리노 모직 외투의 주름을 훑어보기도 하고, 코티지 보닛의 소박한 장식에 눈길을 주기도 하면서. 젊은 숙녀들은 실제로 말을 하지 않고도 상대를 괴짜로 여긴다는 것을 알리는 놀라운 방법을 알고 있다. 말이나 행동으로는 전혀 무례를 범하지 않으면서도, 거만한 표정과 차가운 태도와 냉담한 어조를 통해 자기들의 느낌을 충분히 표현하는 것이다.

하지만 은근하건 노골적이건, 경멸은 이제 더 이상 예전과 같은 영향력을 미치지 못했다. 사촌들 사이에 앉아 완벽하게 무시하는 한 사람과 다른 사람의 비웃음 섞인 관심을 받으면서도 전혀 불편을 느끼지 않았다는 것은 내가 생각해도 놀라운 일이었다. 일라이저는 나에게 굴욕감을 주지 못했고, 조지아나도 나를 당황하게 만들지 못했다. 사실 나는 달리 생각할 것들이 있었다. 지난 몇 달 동안 내 안에서는 그들이 일으킬 수 있는 어떤 감정보다도 훨씬 강력한 감정들, 즉 그들이 내게 가하거나 부여할 수 있는 것보다 훨씬 격렬하고 날카로웠던 고통과 기쁨 들이 요동쳤었다. 때문에 나는 그들이 잘해 주든 못해 주든 전혀 신경이 쓰이지 않았다.

"리드 부인은 어떠셔?"

나는 차분하게 조지아나를 바라보며 물었다. 내가 직접적으로 말을 건넨 게 마치 예상치 못한 방종이라도 된다는 듯, 그녀는 새침한 표정을 지었다.

"리드 부인? 아, 엄마 말이구나. 몹시 안 좋으셔. 오늘 밤에는 아마 만나 뵐 수 없을걸."

내가 말했다.

"위층에 올라가서 리드 부인에게 내가 왔다고 전해 준다면 매우 고맙겠어."

조지아나가 기막혀하며 그 푸른 눈을 휘둥그렇게 떴다.

내가 덧붙였다.

"그분이 날 보고 싶어 하신다는 거 알아. 그분의 소망을 알기에 필요 이상으로 시간을 늦추고 싶지 않아."

"엄마는 저녁에 방해하는 거 싫어하셔."

일라이저가 말했다. 나는 자리에서 일어나 조용히 보닛과 장갑을 벗고, 베시에게 가서—아마도 부엌에 있을 것이다—오늘 밤에 리드 부인이 나를 만날 수 있는 상태인지 알아보도록 하겠다고 말했다. 나는 부엌으로 가서 베시를 찾아 그녀를 위층으로 올려 보냈고, 다른 몇 가지 일도 처리했다. 이제까지 나는 오만 앞에서 움츠러드는 습관을 갖고 있었다. 1년 전에 오늘과 같은 무시를 당했다면, 바로 다음 날 아침에 게이츠헤드를 떠나기로 결심했을 것이었다. 이제는 그게 어리석은 생각이라는 것을 잘 알고 있다. 나는 외숙모를 만나려고 160킬로미터를 달려왔고, 그녀의 건강이 호전되거나 아니면 돌아가실 때까지 그 곁에 머물러 있어야 했다. 그 딸들의 교만과 어리석음은 한쪽으로 밀어 두기로 했다. 그런 일에 좌우되지 말아야 했다. 나는 가정부에게 앞으로 일이 주 정도 손님으로 머물게 될 테니 내가 쓸 방을 보여 달라고 했고, 내 짐을 방으로 옮기게 하고, 직접 그리로 따라갔다. 층계참에서 베시를 만났다. 그녀가 말했다.

"마님이 깨어 계세요. 아가씨가 왔다고 말씀드렸어요. 마님이 알아보시는지 가서 확인해 봐요."

익히 알고 있는 그 방으로 가기 위해 따로 안내를 받을 필요는 없었다. 예전에 벌을 받거나 꾸중을 들으러 너무나 자주 불려 갔던 곳이니까. 베시보다 먼저 종종걸음 쳐서 조용히 그 문을 열었다. 점점 어두워지는 시간이라 갓을 씌운 등불이 탁자에 놓여 있었다. 예전과 다름없이 커다란 기둥이 네 개 달린 침대에 호박색 휘장이 드리워져 있었다. 경대, 안락의자, 발받침도 그대로였다. 그 발받침에 나는 백 번쯤 무릎을 꿇고, 내가 저지르지도 않은 잘못에 대해 용서를 빌라는 명령을 받았었다. 그렇게 두려워했던 가느다란 회초리가 보일 것만 같아서 나는 가까운 구석을 둘러보았다. 회초리는 귀퉁이에 숨어 있다가, 악마 새끼처럼 뛰어나와 부들거리는 나의 손바닥이나 움츠러든 목에 매질을 하곤 했었다. 나는 침대로 다가갔다. 커튼을 걷고 수북이 쌓인 베개 더미 위로 고개를 숙였다.

나는 리드 부인의 얼굴을 똑똑히 기억했고, 그 낯익은 이미지를 열심히 찾아보았다. 세월이 복수의 염원을 진압하고 분노와 혐오의 충동을 진정시키는 것은 다행스런 일이다. 그 옛날 이 여인을 떠날 때는 쓰디쓴 증오를 품고 있었으나, 이제는 다른 감정 없이 그녀의 지극한 고통에 대해 일종의 연민만을 품고 이렇게 돌아왔다. 상처를 다 잊고 용서하기 위해. 서로 화해하고 사이좋게 두 손을 맞잡고 싶다는 강한 열망을 안고.

거기에 낯익은 얼굴이 있었다. 전처럼 엄격하고 가차 없는, 그 무엇으로도 녹일 수 없는 독특한 눈이 있었다. 거만하고 위압적으로 살짝 치켜 올라간 눈썹도 있었다. 그 눈썹이 나를 위협하고 증오하며 내려간 적이 얼마나 많았던가! 그 거친 선을 더듬어 보노라니 어린 시절의 공포와 슬픔의 기억이 새삼 되살아났다. 그렇지만 나는 아래로 몸을 내려 그녀에게 입을 맞췄다. 그녀가 나를 바라보았다.

"제인 에어니?"

그녀가 말했다.

"네, 리드 외숙모. 좀 어떠세요?"

나는 한때 다시는 그녀를 외숙모라 부르지 않겠다고 맹세했었다. 하지만 지금 그 맹세를 잊고 어긴다고 해서 죄가 되지는 않을 것이다. 내 손이 시트 밖에 놓인 그녀의 손을 잡았다. 그녀가 따뜻하게 내 손을 눌러 주었다면, 그 순간 나는 진정한 기쁨을 경험했을 것이다. 하지만 예민한 성격은 그리 쉽게 누그러지지 않으며, 타고난 반감도 그리 쉽게 가라앉지 않는 모양이다. 리드 부인은 손을 빼내고, 내 얼굴을 외면하며, 밤공기가 따뜻하다고 말했다. 다시 나를 바라보는 그 시선이 너무나 얼음장 같아서, 나는 곧 나에 대한 그녀의 생각과 감정이 전혀 변하지 않았고, 변할 수도 없다는 것을 알았다. 그녀의 돌 같은 눈, 부드러움을 통과시키지 않고 눈물에 흔들리지 않는 눈을 바라보면서, 그녀가 마지막까지 나를 나쁘게 생각하기로 마음먹었다는 것을 알아차렸다. 나를 좋은 사람으로 여기는 것은 그녀에게 관용의 기쁨을 주지 않을 테니까, 굴욕만을 안겨 줄 테니까.

처음에는 고통스러웠고, 다음에는 분노를 느꼈고, 그 뒤에는 그녀를 굴복시키고 싶었다. 그녀의 천성과 의지를 눌러 이기고 지배자가 되고 싶었다. 어렸을 때처럼 눈물이 솟구쳤다. 나는 그 눈물에게 원래 있던 자리로 돌아가라고 명령했다. 침대 머리맡으로 의자를 가져왔다. 거기에 앉아 베개로 고개를 기울이며 말했다.

"저를 부르셨잖아요. 제가 여기 왔어요. 건강이 괜찮아지실 때까지 머물 생각이에요."

"당연히 그래야지! 내 딸들을 봤니?"

"네."

"그래, 내가 마음에 있는 몇 가지를 너와 얘기할 수 있을 때까지 네가 머물러 있기를 바라더라고 그들에게 말해라. 오늘 밤은 너무 늦었고, 할 말을 생각해 내기가 힘들어. 하지만 말하고 싶은 게 있어. 어디 보자……."

방황하는 시선과 달라진 어조는 강건했던 그녀의 몸이 얼마나 심하게 무너졌는지를 말해 주었다. 그녀가 불안하게 뒤척이며 자기 몸으로 이불을 끌어당겼다. 그 한구석에 놓여 있던 내 팔꿈치가 이불을 고정시켰던 모양이다. 그녀가 당장에 짜증을 냈다.

"일어나! 이불자락을 누르니 신경질이 나잖아. 넌 제인 에어니?"

"네, 제인 에어예요."

"그 아이 때문에 나는 아무도 믿지 못할 만큼 고생을 했어. 그 아이는 내 손에 남겨진 부담스런 짐이었어. 매일 매 시간, 그 이해할 수 없는 성질에 갑자기 발끈 성질을 부리고, 끊임없이 괴상하게 사람의 거동을 지켜보는 그 애가 얼마나 큰 골칫거리였는지! 한번은 미친 뭣처럼, 아니 악귀처럼 나한테 대들었어. 세상 어떤 아이도 그 애처럼 말하고 그런 표정을 짓지는 않아. 집에서 쫓아낼 수 있었던 건 천만다행이었어. 로우드 사람들이 그 애한테 뭘 어쩌겠어? 거기에 열병이 퍼져서 학생들이 수두룩하게 죽었을 때도 그 애는 안 죽었어. 하지만 난 그 애가 죽었다고 말했어. 죽었으면 좋았을 텐데!"

"이상한 소망이시네요, 리드 부인. 왜 그렇게 그녀를 미워하세요?”

“난 항상 그 애 엄마가 싫었어. 내 남편의 유일한 동생이었고, 그에게 아주 귀여움을 받았으니까. 그녀가 신분 낮은 놈과 결혼하자 그의 가족들은 인연을 끊으려 했는데 그만이 반대했어. 동생이 죽었다는 소식을 듣고는 바보처럼 울어 댔어. 내가 남한테 맡기고 양육비를 주자고 애원했는데도 그 아기를 데려오라고 사람을 보냈어. 난 처음 봤을 때부터 그게 미웠어. 맥없이 칭얼거리고 보채기만 하는 그 아이가! 밤새도록 요람에서 징징거렸지. 다른 애들처럼 소리소리 지르는 것도 아니고, 훌쩍훌쩍 울면서 낑낑거렸어. 리드는 그걸 가엾어했어. 자기 자식처럼 보살피고 돌봐 줬어. 아니 자기 자식보다 더 많이 봐 줬지. 내 아이들한테 그 거지 같은 것에게 친절하게 대하라고 했어. 내 귀염둥이들이 싫어하는 기색이라도 보이면 화를 냈지. 죽어 가는 병상에서도, 그는 그걸 자기 침대 옆에 데려오게 했어. 죽기 한 시간 전에는 나한테 그걸 데리고 키우겠다는 맹세를 하게 했어. 차라리 구빈원의 가난뱅이 아이를 맡아 키우는 게 낫지. 하지만 그는 약했어. 천성적으로 마음이 약했어. 존은 전혀 제 아비를 안 닮았고, 난 그게 기뻐. 존은 나와 제 외삼촌들을 닮았어. 그는 깁슨가의 핏줄이야. 아, 그 아이가 돈을 달라는 편지로 나를 괴롭히지만 않으면 좋겠는데! 이제 더 내줄 돈이 없어. 우린 점점 가난해지고 있어. 하인들 절반을 내보내고 집의 일부를 닫아 걸어야 돼. 아니면 세를 놓거나. 난 그렇게는 못해. 하지만 그러지 않고서야 살아갈 방법이 없잖아? 수입의 3분의 2가 저당 이자로 나가는데. 존은 끔찍하게 도박을 해 대고, 항상 잃어. 가엾은 아이! 사기꾼들한테 둘러싸여 몰락하고 타락해 버렸어. 그 애의 모습은 끔찍해. 그 아이를 볼 때마다 수치스러워."

그녀가 점점 흥분하고 있었다.

"이제 나가는 게 나을 것 같아."

나는 침대 맞은편에 서 있는 베시에게 말했다.

"아무래도 그게 낫겠어요. 하지만 밤이 되면 자주 이런 식으로 말씀하세요. 아침에는 그나마 좀 침착해져요."

내가 자리에서 일어났다. 그때 리드 부인이 소리쳤다.

"가지 마! 너에게 하고 싶은 말이 더 있어. 그 애가 날 위협해. 죽어 버리겠다고, 아니면 나를 죽이겠다고 계속 위협해. 가끔 그 아이가 목에 커다란 상처가 나서, 아니면 얼굴이 시커멓게 부어서는 죽어 있는 꿈을 꿔. 큰일이야. 걱정할 게 너무 많아. 어떻게 해야 하지? 어떻게 돈을 구하지?"

베시가 어렵게 그녀에게 진정제를 먹이고 나자, 리드 부인은 금세 차분하게 가라앉더니 꾸벅꾸벅 졸기 시작했다. 그제야 나는 그녀의 곁을 떠날 수 있었다.

내가 다시 그녀와 이야기를 나눌 수 있게 되기까지는 열흘 이상을 기다려야 했다. 그녀는 계속해서 환각 상태 아니면 혼수상태에 빠져 있었다. 의사는 그녀를 심하게 자극할 수 있는 행위를 모두 금지시켰다. 그사이에 나는 될 수 있는 대로 조지아나와 일라이저와 잘 어울려 지냈다. 처음에 그들이 나를 차갑게 대했던 것은 사실이다. 일라이저는 하루의 반을 바느질이나 읽기나 쓰기를 하며 앉아 있을 뿐, 자기 동생이나 나에게 거의 말을 걸지 않았다. 조지아나는 한 시간이 멀다 하고 카나리아에게 허튼소리를 지껄여 댈 뿐, 나를 거들떠보지도 않았다. 하지만 나는 일거리나 흥밋거리가 없어서 쩔쩔 매는 사람처럼 보이지 않기로 결심했다. 나는 그림 도구들을 싸 가지고 왔고, 그것이 나의 일거리가 되고 즐거움이 되어 주었다.

나는 연필통과 종이 몇 장을 가지고 그들에게서 떨어진 창가 자리에 앉아, 쉴 새 없이 변하는 상상의 만화경에서 순간순간 모습을 드러내는 장면들을 표현하고 상상화를 스케치하며 시간을 보냈다. 두 개의 바위 사이로 언뜻 보이는 바다, 떠오르는 달과 그 동그란 가운데로 지나는 배, 갈대와 창포의 군락과 연꽃 관을 쓰고 솟아오르는 물의 요정의 머리, 산사나무 꽃의 화환 아래 바위종다리 둥지에 앉아 있는 요정.

어느 날 아침에는 얼굴을 스케치하기도 했다. 그게 어떤 얼굴이 될지 나는 알지 못했다. 아니 상관도 없었다. 부드러운 검은 연필을 쥐고, 끝을 뭉툭하게 하면서 열심히 그려 나가자 종이에는 금세 넓고 툭 튀어나온 이마와 아래쪽이 네모진 얼굴 윤곽이 나타났다. 그 윤곽은 나에게 기쁨을 주었다. 내 손은 거기에 이목구비를 채우려고 활발하게 움직였다. 그런 이마 밑에는 진하게 수평으로 뻗은 눈썹이 제격이었다. 다음에는 당연히 콧날이 곧고 콧구멍이 큼직하니 잘생긴 코를 그렸다. 다음에는 결코 작지 않으면서도 나긋나긋해 보이는 입, 다음에는 가운데가 오목하게 쏙 들어간 완벽한 턱. 물론 검은 구레나룻도 좀 있어야 하고, 관자놀이에 헝클어지고 이마 위에서 물결치는 흑옥색 머리칼도 좀 있어야 했다. 이제 눈을 그릴 차례였다. 가장 신중하게 작업해야 할 부분이라서 마지막에 그리려고 남겨 둔 부분이었다. 나는 두 눈을 큼직하게 그렸다. 모양을 잘 잡았다. 속눈썹을 길고 거무스름하게 그렸다. 홍채는 크고 빛나게 그렸다. '좋았어! 하지만 아직 뭔가 부족해.' 그 효과를 살펴보며 내가 생각했다. '힘과 기백이 좀 더 필요해.' 밝은 부분이 더 화려하게 빛날 수 있게, 색조를 더욱 검게 칠했다. 한두 번의 적절한 손길이 더해지자 그림은 성공적으로 완성되었다. 자, 이제 내 눈앞에 친구의 얼굴이 있었다. 젊은 숙녀들이 나에게 등을 돌리고 있다 한들 무슨 대수인가? 나는 그것을 쳐다보았다. 쏙 빼닮은 그 얼굴을 보며 미소 지었다. 나는 열중했고 만족스러웠다.

"네가 아는 사람이야?"

어느새 나 모르게 다가와 있던 일라이저가 물었다. 나는 그냥 상상 속의 얼굴이라고 대답하고, 서둘러 다른 종이 밑에 그림을 숨겼다. 물론 거짓말이었다. 그것은 사실, 로체스터 씨를 매우 충실하게 묘사한 초상이었다. 하지만 그녀에게든, 누구에게든, 나 외에는 아무 상관이 있을 리 없었다. 조지아나도 그림을 보려고 다가왔다. 다른 그림들은 썩 마음에 들어 했지만, 그 인물화를 보고는 '못생긴 남자'라고 말했다. 그들 둘 다 내 솜씨에 놀란 듯했다. 나는 그들의 초상화를 그려 주겠다고 제안했다. 그들이 차례로 앉아 내가 연필로 윤곽을 잡을 수 있게 포즈를 취했다. 그 후에 조지아나는 자신의 그림첩을 가지고 왔다. 나는 수채화를 한 장 그려 주겠다고 약속했다. 이 말이 금세 그녀를 기분 좋게 해 준 모양이었다. 그녀가 정원으로 산책을 나가자고 했다. 밖으로 나선 지 두 시간도 안 돼, 우리는 비밀스런 대화에 깊이 빠져들었다. 그녀는 몇 개월 전에 런던에서 보냈던 그 화려한 겨울과 그곳에서 받았던 찬사를 들려주었다. 그녀에게 마음을 빼앗겼던 귀족의 이야기까지 은근슬쩍 흘러나왔다. 오후가 지나고 저녁이 무르익을 때까지 이 은근한 이야기들은 상세하게 설명되었다. 갖가지 달콤했던 대화들이 내 귀에 전해지고, 감상적인 장면들이 내 앞에 펼쳐졌다. 간단히 말해서, 그날 그녀는 사교계의 삶에 관한 소설 한 권을 즉석에서 지어 준 셈이었다. 이야기는 매일같이 반복되었다. 주제는 언제나 같았다. 그녀 자신, 그녀의 사랑, 그리고 그녀의 비애에 관해서였다. 이상하게도 그녀는 어머니의 병환이나 오빠의 죽음, 가족이 처한 암울한 상황에 대해서는 한마디도 꺼내지 않았다. 그녀의 마음은 오로지 유쾌했던 과거의 추억과 앞으로의 환락에 대한 열망으로 가득한 듯 보였다. 그녀는 엄마의 병실에서 하루에 5분 정도만 보낼 뿐, 그 이상은 들여다보지 않았다.

일라이저는 여전히 말이 없었다. 얘기할 시간이 없는 게 분명했다. 나는 그녀보다 더 바빠 보이는 사람을 본 적이 없었다. 그렇지만 그녀가 무엇을 하고 있었는지는 말하기 어렵다. 아니 그보다는 그 부지런함의 결과가 무엇이었는지 말하기 어렵다고 말해야겠다. 그녀는 자명종 소리에 맞춰 아침 일찍 잠에서 깼다. 그녀가 아침 식사 전에 어떤 일에 전념하는지는 모르겠지만, 식사 후에는 자신의 시간을 규칙적으로 나누어서 사용했다. 매 시간마다 해야 할 일을 할당해 놓은 것 같았다. 하루에 세 번 그녀는 작은 책을 공부했는데, 내가 관찰해 보니 그건 영국 교회의 기도서였다. 한번은 그 책의 매력이 뭐냐고 물었더니, 그녀는 '전례법규'라고 대답했다. 그녀는 또 양탄자 크기의 커다랗고 네모난 진홍색 천 가장자리를 금실로 수놓는 일에 세 시간씩을 할애했다. 이 물건의 쓰임새를 묻는 내 질문에는, 게이츠헤드 근처에 세워진 새로운 교회의 제단용 덮개라고 답해 주었다. 그녀는 두 시간을 일기 쓰는 데 쏟았다. 혼자 부엌 채소밭을 가꾸는 데 두 시간, 장부를 정리하는 데 한 시간. 그녀는 다른 사람과의 교제도, 대화도 원치 않는 듯했다. 나는 그녀가 그녀 나름의 방식으로 행복했다고 믿는다. 이런 하루일과는 그녀를 만족시켰을 것이다. 시계처럼 규칙적인 생활을 변화시키는 사건이 일어나는 것은 그녀에게 더없이 짜증스러운 일이었다.

어느 날 저녁, 평소보다 말하고 싶은 마음이 생겼는지 그녀는 존의 행동과 집안에 밀려드는 파멸의 위협이 자신을 극심하게 괴롭혔다고 나에게 고백했다. 하지만 지금은 마음이 안정되었고 결심이 섰다고, 그녀는 자기 몫의 재산을 안전하게 간직해 두고 있었다. 어머니가 돌아가신다면—어머니가 회복되거나 오래 버티는 것은 도저히 불가능한 일이라고 그녀는 차분하게 말했다—마음에 오래도록 품어 왔던 계획을 실천에 옮길 예정이라고 했다. 규칙적인 습관이 영원히 방해받지 않을 곳으로 은둔하여, 그녀와 경박한 세상 사이에 안전한 장벽을 세우겠다는 것이다. 나는 조지아나도 같이 가는 거냐고 물어보았다.

"당연히 아니지. 조지아나와 나는 공통점이 하나도 없어. 비슷한 구석이 있었던 적도 없어. 무슨 일이 있어도 조지아나와 같이 지내며 골머리를 썩지는 않을 거야. 그녀는 자기 갈 길을 가면 돼. 나는 내 길을 갈 거야."

나에게 자기 마음을 털어놓는 시간 외에 조지아나는, 소파에 드러누워 집이 답답하다고 안달하고, 깁슨 숙모님이 도시로 불러 주기를 거듭거듭 기원하면서 대부분의 시간을 소일했다.

"모든 게 끝날 때까지, 한두 달 피해 있을 수만 있다면 얼마나 좋을까."

그녀가 말했다.

모든 게 끝나는 게 어떤 뜻인지 물어본 적은 없지만, 예정된 엄마의 죽음과 그 후의 음울한 장례식에 대한 얘기였으리라고 생각한다. 일라이저는 그렇게 중얼거리며 빈둥대는 물체가 아예 존재하지 않는 것처럼, 대체로 동생의 게으름과 불평을 아는 체하지 않았다. 하지만 하루는 회계 장부를 치우고 수놓을 일감을 펼치다가, 갑자기 이러한 말로 동생을 질책했다.

"조지아나, 너보다 더 허영심 많고 어리석은 동물은 이 지구상에서 허용된 적이 없었을 거다. 넌 세상에 태어날 자격이 없었어. 인생을 유용하게 쓰지 않으니까. 이성적인 존재들은 그렇게 살지 않아. 너는 네 안에서 너 자신과 함께 사는 대신에 다른 사람의 힘에 기대서만 살려고 해. 그렇게 뚱뚱하고 나약하고 자만심에 부푼, 쓸모없는 인간을 기꺼이 맡아 주려는 사람을 찾지 못하면, 너는 네가 학대받고 방치되고 있으며, 비참하다고 소리를 지르지. 게다가 네 생활에 끊임없는 변화와 흥분된 장면이 이어지지 않으면 세상을 지하 감옥으로 여기고. 너에게 감탄해 주고 구애하고 아부하는 사람이 없으면, 또 음악, 춤, 사교가 없으면 맥없이 기운이 빠져 버리지. 네 것이 아닌 남의 노력과 남의 의지에 의존하지 않고 살아 나갈 방법을 생각해 낼 분별력이 없는 거니? 하루를 생각해 봐. 그걸 부분 부분으로 나눠서 할 일을 정해. 15분, 10분, 5분이라도 하릴없이 남겨 두지 말고 전부 포함시켜. 체계적으로 엄격하게 규칙을 지켜서 일을 해 봐. 하루가 언제 시작됐는지도 모르게 끝이 날 거야. 너의 공허한 1분을 채우려고 누구에게도 빚질 필요가 없어. 다른 사람과의 교제, 대화, 동정, 인내를 구하지 않아도 돼. 간단히 말해서, 독립된 인간으로 사는 거야. 내 충고를 귀담아 들어. 내가 너에게 주는 처음이자 마지막 충고야. 그러면 너에게 무슨 일이 생기더라도, 나도 다른 누구도 필요하지 않을 거야. 내 충고를 가볍게 흘려듣고 지금처럼 계속 바라기만 하고 칭얼대고 게으름을 피운다면 어떤 견딜 수 없는 나쁜 결과가 닥칠지라도 네 어리석음의 결과를 감당해야 할 거야. 분명히 말해 두겠어, 잘 들어. 내가 지금 하는 말을 다시는 반복하지 않겠지만, 그대로 흔들림 없이 행동할 테니까. 어머니가 돌아가시면 난 너에게서 손을 뗄 거야. 어머니의 관이 게이츠헤드 교회의 지하 묘지로 옮겨지는 그날로, 너와 나는 남남이 되는 거야. 한 부모에게서 태어났다는 그 미약한 인연을 이유로 나에게 매달릴 생각은 하지도 마. 내가 너를 참아 줄 거라고 생각하면 안 돼. 이 점은 분명히 말할 수 있어. 우리 둘만 빼고 온 인류가 쓸려 없어지고, 지구에 발을 딛고 선 인간이 우리 둘뿐이라 해도, 나는 그 구세계에 너를 놔두고 신세계로 혼자 떠날 거야."

그녀가 입을 다물었다. 그러자 조지아나가 대꾸했다.

"수고스럽게 그런 연설 안 해도 되거든. 언니가 세상에서 제일 이기적이고 정 없는 인간이라는 건 세상이 다 알아. 나를 악의적으로 미워한다는 것도 난 알아. 전에 에드윈 비어 경의 일로 내 뒤통수를 쳤을 때 다 알아봤어. 내가 더 높은 신분이 되고, 작위를 갖게 되고, 언니가 감히 얼굴도 들이밀지 못하는 사교계 사람이 되는 게 참을 수 없었겠지. 그래서 염탐하고 고자질하고, 나의 화려한 미래를 완전히 망쳐 놨잖아."

조지아나는 손수건을 꺼내 그 후로 한 시간 동안 코를 풀어 댔다. 일라이저는 근접도 할 수 없이 싸늘하게, 부지런하고 근면하게 앉아 있었다.

진실하고 관대한 감정을 대수롭지 않게 여기는 이들이 있다. 하지만 여기 이 두 사람은 그것이 없음으로 인해, 한 명은 견딜 수 없이 가혹하고 다른 하나는 천박하리만치 무미건조했다. 판단이 없는 감정은 물을 섞은 약과 같다. 하지만 감정으로 조절되지 않는 판단은 너무 쓰고 깔끄러워서 목으로 넘기기 힘들다.

비바람이 치는 오후였다. 조지아나는 소설책을 읽다가 소파에서 잠이 들었다. 일라이저는 새 교회에서 열리는 성도 기념일 예배에 참석하러 갔다. 종교 문제에 관한 한 그녀는 엄격한 형식주의자였다. 그녀가 신앙의 의무로 여기는 것을 꼼꼼히 이행하는 일에 있어서 날씨는 아무런 장애물이 되지 못했다. 날이 좋거나 궂거나, 그녀는 매주 일요일에 세 번씩 교회에 갔고, 평일에도 예배가 있을 때마다 참석했다.

나는 위층에 올라가 방치된 채 죽어 가는 여인이 어떤 상태인지 살펴보기로 했다. 하인들도 생각날 때나 한 번씩 들여다볼 뿐이었다. 감독하는 사람이 없으니 고용된 간호사는 틈만 나면 방에서 빠져나갔다. 베시는 충실했다. 하지만 신경 써야 할 가족이 있었기 때문에, 가끔씩만 저택에 올라올 수 있었다. 예상했던 대로, 병실에는 지키는 사람이 없었다. 환자는 혼수상태인 듯 미동 없이 누워 있었다. 그녀의 납빛 얼굴은 베개 안에 묻혀 있었다. 쇠살대 안의 불길은 꺼져 가고 있었다. 나는 석탄을 다시 넣어 불을 살리고, 이불을 정리하고, 이제 나를 응시하지 못하는 여자를 잠시 응시하고 나서 창가로 걸어갔다.

빗물이 강하게 유리창을 때리고, 바람이 요란하게 불어 대고 있었다. '한 사람이 저기에 누워 있다.'고 나는 생각했다. 이제 곧 세상 비바람의 힘이 미치지 못하는 곳으로 가게 될 사람. 육체의 집을 떠나려고 몸부림치는 저 영혼은 해방된 후에 어디로 날아가게 될까?

그 거대한 신비를 곰곰이 묵상하며, 나는 헬렌 번스를 떠올렸다. 그녀가 죽음 앞에서 한 말들, 육신에서 분리된 영혼은 평등하다고 믿었던 그녀의 신념을 떠올렸다. 나는 그렇게 여전히 내 기억에 또렷이 남아 있는 그녀의 목소리를 듣고 있었다. 평온한 임종의 자리에 누워 거룩한 아버지의 품으로 돌아가려는 갈망을 속삭이던 그녀의 창백하고 숭고한 모습, 그 쇠약한 얼굴과 고귀한 시선을 떠올리고 있을 때 뒤쪽 침대에서 힘없는 목소리가 중얼거렸다.

"거기 누구야?"

리드 부인이 벌써 며칠째 입을 열지 않은 것을 나는 알고 있었다. 그녀가 기운을 차린 것일까? 내가 그녀에게 다가갔다.

"저예요, 리드 외숙모."

"저라니…… 누구?"

그녀의 대답이었다.

"넌 누구야?" 하며 경계하는 시선으로 날 쳐다보았지만, 감정이 격해진 것 같지는 않았다.

"누군지 모르겠어…… 베시는 어디 있어?"

"오두막에 있어요, 외숙모."

그녀가 중얼거렸다.

"외숙모? 누군데 나더러 외숙모라고 하지? 분명히 깁슨가의 핏줄은 아니야. 하지만 널 알 것 같아. 그 얼굴, 그 눈과 이마가 꽤 낯이 익어. 넌…… 그래, 제인 에어를 닮았어!"

나는 아무 말도 하지 않았다. 내가 누구인지를 밝혔다가 충격을 일으킬까 봐 걱정스러웠다. 그녀가 말을 계속했다.

"하지만 내가 잘못 봤겠지. 내 생각이 나를 속이는 거야. 보고 싶은 마음에, 닮지도 않은 아이를 보고 닮았다고 상상하는 거야. 게다가 8년 동안에 그 애는 아주 많이 변했을 거야."

나는 부드럽게 내가 바로 제인 에어라고 말해 주었다. 그녀가 내 말을 이해하고 정신이 수습된 것을 확인한 뒤에, 나는 베시가 남편을 보내 손필드에서 나를 데리고 왔던 경위를 설명했다. 잠시 후에 그녀가 말했다.

"내가 아주 많이 아프다는 거 알아. 조금 전에 돌아누우려고 했는데, 몸이 움직이질 않았어. 죽기 전에 마음을 편하게 하고 싶어. 건강할 때는 전혀 생각지 않던 것들이 지금과 같은 순간에는 짐이 되지. 여기 간호사가 있니? 이 방에 너 말고 누가 있니?"

나는 우리 둘만 있다고 안심시켰다.

"그래, 내가 너에게 저지른 잘못 중 지금 후회하는 게 두 가지 있어. 하나는 남편에게 내 자식처럼 키우겠다고 한 약속을 어긴 것이고, 다른 하나는……."

그녀가 말을 멈췄다.

"어차피 그건 별로 중요한 게 아닐지도 몰라."

그녀가 혼잣말로 중얼거렸다.

"병이 나을 수도 있는데. 이 아이한테 이렇게 초라해지는 것도 괴로워."

그녀는 자세를 바꾸려고 노력했지만 뜻대로 되지 않았다. 그녀의 얼굴이 변했다. 내적인 감정, 어쩌면 마지막 고통의 전조를 경험하는 듯했다.

"그래, 그걸 끝내야 돼. 내세가 내 앞에 있어. 말하는 게 낫겠어. 저기 내 화장 도구함에 가서, 그걸 열고 거기 있는 편지를 꺼내 와."

나는 그녀의 지시에 따랐다.

"편지를 읽어 봐라."

그녀가 말했다. 그다지 길지 않은 내용이었다.

부인,

바라옵건대 저의 질녀 제인 에어의 주소와 소식을 알려 주십시오. 곧 편지를 띄워 그 아이를 마데이라에 있는 저에게 오도록 하는 것이 저의 바람입니다. 하느님이 저의 노력에 축복하시어 어지간한 재산을 모을 수 있게 해 주셨습니다. 제가 결혼하지 않아 자식이 없으므로, 생전에 그 애를 양녀로 삼아 세상 떠날 때 제가 남기고 가는 것들을 물려주고자 합니다.

부인, 저는…….

마데이라에서, 존 에어

편지에 적힌 날짜는 3년 전이었다.

"제가 왜 이 얘기를 듣지 못했을까요?"

내가 물었다.

"내가 너를 너무나 지독하고 철저하게 미워해서 네가 잘되는 꼴을 보지 못했기 때문이지. 나는 네가 한 행동을 잊을 수 없었다. 제인 네가 전에 나에게 들이댔던 분노, 세상 누구보다 나를 혐오한다고 말하던 어조. 내 생각만 해도 역겹고, 내가 너를 지극히 잔인하게 대했다고 퍼부어 대던 아이 같지 않은 표정과 목소리. 네가 그렇게 대들며 마음의 독액을 쏟아 냈을 때 느꼈던 내 감정을 잊을 수가 없었다. 공포를 느꼈어. 때리거나 떼밀었던 동물이 나에게 인간의 눈으로 고개를 쳐들고 인간의 목소리로 저주한 것처럼. ……물 좀 가져다다오! 아! 어서!"

나는 그녀가 요구한 물을 먹여 주며 말했다.

"리드 부인, 이제 그런 건 생각하지 마시고 마음에서 몰아내세요. 제가 흥분해서 한 말들을 용서하세요. 그때는 어린아이였어요. 그날 이후로 팔구 년이 지났는걸요."

그녀는 내 말에 전혀 신경 쓰지 않았다. 하지만 물을 마시고 숨을 들이쉬고 나서, 이렇게 말을 이었다.

"정말이지 난 잊을 수 없었어. 그리고 복수를 했다. 네가 삼촌의 양녀가 되어, 편안하고 안락하게 사는 걸 참을 수 없었어. 그에게 편지를 썼어. 실망시켜 드려서 죄송하지만, 제인 에어는 죽었다고. 로우드에서 발진티푸스로 죽었다고 써 보냈다. 이제 네 마음대로 해라. 내 말이 사실이 아니었다고 편지해. 당장이라도 나의 거짓말을 폭로해라. 넌 나를 고문하려고 태어난 것 같구나. 너만 아니었으면 내가 절대 저지르지 않았을 행동에 대한 기억이 나의 마지막 시간을 괴롭히고 있어."

"그런 건 이제 생각지 마시고, 저를 따뜻하게 봐 주시고 용서해 주실 수만 있다면……."

그녀가 말을 막았다.

"넌 아주 못된 성질을 가졌어. 그리고 이날까지 나는 그걸 이해할 수가 없어. 9년 동안 무슨 대접을 받아도 말 한마디 없이 참고 지내던 아이가, 어떻게 10년째에 그 모든 흥분과 사나움을 터트릴 수 있었는지. 도저히 이해할 수가 없어."

"저는 외숙모가 생각하는 만큼 나쁜 아이가 아니에요. 성격이 격하긴 하지만 앙심을 품지는 않아요. 어렸을 때 외숙모가 받아주기만 했다면, 몇 번이라도 기쁘게 외숙모를 사랑했을 거예요. 이제 진심으로 화해하고 싶어요. 저에게 입 맞춰 주세요, 외숙모."

나는 그녀의 입술에 내 뺨을 갖다 댔다. 그녀는 끝내 입을 대지 않았다. 내가 침대에 엎드려 자신을 내리누른다면서, 다시 물을 달라고 했다. 나는 그녀를 눕히면서—물을 마시는 동안 내가 그녀를 일으켜 팔로 받쳐 주고 있었기 때문에—그녀의 얼음처럼 차고 축축한 손에 내 손을 포갰다. 힘없는 손가락들이 내 손길을 피해 움츠러들었다. 흐릿한 눈이 나의 시선을 피했다. 내가 마침내 말했다.

"그럼 저를 사랑하시든 미워하시든 마음대로 하세요. 저는 외숙모를 완전히 아낌없이 용서해 드렸어요. 이제 하느님께 용서를 빌고 마음의 평화를 찾으세요."

가엾게 고통받은 여인! 그녀 안에 박힌 마음의 틀을 바꾸기에는 너무 늦은 시간이었다. 살아서 줄곧 나를 증오했던 이 여인은 죽으면서도 여전히 날 증오해야 직성이 풀릴 모양이었다.

이때 간호사가 들어왔고, 베시가 따라 들어왔다. 나는 어떤 다정함의 신호라도 보일까 싶어 30분을 더 머물러 있었다. 하지만 그녀는 아무것도 보여 주지 않은 채 빠르게 혼수상태에 빠져들었다. 그러고는 다시 정신을 차리지 못했다. 그날 밤 12시에 그녀는 세상을 떠났다. 나는 그녀의 눈을 감겨 주는 임종의 자리에 있지 못했다. 그녀의 딸들도 마찬가지였다. 모든 게 끝난 다음 날 아침에 사람들이 우리에게 와서 알려 주었다. 그때쯤 이미 그녀는 입관되어 있었다. 일라이저와 나는 그녀를 보러 갔다. 조지아나는 크게 소리 내어 울면서, 가 볼 용기가 나지 않는다고 했다. 한때 튼튼하고 활기찼던 새라 리드의 몸이 미동 없이 딱딱하게 굳어 있었다. 돌처럼 완강하던 그녀의 눈은 차가운 눈꺼풀로 덮여 있었다. 그녀의 이마와 강한 얼굴의 특징들은 아직도 냉혹한 영혼의 인상을 지니고 있었다. 나에게 그 시신은 이상하고 엄숙한 물체였다. 나는 우울하고 고통스럽게 그것을 바라보았다. 부드러움도, 다정도, 연민도, 희망도, 안도도 느껴지지 않았다. 오로지 그녀의 불행—나의 상실이 아니라—에 대한 불편한 고통과 그런 식으로 죽는 것에 대한 두려움으로 인

EDMUND DULAC

해 우울하고 눈물도 나지 않는 당황스러움을 느꼈을 뿐이다.

일라이저는 자기 어머니를 차분하게 관찰했다. 몇 분간 침묵한 후에 그녀가 말했다.

"체질적으로는 족히 천수를 누리셨을 거야. 고난이 생명을 단축시켰어."

한순간 그녀의 입이 경련을 일으켰다. 그 순간이 지나자 그녀는 돌아서서 방을 떠났고, 나 역시 그렇게 했다. 우린 둘 다 눈물 한 방울 흘리지 않았다.

# 제22장

로체스터 씨가 나에게 허가한 휴가는 일주일뿐이었다. 하지만 내가 게이츠헤드를 떠나기까지는 한 달의 시간이 소요되었다. 장례식이 끝나자마자 곧 떠나고 싶었지만, 조지아나가 자신이 런던으로 떠날 때까지 같이 있어 달라고 간청했다. 드디어 그녀가 누이의 장례를 지휘하고 집안 문제를 마무리하려고 내려왔던 외삼촌인 깁슨 씨로부터 초대를 받았다. 조지아나는 일라이저와 단둘이 있는 게 두렵다고 했다. 일라이저는 낙담한 그녀를 동정하지도 않았고, 두려워하는 마음을 다독여 주지도 않았으며, 아무런 도움도 주지 않았다. 할 수 없이 내가 그녀의 나약한 실의와 이기적인 비탄들을 참을 수 있는 데까지 참아 주었고, 최선을 다해 그녀의 옷을 바느질하고 짐을 챙겨 주었다. 사실 그녀는 내가 일하는 동안에도 빈둥거렸다. 나는 속으로 생각했다.

'사촌, 내가 너와 평생을 같이 살아야 할 운명이었다면 상당히 다르게 시작했을 거야. 지금처럼 내가 순순히 인내하는 쪽이 되지는 않았을 테니까. 네 몫의 노동을 너에게 할당하고, 그걸 완수하라고 강요하고, 네가 손대지 않으면 끝까지 그대로 놔뒀을 거야. 또한 네가 우물우물 늘어놓는 그 무책임한 불평들을 너만의 가슴에 묻어 두라고 요구했을 거야. 내가 이렇게 끈기 있고 고분고분하게 받아주는 건, 우리 관계가 아주 일시적이고, 특히나 지금이 애도 기간이기 때문이야.'

마침내 나는 조지아나를 떠나보냈다. 하지만 이번에는 일라이저가 한 주 더 머물러 달라고 부탁했다. 자신이 계획한 일을 하려면 모든 시간과 관심을 쏟아부어야 한다면서. 그녀는 미지의 목적지로 출발할 계획이었다. 그녀는 하루 종일 문을 안으로 닫아걸고 자기 방에 틀어박혀서, 트렁크에 물건을 채우고, 서랍들을 비우고, 종이들을 태우며, 누구하고도 이야기하지 않았다. 나에게는 집안일을 돌보고, 찾아오는 손님들을 만나고 조문 편지에 답장하는 일을 맡아 달라고 했다.

어느 날 아침에, 그녀가 이제 떠나도 좋다고 말했다. 그러면서 덧붙였다.

"소중한 도움을 주고 신중하게 행동해 줘서 참으로 고마워! 너 같은 사람과 사는 것은 조지아나와 같이 사는 것과는 확실히 달라. 너는 인생에서 네 몫을 다하고 누구에게도 짐이 되지 않아."

그녀가 계속해서 말했다.

"나는 내일 대륙으로 출발할 거야. 릴 근처에 있는 수도원에서 지낼 생각이야. 수녀원이라고 부르는 곳이지. 거기서 누구의 방해도 받지 않고 조용히 살아갈 생각이야. 당분간은 로마 가톨릭의 교리를 고찰하고, 그 체계의 기능을 연구하는 데 전념할 생각이야. 대체로 그러리라 예상하지만, 모든 면에서 질서 있고 신중하게 돌아가게끔 만들어진 최선의 장소라는 판단이 서면, 나는 아마 로마의 교의를 받아들여 수녀가 될 거야."

나는 이 결심에 놀라움을 표하거나 그녀를 만류하려 하지 않았다. '성직의 자리가 아주 잘 어울릴 거야. 그게 당신에게도 좋은 일이 되기를!' 하고 나는 생각했다.

헤어질 때 그녀가 말했다.

"잘 가, 나의 사촌 제인 에어. 잘 지내길 바랄게. 넌 분별이 있는 사람이야."

"언니도 지각이 없지는 않아요, 나의 사촌 일라이저. 하지만 1년쯤 지나면 언니가 가진 것은 수녀원 담 안에 산 채로 갇히겠지요. 하지만 그건 내가 상관할 일이 아니고, 또 언니에게 아주 잘 어울려요. 난 별로 걱정 안 해요."

"네 말이 옳아."

그녀가 말했다. 이 말을 끝으로 우리는 각자의 길로 떠났다. 그녀나 그녀의 동생에 대해 다시 말할 기회가 없을 듯하니, 조지아나가 사교계의 돈 많은 퇴물과 이로운 결혼을 했고, 일라이저는 진짜 수녀가 되어 수련 기간을 보냈던 그 수녀원의 원장이 되었으며, 재산도 거기에 기부했다는 것을 미리 언급하고 넘어가야겠다.

집을 떠나 있는 기간이 길건 짧건 간에, 집으로 돌아가는 사람들의 심정이 어떤 건지 나는 알지 못했다. 그런 기분을 경험해 본 적이 없었으니까. 어렸을 때 오랜 산책을 끝내고 게이츠헤드로 돌아갈 때의 기분은 기억한다. 춥거나 우울해 보인다고 혼이 나곤 했다. 교회에서 로우드로 돌아갈 때의 기분도 알고 있었다. 푸짐한 식사와 따뜻한 불을 간절히 원했지만, 어느 것도 얻을 수 없었다. 둘 다 그리 유쾌하거나 기대할 만한 귀가는 아니었다. 가까이 갈수록 더욱 강하게 나를 원래의 지점으로 끌어들이는 자석 같은 것은 없었다. 손필드로의 귀가는 아직 시도해 보지 않았지만.

나의 여행은 몹시도 지루했다. 첫날 80킬로미터, 여인숙에서의 하룻밤, 다음 날 또 80킬로미터. 처음 열두 시간 동안은 리드 부인의 마지막 순간들이 머릿속을 가득 채웠다. 일그러지고 변색된 그녀의 얼굴을 보았고, 묘하게 달라졌던 그녀의 목소리를 들었다. 장례식 날, 관, 장의용 마차, 소작인과 하인 들의 검은 행렬…… 친척들은 거의 없었다. 입을 쩍 벌린 지하 묘지, 조용한 교회, 엄숙한 예식. 다음에는 일라이저와 조지아나를 생각했다. 한 명은 무도회장에서 만인의 주목을 받는 대상으로, 다른 한 명은 수녀원 독방에 앉아 있는 인물로 보였다. 그들 각각의 외모와 성격적인 특성들도 곰곰이 생각하며 분석했다. 저녁이 되어 커다란 ○○ 도시에 도착해서야 이런 상념들이 흩어졌다. 밤은 나의 생각들을 전혀 다른 방향으로 돌려놓았다. 여인숙 침대에 눕자 과거의 회상은 앞날의 기대감으로 바뀌었다.

나는 손필드로 돌아가고 있었다. 하지만 거기서 얼마나 더 머물게 될까? 오래는 아닐 것이다. 그 점은 확실했다. 손필드를 떠나 있던 중에 나는 페어팩스 부인에게 연락을 받았다. 저택의 손님들이 떠났다는 소식이었다. 로체스터 씨는 3주 전에 런던으로 떠났지만, 2주 후면 돌아올 예정이라고 했다. 페어팩스 부인은 나리가 새 마차를 구입하실 거라고 한 것으로 보아 결혼 준비를 하러 가신 모양이라고 했다. 나리가 잉그램 양과 결혼한다는 게 아직도 이상하게 여겨지지만, 사람들이 하는 말로 보나, 자기가 직접 본 것으로 보나, 그 일은 분명히 곧 일어날 것 같다고. '별나게 의심이 많지 않고서야 그 사실을 의심할 순 없지요.' 이것이 내 마음의 논평이었다. '난 그렇게 되리라고 확신해요.'

'난 어디로 가야 할까?' 하는 질문이 뒤를 이었다. 나는 밤새도록 잉그램 양의 꿈을 꾸었다. 아침 무렵의 생생한 꿈에서는 그녀가 손필드의 정문을 닫아 버리고 나에게 다른 길로 가라고 손가락질했다. 로체스터 씨는 팔짱을 끼고 쳐다보았다. 그녀와 나를 둘 다 냉소적으로 바라보며 미소 짓는 것 같았다.

나는 페어팩스 부인에게 돌아가는 날짜를 정확히 알리지 않았다. 밀코트까지 마차가 맞으러 나오는 것을 원하지 않았기 때문이다. 혼자 조용히 그 길을 걸어갈 생각이었다. 6월의 어느 날 저녁 6시쯤에, 여인숙 마부에게 짐을 맡기고, 나는 아주 조용히 여인숙을 빠져나와 손필드로 가는 오래된 길을 밟았다. 길은 주로 들판 사이로 뻗어 있어서, 지나다니는 사람이 거의 없었다.

화사하거나 눈부신 여름 저녁은 아니었지만 맑고 따스했다. 들판에는 건초를 만드는 사람들이 일하고 있었다. 하늘에 구름이 제법 끼어 있었지만, 내일의 화창한 날씨를 약속해 주는 듯했다. 푸른 빛깔은—푸른빛이 보이는 곳에서는—온화하고 평화로웠고, 구름층은 높고 얇았다. 서쪽 역시 따스해 보였다. 싸늘한 느낌을 전하는 물기 어린 번득임은 없었다. 마치 대리석 같은 수증기의 장막 뒤에서 불이 붙어 제단이 활활 타오르고, 사이사이로 황금빛 붉은 기운이 비쳐 나오는 듯했다.

내 앞에 놓인 길이 짧아질수록 나는 기쁨을 느꼈다. 너무나 기뻐서 잠시 걸음을 멈추고 그 기쁨이 무슨 의미냐고 나에게 물었다. 나의 이성을 깨워 내가 가는 곳이 내 집이 아니고, 영원한 안식처도 아니고, 정다운 친구들이 밖을 내다보며 나의 도착을 기다리는 곳도 아니라고 말해 주고 싶었다. 내가 나에게 말했다.

'페어팩스 부인은 차분하게 환영하며 미소 지을 거야, 틀림없이. 아델이 너를 보면 두 손을 맞잡고 깡충깡충 뛰겠지. 하지만 네가 그들보다 다른 이를 생각하고 있다는 거 알잖니. 그가 널 생각하지 않는다는 것도 알잖니.'

하지만 젊음처럼 고집스러운 게 어디 있을까? 무경험처럼 맹목적인 게 또 어디 있을까? 그것들은 로체스터 씨가 나를 봐 주든 말든 그를 다시 볼 수 있는 것만으로도 충분히 기쁜 일이라고 단언했다. 거기에 다른 말도 덧붙였다.

'서둘러! 서둘러! 곁에 있을 수 있을 때 그의 곁에 있어야지. 하지만 기껏해야 며칠이나 몇 주일이야. 그 시간이 지나면 너는 영원히 그와 작별하게 돼!'

내 것으로 갖고 싶지도 않고 키우고 싶지도 않은 그 기형적인 고통을 질식시키며, 나는 계속 달음질쳤다.

손필드의 초원에서도 건초가 만들어지고 있었다. 아니 일꾼들이 방금 일을 마치고, 어깨에 갈퀴를 메고 집으로 돌아가고 있었다. 이제 도착할 시간이 가까워졌다. 한두 개의 들판만 지나면, 길만 하나 건너면 정문에 다다를 것이다. 산울타리에 장미들이 정말 많이 피어 있구나! 하지만 나는 어느 것 하나도 딸 시간이 없었다. 집에 가고 싶었다. 꽃이 만발하고 잎이 무성한 가지들이 길까지 뻗어 있는 키다리 들장미를 지났다. 좁은 돌계단이 보였다. 거기에 다른 것도 보였다. 공책과 연필을 손에 들고 돌계단에 앉아 있는 로체스터 씨. 그가 무언가를 쓰고 있었다.

그래, 그는 유령이 아니었다. 하지만 어쩐지 내 몸의 모든 신경이 축 늘어졌다. 한순간 나를 통제할 수가 없는 상태가 되었다. 이게 무슨 뜻일까? 그를 보았을 때 내가 이런 식으로 떨게 될 줄은, 아니 그의 앞에서 내 목소리와 움직일 힘을 잃어버리게 될 줄은 생각도 못했다. 다시 움직일 수 있게 되는 순간 뒤로 물러나리라. 천하의 바보가 되면 안 된다. 나는 집으로 가는 다른 길을 알고 있었다. 하지만 내가 스무 개의 길을 안다고 해도 그건 중요하지 않다. 그가 나를 보았으니까.

그가 공책과 연필을 치우며 소리쳤다.

"어이! 돌아왔군. 부디, 이리 오시오."

나는 그리로 가고 있었다. 어떻게 갔는지는 모르겠지만 움직이는 것을 거의 인식하지 못한 채 나는 내가 침착해 보이기만을 기원했다. 무엇보다도 경련하는 얼굴 근육들을 통제해야 했다. 그것들이 건방지게 내 의지를 거역하고, 내가 숨기기로 결심한 감정을 드러내려고 몸부림치는 것을 느꼈다. 하지만 나에게는 베일이 있었다. 그것을 내렸다. 나는 그럭저럭 침착하게 행동하기 위해 그 순간을 가장했다.

"정말 제인 에어요? 밀코트에서 오는 건가, 걸어서? 그래, 평범한 인간들처럼 마차를 불러 길과 거리에서 덜그럭거리지 않고, 꿈이나 어둠인 듯이 황혼과 같이 집 근처로 몰래 스며드는 건 당신이 가진 여러 가지 재주 중 하나지. 대체 지난달에는 무얼 한 거요?"

"외숙모 곁에 있었어요, 돌아가셨고요."

"참으로 제인다운 답변이야! 착한 천사들이 나를 지켜 주기를! 다른 세계, 죽은 자들이 사는 곳에서 와서는 황혼 녘 나와 단둘이 만난 자리에서 그리 말하기까지 하는군! 할 수만 있다면 당신이 사람인지 그림자인지 만져 볼 텐데, 요정 같으니! 하지만 차라리 늪지의 파란 도깨비불을 붙드는 게 낫지. 게으름뱅이! 게으름뱅이!"

그가 잠시 쉬었다가 덧붙였다.

"나에게서 온전히 한 달을 떠나 있었어. 필시 나를 까맣게 잊었을 거야!"

나는 나의 주인과의 재회가 기쁘리라는 것을 알고 있었다. 그가 곧 나의 주인 자리를 그만두리라는 두려움과 내가 그에게 아무것도 아니라는 생각 때문에 깨지긴 했지만. 그래도 로체스터 씨에게는 언제나 (적어도 나는 그렇게 생각했다) 행복을 전하는 힘이 넘쳐났다. 나처럼 길 잃은 외지의 새들은 그가 뿌려 준 부스러기를 맛보는 것만으로도 유쾌한 잔칫상을 받은 것이나 마찬가지였다. 그의 마지막 말은 마음을 위로해 주는 향유였다. 내가 그를 잊었거나 잊지 않은 것이 그에게 어느 정도 중요하다는 의미였을 것이다. 그리고 그는 손필드를 나의 집이라고 말했다. 정말 여기가 내 집이라면 얼마나 좋을까!

그는 계단을 떠나지 않았고, 나 역시 지나가게 해 달라고 청하지 않았다. 나는 얼른 그에게 런던에 다녀왔느냐고 물어보았다.

"맞았소. 천리안으로 알아냈나?"

"페어팩스 부인이 편지로 알려 줬어요."

"내가 무얼 하러 갔는지도 알려 주던가?"

"아, 네! 그건 다들 알고 있어요."

"제인, 그 마차를 보고, 로체스터 부인에게 꼭 어울리지 않을 것 같으면 나에게 말해 줘야 해. 그 보라색 쿠션에 등을 기댄 그녀의 모습이 보아디케아 여왕처럼 보여야 하는데. 제인, 내 모양새가 그녀와 어울리게 좀 더 멋있어졌으면 좋겠어. 자, 말해 보시오. 당신은 요정이니까 나를 잘생긴 남자로 만들어 줄 부적이나 묘약 같은 것을 나에게 줄 수 없을까?"

"그건 마법의 힘으로 안 되는 일이에요."

그리고 나는 속으로 덧붙였다.

'사랑하는 눈만 있으면 부적 같은 건 필요치 않아요. 그 눈에 당신은 충분히 잘생겨 보여요. 아니 당신의 엄격함에는 아름다움 이상의 힘이 있어요.'

로체스터 씨는 때때로 불가사의한 통찰력으로 말로 표현하지 않은 나의 생각들을 읽어 냈다. 지금도 그는 나의 퉁명스런 말대꾸에 개의치 않았다. 여간해서는 보이지 않는, 특유의 미소를 지으며 그가 나를 바라보고 있었다. 일반적인 목적으로 사용하기에는 그 미소가 너무 훌륭하다고 생각하는 모양이었다. 그것은 감정에 뿌리는 진짜 햇살이었다. 그가 그것을 지금 나에게 뿌리고 있었다. 그가 계단에 공간을 내주며 말했다.

"지나가시오, 자네트(제인의 애칭 _옮긴이). 집으로 올라가, 친구의 문지방에 당신의 지치고 작은 방랑의 발을 쉬게 하시오."

이제 내가 할 일은 말없이 그에게 순종하는 것뿐이었다. 더 이상의 말은 필요치 않았다. 나는 말없이 계단을 지나 차분하게 그의 곁을 떠날 생각이었다. 어떤 충동이 나를 꽉 움켜잡아 그 힘이 나를 돌아서게 했다. 나는 말했다. 아니 내 안의 어떤 것이 나도 모르게, 나 대신에 말했다.

"크나큰 친절에 감사드립니다, 로체스터 씨. 이상하게 다시 나리에게 돌아온 게 기뻐요. 나리가 계신 곳 어디든지 그곳이 저의 집, 유일한 집이에요."

그러고는 어찌나 빠르게 걸어갔는지 아마 그가 따라잡으려 했더라도 나를 따라잡을 수 없었을 것이다. 나를 보자 어린 아델은 반쯤 미친 듯이 기뻐했다. 페어팩스 부인은 평소처럼 꾸밈없이 친절하게 나를 맞아 주었다. 리어는 미소 지었다. 소피조차 매우 반갑게 "bon soir(안녕하세요)." 하고 인사했다. 참으로 유쾌한 만남이었다. 벗들에게 사랑받으며, 자신의 존재가 그들의 즐거움을 더해 준다고 느끼는 것만큼 행복한 일은 없다.

그날 저녁에, 나는 미래에 대해 결연하게 눈을 감기로 했다. 얼마 남지 않은 이별과 다가올 슬픔을 경고하는 목소리에 귀를 막기로 했다. 차를 다 마시고 페어팩스 부인이 뜨개질감을 집어 들고, 나는 그녀의 옆에 있는 낮은 의자에 앉고, 아델은 양탄자에 무릎 꿇고 나에게 바짝 다가앉아, 서로에 대한 애정이 황금빛 평화의 고리로 우리를 에워싸고 있는 듯했을 때, 나는 우리가 너무 멀리 또는 너무 빨리 헤어지지 않기를 소리 없이 기도했다. 로체스터 씨가 불쑥 들어와, 그렇게 앉아 있는 우리를 바라보았다. 너무나 평화로운 그 광경이 무척이나 마음에 드는 모양이었다. 그가 페어팩스 부인에게 양녀가 다시 돌아왔으니 좋겠다고 말하고, 아델이 'prête à croquer sa petite maman anglaise(자그마한 영국의 엄마를 부스러뜨릴 듯이)' 쳐다본다고 덧붙였을 때 나는 그가 결혼한 뒤에라도 우리를 그의 보호막 아래 어딘가에 함께 놓아두고, 햇살 같은 그의 곁에서 쫓아내지 않을 거라는 희망을 감히 품어 보았다.

손필드 저택에 돌아온 후 2주일이 미덥지 않은 평온함 속에서 지나갔다. 로체스터 씨의 결혼 소식은 전혀 들리지 않았고, 결혼식 준비가 진행되는 것 같지도 않았다. 나는 거의 매일 페어팩스 부인에게 뭔가 결정되었다는 소리를 들었느냐고 물었다. 그녀의 대답은 항상 부정적이었다. 한번은 그녀가 로체스터 씨에게 언제 신부를 집에 데려올 것인지 실제로 물어본 적도 있다고 했다. 하지만 그는 특유의 기묘한 표정을 지으며 농담으로 받아넘길 뿐이어서, 그녀로서는 도무지 나리의 심중을 알 길이 없다고 했다.

특히 나를 놀라게 했던 것은, 그가 이리저리 여행을 떠나는 일도 없고, 잉그램 파크로 찾아가는 일도 없었다는 점이다. 물론, 그곳이 30킬로미터 떨어진 다른 지역의 경계에 자리하고 있기는 했다. 하지만 사랑에 빠진 연인에게 그 정도 거리가 무슨 문제가 되겠는가? 로체스터 씨처럼 말을 잘 타고 힘이 넘치는 분에게는, 아침 승마 거리에 불과할 것이다. 나는 자격 없는 희망을 품기 시작했다. 그 혼사가 깨졌을지, 소문이 헛소문이었을지, 한쪽 또는 양쪽의 마음이 달라졌을지 모른다. 나는 슬프거나 사나운 기색이 있는지 로체스터 씨의 얼굴을 살펴보곤 했다. 하지만 그의 얼굴에는 근심이나 불쾌한 감정이 전혀 보이지 않았다. 아델과 로체스터 씨와 같이 있는 자리에서 내가 실의에 빠져 활기를 잃은 듯 보이면, 그는 한층 명랑해졌다. 그가 그보다 더 자주 나를 그의 앞으로 불러들인 적은 없었다. 거기에 있을 때 그가 그보다 더 나에게 친절했던 적은 없었다. 그리고 슬프게도 내가 이보다 더 그를 사랑한 적도 없었다.

## 제23장

눈부신 한여름이 영국을 비추었다. 바다로 둘러싸인 이 땅에 따로따로라도 그런 호의가 베풀어진 적이 없을 정도로, 너무나 깨끗한 하늘과 너무나 찬란한 태양이 오래도록 이어지는 날들이었다. 마치 이탈리아의 하루하루가 황홀한 철새 떼처럼 남쪽으로부터 날아 들어와, 앨비언(잉글랜드의 옛 이름 _옮긴이)의 절벽에 내려앉아 쉬는 듯했다. 건초는 모두 거둬들여졌고 손필드 주위의 들판들은 초록빛으로 깎여 있었다. 길들은 하얗게 구워지다시피 했다. 나무들이 울창했다. 잎이 무성하고 색이 진한 산울타리와 숲은, 사이사이 산뜻한 풀밭들이 드러내는 밝은 색조와 멋진 대조를 이루었다.

성 요한 축일 전야에, 헤이 마을로 가는 길에서 한나절 동안 야생 산딸기를 따다가 지친 아델은 해질 무렵에 일찌감치 잠자리에 들었다. 나는 아이가 잠드는 것을 지켜보고 정원으로 나섰다. 이때가 하루 스물네 시간 중에서 가장 감미로운 시간이었다.

낮은 그 뜨겁던 불길을 다 태워 버리고 헐떡이는 벌판과 햇볕 그을린 봉우리에는 시원한 이슬이 내렸다. 화려한 구름의 행렬 없이 소박하게 태양이 저물어 간 자리에 장엄한 보랏빛이 펼쳐져, 언덕 꼭대기 한곳에 붉은 보석과 용광로 불꽃의 빛이 불타오르며, 하늘 반쪽 위로 점점 부드럽고 연한 빛이 높이 널리 뻗어 나갔다.

동쪽 하늘도 아름답고 짙푸른 매력을 발산하며 수수한 보석 하나, 즉 고독하게 떠오르는 별 하나를 품고 있었다. 조만간 그 하늘은 달을 자랑할 것이다. 하지만 달은 아직 지평선 아래 숨어 있었다.

나는 잠시 보도 위를 거닐었다. 어느 창문에선가 어렴풋이 익숙한 시가 향이 새어 나왔다. 서재 창이 한 뼘 정도 열려 있었다. 그곳에서라면 나를 지켜볼 수 있을 것이다. 나는 그 자리를 떠나 과수원으로 들어갔다. 이 영지 내에서 이보다 더 외지고 격리된 장소는 없었다. 에덴동산처럼 나무들이 가득하고 꽃들이 만발했다. 한쪽으로 아주 높다란 벽이 안마당과의 사이를 막아섰다. 다른 쪽으로는 너도밤나무 가로수 길이 잔디와의 사이를 장막처럼 가려 주었다. 그 아래쪽에 우묵한 울타리가 쓸쓸한 들판과의 사이에 유일한 경계를 만들어 주었다. 구불구불한 산책로가 길가에 늘어선 월계수들과 같이 이어져, 밑동에 둥그렇게 의자가 마련된 거대한 칠엽수로 끝을 맺으며 울타리까지 이어져 있었다. 여기서는 얼마든지 눈에 띄지 않고 거닐 수 있었다.

감로(甘露)가 내리고 침묵이 지배하며 황혼이 모여드는 동안, 언제까지라도 그 후미진 곳을 헤매 다닐 수 있을 것 같은 기분이었다. 이제 막 떠오르는 달이 좀 더 열려 있는 곳으로 내리비추는 빛에 이끌려, 과수원 앞쪽의 꽃과 과일나무 들을 헤치고 나가던 나는 걸음을 멈췄다. 소리가 들려서도 아니고, 무엇이 보여서도 아니었다. 다시 한 번 경종을 울리는 향기를 맡았던 것이다.

들장미와 서던우드, 재스민과 패랭이꽃과 장미가 그들의 향을 저녁 제물로 바친 지는 이미 오래되었다. 새로 풍기는 이 향은 관목이나 꽃에서 나는 것이 아니었다. 나는 잘 알고 있다. 그것은 로체스터 씨의 시가 향이었다.

나는 주위를 둘러보고 귀를 기울였다. 영글어 가는 과일이 묵직하게 매달린 나무들이 보였다. 1킬로미터쯤 떨어진 숲에서 노래하는 나이팅게일의 소리가 들렸다. 움직이는 형체는 보이지 않았다. 발소리도 다가오지 않았다. 하지만 향은 진해졌다. 도망쳐야 한다. 관목 숲으로 이어진 쪽문을 향해 걸어가는데, 과수원으로 들어오는 로체스터 씨가 보였다. 나는 담쟁이덩굴이 엮인 벽감으로 비켜섰다. 그는 오래 있지 않을 것이다. 곧 왔던 곳으로 돌아갈 것이다. 내가 가만히 앉아 있으면 나를 보지 못할 것이다.

하지만 아니다. 이 황혼 녘은 나에게 그렇듯이 그에게도 상쾌한 듯하고, 이 고풍스러운 정원은 매력적인 곳이다. 그는 어슬렁어슬렁 걸어다니며, 구스베리 나무의 가지들을 쳐들어 자두만 하게 주렁주렁 달려 있는 열매를 살펴보았다. 이제는 담 쪽에서 익은 체리를 땄다. 그러더니 꽃 무더기 쪽으로 고개를 숙여, 향기를 들이키거나 꽃잎에 맺힌 이슬방울을 감상했다. 커다란 나방이 내 옆으로 윙 지나갔다. 그것이 로체스터 씨의 발치에 있는 풀에 내려앉았다. 그것을 보더니, 그가 자세히 살펴보려는 듯 몸을 숙였다.

'나에게 등을 돌리고 있어. 정신이 팔려 있으니 조용히 걸으면 들키지 않고 빠져나갈 수 있을 거야.' 하고 나는 생각했다.

발에 밟히는 자갈 소리가 나의 존재를 드러낼까 싶어 나는 잔디밭 가장자리로 걸어갔다. 그는 내가 지나야 하는 곳에서 일이 미터 떨어진 화단 사이에 서 있었다. 나방에 마음을 뺏기고 있는 것이 분명했다. '잘 지나가야지.' 하고 나는 생각했다. 달은 아직 높지 않았다. 그 빛을 받아 길게 늘어진 그의 그림자를 가로지르는데 그가 돌아보지도 않고 조용히 말했다.

"제인, 와서 이 녀석을 좀 봐요."

나는 아무 소리도 내지 않았었다. 그의 뒤통수에 눈이 달린 것도 아니었다. 그의 그림자가 나를 느꼈던 걸까? 나는 화들짝 놀랐고, 잠시 후 그에게 다가갔다. 그가 말했다.

"이 날개를 봐. 이걸 보니 서인도 제도의 곤충이 생각나는군. 이렇게 크고 화려하게 생긴 밤의 방랑자는 영국에서는 보기 힘들거든. 이런, 녀석이 달아나 버렸어."

나방이 빙빙 날아다녔다. 나는 다시 소심하게 물러나고 있었다. 하지만 로체스터 씨는 나를 따라왔다. 쪽문에 도착해서 그가 말했다.

"다시 돌아갑시다. 이토록 아름다운 밤에 집 안에만 틀어박혀 있는 건 부끄러운 일이오. 게다가 일몰과 월출이 만나는 이 시간에 잠자러 가고 싶은 사람이 어디 있겠나."

내 혀는 대답을 할 때는 때때로 꽤나 재빠르게 움직이지만, 핑계를 대야 할 때는 지독히도 나를 배신하곤 한다. 특히 그럴듯한 핑계나 적당한 말로 심히 당황스런 상황에서 벗어나야 하는 그런 중대한 시점에는 더욱 그랬다. 나는 이 시간에 으슥한 과수원에서 로체스터 씨와 단둘이 걷고 싶지 않았다. 하지만 무슨 핑계를 대고 이

자리를 벗어나야 좋을지 생각이 나지 않았다. 나는 꾸물꾸물 따라가면서, 탈출할 방법을 찾아내려고 바쁘게 머리를 굴렸다.

하지만 그가 너무나 차분하고 엄숙해 보여서, 혼란을 느끼는 내가 오히려 부끄러웠다. 악마는—악마가 이미 와 있거나 앞으로 올 거라면—오로지 내 안에만 있는 듯했다. 그는 담담하고 고요했다. 월계수 산책로로 들어가 천천히 울타리와 칠엽수 쪽으로 걸어가며, 그가 다시 입을 열었다.

"제인, 여름철의 손필드는 쾌적한 곳이야, 그렇지 않나?"

"맞아요."

"이제 이 집에 대해 어느 정도 애착이 생겼겠지. 자연의 아름다움을 보는 안목도 있고, 당신은 애착이 강한 편이잖소?"

"정말로 애착을 갖고 있어요."

"나로서는 어떻게 그리 됐는지 이해가 안 되지만, 당신은 어리석은 어린아이인 아델에게도 얼마간 호감을 가진 것 같던데? 심지어 단순한 늙은이 페어팩스에게까지."

"그래요. 다른 방식이긴 하지만, 그 두 사람에게도 애정을 갖고 있어요."

"그들과 헤어지면 섭섭하겠지?"

"네."

"딱하게 됐군! 세상일이라는 게 항상 그렇지."

그가 한숨을 짓고는 잠시 말을 멈췄다. 그러나 곧 다시 말을 이었다.

"쾌적한 휴식처에 자리를 잡고 나면, 언제나 휴식 시간이 끝났다며 일어나 움직이라고 외치는 목소리가 들리게 마련이야."

그 말을 듣고 있던 내가 물었다.

"제가 움직여야 하나요? 손필드를 떠나야 하나요?"

"그래야 할 것 같소, 제인. 유감이야, 자네트, 하지만 정말 그럴 수밖에 없을 것 같소."

충격이었다. 하지만 나는 충격에 굴복하지 않았다.

"네, 명령이 떨어지면 준비하겠습니다."

"그게 지금이라오. 오늘 밤 그 명령을 내려야겠소."

"그럼 결혼하실 건가요?"

"정-확-히-맞-았-어. 언제나 예리하더니, 바로 맞췄군."

"곧 하시나요?"

"지체 없이 할 거요, 나의…… 아니 에어 양. 기억하겠지? 나 또는 소문이 당신에게, 이 오랜 독신 생활의 목에 신성한 올가미를 씌워, 성스러운 혼인 생활로 들어가겠다고 처음 말했을 때를 말이오. 간단히 말해서, 잉그램 양을 내 품에 받아들인다는 것이지(그녀를 안으면 한 아름이 넘어. 하지만 그건 중요한 게 아니야. 나의 아름다운 블랑시처럼 빼어난 여자는 아무리 자주 안아도 싫증이 안 나지). 음, 내가 방금 말했듯이…… 잘 들어요, 제인! 고개를 돌리고 있군, 나방이라도 찾으려는 건가? 그건 집으로 날아가는 무당벌레였을 뿐이오. 내가 잉그램 양과 결혼할 경우에 당신과 어린 아델이 둘 다 이 집에서 나가는 편이 낫다고 먼저 말한 사람은 당신이었소. 내가 존중하는 당신이 그 신중함으로, 책임 있고 예속된 당신 처지에 어울리는 겸손과 사리 분별과 통찰력으로 그렇게 말했지. 내 연인의 성격에 대한 비방일 수 있는 그 제안을 나는 관대하게 무시하겠소. 사실, 당신이 멀리 떠나면, 자네트, 그것을 잊을 생각이오. 당신이 지녔던 지혜만을 생각할 거요. 나는 그렇게 하기로 원칙을 세웠소. 아델은 학교로 떠나야 돼. 에어 양, 당신은 새 일자리를 구해야 해요."

"알겠습니다, 곧 광고를 낼게요. 그리고 그때까지는……."

나는 이렇게 말하려 했다. '제가 의탁할 또 다른 곳이 생길 때까지 여기 머물러 있어도 괜찮겠지요.' 하지만 내 목소리가 말을 잘 듣지 않았기 때문에, 긴 문장을 말하는 것이 위험스러울 듯해서 그만두었다.

계속해서 로체스터 씨가 말했다.

"나는 한 달쯤 후에 신랑이 될 거요. 그사이에 내가 직접 당신의 일자리와 거처를 찾아보겠소."

"감사합니다. 폐를 끼쳐서 죄송……."

"아니, 사과할 필요 없소! 당신처럼 자기 역할을 잘 해내는 고용인이라면, 고용주가 무리 없이 제공해 줄 수 있는 약간의 도움 정도는 요구해도 될 거요. 사실 이미, 내 미래의 장모님을 통해서 당신에게 적합한 자리가 있다는 얘기를 들었소. 아일랜드의 코넷 주, 비터너트 로지 저택에서 디오니시오스 오골 부인의 다섯 딸들을 교육시키는 일이오. 아마 아일랜드는 당신 마음에도 들 거요. 그곳 사람들은 마음이 아주 따뜻하다고 하더군."

"먼 곳이네요."

"상관없잖소. 당신처럼 분별 있는 소녀는 그 여행이나 거리를 문제 삼지 않을 거요."

"여행이 아니라, 거리가 문제예요. 바다까지 가로막고 있으니."

"무엇을 말이오, 제인?"

"영국과 손필드를요. 그리고……."

"그리고?"

"나리를요."

나도 모르게 튀어나온 말이었다. 내 의지의 허가도 받지 않고 눈물이 제멋대로 솟구쳤다. 하지만 소리가 들릴 정도로 울지는 않았다. 나는 흐느낌을 억눌렀다. 오골 부인과 비터너트 로지를 생각하자 가슴이 서늘해졌다.

나와 지금 내 곁에서 걷는 주인 사이에서 내달릴 운명인 듯한, 그 모든 바다와 포말을 생각하자 가슴이 더 시려 왔다. 내가 피할 수 없이 사랑하게 된 사람과 나 사이에 끼어든 재산과 계급과 관습이라는 더 넓은 대양에 대한 깨달음이 내 가슴을 차갑게 얼려 놓았다.

"먼 길이에요."

내가 다시 말했다.

"물론 그렇지. 당신이 아일랜드 코넷 주의 비터너트 로지로 가게 되면, 나는 다시 당신을 보지 못할 거요, 제인. 그건 분명해. 아일랜드에 대한 환상이 별로 많지 않아서 나는 절대 안 갈 거거든. 우린 좋은 친구였소, 제인, 그렇지 않나?"

"그래요."

"친구란 이별하기 전날 밤의 짧은 시간을 가까이에서 보내고 싶어지는 법이지. 이리 와요. 저쪽 하늘 위에 별들이 빛을 뿌리며 들어오는 동안, 30분 정도 그 여행과 작별에 대해 조용히 이야기를 나

눕시다. 여기 칠엽수가 있군. 늙은 뿌리에 벤치도 있군. 이리 오시오. 비록 다시는 여기에 함께 앉을 운명이 아니지만, 오늘 밤에는 평화로이 앉읍시다."

그가 나를 앉히고 자신도 앉았다. 그러고는 다시 말을 이었다.

"아일랜드까지는 먼 길이고, 나의 어린 친구를 그런 피곤한 여행에 보내게 돼서 미안하오, 제인. 하지만 내가 더 잘할 수 없다면, 도움을 받는 것도 좋겠지. 당신은 나와 비슷한 데가 있어. 그렇게 생각지 않나, 제인?"

나는 이미 대답을 할 수 없는 상태였다. 가슴이 터질 것 같았다.

그가 말했다.

"가끔 당신을 보면 묘한 느낌이 들거든. 특히 지금처럼 당신이 내 옆에 있을 때, 내 왼쪽 갈비뼈 아래 어딘가의 끈이 당신의 그 조그만 몸과 풀 수 없이 꽉 묶여 있는 것 같아. 사나운 해협과 3백여 킬로미터의 땅덩이가 우리 사이에 가로놓이게 되면, 그 소통의 끈이 끊어질까 봐 그게 걱정이야. 그러고 나면 내 안에서 피가 흐를 거라는 불안한 생각이 들어. 당신은…… 당신은 날 잊어버리겠지."

"'절대' 잊을 리 없어요. 아시잖아요."

더 이상 말을 계속할 수가 없었다.

"제인, 숲에서 노래하는 나이팅게일의 소리가 들리나? 들어 봐요."

그 소리를 들으면서 나는 발작하듯이 흐느꼈다. 이제껏 견뎌 온 것을 더는 억누를 수 없었다. 굴복할 수밖에 없었고, 너무나 비통해서 머리부터 발끝까지 부들거렸다. 내가 겨우 입을 연 것은, 내가 태어나지 않았거나 손필드에 오지 않았기를 바라는 격한 소망을 표현하기 위해서였다.

"여길 떠나는 게 섭섭해서 그러나?"

내 안의 슬픔과 사랑이 뒤흔들어 대는 이 맹렬한 감정은 나를 지배하고 싶어 했고, 강한 세력을 거머쥐려고 투쟁 중이었다. 그리고 이제는 나를 완전히 장악하려 했다. 이기고, 살아, 일어나, 마침내 군림하려 했다. 그렇다. 그리고 말하려 했다.

"손필드를 떠나는 게 슬퍼요. 손필드를 사랑해요. 비록 잠깐이었지만 이 안에서 충만하고 기쁜 삶을 살았어요. 여길 사랑해요. 난 짓밟히지 않았어요. 겁에 질리지 않았어요. 하등한 사람들 사이에 묻혀 지내지도 않았고, 영민하고 활력 있고 고상한 것과 소통할 수 있는 기회에서 밀려나지도 않았어요. 내가 존경하는 사람과 일대일로 대화했어요. 내가 기뻐하는 사람과, 독창적이고 활기차고 넓은 마음을 지닌 사람과 얘기했어요. 저는 당신을 알았어요, 로체스터 씨. 이제 영영 돌이킬 수 없이 당신과 헤어져야 한다고 생각하니 공포와 고통이 밀려들어요. 제가 떠나야 한다는 거 알아요. 하지만 죽음을 바라보는 듯한 심정이에요."

"당신이 왜 떠나야 하지?"

갑자기 그가 물었다.

"왜라뇨? 나리가 이유를 내보이셨잖아요."

"어떤 형태로?"

"잉그램 양이요. 나리의 신부인 고상하고 아름다운 여인이죠."

"내 신부! 무슨 신부! 나에겐 신부가 없소."

"하지만 곧 얻으실 거잖아요."

"그래…… 그럴 거야, 그럴 거요."

그가 이를 악물었다.

"그러면 전 떠나야 해요. 나리가 직접 그렇게 말씀하셨잖아요."

"안 돼. 당신은 여기에 있어야 돼! 내가 맹세해. 이 맹세는 꼭 지킬 거요."

감정이 격하게 북받쳐 내가 대답했다.

"정말로 저는 떠나야 돼요. 제가 여기 남아 당신에게 아무것도 아닌 존재가 될 수 있다고 생각하세요? 제가 자동인형인 줄 아세요? 감정 없는 기계처럼 보이나요? 내 입에 문 빵 조각을 빼앗기고 내 컵에 담긴 생명수가 엎질러지는 걸 견딜 수 있을 거라고 생각하세요? 가난하고 미천하고 못생기고 작다고 해서, 영혼도 마음도 없다고 생각하시나요? 잘못 생각하셨어요! 나도 당신처럼 영혼을 갖고 있어요. 당신과 똑같이 마음이란 걸 갖고 있어요! 하느님이 나에게 미모를 선물하시고 부유함을 허락하셨다면, 내가 지금 당신을 떠나는 게 힘든 것처럼, 당신도 나를 떠나기 힘들었을 거예요. 나는 관습이나 전통이나 죽어 없어질 육신을 매개로 말하는 것이 아니에요. 내 영혼이 당신의 영혼에게 말하는 거예요. 우리 둘 다 무덤을 지나, 하느님의 발치에 동등하게 서 있는 것처럼. 우리는 그렇게 동등하니까요!"

"우리는 동등하니까!" 하고 로체스터 씨가 중얼거렸다. 그는 나를 자신의 품에 가둬 가슴에 끌어안고, 내 입술에 자기의 입술을 누르며 덧붙였다.

"그래, 제인."

내가 대답했다.

"네, 그래요. 하지만 꼭 그렇지는 않아요. 당신은 유부남이니까요. 아니 유부남과 다름없고, 당신보다 못한 사람과 결혼하니까요. 당신이 공감하지 않는 사람과, 진실로 사랑하는 것 같지 않은 사람과 결혼하니까요. 나는 당신이 그녀를 조롱하는 걸 보고 들었어요. 난 그런 결합을 경멸할 거예요. 그러므로 내가 당신보다 나아요. 나를 보내 주세요!"

"어디로, 제인? 아일랜드로?"

"네, 아일랜드로. 내 마음을 말했으니 이제 어디로든 갈 수 있어요."

"제인, 가만히 있어. 절망으로 자기 깃털을 쥐어뜯는 미친 야생의 새 같군. 그렇게 몸부림치지 마."

"난 새가 아니에요. 어떤 그물로도 날 가두지 못해요. 난 독립적인 의지를 지닌 자유로운 인간이에요. 이제 그 의지로 당신을 떠날 거예요."

나는 또 한 번 몸부림쳐 그의 품에서 빠져나왔고, 그의 앞에 똑바로 일어섰다. 그가 말했다.

"그리고 당신의 의지가 당신의 운명을 결정하겠지. 당신에게 내 손과 내 마음과 내 모든 재산을 바쳐 청혼하겠소."

"그런 광대극은 저의 비웃음이나 살 뿐이에요."

"평생 내 곁에서 함께해 주기를 청하오. 나의 막역한 친구이자 이승에 다시없는 동반자가 되어 주시오."

"당신이 이미 운명을 선택하셨으니 그대로 지키셔야 해요."

"제인, 잠깐만 가만히 있으시오. 당신은 너무 흥분했어. 나도 가만히 있겠소."

월계수 산책로로 한 줄기 바람이 불어와 칠엽수 가지들을 흔들었다. 바람은 방랑하며 떠나갔다. 멀리, 무한히 먼 곳으로 그렇게 사라졌다. 그때 그 시간에 유일하게 들리는 소리는 나이팅게일의 노랫소리뿐이었다. 그 소릴 들으니 다시 눈물이 흘러내렸다. 로체스터 씨는 조용히 앉아, 나를 부드럽고 진지하게 쳐다보았다. 어느 정도 시간이 흐른 후에 그가 입을 열었다. 마침내 그가 말했다.

"내 옆으로 와요, 제인. 우리 서로 설명하고 이해해 봅시다."

"다시는 당신 곁에 가지 않겠어요. 당신이 나를 뜯어냈으니, 다시 돌아갈 수 없어요."

"하지만 제인, 나는 당신을 내 아내로서 부르는 거요. 내가 결혼하고 싶은 사람은 당신뿐이오."

나는 대답하지 않았다. 나를 조롱하고 있는 거야.

"이리 와요, 제인. 이리 와."

"우리 사이에는 당신의 신부가 있어요."

그가 일어나서 성큼 나에게 다가왔다.

"내 신부는 여기 있소."

그가 다시 나를 끌어안으며 말했다.

"나와 동등한 사람, 나와 닮은 사람이 여기 있잖소. 제인, 나와 결혼해 주겠소?"

나는 대답 대신 그의 손아귀에서 벗어나려고 몸부림쳤다. 나는 여전히 믿을 수 없었다.

"날 의심하는 거요, 제인?"

"완전히요."

"날 믿지 못하는 거요?"

"전혀 못 믿겠어요."

그가 격렬하게 물었다.

"당신 눈에는 내가 거짓말쟁이로 보이나? 의심 많은 자여, 당신을 납득시켜야겠군. 내가 잉그램 양에게 어떤 사랑을 품고 있지? 사랑 따윈 없소. 당신도 그걸 알잖아. 그녀가 나에게 어떤 사랑을 품고 있지? 그 역시 없소. 그걸 증명하기 위해 수고가 좀 필요하긴 했지. 내 재산이 사람들이 생각하는 것의 3분의 1도 안 된다는 소문을 내서 그녀의 귀에 들어가게 해 놓고, 그 후에 내가 직접 결과를 보러 갔었소. 모녀가 아주 냉랭하더군. 난 잉그램 양과 결혼하지 않을 거요. 결혼할 수 없소. 당신을…… 이상한 당신을…… 이 세상 사람이 아닌 것 같은 당신을…… 내 몸처럼 사랑해. 당신에게, 가난하고 미천하고 작고 못생긴 당신에게 나를 남편으로 받아들여 달라고 간청하오."

"그게 무슨 말이에요, 저에게라뇨."

내가 불쑥 외쳤다. 그의 열의를 보니, 특히 그의 무례함을 보니 그의 진심이 믿어지기 시작했다.

"이 세상에 친구라고는 당신밖에 없는 저에게, 당신이 주는 것 말고는 한 푼도 없는 저에게요?"

"그래, 당신에게 청혼하는 거요, 제인. 당신을 내 것으로 가져야겠소. 완전히 내 것으로. 내 사람이 되어 주겠소? 좋다고 말해요, 얼른."

"로체스터 씨, 당신의 얼굴을 보여 주세요. 달빛으로 고개를 돌려 봐요."

"왜?"

"당신 표정을 읽고 싶어서요. 돌려 봐요."

"자, 돌렸소. 구겨지고 갈겨쓴 종이만큼 읽기 어려울걸. 읽어 보시오. 단, 빨리해. 내 고통이 심하니까."

그의 얼굴은 심하게 흥분되었고 상기되었고, 이목구비에는 강한 경련이 일어나고 있었고, 눈에는 이상한 번득임이 들어 있었다. 이윽고 그가 소리쳤다.

"아, 제인, 당신은 날 고문하고 있어. 그 탐색하는 듯하면서도 충실하고 너그러운 시선으로 나를 고문하고 있소."

"제가 어떻게 그럴 수 있겠어요? 당신의 말이 진심이고 청혼이 진짜라면, 당신에 대한 저의 감정은 오로지 감사와 헌신일 텐데요. 그런 걸로는 고문할 수 없어요."

"감사!" 하고 그가 소리쳤다. 그리고 거칠게 덧붙였다.

"제인, 날 빨리 받아 주시오. 에드워드 하고 내 이름을 불러 줘. '에드워드, 당신과 결혼하겠어요.' 이렇게 말해 줘."

"진심이세요? 진심으로 절 사랑하세요? 진정으로 제가 당신의 아내가 되기를 원하세요?"

"그렇소. 맹세를 해야 만족하겠다면, 맹세하겠소."

"그렇다면, 당신과 결혼하겠어요."

"에드워드라고 해야지. 내 귀여운 아내여!"

"친애하는 에드워드!"

"내게로 와요. 이제 온전히 내게 오시오." 하고 그가 말했다. 나에게 뺨을 맞대고, 깊고 깊은 목소리로 내 귀에 속삭였다.

"나를 행복하게 해 줘요. 나도 당신을 행복하게 해 주겠소."

얼마 후에 그가 덧붙였다.

"하느님이 용서하시기를. 인간은 나에게 간섭하지 말기를. 나는 이 여인을 취하고, 영원히 곁에 둘 것이오."

"간섭할 사람은 없어요. 저에게는 방해할 일가친척이 없는걸요."

"없지, 그게 최고야."

내가 그를 덜 사랑했다면 환희에 젖은 표정과 그의 말투를 야만스럽다고 생각했겠지만 이별의 악몽에서 깨어나 결합의 천국으로 초대받고 그의 옆에 앉아 있는 동안, 나는 나에게 양껏 주어지는 더없는 기쁨만을 생각했다. 그가 다시, 또다시 물었다.

"행복한가, 제인?"

내가 다시, 또다시 대답했다.

"네."

그 후에 그가 중얼거렸다.

"속죄가 될 거야. 속죄가 될 거야. 내가 고독하고 춥고 위안도 없는 그녀를 발견했잖아? 그녀를 지켜 주고 아껴 주고 위로해 주면 되는 것 아닌가? 내 마음에 사랑이 있고 내 결심이 변치 않을 게 아닌가? 그것이면 하느님의 법정에서 속죄가 될 거야. 조물주도 내가 하는 일을 허락하실 거야. 세상의 심판에 관해서는 세상과의 연을 끊겠어. 인간의 견해에 대해서는 거기에 도전하겠어."

하지만 그 밤에 어떤 일이 일어났던가? 달은 아직 저물지 않았는데, 우리는 온통 어둠에 싸여 있었다. 그렇게 가까이 있었음에도, 내 주인의 얼굴이 보이지 않았다. 그리고 무엇이 칠엽수를 괴롭혔던가? 나무가 몸부림치며 신음했다. 바람이 월계수 산책로로 포효하며 우리에게 밀려들었다. 로체스터 씨가 말했다.

"들어가야겠소. 날씨가 변하고 있어. 아침까지라도 그대와 같이 앉아 있을 수 있었는데, 제인."

'저도요.' 하고 나는 생각했다. '당신과 함께라면.' 그렇게 말했어야 했을지도 모르지만, 내 눈이 향하고 있던 구름에서 선명한 검푸른 빛의 섬광이 뻗어 나오고, 우지끈 쾅쾅 소리가 터지고, 가까이에서 우르르 천둥소리가 울렸다. 나는 눈이 부셔서 로체스터 씨의 어깨에 얼굴을 숨기는 것밖에 생각할 수 없었다.

비가 쏟아졌다. 그가 부랴부랴 산책로로 나를 이끌어, 마당을 지나 집으로 데리고 들어갔다. 하지만 문턱을 넘어서기 전에 우리는 이미 흠뻑 젖고 말았다. 그가 현관홀에서 내 숄을 벗기고, 흐트러진 내 머리에서 물을 털어 주고 있을 때, 페어팩스 부인이 그녀의 방에서 나왔다. 처음에 나는 그녀를 보지 못했고, 로체스터 씨도 마찬가지였다. 램프에 불이 밝혀져 있었다. 시계가 12시를 치는 중이었다. 그가 말했다.

"얼른 가서 젖은 옷을 벗어요. 그리고 가기 전에, 잘 자요. ……잘 자요, 내 사랑."

그가 몇 번이고 나에게 키스했다. 그의 품에서 벗어나 고개를 드니 미망인이 창백하고 심각하고 놀란 얼굴로 서 있었다. 나는 그녀에게 살짝 미소를 짓고 위층으로 달려갔다. '설명은 다음에 하자.' 고 나는 생각했다. 그래도 내 방에 도착했을 때, 그녀가 지금 본 광경을 일시적으로나마 오해할 거라는 생각을 하니 마음이 아팠다. 하지만 곧 기쁨이 다른 모든 감정을 지워 없앴다.

바람이 세차게 불어 대고, 천둥이 가까이서 깊은 굉음을 내고, 번개가 시시각각 번쩍이며, 비가 두 시간이나 폭포처럼 쏟아졌지만, 나는 두렵지도 무섭지도 않았다. 그동안에 로체스터 씨가 세 번이나 내 방문 앞으로 찾아와, 별일 없는지 편안한지 물었다. 그것은 마음의 위안이 되었다. 무엇에도 맞설 수 있는 힘이 되었다.

아침에 내가 침대에서 일어나기도 전에, 어린 아델이 쪼르르 달려 들어와 과수원 아래쪽에 있는 커다란 칠엽수가 밤사이 벼락을 맞아 반으로 쪼개졌다고 말했다.

## 제24장

침대에서 일어나 옷을 입으면서도 나는 간밤의 일이 꿈이 아니었는지 의심했다. 로체스터 씨를 다시 보고, 사랑과 언약의 말을 다시 들을 때까지는 실감이 나지 않을 것 같았다.

머리를 매만지며 바라본 거울 속의 내 얼굴은 더는 못나 보이지 않았다. 표정에 희망이 있었고, 안색에 생기가 돌았다. 내 눈은 마치 기쁨의 샘을 보고 그 빛나는 잔물결에게서 빛을 빌려 온 듯했다. 전에는 로체스터 씨가 내 모습을 마음에 들어 하지 않을까 봐 두려워, 그를 자주 보는 것이 내키지 않았었다. 하지만 이제는 내가 그에게 얼굴을 들어 올려도, 내 얼굴이 그의 애정을 식히지 않으리라는 확신이 섰다. 나는 서랍에서 수수하면서도 깨끗하고 가벼운 여름옷을 꺼내 입었다. 나에게 그보다 더 잘 어울리는 옷이 없는 듯했다. 어떤 옷도 이렇게 행복한 기분으로 입은 적은 없었으니까.

아래층으로 달려 내려가니 폭풍우 치던 밤은 화사한 6월의 아침으로 이어져 있었고, 열린 유리문 사이로 상큼하고 향긋한 바람의 숨결이 느껴졌다. 나는 그 무엇에도 놀라지 않았다. 내가 이렇게 행복하니 자연도 기쁜 게 틀림없었다. 창백하고 누더기를 걸친 거지

EDMUND
DULAC

여인과 어린 아들이 산책로로 걸어오는 것을 보고 나는 한달음에 달려가 내 지갑에 있던 서너 실링을 몽땅 그들에게 쥐어 주었다. 좋든 싫든, 그들도 나의 환희를 함께 누려야 했다. 당까마귀들이 깍깍거리고 쾌활한 새들이 노래했다. 하지만 기쁨에 찬 내 마음이야말로 세상에서 가장 경쾌하고 음악적이었다.

페어팩스 부인이 슬픈 표정으로 창밖을 내다보다가, 엄숙한 목소리로 말을 걸어서 나를 놀라게 했다.

"에어 양, 아침 식사 하셔야죠?"

식사하는 동안 그녀는 조용하고 차가웠다. 하지만 나는 그 자리에서 그녀의 오해를 풀어 줄 수 없었다. 나의 주인이 설명해 줄 때까지 기다려야 했다. 그녀도 그래야 했다. 먹을 수 있는 만큼 먹고 서둘러 위층으로 올라갔다. 공부방에서 아델이 나오고 있었다.

"어디 가니? 공부할 시간이야."

"로체스터 씨가 육아실에 가 있으래요."

"어디 계신데?"

"여기요."

그녀가 방금 나온 방을 가리켰다. 나는 안으로 들어갔고 그는 거기에 서 있었다.

"와서 나에게 아침 인사를 해요."

그가 말했다. 나는 기쁘게 다가갔다. 이제 내가 받은 것은 쌀쌀한 말 한마디도, 악수도 아니었다. 포옹과 키스, 모든 것이 자연스러웠다. 그에게 이렇게 사랑받고 어루만져지는 것이 정답게 느껴졌다. 그가 말했다.

"제인, 활짝 피어난 꽃처럼, 미소가 넘쳐나는 어여쁜 모습이구려. 오늘 아침에는 참으로 예뻐. 이 사람이 나의 창백한 작은 요정이란 말인가? 이 사람이 나의 겨자씨인가? 이 보조개 들어간 뺨과 장밋빛 입술, 공단처럼 부드러운 개암나무 빛 머리카락과 눈부신 눈동자를 지닌 이 작고 밝은 얼굴의 소녀가(독자여, 내 눈은 초록색이었다. 하지만 이 착오에 눈감아 주시라. 그의 눈에는 그게 새로 물들여진 것처럼 보였으리라)."

"틀림없는 제인 에어예요."

"곧 제인 로체스터가 될 거야."

그가 덧붙였다.

"4주일 후에, 자네트, 그 이상은 하루도 늦출 수 없소. 내 말 듣고 있소?"

듣고 있기는 했지만 알아들을 수는 없었다. 어지러운 느낌이었다. 그 말이 나에게 전달한 느낌은 기쁨보다 더 강한, 무언가 한 대 얻어맞은 듯이 멍하게 하는 그런 것이었다. 오히려 두려움에 가까웠던 것 같다.

"아까는 얼굴이 붉더니 이제는 하얘졌군, 제인. 왜 그러지?"

"당신이 저에게 새로운 이름을 주셨기 때문이에요. 제인 로체스터라니 너무나 낯설게 들려요."

"그래. 로체스터 부인이야. 젊은 로체스터 부인, 페어팩스 로체스터의 어린 신부."

"가능한 일 같지가 않아요. 인간은 절대로 이 세상에서 완벽한 행복을 누릴 수 없어요. 제가 남다른 운명을 갖고 태어난 것도 아닐 텐데, 그런 행운이 저에게 찾아온다는 건 동화에나 나올 법한 이야기예요. 백일몽이에요."

"나는 그것을 현실로 만들 수 있고 현실로 만들어 보일 거요. 오늘 당장 시작할 거야. 오늘 아침에 런던의 은행가에게 내가 맡겨 둔 보석을 보내 달라고 편지했소. 손필드의 안주인에게 내려오는 가보들이지. 하루 이틀 안에 그것들을 당신 무릎에 쏟아 놓겠소. 나와 결혼하는 사람이 받게 될 모든 특권과 관심은 당신의 것이오."

"어머나, 나리! 보석은 신경 쓰지 마세요. 그런 얘기는 듣고 싶지 않아요. 제인 에어에게 보석이라니 어색하고 이상해요. 전 받지 않겠어요."

"내가 직접 당신의 목에 다이아몬드 목걸이를 걸어 주고 그 이마에 장식 고리를 씌워 주겠소. 잘 어울릴 거야. 자연은 적어도 그 이마에 귀족적인 표식을 찍어 놨으니까, 제인. 그 고운 손목에는 팔찌를 채워 주고, 이 요정 같은 손가락에는 반지를 잔뜩 끼워 주겠소."

"안 돼요, 안 돼! 다른 걸 생각하시고, 다른 어조로 다른 얘기를 하세요. 제가 아름답다는 듯이 말하지 마세요. 저는 당신의 평범한, 퀘이커 교도 같은 가정 교사예요."

"내 눈에 당신은 아름답소. 내 마음이 소망하는 꼭 그런 미모요. ……공기 요정처럼 섬세해."

"작고 하찮다는 뜻이겠죠. 나리는 꿈을 꾸고 있어요. 아니면 비웃고 있거나. 제발, 비꼬지 마세요."

"나는 세상도 당신을 미인으로 인정하게 만들 거요."

그가 말을 잇는 동안, 나는 정말로 그의 어조가 불편해졌다. 그가 자신을 속이거나 나를 속이려 한다는 느낌이 들었기 때문이다.

"나의 제인에게 공단과 레이스를 입히고 머리에 장미를 장식하겠소. 내가 가장 사랑하는 이의 얼굴에 가장 귀한 베일을 씌워 줄 거요."

"그러면 절 알아보지 못하실걸요. 더는 나리의 제인 에어가 아니라, 어릿광대 옷을 입은 원숭이처럼 보일 거예요. 남의 깃털을 빌려 꽂은 어치가 되겠죠. 제가 궁정의 여인처럼 차려입느니, 차라리 무대 의상으로 잔뜩 꾸민 나리의 모습을 보겠어요. 로체스터 씨, 나리를 지극히 사랑하긴 하지만, 저는 나리를 미남이라고 말하지는 않아요. 그런 아첨을 하기에는 제 사랑이 너무 지극하거든요. 저에게 아첨하지 마세요."

하지만 그는 나의 항의에 아랑곳하지 않고 하고 싶은 말을 계속했다.

"오늘 당장 당신을 마차에 태워 밀코트로 데려갈 테니 직접 드레스를 고르시오. 아까 말한 대로 4주 후에 우리는 결혼할 거요. 결혼식은 저 아래 교회에서 조용히 올릴 거고. 그 후에 런던으로 당신을 데려갈 거야. 거기서 잠깐 체류하고, 나의 보물을 태양과 더 가까운 곳으로 실어 갈 거요. 프랑스의 포도원과 이탈리아의 평원으로. 당신은 옛날이야기와 현대 기록에 나오는 유명한 곳을 전부 보게 될 거요. 도시 생활도 맛보게 될 거요. 다른 이들과 비교하여 자신을 높이 평가하는 법도 배우게 될 거요."

"제가 여행을 한다고요? 나리와 같이?"

"파리, 로마, 나폴리에 머물게 될 거요. 피렌체, 베니스, 비엔나에도. 내가 다녀 본 모든 땅을 당신이 다시 밟게 될 거요. 내 말발굽이 닿는 어디든, 공기 정령 같은 당신의 발도 같이 밟게 될 거요. 10년 전에 나는 반미치광이처럼 유럽을 돌아다녔소. 역겨움, 증오, 분노가 나의 동료였지. 이제는 치유받고 정화된 몸으로 나를 위로해 주는 천사와 함께 그곳을 다시 찾을 거요."

그가 그 말을 했을 때 나는 웃었다.

"저는 천사가 아니고 죽을 때까지 천사가 되지도 못할 거예요. 저는 저 자신일 뿐이에요, 로체스터 씨. 저에게 천상의 것을 기대하지도 요구하지도 마세요. 제게서 그것을 얻지 못하실 테니까요. 저도 당신에게 그런 걸 전혀 기대하지 않고요."

"당신이 나에게 기대하는 건 뭐지?"

"한동안은 아마 지금과 같으시겠죠. 아주 잠깐 동안요. 그 후에는 냉정해지실 거예요. 그러다 변덕스러워지시겠죠. 그러다 엄해지실 테고. 저는 나리의 마음에 들려고 많은 고생을 하게 될 거예요. 하지만 저에게 많이 익숙해지시면 어쩌면 다시 저를 좋아하게 되시겠지요. 절 사랑하는 게 아니라 좋아하실 거라는 말이에요. 나리의 사랑은 6개월이나 그 이전에 거품이 되어 사라질 거예요. 남들이 쓴 책을 보니, 남편의 열정은 아무리 오래 지속돼 봐야 그 정도라고 하더군요. 하지만 친구와 동료로서는 저의 친애하는 주인께서도 저를 불쾌하게 여기지 않을 거라고 믿고 싶어요."

"불쾌하게 여기다니! 다시 당신을 좋아하다니! 나는 내가 다시, 또다시 당신을 좋아할 거라고 생각하오. 당신을 좋아할 뿐 아니라, 사랑도 한다는 것을 당신 입으로 인정하게 만들겠소. 진실로, 변함없이, 열렬하게."

"하지만 나리는 변덕스러운 분이 아니었던가요?"

"영혼이나 마음이 없는 여자들, 지루하고 시시하고 저능하고 조잡하고 외모로만 나를 즐겁게 하는 여자들에게는 극악하게 굴기도 하지. 하지만 맑은 눈과 설득력 있는 혀, 불로 만들어진 영혼, 휘어지더라도 꺾이지 않는 성격, 그러면서도 유순하고 견실하고 순종적이고 변함이 없는 이에게는 언제나 부드럽고 진실해."

"그런 사람을 만난 적이 있어요? 사랑한 적이 있으세요?"

"지금 사랑하고 있소."

"저를 만나기 이전에요. 만약에 제가 정말로 어느 면에서 나리의 까다로운 기준에 맞는다면 말이에요."

"당신 같은 사람은 만나 본 적이 없소. 제인, 당신은 날 기쁘게 하고 날 지배해. 당신은 복종하는 듯하고, 나는 당신에게서 풍겨지는 그 유순함이 좋아. 그 부드럽고 비단 같은 실타래를 내 손에 엮으면 그것이 내 팔로 올라와 가슴을 떨리게 하지. 그 힘이 나를 휘어잡아 나를 정복하지. 표현할 수 없을 정도로 달콤한 힘이고, 내가 얻을 수 있는 모든 승리를 뛰어넘는 마력을 지닌 정복이오. 왜 웃지, 제인? 왜 그렇게 이해하기 어려운 신비한 표정을 짓는 거지?"

"(이런 생각을 한 것을 용서하세요. 저도 모르게 떠올랐어요) 요염한 연인에게 홀린 헤라클레스와 삼손을 생각하고 있었어요."

"그랬군, 이 조그만 요정 같으니……."

"그만하세요! 나리는 지금 현명하게 말씀하실 상태가 아니에요. 그들이 현명하게 행동하지 않았던 것처럼 말이에요. 하지만 그들이 결혼했다면 남편으로서의 엄격함이 구애자로서의 부드러움을 벌충했을 게 틀림없어요. 나리도 그러시겠죠, 아마. 1년 후에 제가 나리에게 들어주기 어렵고 들어주기 싫은 부탁을 했을 때, 나리가 뭐라고 대답하실지 궁금해요."

"지금이라도 뭐든 부탁하시오, 자네트. 아무리 사소한 거라도 좋아. 당신의 간청을 듣고 싶소."

"정말로 부탁드릴 거예요. 다 준비돼 있어요."

"말해 봐요! 하지만 당신이 그런 얼굴로 올려다보며 미소 지으면 부탁이 뭔지 알아보기도 전에 들어주겠다고 맹세하는 바보짓을 하게 될 것 같소."

"절대 그럴 일은 없어요. 제 부탁은 이것뿐이에요. 보석을 가져오게 하지 마시고, 저에게 장미 관을 씌우지 마세요. 그러느니 지금 가지고 계신 무늬 없는 손수건에 황금 레이스로 테를 두르시는 편이 나아요."

"순금에 금박을 입히는 격이겠지. 나도 알아. 그럼 당신의 청을 들어주겠소, 당분간은. 은행가에게 보낸 지시는 취소하겠소. 하지만 당신은 아직 아무것도 부탁하지 않았어. 선물을 물러 달라고 했잖소. 다시 해 봐요."

"음, 그러면, 제가 몹시 알고 싶어 하는 궁금증 하나만 풀어 주세요."

그의 표정이 불안하게 변했다.

"그게 뭐지? 그게 뭐요? 호기심은 위험해. 뭐든지 들어주겠다고 맹세하지 않은 게 다행이군."

"절대 위험한 일은 아니에요."

"말해 보시오, 제인. 하지만 비밀로 들어가는 것일 수도 있는 질문이라면, 차라리 내 재산의 절반을 달라고 청하라 하겠소."

"아하수에로(고대 페르시아의 왕, 성서에 나오는 에스더의 남편 _옮긴이) 폐하! 제가 그 재산의 반을 받아서 뭐에 쓰겠어요? 제가 투자 목적으로 좋은 땅을 노리는 유대인 고리대금업자인 줄 아세요? 그보다는 나리의 비밀을 모두 가질래요. 저에게 마음을 주신 거라면 아무것도 숨기지 않으시겠죠?"

"고백할 가치가 있는 거라면 뭐든지 말하겠소, 제인. 하지만 부디, 쓸데없는 짐을 지려고는 하지 마시오! 독이 될 것을 원하지 말아요. 나에게 온 이브가 되지 마시오!"

"그게 어때서요? 나리는 방금 저에게 정복되기를 바라고, 저의 억지가 유쾌하다고 말씀하셨어요. 제가 그 고백을 이용해서 순전히 제 능력을 시험해 보는 건 어떨까요? 필요하다면 울며 골을 내서라도 구슬리고 간청하는 편이 낫지 않을까요?"

"해 볼 테면 해 보시오. 내게 덤벼들고 주제넘게 나서면 만사 끝나는 거요."

"그래요? 금세 항복하시네요. 지금은 얼굴이 아주 엄격해 보여요! 눈썹이 내 손가락만큼 두꺼워지고, 이마는 언젠가 제가 아주 훌륭한 시에서 읽은 '푸르게 쌓아 올린 천둥의 다락'과 닮았어요. 그게 결혼한 후 당신의 표정이겠지요?"

"그것이 결혼한 후 당신의 표정이라면, 나는 그리스도인으로서 물의 요정이든 불의 요정이든 그런 상대와 같이 살려는 생각을 즉시 포기할 거요. 이봐, 나한테 물어볼 게 뭐지? ……말하시오!"

"자, 이제 예의를 벗으셨군요. 역시 아침보다는 무례한 게 훨씬 좋아요. 천사보다는 '이봐'가 한결 나아요. 제가 물으려는 건 이거예요. 나리는 왜 저에게 잉그램 양과 결혼하고 싶어 한다는 인상을 심어 주려고 애를 쓰신 거죠?"

"겨우 그건가! 하느님 감사합니다. 별거 아니었군."

이제 그가 찌푸리고 있던 검은 눈썹을 풀었다. 아래를 내려다보며 나에게 미소 짓고, 위험이 비켜 간 게 매우 기쁜 듯이 내 머리를 어루만졌다. 그가 말을 이었다.

"그건 고백할 수 있지. 당신을 약간 화나게 하긴 하겠지만, 제인, 당신이 화나면 얼마나 불같은 영혼이 될 수 있는지 봤지만 말이야. 운명을 거부하며 당신과 내가 동등하다고 주장하던 어젯밤, 당신은 차가운 달빛 아래서도 이글이글 타오르더군. 자네트, 그나저나 나에게 청혼을 하게 한 사람은 당신이었소."

"물론, 그건 그래요. 하지만 부디 요점으로 돌아가 주세요. 잉그램 양은요?"

"그게, 내가 잉그램 양에게 구애하는 척했던 이유는, 내가 당신을 사랑하듯이 당신도 날 미치도록 사랑하게 만들고 싶어서였소. 그 목적을 달성하기 위해 내가 끌어낼 수 있는 최고의 동지가 질투라는 것을 알았던 거요."

"대단도 하셔라! 그러고 보니 나리는 아주 작으시군요. 제 새끼손가락의 끝보다도 크지 않아요. 그런 식으로 행동한 건 대단히 부끄럽고 망신스런 일이에요. 잉그램 양의 감정에 대해서는 전혀 생각지 않으셨군요."

"그녀의 감정은 하나로 요약할 수 있소. 자만심이지. 그리고 그건 꺾일 필요가 있었소. 질투가 나던가, 제인?"

"상관 마세요, 로체스터 씨. 아셔 봤자 별로 재미없으실 거예요. 다시 한 번 진실하게 대답하세요. 잉그램 양이 당신의 거짓된 희롱에 고통받지 않을 거라고 생각하나요? 그녀는 자신이 버림받았다고 느끼지 않을까요?"

"그럴 리가 있나! 오히려 그녀가 나를 어떻게 차 버렸는지 얘기했잖소. 내가 무일푼일지도 모른다는 생각이 들자 그녀의 불길은 한순간에 식어……, 아니 꺼져 버렸소."

"당신은 참 별나고 꿍꿍이가 많은 사람이에요, 로체스터 씨. 당신의 행동 원칙이 괴팍할까 봐 그게 걱정이에요."

"내 원칙은 전혀 길들여지지 않았소, 제인. 관심 부족 때문에 약간 비뚤어져 자랐을 수도 있지."

"다시 한 번 진지하게 대답하세요. 얼마 전에 제가 느꼈던 쓰디쓴 고통을 다른 누군가가 견디고 있을 거라는 것을 두려워하지 않아도 되는 건가요? 저에게 허락된 이 굉장하고 좋은 것을 즐겨도 되는 건가요?"

"그래도 돼, 나의 착한 아가씨야. 당신처럼 나를 순수하게 사랑해 주는 사람은 세상에 다시없소. 내 영혼은 당신의 애정에 대한 믿음으로 즐거워, 제인."

나는 내 어깨에 놓인 그의 손에 입술을 돌렸다. 그를 너무나 사랑했다. 뭐라고 말해야 할지 알 수 없을 만큼, 말로는 표현할 수 없을 만큼.

이윽고 그가 말했다.

"좀 더 부탁을 해 보시오. 당신의 청을 듣고, 그것을 들어주는 게 나의 기쁨이오."

이번에도 나에게는 준비된 부탁이 있었다.

"페어팩스 부인에게 나리의 뜻을 알려 주세요. 어젯밤에 현관홀에서 나리와 제가 같이 있는 모습을 보고 충격을 받은 것 같아요. 제가 다시 그녀를 만나기 전에 나리께서 설명을 해 주세요. 그렇게 착한 분에게 오해받는 게 가슴 아파요."

그가 대꾸했다.

"당신 방으로 가서 보닛을 쓰시오. 오늘 아침에는 당신을 밀코트로 데려갈 작정이오. 당신이 외출 준비를 하는 동안, 내가 그 노인네를 이해시키겠소. 자네트, 그녀는 당신이 사랑을 위해 세상을 버리고, 그러고도 후회하지 않는다고 생각하는 거요?"

"그보다는 제가 제 위치와 나리의 위치를 망각했다고 생각하는 것 같아요."

"위치! 위치! 당신의 위치는 내 마음에 있소. 이제부터 당신을 모욕하는 자들은 가만두지 않겠소. 가시오."

나는 금세 옷을 갖춰 입었다. 로체스터 씨가 페어팩스 부인의 거실에서 나오는 소리를 듣고는, 서둘러 아래층으로 내려갔다. 그 노부인은 그날 아침 분량의 성경을 읽고 있었다. 성경이 그녀의 앞에 놓였고, 그 위에 안경이 놓여 있었다. 로체스터 씨의 통지 때문에 중단되었던 일과는 이제 그녀의 머리에서 완전히 잊혀진 듯했다.

반대편의 텅 빈 벽에 고정된 그녀의 눈은 뜻밖의 소식으로 인해 뒤흔들린 놀라움을 드러내고 있었다. 나를 보더니 그녀가 일어났다. 미소와 몇 마디 축하의 말을 전하려고 애쓰는 모습이었지만, 미소는 사라지고 말은 중간에서 흐지부지되었다. 그녀가 안경을 집어 들고 성경을 덮으며 의자를 뒤로 밀었다.

"너무 놀라서 뭐라고 말해야 할지 잘 모르겠어요, 에어 양. 설마 내가 꿈을 꾼 건 아니겠죠, 그렇죠? 가끔 나 혼자 앉아 있다가 졸게 될 때면 전혀 일어나지도 않은 일이 눈앞에 보이곤 해요. 15년 전에 죽은 남편이 방에 들어와 내 옆에 앉는 것 같을 때가 한두 번이 아니었어요. 전에 부르던 대로 내 이름 앨리스를 부르는 소리까지 들은 적도 있죠. 자, 로체스터 씨가 당신에게 청혼을 했다는 게 실제로 일어난 일인지 나에게 말해 줄래요? 날 비웃지 말아요. 하지만 진짜로 나리가 5분 전에 여기 들어와, 한 달 후에 당신이 그의 아내가 될 거라고 말했던 것 같아요."

"저에게도 같은 말씀을 하셨어요."

내가 대답했다.

"나리가! 그 말을 믿나요? 청혼을 받아들였나요?"

"네."

당황한 그녀가 나를 쳐다보았다.

"생각지도 못한 일이에요. 그분은 자존심이 강해요. 로체스터 집안사람들은 모두 자존심이 강했죠. 적어도 그의 아버지는 돈을 좋아했고요. 나리는 또 언제나 신중한 분이었어요. 그런 분이 당신과 결혼을 한다고요?"

"저에게 그렇게 말씀하셨어요."

그녀가 나를 이리저리 뜯어보았다. 내 어디에 그 불가사의를 풀어 줄 만한 강한 매력이 있는지 찾고 있는 모양이었다. 그녀가 계속 말했다.

"믿어지지가 않아요. 하지만 당신이 그렇게 말하니까 틀림없는 사실이겠죠. 결과가 어떻게 될지 뭐라고 말을 못하겠어요. 난 정말 모르겠어요. 그런 일에는 지위와 재산이 비슷한 게 좋다고들 하죠. 나이는 20년이나 차이가 나요. 그는 거의 당신 아버지뻘이에요."

내가 화가 나서 소리쳤다.

"그렇지 않아요, 페어팩스 부인! 그분은 절대 제 아버지 같지 않아요! 우리 둘이 같이 있는 걸 보면 누구나 한순간도 그렇게 생각하지 않을 거예요. 로체스터 씨는 젊어 보이고 스물다섯 살 청년처럼 젊으세요."

"그분이 당신과 결혼하려는 게 정말 사랑 때문인가요?"

그녀가 물었다. 그녀의 냉정하고 의심 가득한 태도에 너무나 상처를 받아서 내 눈에 눈물이 차올랐다.

미망인이 말을 이었다.

"마음 아프게 했다면 미안해요. 하지만 당신이 너무 젊고, 남자를 잘 모르니까 조심하길 바라는 뜻에서 하는 말이에요. '빛나는 것이 다 황금은 아니다.'라는 옛말도 있잖아요. 이번 경우에는 당신이나 내가 기대한 것과 다른 뭔가가 발견될까 봐 걱정이 돼요."

"어머! 제가 괴물이라도 된단 말인가요? 로체스터 씨가 저를 진정으로 사랑하는 게 있을 수 없는 일인가요?"

"아뇨, 당신은 썩 괜찮은 사람이에요. 최근에는 훨씬 나아졌어요. 로체스터 씨는 아마 당신을 좋아할 거예요. 그분이 당신을 마음에 들어 하시는 건 나도 알고 있었어요. 당신을 위해 나리의 각별한 관심이 좀 불안하게 느껴져서 당신이 조심했으면 좋겠다고 생각한 적이 종종 있었어요. 하지만 뭔가 잘못될 수 있다는 말을 꺼내고 싶지는 않았어요. 당신을 놀라게 하고 기분을 상하게 만들 수도 있으니까요. 게다가 당신은 매우 신중하고, 또 지극히 정숙하고 현명한 사람이니 스스로를 잘 보호할 거라고 믿고 싶었어요. 어젯밤에 집 안 구석구석을 찾아다녀 봐도 당신이 아무 데도 없고, 주인 나리 역시 보이지 않았을 때 내가 얼마나 걱정했는지 몰라요. 그런데 12시에 당신이 그분과 같이 들어오는 것을 봤던 거예요."

"이제 그런 걱정하지 마세요. 다 잘됐으니까 됐어요."

내가 성마르게 말을 가로막았다.

"결국에 다 잘되기를 바라요. 하지만 신중에 또 신중을 기하세요. 로체스터 씨에게 거리를 두세요. 그분만이 아니라 당신 자신도 믿지 말아요. 그런 위치에 있는 신사가 자기 집 가정 교사와 결혼하는 일은 흔치 않은 일이에요." 하고 그녀가 말했다.

나는 정말로 점점 화가 치밀어 오르고 있었다. 다행히 아델이 뛰어 들어오며 소리쳤다.

"저도 데려가 주세요. 저도 밀코트에 데려가 주세요! 로체스터 씨는 안 데려가실 거예요. 새 마차에 앉을 자리가 그렇게 많은데 저도 데려가 달라고 부탁 좀 해 주세요, 마드무아젤."

"알았어, 아델."

나는 이 우울한 조언자의 곁을 떠나는 게 기뻐서 서둘러 아델과 같이 밖으로 나왔다. 마차가 준비되어 현관 앞으로 굴러 오는 중이었고 로체스터 씨는 보도를 걸어다니고 있었다. 파일럿이 주인을 앞뒤로 따라다녔다.

"아델도 같이 가도 되겠지요, 네?"

"이미 안 된다고 했소. 애는 안 데려가! 당신만 데려갈 거요."

"같이 가게 해 주세요, 로체스터 씨. 그 편이 나을 거예요."

"나을 거 없어. 방해만 될 거요."

그의 표정이나 목소리는 무척이나 단호했다. 페어팩스 부인이 들려준 경고의 냉기와 의심의 습기가 나에게 달라붙었다. 불안하고 불확실한 뭔가가 나의 희망을 포위 공격했다. 내가 그에게 영향을 미칠 수 있다는 느낌이 반으로 뚝 떨어졌다. 나는 더 이상 반대하지 않고 기계적으로 그의 뜻에 복종했다. 하지만 마차에 오르는 나를 도와주며 그가 내 얼굴을 쳐다보며 물었다.

"왜 그러지? 햇살이 다 사라졌어. 아이를 정말 데려가고 싶소? 놔두고 가는 게 신경 쓰이나?"

"저는 데려가는 편이 좋겠어요."

"그럼 가서 네 보닛을 가지고 번개처럼 빠르게 돌아와."

그가 아델에게 소리쳤다. 아델은 최대한 빠른 속도로 달리며 그의 명령에 순종했다.

그가 말했다.

"어차피, 오늘 아침 한 번의 훼방쯤이야 별거 아니겠지. 내가 곧 당신을, 당신의 생각과 당신과의 대화와 동행을 평생 요구할거니까."

마차 안으로 들어온 아델이 중재에 대한 감사의 표시로 나에게 키스를 퍼부었다. 그녀는 즉시 그의 다른 편 구석으로 들어 옮겨졌다. 그녀가 거기서 내 쪽을 꼼꼼히 쳐다보았다. 옆에 앉은 사람이 너무 엄해서 뭐 하나 제대로 하지 못하는 눈치였다. 잔뜩 심통이 나 있는 그에게, 감히 무슨 의견을 속삭이거나 질문할 엄두를 내지 못하는 듯했다.

"아이를 제 쪽으로 오게 해 주세요. 아마 귀찮으실 거예요. 이쪽에 자리가 충분해요." 하고 내가 부탁했다.

그는 강아지를 넘기듯이 그녀를 넘겨주었다.

"학교로 보내 버려야겠어."

이렇게 중얼거리는 그의 얼굴에는 이제 미소가 떠올라 있었다.

아델이 그 말을 듣고, 자신이 학교에 가게 되느냐고 물었다.

"Sans mademoiselle(마드무아젤 없이요)?"

"그래." 하고 그가 대답했다.

"마드무아젤은 너랑 같이 안 가. 내가 달나라로 데려가서 화산 꼭대기 사이에 있는 하얀 계곡의 동굴에서 나랑 둘이서만 살 거거든."

"먹을 게 하나도 없잖아요. 마드무아젤이 굶어 죽으면 어떡해요."

아델이 말했다.

"내가 아침저녁으로 만나를 모아다 줄 거야. 달나라 벌판과 산기슭에는 만나가 하얗게 깔려 있어, 아델."

"몸도 녹이고 싶을 텐데요. 불을 피우려면 어떻게 해요?"

"불은 달나라 산에서 나와. 마드무아젤이 추워하면, 그 꼭대기로 데리고 올라가 분화구 가장자리에 눕히면 돼."

"Oh. qu'elle y sera mal(오, 얼마나 불편할까요)! 별로 안 편할 것 같아요! 게다가 옷도 다 낡을 텐데. 새 옷은 어떻게 구하나요?"

"에햄!" 하고 로체스터 씨가 당황하는 척했다.

"너라면 어떻게 할래, 아델? 네 머리로 방법을 짜 봐라. 흰 구름 분홍 구름이 옷이 되어 주려나? 어떨 것 같아? 무지개를 잘라 예쁜 스카프를 만들 수도 있겠지."

"마드무아젤은 지금 이대로가 훨씬 좋아요. 게다가 달에서 아저씨와 둘이서만 살면 재미없을 거예요. 내가 마드무아젤이라면 절대 같이 가겠다고 말하지 않을 거예요."

아델이 잠시 생각해 보고 결론을 내렸다.

"벌써 같이 가겠다고 했는걸. 약속을 지키겠다고 다짐했어."

"하지만 마드무아젤을 거기에 데려갈 순 없어요. 달에 가는 길이 없잖아요. 공기밖에 없잖아요. 아저씨도 마드무아젤도 날 수 없잖아요."

"아델, 저 들판을 봐라."

우리는 이제 손필드 정문을 빠져나와 밀코트로 가는 평평한 길을 가볍게 달리고 있었다. 폭풍우가 먼지를 싹 가라앉혔고, 길 양쪽의 낮은 산울타리와 높은 나무들이 비에 씻겨 상쾌한 초록빛으로 반짝거렸다.

"2주 전쯤에 내가 저녁 늦게 저 들판을 걷고 있을 때였단다, 아델. 네가 과수원 목초지에서 건초 만드는 걸 도와주었던 날 저녁이야. 나는 갈퀴질을 하다 지쳐서 좀 쉬려고 계단에 앉았어. 거기서 작은 공책과 연필을 꺼내 들고, 오래전에 나에게 일어난 불행과 앞으로 행복한 날이 왔으면 좋겠다는 소망을 쓰기 시작했지. 빛이 흐려지고 있는데도 아주 빠르게 써 내려가고 있었는데, 그때 길에 뭔가가 나타나더니 나에게서 2미터 떨어진 곳에 멈춰 서는 거야. 나는 그걸 쳐다봤어. 머리에 얇은 베일을 쓴 조그만 것이었어. 내가 가까이 오라고 신호를 보냈지. 그게 금세 내 무릎 앞에 서더군. 나는 말을 하지 않았고, 그것도 나에게 말을 하지 않았어. 대신에 나는 그 눈을 읽었고, 그건 내 눈을 읽었어. 우리의 말없는 대화는 이런 내용이었어.

그건 자기가 요정이고, 요정 나라에서 왔다고 하더구나. 나를 행복하게 만들어 주려고 온 거래. 내가 평범한 세상을 떠나 외딴곳으로 자기랑 같이 가야 된대. 예를 들면, 달 같은 곳이지. 그러면서 헤이 언덕 너머로 올라가는 초승달의 한쪽 끝을 고개로 가리키더라. 우리가 같이 살 수 있는 설화 석고 동굴과 은빛 계곡에 대해 얘기해 줬어. 하지만 너처럼 나도, 나에게는 날아갈 날개가 없다는 사실을 말해 주었어.

요정이 대답하더구나. '아, 그건 중요하지 않아요! 이 부적이 모든 문제를 해결해 줄 거예요.' 그러면서 예쁜 금반지를 내밀었어. '이걸 왼손 네 번째 손가락에 끼워요. 그러면 나는 당신의 것이 되고, 당신은 나의 것이 돼요. 우리는 이 땅을 떠나 저기에 우리의 천국을 만들 거예요.' 그녀가 다시 달 쪽으로 고갯짓을 했어. 아델, 그

반지는 금화로 변장을 하고 내 바지 주머니에 들어 있단다. 하지만 이제 곧 내가 그걸 다시 반지로 바꿔 놓을 거야."

"하지만 그게 마드무아젤이랑 무슨 상관이에요? 요정한테는 관심 없어요. 아저씨는 마드무아젤을 달로 데려갈 거라고 하셨잖아요?"

"마드무아젤이 그 요정이야."

그가 신비롭게 속삭여 말했다.

나는 아델에게 그런 농담에 신경 쓰지 말라고 했다. 아델은 프랑스 인답게 회의적으로 말했다. 로체스터 씨를 'un vraimenteur(진짜 거짓말쟁이)'라고 부르며, 그의 'Contes de fée(요정 이야기)'는 전혀 믿지 않는다고, 'du reste, il n'y avalt pas de fées, et quand même il y en avait(게다가 요정 같은 건 절대로 없고, 있다 하더라도)' 그의 앞에 나타나거나, 반지를 주거나, 달에서 같이 살자고 하지도 않을 거라고 장담했다.

밀코트에서는 다소 당혹스런 시간을 보냈다. 로체스터 씨는 나를 비단 가게로 데려가 여섯 벌의 옷을 고르라고 명령했다. 나는 그 일이 하기 싫어서 다음으로 미루게 해 달라고 간청했다. 소용없었다. 지금 해야 한다는 것이었다. 그에게 몇 번이나 간절하게 간청하여 여섯 벌을 두 벌로 줄일 수 있었다. 하지만 그는 그 두 벌을 본인이 직접 선택하겠다고 했다. 그의 눈이 화려한 옷감들을 훑어보는 모습을 나는 걱정스레 지켜보았다. 그의 눈길이 화려한 자주색 염료를 사용한 호화로운 비단과 눈부신 분홍색 공단에 고정되었다. 나는 다시 그의 귀에 연달아 속삭여 차라리 금으로 된 가운과 은으로 된 보닛을 한꺼번에 사는 편이 낫겠다고 말했다. 그가 고른 옷은 내가 절대로 입지 못할 만한 옷이었다. 그가 돌처럼 완강하게 구는 바람에 무척이나 힘이 들었지만, 나는 차분한 검은 공단과 진줏빛 회색 비단으로 바꾸도록 설득했다. 그가 말했다.

"우선은 그걸로 참아 주겠소. 하지만 화려한 정원처럼 반짝이는 당신을 보고야 말겠어."

그를 비단 가게에서 끌어낸 뒤 또 보석 가게에서 끌어낸 것은 정말 다행스러운 일이었다. 그가 나에게 사 주는 게 많아질수록, 내 뺨은 곤혹스러움과 굴욕감으로 달아올랐다. 다시 마차로 들어가 열나고 피곤한 기분으로 앉았을 때, 명암이 교차하며 이어진 사건들 속에서 내가 까맣게 잊고 있었던 한 가지가 퍼뜩 떠올랐다. 나의 삼촌 존 에어가 리드 부인에게 보낸 편지. 그는 나를 양녀로 맞아 상속인으로 삼을 생각이라고 했다. '내가 조금이라도 경제력을 갖고 있다면 그나마 숨통이 트일 거야.' 하고 나는 생각했다. '로체스터 씨가 입혀 주는 대로 인형처럼 옷을 입거나, 매일 황금 소나기를 맞는 제2의 다나에(그리스 신화 속 인물. 황금 비로 변신한 제우스와의 사이에서 페르세우스를 낳았다 _옮긴이)처럼 앉아 있는 건 도저히 견딜 수 없어. 집에 가자마자 내가 결혼할 예정이고 누구와 결혼하는지 편지를 써서 마데이라에 계신 삼촌에게 보내야겠어. 언젠가 로체스터 씨의 재산을 늘려 드릴 수 있다는 전망만 있더라도 지금의 이 신세를 한결 수월하게 견딜 수 있을 거야.' 그런 생각을 하자 (이 계획은 그날 당장에 실천으로 옮겨졌다) 마음이 좀 편안해져서, 다시 한 번 내 주인이자 연인인 그의 눈을 바라볼 용기가 생겼다. 내가 얼굴과 시선을 다 피하고 있었는데도 그의 눈은 집요하게 내 눈을 찾고 있었다. 그가 미소 지었다. 나는 그의 미소가, 더없이 즐겁고 다정한 기분에 젖은 술탄이 황금과 보석으로 화려하게 치장한 노예에게 보내는 미소 같다고 생각했다. 계속 내 손을 찾는 그의 손을 꽉 누르고는, 빨개진 그 손을 밀쳐 내며 말했다.

"그런 식으로 쳐다보지 마세요. 그러시면 끝까지 로우드에서 입던 옷들만 입을 거예요. 이 보랏빛 무명옷을 입고 결혼할 거예요. 진줏빛 회색 비단으로는 당신의 실내복이나 만드시고 검은 공단으로는 조끼를 얼마든지 만드실 수 있겠죠."

그가 낄낄 웃었다. 자기 두 손을 문질러 대며 소리쳤다.

"아, 그녀를 보고 그녀의 얘기를 듣는 게 얼마나 재미있는지. 독창적이잖아? 신랄하잖아? 영양처럼 순한 눈에 천국의 몸매와 그 밖에 모든 것을 갖춘 터키의 화려한 후궁을 다 준다고 해도 이 조그만 영국 여자와 바꾸지 않겠어!"

동양에 대한 그 비유가 다시 내 신경을 건드렸다.

"저는 절대로 후궁이 되지 않을 거예요. 그러니 그들과 동급으로 생각지 말아 주세요. 그런 종류의 환상을 갖고 계신다면, 지체 마시고 이스탄불 시장으로 떠나세요. 여기서 만족스럽게 쓰지 못한 그 돈으로 양껏 노예를 사들이세요."

"내가 가지각색의 검은 눈과 그 많은 육체를 흥정하는 동안에, 당신은 무얼 할 거지, 자네트?"

"저는 노예가 된 그들에게 자유를 설교하는 선구자로 나설 준비를 할 거예요. 거기에 들어가 반란을 선동하겠어요. 높으신 나리께서는 순식간에 우리에게 족쇄 채워지는 신세가 되실 거예요. 개인적으로 저는 이제까지 어떤 전제군주도 협의한 적이 없는 가장 관대한 인권 헌장에 서명할 때까지, 당신의 속박을 풀어 주는 데 동의하지 않을 거예요."

"당신의 자비에 나를 맡기겠소, 제인."

"그런 눈으로 사정한다면 절대 자비를 베풀지 않을 거예요, 로체스터 씨. 그런 얼굴을 하고 있는 동안에는 어떤 헌장에 강제적으로 서명을 하더라도, 풀려나자마자 제일 먼저 하실 일이 그 조항을 위반하는 것일 테니까요."

"그러면 당신은 무얼 해 달라는 거요, 제인? 제단에서 행하는 결혼식 이외에 비밀스런 혼인 예식이라도 강요할 것 같군. 특별한 조건을 내걸려고 하겠지. 그 조건이 뭘까?"

"저는 마음이 편하기를 바랄 뿐이에요. 이런저런 은혜에 짓눌리고 싶지 않아요. 셀린 바랭에 대해 하신 말씀을 기억하시나요? 나리가 그녀에게 준 다이아몬드와 캐시미어에 대한 얘기? 저는 나리의 영국 판 셀린 바랭이 되지 않겠어요. 아델의 가정 교사 일을 계속하겠어요. 그것으로 저의 숙식비와 1년에 30파운드를 벌겠어요. 그 돈으로 제 옷장을 채울 테니까, 나리가 저에게 주실 것은 오로지……."

"그래, 그게 뭐요?"

"나리의 관심뿐이에요. 제가 그 보답으로 나리에게 관심을 보여 드리면, 빚은 청산되는 거예요."

"음, 천성적으로 타고난 차분한 뻔뻔함과 순수한 자존심에 있어서는, 이 세상에 당신을 당할 자가 없겠어." 하고 그가 말했다.

우리는 이제 손필드에 가까워지고 있었다.

"오늘 나와 같이 식사를 해 주시겠소?"

정문으로 들어서면서 그가 물었다.

"감사하지만 사양하겠습니다."

"어째서 감사하지만 사양하겠다는 건지 물어도 될까?"

"저는 나리와 한 번도 식사한 적이 없습니다. 이제 와서 그렇게 해야 할 이유는 없어요. 나중에……."

"나중에 언제? 당신은 중간에서 말 끊어 먹는 걸 좋아하는군."

"피할 수 없을 때가 오겠지요."

"내가 사람 잡아먹는 도깨비나 송장 귀신처럼 먹을 것 같은가? 그래서 나와 같이 식사하는 게 두려운 건가?"

"그런 생각은 해 보지 않았어요. 하지만 한 달 동안 평소처럼 지내고 싶습니다."

"당장 가정 교사 일을 그만두시오."

"어머나! 용서하세요. 전 그렇게 하지 않을 거예요. 그냥 지금처럼 지내겠어요. 늘 해 왔던 대로, 하루 종일 나리의 눈에서 벗어나 있을 겁니다. 저녁에 절 보고 싶은 마음이 나서 부르신다면 그때 찾아뵙겠어요. 하지만 다른 때는 안 됩니다."

"아델의 말처럼 'pour me donner une contenance(태연한 척해야 할)' 이런 상황에서 마음을 가라앉히기 위해 시가나 아니면 코담배라도 피우고 싶군. 그런데 불행히도 시가도 코담배도 가져오지 않았어. 하지만 잘 들으시오, 속삭일 테니. 지금은 당신이 칼자루를 쥐고 있지만, 폭군 아가씨, 그건 조만간 나에게로 넘어올 거요. 일단 당신을 확실하게 잡으면 꽉 붙들어 놓기 위해서 이런 사슬에 당신을 묶어 놓을 거요. (회중시계 줄을 매만지며) 그래, 예쁘고 조그만 아가씨, 내 보석을 잃어버리지 않도록 당신을 내 가슴에 걸고 다니겠소."

그는 마차에서 내리는 나를 도와주며 이렇게 말을 했다. 그 후에 그가 아델을 내려 주는 동안, 나는 집으로 들어갔고, 위층으로 완전히 물러났다.

저녁에 그가 정식으로 나를 불러들였다. 나는 그에게 부탁할 일을 하나 준비해 두었다. 단둘이 마주 앉아 대화나 하며 저녁 시간 전부를 보내지 않기로 결심했기 때문이다. 나는 그의 목소리가 멋지다는 사실을 떠올렸다. 그가 노래 부르기를 즐긴다는 것도 알고 있었다. 노래를 잘하는 사람들은 흔히 그렇다. 나는 노래 실력이 뛰어난 가수도 아니고 그의 까다로운 판단 기준에서 보면 뛰어난 연주자도 아니었다. 하지만 훌륭한 공연을 듣는 건 좋아했다. 황혼, 그 로맨스의 시간이 격자창 너머로 별이 총총한 푸른 깃발을 내리기 시작하자, 나는 일어나서 피아노를 열고, 바라건대 나에게 노래 한 곡 불러 달라고 그에게 청했다. 그는 나더러 변덕스런 마녀라면서, 노래는 다음에 하겠다고 했다. 하지만 나는 지금이 가장 알맞은 시간이라고 우겼다. 그가 물었다.

"내 목소리가 마음에 드나?"

"무척 마음에 들어요."

그의 민감한 허영심을 채워 주는 게 내키지 않았지만 편의상 한 번 정도는 그것을 자극하고 만족시켜 주기로 했다.

"그러면 제인, 당신이 반주를 하시오."

"좋아요. 해 볼게요."

내가 반주를 해 보았지만, 머잖아 '엉터리'라는 소리를 들으며 의자에서 쫓겨났다. 내가 바라던 대로, 아무렇게나 한쪽으로 나를 밀어낸 그가 자리에 앉더니, 직접 반주하기 시작했다. 그는 노래를 잘하는 만큼이나 피아노도 잘 쳤다. 나는 얼른 창 쪽의 벽감으로 갔다. 내가 거기에 앉아 잠잠한 숲과 어둑한 잔디를 내다보는 동안, 감미로운 목소리가 아름다운 선율에 맞춰 노래를 불렀다.

불타는 가슴 깊숙이
전에 느껴 보지 못한 참사랑이
혈관 구석구석으로, 활기차게
생명의 조류를 쏟아붓네.

날마다 그녀가 오는 것은 희망이요,
그녀가 떠나감은 고통이었지.
그녀의 발걸음이 늦어지면
나의 피가 얼어붙었지.

내가 사랑하듯, 사랑받으면
천상의 행복일 거라 꿈을 꾸었지.
나 그녀에게 간청했지,

무조건 간절하게.

그러나 길도 없는 넓은 공간이
우리 사이에 놓이고,
푸른 바다 거센 파도가
무섭게 밀려들어.

황야나 숲으로 난
도둑 끓는 외길처럼,
힘과 옳음과 고뇌와 분노가,
우리 사이를 갈라놓으니.

나는 위험을 물리치고, 장애를 비웃고,
불길한 징조에 반항했네.
위협도, 괴롭힘도, 경고도,
황급히 지나쳤네.

나의 무지개는 빛처럼 달리고,
나는 꿈속에서처럼 날아갔네.
소나기와 빛의 아이가
영광스레 내 앞에 올라왔으니.

고난의 검은 구름 위로 환히

부드럽고 엄숙한 기쁨이 비치네.
어둡고 험한 재난이 엄습해도
이제 아무렇지 않아.

이 감미로운 순간에 무엇이 두려울까,
내가 넘어선 모든 것이
강하고 빠른 날개를 타고
복수를 외치며 온다 한들.

거만한 증오가 나를 치고,
정의의 장벽이 나를 막아서도,
권세가 노하여 이를 갈면서,
영원한 원한을 맹세하더라도.

내 사랑은 고귀한 믿음으로
그 작은 손을 나에게 맡기고,
신성한 혼인의 끈으로
우리 마음이 하나임을 서약했네.

함께 살고 함께 죽으리라.
내 사랑이 키스로 맹세했으니,
나 드디어 한없는 행복을 가졌네.
내가 사랑하듯 사랑받으니!

그가 일어나 내게로 걸어왔다. 얼굴에는 불이 지펴지고, 매처럼 커다랗게 번득이는 눈에는 부드러움과 정열이 가득 담겨 있었다. 순간 겁이 났다. 하지만 힘을 모았다. 달콤한 장면이나 대담한 표현 같은 것은 원하지 않았다. 그런데 이 두 가지 다 위험에 처해 있었다. 나는 방어 무기를 준비해야 했다. 나의 혀를 날카롭게 연마했다. 그가 다가왔을 때 나는 무뚝뚝하게 물었다.

"당신은 이제 누구와 결혼하실 건가요?"

"나의 사랑하는 제인이 묻기에는 이상한 질문이군."

"어머! 저는 아주 자연스럽고 필요한 질문이라고 생각하는걸요. 나리는 미래의 아내가 자신과 같이 죽을 거라고 하셨잖아요. 왜 그런 이교도적인 생각을 하시는 거죠? 저는 나리와 같이 죽을 마음이 없어요. 그 점은 믿으셔도 돼요."

"아, 내가 갈구하고 기원하는 것은 오로지 당신과 같이 사는 것이오! 죽음은 당신 같은 사람에게 어울리지 않아."

"사실은 그렇지 않아요. 나리가 그렇듯 저도 때가 되면 죽을 권리가 있어요. 하지만 수티(남편이 죽으면 아내를 같이 화장하는 인도의 풍습 _옮긴이)로 서둘러 생을 마감하는 게 아니라, 그 시간이 올 때까지 기다릴 거예요."

"나의 이기적인 생각을 용서하고, 용서한다는 표시로 화해의 키스를 해 주겠소?"

"안 되겠어요. 저는 이만 실례하는 게 낫겠어요."

이쯤에서 나는 '딱딱하기 짝이 없는 여자'라는 호칭을 들었다. 뒤를 이어 '다른 여자가 이렇게 부드러운 찬미의 노래를 들었더라면 뼛속까지 녹아내렸을 것'이라는 말이 들려왔다.

나는 내가 원래 부싯돌처럼 딱딱한 사람이고, 자주 그런 모습을 발견하게 될 것이며, 게다가 앞으로 4주가 경과하기 전에 여러 가지로 나의 완강한 성격을 보일 결심이라고 그에게 말해 주었다. 아직 철회할 시간이 있을 때 그가 어떤 거래를 했는지 확실하게 알아야 할 거라고.

"조용히 이성적으로 말하는 게 낫지 않겠나?"

"원하신다면 입을 다물겠어요. 하지만 저는 지금 충분히 이성적으로 말하고 있다고 자부합니다.

그는 안달하고 혀를 차고 코웃음을 쳤다. '잘됐어.' 하고 나는 생각했다. '얼마든지 성내고 안달하세요. 저는 이렇게 하는 것이 최선이라고 확신해요. 어떤 말로도 표현할 수 없을 정도로 당신을 좋아하고 있어요. 하지만 지나친 감상에 빠지지는 않겠어요. 재치 있는 응답이라는 바늘로 당신이 감상의 수렁에 빠지는 것도 막아 드릴게요. 뿐만 아니라 그 날카로운 바늘의 힘을 빌려 우리 사이의 거리를 유지시키겠어요. 그게 서로에게 유익이 될 거예요.'

나는 점점 더 그의 화를 돋우었다. 그가 화가 나서 지하 감옥으로, 아니 방 저편 구석으로 가 버렸을 때, 나는 자리에서 일어나 여느 때와 다름없이 자연스럽고 공손한 태도로 "안녕히 주무세요." 하고 인사하고는 옆문을 통해 그곳을 빠져나왔다.

나는 약혼 기간 내내 이런 체계를 고수했다. 대단히 성공적이기도 했다. 물론 그가 심술궂고 까다롭게 굴기는 했지만, 대체로 매우 즐거워한다는 것을 알 수 있었다. 양 같은 굴종과 멧비둘기 같은 감수성은 그의 횡포를 부추길 뿐, 그의 판단력을 기쁘게 하거나 그의 상식을 만족시키지 못하고, 심지어 그의 취향에도 맞지 않을 것이다.

다른 사람들이 있는 자리에서는 전처럼 공손하고 얌전하게 행동했다. 다르게 행동할 필요도 없었다. 내가 고집을 부리며 그를 괴롭히는 것은 저녁에 만났을 때뿐이었다. 그는 시계가 7시를 울리면 어김없이 나를 불러들였다. 하지만 이제 내가 그의 앞에 나타나면, '내 사랑'이니 '귀여운 사람'이니 하는 달콤한 말들을 입에 담지 않았다. 그가 나에게 들려주는 최상의 단어는 '도발적인 인형', '심술궂은 요정', '정령', '요정이 바꿔치기한 어린애' 등이었다. 그는 이제 애무 대신에 얼굴을 찡그려 보였다. 손을 잡아 주는 대신에 팔을 꼬집었다. 뺨에 입 맞추는 대신에 귀를 힘껏 비틀었다. 그리 나쁘지 않았다. 당장에는 그 어떤 다정한 행동보다도 이처럼 과격한 호의가 훨씬 바람직했다. 페어팩스 부인도 나에게 찬성하는 듯했다. 나를 걱정하던 그녀의 불안감이 사라졌다. 나는 내가 잘하고 있는 거라고 확신했다. 그사이에 로체스터 씨는 내가 그를 말려 죽이고 있다며, 머지않아 때가 되면 이런 행동에 대해 단단히 복수해 주겠다고 으름장을 놓았다. 그의 위협을 들을 때면 나는 뒤에서 몰래 웃었다. '저는 지금 당신을 적절히 억제해 놓을 수 있어요. 앞으로도 그렇게 할 수 있을 거예요. 한 가지 방법이 소용없어지면 다른 방법을 찾으면 돼요.'

하지만 나의 과업이 쉬웠던 것만은 아니다. 나는 그를 놀리기보다 그를 기쁘게 해 주는 경우가 더 많았다. 내 미래의 남편은 나에게 온 세상, 아니 세상보다 더, 거의 천국에의 희망이 되어 갔다. 일식이 인간과 환한 태양 사이를 가로막아 서듯이, 그가 나와 모든 종교관 사이에 서 있었다. 그 시절 나는, 내가 우상으로 삼은 그 사람 때문에 하느님을 보지 못했다.

# 제25장

한 달간의 약혼 기간이 다 지나갔다. 마지막 남은 시간들이 헤아려지고 있었다. 다가오는 그날의 결혼식을 연기시킬 만한 일은 아무것도 없었다. 준비도 모두 완벽했다. 적어도 나는 더 할 일이 없었다. 짐을 꾸려 넣어 잠그고 끈으로 묶은 트렁크들이 작은 내 방 벽에 가지런히 늘어서 있었다. 내일 이 시간쯤이면 그것들은 런던으로 가는 길에 올라 있을 것이다. (하느님이 허락하신다면) 나 역시 마찬가지일 것이다. 아니, 내가 아니라 내가 아직 모르는 제인 로체스터라는 사람이. 꼬리표만이 아직 부착되지 않은 채 남아 있다. 그 작은 사각형 딱지 네 개는 서랍에 들어 있다. 로체스터 씨가 손수 '런던 ○○호텔, 로체스터 부인.'이라고 적어 놓은 꼬리표였다. 나는 그것을 트렁크에 달 수 없었고, 남에게 달아 달라고 부탁할 마음도 나지 않았다. 로체스터 부인! 그런 여자는 존재하지 않았다. 내일 아침 8시 이후까지는 태어나지 않을 것이다. 그녀가 세상에 태어나는 것을 확인할 때까지 기다렸다가, 그 후에 모든 소유물을 그녀에게 양도하리라. 경대 맞은편 옷장에 로체스터 부인의 것이라는 옷들이 이미 로우드 시절의 내 검은 모직 옷과 밀집 보닛 대신에 들어

앉아 있는 것으로 충분했다. 결혼 예복도 내 것이 아니었다. 진주색 의상과 안개 같은 베일이 커다란 옷걸이처럼 변해 버린 그곳에 걸려 있다. 나는 그 이상한 망령 같은 의상을 감추려고 옷장 문을 닫았다. 이 밤, 이 시간에—9시였다—그 옷은 내 방의 어둠 속에서 으스스한 미광을 뿜어냈다. '흰 꿈이여, 너를 혼자 남겨 두겠다.' 내가 중얼거렸다. '열이 나는 것 같아. 밖으로 나가 바람 좀 쐬어야겠어.'

내가 이렇게 열에 들뜬 것은 준비하느라 바빴기 때문만이 아니었다. 내일부터 시작될 새로운 인생에 대한 기대감 때문만도 아니었다. 물론 이 두 가지 상황이 밤늦은 시간에 나를 어두운 정원으로 종종걸음 치게 한 불안정하고 흥분된 느낌을 불러일으키는 데 한몫을 한 것은 사실이다. 하지만 그보다는 세 번째 원인이 내 마음에 더 큰 영향을 미쳤다.

내 마음에는 이상하고 불안한 생각이 하나 달라붙어 있었다. 전날 밤 나에게는 내가 이해할 수 없는 일이 하나 일어났다. 나 이외에 그 사건을 보거나 아는 사람은 없다. 그날 밤 로체스터 씨는 집에 없었다. 농장 두세 개가 있는 50킬로미터쯤 떨어진 작은 영지로 볼일을 보러 떠나 아직 돌아오지 않고 있었다. 출발에 앞서 직접 해결해야 할 일이 있다고 했다. 나는 그의 귀가를 기다리고 있다. 내 마음의 짐을 털어놓고, 나를 혼란스럽게 하는 불가사의의 해답을 찾고 싶었다. 독자여, 그가 올 때까지 기다리시라. 내가 그에게 비밀을 털어놓을 때 여러분도 그 비밀을 듣게 될 것이다.

비 한 방울 흩뿌리지 않으면서도 남풍은 하루 종일 세차고 강하게 불어 댔다. 나는 바람을 맞으며 과수원으로 들어갔다. 밤이 되자 바람은 더 거세지고 요란스러워졌다. 나무들은 한 시간에 한 번도 가지를 뒤로 젖히지 못하고, 꼼짝 없이 한쪽으로만 쏠려 있었다. 가지를 달고 있는 그들의 머리가 쉴 새 없이 북쪽으로 휘어졌다. 극에서 극으로 날아가는 구름 뒤로 다른 덩어리들이 빠르게 따라갔다. 7월의 그날에는 푸른 하늘을 조금도 볼 수 없었다.

뇌성을 울리며 허공을 메우는 엄청난 대기의 흐름에 내 마음의 혼란을 맡기고 바람 앞으로 달리는 일에는 물론 야성적인 기쁨도 있었다. 월계수 산책로를 내려가다 벼락 맞은 칠엽수의 잔해와 마주쳤다. 그것은 시커멓게 쪼개진 채 위로 솟아 있었다. 가운데가 쩍 갈라진 줄기가 숨찬 듯 무시무시하게 입을 벌리고 있었다. 갈라진 반쪽들은 단단한 밑동과 강한 뿌리가 받쳐 주는 덕분에 서로 떨어지지 않고 붙어 있었다. 하지만 생기는 파괴되었다. 더는 수액이 흐르지 않았다. 양쪽의 커다란 가지들은 생명이 끊어져, 다음 겨울에 폭설이 내리면 하나둘 땅으로 떨어질 게 틀림없었다. 하지만 지금까지는 아직 하나의 나무라고 할 수 있었다. 잔해이긴 하지만 완전한 하나의 잔해였다. 나는 괴물처럼 쪼개진 그 조각들이 내 말을 알아듣는 생물이라도 되는 듯 말을 건넸다.

"서로 단단히 붙어 있다니 장하구나. 겉으로는 숯처럼 까맣게 그슬려 상처 입은 듯이 보이지만, 그 충실하고 정직한 뿌리에서 올라오는 작은 생명의 감각이 아직 너희 안에 남아 있을 거라고 생각해. 더는 초록 잎사귀를 피우지 못하겠지. 너희 가지에 둥지를 틀고 아름답게 노래하는 새들을 더는 보지 못할 거야. 기쁨과 사랑의 시간은 끝났지만 너희는 외롭지 않아. 서로의 마지막을 함께할 친구가 있으니까."

내가 나무를 올려다보았을 때, 그 찢어진 틈을 채우는 하늘에 순간적으로 달이 나타났다. 둥그런 달은 핏빛으로 구름에 가려져 있었다. 달이 나에게 당황스럽고 쓸쓸한 시선을 던지더니 다시 깊은 구름의 흐름으로 얼른 숨어 버렸다. 바람이 손필드 주위에서 잠시 잦아들었다. 하지만 멀리 숲과 개울 너머에서는, 미친 듯이 구슬픈 통곡을 쏟아 내고 있었다. 그 소리를 들으니 왠지 슬퍼져서 나는 다시 달렸다.

과수원 안을 이리저리 배회하고 다니며, 나무뿌리 근처의 풀에 잔뜩 흩어져 있는 사과들을 주워 모았다. 그 후에는 익은 것과 익지 않은 것을 추려 냈다. 그것들을 집으로 가져와 저장실에 쟁여 놓았다. 그 후에 불이 지펴져 있는지 확인하려고 서재로 들어갔다. 여름철이기는 해도, 이렇게 스산한 밤에는 로체스터 씨가 돌아왔을 때 활활 타고 있는 불길을 보고 싶어 할 것 같았기 때문이다. 그렇다, 얼마 전에 누군가 지펴 놓은 불이 잘 타고 있었다. 나는 그의 안락의자를 벽난로 옆에 가져다 놓았다. 그 옆에 탁자를 끌고 갔다. 커튼을 내리고 양초를 켤 수 있게 준비해 두었다. 이 일을 마치고 나자, 전보다 더 불안해져서 가만히 앉아 있을 수도, 집 안에 머물러 있을 수도 없었다. 그 방의 작은 시계와 현관홀의 오래된 시계가 동시에 10시를 울렸다.

"왜 이리 늦으실까. 정문으로 가 봐야겠어. 가끔 달빛이 비치니까 길을 내다볼 수 있을 거야. 이제 곧 오시겠지만, 마중을 나가면 불안한 시간이 그만큼 줄어들 거야." 하고 나는 중얼거렸다.

울창한 잎으로 정문을 덮고 있는 큰 나무의 가지 끝에서 바람이 요란하게 울어 댔다. 하지만 내 눈에 보이는 길은 오른쪽도 왼쪽도 모두 인기척 없이 고요했다. 달이 내다볼 때 가끔씩 가로지르는 구름의 그림자를 제외하고, 길은 움직이는 것 하나 없는 길고 창백한 하나의 선에 지나지 않았다.

그것을 바라보는 동안 어린아이 같은 눈물이 내 눈을 흐릿하게 했다. 실망스럽고 초조해서 나오는 눈물이었다. 창피한 마음에 얼른 눈물을 닦아 냈다. 나는 계속 서성였다. 달이 완전히 자기 방에 틀어박히고, 짙은 구름의 커튼을 닫아 버렸다. 밤이 점점 어두워졌다. 강풍을 타고 빠르게 비가 몰아치고 있었다.

"제발 돌아오세요! 제발 돌아오세요!"

나는 불길한 예감에 사로잡혀 소리쳤다. 차 마시는 시간이 되기 전에는 돌아올 줄 알았는데 벌써 캄캄해졌다. 무슨 일로 이렇게 늦으시는 걸까? 사고라도 난 것일까? 지난밤 사건이 다시 나의 뇌리를 스쳤다. 나는 그것을 재앙의 경고로 해석했다. 내 희망이 너무 찬란한 것이라서 현실로 이루어지지 않을까 봐 두려웠다. 최근에 내가 너무나 큰 행복을 누려서 나의 행운이 정점을 지나 이제 내리막으로 접어든 게 틀림없다고 상상했다.

'집으로 돌아갈 수는 없어. 그분이 이런 악천후에 밖에 계시는데, 나 혼자 난롯가에 앉아 있을 수는 없어. 가슴을 쥐어짜는 것보다 팔다리가 피곤한 게 나아. 길까지 마중을 나가야겠어.'

나는 출발했다. 빠르게 걸었지만 그리 멀리까지 간 것은 아니었다. 400미터를 다 못 갔을 때, 말발굽 소리가 들려왔다. 말에 올라

탄 남자가 전속력으로 달려오고 있었다. 그 옆에서 개 한 마리가 따라 달렸다. 사악한 예감이여, 물러가라! 로체스터 씨였다. 메스루를 타고 파일럿을 거느리고 그가 나타났다. 그가 나를 보았다. 달이 밤하늘에 푸른 벌판을 열고, 물기 어린 빛을 뿌리고 있었기 때문이다. 그가 모자를 벗어 머리 위로 흔들었다. 나도 그를 맞으러 달려갔다. 그가 안장에서 몸을 구부려 손을 뻗으며 소리쳤다.

"자! 이게 당신이 나 없이는 못 산다는 증거야. 내 신 등을 밟아. 두 손을 이리 내. 올라타!"

나는 시키는 대로 했다. 기쁨이 내 몸을 민첩하게 만들었다. 나는 그의 앞으로 올라탔다. 진심 어린 환영의 키스를 받았다. 자랑스러운 승리감도 느껴졌지만, 겉으로 드러내지 않으려고 노력했다. 그가 기쁨을 억누르며 다그쳤다.

"이런 시간에 날 맞으러 나오다니 무슨 문제가 있나, 자네트? 뭐가 잘못됐소?"

"아뇨. 나리가 돌아오시지 않는 줄 알았어요. 이렇게 비바람이 치는데, 도저히 집에서 기다리고 있을 수가 없었어요."

"정말, 지독한 비바람이야! 그래, 당신은 인어처럼 물을 뚝뚝 떨어뜨리고 있군. 내 외투를 당겨 몸을 감싸요. 그런데 열이 있는 것 같아, 제인. 볼도 뜨겁고 손도 뜨거워. 다시 묻겠소, 무슨 문제가 있는 거요?"

"이젠 괜찮아요. 무섭거나 불행하지 않아요."

"그럼 아까는 무섭고 불행했다는 건가?"

"조금요. 차차 다 말씀드릴게요. 제가 괴로워했던 걸 들으시면 아마 한심하다고 비웃으실 거예요.”

“내일이 지나면 실컷 비웃어 주겠소. 하지만 그 전에는 그렇게 못해. 내 전리품이 아직 확실치 않거든. 이게 당신인가? 지난달에 뱀장어처럼 요리조리 잘도 빠져나가고, 들장미처럼 가시 돋쳤던 그 사람이 맞나? 어디 한군데 찔리지 않고는 손가락 하나 댈 수 없었는데. 이제는 길 잃은 양처럼 품에 안겨 있군. 당신의 목자를 찾으려고 우리 밖으로 헤매 다닌 게로군. 그렇지, 제인?”

“당신을 뵙고 싶었던 건 맞지만 너무 으스대지 마세요. 손필드에 다 왔어요. 이제 내려 주세요.”

그가 보도에 나를 내려 주었다. 존에게 말을 맡기고, 집 안으로 나를 따라와서는 얼른 마른 옷으로 갈아입고 서재로 오라고 말했다. 내가 계단으로 걸어가려 하자, 그는 나를 가로막고 오래 꾸물거리지 않겠다는 약속을 받아 냈다. 나는 꾸물거리지 않았다. 5분 후에 다시 그에게 돌아갔다. 그는 저녁 식사를 하는 중이었다.

“앉아서 나와 같이 식사합시다, 제인. 하느님이 허락하신다면, 오랫동안 이게 당신이 손필드에서 먹게 될 마지막에서 두 번째 식사일 거요.”

내가 그의 곁에 앉았다. 하지만 아무것도 먹을 수가 없었다.

“여행이 코앞에 닥쳐 있어서 그런가, 제인? 런던으로 간다는 생각 때문에 식욕이 없어졌소?”

“오늘 밤에는 앞으로의 일을 똑바로 생각할 수가 없어요. 제 머릿속에 어떤 생각들이 들었는지도 잘 모르겠어요. 모든 게 비현실적으로 느껴져요.”

"나는 빼. 나는 틀림없는 실체거든. 만져 보시오."

"무엇보다도 당신이 가장 환영 같아요. 그냥 꿈같아요."

그가 웃으며 손을 뻗었다.

"이게 꿈인가?"

그가 내 눈 가까이 손을 들이대며 말했다. 그는 길고 강한 팔과 둥그런 근육질의 힘찬 손을 지니고 있었다.

"네. 제가 그걸 만지더라도 그건 꿈이에요."

내가 얼굴 앞에 있는 그 손을 밀어내며 말했다.

"식사는 다 하셨어요?"

"다했소, 제인."

나는 종을 울려 쟁반을 치우게 했다. 다시 우리 둘만 남자, 나는 불을 다시 지피고 나서 내 주인의 무릎께에 있는 낮은 의자에 앉았다.

"자정이 다 됐어요." 하고 내가 말했다.

"그렇군. 하지만 제인, 결혼 전날 밤을 나와 같이 새기로 했던 약속을 기억하시오."

"알아요. 적어도 한두 시간은 그 약속을 지킬게요. 자고 싶지는 않아요."

"정리는 다 됐소?"

"다했어요."

그가 대꾸했다.

"나 역시 마찬가지요. 모든 일을 마무리했어. 내일 교회에서 돌아오는 즉시 30분 내로 손필드를 떠납시다."

"좋아요."

"꽤나 특이한 미소를 지으며 '좋아요.' 하고 말을 하는군, 제인! 당신 볼이 아주 발그스름해! 눈도 이상하게 번쩍이고 있어. 당신 괜찮소?"

"괜찮은 것 같아요."

"괜찮은 것 같다니! 무슨 일이오? 기분이 어떤지 말해 봐요."

"말할 수가 없어요. 어떤 말로도 제 기분을 표현할 수 없어요. 이 시간이 영원히 끝나지 않았으면 좋겠어요. 다음에 어떤 운명이 올지 누가 알겠어요?"

"쓸데없는 걱정이야, 제인. 지나치게 흥분했거나 지나치게 피로해서 그런 거요."

"나리는 차분하고 행복한 기분이세요?"

"차분해? 아니. 하지만 행복하오. 마음속 깊이."

나는 그에게 시선을 들어 그 얼굴이 표현하는 행복의 신호들을 읽어 보았다. 뜨겁게 상기된 얼굴이었다.

그가 말했다.

"얘기해 봐, 제인. 마음을 억누르는 짐이 있다면 나에게 얘기해서 다 털어 내시오. 뭐가 두렵지? 내가 좋은 남편이 못 될까 봐 그러나?"

"그런 생각은 제 머릿속에 들어온 적도 없어요."

"새로 들어가게 될 신분이 걱정스러워서 그런가? 이제 시작하게 될 새로운 생활 때문에?"

"아니에요."

"도대체 뭐가 뭔지 모르겠군, 제인. 슬프고 대담한 그 표정과 어조가 나를 무척이나 당혹스럽고 고통스럽게 하는군. 설명을 해 보시오."

"그러면…… 말씀드릴게요. 어젯밤에는 집에서 떠나 계셨잖아요?"

"그랬지, 맞아. 아까 당신은 내가 없을 때 일어난 어떤 일에 대해 암시를 했어. 중요한 건 아닐 거야, 아마. 하지만 간단히 말해서, 그 일이 당신을 심란하게 한 거군. 얘기해 보시오. 혹시 페어팩스 부인이 무슨 말이라도 했나? 아니면 하인들이 하는 말을 엿들었나? 당신의 예민한 자존심에 상처를 입었소?"

"아니에요."

12시가 울렸다. 나는 탁상시계의 맑은 소리와 떠들썩하게 진동하는 괘종시계의 울림이 그칠 때까지 기다렸다가 말을 이었다.

"어제는 하루 종일 할 일이 많아서 몹시 바빴고 또 행복했어요. 당신이 생각하시는 것처럼 새로운 신분이나 그런 것으로 인한 두려움이 마음에 남아 심란하지도 않았고요. 당신을 사랑하기 때문에 당신과 함께 산다는 희망을 가질 수 있는 게 굉장한 일이라고 생각해요. 아니, 지금은 저를 애무하지 마세요. 끝까지 얘기할 수 있게 해 주세요. 어제 저는 하느님의 뜻을 믿고 모든 일이 우리 둘을 위해 잘 돌아간다고 생각했어요. 기억하시겠지만, 날씨도 화창했어요. 바람도 없이 평온한 날이라서 당신의 여행에 관해 근심하거나 안전이 염려스럽지도 않았어요. 저는 차를 마신 후에 잠시 산책을 하며 당신을 생각했어요. 상상으로 보이는 당신이 제게 너무나 가까이 있어서, 실제로 그리움이 느껴지지 않을 정도였어요. 제 앞에 놓인 삶, 그러니까 '당신'의 삶과 제가 아는 것보다 더 폭넓고 활기찬 생활을 생각했어요. 좁은 개울이 흐르는 얕은 여울과 그것이 흘러 들어가는 깊은 바다의 차이와 같다고 할 수 있겠지요. 저는 도덕주의자들이 왜 이 세상을 황량한 황무지라고 하는지 알 수 없었어요. 제게는 세상이 장미꽃처럼 활짝 피어났으니까요. 해 질 무렵이 되자 대기가 서늘해지고 하늘이 흐려졌어요. 저는 안으로 들어갔어요. 소피가 방금 도착한 웨딩드레스를 보라며 위층으로 저를 불렀어요. 드레스 상자 안에 당신의 선물이 들어 있었죠. 너무나 사치스럽게도 당신이 런던에서 주문하신 베일이었어요. 제가 보석을 받지 않으니까, 값비싼 무언가를 받게 하려고 그러신 것이었겠지요. 저는 그걸 펼치고 미소를 지으며, 당신의 귀족적인 취향과 평민 신부를 귀족 여인처럼 위장하려는 노력을 어떻게 놀려 드릴까 궁리했어요. 출신이 낮은 제 머리의 덮개로 제가 미리 준비해 둔 수놓지 않은 네모난 비단 레이스를 당신에게 가져가, 남편에게 재산도 미모도 인척도 가져다줄 수 없는 여자에게는 이런 베일이 더 어울리지 않겠느냐고 여쭤 보면 어떨까 생각했어요. 당신이 어떤 표정을 지으실지 눈에 선했어요. 당신의 오만하고 격렬한 대답이 들리는 것 같았어요. '나는 부호나 귀족의 딸과 결혼하여 재산을 늘리거나 입지를 높여야 할 필요가 없소.' 하고 말이에요."

로체스터 씨가 끼어들었다.

"내 마음을 잘도 읽어 냈군, 마녀 같으니. 그런데 베일에서 다른 걸 발견했나? 당신의 표정을 지금처럼 슬프게 만든 단검이나 독이라도 나왔소?”

“아뇨, 아니에요. 베일에서 본 것은 고움과 아름다움, 그리고 페어팩스 로체스터의 오만함뿐이었어요. 그리고 그건 두렵지 않았어요. 그런 악마의 모습에는 익숙해 있으니까요. 하지만 나리, 날이 점점 어두워지면서 바람이 일어났어요. 어제저녁에는 지금처럼 격하고 거칠게 부는 게 아니라, 음울하고 신음하는 듯한 소리로 훨씬 소름 끼치게 불었어요. 저는 당신이 집에 계시면 얼마나 좋을까 생각했어요. 이 방으로 들어와 텅 빈 의자와 불기 없는 벽난로의 풍경을 보니 기분이 오싹해졌어요. 잠자리에 누운 후에도 얼마 동안은 잠이 오질 않았어요. 불안한 흥분이 저를 괴롭혔어요. 점점 강해지는 돌풍 소리가 제 귀에는 애처로운 어떤 소리를 가리고 있는 듯이 들렸어요. 처음에는 그게 집 안에서 나는 소리인지 밖에서 나는 소리인지 알 수 없었지만, 바람이 잠잠해질 때마다 분명하지 않은 구슬픈 소리가 다시 들려왔어요. 결국 저는 그게 멀리서 개가 짖는 소리일 거라고 생각했어요. 그 소리가 그쳤을 때 얼마나 마음이 놓였는지 몰라요. 잠이 들었을 때도, 어두컴컴하고 바람이 심하게 부는 밤 풍경이 꿈속에 계속 나타났어요. 자꾸만 당신과 같이 있고 싶다는 생각이 들고, 어떤 장벽이 우리를 갈라놓고 있는 것 같은 이상하고 속상한 느낌이 들었어요. 처음 잠이 들었을 때는 내내 어느 알지 못하는 구불구불한 길을 따라가고 있었어요. 주위가 온통 흐릿했어요. 비가 퍼부었어요. 저는 어린아이를 맡아 데리고 있었어요. 아주 작고 어리고 걸을 수도 없이 약한 아이였는데, 그 아이가 저의 차가운 품에서 떨며 애처롭게 울어 댔어요. 당신은 제가 걷는 그 길의 저 멀리 앞에 있는 듯했어요. 당신을 따라잡으려고 온 힘을 다하고, 당신의 이름을 부르며 걸음을 멈추시라고 간청하려고 무진 애를 썼는데…… 제 몸이 꼼짝도 하지 않았어요. 목소리도 알아들을 수 없이 사라져 버렸어요. 그동안에 당신은 시시각각 멀리 더 멀리로 사라지는 느낌이었어요."

"내가 이렇게 가까이 있는데, 그런 꿈들이 당신의 마음을 무겁게 하는 거요, 제인? 신경과민이로군! 상상 속의 고통은 잊어버리고 진실한 행복만을 생각하시오! 나를 사랑한다고 했잖소, 자네트. 그래…… 나는 그 말을 잊지 않을 거요. 당신도 그걸 부인하지 못할 거요. 그 말은 당신 입에서 알아들을 수 없이 사라져 버리지 않았소. 나는 분명하고 부드럽게 속삭이던 그 말을 들었소. 너무 엄숙했을지는 모르지만, 음악처럼 달콤한 말이었지. '당신을 사랑하기 때문에 당신과 함께 산다는 희망을 가질 수 있는 게 굉장한 일이라고 생각해요, 에드워드.' 날 사랑하나, 제인? 다시 말해 봐요."

"네, 사랑해요, 제 온 마음을 바쳐서요."

"음……." 하고 잠시 침묵이 흐른 후에 그가 말했다.

"이상한 일이야. 그 말이 고통스럽게 내 가슴으로 스며드는 건 왜일까? 당신이 너무나 진지하고 경건하게 말했기 때문일 거야. 지금 나를 올려다보는 당신의 시선이 숭고한 믿음과 진실과 헌신을 담고 있기 때문이겠지. 마치 신성한 영이 내 옆에 있는 것 같아서 어찌해야 할지를 모르겠어. 심술궂은 표정을 지어 봐, 제인. 당신은 그게 어떤 건지 잘 알잖아. 제멋대로 굴고 쭈뼛거리고 약오르게 하는 미소를 지어 봐. 날 미워한다고 말해. 나를 놀리고 화나게 해 봐.

내 마음을 울리는 것 말고 다른 무엇이든 해 봐. 슬퍼지는 것보다는 차라리 화나는 게 낫겠어."

"제 이야기를 다 끝내면, 원하시는 만큼 놀리고 화나게 해 드릴게요. 하지만 제 말을 끝까지 들으세요."

"얘기가 다 끝난 줄 알았는데, 제인. 당신이 우울해하는 이유가 그 꿈 때문 아니었소?"

나는 고개를 흔들었다.

"뭐라고! 더 있다는 건가? 하지만 중요한 건 아니겠지. 미리 말해두지만 난 그렇게 믿고 싶소. 계속해 보시오."

왠지 불안해하는 그의 분위기와 걱정스럽고 초조한 태도가 나를 놀라게 했다. 하지만 나는 이야기를 계속했다.

"저는 또 다른 꿈을 꾸었어요. 손필드 저택이 황량한 폐허로 변하여 박쥐와 올빼미 들의 피난처가 돼 있었어요. 당당하던 건물의 정면은 아주 높다랗고 약해 보이는 껍데기 같은 벽밖에 남지 않은 듯했어요. 달빛 비치는 밤에, 저는 잡초가 무성히 자라 있는 집 안을 이리저리 돌아다녔어요. 여기서는 대리석 벽난로에 걸려 비틀거리고, 저기서는 처마 돌림띠에서 떨어진 파편에 걸려 비틀거렸어요. 저는 여전히 어느 낯선 어린아이를 숄로 감싸 안고 있었어요. 아무리 팔이 아파도, 어디에도 아이를 내려놓을 수 없었어요. 아이의 무게가 아무리 걸음을 방해해도, 아이를 꼭 안고 있어야 했어요. 멀리 길에서 질주하며 달리는 말발굽 소리가 들렸어요. 저는 그게 당신일 거라고 확신했어요. 당신이 오랫동안, 먼 나라로 떠나려는 것이었어요. 저는 당신의 모습을 한 번이라도 보려고 미친 듯이 위험을 무릅쓰고 얇은 벽으로 기어 올라갔어요. 발밑에서 돌들이 굴러떨어지고, 제가 움켜쥔 담쟁이덩굴 가지들이 뜯겨 나가고, 겁에 질린 아이가 제 목에 매달려 숨이 막힐 지경이었어요. 드디어 저는 꼭대기로 올라갔어요. 하얀 길 위의 점 하나 같은 모습으로 매순간 작아지는 당신을 보았어요. 강한 돌풍이 불어서 도저히 서 있을 수가 없었어요. 저는 좁은 턱에 내려앉았어요. 두려워하는 아기를 무릎에 안고 달랬어요. 당신이 길모퉁이를 돌아갔어요. 저는 당신의 마지막 모습을 보려고 몸을 앞으로 내밀었어요. 벽이 무너졌어요. 제 몸이 흔들렸어요. 아이가 무릎에서 굴러떨어지고 저도 균형을 잃고 떨어지면서, 잠에서 깨어났어요."

"제인, 이제야 다 끝났군."

"모두 서곡에 불과해요. 이야기는 이제부터 시작이에요. 잠에서 깨어났을 때 어떤 빛이 제 눈을 부시게 했어요. 저는 새벽이 됐나 보다 하고 생각했어요. 하지만 그게 아니었어요. 그건 양초의 불빛이었어요. 그래서 소피가 방에 들어온 줄 알았죠. 경대에 촛대가 놓여 있었고, 잠자리에 들기 전에 제가 웨딩드레스와 베일을 걸어두었던 옷장 문이 열려 있었어요. 그쪽에서 바스락대는 소리가 들렸어요. 제가 '소피, 뭐하고 있어요?' 하고 물었어요. 아무런 대답도 들리지 않았어요. 하지만 옷장에서 어떤 형체가 나타났어요. 그 형체가 촛대를 높이 집어 들고, 옷걸이에 걸린 옷을 살펴보더군요. '소피! 소피!' 제가 다시 소리쳤어요. 그래도 대답이 없었어요. 저는 침대에서 일어나 앉아 앞으로 몸을 내밀었어요. 처음에는 놀랐고, 다음에는 당황했어요. 그다음에는 혈관 속의 피가 얼어붙었어요.

로체스터 씨, 그건 소피가 아니었어요, 리어도 아니었어요, 페어팩스 부인도 아니었어요. 그건…… 아뇨, 그때도 지금도 저는 분명히 확신해요. 그건 그 이상한 여자 그레이스 풀도 아니었어요."

"틀림없이 그들 중의 하나였을 거요."

내 주인이 가로막았다.

"아뇨, 절대로 그렇지 않았다고 엄숙히 말씀드릴 수 있어요. 제 앞에 서 있는 형체는 손필드 저택에서 한 번도 제 눈에 스친 적이 없는 사람이었어요. 키며 윤곽이 모두 낯설었어요."

"어떤 모습이었는지 설명해 보시오, 제인."

"숱 많은 검은 머리를 등 뒤로 길게 늘어뜨린, 키 크고 덩치가 좋은 여자 같았어요. 무슨 옷을 입었는지는 모르겠어요. 통으로 된 하얀색 천이었는데, 그게 가운인지 이불인지 수의인지는 알 수 없었어요."

"얼굴을 봤소?"

"처음에는 못 봤어요. 하지만 얼마 후에 그녀가 거기 걸려 있던 베일을 꺼내더군요. 그걸 들어 올렸어요. 한참 동안 그걸 쳐다보더니, 자기 머리에 뒤집어쓰고는 거울로 돌아섰어요. 그 순간 어두운 계란형 거울에 비친 그 얼굴과 이목구비를 분명하게 보았어요."

"어떻게 생겼지?"

"소름 끼치게 무서웠어요. 아, 그런 얼굴은 본 적이 없어요! 핏기 하나 없는 얼굴, 야만적인 얼굴이었어요. 쉴 새 없이 굴리던 핏발 선 눈과 시커멓게 부어오른 그 끔찍한 얼굴을 제발 잊을 수 있다면 좋겠어요."

"유령들은 흔히 안색이 창백해, 제인."

"그건 보라색이었어요. 입술은 퉁퉁 부어 검은 빛이 났어요. 이마를 잔뜩 찌푸리고, 검은 눈썹은 충혈된 눈 위로 쑥 올라가 있었어요. 그 모습을 보고 뭐가 생각났는지 말씀드릴까요?"

"말해 보시오."

"독일의 고약한 요괴 뱀파이어가 생각났어요."

"아! 그게 무슨 짓을 했지?"

"그 비쩍 마른 얼굴에서 베일을 걷어 내더니, 두 조각으로 찢어 버리고, 바닥에 내던지고, 발로 짓밟았어요."

"그다음에는?"

"창문 커튼을 젖히고 밖을 내다보더군요. 새벽이 밝아 오는 걸 봤는지, 촛불을 들고 문으로 걸어갔어요. 제 침대 바로 옆에서 그 형체가 멈춰 섰어요. 이글거리는 눈이 저를 노려봤어요. 제 얼굴 가까이로 촛불을 갖다 대고, 제 눈 아래서 훅 불어 그 불을 껐어요. 소름 끼치는 모습이 제 얼굴 위에서 타오르는 것을 의식하고는, 저는 평생에 두 번째로 정신을 잃었어요. 딱 두 번째로 공포로 기절해 버렸어요."

"다시 정신을 차렸을 때 곁에 누가 있었소?"

"아무도 없었어요. 하지만 날이 훤하게 밝아 있었어요. 저는 일어나 얼굴과 머리에 물을 적시고, 벌컥벌컥 물을 들이켰어요. 기운은 없었지만 병이 난 것 같지는 않았어요. 당신 외에는 누구에게도 이 일을 알리지 않기로 결심했어요. 자, 이제 그 여자가 누군지, 어떤 여자인지 말씀해 주시겠어요?"

"지나치게 흥분한 머리가 만들어 낸 환영이었을 거요. 틀림없소. 당신을 조심해서 다뤄야겠군, 나의 보물. 당신 같은 사람의 신경 조직은 거칠게 다루면 안 돼."

"염려 마세요, 제 신경에는 아무 문제가 없어요. 그건 진짜였어요. 실제로 일어났던 일이에요."

"그 전에 꾼 꿈들은? 그것도 진짜였나? 손필드가 폐허인가? 넘어설 수 없는 장애로 인해 내가 당신과 떨어져 있소? 내가 눈물 없이, 입맞춤도 없이, 말 한마디 없이 당신을 떠나려 하나?"

"아직은 아니죠."

"앞으로는 그럴 거라는 말이오? 이미 우리를 떼어 놓을 수 없이 묶어 줄 날이 시작되었소. 우리가 일단 하나가 되면, 그런 정신적인 공포는 다시 일어나지 않을 거요. 그건 내가 장담해."

"정신적인 공포라고요! 그렇게 믿을 수만 있다면 얼마나 좋을까요. 당신조차 이 끔찍한 방문객의 수수께끼를 설명해 줄 수 없는 지금은, 전보다 더 간절하게 그게 악몽에 불과했기를 소망해요."

"내가 설명할 수 없는 일이니 분명 꿈이었을 거요, 제인."

"오늘 아침에 일어날 때는 저도 그렇게 생각했죠. 그리고 환한 빛 속에서 낯익은 물건들의 경쾌한 모습을 보며 용기와 위안을 얻으려고 방을 둘러보았죠. 하지만 양탄자에서 그게 악몽이 아니었음을 보여 주는 확실한 증거를 마주했어요. 위에서 아래로 두 조각으로 찢어진 베일을 본 거예요."

로체스터 씨가 흠칫 몸서리를 치는 것 같았다. 그가 나를 와락 끌어안으며 소리쳤다.

“하느님 감사합니다! 어젯밤에 어느 해로운 것이 당신의 근처에 갔더라도 손상된 것이 그 베일뿐이었으니 너무나 다행스럽소. 아, 무슨 일이 일어날 수 있었는지를 생각하면.”

그가 가쁜 숨을 몰아쉬며 내가 숨을 쉬지 못할 정도로 꽉 끌어안았다. 한동안 침묵이 흐른 뒤에, 그는 쾌활한 목소리로 말을 이었다.

“자, 자네트, 내가 전부 설명해 주겠소. 그것의 절반은 꿈이었고 절반은 현실이었소. 여자가 당신 방에 있었던 건 확실해. 그 여자는 틀림없이 그레이스 풀이었을 거요. 당신 입으로도 이상한 여자라고 했잖소. 당신이 알고 있는 사실로 봐도 그렇게 말하는 게 이상하지 않아. 그녀가 나에게 어떻게 했지? 메이슨에게는 무슨 짓을 했소? 당신은 비몽사몽간에 그녀가 들어와 움직이는 걸 알아차렸던 거요. 하지만 열이 올라 거의 정신이 없는 상태여서, 그녀의 모습이 실물과 달리 악귀처럼 보였던 거지. 헝클어진 긴 머리와 검게 부푼 얼굴, 엄청난 몸집은 상상의 산물, 악몽의 소산이었소. 그 베일을 악의적으로 찢은 것은 진짜였어. 그 여자다운 짓이오. 당신은 내가 왜 그런 여자를 집에 두는지 물어보고 싶을 거요. 우리가 결혼하고 1년 하루가 지나면 그때 이유를 말해 주리다. 하지만 지금은 안 돼요. 이제 만족하겠소, 제인? 그 불가사의에 대한 내 설명을 받아들이겠소?”

나는 생각에 잠겼고, 사실 그렇게밖에는 설명할 방법이 없을 듯했다. 만족스럽지는 않았지만, 그를 기쁘게 해 주려고 만족하는 척했다. 물론 마음이 조금 가벼워지기도 했다. 그래서 만족스러운 미소를 지으며 그에게 대답했다. 1시가 지난 지 오래였으므로, 나는 이제 그의 곁에서 떠날 준비를 했다.

내가 들고 갈 양초에 불을 붙이자 그가 물었다.

"소피가 육아실에서 아델과 같이 자던가?"

"네."

"아델의 침대에 당신이 같이 누울 만한 공간이 있을 거요. 오늘 밤은 아델의 침대에서 같이 자도록 해요. 그 사건으로 인해 당신의 신경이 날카로워졌을 테고, 나 역시 당신 혼자 자는 게 마음이 놓이질 않소. 육아실로 가겠다고 약속해요."

"그렇게 하겠어요."

"그리고 안에서 확실하게 문을 잠가요. 위층에 가면 내일 제시간에 깨워 달라고 부탁한다는 핑계로 소피를 깨우시오. 8시 전에 옷을 입고 아침 식사를 끝내야 하니까. 우울한 생각은 이제 그만해요. 우중충한 근심 걱정 따위는 쫓아 버려요, 자네트. 바람이 잦아들어 부드럽게 속삭이는 소리가 들리지 않소? 창유리를 때리던 빗소리도 그쳤군, 이걸 보시오. (커튼을 들치며) 아름다운 밤이잖소."

그랬다. 하늘의 반이 티 하나 없이 깨끗하게 개어 있었다. 서풍으로 바뀐 바람에 쫓겨 가는 구름이 기다란 은빛 기둥이 되어 동쪽으로 향하고 있었다. 달빛이 평화롭게 반짝이고 있었다.

로체스터 씨가 살피듯이 내 눈을 응시하며 말했다.

"그래, 나의 자네트는 이제 어떻소?"

"고요한 밤이에요. 저도 그렇고요."

"오늘 밤에는 이별과 슬픔의 꿈이 아니라, 행복한 사랑과 즐거운 결합을 꿈꾸게 될 거요."

이 예언은 절반만 실현되었다. 나는 정말로 슬픔의 꿈을 꾸지 않았지만, 기쁨의 꿈을 꾸지도 않았다. 뜬눈으로 밤을 지새웠기 때문이다. 어린 아델을 품에 안고, 너무나 평온하고 침착하고 순수하게 잠든 모습을 지켜보며, 날이 밝기를 기다렸다. 나의 모든 생명력이 내 몸 안에서 깨어나 웅성거렸다. 태양이 떠오르자마자 나도 일어났다. 내가 침대에서 빠져나올 때 아델이 나에게 매달렸던 게 기억난다. 내 목에서 그녀의 작은 두 손을 풀어내며 입 맞춰 주었던 것이 기억난다. 이상한 감정이 일어나 눈물을 흘리며, 내 울음소리가 아직 곤하게 잠든 그녀를 깨울까 봐 급히 방을 떠났던 것도 기억이 난다. 그녀는 내 과거 생활의 상징인 듯했다. 이제 내가 성장을 하고 만나러 가게 될 그는, 두려우면서도 감히 기다려지는 내 알 수 없는 미래의 전형이었다.

## 제26장

소피가 7시에 와 옷 입는 것을 도와주었다. 시간이 꽤나 오래 소요되었다. 너무 오래 걸려서 마음이 급해진 로체스터 씨는 내가 왜 이렇게 내려오지 않는지 물어보려고 사람을 올려 보냈다. 그때 소피는 브로치로 내 머리에 베일을(결국은 수놓지 않은 네모난 비단 레이스) 고정시키는 중이었다. 베일이 고정되자 나는 얼른 그녀의 손 밑에서 빠져나왔다. 그러자 그녀가 프랑스 어로 소리쳤다.

"잠깐요! 거울을 보세요. 여태 한 번도 안 보셨잖아요."

나는 문 앞에서 돌아섰다. 긴 옷자락을 늘어뜨리고 베일을 쓴 모습이 보였지만, 평소의 내 모습과 너무나 달라서 낯선 사람처럼 보였다. "제인!" 하고 부르는 목소리를 듣고, 나는 서둘러 아래층으로 내려갔다. 로체스터 씨가 계단 밑에서 나를 맞으며 말했다.

"왜 이리 꾸물거려. 조바심 나서 폭발하는 줄 알았소. 이렇게 늑장을 부리다니."

그가 나를 식당으로 데려가 날카롭게 구석구석을 살펴보더니 "백합처럼 아름다우며, 내 인생의 자랑일 뿐 아니라, 내 눈의 소망이오." 하고 선언하고는, 아침 먹는 데 10분만 주겠다면서 종을 울렸다. 최근에 고용한 하인 하나가 식당으로 들어왔다.

"존이 마차를 준비하고 있나?"

"네, 나리."

"짐은 내려왔나?"

"지금 옮기는 중입니다, 나리."

"교회로 가서 우드 목사와 서기가 와 있는지 알아봐. 와서 나한테 보고해."

독자들도 아시다시피 교회는 정문 바로 너머에 있다. 하인은 금방 돌아왔다.

"우드 목사님은 제의실에서 백의를 입고 계십니다."

"마차는?"

"말에 마구를 달고 있습니다."

"교회 갈 때는 필요 없어. 하지만 돌아왔을 때는 준비가 끝나 있어야 돼. 상자와 짐을 모두 정리해서 묶어 놓고 마부도 제자리에 앉아 있어야 돼."

"알겠습니다, 나리."

"제인, 준비됐소?"

나는 일어났다. 우리를 기다리거나 안내해 줄 신랑 들러리도, 신부 들러리도, 친척들도 없었다. 로체스터 씨와 나뿐이었다. 현관홀에 페어팩스 부인이 서 있었다. 나는 그녀에게 말을 걸고 싶었지만, 내 손은 강철 같은 손아귀에 잡혀 있었다. 나는 따라갈 수도 없을 정도로 성큼성큼 걸어가는 그의 걸음에 거의 끌려가다시피 하고 있었다. 로체스터 씨는 단 1초도 지체하고 싶지 않은 얼굴이었다.

그런 얼굴을 하고 결혼하는 신랑이 어디 있을까. 한 가지 목적만을 염두에 둔, 험악할 정도로 결연한 모습이었다. 그렇게 단호한 눈썹 밑으로 이글이글 불타는 눈을 드러낸 신랑이 또 어디 있을까.

그날 날씨가 좋았는지 나빴는지는 모르겠다. 마찻길을 내려가는 동안, 나는 하늘도 땅도 보지 않았다. 내 마음은 내 눈과 함께 로체스터 씨에게로 향해 있었다. 길을 걸어가는 내내, 나는 그가 그 과격한 눈빛을 쏘아 땅으로 떨어뜨리려 하는 듯한, 눈에 보이지 않는 그것이 무엇인지 알고 싶었다. 그가 담대하게 맞서 저항하는 듯한, 그 생각이 무엇인지 느끼고 싶었다.

교회 마당의 쪽문에서 그가 멈춰 섰다. 그제야 내가 상당히 숨 가빠 하고 있음을 알아차린 모양이었다. 그가 말했다.

"내 사랑이 너무 잔인한가? 잠시 쉬었다 가지. 나에게 기대요, 제인."

내 눈앞에 차분히 올라와 있던 낡은 회색의 하느님의 집과, 첨탑 주위를 맴돌던 당까마귀와 그 너머로 불그스레하던 아침 하늘을 기억할 수 있다. 초록빛 풀로 덮인 무덤 같은 것도 기억이 난다. 낮은 무덤들 사이를 돌아다니며 이끼 낀 묘석에 새겨진 비명을 읽고 있던 두 명의 낯선 남자들도 잊지 않고 있다. 내가 그들을 알아차린 이유는 그들이 우리를 보고 교회 뒤쪽으로 들어갔기 때문이다. 나는 그들이 옆문으로 들어가 예식을 지켜보려는 모양이라고 생각했다. 로체스터 씨는 그들을 보지 못했다. 그는 잠시 핏기를 잃었을 내 얼굴을 진지하게 바라보고 있었다. 내 이마는 축축하게 젖어 있었고, 뺨과 입술이 차갑게 느껴졌다. 얼마 후 내가 기운을 차리자,

그는 교회 현관까지 부드럽게 나를 데리고 걸어갔다.

우리는 조용하고 소박한 예배당으로 들어섰다. 낮은 제단 앞에 하얀 제의를 입은 성직자와 그 옆에 서기가 기다리고 있었다. 모든 것이 고요했다. 두 사람의 그림자가 멀리 구석 쪽에서 움직였을 뿐이다. 내 짐작대로였다. 그 낯선 사람들은 우리보다 먼저 예배당으로 들어와 우리에게 등을 돌리고 로체스터 가문의 납골당 옆에 서서 오랜 세월로 얼룩진 대리석 묘지를 난간 너머로 바라보고 있었다. 그곳에는 무릎 꿇은 천사 하나가 내란 때 마스턴 무어(1644년에 크롬웰이 왕당을 격파한 곳 _옮긴이) 전투에서 전사한 데이머 드 로체스터와 그의 아내 엘리자베스의 유해를 지키고 있었다.

우리는 성찬 제단의 난간에 자리를 잡고 섰다. 내 뒤에서 들리는 조심스런 발소리에 내가 어깨 너머로 흘깃 쳐다보았다. 신사인 듯 보이는 이방인 중의 한 명이 제단 쪽으로 걸어오고 있었다. 예식이 시작되었다. 혼인의 의미가 설명되고, 성직자가 앞으로 한 걸음 나와 로체스터 씨를 향해 약간 몸을 숙이고 말을 계속했다.

"그대들 두 사람에게 묻고 요구하노라(그대들은 모든 마음의 비밀이 드러나는 두려운 심판의 날에 대답하듯이). 그대들 중 누구라도 이 혼인이 법적으로 결합할 수 없는 장애가 있음을 안다면, 지금 그것을 고백하시오. 하느님의 허락 없이 맺어진 자들은 하느님의 뜻으로 결합된 것이 아니며 합법적인 혼인이라 할 수도 없기 때문이오."

그는 관례대로 말을 멈췄다. 그 말 이후의 침묵이 대답으로 깨진 적이 있을까? 아마 백 년에 한 번도 없을 것이다. 성직자는 성경에서 눈을 들지도 않고, 잠깐 숨을 죽이고 나서, 식을 계속하려고 했다. 이미 로체스터 씨에게 손을 뻗고 "이 여인을 그대의 혼인한 아내로 맞이하겠습니까?" 하는 질문을 하려고 입을 벌렸다. 그때 가까운 곳에서 또렷한 목소리가 대답했다.

"이 결혼은 성립될 수 없습니다. 이 혼인에는 장애가 있음을 말씀드립니다."

성직자가 말한 사람을 올려다보며 조용히 서 있었다. 서기도 마찬가지였다. 발밑에서 지진이 일어난 듯 로체스터 씨가 약간 흔들렸다. 그는 더 확실하게 발을 고쳐 딛고, 고개도 눈도 돌리지 않은 채 말했다.

"계속 진행하시오."

그가 깊고 낮은 어조로 그 말을 한 후에, 무거운 침묵이 흘렀다. 이윽고 우드 목사가 말했다.

"지금 주장된 바를 조사하고 진위 여부를 확인하기 전에는 식을 계속할 수 없습니다."

우리 뒤쪽의 목소리가 덧붙였다.

"예식은 중단되었소. 나는 내 주장을 증명할 수 있소. 이 결혼에는 극복할 수 없는 장애가 있습니다."

로체스터 씨는 들은 체하지 않았다. 완고하고 딱딱하게 서 있었다. 내 손을 쥔 채로 미동도 하지 않았다. 그는 내 손을 뜨겁고 세게 잡고 있었다. 창백하고 탄탄하고 넓은 그 이마는 이 순간 정말 깎아 놓은 대리석처럼 굳어 있었다. 그의 눈은 잔잔하고 주의 깊게, 그러면서도 야성적으로 빛나고 있었다.

우드 목사는 어쩔 줄을 몰라 했다.

"그 장애의 성격이 무엇입니까? 해결할 수 있는 것이겠지요?"

"그렇지 않습니다. 저는 극복될 수 없는 장애라고 말씀드렸습니다. 신중하게 드린 말씀입니다."

발언자가 앞으로 나와 난간에 기댔다. 그는 또렷하고 차분하게 흔들림 없이, 하지만 크지 않은 목소리로 말을 이어 나갔다.

"그 장애는 단순히 이전 결혼이 존재한다는 점에 있습니다. 로체스터 씨에게는 현재 살아 있는 아내가 있습니다."

천둥소리에도 흔들린 적 없는 나의 신경들이 이 나지막한 말소리에 흔들렸다. 서릿발이나 불꽃을 느낀 적 없는 나의 피가 미묘한 격렬함을 느꼈다. 하지만 나는 정신을 가다듬었다. 의식을 잃을 염려는 없었다. 로체스터 씨를 바라보았다. 그의 시선이 나에게 돌아오기를 기다렸다. 그의 얼굴은 온통 무색의 바윗덩어리였다. 그의 눈은 섬광 같기도 하고 부싯돌 같기도 했다. 그는 아무것도 부인하지 않았다. 마치 모든 것에 반항하고 있는 듯 보였다. 말이 없었다. 미소도 없었다. 나를 인간으로 알아보지 못하는 것처럼, 내 허리에 팔을 감아 나를 옆에 못 박아 둘 뿐이었다. 그가 훼방꾼에게 물었다.

"당신은 누구요?"

"런던 ○○가에서 변호사로 일하는 브릭스라는 사람입니다."

"나에게 아내 하나를 억지로 떠맡길 셈이오?"

"당신에게 아내의 존재를 상기시키는 겁니다. 당신은 인정하지 않더라도 법은 인정하거든요."

"그녀에 대해 설명해 보시오. 이름이 뭐고, 양친은 누구고, 거주지는 어디인지."

"그러죠."

브릭스 씨는 침착하게 주머니에서 종이 한 장을 꺼내 비음 섞인 공식적인 목소리로 읽어 내려갔다.

"나는 ○○○○년 10월 20일(15년 전이었다)에 잉글랜드 ○○ 주의 펀딘 장원과 ○○ 카운티의 손필드 저택의 에드워드 페어팩스 로체스터가, 상인인 조너스 메이슨과 크리올(서인도 제도의 유럽 출신 이주민의 후손 _옮긴이)의 딸인 그의 아내 앙투아네트의 딸이자 나의 여동생인 버사 앙투아네트 메이슨과 자메이카의 스페인 타운 ○○ 교회에서 결혼하였음을 확인하고 증명할 수 있다. 결혼 기록은 교회 등록부에 보관되어 있다. 사본은 현재 내가 소지하고 있다. 서명, 리처드 메이슨."

"그것이 진짜 서류라면 내가 결혼했다는 것을 증명할 수는 있지만, 거기에 내 아내로 언급된 여인이 아직 살아 있다는 것을 증명하지는 못하오."

"그녀는 3개월 전에도 살아 있었습니다." 하고 변호사가 대답했다.

"그걸 어떻게 알지?"

"증인이 있습니다. 그의 증언에는 당신도 반박하지 못할 겁니다."

"그를 내놓으시오. 내놓지 못할 시에는 각오하시오."

"우선 증인을 세우겠습니다. 이 자리에 있습니다. 메이슨 씨, 부디 앞으로 나와 주십시오."

로체스터 씨가 그 이름을 듣고 이를 악물었다. 강한 떨림이 그를 훑고 지나갔다. 그의 옆에 붙어 있는 나에게도, 그의 몸으로 치닫는 분노, 그리고 절망의 발작적 경련이 느껴졌다. 지금까지 뒤에서 우물거리고 있던 두 번째 이방인이 가까이 왔다. 창백한 얼굴이 변호사의 어깨 너머로 나타났다. 그렇다, 그는 메이슨 그 사람이었다. 로체스터 씨가 고개를 돌려 그를 노려보았다. 여러 번 말했듯이 그의 눈은 검은색이었다. 지금은 그 검은색 속에 황갈색, 아니 핏빛이 서려 있었다. 그의 얼굴이 상기되었다. 가슴에서 올라와 번져 가는 불길로 인해 올리브색 뺨과 이마가 붉게 달아올랐다. 그가 꿈틀거리더니 억센 팔을 들어 올렸다. 그는 메이슨에게 주먹을 날려 교회 바닥에 내동댕이쳤다. 이제 한 방이면 그의 숨통을 끊어 놓을 수도 있을 것 같았다. 하지만 메이슨은 몸을 움츠리며 가냘픈 소리로 "아이고 하느님!" 하고 외쳤다. 로체스터 씨의 얼굴에 차가운 경멸이 내려앉았다. 해충이 나무를 시들게 하듯이 그의 격정이 사그라졌다. 단지 한마디를 물었을 뿐이었다.

"네가 무슨 할 말이 있지?"

하얗게 질린 메이슨의 입술에서 알아들을 수 없는 대답이 새어 나왔다.

"똑똑히 대답하지 못하면 악마가 농간을 부리는 거다. 다시 묻겠다, 네가 무슨 할 말이 있지?"

"나리."

성직자가 끼어들었다.

"신성한 장소에 계시다는 사실을 잊지 마십시오."

그러고는 메이슨에게 부드럽게 물었다.

"이분의 아내가 아직 살아 있는지 어떤지 알고 계십니까?"

"용기를 내요. 거리낌 없이 말하시오."

변호사가 재촉했다.

"그녀는 지금 손필드 저택에 살고 있어요."

메이슨이 보다 분명해진 목소리로 말했다.

"지난 4월에 거기서 그녀를 보았습니다. 난 그녀의 오라비예요."

이번엔 성직자가 소리쳤다.

"그럴 리가요. 제가 오래전부터 이 동네에 살았는데 손필드 저택에 로체스터 부인이 있다는 소리는 들어 본 적이 없습니다."

나는 로체스터 씨의 입술이 험악한 미소로 일그러지는 것을 보았다. 그가 중얼거렸다.

"못 들었겠지, 맹세코! 그런 이름을 가진 여자가 있다는 말이 누구의 귀에도 들어가지 않도록 내가 단단히 신경 썼으니까."

그는 생각에 잠겼다. 10분 동안 자신의 자아와 상의하는 듯했다. 그가 결심을 굳히고, 그 결심을 알렸다.

"이젠 충분해. 모든 건 한꺼번에 튀어나오는 법이야, 총구에서 나오는 탄환처럼. 우드 목사, 기도서를 덮고 제의를 벗으시오. (서기에게) 존 그린, 자네는 교회를 떠나게. 오늘 결혼식은 진행되지 않을 거야."

그 남자가 그의 말을 따랐다.

로체스터 씨는 대담하고 무모하게 말을 이었다.

"중혼은 흉한 단어야! 그래, 나는 중혼자가 될 작정이었어. 하지만 운명이 내 뒤통수를 때리는군. 아니면 신의 뜻이 나를 방해했든지. 아마 후자겠지. 이 순간 나는 악마보다 나을 게 없는 사람이야. 저기 저 목사는 나에게 이렇게 말할 거요. 가장 무시무시한 하느님의 심판을 받아 마땅하다고. 꺼지지 않는 불과 죽지 않는 구더기가 있는 지옥으로 떨어져야겠지. 여러분, 나의 계획은 틀어졌소! 이 변호사와 그의 고객이 한 말은 사실이오. 나는 결혼한 사람이오. 그리고 나와 결혼한 여자는 살아 있소! 당신은 저기 저 집에 로체스터 부인이 있다는 말을 들어 보지 못했다고 했지, 우드 목사. 하지만 그곳에 갇혀 감시당하는 이상한 광인이 있다는 소문은 여러 번 들어 봤을 거요. 어떤 이는 그녀가 나의 배다른 누이라고 당신에게 속삭였을 거야. 어떤 이는 나에게 버림받은 애인이라고 했겠지. 이제 그녀가 15년 전에 나와 결혼한 내 아내라는 것을 당신에게 알려 주리다. 이름은 버사 메이슨이오. 지금 창백한 얼굴로 사지를 떨어 대며 용감한 남자가 견딜 수 있는 게 무엇인지를 보여 주는 이 단호한 인간의 누이지요. 기운을 내게, 리처드! 나를 두려워하지 마! 자네를 때리느니 차라리 여자를 때리겠어. 버사 메이슨은 미쳤소. 미치광이 집안에서 태어난 여자요. 3대째 천치와 광인 들이 판치던 집안! 그녀의 어미 크리올은 미치광이 술고래였어! 내가 그 딸과 결혼한 후에 알아낸 사실이지. 전에는 다들 집안의 비밀에 대해 쉬쉬했으니까. 착실한 딸내미답게 버사는 두 가지 점에서 제 어미를 빼다 박았더군. 나는 매력적인 아내를 맞았던 셈이지. 순진하고 현명하고 얌전하다고나 할까. 당신들은 내가 행복한 남자였으리라고 상상할 수 있을 거요. 별의별 장면들을 다 경험했거든! 아, 내가 얼마나 굉장한 경험을 했는지, 당신들이 알아야 하는데! 하지만 더 설명하지는 않겠소. 브릭스, 우드, 메이슨, 저 집에 가서 풀 부인의 환자인 나의 아내를 만나 보도록 여러분 모두를 초대하겠소! 내가 어떤 종류의 인간과 속아 결혼하게 됐는지 보시고, 내가 이 혼인 계약을 깨고 조금이라도 인간적인 동정을 구할 권리가 있는지 판단하시오."

그는 나를 바라보며 말을 이었다.

"이 여자는 이 넌더리 나는 비밀에 대해 당신보다 더 몰랐소, 우드. 모든 것이 온당하고 정당한 줄로 알았지. 이미 고약하게 정신이 돌아 짐승처럼 돼 버린 여자와의 사기 결혼에 묶여 있는 비참한 놈과 허위 결혼을 하게 되는 줄은 꿈에도 몰랐던 거요. 다들 갑시다. 따라오시오."

그는 여전히 나를 꽉 붙잡고 교회를 떠났다. 세 남자가 뒤를 따랐다. 저택의 현관 앞에 마차가 서 있는 게 보였다. 로체스터 씨가 차갑게 말했다.

"마차를 차고로 돌려보내, 존. 오늘은 쓸 일이 없어."

우리가 들어서자 페어팩스 부인과 아델과 소피와 리어가 우리를 맞아 축하 인사를 하려고 다가왔다. 그 모습을 보고 그가 소리쳤다.

"물러나, 모두들. 축하 따위 집어치워! 누가 그런 거 듣고 싶대? 난 듣고 싶지 않아! 이미 15년이나 늦었어."

그는 여전히 내 손을 잡고, 다시 신사들에게 따라오라고 신호하며 계속 걸어가 계단으로 올라갔다. 신사들이 뒤따라왔다.

우리는 첫 번째 계단을 올라, 복도를 지나 3층으로 향했다. 로체스터 씨의 걸쇠가 낮고 검은 문을 열었고, 거대한 침대와 그림이 그려진 캐비닛과 태피스트리로 꾸며진 방이 우리 앞에 나타났다.

"이 방을 알고 있겠지, 메이슨."

우리의 안내자가 말했다.

"그녀가 여기서 자네를 물어뜯고 찔렀잖아."

그가 벽에 걸려 있는 것을 들어 올리자 두 번째 문이 나타났다. 그 문도 열렸다. 창문 하나 없는 방에 높고 튼튼한 철망으로 둘러싸인 난로에서 불길이 타올랐고, 사슬에 걸린 램프 하나가 천장에 매달려 있었다. 그레이스 풀이 냄비에 뭔가를 요리하는 듯 불가에 몸을 숙이고 있었다. 그 방의 안쪽 끝 캄캄한 곳에서 형체 하나가 이리저리 뛰어다녔다. 그게 무엇인지, 인간인지 야수인지, 첫눈에는 알 수 없었다. 그것은 네 발로 기어다니는 모양새였다. 괴상한 야생 짐승처럼 와락 잡아채기도 하고 으르렁대기도 했다. 하지만 그것은 옷을 입고 있었다. 희끗희끗한 검은 머리칼이 갈기처럼 거칠게 흐트러져 머리와 얼굴을 가리고 있었다. 로체스터 씨가 말했다.

"안녕하신가, 풀 부인. 자넨 어떤가? 오늘 자네의 환자 상태는 어떤가?"

"그럭저럭 괜찮습니다. 고맙습니다."

그레이스가 끓는 음식을 조심스럽게 벽난로 시렁에 올리며 대답했다.

"조금 심통이 나 있지만 포악하지는 않아요."

사납게 울부짖는 소리가 그녀의 호의적인 보고를 거짓이라고 이르는 듯했다. 옷 입은 하이에나가 몸을 일으키더니, 그 뒷발로 커다랗게 일어섰다. 그 모습을 보고 그레이스가 소리쳤다.

"아이고, 그녀가 나리를 보고 있어요! 나가시는 게 낫겠어요."

"잠깐만, 그레이스. 잠시만 있게 해 주시오."

"그러면 조심하세요, 나리! 맙소사, 조심하세요!"

그 광인이 포효했다. 헝클어진 머리채를 얼굴에서 치우고, 그 방의 손님들을 난폭하게 노려보았다. 나는 그 보라색 얼굴을, 부어오른 이목구비를 금방 알아차렸다. 풀 부인이 그쪽으로 걸어가려 했다. 로체스터 씨가 그녀를 옆으로 밀치며 말했다.

"비키시오. 지금은 칼을 안 가지고 있겠지? 게다가 나도 조심하고 있어."

"그녀가 뭘 갖고 있는지는 아무도 몰라요. 하도 교활해서 인간의 분별력으로는 그 간교한 술책을 알아낼 수 없어요."

"그만 나가는 게 낫지 않겠나."

메이슨이 속삭였다.

"꺼져 버려!"

그의 매부가 충고했다.

"조심하세요." 하고 그레이스가 소리쳤다. 세 신사가 동시에 물러났다. 로체스터 씨는 나를 자신의 뒤로 밀어냈다. 그 광인이 와락 덤벼들어 그의 목을 잔인하게 움켜쥐고는 그의 뺨을 물어뜯으려 했다. 그들이 격투를 벌였다. 그녀는 키가 남편과 엇비슷한 데다가 살집까지 있는 커다란 여자였다. 이 싸움에서 남자 못지않은 완력을 보여 주었다. 강인한 체력을 지닌 그의 숨통이 졸릴 뻔한 게 한

EDMUND
DULAC

두 번이 아니었다. 그가 잘 겨냥해서 강타를 날리면 그녀를 처리하는 게 그리 어렵지는 않았겠지만, 그는 주먹을 쓰지 않았다. 씨름을 할 뿐이었다. 마침내 그가 그녀의 두 팔을 제압했다. 그레이스 풀이 건네준 끈으로 그녀의 팔을 뒤로 묶었다. 옆에 있던 또 다른 밧줄로 그녀를 의자에 붙잡아 맸다. 이 일이 진행되는 내내 여자는 고래고래 고함을 치며 발작하듯이 뛰어올랐다. 그 후에 로체스터 씨가 구경꾼들을 향해 돌아섰다. 신랄하고도 쓸쓸한 미소를 지으며 그들을 바라보며 말했다.

"이것이 '내 아내'요. 이런 게 내가 알고 있는 부부의 포옹이오. 이런 것이 나의 여가 시간을 위로해 주는 애무요! 그리고 내가 갖고 싶었던 것은 여기 '이 여자'요. (내 어깨에 손을 올리며) 지옥의 문턱에서도 이렇게 엄숙하고 조용하게 서서, 악마의 난동을 침착하게 바라보고 있는 이 여자. 나는 저 지독한 스튜를 먹고 난 후의 입가심으로 이 여자를 원했소. 우드, 브릭스, 차이를 보시오! 저 빨간 눈알과 이 깨끗한 눈을, 저 가면과 이 얼굴을. 저 거대한 덩치와 이 모습을 비교해 보고, 복음의 사제와 법의 대리인인 당신들이 '너희가 비판하는 그 비판으로 너희가 비판받으리라.'는 말씀을 기억하고, 나를 비판하시오! 이제 떠나 주시오. 나는 이 대단한 보물의 입을 다물게 해야 하니."

우리 모두는 그 방에서 물러났다. 로체스터 씨는 그레이스 풀에게 몇 가지 지시를 내리기 위해 잠시 더 남아 있었다. 계단을 내려가며 변호사가 나에게 말을 걸었다.

"당신은 모든 비난으로부터 벗어났소. 메이슨 씨가 마데이라로 돌아가 이 소식을 전하면 당신의 삼촌이 기뻐하실 거요. 그때까지 살아 계신다면 말이오."

"제 삼촌이요! 그분이 어떠신데요? 그분을 아세요?"

"메이슨 씨와 당신의 삼촌은 서로 아는 사이요. 에어 씨는 여러 해 동안 푼샬에서 메이슨 씨 집안과 거래를 해 왔지요. 당신의 삼촌이 로체스터 씨와의 결혼을 언급한 당신 편지를 받았을 때, 우연히 자메이카로 돌아가는 길에 건강 회복차 마데이라에 머물고 있던 메이슨 씨와 함께 있었소. 에어 씨는 그 내용을 얘기했어요. 여기 계신 나의 고객이 로체스터라는 신사를 알고 있다는 점을 알았기 때문이오. 짐작하시겠지만, 메이슨 씨는 몹시 놀라고 걱정스러워서 진상을 다 털어놓았소. 유감스럽게도 당신의 삼촌은 지금 병환 중이시오. 그 병의 성격과 (폐병이지요) 병세로 보아, 자리에서 일어나실 수 있을 것 같지가 않아요. 직접 영국으로 건너와 당신을 덫에서 빼낼 수 있는 상태가 아니라서 메이슨 씨에게 한 시라도 빨리 이 거짓 결혼을 막아 달라고 간곡히 부탁하셨지요. 그래서 제가 도와 드리게 된 겁니다. 급하게 서둘러 왔는데 너무 늦지 않아서 다행입니다. 당신도 물론 다행스러우시겠지요. 당신이 마데이라에 도착하셨을 때 삼촌분이 살아 계실 거라는 확신만 있다면 메이슨 씨와 함께 돌아가라고 충고하겠어요. 하지만 제 생각에는 에어 씨에게 연락이 오거나 그분에 관한 소식이 들릴 때까지 영국에 남아 있는 편이 나을 것 같습니다. 우리가 여기 더 머물러야 할 이유가 있습니까?"

그가 메이슨 씨에게 물었다.

"아니, 없어요. 그만 떠납시다."

불안이 가득 담긴 대답이었다. 그들은 로체스터 씨에게 작별 인사도 하지 않고 현관문으로 퇴장했다. 성직자는 그의 오만불손한 교구민에게 몇 마디 훈계나 책망을 하기 위해 남아 있었다. 그 후에, 그도 출발했다. 나는 내 방으로 돌아가 반쯤 열린 문가에 서서 그가 나가는 소리를 들었다. 모두가 떠난 뒤, 나는 아무도 들어올 수 없게 빗장을 잠가 방 안에 나를 가두었다. 울지도 않고 탄식하지도 않았다. 그러기에 나는 너무나 차분한 상태였다. 기계적으로 웨딩드레스를 벗고, 어제 내가 마지막이라고 생각하며 입었던 모직 옷으로 갈아입었다. 그 뒤에 있는 의자에 앉았다. 기운이 없고 피곤했다. 탁자에 두 팔을 기대고 그 위에 머리를 얹었다. 그리고 생각했다. 지금까지는 오로지 끌려 다니고, 인도되는 대로 위아래로 따라다니기만 했다. 줄줄이 이어지는 사건과 비밀의 폭로를 지켜보았다. 하지만 이제, 나는 생각을 했다.

조용한 아침이었다. 그 광인과의 짤막한 만남을 제외하면 모든 게 조용했다. 교회에서의 사건도 그리 시끄럽지 않았다. 감정 폭발이나, 큰 소리 나는 격론이나 언쟁도, 반항이나 도전도, 눈물이나 흐느낌도 없었다. 몇 마디 말로, 그 결혼을 반대하는 발언이 차분하게 이루어졌다. 로체스터 씨의 짧고 엄한 질문에 대답과 설명이 이어지고 증거가 제시되었다. 나의 주인은 진실을 솔직하게 인정했다. 다음에 살아 있는 증거를 보여 주었다. 훼방꾼들은 사라졌고 모든 게 끝났다.

나는 평소처럼 내 방에 앉아 있었다. 뚜렷한 변화 없이, 그냥 내 모습 그대로였다. 나를 때리거나 해치거나 불구로 만든 것은 아무것도 없었다. 하지만 어제의 제인 에어는 어디 있는가? 그녀의 인생은 어디 있는가? 그녀의 앞날은 어디에 있는가? 한껏 기대에 부풀어 신부가 될 뻔했던 제인 에어는 다시 춥고 외로운 여자가 되었다. 그녀의 삶은 빛을 잃고, 그녀의 앞날은 황량했다. 한여름에 크리스마스 서리가 내렸다. 6월에 12월의 하얀 눈보라가 몰아쳤다. 익은 사과에 얼음이 덮이고, 눈보라가 꽃을 피운 장미들을 짓뭉갰다. 풀밭과 옥수수밭에 얼어붙은 덮개가 깔렸다. 어젯밤에 가득한 꽃들로 얼굴을 붉히던 길들이 오늘은 아무도 밟지 않은 눈으로 덮여 자취를 감추었다. 열두 시간 전만 해도 열대 지방의 숲처럼 울창하고 향긋하게 흔들리던 나무들이, 지금은 노르웨이의 겨울 소나무 숲처럼 하얗게 황량하고 황폐하게 펼쳐져 있었다. 내 희망들은 모두 죽었다. 하룻밤 사이에 이집트 땅의 장자들에게 내려진 것과 같은 음산한 운명에 얻어맞았다. 나는 어제 그토록 활짝 피어나 빛을 발하던 나의 소중한 소망들을 바라보았다. 그 소망들은 이제 다시는 되살아날 수 없이 싸늘하게 굳어 버린 흙빛의 송장이 되어 있었다. 나는 내 사랑을 보았다. 내 주인에게 바쳤던 감정, 그가 불러냈던 감정이었다. 그것이 차가운 요람에서 견디는 아이처럼 내 가슴에서 부들거렸다. 질병과 고통에 사로잡혀 있었다. 로체스터 씨의 품으로 찾아 들어갈 수도 없고 그의 가슴에서 온기를 끌어낼 수도 없었다. 아, 내 사랑이 더는 그에게로 향할 수 없었다. 믿음이 시들었기 때문에, 신뢰가 파괴되었기 때문에! 로체스터 씨는 이제 내가 전에 보았던 그 사람이 아니었다. 내가 전에 생각하고 있던 그 사람이 아니었기 때문이다. 나는 그를 욕할 생각이 없다. 그가 나를 배신했다고 말하지도 않을 것이다. 하지만 흠이 없어야 하는 진실의 특성이 그에게서 사라졌다. 나는 그의 곁에서 떠나야 했다. 그것은 확실했다. 언제, 어떻게, 어디로 갈지는 아직 알 수 없었다. 하지만 그는 아마 틀림없이 손필드에서 서둘러 나를 내보낼 것이다. 그는 나에게 진실한 애정을 가졌던 게 아닐 것이다. 변덕스러운 정열에 불과했으리라. 그것이 방해를 받은 지금, 더는 나를 원하지 않을 것이다. 이제 나는 그의 앞길을 가로지르는 것조차 두려워해야 할 것이다. 내 모습을 보는 것만으로도 그는 증오스러워할 것이다. 아, 내 눈이 얼마나 멀었던가! 나의 행위는 어찌 그리 어리석었을까!

나는 눈을 감고 또 그 눈을 가렸다. 소용돌이치는 어둠이 내 주위로 표류하는 듯했고, 검고 혼란스러운 홍수처럼 성찰이 찾아들었다. 나는 자포자기 상태로 무기력하게 늘어져 말라붙은 거대한 강바닥에 누워 있는 느낌이었다. 먼 산에서 봇물 터지는 소리가 들리고, 급류가 밀려오는 게 느껴졌다. 일어날 의지도, 달아날 힘도 없었다. 죽기를 갈망하며 맥없이 누워 있었다. 단 하나의 생각만이 내 안에서 여전히 생명의 기운처럼 고동쳤다. 그것은 하느님에 대한 기억이었다. 그 기억이 무언의 기도를 낳았다. 속삭이지 않으면 안 되는 무엇인 것처럼 이런 말들이 나의 캄캄한 마음에서 이리저리 방황하고 다녔다. 하지만 말을 할 기운조차 없었다.

"나를 멀리하지 마옵소서, 환난이 가깝고 도울 자 없나이다."

급류가 가까이 왔다. 나는 그것을 피하게 해 달라고 하늘에 청을 드리지 않았다. 내 두 손을 모으지도 않고, 무릎을 꿇지도 않고, 입술을 움직이지도 않았다. 그리고 그것이 닥쳐왔다. 묵직하고 엄청난 힘으로 나를 집어삼켰다. 의지할 데 없는 나의 인생, 잃어버린 내 사랑, 죽어 버린 내 희망, 죽도록 얻어맞은 나의 믿음, 이 모든 것에 대한 의식이 암울한 하나의 덩어리가 되어 내 위에서 강력하게 요동쳤다. 그 쓰디쓴 시간을 어떻게 설명할 수 있을까. 그야말로, "물들이 내 영혼까지 흘러들어 왔나이다. 내가 설 곳 없는 깊은 수렁에 빠지며 깊은 물에 들어가니 큰물이 내게 넘치나이다."라는 표현 그대로였다.

## 제27장

오후가 되었다. 고개를 들고 주위를 둘러보니 서쪽으로 기운 해가 벽에 그 신호를 보내고 있었다. 나는 물었다. '난 어떡해야 하지?' 하지만 내 마음은 '당장 손필드를 떠나라.'고 대답했다. 너무나 두려워서 나는 내 귀를 틀어막았다. 견딜 수 없는 일이라고 반박했다. '에드워드 로체스터의 신부가 아니라는 것은 내 슬픔의 가장 작은 부분이야.' 하고 나는 주장했다. '너무나 황홀한 꿈에서 깨어나, 그것이 모두 헛되고 덧없었다는 것을 알게 된 두려움쯤은 참아 내고 다스릴 수 있어. 하지만 당장, 확실하게, 완전히 그의 곁을 떠나야 한다는 건 견딜 수 없는 일이야. 그렇게는 못해.'

하지만 내 안의 목소리는 내가 그렇게 할 수 있다고 단언했다. 내가 그렇게 할 것이라고 예고했다. 나는 나 자신의 결의와 씨름을 벌였다. 내 앞에 펼쳐진 그 끔찍한 고통의 길을 피해 갈 수 있도록 내가 약해지기를 바랐다. 폭군으로 변한 양심이 정열의 목을 틀어쥐고 조롱하듯이, 이제 그 섬약한 발을 진창에 담갔을 뿐이니, 양심의 강철 같은 팔로 고통의 깊이를 알 수 없는 심연으로 끌어내리겠노라고 맹세하며 내가 소리쳤다.

'그럼 나를 떠나게 해 줘! 내가 떠날 수밖에 없게 만들어 줘! 안 돼. 네 힘으로 뿌리치고 떠나야 돼. 아무도 너를 도와줄 수 없어. 네가 직접 너의 오른 눈을 뽑아야 돼. 네 손으로 너의 오른손을 잘라 내야 돼. 네 심장을 희생 제물로 삼아 네가 직접 그것을 찔러야 해.'

너무나 가혹한 재판관이 괴롭히는 그 고독이 겁이 나서, 너무나 끔찍한 목소리가 채우는 침묵이 두려워서 나는 벌떡 일어났다. 똑바로 일어서자 현기증이 일어났다. 흥분과 굶주림 때문에 나는 기력이 쇠해져 있었다. 아침을 먹지 않았으니 그날은 하루 종일 물 한 모금, 고기 한 점 내 입으로 들어가지 않은 셈이었다. 이렇게 오래 방 안에 틀어박혀 있는 동안, 내 상태를 물어보는 사람 하나 없고 아래층으로 내려오라는 연락 한마디 없다는 것을 생각하며 나는 묘한 고통을 느꼈다. 어린 아델도 문을 두드리지 않았고, 페어팩스 부인도 나를 찾아오지 않았다.

"행운이 버린 자는 친구들에게도 잊혀지는 법이지."

나는 이렇게 중얼거리며 빗장을 풀고 나갔다. 뭔가가 내 발에 걸렸다. 아직 내 머리는 어지러웠고, 눈은 침침했고, 팔다리에는 기운이 하나도 없었다. 균형을 잡지 못하고 휘청했지만 그대로 바닥으로 쓰러지지는 않았다. 밖으로 뻗어 나온 팔이 나를 붙잡았다. 나는 고개를 들었다. 방문 앞에 의자를 가져다 놓고 앉아 있던 로체스터 씨가 나를 잡아 주었다.

"드디어 나왔군. 오래도록 당신을 기다리며 귀를 기울였소. 하지만 움직이는 소리도, 우는 소리도 들리지 않았어. 그 죽음 같은 침묵이 5분만 더 길어졌다면 강도처럼 자물쇠를 부수고 들어갔을 거요. 그래, 날 피하는 거겠지? 당신은 방 안에 틀어박혀 혼자 슬퍼했어! 차라리 나에게 와서 욕이라도 했으면 나았을 텐데. 당신은 격정적인 사람이니 무슨 장면이든 벌어질 거라고 생각했어. 뜨거운 눈물의 비도 각오하고 있었소. 그게 내 가슴에 뿌려지기를 원했소. 무감각한 바닥이나, 당신의 젖은 손수건이 그것을 받았겠지. 아니, 내가 잘못 알았군. 당신은 전혀 울지 않았어! 뺨이 창백하고 눈이 흐려져 있지만 눈물의 흔적은 없어. 그렇다면 당신의 가슴이 피눈물을 흘린 건가?

제인, 책망하는 말 한마디 없는 거요? 모진 말도, 매서운 말도 없소? 감정을 뒤흔들거나 격분을 일으키는 말 한마디 없나? 내가 앉혀 놓은 자리에 조용히 앉아, 지치고 활기 없는 눈으로 나를 쳐다보는군.

제인, 당신에게 상처를 주려던 게 아니었소. 딸처럼 소중히 여기며 자기의 빵을 먹이고 자기 잔으로 물을 먹이고 자기 품에 안고 자던 단 한 마리의 새끼 암양을 실수로 도살장에서 죽인 남자도, 지금의 나보다 더 피 맺힌 후회를 하지는 못할 거요. 나를 용서해 줄 수 있겠소?"

독자여! 나는 그 순간 그 자리에서 그를 용서했다. 그의 눈에는 지극히 깊은 회한이, 그의 어조에는 너무나 진정한 연민이, 그의 태도에는 너무나 고결한 힘이 담겨 있었다. 게다가 그의 표정이나 모습에는 지극히 변함없는 사랑이 배어 있었다. 나는 그의 모든 것을 용서했다. 하지만 말로, 겉으로 표현하지는 않았다. 내 마음 깊은 곳에서만 그를 용서했다.

"내가 나쁜 놈이라는 거 알고 있겠지, 제인?"

잠시 후에 그가 생각에 잠겨 물었다. 계속된 나의 침묵과 온순함을 이상히 여기는 듯했다. 그것은 내 의지의 산물이라기보다 기운이 없었기 때문이었다.

"네."

"그럼 호되고 매섭게 질책하시오. 봐주지 말고."

"못하겠어요. 피곤하고 기운이 없어요. 물을 좀 마시고 싶어요."

그는 몸서리치듯 한숨을 내쉬고 나를 품에 안고 아래층으로 내려갔다. 처음에는 그가 나를 어느 방으로 데려갔는지 알지 못했다. 흐려진 내 눈에는 모든 것이 뿌옇게 보였다. 이윽고 훈훈하게 퍼지는 불길의 온기가 느껴졌다. 여름이었지만, 내 방에 있는 동안 몸이 얼음처럼 차가워졌기 때문이다. 그가 내 입술에 와인을 대 주었다. 그것을 마시자 기운이 났다. 그가 입에 넣어 주는 뭔가를 먹었다. 금세 원래 상태로 회복되었다. 나는 서재에, 그의 의자에 앉아 있었다. 그가 내 옆에 붙어 있었다. '심한 고통 없이 죽을 수 있다면, 지금 그렇게 되고 싶어.' 나는 생각했다. '그러면 로체스터 씨에게서 내 마음을 찢어 내 부셔 버리려고 애쓰지 않아도 되잖아. 나는 그를 떠나야 할 것 같아. 그를 떠나고 싶지 않아. 그를 떠날 수 없어.'

"이제 어떻소, 제인?"

"훨씬 나아졌어요. 곧 괜찮아질 거예요."

"와인을 좀 더 마셔요, 제인."

나는 시키는 대로 했다. 그 후에 그가 잔을 탁자에 내려놓고, 내 앞에 서서 주의 깊게 나를 살펴보았다. 갑자기 정열이 가득 담긴 알아들을 수 없는 소리를 외치더니 홱 돌아섰다. 빠르게 방 저편으로 걸어갔다가 되돌아왔다. 그가 나에게 키스하려는 듯 고개를 숙였지만, 나는 이제 우리가 애무하면 안 되는 사이라는 것을 기억했다. 내가 얼굴을 돌리고 그를 밀어냈다.

"뭐야! 왜 그러는 거야? 아, 알겠어! 버사 메이슨의 남편과는 키스하지 않겠다는 건가? 내 품은 이미 채워져 있고, 내 포옹은 남의 것이라고 생각하는 거요?"

그가 다급하게 외쳤다.

"아무튼, 저에게는 아무런 권리도 여지도 없어요."

"어째서? 길게 얘기하는 수고를 내가 덜어 주지. 내가 대신 대답해 줄게. 나에게 이미 아내가 있기 때문이라고 대답하겠지. 내 짐작이 맞나?"

"네."

"그렇게 생각한다면, 나에 대해 이상한 견해를 갖고 있겠군. 나를 계획적인 난봉꾼으로 생각하겠어. 일부러 올가미를 설치하고 당신을 끌어들여 정절을 빼앗고, 자존심을 짓밟으려고 마음에도 없는 사랑을 가장했던 비열하고 천한 난봉꾼이라고 생각할 거야. 여기에 대해 뭐라고 말할 텐가? 당신이 아무 말도 할 수 없다는 거 알아. 우선, 당신은 기운이 없고, 조용하고 숨 쉬는 것만으로도 힘에 부쳐. 둘째로, 당신은 나를 비난하고 욕하는 데 아직 익숙지 않아. 게다가 말을 많이 하면 눈물의 수문이 열려 쏟아져 나올 거야. 그리고 당신은 훈계하고 비난하고 구경거리를 만들고 싶은 마음이 없어. 당신은 행동하는 방법을 생각 중이야. 말하는 것은 아무 소용이 없다고 생각하지. 난 당신을 알아. 그래서 더 긴장돼."

"나리에게 못되게 굴고 싶지 않아요."

내가 말했고, 흔들리는 내 목소리가 말을 짧게 줄이라고 경고했다.

"당신은 그런 뜻으로 말하지 않았겠지만 내가 받아들이는 의미로는, 당신은 나를 파괴하려 하고 있어. 당신은 내가 결혼한 남자니까, 유부남이니까 나를 피하고 멀리하겠다고 말한 거나 마찬가지야. 지금만 해도 당신은 내 키스를 거부했어. 나한테 생판 모르는 남처럼 굴려는 거야. 아델의 가정 교사로만 이 지붕 아래서 살 생각인 거야. 내가 당신에게 다정한 말이라도 건네면, 당신이 다시 나에게 다정한 마음을 느끼게 되면 당신은 이렇게 말할 거야. '이 남자는 나를 자기 정부로 삼을 뻔했어. 나는 이 남자에게 얼음과 바위가 되어야 돼.' 그러고 나서 당신은 얼음덩어리와 바윗덩어리가 될 거야."

나는 대답하기 위해 목을 가다듬고 목소리를 안정시켰다.

"제 주위의 모든 것이 달라졌어요. 저도 달라져야 해요. 그건 틀림없는 사실이에요. 감정의 동요를 피하고, 끊임없는 회상과 연상과의 싸움에서 벗어나려면 한 가지 방법밖에 없어요. 아델에게 새로운 가정 교사를 구해 주셔야 돼요."

"아, 아델은 학교에 갈 거야. 그건 이미 결정됐어. 나는 이 저주받은 아간(하느님에게 바쳐진 물건을 훔쳐 돌에 맞아 죽은 성경 속의 인물 _ 옮긴이)의 천막, 열려 있는 하늘의 빛에 산송장의 무시무시함을 드러내는 오만한 지하 묘지, 상상할 수 있는 악마의 대군보다 더 지독한 진짜 악마를 담고 있는 이 좁은 돌 지옥 손필드의 소름 끼치는 연상과 기억으로 당신을 고문할 생각이 추호도 없소. 제인, 당신은 여기서 살지 않아도 되고 나도 그럴 거요. 얼마나 끔찍한 곳인지 알면서 당신을 손필드로 데려온 게 잘못이었어. 당신을 만나기 전에 이미 나는 이 집의 저주에 관해서는 일절 알리지 말라고 모두에게 일러 놓았소. 여기에 어떤 존재가 살고 있는지 알면 아델에게 와 줄 가정 교사가 없을 것 같아서였지. 그 미친 여자를 다른 곳으로 옮길 수도 없었소. 여기보다 더 외딴곳에 숨겨진 해묵은 펀딘 장원을 갖고 있지만, 거기라면 충분히 안전하게 그녀를 넣어 둘 수 있는 숲 한가운데 있는 집이지만, 건강상 좋지 않을 거라는 양심의 가책 때문에 그렇게 할 수 없었소. 아마 그곳의 습한 벽들은 얼마 안 가서 그 짐으로부터 나를 해방시켜 주었을 거야. 하지만 악당에게도 나름의 약점은 있는 법이지. 나의 약점은 아무리 증오하는 존재라 해도 간접 살인을 저지르려는 성향이 없었다는 거야.

하지만 미친 여자가 가까이 있다는 것을 당신에게 숨기는 일은, 외투에 싼 아이를 독을 지닌 유파스 나무 근처에 놓아두는 것과 마찬가지였소. 악마의 주변에는 독이 퍼지게 마련이지. 언제나 그랬어. 하지만 나는 손필드를 폐쇄할 거요. 현관에 못을 박고, 아래 창문들은 모조리 판자를 대서 둘러막아 버릴 거요. 풀 부인에게 1년에 2백 파운드를 주고, 당신이 내 아내라고 말하는 그 무서운 마녀와 같이 여기서 살게 하겠소. 그레이스는 돈을 위해서라면 못할 일이 없고, 그림스비 정신병원에서 간수로 일하는 그녀의 아들을 불러오면 말벗이 돼 줄 수도 있을 거요. 또 내 아내가 밤에 발작을 일으켜 침대에서 자고 있는 자들을 태워 죽이고, 칼로 찌르고, 뼈에서 살점을 물어뜯는 등의 일을 하라고 부추기는 마귀에게 조종당할 때 도움이 돼 줄 수도 있을 거요."

내가 그의 말을 가로막았다.

"그 불행한 여자에게 너무 가혹하게 말씀하시는군요. 당신은 증오심 때문에 그녀에 대해 악의적으로 말하고 있어요. 잔인한 일이에요. 그녀가 미치고 싶어서 미친 게 아니잖아요."

"제인, 나의 귀여운 사랑(나는 당신을 이렇게 부를 거야, 이게 사실이니까). 당신은 아무것도 모르고 있소. 또다시 나를 오해하고 있소. 내가 그녀를 증오하는 건 그녀가 미쳤기 때문이 아니야. 당신이 미쳤다면 내가 당신을 증오할 거라고 생각하나?"

"그럴 것 같아요."

"그렇다면 잘못 생각한 거요. 당신은 내가 어떤 사람인지, 내가 어떤 사랑을 할 수 있는지 전혀 모르고 있소. 당신의 몸을 이루고 있는 입자 하나하나가 내 몸처럼 소중해. 아프거나 병들어도 변함없이 소중할 거요. 당신 마음은 내 보물이고, 그것이 깨어진다 해도 내 보물일 거요. 당신이 헛소리하면, 미치광이를 구속하는 옷이 아니라 내 팔로 당신을 가둘 거요. 당신이 화가 나서 움켜잡아도 나는 그것을 매력으로 느낄 거요. 오늘 아침에 그 여자가 했던 것처럼 당신이 나에게 미친 듯이 달려들면, 나는 포옹으로 당신을 맞아들일 거요. 적어도 당신을 억제할 수 있을 만큼 다정하게. 그녀에게 했던 것처럼 역겨워서 움츠러들거나 하지는 않을 거요. 당신이 조용할 때는 나 이외의 다른 감시원이나 간호부를 두지 않을 거요. 당신이 나에게 미소로 보답해 주지 않더라도 나는 변함없이 부드럽게 당신 곁에 남아 있을 수 있소. 당신의 눈에 더는 나를 알아보는 빛이 담기지 않더라도, 나는 그 눈을 들여다보는 데 절대 지치지 않을 거요. 하지만 내가 뭐하러 이런 생각을 얘기하는 거지? 손필드에서 당신을 데리고 나가는 일을 얘기하고 있었잖아. 당신도 알다시피 출발 준비는 모두 끝났소. 내일 여길 떠납시다. 이 지붕 아래서 하룻밤만 더 버텨 주길 부탁할 뿐이오, 제인. 그다음에는 이 불행과 공포와 영원히 작별하는 거요! 물론 갈 곳은 정해 두었소. 지긋지긋한 기억과 달갑지 않은 침입, 거짓과 비방까지 막아 줄 안전한 피난처가 될 거요."

내가 그의 말을 가로막았다.

"아델을 같이 데려가세요. 아델이 나리의 말벗이 되어 줄 거예요."

"무슨 뜻이오, 제인? 아델은 학교에 보낼 거라고 했잖소. 게다가 내가 뭣 때문에 아이를 말벗으로 삼겠나? 내 아이도 아닌 프랑스 무희의 사생아를. 왜 그 애를 데려가라고 말하는 거지? 어째서 아델을 내 말벗으로 떠맡기려는 거요?"

"나리가 은퇴하신다고 말씀하셨잖아요. 은퇴와 고독은 지루한 거예요. 나리에게는 몹시 지루할 거예요."

"고독! 고독이라니!"

그가 짜증스레 반복하며 다시 말을 이었다.

"내가 설명을 해야 할 모양이군. 당신 얼굴에 나타난 수수께끼 같은 표정은 뭐지? 당신은 나의 고독을 함께하게 될 거요. 이해하겠나?"

나는 고개를 저었다. 그가 점점 흥분하고 있었으므로 조용히 이의를 표시하는 것조차 어느 정도의 용기가 필요했다. 그는 빠르게 방을 걸어다니다가, 갑자기 한 지점에 뿌리 박힌 듯이 멈춰 섰다. 오랫동안 나를 뚫어져라 쳐다보았다. 나는 그의 눈을 피해 벽난로의 불길을 바라보았다. 차분하고 조용한 척하며 그 모습을 유지하려고 노력했다.

마침내 그는 내가 그의 표정으로부터 예상했던 것보다 훨씬 침착한 목소리로 입을 열었다.

"제인의 성격이 이제 고장 났군. 지금까지는 명주실의 얼레가 매끄럽게 돌아갔어. 하지만 매듭이 생기고 엉클어질 때가 오리라는 걸 알고 있었지. 그 시간이 된 게로군. 이제 분통 터지고 화가 치밀고 끝없는 말썽이 일어나겠어! 틀림없이! 나에게 그 엉킴을 삼 부스러기처럼 끊어 낼 수 있는 삼손의 괴력이 조금이라도 있다면 얼마나 좋을까!"

그가 다시 걸음을 옮기기 시작했다. 하지만 곧 다시 멈추었다. 이번에는 바로 내 앞에서. 그가 고개를 숙여 내 귀에 입술을 갖다 댔다.

"제인! 이성의 얘기를 들을 텐가? 듣지 않겠다면 내가 억지로라도 듣게 하겠어."

그의 목소리가 쉬어 있었다. 견딜 수 없는 속박을 끊고 야성적인 자유를 향해 무모하게 돌진하려는 그런 남자의 표정이었다. 다음 순간 여기에 광란의 충동이 하나라도 더해지면, 내 힘으로는 그를 어찌해 볼 수 없을 것이다. 현재만이, 째깍째깍 지나가는 이 순간만이 그를 제어하고 억제할 수 있는 시간이었다. 거절하거나 달아나거나 두려워하는 기색 하나가 나의 운명뿐 아니라 그의 운명까지도 결정할 것이다. 하지만 나는 두렵지 않았다. 조금도 겁나지 않았다. 내면의 힘, 나를 지탱해 주는 힘 있는 감각을 느꼈다. 위험한 상황이었지만 그 나름의 매력이 없는 것은 아니었다. 인디언이 카누를 타고 급류로 미끄러질 때의 느낌이 어쩌면 이런 걸까. 나는 불끈 쥔 그의 주먹을 잡았다. 오그라진 그의 손가락들을 풀어냈다. 그리고 달래듯이 그에게 말했다.

"앉으세요. 이성적이든 비이성적이든, 당신이 됐다고 하실 때까지 당신과 얘기하고 당신이 하시는 말을 모두 들을게요."

그가 자리에 주저앉았다. 하지만 곧바로 말할 기회를 얻은 것은 아니었다. 나는 한참 전부터 터지려는 눈물과 싸우고 있었다. 그가 눈물을 보고 싶어 하지 않으리라는 것을 알았기 때문에, 그걸 억누르려고 무진 애를 써 왔지만 이제는 실컷 흐르게 하는 편이 나을 것 같았다. 눈물이 그를 짜증스럽게 한다면 더 잘된 일이다. 나는 둑이 무너진 것처럼 펑펑 울음을 터트렸다.

곧 진정하라고 간절히 애원하는 그의 목소리가 들렸다. 나는 그가 그렇게 격해 있는데 어떻게 진정할 수 있겠느냐고 말했다.

"하지만 나는 화난 게 아니오, 제인. 당신을 너무 사랑할 뿐이야. 당신의 작고 창백한 얼굴이 단호하게 얼어붙은 표정으로 굳어 있었잖소. 그걸 견딜 수 없었던 거야. 자, 진정하고 눈물을 닦아요."

목소리가 부드러워진 걸로 보아 그의 마음도 많이 가라앉은 모양이었다. 이제 나도 한결 차분해졌다. 그가 내 어깨에 머리를 기대려고 했다. 하지만 나는 허락하지 않았다. 그가 나를 끌어안으려고 했다. 안 될 일이었다.

"제인! 제인! 나를 사랑하지 않는 건가, 그럼? 당신이 중히 여긴 것은 내 지위와 내 아내라는 신분뿐이었나? 나를 당신 남편이 될 자격이 없는 놈으로 보는 지금은, 내가 두꺼비나 원숭이라도 되는 듯이 내 손길을 피하는구려."

쓰디쓴 슬픔이 배어 든 그의 목소리가 내 모든 신경을 전율하게 했다. 그 말들이 내 가슴을 베어 냈다. 하지만 내가 무슨 말을 하고 무슨 행동을 할 수 있을까? 아무 말도 행동도 하지 말았어야 했다. 하지만 나는 그의 마음에 그런 상처를 입힌 것이 너무나 괴로워, 내가 상처 입힌 그곳에 진통제를 발라 주고 싶은 소망을 억누를 수 없어 이렇게 말했다.

"당신을 사랑해요. 전보다 더 사랑하고 있어요. 하지만 그런 감정을 표현하거나 거기에 빠져들어서는 안 돼요. 이번이 그걸 표현하는 마지막이에요."

"마지막이라니, 제인! 무슨 소리요? 나를 사랑한다면서, 나와 같이 살고 매일 내 얼굴을 보면서 언제나 차갑고 쌀쌀하게 굴 수 있을 것 같소?"

"아뇨. 그럴 수 없겠지요. 그래서 방법이 하나밖에 없다는 걸 알아요. 하지만 제가 그 말을 하면 당신이 화내실 거예요."

"아, 말해 보시오! 내가 격분하더라도, 당신에겐 눈물 흘리는 기술이 있잖소."

"로체스터 씨, 저는 당신 곁을 떠나야 해요."

"얼마 동안이나, 제인? 약간 헝클어져 있는 당신 머리를 매만지는 동안? 열이 있어 보이는 당신이 얼굴을 씻는 동안?"

"저는 아델과 손필드를 떠나야 해요. 평생 당신과 헤어져야 해요. 낯선 얼굴과 낯선 풍경 속에서 새로운 생활을 시작해야 해요."

"당연히 그래야지. 내가 그랬잖소. 나와 헤어지겠다는 정신 나간 소리는 너그럽게 봐주겠소. 지금 그 말은 나의 일부가 되겠다는 뜻이었겠지. 새로운 생활을 시작하는 건 좋아. 당신은 내 아내가 되는 거요. 난 결혼하지 않았으니까. 당신은 명실공히 로체스터 부인이 되는 거요. 살아 있는 한 나는 늘 당신과 함께 있을 거요. 프랑스 남부의 별장으로 갑시다. 지중해 연안에 있는 새하얀 빌라야. 거기서 행복하고 안전하고 순수한 삶을 살아가는 거요. 내가 잘못된 길로 꾀어 당신을 내 정부로 삼을까 봐 걱정하진 마시오. 왜 고개를 흔드는 거지? 제인, 이성적으로 생각해야 돼. 안 그러면 나는 다시 미쳐 날뛸 거요."

그의 목소리와 손이 떨렸다. 커다란 콧구멍이 넓어졌다. 그의 눈이 이글거렸다. 그래도 나는 과감하게 말했다.

"당신의 아내는 살아 있어요. 오늘 아침에 당신 입으로 인정한 사실이에요. 당신이 원하시는 대로 제가 당신과 같이 살게 된다면, 저는 당신의 정부가 되는 거예요. 그렇지 않다고 말하는 건 궤변이에요, 거짓이에요."

"제인, 나는 성질이 온화한 놈이 아니오. 그걸 잊은 모양이군. 난 참을성이 없어. 침착하고 냉철한 사람도 아니야. 나와 당신 자신을 불쌍히 여겨, 내 맥박에 손가락을 대고, 그게 어떻게 뛰고 있는지 느껴 보시오. 그리고 조심하란 말이오."

그가 손목을 드러내 나에게 내밀었다. 그의 뺨과 입술에서 핏기가 사라지고, 점점 검푸른 빛으로 변해 갔다. 나는 어찌해야 좋을지 알 수 없었다. 그가 이토록 괴로워하는데, 그에게 계속 저항하는 것은 잔인한 일이었다. 그렇다고 굴복할 수도 없는 노릇이었다. 궁지에 몰린 나는 본능적으로 인간보다 더 높으신 분에게 도움을 구했다.

"하느님 저를 도와주세요."

갑자기 로체스터 씨가 소리쳤다.

"내가 바보였어. 내가 결혼하지 않았다는 말만 하고, 그 이유도 설명하지 않다니. 그 여자의 성격이나 나와 엮이게 된 악독한 상황에 대해 제인이 아무것도 모른다는 걸 잊고 있었어. 아, 그 얘길 다 듣고 나면, 제인도 틀림없이 내 의견에 동의할 거야! 당신 손만 잡게 해 줘, 자네트. 당신이 내 옆에 있다는 걸 눈으로뿐만 아니라 촉감으로도 확인할 수 있게. 그리고 내가 이 사건의 진상을 간단히 설명하겠소. 내 말을 들어 주겠소?"

"네, 몇 시간이라도 들어 드릴게요."

"몇 분이면 돼. 제인, 내가 이 집안의 장남이 아니라 내 위로 형이 하나 있었다는 말을 들은 적이 있거나 알고 있소?"

"페어팩스 부인이 한 번 그런 말을 했던 게 기억나요."

"내 아버지가 탐욕스러운 욕심쟁이였다는 얘기도 들었나?"

"그 비슷한 내용을 들었어요."

"음, 제인, 그런 까닭으로 아버지는 영지를 하나로 유지하기로 결심하셨소. 나에게 정당한 몫을 주기 위해 영지를 나눈다는 걸 견딜 수가 없었던 거지. 모든 재산을 나의 형 로랜드에게 넘겨주기로 결정하셨소. 하지만 그분은 당신의 아들이 가난뱅이가 되는 것도 못 견뎌 하셨어. 돈 많은 집안과 결혼시켜서 재산을 만들어 주려 하셨던 거지. 이윽고 나의 신붓감을 찾아내셨소. 서인도 제도의 농장주이자 상인인 메이슨 씨는 오래전부터 아버지와 아는 사이였소. 아버지는 그의 재산이 튼튼하고 막대하다는 걸 확신했소. 그리고 메이슨 씨에게 아들 하나, 딸 하나가 있다는 걸 알아냈지. 그가 딸에게 3만 파운드의 재산을 줄 것이고 줄 수도 있다는 것까지도. 그것으로 충분했소. 나는 대학을 졸업하자마자 이미 나 대신에 아버지가 구해 놓은 신부를 맞이하기 위해 자메이카로 보내졌소. 아버지는 그녀의 돈에 대해서는 한마디도 하지 않았소. 메이슨 양의 미모가 스페인 타운의 자랑거리라고만 하셨소. 그건 거짓이 아니었지. 그녀는 블랑시 잉그램과 비슷한 풍의 아름다운 여인이었소. 키가 크고 당당한 체구에 검은 머리였어. 그녀의 가족은 내가 좋은 가문 출신이라는 이유로 나를 잡고 싶어 했고, 그녀도 마찬가지였소. 그들은 파티에서 호화롭게 차려입은 그녀를 나에게 보여 주었소. 단둘이 만날 기회는 없었고, 개인적으로 대화를 나눠 본 적도 거의 없었소. 그녀는 나에게 아양을 떨고, 내 마음에 들려고 매력과 기량을 아낌없이 선보였소. 주위의 모든 남자들이 그녀를 흠모하고 나를 부러워하는 듯했지. 나는 현혹되었고 자극받았소. 나의 감각이 흥분 상태에 빠졌소. 무지하고 미숙하고 경험이 없었던 나는 그녀를 사랑한다고 생각했소. 사교계의 어리석은 경쟁, 젊음의 열망과 경솔함과 맹목성이 몰아가는 대로 혹하는 것은 바보 같은 짓이었는데, 그녀의 친척들은 나를 부추겼소. 경쟁자들은 나의 애를 태웠소. 그녀는 나를 매혹시켰소. 내가 어떤 지점에 와 있는지도 모르는 사이에 혼인이 성사되었소. 아, 그 일을 생각하면 나 자신이 얼마나 한심한지! 모멸감의 고통이 내 가슴을 채우는군. 나는 그녀를 사랑하지도 않고 존중하지도 않고 알지도 못했어. 그녀의 성격에 어떠한 미덕이 있는지조차 알지 못했어. 그녀의 마음이나 태도에서 정숙함, 자애로움, 정직, 고상함을 보지도 못했소. 그런데 그녀와 결혼했던 거요. 나는 우둔하고 천박하고 두더지만큼 눈이 어두운 얼간이였소! 차라리 내 죄가 더 가벼웠을 거야. 만약에 내가…… 아니 내가 누구에게 얘기하고 있는지를 기억해야지.

나는 신부의 어머니를 한 번도 보지 못했소. 죽은 줄로만 알았소. 신혼여행이 끝나고 나서야 내가 잘못 알았다는 것을 알게 되었지. 그녀는 미쳐서 정신병원에 갇혀 있었소. 벙어리에 바보 천치인 남동생도 있더군. 당신이 보았던 그녀의 오라비도(그 집안의 다른 자들은 모두 혐오스럽지만, 이자만은 미워할 수가 없어. 비참한 누이에게 그리고 한때 나에게 충실한 애정으로 지속적인 관심을 보였던 것으로 보아 그 나약한 마음에 일말의 애정이라도 담겨 있으니까) 아마 언젠가는 똑같은 상태에 이를 거요. 나의 아버지와 형 로랜드는 이 모든 것을 알고 있었소. 하지만 그들은 3만 파운드만을 생각하고, 나에게 해가 되는 이 계획을 공모했던 거요.

이런 사실들을 알고 나니 진저리가 나더군. 하지만 나를 배신하고 진실을 숨겼다는 것 말고는, 그런 것들 때문에 아내를 비난할 수 없었소. 그녀의 성질이 나와 전혀 맞지 않고, 그녀의 취향이 불쾌하고, 그녀의 정신적인 기질이 저속하고 저급하고 편협하며, 고상한 것에는 도저히 이끌리질 않고 더 커다란 것으로 확장될 수도 없다는 것을 발견했을 때조차. 내가 어떤 주제로 말을 시작하든 그 즉시 조잡하고 진부하고 뒤틀리고 저속한 반응이 나왔기 때문에 우리 사이에 상냥한 대화가 가능하지 않고, 내가 하룻밤도 단 한 시간도 그녀와 편안히 보낼 수 없다는 것을 발견했을 때조차. 지속적으로 폭발하는 그녀의 난폭하고 비합리적인 성질과 터무니없고 모순되고 가혹한 명령에 대해 모든 하인이 원통해했기 때문에 집 안이 절대 조용하게 유지되지도, 안정되지도 못하리라는 것을 깨달았을 때조차. 나는 참았소. 비난을 삼가고 충고를 생략했소. 나의 후회와 역겨움을 남몰래 삼키려 했소. 내가 느끼는 강한 반감을 억눌렀소.

제인, 이 지겨운 이야기를 자세히 늘어놓아 당신을 괴롭히지는 않겠소. 내가 하려는 말을 표현하려면 몇 마디 강한 단어가 필요할 거요. 나는 4년을 위층에 있는 그 여자와 살았고, 그 전에 이미 그녀는 나를 한계까지 몰고 갔소. 그녀의 성격은 무시무시하게 빠른 속도로 무르익고 계발되었소. 그녀의 악덕들은 재빠르게 싹을 틔워 무성해졌소. 그 힘이 어찌나 강한지, 잔인한 처사로만 억제할 수 있을 정도였지. 나는 잔인하게 굴지 않았소. 그녀의 지성이 얼마나 하찮은 수준이었는지, 또 얼마나 악질적인 성향이었는지! 그 성향이 나에게 가하는 저주들이 얼마나 두려웠는지! 악명 높은 어미의 친딸답게 버사 메이슨은 사납고 음란한 아내에게 묶인 남편에게 따르는 온갖 수치스럽고 소름 끼치는 고통들을 나에게 가져다주었소.

그사이에 형이 죽었고, 4년이 끝나 갈 무렵에 아버지도 돌아가셨소. 나는 이제 충분히 부자가 되었소. 하지만 마음은 저 밑바닥의 극빈자와 진배없이 가난했소. 내 평생 처음 보는 가장 천박하고 불결하고 타락한 자가 나와 맺어져, 법적으로 사회적으로 나의 일부라 불리고 있었소. 어떤 법적인 절차로도 그것을 떼어 낼 수 없었소. 의사들이 이제 내 아내가 미쳤다는 것을 발견했기 때문이오. 그녀의 무절제가 일찌감치 정신 이상의 씨를 싹트게 했던 거요. 제인, 내 이야기가 듣기 싫은 모양이군. 기분이 언짢아 보여. 나머지는 다른 날로 미룰까?"

"아니에요, 지금 다 얘기하세요. 당신이 가엾어요. 진심으로 동정해요."

"제인, 어떤 사람의 동정은 면전에 도로 내던지고 싶을 만큼 불쾌한 모욕의 표시가 되지. 그런 것은 냉담하고 이기적인 가슴에서 나오는 동정에 지나지 않아. 고뇌를 견디는 자들에 대한 무지한 경멸이 뒤섞여 있고, 타인의 불행을 듣고 느끼는 불순한 자기중심적인 고통이지. 하지만 당신의 동정은 그렇지 않아, 제인. 이 순간 당신의 얼굴에 가득하고 지금 당신의 눈에 넘치고 있는 감정은, 당신의 가슴을 들썩이게 하고 내 손에 쥔 당신의 손을 떨게 하는 감정은 그런 게 아니야. 내 사랑, 당신의 동정은 사랑을 분만하느라 괴로워하는 어머니와 같소. 그 고통은 신성한 정열을 낳는 출산의 진통이오. 그런 동정은 받아들이겠소, 제인. 자유롭게 그 아기가 태어날 수 있게 하시오. 나의 두 팔은 그것을 안을 준비가 되어 있소."

"이제, 이야기를 계속하세요. 그녀가 미쳤다는 것을 알았을 때 어떻게 했나요?"

"제인…… 나는 절망의 벼랑 끝에 다다랐소. 나와 바다 사이를 가로막는 건 나에게 남아 있는 일말의 자존심뿐이었소. 세상의 눈에, 나는 틀림없이 오욕의 불명예로 덮여 있었소. 하지만 나 자신의 눈에는 깨끗한 사람이 되리라 결심하고 마지막까지 그녀의 죄악에 오염당하지 않고, 그녀의 정신적인 결함들과 연결되지 않으려고 나를 비틀어 떼어 냈소. 그래도 세상은 내 집안의 이름과 그녀 집안의 이름을 하나로 묶어 생각했소. 나는 매일 그녀를 보고 그녀의 말을 들어야 했소. 그녀의 숨결이(역겨워!) 내가 들이켜는 공기에 섞여 있었소. 게다가 내가 한때 그녀의 남편이었다는 사실을 잊을 수 없었소. 그때나 지금이나 말할 수 없이 혐오스러운 기억이야. 더구나 그녀가 살아 있는 한은 내가 다른 좋은 아내의 남편이 될 수 없다는 것을 나는 알고 있었던 거요. 나이가 나보다 다섯 살이나 많고(그녀의 가족과 부친은 그녀의 나이까지 속였더군), 정신은 병들었어도 몸은 건강했기 때문에 나만큼 오래 살 것 같더군. 그래서 스물여섯의 나이에 나는 희망을 잃었소.

어느 날 밤에 그 여자가 악쓰는 소리를 듣고 잠에서 깨어났소(의사들이 미쳤다는 진단을 내린 후로 그녀는 물론 갇혀 있었소). 찌는 듯한 서인도 제도의 밤이었어. 그 지방의 허리케인이 닥치기 전에 흔히 찾아오는 그런 밤이었소. 침대에서 잠을 잘 수가 없어서 일어나 창문을 열었지. 대기가 유황빛 증기 같았지. 어디를 봐도 기분을 상쾌하게 해 주는 것은 없었어. 모기들이 들어와 윙윙거리며 방 안을 돌아다녔소. 방까지 들려오는 파도 소리가 지진 소리처럼 우르르 울렸어. 먹구름이 그 위로 덮치고 있었지. 달은 뜨거운 포탄처럼 크고 시뻘겋게 파도 속으로 저물어 가며 폭풍의 기운으로 진동하는 세상에 마지막 핏빛 시선을 던졌소. 나는 그 대기와 눈앞의 풍경에 육체적으로 영향을 받았고, 미친 여자가 고래고래 소리쳐 대는 욕설이 내 귀를 가득 채웠소. 그녀의 욕설 속에 가끔씩 내 이름이 악마보다 독살스러운 어조와 상스러운 말로 뒤섞였소! 직업적인 매춘부도 그녀보다 더러운 말을 입에 담지는 못할 거요. 방 두 칸 건너에 있었는데도, 그 모든 말이 나에게 들려왔소. 그 늑대 같은 울부짖음을 막아 주기에는 서인도 제도 그 집의 파티션들이 시시한 장애물에 불과했던 거요.

나는 마침내 중얼거렸소. '이런 인생은 지옥이야! 이건 지옥의 공기야. 저것들은 바닥없는 나락에서 들리는 소리야! 할 수만 있다면 나는 여기서 나를 끄집어낼 권리가 있어. 내 영혼을 거추장스럽게 하는 무거운 육체에서 벗어나면 인간 세상의 고통도 다 사라지겠지. 광신자들이 말하는 불타는 영겁의 구덩이는 두렵지 않아. 지금보다 못한 미래는 있을 수 없어. 여길 벗어나 하느님의 집으로 가자!'

나는 이렇게 말하며 무릎을 꿇고, 장전된 권총들이 들어 있는 트렁크의 자물쇠를 열었소. 나 자신을 싹 버릴 생각이었소. 잠깐 그랬다는 말이오. 자기 파괴를 염원하고 계획했던 격렬하고 진정한 절망의 위기는 곧 지나갔소. 나는 미친 게 아니었으니까. 유럽에서 불어오는 신선한 바람이 바다를 넘어 열린 창으로 밀려들었소. 폭풍이 시작되고 비가 쏟아지고 천둥이 치고 번개가 번쩍이고 공기가 맑아졌어. 그때 나는 해결책을 찾기로 마음을 정했소. 물이 뚝뚝 떨어지는 정원의 오렌지 나무 아래를 걸으면서, 흠뻑 젖은 석류와 파인애플 사이에서, 열대 지방의 찬란한 새벽이 내 주위로 밝아 오는 동안 나는 이런 생각을 했소, 제인. 들어 보시오. 그때 나를 위로하고, 내가 가야 할 길을 보여 준 것은 진실한 지혜였으니까.

유럽에서 날아온 달콤한 바람이 상쾌해진 잎사귀들 속에서 여전히 속삭이고 있었고, 대서양이 황홀한 자유를 소리치고 있었소. 오랫동안 메마르고 그슬렸던 내 가슴이 그 소리에 부풀어 오르고, 생동하는 피로 약동했소. 나의 존재는 새로운 소생을 열망했소. 내 영혼은 깨끗한 물 한 모금을 갈구했소. 희망이 되살아나는 게 보였고 부활이 가능하다고 느꼈소. 정원 안쪽의 꽃으로 덮인 아치에서 나는 바다를 바라보았소. 하늘보다 더 새파란 바다였지. 그 너머에 유럽 대륙이 있었소. 그렇게 밝은 가능성의 문이 열렸던 거요.

희망이 말했소.

'가라, 다시 유럽에서 살아라. 거기서는 네 이름이 어떻게 더럽혀졌는지, 어떤 불결한 짐이 너에게 묶여 있는지 아무도 모를 것이다. 그 광녀를 영국으로 데려가면 돼. 적당한 간병인을 두고 예방 조치를 취해서 손필드에 가둬 놓는 거야. 그 후에는 네가 가고 싶은 곳으로 여행을 떠나고, 네가 원하는 사람하고 새로운 인연을 맺는 거야. 너의 인내를 너무나 남용하고, 네 이름을 더럽히고, 네 명예를 능욕하고, 네 젊음을 시들게 했던 그 여자는 네 아내가 아니다. 너는 그녀의 남편이 아니야. 그녀의 상황에 맞춰 보살펴 주기만 하면, 너는 하느님과 인간이 요구하는 일을 모두 행한 것이야. 그녀가 누구인지, 너와 어떤 관계가 있는지는 망각 속에 묻어 버려라. 살아 있는 누구에게든 그걸 알릴 필요는 없어. 그녀를 안전하고 편안하게 해 줘. 그녀의 타락을 비밀로 숨기고, 너는 그 곁을 떠나는 거야.'

나는 정확히 그렇게 행동했소. 내 아버지와 형은 지인들에게 나의 결혼을 알리지 않았소. 내가 그 결혼을 알리려고 그들에게 보낸 첫 번째 편지에서, 절대 비밀로 해 달라고 간절하게 요청해 두었거든. 이미 나는 이 결혼의 결과에 대해 극도의 역겨움을 느끼기 시작했고, 그쪽 집안의 성격과 체질로 보아 내 앞에 끔찍한 미래가 열리고 있다는 것을 알아차렸던 거요. 머잖아 아버지가 날 위해 선택한 아내의 수치스러운 행위는 그분조차 당신 며느리로 인정하기를 부끄러워할 정도가 되었지. 그 혼인을 공표하고 싶어 하기는커녕, 아버지도 나만큼이나 그걸 숨기려고 노심초사하게 되었소.

나는 그녀를 영국으로 실어 왔소. 그런 괴물과 같은 배에 타야 하는 두려운 항해였소. 마침내 그녀를 손필드로 데려와, 그녀가 이제 10년째 사나운 맹수의 소굴로 만들고 있는 3층의 그 비밀스런 내실에 안전하게 집어넣어지는 것을 보았을 때 얼마나 안도했던지. 그녀의 시중을 들어 줄 사람을 구하는 건 쉽지 않았소. 믿을 수 있는 충실한 사람을 골라야 했기 때문이오. 안 그러면 그녀의 헛소리들이 피할 수 없이 내 비밀을 폭로하게 될 테니까. 게다가 그녀는 며칠에 한 번씩, 때로는 몇 주에 한 번씩 제정신으로 돌아와, 그때마다 줄기차게 내 욕을 늘어놓았거든. 드디어 나는 그림스비 정신

병원에서 일하던 그레이스 풀을 고용했소. 그녀와 의사인 카터(메이슨이 칼에 찔리고 물어뜯겼던 그 밤에 상처를 치료했던 사람이오), 이 두 사람이 유일하게 나의 비밀을 아는 사람들이오. 페어팩스 부인이 뭔가 짐작했을 수는 있어. 하지만 정확한 사실을 알지는 못했을 거요. 그레이스는 대체로 유능한 파수꾼이라는 것을 증명해 보였소. 비록 그렇게 고된 직업에 흔히 따라다니는 단점 때문에, 그녀의 불침번이 돌파되어 낭패를 당한 적이 한두 번이 아니었지만. 그 광녀는 교활하고 매우 위험해. 감시하는 사람이 잠깐이라도 방심하면 그 기회를 절대로 놓치는 법이 없지. 한번은 자기 오라비를 찌른 그 칼을 숨겼고, 방 열쇠를 슬쩍해서 몰래 빠져나온 적도 있었지. 처음에는 침대에 잠들어 있는 나를 태워 죽이려 했고, 두 번째는 당신 방으로 그 소름 끼치는 방문을 했던 거요. 그때 그녀가 당신의 결혼 의상에 분노를 쏟아 낸 것을, 나는 당신을 지켜 주신 하느님께 감사했소. 그걸 보고 아마 자신이 혼인하던 때를 어렴풋이 기억했는지 모르지. 하지만 무슨 일이 생길 수 있었는지를 생각하면, 나는 생각하는 것조차 견딜 수가 없소. 오늘 아침에 내 목으로 달려들었던 그것이, 내 비둘기의 둥지 위에 그 검붉은 얼굴을 들이밀었다고 생각하면, 간담이 서늘해져."

그가 말을 멈춘 사이에 내가 물었다.

"그녀를 여기에 데려다 놓은 후에, 나리는 어떻게 하셨어요? 어디로 가셨어요?"

"내가 무얼 했냐고, 제인? 나는 신출귀몰하는 도깨비불로 변신했소. 내가 어디로 갔냐고? 3월의 정령처럼 아무 데로나 방랑하고 다녔소. 대륙으로 건너가서 사방으로 돌아다녔소. 언제나 나의 일념은 내가 사랑할 수 있는 착하고 총명한 여인을 찾는 것이었소. 손필드에 남겨 둔 그 광포한 여자와 전혀 다른……."

"하지만 나리는 결혼할 수 없는 입장이었잖아요."

"나는 내가 결혼할 수 있고 결혼해야 한다고 결심했고, 그렇게 확신했소. 내가 당신을 속인 것처럼 처음부터 속이려고 했던 건 아니었소. 솔직하게 내 얘기를 하고 솔직하게 청혼할 생각이었소. 내가 사랑하고 사랑받을 자유가 있다고 생각하는 게 너무나 당연하고 합리적으로 여겨졌기 때문에, 나를 짓누르는 그 저주에도 불구하고 내 상황을 기꺼이 이해하고 받아들여 줄 여자를 찾을 수 있으리라 믿어 의심치 않았소."

"그래서요?"

"제인, 당신이 호기심이 발동해서 캐물을 때면, 항상 웃음이 나는군. 열망하는 새처럼 눈을 뜨고, 가끔씩 불안정하게 몸을 움직이지. 말로는 당신의 궁금증이 속 시원하게 해결되지 않는다는 듯이. 그래서 그 마음의 서판이라도 읽고 싶어 하는 것 같거든. 하지만 내 이야기를 계속하기 전에, '그래서요?'라는 말이 무슨 뜻인지 말해 봐요. 당신은 그 말을 꽤 자주 사용해. 그 때문에 내가 끊임없이 지껄였던 게 한두 번이 아니지. 왜 그런지 잘 모르겠어."

"제 말은, 그다음에 어떻게 됐는지, 나리가 어떻게 했는지, 어떤 일이 일어났는지 알고 싶다는 거예요."

"그런 뜻이었군. 그럼 이제 당신이 알고 싶은 건 뭐지?"

"나리가 마음에 드는 사람을 찾았는지, 그녀에게 청혼했는지, 그녀가 뭐라고 말했는지."

"내 마음에 드는 사람을 찾았는지, 청혼을 했는지는 말해 줄 수 있소. 하지만 그녀가 뭐라고 답했는지에 대해서는 곧 운명의 장부에 기록되겠지. 나는 10년이라는 긴 세월을 이 나라 수도에서 저 나라 수도로 옮겨 다니며 살았소. 때로는 상트페테르부르크에서, 자주 파리에서, 가끔은 로마, 나폴리, 피렌체에서 돈 있고 오랜 가문이라는 허가증이 있었기 때문에, 내 마음대로 사교계를 고를 수 있었소. 나를 거절하는 곳은 없었소. 영국, 프랑스, 이탈리아, 독일의 지체 높은 숙녀들 가운데서 이상적인 여인을 찾아 헤맸소. 찾을 수가 없더군. 때로는 스치듯이 나의 꿈이 실현된 듯한 눈길과 마주치고, 목소리를 듣고, 모습을 본 것 같은 생각이 들기도 했지. 하지만 금세 미몽에서 깨어났소. 내가 내면이나 외면적으로 완벽을 추구했다고 생각지는 마시오. 나는 나에게 맞는 여인을 갈망했을 뿐이오. 그 크리올과 정반대되는 여인을. 하지만 나의 갈망은 헛된 것이었소. 그 모든 사람들 중에서 내가 자유로운 몸이었다면 결혼해 달라고 청했을 만한 여자는 아무도 없었소. 나는 이미 어울리지 않는 결혼이 지닌 위험과 공포와 혐오가 무엇인지 알고 있었으니까. 실망이 나를 무모하게 만들었소. 나는 유흥을 즐기기로 했소. 절대로 방탕했던 건 아니오. 그건 내가 예전이나 지금이나 싫어하는 것이오. 그것은 서인도 제도의 나의 메살리나(로마 황제 클라우디우스의 세 번째 아내로, 음란한 행실로 유명하다 _옮긴이)의 특성이었지. 그녀에 대해 깊게 뿌리박혀 있는 역겨움이, 쾌락적인 면에서조차 나에게 많은 것을 제한했소. 방종에 가까운 즐거움들을 누리면 그 여자와 그녀의 악덕에 가까워지는 듯해서, 나는 의도적으로 그것을 피했소.

그렇지만 나 혼자 살 수는 없었소. 그래서 애인을 만들려고 했소. 처음에 선택한 여자가 셀린 바랭이었소. 과거를 회상할 때 남자가 자기 자신을 경멸하게 되는 그런 단계 중의 하나지. 그녀가 어떤 여자였는지, 그녀와의 관계가 어떻게 끝났는지는 당신도 이미 알고 있소. 그 뒤로 두 명이 더 있었어. 이탈리아 여자 자친타와 독일 여자 클라라. 둘 다 빼어난 미인이라는 소리를 들었지. 하지만 미모란 몇 주일만 지나도 소용없는 것이 되더군. 자친타는 방종하고 난폭한 여자였소. 석 달 후에 싫증이 났지. 클라라는 솔직하고 조용한 여자였소. 하지만 답답하고 생각이 없고 정서가 메마른 사람이었어. 괜찮은 장사를 시작할 수 있게 넉넉히 자금을 대주고 그녀를 점잖게 떼어 낼 수 있었던 게 다행이었지. 제인, 당신 얼굴을 보니 지금 나를 과히 호의적으로 평가하지 않는 것 같군. 나를 무정하고 단정치 못한 난봉꾼으로 생각하는 것 같아. 그런 건가?"

"사실, 전만큼 나리가 좋게 생각되는 건 아니에요. 그런 식으로 이 여자 저 여자를 애인으로 삼으면서 사는 게 조금도 잘못이라는 생각이 들지 않던가요? 마치 그게 당연하다는 듯이 말씀하시는군요."

"나에게는 당연했소. 내가 원해서 했던 게 아니야. 비굴한 생활 방식이었지. 절대 다시는 그 시절로 돌아가고 싶지 않아. 돈으로 애인을 사는 것은 노예를 사는 것 다음으로 지독한 일이오. 둘 다 때로는 천성적으로 하등하고, 또 언제나 지위 때문에 하등한 부류에 속하게 마련이오. 하등한 자들과 가까이 살아가는 것은 타락이오. 셀린, 자친타, 클라라와 같이 보낸 그 시간에 대해서는 이제 기억하기도 싫소."

나는 그 말이 진실임을 느꼈다. 그리고 거기에서 하나의 추리를 도출해 냈다. 내가 나 자신과 이제까지 내가 받은 모든 가르침을 잊고, 어떤 이유로든 어떤 정당화를 통해서든 어떤 유혹으로 인해서든 이 가엾은 여인들의 뒤를 잇게 된다면 나 역시 언젠가 그의 머릿속에 이런 식으로 기억될 것이다. 나는 이 확신을 말로 표현하지 않았다. 느끼는 것으로 충분했다. 시련이 닥칠 때 나에게 도움이 될 수 있도록, 나는 이 점을 마음속 깊이 새겨 두었다.

"제인, 어째서 '그래서요?' 하고 묻지 않는 거요? 아직 내 얘긴 끝나지 않았는데. 표정이 심각해 보이는군. 아직도 나를 못마땅해하는군. 하지만 요점으로 들어가겠소. 애인들을 다 떨치고 아무런 소득 없이 방랑하며 외롭게 살다가 지난 1월에 나는 거칠고 쓰디쓴 심정으로 모든 인간에게, 특히 여성이라는 부류에게 심술궂은 감정을 품고(지적이고 충실하고 다정한 여인에 대한 생각이 한낱 꿈에 지나지 않는다고 여겨지기 시작했기 때문에) 실망스러움을 느끼며, 볼일을 보러 영국으로 돌아오게 되었소.

추위가 매서운 겨울날 오후에, 나는 손필드 저택이 보이는 곳에서 말을 달리고 있었소. 혐오스런 장소지! 거기서 나는 평화도 기쁨도 기대하지 않았소. 헤이 마을로 통하는 길 계단에 혼자 앉아 있는 조용하고 조그만 형체를 보았어. 가지를 바짝 자른 그 맞은편의 버드나무를 지나치듯이 나는 무심하게 그 곁을 지나쳤소. 그게 나에게 어떤 의미로 다가올지 전혀 예감하지 못했소. 선한 영인지 악한 영인지 모를 나의 수호신이자, 내 인생의 중재자가 초라한 행색으로 변장하고 거기서 기다리고 있는 거라는 내면의 경고도 듣지 못했소. 메스루가 넘어지고 그게 나타나 엄숙하게 도움을 제안했을 때조차 그걸 알지 못했어. 어린아이 같은 가냘픈 생명체였소! 홍방울새가 내 발치로 깡충깡충 뛰어와 그 작은 날개에 나를 태워 주겠다고 제안한 것 같았지. 나는 퉁명스럽게 굴었소. 하지만 그건 가지 않았어. 이상한 인내심으로 내 옆에 서서 위엄 있게 쳐다보며 말하더군. 나는 도움이 필요했고, 나를 도와줄 손길이 그 손밖에 없었소. 그래서 난 도움을 받았소.

내가 그 연약한 어깨에 손을 얹었을 때, 새로운 신선한 생기와 감각이 내 몸으로 스며들어 왔소. 이 요정이 나에게 돌아오리라는 것, 그 아래 있는 내 집에 산다는 것을 알고 나니 기분이 좋아지더군. 그렇지 않았다면 그것이 내 손 아래서 빠져나가는 것을 느끼고 어두운 산울타리 뒤로 사라지는 것을 아쉬움 없이 바라보지는 못했을 거요. 그날 밤 나는 당신이 집에 오는 소리를 들었소, 제인. 당신은 아마 내가 당신을 생각하는 줄도, 당신을 지켜보는 줄도 몰랐겠지만. 다음 날 당신이 복도에서 아델과 같이 놀아 줄 때, 나는 당신을 30분 동안 관찰했소, 보이지 않게. 지금도 기억이 나는데, 눈이 내리는 날이라서 당신은 밖으로 나갈 수가 없었지. 나는 내 방에 있었소. 문을 조금 열어 두었지. 듣기도 하고 볼 수도 있었소. 한참 동안 당신은 아델에게 관심을 기울이는 듯했소. 하지만 당신의 생각은 다른 곳에 가 있는 것 같았소. 그래도 당신은 매우 끈기가 있더군, 나의 귀여운 제인. 오랜 시간을 아델과 이야기하고 그 애를 즐겁게 해 주었소. 마침내 아이가 당신 곁을 떠나자 당신은 곧 깊은 상념으로 빠져들었소. 천천히 복도를 거닐기 시작하더군. 이따금씩 창 앞을 지나치며 펑펑 내리는 눈을 내다보더군. 흐느끼는 바람 소리에 귀를 기울이고, 다시 부드럽게 걸음을 옮기며 꿈을 꾸는 듯했소. 그 대낮의 상상은 어두운 게 아니었던 것 같아. 가끔씩 당신의 눈에 어리던 유쾌한 빛과 당신의 모습에 담기던 가벼운 흥분이, 그게 씁쓸하고 불쾌하고 불안한 상념이 아니라는 것을 말해 주었지. 오히려 당신의 표정에는 영혼이 의욕의 날개를 타고 희망의 뒤를 좇아 이상의 천국을 향해 오르고 또 오르는 청춘이라는 시기의 달콤한 사색이 드러나 있었소. 현관홀에서 하인에게 얘기하는 페어팩스 부인의 목소리가 당신의 꿈을 깨웠소. 그때 당신이 얼마나 묘한 미소를 짓던지, 제인! 당신의 미소에는 분별이 담겨 있었소. 아주 영리하게, 당신 자신의 비현실적인 관념을 깔보는 듯했지. 마치 이렇게 말하는 듯했소. '기분 좋은 상상을 하는 것은 좋지만, 그것이 현실이 아니라는 것은 절대로 잊으면 안 돼. 내 머릿속에는 장밋빛 하늘과 꽃들이 흐드러지게 피어난 초록의 에덴동산이 있어. 하지만 그 바깥에는 내가 걸어야 할 거친 길이 놓여 있고, 내가 마주쳐야 하는 검은 폭풍들이 몰려드는 것을 나는 잘 알고 있어.' 당신은 아래층으로 달려 내려가 페어팩스 부인에게 무슨 일을 시켜 달라고 했어. 매주 하는 가계부 정리나 그 비슷한 일이었던 것 같아. 나는 당신이 내 시야에서 떠나가 버린 게 화가 났었지.

초조하게 당신을 내 앞으로 부를 수 있는 저녁 시간이 오기를 기다렸소. 내가 보기에 당신은 보통 사람과 다른 아주 새로운 성격을 지닌 인물 같았어. 더 깊이 살펴보고 더 확실하게 알아보고 싶더군. 방으로 들어올 때 당신의 모습과 분위기는 수줍으면서도 독립적이었어. 희한하게 차려입고 있었지, 지금과 비슷하게. 나는 당신에게 말을 시켰어. 오래지 않아 당신에게 기묘한 대조를 이루는 것들이 많다는 것을 발견했어. 당신의 복장과 태도는 규율에 딱 들어맞는 것이었소. 당신의 분위기는 소심하고 천성적으로 우아한 사람의 그것이었지만, 사교에는 전혀 익숙하질 않았고, 예법에 어긋나는 행동을 하거나 실수를 저질러서 불리하게 사람들의 이목을 끌게 될까 봐 매우 두려워했어. 그런데 말할 때는, 상대의 얼굴에 날카롭고 대담하게 번득이는 눈을 들어 올렸지. 당신이 던지는 시선 하나하나에는 꿰뚫어 보는 힘이 있었어. 이런저런 질문을 던져 보아도 솔직하고 거침없이 대답하더군. 당신은 금세 나에게 익숙해지는 듯했어. 나는 당신이 이 엄하고 우울한 주인에게 공감의 감정을 느꼈다고 믿어, 제인. 편안하고 유쾌한 태도가 당신에게 얼마나 빠르게 내려앉던지 내가 놀랄 정도였거든. 내가 호통을 쳐도 당신은 나의 까다로운 성미에 놀라거나 겁내거나 짜증 내거나 불쾌해하지 않았어. 가끔씩 단순하면서도 뭐라고 설명할 수 없는 영리한 기품이 담긴 미소를 나에게 지어 보였어. 나는 내 눈앞의 당신이 만족스러웠고 당신에게 흥분을 느꼈소. 또 마음에 들었고 더 많이 보고 싶어졌소. 하지만 오랫동안 당신을 냉담하게 대했고, 당신을 불러들이는 일도 거의 없었지. 나는 머리를 쓰는 쾌락주의자라서, 이 진기하고 흥미를 자극하는 사람과 친해지는 만족감을 오래도록 연장하고 싶었거든. 게다가 한동안은 내 멋대로 그 꽃을 다뤘다가 만발한 꽃이 시들어 버리면 어쩌나, 그 신선하고 달콤한 매력이 사라지면 어쩌나 하는 두려움이 마음에서 떠나지 않아 불안했소. 그때는 그게 일시적인 꽃이 아니라, 파괴할 수 없는 보석에서 잘라 낸 눈부신 꽃의 형상이라는 것을 몰랐던 거요. 내가 당신을 멀리하면 당신이 나를 찾게 되는지도 궁금했어. 하지만 그러지 않더군. 당신의 책상과 삼각대처럼 당신은 조용하게 공부방에 틀어박혀 있었어. 우연히 나를 만나면, 늘 변함없이 정중한 태도로 살짝 알은체를 하고 얼른 지나쳐 갔소. 제인, 그 당시에 당신이 제일 자주 짓던 표정은 생각에 잠긴 표정이었소. 활기가 없었던 것은 아니니까, 낙담했다고 할 수는 없어. 희망이나 실질적인 기쁨이 있었던 것도 아니니까, 경쾌했다고 할 수도 없지. 당신이 나를 어떻게 생각하는지, 아니 당신이 나를 생각이나 하는지 궁금해지더군. 그걸 알아내려고 나는 다시 당신에게 관심을 표하기 시작했소. 이야기를 할 때면 당신의 시선에 기쁨 같은 게 보였고, 태도에는 상냥함 같은 게 있었소. 난 당신이 사교적인 사람이라는 걸 알았어. 당신을 우울하게 하는 것은 조용한 공부방…… 당신 삶 속의 권태였어. 나는 당신에게 친절하게 대하는 기쁨을 맛보기로 했소. 친절은 곧 좋은 감정을 불러일으켰지. 당신의 표정이 부드러워지고 목소리는 상냥해졌어. 나는 당신의 입에서 반갑고 행복하게 흘러나오는 내 이름을 듣는 게 좋았소. 당신과의 우연한 만남을 즐기기도 했지. 제인, 당신의 태도에 묘한 망설임이 일더군. 당신은 약간 불안한 듯 의심스럽게 나를 흘깃흘깃 쳐다보았소. 내가 무슨 변덕을 부리는지, 주인이랍시고 엄하게 굴 것인지 아니면 친구처럼 인자해질 것인지 알 수 없어 했어. 나는 이제 당신이 너무 좋아져서 처음처럼 그렇게 변덕을 부릴 수가 없었소. 내가 진심으로 손을 뻗으면, 생각에 잠겨 있던 당신의 젊은 얼굴에 홍조와 빛과 행복이 화사하게 피어나는 게 보여서, 그 자리에서 당장 당신을 내 가슴으로 끌어당기고 싶은 마음을 자제하느라 무척이나 애를 먹었소."

"그 시절의 이야기는 그만하세요."

나는 은밀하게 내 눈의 눈물을 닦아 내며 가로막았다. 그의 말은 나에게 고문이었다. 나는 내가 곧 해야 하는 일을 알고 있었고, 이 모든 회상과 고백은 그 일을 더 어렵게 만들 뿐이었기 때문이다. 그가 대꾸했다.

"그래, 제인. 현재가 훨씬 더 확실하고 미래가 더 밝은데 과거에 안주할 필요가 있을까?"

나는 그 열렬한 단언을 들으며 몸서리쳤다. 그가 계속했다.

"이제 어떤 상황인지 알겠지, 그렇지? 청춘과 한창 시절의 반을 말할 수 없는 비참함 속에서 보내고, 반을 쓸쓸한 고독 속에서 보내고 난 뒤에 처음으로 진정 사랑할 수 있는 여인을 찾아낸 거요. 당신을 찾은 거요. 당신은 나와 꼭 맞는, 보다 나은 나의 인격이자 나의 선한 천사요. 나는 당신에게 강한 애정으로 묶여 있소. 당신은 선량하고 재능 있고 사랑스러워. 내 가슴엔 뜨겁고 엄숙한 정열이 있소. 그게 당신에게로 기울어져, 나의 중심과 생명의 샘으로 당신을 끌어들이고, 나의 존재로 당신을 감싸지. 순수하고 강한 불길로 타오르며, 당신과 나를 하나로 융합시키고 있소. 이것을 느끼고 알았기 때문에 당신과 결혼하기로 결심했던 거요. 나에게 이미 아내가 있다고 말하는 건 공허한 조롱이오. 그녀가 끔찍한 악마일 뿐이라는 것은 당신도 확인했잖소. 내가 당신을 속이려 한 것은 잘못이었소. 하지만 당신의 성격에 존재하는 완고함이 두려웠소. 편견이 미리 뿌리를 내릴까 봐 두려웠소. 위험한 고백을 하기 전에 당신을 안전하게 내 사람으로 만들고 싶었소. 겁쟁이 같은 짓이었어. 지금처럼 당신의 고결한 마음과 아량에 먼저 호소했어야 했는데. 고통스런 내 삶을 솔직하게 열어 보였어야 했소. 내가 얼마나 더 고상하고 가치 있는 삶에 굶주리고 목말라 했는지를 당신에게 설명했어야 했소. 나의 결의가 아니라(이 단어로는 약해) 내가 성실하게 지극히 사랑하고 그 보답으로 성실하게 지극히 사랑받고자 하는 욕구에 저항할 수 없는 나의 천성을 먼저 보여 주었어야 했소. 그 후에 내 정절의 서약을 받아 달라고 청하고, 당신의 서약을 나에게 달라고 청했어야 했소. 제인…… 이제 나에게 서약해 주시오."

침묵이 흘렀다.

"왜 말이 없지, 제인?"

나는 시련을 겪고 있었다. 불에 달군 강철 같은 손이 나의 급소를 움켜쥐었다. 끔찍한 순간이었다. 몸부림과 암흑과 불길이 가득했다! 이제껏 살아온 어느 누구도 나보다 더 사랑받기를 원할 수는 없었다. 이토록 나를 사랑하는 그를 나는 절대적으로 숭배했다. 나는 사랑과 우상을 포기해야 했다. 단 한마디의 말에 견딜 수 없는 나의 의무가 들어 있었다. '떠나라!'

"제인, 내가 당신에게 뭘 원하는지 알지? 이것만 약속해 줘. '난 당신의 여자가 되겠어요, 로체스터 씨.' 하고 말해."

"로체스터 씨, 저는 당신의 여자가 되지 않을 거예요."

또다시 긴 침묵이 흘렀다.

"제인!" 하고 그가 다시 말했다. 나의 마음을 슬픔으로 무너뜨리고, 불길한 공포로 돌처럼 차갑게 만드는 부드러운 목소리였다. 이 조용한 목소리는 몸을 일으키는 사자의 헐떡임이었다.

"제인, 이 세상에서 나를 한쪽 길로 보내고, 당신은 다른 길로 가겠다는 거요?"

"네."

"제인, (허리를 굽혀 나를 끌어안으며) 지금도 그럴 생각인 거요?"

"네."

"이래도?"

내 이마와 뺨에 부드럽게 키스했다.

"네."

나는 빠르고 완벽하게 그의 품에서 빠져나왔다.

"아, 제인, 모질구려! 이건…… 이건 나쁜 짓이야. 나를 사랑하는 게 나쁜 짓은 아니잖소."

"당신의 뜻에 순종하는 것은 옳지 않아요."

그의 눈썹이 험악하게 치켜 올라갔다. 그의 얼굴이 일그러졌다. 그가 일어났다. 하지만 아직은 감정을 자제하고 있었다. 나는 몸을 지탱하려고 의자 등받이에 손을 기댔다. 몸이 떨리고 두려웠다. 하지만 나는 결심을 했다.

"잠깐만, 제인. 당신이 떠나면 내 인생이 얼마나 끔찍해질지 한 번만 생각해 줘. 당신과 함께 행복도 모두 떠나갈 거야. 그러면 뭐가 남지? 위층에 있는 미친 아내밖에 남는 게 없어. 차라리 저기 교회 묘지의 시체를 나한테 붙여 주는 게 낫지. 나는 어쩌라는 거요, 제인? 내가 어디서 말벗을 찾고 어디서 희망을 찾을 수 있겠소?"

"제가 하는 것처럼 하세요. 하느님과 당신 자신을 믿으세요. 천국을 믿으세요. 다시 그곳에서 만나기를 희망하세요."

"그럼 끝까지 당신 뜻대로 하겠다는 건가?"

"네."

"그럼 나더러 비참하게 살다가 저주받은 채 죽으라는 건가?"

그의 목소리가 높아졌다.

"죄 없이 사시라고 충고하겠어요. 그리고 평화롭게 돌아가시기를 바랄게요."

"그럼 나에게서 사랑과 순수를 앗아 갈 건가? 나를 다시 정열 대신에 정욕으로, 일상 대신에 악덕으로 집어 던지려는 건가?"

"로체스터 씨, 제가 그런 운명을 택하려 하지 않듯이 당신에게도 그런 운명을 권하지 않겠어요. 우리는 애쓰고 견디기 위해 태어났어요. 당신도 저도 마찬가지예요. 애쓰고 견디세요. 제가 당신을 잊기 전에 당신이 저를 잊으실 거예요."

"나를 거짓말쟁이로 만들고 있군. 나의 명예를 더럽히고 있어. 나는 내가 변할 리 없다고 선언했소. 그런데 내 얼굴에 대고 내가 금방 변할 거라고 말하는군. 당신의 판단이 왜곡되고 생각이 비틀어졌다는 건 당신의 행동이 증명하고 있소! 그깟 인간의 법쯤 어겨봐야 상처 입는 사람 하나 없을 텐데, 이렇게까지 한 인간을 절망으로 몰아가야 하나? 당신이 나와 함께 산다고 해서 노여워할 친척이 나 친지도 없잖소."

그것은 사실이었다. 그의 말을 듣는 동안 나의 양심과 이성이 나를 배반하고, 그에게 저항하는 것은 죄를 짓는 일이라며 나를 비난했다. 그들은 거의 감정과 맞먹는 소리로 크게 외쳤다. 그리고 감정은 거칠게 아우성쳤다.

'아, 승낙해 버려!' 그게 말했다. '그의 비참함을 생각해 봐. 그가 처할 위험을 생각해 봐. 홀로 남겨지면 그가 어떤 상태가 될지 생각해 봐. 앞뒤 안 가리는 그의 성격을 기억해 봐. 절망 뒤에 따르는 무모함을 생각해 봐. 그를 달래 줘. 그를 구해 줘. 그를 사랑해 줘. 그를 사랑한다고, 그의 여자가 되겠다고 말해. 네가 무슨 짓을 하건 세상 어느 누가 신경 쓰겠어? 아니 너의 행동으로 어느 누가 상처를 받겠어?'

그래도 대답은 이에 굴하지 않았다.

'내가 나에게 신경 써. 외로울수록, 친구도 없고 나를 지지해 주는 사람 하나 없을수록, 나는 더더욱 나를 존중할 거야. 하느님이 부여하시고 인간이 승인한 법규를 지킬 거야. 지금처럼 내 정신이 올바르고 미치지 않았을 때 받아들인 이 원칙을 고수할 거야. 법과 원칙은 유혹이 없는 시기를 위해 만들어진 게 아니야. 육체와 영혼이 그 준엄성에 반기를 들고 일어나는 이런 순간을 위해 존재하는 거야. 법과 원칙은 엄격해. 함부로 침해하면 안 돼. 나의 개인적인 편의로 깨뜨릴 수 있는 거라면 무슨 가치가 있겠어? 법과 원칙에는 가치가 있는 거야. 나는 항상 그렇게 믿었어. 이제 와서 그걸 믿을 수 없다면, 그건 내가 정상이 아니라 대단히 미쳤기 때문이야. 내 혈관에 불길이 달리고, 내 심장이 맥박을 셀 수 없을 정도로 빠르게 뛰고 있기 때문이야. 전부터 품어 온 견해와 이전에 내린 결심만이 지금 내가 지켜야 하는 모든 것이야. 나는 거기에 발을 디뎌야 해.'

나는 그렇게 했다. 로체스터 씨는 내 표정에 나타난 나의 결심을 읽었다. 그의 분노가 최고조에 달했다. 나중에 어찌 되든 잠시 거기에 굴복할 수밖에 없었다. 그가 뚜벅뚜벅 걸어와 내 팔을 움켜쥐고, 내 허리를 움켜잡았다. 이글거리는 눈으로 나를 삼킬 듯이 노려보았다.

그 순간, 내 몸은 용광로의 열풍과 빛에 노출된 그루터기처럼 아무런 힘이 없었다. 정신적으로는 여전히 내 영혼을 잃지 않았고, 그래서 결국은 내가 안전할 거라고 확신했다. 다행히 그 영혼은 무의식적이긴 해도 언제나 정직하게 통역해 주는 눈이라는 통역자를 갖고 있었다. 내 눈이 그의 눈으로 향했다. 그의 난폭한 얼굴을 바라보면서, 무의식적으로 한숨을 토해 냈다. 그의 손아귀 힘이 아팠고, 이미 과도하게 사용한 나의 힘은 거의 고갈 상태였다. 그가 이를 악물고 말했다.

"이렇게 연약하면서도 굽히지 않는 인간은 본 적이 없어. 내 손에 잡힌 느낌은 한 줄기 갈대 같은데(그가 세차게 나를 흔들었다)! 이 엄지와 집게손가락만으로도 꺾어 버릴 수 있을 것 같은데. 하지만 그녀를 꺾고 뿌리 뽑고 짓뭉갠다 한들 무슨 소용이 있을까? 저 눈을 봐. 용기보다 더 강하게, 가차 없는 승리감으로 나에게 반항하는, 저 결연하고 거칠고 자유로운 눈빛을 봐. 내가 그 새장을 어떻게 하든, 저 잔인하고 아름다운 생명을 손에 넣을 수가 없어! 내가 저 약한 감옥을 파괴하고 찢어 버리면, 나의 분노가 인질을 풀어 주는 꼴이 되겠지. 내가 그 집을 정복할 수는 있어도, 저 흙으로 만든 육체를 소유했다고 주장하기 전에 그 안의 영혼은 천국으로 도망치고 말 거야. 내가 원하는 건 당신이야. 의지와 힘과 미덕과 순수를 지닌 당신의 영혼을 원해. 깨지기 쉬운 당신의 틀만을 원하는 게 아니야. 마음만 먹으면, 당신은 언제든 부드럽게 날아와 내 마음에 내려앉을 수 있어. 하지만 내가 당신을 억지로 잡아 놓으면 정기처럼 빠져나가겠지. 내가 당신의 향기를 들이쉬기도 전에 당신은 사라져 버릴 거야. 아! 내게로 오시오, 제인, 어서."

그가 잡았던 손을 풀고, 나를 바라보았다. 미친 듯이 붙잡았을 때보다 그 표정에 저항하기가 더 힘들었다. 하지만 지금 굴복하는 것은 바보짓이었다. 나는 그의 분노에 도전했고 좌절시켰다. 그의 슬픔에서 빠져나가야 했다. 나는 문으로 물러났다.

"가는 거요, 제인?"

"갈 거예요."

"날 두고 떠나는 거요?"

"네."

"나에게 와 주지 않을 건가? 나의 위로자, 나의 구원자가 돼 주지 않을 건가? 내 깊은 사랑과 거친 고뇌와 광적인 기도, 이 모든 것이 당신에게는 아무것도 아닌 거요?"

그의 목소리에 얼마나 형언할 수 없는 비애가 담겨 있었던가!

"갈 거예요."

이 말을 단호하게 다시 하기가 얼마나 힘겨웠던가.

"제인."

"로체스터 씨!"

"물러가요, 그럼. 허락하겠소. 하지만 당신이 나를 여기 고통 속에 남겨 뒀음을 기억하시오. 당신 방으로 올라가요. 내가 한 말을 잘 생각해 봐요, 제인. 나의 고통을 헤아려 주시오. 나를 생각해 주시오."

그가 돌아섰다. 소파에 몸을 던져 얼굴을 묻었다.

"아, 제인! 나의 희망, 나의 사랑, 나의 생명." 하고 그의 입에서 고통스런 절규가 터져 나왔다. 깊고 격렬한 흐느낌이 이어졌다.

나는 이미 문 앞까지 가 있었다. 하지만 독자여, 나는 다시 돌아갔다. 물러 나올 때 그랬던 것처럼 결연하게 돌아갔다. 그의 옆에 무릎을 꿇고 앉았다. 그가 쿠션에서 나에게로 얼굴을 돌렸다. 나는 그의 뺨에 입을 맞췄다. 손으로 그의 머리를 매만지며 말했다.

"하느님께서 축복해 주시기를, 나의 주인님! 하느님이 위험과 잘못으로부터 지켜 주시기를……. 당신을 인도하고 위로해 주시기를……. 지금껏 저에게 베푼 친절에 대해 하느님이 잘 보답해 주시기를."

그가 대답했다.

"제인의 사랑만이 최상의 보답이오. 그게 없으면 내 가슴은 무너지고 말 거야. 하지만 제인은 틀림없이 내게 사랑을 줄 거요. 그래, 고결하고 관대하게."

그의 얼굴에 핏기가 솟구쳤다. 그의 눈에 불길이 번쩍였다. 그가 벌떡 일어나 두 팔을 뻗었다. 하지만 나는 그 포옹을 피해 곧 방을 빠져나왔다.

'안녕!' 하고 그의 곁을 떠나면서 내 마음이 통곡하며 인사를 했다. 절망이 거기에 덧붙여졌다. '안녕, 영원히.'

그날 밤에 나는 잠을 잘 생각이 아니었다. 하지만 침대에 눕자마자 잠이 들었다. 꿈속에서 내 어린 시절의 장면들이 되살아났다. 내가 게이츠헤드의 붉은 방에 누워 있는 꿈을 꾸었다. 밤은 어둡고, 내 마음에는 이상한 두려움이 스며들었다. 오래전에 나를 기절하게 만든 그 빛이 꿈에 다시 나타나, 벽으로 슬슬 올라가고 바르르 떨며 어두컴컴한 천장 한가운데 멈추는 듯했다. 나는 고개를 들어 쳐다보았다. 지붕이 분해되어 높고 희미한 구름으로 변했다.

달이 안개구름을 막 갈라놓으려는지 미광이 비쳤다. 나는 달이 나오는 것을 아주 이상한 기대감으로 지켜보았다. 마치 그 동그라미에 어떤 운명의 단어가 써어 있을 것처럼. 달은 전과 전혀 다른 방식으로 구름 사이에서 튀어나왔다. 손 하나가 먼저 그 검은 주름을 뚫고 구름층을 흩어 놓았다. 그 후에 달이 아니라 하얀 인간의 형상이 동쪽으로 영광스런 이마를 기울이며 하늘에서 빛났다. 그것이 나를 응시하고 또 응시했다. 그것이 내 영혼에게 말을 걸었다. 무한히 멀고도 너무나 가까운 목소리로 내 마음에 대고 속삭였다.

"내 딸아, 유혹을 피해 달아나라!"

"어머니, 그렇게 할게요."

무아지경 같은 꿈에서 깨어난 후에 나는 그렇게 대답했다. 아직

한밤중이었지만, 7월의 밤은 짧다. 자정이 지나면 바로 새벽 동이 튼다. '한 시라도 빨리 시작해야 돼.' 나는 생각했다. 침대에서 일어났다. 나는 아직 옷을 입고 있었다. 신발밖에 벗지 않았기 때문이다. 속옷과 로킷과 반지가 서랍 속 어디에 있는지 나는 알고 있었다.

그런 것들을 찾다가 며칠 전에 로체스터 씨가 억지로 안겨 준 진주 목걸이를 발견했다. 나는 그걸 남겨 두었다. 그것은 내 것이 아니었다. 허공으로 사라져 버린 환상의 신부의 것이었다. 나는 다른 물건들을 꾸러미 하나로 챙겼다. 20실링이 들어 있는(그게 나의 전 재산이었다) 지갑을 주머니에 넣었다. 밀짚모자의 끈을 묶고, 숄을 둘러 핀을 꽂고, 꾸러미와 아직 신지 않은 신발을 손에 들고, 내 방을 빠져나왔다.

"안녕히 계세요, 친절한 페어팩스 부인!"

그녀의 방문 앞을 미끄러지듯 지나치며 나는 속삭였다.

"안녕, 귀여운 아델!"

육아실 쪽을 흘깃 바라보며 말했다. 거기 들어가서 그녀를 안아주는 것은 생각도 할 수 없는 일이었다. 나는 예민한 귀를 속여야 했다. 내가 아는 한, 지금 그는 귀를 기울이고 있을 것이다. 나는 걸음을 멈추지 않고 로체스터 씨의 방을 지나칠 생각이었다. 하지만 그 문 앞에서 내 심장이 순간적으로 박동을 멈췄고, 내 발도 멈춰 설 수밖에 없었다. 그 안에 잠은 찾아들지 않았다. 방 주인이 벽에서 벽으로 불안하게 걸어다니고 있었다. 내가 듣고 있는 동안 다시, 또다시 한숨 쉬는 소리가 났다. 내가 선택한다면 이 방에 나를 위한 천국이, 일시적인 천국이 있었다. 들어가서 이렇게 말하기만 하면 된다. "로체스터 씨, 이 생명이 다하는 날까지 당신과 함께 살며 사랑하겠어요." 그러면 환희의 샘물이 내 입술로 올라오리라. 나는 그렇게 생각했다.

지금 잠 못 이루는 저 친절한 주인은 어서어서 날이 새기를 기다리고 있었다. 아침이 되면 나를 부르러 사람을 보낼 것이다. 나는 사라져야 했다. 그가 나를 찾으러 다닐 것이다. 소용없는 일이 되리라. 그는 자신이 버림받았고, 그의 사랑이 거절당했다고 느낄 것이다. 괴로워하겠지. 어쩌면 절망이 자라나겠지. 내 손이 손잡이 쪽으로 움직였다. 그 손을 도로 거둬들이고 계속 걸었다.

나는 쓸쓸하게 아래층으로 내려가는 길을 밟았다. 내가 무엇을 해야 하는지 알고 있었고, 기계적으로 그 일을 했다. 부엌 옆문의 열쇠를 찾아냈고, 기름병과 깃털도 찾았다. 열쇠와 자물쇠에 기름칠을 했다. 물을 좀 마시고 빵을 약간 먹었다. 먼 길을 걸어야 할지도 모르기 때문이었다. 최근에 심하게 약해진 나의 체력이 바닥나면 안 되기 때문이었다.

나는 이 모든 일을 소리 없이 해냈다. 문을 열고 밖으로 나가, 소리 나지 않게 닫았다. 어스름한 새벽이 마당에 반짝이고 있었다. 커다란 정문은 잠겨 있었지만 한쪽 쪽문에는 걸쇠만 걸려 있었다. 나는 그곳으로 빠져나왔다. 그 문도 닫았다. 이제 나는 손필드 밖에 있었다.

1.5킬로미터 떨어진 들판 너머에 밀코트와 반대 방향으로 뻗은 길이 놓여 있었다. 한 번도 가 보지는 않았지만, 자주 그쪽을 바라

보며 어디로 이어져 있을지 궁금해했던 길이다. 나는 그리로 걸음을 옮겼다. 지금은 어떤 생각도 하지 말아야 했다. 뒤를 돌아봐서는 안 된다. 앞을 바라봐도 안 된다. 과거도 미래도 일절 생각하지 않기로 했다. 과거는 너무나 감미롭고 지독하게 슬픈 페이지라서 그중의 한 줄을 읽는 것만으로도 내 용기가 약해지고 힘이 무너져 내릴 것이다. 미래는 무시무시한 공백이었다. 대홍수가 휩쓸고 지나간 후의 세상처럼.

해가 떠오른 뒤에도 나는 들판과 산울타리와 오솔길을 따라 걸었다. 사랑스러운 여름날의 아침이었던 것 같다. 집을 떠날 때 신었던 내 신발이 금세 이슬로 젖어 들었던 게 기억이 난다.

하지만 떠오르는 태양도, 미소 짓는 하늘도, 깨어나는 자연도 나는 보지 못했다. 아름다운 풍경들을 지나 단두대까지 끌려가는 사람은, 그 길에서 미소 짓는 꽃들이 아니라 단두대의 발판과 도끼날만을 생각한다. 뼈와 혈관의 끊어짐과 그 끝에 입 벌리고 있는 무덤을 생각한다. 나는 쓸쓸한 도주와 갈 곳 없는 방랑을 생각했다. 그리고, 아! 고통스럽게 내가 남겨 두고 온 이를 생각했다. 어쩔 수가 없었다. 이제 방에서 일출을 지켜보고 있을 그를 생각했다. 조만간 내가 그의 곁에 남아 그의 여인이 되겠다고 말하러 오기를 기다리고 있을 것이다. 나는 그의 여인이 되고 싶었다. 돌아가고 싶어 숨이 막혔다. 아직 늦지 않았다. 그에게 쓰디쓴 이별의 고통을 안기지 않을 기회가 아직 남아 있었다.

내가 도망친 게 아직 발각되지 않았을 테니까. 나는 다시 돌아가 그를 위로하는 이가 되고 그의 자랑이 될 수 있었다. 비탄으로부터,

어쩌면 파멸로부터 그를 구할 수도 있으리라. 아, 내가 버린 것보다 더 심하게 그가 자신을 버리고 자포자기할지도 모른다는 두려움이 나를 얼마나 괴롭혔던가! 그것은 내 가슴에 박힌 가시 돋친 화살촉이었다. 뽑아 버리려고 하면 내 가슴이 찢어졌다. 추억이 그걸 더 안으로 쑤셔 넣으며 나를 아프게 했다. 풀숲과 잡목 숲에서 새들이 노래하기 시작했다. 새들은 자기 짝에게 충실했다. 새들은 사랑의 표상이었다. 나는 무엇인가? 마음의 고통과 도의를 지키려고 미친 듯이 노력하는 나 자신이 혐오스러웠다. 잘한 일이라고 칭찬해 줘도 위로가 되지 않았다. 자존심조차 위로가 되지 않았다. 나는 나의 주인을 해하고 상처를 입히고 그를 떠났다.

내 눈으로 봐도 나라는 인간이 증오스러웠다. 그래도 돌아갈 수 없었고 한 발짝도 돌이킬 수 없었다. 하느님이 나를 인도하셨음에 틀림이 없다. 격렬한 슬픔이 나의 의지를 짓밟고 나의 양심을 질식시키고 있었다. 고독한 길을 따라 걸으며 나는 펑펑 울고 있었다. 환각에 빠진 사람처럼 점점 빠르게, 빠르게 걸어갔다.

내 안에서 시작되어 팔다리로 번지는 약함이 나를 사로잡았고, 나는 쓰러졌다. 젖은 풀밭에 얼굴을 기대고 몇 분을 땅에 누워 있었다. 여기서 내가 죽을 거라는 두려움, 아니 희망이 생겨났다. 하지만 나는 곧 일어났다. 손과 발로 기어가다가 다시 발로 일어섰다. 길에 닿기 위해 전처럼 단호하게 열심히 발을 옮겼다.

길에 도착했을 때 나는 산울타리 아래 앉아 쉬어야만 했다. 앉아 있는 동안, 바퀴 소리가 들렸고 다가오는 마차가 보였다. 일어나서 손을 올렸다. 마차가 멈췄다. 어디로 가는 마차냐고 물었다. 마부가 멀리 떨어져 있는 어느 지방의 이름을 댔고, 나는 그곳이 로체스터 씨와 아무런 연고가 없으리라고 확신했다.

거기까지 태워다 주는 값이 얼마인지 물어보았다. 그는 30실링이라고 말했다. 20실링밖에 없다고 대답하자, 그가 그렇게라도 나를 태워 주기로 했다. 손님이 없으니 안으로 들어가도 된다고 했다. 내가 들어가자, 문이 닫히고 마차가 굴러가기 시작했다.

온유한 독자여, 여러분은 그때 내가 느꼈던 것과 같은 감정을 절대로 경험하는 일이 없기를! 내 눈에서 쏟아졌던 것과 같은 그 격렬하고 뜨겁고 가슴 쥐어짜는 눈물을 뿌리는 일이 없기를. 그 시간에 내 입술에서 나온 것처럼 그렇게 절망적이고 고뇌에 찬 기도로 하늘에 호소하는 일이 없기를. 나처럼, 너무나 사랑하는 이를 악으로 이끄는 도구가 될까 봐 두려워하는 일이 결코 없기를.

## 제28장

이틀이 지났다. 여름날 저녁이었다. 마부는 위트크로스라는 곳에 나를 내려 주었다. 내가 낸 금액으로는 더 멀리까지 갈 수 없었고, 이 세상에서 내가 가진 돈은 그것뿐이었다. 마차는 이미 1.5킬로미터쯤 멀어져 가고 있었다. 나는 혼자였다. 순간 나는 안전하게 두려고 넣어 놓았던 마차 안주머니에서 보따리 꺼내는 걸 잊어버렸음을 깨달았다. 그것은 거기에 남아 있었다. 그리고 이제, 나는 완전히 빈털터리였다.

위트크로스는 도시도 아니고 촌락도 아닌, 네 갈래 길이 만나는 곳에 세워진 돌기둥에 불과했다. 기둥을 하얗게 칠해 놓은 것은 멀리 어둠 속에서도 잘 보이게 하기 위해서였다. 기둥 꼭대기에 네 개의 팔이 튀어나와 있었다. 거기에 쓰인 대로라면 그 지점에서 제일 가까운 마을은 15킬로미터 거리에 있었고, 제일 먼 마을은 30킬로미터 넘게 떨어져 있다. 잘 알려진 지명을 보고서야 나는 내가 어떤 자치주에서 내렸는지 알게 되었다. 산들이 둘러서 있고, 황야가 어둑어둑하게 펼쳐져 있는 중북부의 어느 주였다. 나는 주변을 살펴보았다. 내 뒤에도 좌우에도 거대한 황야가 펼쳐져 있었다. 내 발치의 깊은 계곡 저 너머에는 산봉우리들이 물결치고 있었다. 길에 지나다니는 사람이 없는 것으로 보아, 인구는 매우 적은 게 틀림없었다. 길들이 동, 서, 남, 북으로 뻗어 있었다. 하얗고 넓고 고적했다. 어느 길이나 황야를 가르고 있고, 히스가 길 가장자리까지 깊고 무성하게 자라 있었다. 그렇지만 우연히 지나가는 여행자가 있을지도 모를 일이었다. 나는 지금 누구의 눈에도 띄고 싶지 않았다. 낯선 사람들은 분명 목적 없이 길을 헤매는 모양새로 서 있는 내가 이 푯말 앞에서 무얼 하고 있는지 궁금해할 것이다. 물어보는 사람이 있을 수도 있다. 그럴듯한 대답을 해 줄 수 없을 테니, 나는 의심을 사게 될 것이다. 이 순간에 나를 인간 사회에 묶어 주는 끈은 하나도 없었다. 나와 같은 인간들이 있는 곳으로 나를 부르는 매력도 희망도 없었다. 나를 보고 친절한 생각이나 선한 소망을 품는 사람도 없을 것이다. 나에게는 만물의 어머니 대자연 외에 어떤 친척도 없었다. 그녀의 품으로 찾아가 휴식을 구하리라.

나는 곧장 히스 벌판으로 들어갔다. 갈색 황야 옆으로 깊은 고랑을 이루는 우묵한 분지를 향해 계속 걸었다. 어두운 풀숲이 무릎까지 올라왔다. 굽이굽이를 돌아 잘 보이지 않는 곳에 거무스름하게 이끼 낀 화강암 바위 하나가 눈에 띄었다. 나는 그 아래 주저앉았다. 높직한 황야의 둔덕들이 주위를 감싸고 있었고 내 머리 위로는 바위가 돌출되어 있었다. 그 위에 하늘이 있었다.

마음을 가라앉히기까지는 상당한 시간이 걸렸다. 근처에 들소 떼가 있어 어느 수렵민이나 밀렵꾼이 나를 발견하게 될지도 모른다는 막연한 두려움이 밀려왔다. 한 줄기 바람이 황야를 휩쓸면 황소가 돌진해 오는가 싶어 고개를 들어 올렸고, 물떼새가 휘파람 같은 소리를 내면 인간이 아닐까 상상하기도 했다. 하지만 그것들이 근거 없는 불안임을 알게 되고, 날이 점점 어두워져 깊은 정적이 주위를 지배하자 마음이 차분해지고 자신감도 생겨났다. 지금까지는 생각을 하지 않았다. 귀 기울이고 지켜보고 두려워하기만 했다. 이제 나는 생각이라는 기능을 되찾았다. 어떻게 해야 하나? 어디로 가야 하나? 아, 참을 수 없는 질문들이었다. 아무것도 할 수 없고 어디로도 갈 수 없지 않은가! 인간이 사는 곳에 도착하려면 이 지치고 떨리는 사지로 아직도 먼 길을 걸어야 하지 않는가! 하룻밤 잠자리를 구하려면 차가운 인정에 호소해야 하지 않는가! 내 사정을 이야기하고, 내가 바라는 것을 하나라도 얻으려면, 마뜩치 않아도 이들의 동정을 구해야 하고, 게다가 거절당할 게 거의 확실하지 않은가!

나는 히스를 만져 보았다. 말라 있었지만, 여름날의 열기로 따뜻했다. 하늘을 바라보았다. 깨끗했다. 상냥한 별 하나가 갈라진 바위 틈새 바로 위에서 반짝거렸다. 이슬이 내렸지만, 그건 자애롭고 부드러웠다. 바람은 불지 않았다. 자연은 내게 인자하고 친절했다. 내가 비록 의지할 데 없는 부랑자 신세지만, 자연만큼은 나를 사랑한다는 생각이 들었다. 인간에게 불신과 거절과 모욕밖에 기대할 게 없는 나는, 어버이를 따르는 자식처럼 자연에게 매달렸다. 적어도 오늘 밤은 자연의 손님이 되리라. 내가 그녀의 딸인 것처럼. 나의 어머니는 돈을 내지 않아도, 값을 치르지 않아도 나를 재워 줄 것이다. 나에게는 아직 빵 한 조각이 있었다. 낮에 마차가 들른 마을에서 마지막 남은 동전으로 샀던 빵 한 덩이의 나머지였다. 히스 속 여기저기서 익은 월귤 열매가 흑옥 구슬처럼 반짝였다. 나는 열매 한 줌을 따서 빵과 같이 먹었다. 날카로운 허기는 채워지지 않았지만, 이 소박한 식사로 인해 배고픔은 어느 정도 진정이 되었다. 식사를 마친 뒤 저녁 기도를 드리고 잠자리를 택했다.

바위 옆의 히스는 아주 깊었다. 누웠을 때 발이 안으로 묻힐 정도였다. 양쪽에 히스가 삐죽삐죽 자라 있어서, 밤공기가 침입해 들어올 공간이 많지 않았다. 숄을 두 겹으로 접어 이불 대신 덮었다. 이끼 낀 낮은 융기가 나의 베개였다. 이렇게 자리를 잡자, 적어도 밤이 시작될 무렵에는 별로 춥지 않았다.

나의 휴식은 충분히 은혜로울 수 있었으나 슬픈 마음이 그것을 깨뜨렸다. 내 마음은 벌어진 상처와 내면의 출혈과 찢어져 버린 심금에 대해 한탄했다. 로체스터 씨와 그에게 닥칠 운명을 생각하며 근심했다. 비통한 연민으로 그를 탄식했다. 끝없는 갈망으로 그를 요구했다. 양 날개가 꺾인 새처럼 무능하게, 여전히 그를 찾으려는 헛된 시도를 하며 상한 날개들을 떨었다. 이런 생각의 고문에 지쳐 나는 무릎을 꿇고 일어나 앉았다. 밤이 찾아왔고 행성들이 떠올랐다. 안전하고 적막한 밤이었다. 두려움이 함께하기에는 너무나 평온한 밤이었다. 우리는 하느님이 어디에나 계심을 안다. 하지만 우리 앞에 장엄하게 그분의 작품이 펼쳐질 때 가장 크게 그분의 존재를 느낀다. 우리가 그분의 무한함과 능력과 전능하심을 가장 명확히 읽어 낼 수 있는 것은, 그분이 지으신 세상이 소리 없이 궤도를 운행하는 광경이 드러나는 구름 걷힌 밤하늘에서다. 나는 로체스터 씨를 위해 기도하려고 무릎을 꿇었다. 눈물로 흐려진 눈으로 거대한 은하수를 올려보았다. 그게 무엇이던가. 얼마나 무수한 별 무리가 부드러운 빛의 흔적처럼 공간을 휩쓸고 있는가를 생각하며 하느님의 권능과 힘을 느꼈다. 나는 스스로 만드신 것을 구원하시는 하느님의 능력을 확신했다. 대지는 멸망하지 않을 것이며, 그분이 귀하게 여기는 영혼 하나도 죽지 않을 것이라는 확신이 점점 강해졌다. 나의 기도는 감사 기도로 바뀌었다. 생명의 근원은 영혼의 구세주이기도 하다. 로체스터 씨는 안전하다. 그는 하느님의 것이며 하느님이 보호해 주실 것이다. 나는 다시 언덕의 품에 안겼다. 오래지 않아 잠 속에서 슬픔을 잊었다.

하지만 다음 날 생리적인 결핍이 창백하고 헐벗은 몰골로 나에게 찾아왔다. 작은 새들이 둥지를 떠난 지 오래였을 때, 벌들이 이슬이 마르기 전에 히스 꿀을 모으러 그 달콤한 시간에 날아온 지 이미 오래였을 때, 아침의 긴 그림자들이 짧아지고 태양이 대지와 하늘을 채웠을 때, 나는 자리에서 일어나 주위를 둘러보았다.

얼마나 고요하고 뜨겁고 완벽한 날이었던가! 사방에 퍼져 있는 황야는 황금빛 사막과 닮은 모습이었다. 어디에나 햇살이었다. 그 안에서, 그 위에서 살 수 있다면 얼마나 좋을까. 바위 위로 달리는 도마뱀이 보였다. 향긋한 월귤 열매 사이로 바쁘게 날아다니는 꿀벌이 보였다. 그 순간 나는 벌이나 도마뱀이 되고 싶었다. 여기서 적당한 양식과 영원한 안식을 찾을 수 있을 테니까. 하지만 나는 인간이었고 인간으로서의 욕구가 있었다. 나의 욕구를 채워 줄 것이 하나도 없는 이곳에 더 머물러 있으면 안 된다. 나는 일어났다. 내가 누웠던 잠자리를 돌아보았다. 미래에 대한 희망 없이, 내가 원한 것은 이것 하나뿐이었다. 밤사이 내가 잠들어 있는 동안에 나의 조물주가 내 영혼을 기꺼이 데려가기를. 죽음이 더는 내가 운명과 싸우는 것을 면하게 해 주고, 이 지친 몸뚱이가 조용히 썩어 황야의 흙과 평화로이 섞일 수만 있다면. 하지만 생명은 아직 나를 떠나지 않았다. 그 모든 인간적인 결핍과 고통과 책임 들도 함께 남아 있었다. 이 짐을 지고 가야 했다. 결핍을 채워야 했다. 고통을 견뎌야 했다. 책임을 다해야 했다.

나는 출발했다. 다시 위트크로스로 돌아가 뜨겁고 높이 솟은 태양을 등지고 길을 따라 걸었다. 그것 말고는 달리 선택의 여지가 없었다. 오랜 시간이 지나, 걸을 만큼 걸었다는 생각이 들고 나를 짓누르는 피로감에 굴복할 수밖에 없게 되자, 이제 무리한 억지 걸음을 멈추고 근처에 보이는 돌에 주저앉아, 마음과 몸을 꼼짝 못하게 하는 무감각에 항복해야겠다는 생각이 들었다. 어디선가 종소리가 들려왔다. 교회 종소리였다.

소리 나는 쪽을 돌아보니 내가 한 시간 전부터 변화와 풍경을 보는 것조차 그만두어 버렸던 낭만적인 언덕들 가운데, 촌락과 교회 첨탑이 드러나 있었다. 오른쪽 계곡으로는 목초지 들판과 옥수수밭과 숲이 가득했다. 반짝이는 물줄기가 다채로운 초록빛과 익어가는 곡식과 어둠침침한 삼림지와 맑고 밝은 풀밭 사이로 꼬불꼬불 흐르고 있었다. 앞쪽 길에서 굴러가는 바퀴 소리에 정신이 들어 쳐다보니, 묵직하게 짐을 실은 수레가 언덕을 오르고 있었다. 그 너머 멀지 않는 곳에 소 두 마리를 몰고 가는 사람도 보였다. 인간의 삶과 인간의 노동이 가까이 있었다. 나도 투쟁해야 했다. 다른 사람들처럼 살기 위해 애쓰고 수고해야 했다.

오후 2시경에 나는 마을로 들어섰다. 거리 아래쪽으로, 창가에 빵을 진열해 놓은 작은 가게가 있었다. 먹고 싶었다. 그거라도 먹으면 어느 정도 힘을 되찾을 수 있을 것 같았다. 먹지 못한다면 계속하기 어려우리라. 나와 같은 인간들 사이로 돌아오니 힘과 원기를 회복하고자 하는 의지가 되살아났다. 길바닥에서 배고파 기절하는 건 창피스러운 일이다. 나에게 저 빵과 맞바꿀 수 있는 게 있던가? 생각을 해 보았다. 나는 작은 비단 손수건을 목에 매고 있었다. 장갑을 끼고 있었다. 극단적인 궁핍에 처한 사람들이 어떻게 그 상황을 헤쳐 나가는지 알 수 없었고 이런 물건들이 받아들여질지도 알 수 없는 일이었다. 아마 안 될 것이다. 그래도 시도는 해 봐야 했다.

나는 가게로 들어갔다. 여자 한 명이 있었다. 점잖게 차려입은 나를 보고 손님으로 생각했는지, 그녀가 공손하게 앞으로 나왔다. 무얼 도와 드릴까요, 하는 질문을 받으니 수치심이 밀려들었다. 준비해 두었던 말이 입에서 나오지 않았다. 그녀에게 낡은 장갑과 구겨진 손수건을 내밀 수는 없는 노릇이었다. 어리석은 짓이라는 생각까지 들었다. 나는 그저 다리가 아파서 그러니 잠시만 앉아 있게 해 달라고 부탁했다. 손님인 줄 알았다가 실망한 그녀는 쌀쌀맞게 나의 부탁을 들어주었다. 그녀가 의자를 손가락으로 가리켰다. 나는 거기에 주저앉았다. 엉엉 울어 버리고 싶었다. 하지만 그게 얼마나 바보 같은 짓인지를 인식하고는 꾹 눌러 참았다. 곧바로 내가 그녀에게 물었다.

"이 마을에 재단사나 바느질하는 여자가 있나요?"

"네, 두세 명 있어요. 일거리가 있을 만큼 있는 셈이죠."

나는 생각했다. 지금 나는 궁지에 몰려 있었다. 결핍에 직면해 있었다. 의지할 게 하나도 없었다. 친구도 없고 돈도 없었다. 뭐든 해야만 했다. 무엇을 하지? 어디든 일자리를 구해야 했다. 하지만 어디에서?

"이 동네에 하인 구하는 집이 있는지 아시나요?"

"아뇨, 모르겠는데요."

"여기서는 주로 어떤 직업을 갖고 있나요? 사람들이 대개 무슨 일을 하나요?"

"농장 일을 하는 사람들도 있고, 올리버 씨의 바늘 공장과 주물 공장에서 일하는 사람도 많아요."

"올리버 씨가 여자도 고용하나요?"

"아뇨, 그건 남자들 일이에요."

"여자들은 그럼 무슨 일을 하나요?"

"모르겠어요. 이런저런 일들을 하겠죠. 가난한 사람들이야 뭐든 해서 먹고살아야 하니까요."

그녀는 내 질문이 지겨운 모양이었다. 사실 내가 무슨 권리로 그녀에게 대답을 강요할 수 있겠는가? 이웃 사람 한두 명이 들어왔다. 나는 앉아 있던 의자를 비워 주고 가게를 빠져나왔다. 거리를 걸어가며 오른쪽, 왼쪽의 집들을 바라보았다. 하지만 어느 집에도 들어갈 핑계나 동기를 찾을 수 없었다. 나는 한 시간 넘게 마을을 돌아다녔고, 때로는 갔던 길을 되돌아오기도 했다. 너무나 피곤하고 고통스러울 정도로 허기가 져서, 좁은 길로 들어가 산울타리 아래에 앉았다. 하지만 몇 분도 지나지 않아서 다시 일어나 뭔가를, 아니 먹고살아 갈 방편이나 적어도 방법을 알려 줄 수 있는 사람을 찾아 헤맸다. 골목길 위쪽에 앞마당이 딸린 예쁘고 아담한 집이 한 채 서 있었다. 마당에는 아주 깔끔하고 화사하게 꽃이 피어 있었다. 나는 그 앞에 멈춰 섰다. 내가 무슨 용건으로 저 하얀 문에 다가가, 저 반짝이는 노커를 두드릴 수 있을까? 무슨 방법으로 그 집에 있는 사람이 나를 도와주는 데 관심을 갖게 할 수 있을까? 어쨌든 나는 다가가서 문을 두드렸다. 깔끔하게 차려입은 온화한 인상의 젊은 여자가 문을 열었다. 절박한 마음과 기절할 것 같은 몸에서 나오는 지독히도 낮고 더듬거리는 목소리로 나는 하인이 필요하지 않은지 물었다.

"아뇨, 우리는 하인을 쓰지 않아요."

그녀가 말했다.

"무슨 일이든 일할 수 있는 데를 아시면 알려 주시겠어요?"

내가 계속했다.

"저는 여기에 아는 사람이 없는 외지인이에요. 일자리를 얻고 싶어요. 무슨 일이든 상관없어요."

하지만 내 상황을 생각해 주거나 나를 위해 일자리를 찾아 주는 것은 그녀와 아무 상관이 없는 일이었다. 게다가 나의 성격이나 신분이나 이야기가 그녀의 눈에 얼마나 의심스럽게 보였겠는가. 그녀는 고개를 흔들고, '나에게 알려 줄 수 있는 게 없어서 유감'이라며 꽤 부드럽고 정중하게 그 하얀 문을 닫았다. 어쨌든 나는 문 밖으로 밀려났다. 아마 그녀가 좀 더 오래 문을 열어 놓았더라면 나는 빵 한 조각이라도 달라고 애원했을지 모른다. 그 정도로 밑바닥까지 떨어졌으니까.

그 인색하고 도움받을 가망 없는 마을로 돌아가야 한다는 게 견딜 수 없었다. 차라리 거기서 멀지 않은 곳에 보이는 숲으로 벗어나고 싶었다. 그곳의 두터운 그늘이 편안한 쉼터를 제공해 줄 것 같았다. 하지만 너무나 힘들고 기운 없고 몸에서 요구하는 갈망들이 나를 극심하게 들볶아서, 나는 본능적으로 음식이 있을 만한 인가 주위를 끊임없이 배회하고 다녔다. 굶주림의 독수리가 이토록 나의 옆구리에 부리와 발톱을 박아 넣고 있는 동안은, 고독도 고독일 수 없고 휴식도 휴식일 수 없었다.

나는 집들이 있는 곳으로 다가갔다. 돌아 나왔다가 다시 갔다가 다시 돌아 나왔다. 나에게는 아무것도 요구할 권리가 없고, 그들이 내 고독한 운명에 관심을 가질 이유도 없다는 의식이 항상 나를 짓눌렀다. 내가 그렇게 길을 잃고 굶주린 개처럼 사방팔방으로 돌아다니는 사이에, 날은 오후로 접어들었다. 들판을 가로지르는데 눈앞에 교회 첨탑이 보였다. 서둘러 그쪽으로 다가갔다. 교회 묘지 근처, 마당 가운데에 서 있는 작고 튼튼한 집은 틀림없이 사제관일 것이다. 의지할 친구도 없이 낯선 곳에서 일자리를 구해야 하는 외지인들이 종종 성직자에게 소개와 도움을 청하지 않던가. 스스로를 돕고자 하는 자들에게 도움을 주는 것이, 아니면 적어도 조언이라도 해 주는 것이 성직자의 직분이다. 여기서는 뭔가 조언을 구해도 될 것 같은 느낌이 들었다. 새로 용기를 북돋우며 미약하게 남은 힘을 끌어모아 걸음을 재촉했다. 그 집에 도착하자 나는 부엌문부터 두드렸다. 나이 든 여자가 문을 열었다. 여기가 사제관이냐고 물었다.

"네."

"목사님은 안에 계신가요?"

"아뇨."

"곧 돌아오실까요?"

"아뇨, 출타 중이세요."

"멀리 가셨나요?"

"멀지는 않아요. 5킬로미터쯤, 갑자기 아버님이 돌아가셔서 가셨거든요. 지금 마시 엔드에 계시는데, 2주일 정도 더 계실 거예요."

"이 집의 안주인은 안 계신가요?"

"없어요, 나밖에 없죠. 나는 가정부예요."

독자여, 나는 도저히 그녀에게 이 굶주림의 고통을 달래 달라고 부탁할 수가 없었다. 아직은 구걸할 수 없었던 것이다. 다시 느릿느릿 그곳을 빠져나왔다. 다시 한 번 나는 내 손수건을 풀었다. 다시 한 번 그 작은 가게의 빵을 생각했다. 아, 굳은 빵 한 조각이라도 먹을 수 있다면! 기아의 고통을 덜어 줄 단 한 입이라도! 나는 본능적으로 다시 마을로 향했다. 다시 그 가게를 찾아 안으로 들어갔다. 그 여자 옆에 다른 사람들이 있었지만, 나는 용기를 내서 부탁했다.

"이 손수건을 받고 빵 한 덩이를 주시겠어요?"

그녀가 의심의 눈초리로 나를 쳐다보았다.

"안 되겠는데요. 그런 식으로 물건을 팔지는 않아요."

나는 거의 필사적으로 빵 반쪽을 부탁했다. 그녀가 다시 거절했다.

"어디서 난 손수건인지도 모르잖아요?"

그녀는 그렇게 말했다.

"이 장갑을 받아 주시겠어요?"

"안 돼요! 그걸 받아서 뭐에 쓰겠어요?"

독자여, 이 일을 자세히 설명하는 것은 유쾌한 일이 아니다. 지난날의 고생스러운 경험을 돌아보는 게 즐겁다고 말하는 사람들도 있지만, 나는 아직까지도 이 시기를 회상하는 게 견디기 힘들다. 육체적인 고통과 혼합된 절망의 기억이 너무나 괴로워서 도저히 기분 좋게 떠올릴 수가 없다. 나를 거절한 그 사람들을 원망하지도 않는다. 당연히 그럴 수 있으며, 어쩔 수 없는 일이었다고 생각한다. 보통 거지들도 의심을 받기 십상인데 잘 차려입은 거지는 더더욱 의심을 피할 수 없다. 물론 내가 구걸한 것은 일자리였다. 하지만 그들이 나에게 일자리를 제공할 의무는 없지 않은가? 당연하다. 그때 나를 처음 보았고 내가 어떤 사람인지도 전혀 모르는 사람들에게 그런 의무가 있을 리 없다. 내 손수건과 빵을 맞바꿔 주지 않겠다고 한 여자도, 내 제안이 꺼림칙하게 보였거나 손해나는 거래라고 생각했다면 옳게 행동한 것이다. 이제 이야기를 요약해야겠다. 이 이야기는 나를 지치게 한다.

날이 어두워지기 조금 전에 어느 농가를 지나다가, 문을 열어 놓은 채 빵과 치즈로 저녁 식사를 하고 있는 농부를 보았다. 나는 걸음을 멈추고 말했다.

"빵 한 조각만 주시겠어요? 배가 많이 고파서 그래요."

그는 놀란 눈으로 나를 쳐다보더니 말없이 두툼하게 빵 한 조각을 잘라 내밀었다. 그는 아마 나를 거지로 생각한 게 아니라, 흑빵이 먹고 싶어진 별난 여자쯤으로 여겼을 것이다. 그 집이 보이지 않는 곳에 도착하자 나는 곧바로 길바닥에 주저앉아 그것을 먹었다.

지붕 아래 잠자리를 구한다는 것은 바랄 수 없는 일이었으므로 나는 앞에서 말한 그 숲으로 들어갔다. 하지만 비참한 하룻밤이었고 휴식도 가능하지 않았다. 땅은 젖었고 공기는 싸늘했다. 게다가 주위를 지나다니는 침입자들 때문에 몇 번이나 자리를 바꿔야 했다. 안전이나 평온은 내 편이 아니었다. 날이 밝을 무렵부터 비가 내리기 시작하더니, 다음 날은 하루 종일 비가 내렸다. 독자여, 그 날을 어떻게 보냈느냐고 나에게 물어보지 마라. 전날처럼 나는 일자리를 찾아다녔다. 전날처럼 거절당했다. 전날처럼 배가 고팠다. 하지만 내 입으로 한 번 음식이 들어가기는 했다. 어느 오두막 문 앞에서 돼지 여물통에 차가운 죽을 던지려 하는 여자아이에게 "그거 나한테 줄래?" 하고 내가 부탁했다.

아이가 나를 뻰히 쳐다보더니 "엄마!" 하고 소리쳤다.

"어떤 여자가 이 죽을 달라고 해요."

안에서 목소리가 대답했다.

"그래? 거지인 것 같으면 줘라. 돼지도 그건 안 좋아할 거야."

아이가 굳은 죽 덩어리를 내 손에 털어 주었고, 나는 그것을 게걸스럽게 먹어 치웠다.

축축한 황혼이 깊어질 무렵, 나는 한 시간 넘게 걷고 있던 쓸쓸한 오솔길에서 멈춰 섰다. 나는 혼잣말로 중얼거렸다.

'힘이 다 빠져 버렸어. 더 이상은 갈 수 없을 것 같아. 오늘 밤에도 밖에서 지내야 하나? 이렇게 비가 오는데, 차갑게 젖은 땅에 머리를 뉘어야 하다니! 다른 방법이 없을 것 같아. 누가 날 받아 주겠어? 하지만 그건 아주 끔찍한 일일 거야. 배고프고 약하고 춥고 처량한 이런 기분으로는. 철저하게 희망이 사라져 버린 이 상태로는. 아마 나는 아침이 되기 전에 죽을 거야. 그런데 왜 나는 죽음의 가능성을 받아들이지 못하는 걸까? 어째서 가치 없는 삶을 유지하려고 이렇게 안간힘을 쓰는 걸까? 그건 로체스터 씨가 아직 살아 있다는 걸 알기 때문에, 아니 그렇게 믿기 때문이었다. 굶주림과 추위로 죽는다는 건, 인간의 본성이 순순히 굴복할 수 없는 운명이니까. 아, 신이여, 저를 조금 더 붙잡아 주소서! 도와주세요. 저를 인도해 주세요!'

생기 없는 내 눈이 안개 낀 어두운 풍경 위를 방황했다. 나는 마을에서 멀리 떨어져 나와 있었다. 마을은 보이지 않았다. 마을을 둘러싸고 있는 경작지도 보이지 않았다. 나는 갈림길과 샛길을 통해, 다시 한 번 드넓은 황야 근처로 나와 있었다. 히스 황야처럼 야생의 불모지로 남아 있는 들판 몇 개가 거무스름한 언덕과 나 사이에 놓여 있었다. 나는 생각했다.

'큰길이나 사람이 많이 다니는 거리보다는 저기서 죽는 게 나아. 구빈원의 관에 갇혀 빈민들의 무덤에서 썩어 가는 것보다는, 까마귀와 갈까마귀 들에게 내 뼈의 살점을 내주는 게 낫지.'

나는 언덕으로 발길을 돌렸다. 그곳에 도착했다. 이제 안전하지는 않아도 적어도 남의 눈에 띄지 않게 드러누울 만한 우묵한 분지를 찾는 일만 남았다. 하지만 그 황야의 표면은 한결같이 평평해 보였다. 다른 것은 빛깔뿐이었다. 습지에 무성하게 자란 골풀과 이끼들은 초록색, 히스만 있는 마른 땅은 검정색이었다. 날이 점점 어두워지고 있었지만, 그 정도는 구분할 수 있었다. 일광과 같이 색이 흐려졌으므로, 단순한 명암의 차이일 뿐이었지만.

내 눈은 여전히 황량한 풍경 속으로 사라지는 음울한 둔덕과 황야의 변두리를 헤매고 있었다. 그때 멀리 습지와 봉우리 사이의 어두컴컴한 지점에 빛이 하나 나타났다. '도깨비불일 거야.' 제일 먼저 떠오른 생각은 그것이었다. 금방 사라지겠지. 그런데 그 빛은 꾸준하게 계속 타올랐다. 가까워지거나 멀어지지도 않았다. '그럼 방금 피워 놓은 모닥불일까?' 하고 자문해 보았다. 불빛이 퍼지는지 확인하려고 지켜보았다. 하지만 불빛은 퍼지지 않았다. 빛은 작아지지도 않고 커지지도 않았다.

'집에 켜 놓은 양초일지도 몰라.' 나는 그렇게 짐작했다. '하지만 내 짐작이 맞는다고 해도, 저기까지는 갈 수 없어. 너무 멀어. 혹 1미터 거리에 있다고 해도 소용이 없겠지. 문을 두드려 봤자 내 눈앞에서 닫혀 버릴걸.'

나는 서 있던 그 자리에 앉아, 땅에 얼굴을 묻고 한동안 그대로 누워 있었다. 밤바람이 언덕 위로, 내 몸 위로 쓸고 지나가 멀리서 신음하며 사라졌다. 줄기차게 내리는 빗줄기가 나를 다시 속까지 흠뻑 적셔 놓았다. 이 빗속에서 내 몸이 잔잔한 얼음이 될 수 있다면, 친절한 죽음의 무감각으로 굳어질 수만 있다면. 그렇다면 아무것도 느끼지 않아도 될 텐데. 하지만 아직 살아 있는 나의 육체는 그 싸늘한 냉기에 몸서리를 쳤다. 얼마 지나지 않아 나는 일어났다.

빛은 아직 그 자리에 있었다. 빗속에서 어슴푸레하면서도 꾸준하게 빛나고 있었다. 나는 다시 걸으려고 노력했다. 지친 다리를 천천히 그쪽으로 끌고 갔다. 언덕 너머로 비스듬하게 넓은 습지를 지나야 했다. 겨울에는 도저히 건널 수 없을 것이고, 한여름인 지금도 질퍽질퍽하고 위험했다. 그곳에서 나는 두 번 쓰러졌다. 하지만 그때마다 다시 일어나 기운을 끌어모았다. 그 빛은 나에게 남은 한 가닥 희망이었다. 나는 그것을 잡아야 했다.

습지를 건너자 황야 위로 하얗게 나 있는 흔적이 보였다. 그리로 다가갔다. 길이거나 사람이 밟아 다진 자국이었다. 그것은 곧장 그 빛으로 연결되어 있었다. 불빛은 이제 나무숲—어둠 속에서 내가 분간할 수 있는 형태와 잎의 특징으로 보아 전나무가 분명했다—사이의 둔덕 같은 곳에서 새어 나오고 있었다. 내가 가까이 가자 나의 별이 사라졌다. 어떤 장애물이 나와 그것 사이를 가로막은 듯했다. 나는 눈앞의 어두컴컴한 덩어리로 손을 뻗어 만져 보았다. 야트막한 담을 이루는 거친 돌들, 그 위에 말뚝 같은 게 있고, 안쪽으로는 높고 따끔따끔한 산울타리가 있었다. 나는 계속 더듬으며 나아갔다. 다시 희끄무레한 물체가 내 앞에서 번득였다. 쪽문이었다. 거기에 손을 대자 경첩이 움직이며 문이 열렸다. 양쪽에 시커먼 덤불이 서 있었다. 호랑가시나무나 주목인 것 같았다.

문으로 들어가 관목 숲을 지나자 집의 윤곽이 눈에 들어왔다. 검고 낮고 약간 길쭉한 집이었다. 하지만 길을 안내해 주던 빛은 어디에도 보이지 않았다. 모든 것이 어둠에 싸여 있었다. 사람들은 자러 들어갔을까? 틀림없이 그럴 것 같았다. 나는 문을 찾으며 모퉁이를 돌았다. 거기, 지면에서 30센티미터쯤 위로 올라선 작은 마름모꼴의 격자창에서, 다시 친절한 반짝임이 새어 나왔다. 담쟁이덩굴이나 그 비슷한 덩굴 식물이 건물의 그쪽 벽면을 온통 뒤덮고 있어서 창이 더 작아 보였다. 창구멍이 아주 좁은 데다 가려져 있기까지 해서 커튼이나 덧창은 필요 없어 보였다. 내가 몸을 굽혀 창문 위로 뻗어 있는 이파리 많은 나뭇가지를 헤치자, 방 안이 훤히 들여다보였다. 깨끗하게 청소한 모래 빛깔의 바닥이 선명하게 드러났다. 백랍 접시들이 가지런히 정리돼 있는 월넛 식기장이 시뻘건 토탄의 불길과 광채를 반사하고 있었다. 시계, 하얀 전나무 탁자, 의자 몇 개가 보였다. 봉화 역할을 했던 양초는 탁자 위에서 타올랐다. 그 불빛 옆에, 주위의 모든 것처럼 깨끗하고 다소 거칠어 보이는 나이 든 여자가 양말을 뜨고 있었다.

되는 대로 훑어보았지만 특이하다고 할 만한 것은 없었다. 그보다 더 나의 관심을 끈 것은 난롯가에서 장밋빛 평화와 따스한 온기에 싸여 조용히 앉아 있는 사람들이었다. 젊고 우아한 여자 둘이 하나는 낮은 흔들의자에, 다른 하나는 더 낮은 걸상에 앉아 있었다. 둘 다 새하얀 목과 얼굴을 유난히 돋보이게 해 주는 우중충하고 검은 크레이프와 봄버진 상복을 입고 있었다. 한 여자의 무릎에는 커다랗고 늙은 포인터 사냥개가 커다란 머리를 기대고 있었고 다른 여자의 무릎에는 검정고양이가 누워 있었다.

이렇게 허름한 부엌에 그런 사람들이 있다는 게 도통 어울려 보이지 않았다! 그들은 누구일까? 탁자 앞에 앉은 나이 든 여자의 딸은 아닌 것 같았다. 그 여자는 투박해 보였지만, 두 여인은 모두 고상하고 교양 있어 보였다. 그들과 닮은 얼굴을 나는 어디서도 본 적이 없었다. 그런데도 보면 볼수록 왠지 생김새가 친근하게 느껴졌다. 그들을 미인이라고 말할 수는 없다. 그렇게 말하기에는 너무 창백하고 엄숙한 모습이었다. 책에 고개를 숙이고 있는 그들의 모습은 엄격하다 싶을 정도로 심각해 보였다. 그들 사이의 탁자에 또 하나의 양초와 그들이 자주 참고하는 커다란 책이 두 권 올려져 있었다. 번역할 때 사전을 찾아보는 사람들처럼, 손에 쥐고 있는 더 작은 책들과 대조해 가며 읽는 듯했다. 그 광경은 마치 모든 사람이 환영이고 불 켜진 방이 그림인 것처럼 조용하기 짝이 없었다. 어찌나 고요한지, 쇠살대에서 재가 떨어지는 소리, 어두운 구석에서 똑딱거리는 시계 소리까지 들릴 정도였다. 착착 움직이는 여인의 뜨개바늘 소리까지 들을 수 있었다. 마침내 목소리 하나가 그 묘한 정적을 깼다. 나도 들을 수 있었다.

"다이애나, 프란츠와 늙은 다니엘이 밤에 같이 있었는데, 프란츠가 자신을 공포에 떨게 했던 꿈 이야기를 하고 있어. 들어 봐!"

책에 열중해 있던 한 사람이 말했다. 그러고는 내가 한마디도 이해할 수 없는 무언가를 낮은 목소리로 읽어 내려갔다. 내가 모르는 언어였다. 프랑스 어나 라틴 어가 아니었다. 그리스 어인지 독일어인지도 알 수 없었다.

"힘 있는 문장이야."

다 읽고 나서 그녀가 말했다.

"난 여기가 마음에 들어."

얘기를 들으려고 고개를 들었던 다른 여자가 불길을 응시하며, 방금 읽은 글의 한 행을 중얼거렸다. 나중에 나는 그게 어느 나라 말이고 어떤 책이었는지 알게 되었다. 그러므로 여기서 그 행을 인용하겠다. 비록 처음 들었을 때는, 소리 나는 구리와 울리는 꽹과리처럼 내게는 아무 의미도 전해 주지 않았지만. 그녀가 그 검고 깊은 눈을 반짝이며 소리쳤다.

"'Da trat hervor Einer, anzusehen wie die Sternen Nacht(별빛 반짝이는 밤의 모습으로 한 사람이 걸어 나오도다).' 좋아! 좋아! 마치 위대한 대천사의 모습이 어슴푸레하게 눈앞에 떠오르는 것 같잖아! 이 한 줄은 과장된 문장 백 페이지만큼의 가치가 있어. 'Ich wäge die Gedanken in der Schale meines Zornes und die Werke mit dem Gewichte meines Grimms(나는 그 생각을 노여움의 저울로 달고 그 일을 분노의 추로 달아 보노라).' 마음에 들어!"

둘은 다시 입을 다물었다.

"그런 식으로 말하는 나라도 있어요?"

나이 든 여자가 뜨개감에서 고개를 들며 물었다.

"있지. 영국보다 훨씬 큰 나라야, 해나. 다른 식으로는 말하지 않아."

"그런 말로 서로 얘기나 통할지 모르겠네요. 아가씨들 중 한 분이 거기 가면, 그 사람들 말을 알아들을 수 있는 거겠지요?"

"아마 알아듣는 말도 있겠지만 전부 알아듣지는 못할 거야. 해나가 생각하는 것처럼 우리는 그렇게 똑똑하지 않거든. 독일어를 말할 줄도 모르고, 사전의 도움 없이는 읽지도 못하는걸.”

“그럼 아무 소용도 없는 거잖아요.”

“언젠가 독일어를 가르치려고 해, 초급 정도라도. 그러면 지금보다 보수를 많이 받게 될 거야.”

“그렇겠군요, 하지만 공부는 그만하세요. 오늘 밤에는 할 만큼 했어요.”

“그런 것 같아. 아, 피곤해라. 메리, 너는 어때?”

“나도 아주 피곤해. 선생님 없이 사전만 가지고 언어를 공부한다는 건 힘든 일이야.”

“그래. 이렇게 이상야릇하면서도 멋진 독일어 같은 언어는 특히 더하지. 세인트 존은 언제 돌아오려나?”

“곧 오겠지. 이제 10시가 다 돼 가(그녀가 허리춤에서 꺼낸 작은 금시계를 바라보았다). 비가 계속 오네. 해나, 저쪽 거실의 난롯불 좀 봐 줄래요?”

나이 든 여자가 일어났다. 그녀가 문을 열자, 그 틈으로 어렴풋이 복도가 보였다. 곧이어 그 안쪽 방에서 불길 휘젓는 소리가 들렸다. 그녀가 금방 돌아와 말했다.

“아, 아가씨들. 이제 저쪽 방에 가는 건 마음이 괴로워요. 구석으로 치워진 텅 빈 의자가 어찌나 쓸쓸해 보이는지.”

그녀가 앞치마로 눈을 닦았다. 지금까지 엄숙해 보이던 두 여인의 얼굴도 슬퍼 보였다.

“하지만 나리는 더 좋은 곳에 계시니까, 돌아오시기를 바라면 안 되겠지요. 그보다 더 조용히 돌아가신 분도 없을 테고요.”

"우리에 대해 전혀 말씀이 없으셨다고 했지?"

숙녀 중 한 사람이 물었다.

"그럴 시간이 없었어요, 아가씨. 아주 갑자기 돌아가셨는걸요. 전날만 해도 조금 아프신 것 같긴 했지만 심각하지는 않았어요. 세인트 존 씨가 아가씨들에게 기별을 해서 한 분이라도 오시라고 할까 하고 여쭤 봤더니 웃어넘기시던걸요. 다음 날은, 그러니까 2주일 전이죠. 아침에 머리가 약간 무겁다고 하시고 그냥 그렇게 계시다가 주무시러 들어가셨는데 그 후로 다시 깨어나지 않으신 거예요. 존 씨가 방에 들어가서 아버님이 돌아가신 걸 알았을 때는 벌써 몸이 뻣뻣하게 굳어 있었어요. 아, 아가씨들! 아버님은 이 오랜 혈통의 마지막 분이었어요. 아가씨들과 세인트 존 씨는 돌아가신 아버님과는 다른 것 같으니까요. 어머님은 아가씨들과 많이 비슷했어요. 공부도 많이 하시고 메리 아가씨는 어머님을 쏙 빼닮았어요. 다이애나 아가씨는 아버님을 더 닮았죠."

나는 이 두 사람이 아주 비슷하게 생겼다고 생각했기 때문에 그 늙은 하인이(이제 그녀가 하인이라는 걸 알았으니까) 무얼 보고 다르다고 하는지 이해되지 않았다. 둘 다 뽀얀 피부에 호리호리한 체구였다. 둘 다 기품과 지성이 가득한 얼굴이었다. 한쪽이 확실히 다른 사람보다 머리카락 색이 더 짙고, 머리 모양이 다르기는 했다. 메리의 연갈색 머리는 두 갈래로 매끄럽게 땋아져 있었고, 다이애나의 보다 진한 색 머리채는 굵은 고수머리로 목덜미를 덮고 있었다. 시계가 10시를 울렸다.

"저녁 드셔야죠. 세인트 존 씨도 오시면 식사하셔야 할 거예요."

말을 마친 해나는 식사 준비를 하기 시작했다. 숙녀들은 자리에서 일어났다. 거실로 가려는 모양이었다. 이때까지 나는 그들을 정신없이 쳐다보며, 그들의 외모와 대화에 관심을 집중하고 있었기 때문에 나의 비참한 처지를 잠시 잊고 있었다. 이제 내 처지가 떠올랐다. 그들과 대조가 되어서인지, 더 쓸쓸하고 절망적으로 느껴졌다. 이 집 사람들이 나에게 관심을 갖게 하고, 나의 굶주림과 고통을 진실로 믿게 하고 이 방랑에서 쉴 자리를 제공하게 하는 것이 과연 가능한 일일까? 더듬더듬 손으로 문을 찾아 머뭇머뭇 두드리면서도, 나는 잠자리를 제공받을 수 있으리라는 희망이 근거 없는 망상에 불과하다고 생각했다. 해나가 문을 열었다.

"무슨 일이세요?"

그녀가 손에 들고 있는 촛불에 의지해 나를 살펴보며 놀란 목소리로 물었다.

"여기 주인 아가씨들에게 말씀드려도 될까요?"

내가 말했다.

"할 말 있으면 나한테 하세요. 어디서 오셨어요?"

"다른 지방에서 왔어요."

"이 시간에 무슨 볼일이세요?"

"헛간이든 어디든 하룻밤 재워 주시고, 빵 한 조각만 주셨으면 해서요."

내가 두려워했던 바로 그 불신의 표정이 해나의 얼굴에 나타났다. 그녀가 잠시 후에 말했다.

"빵은 줄게요. 하지만 모르는 사람을 재워 줄 수는 없어요, 안 되겠어요."

"주인 아가씨들에게 말씀드릴 수 있게 해 주세요."

"아뇨. 안 돼요. 아가씨들이 당신에게 뭘 해 줄 수 있겠어요? 이런 시간에 헤매고 다니면 안 돼요. 수상해 보이거든요."

"하지만 여기서 쫓겨나면 제가 어디로 가겠어요? 무얼 할 수 있겠어요?"

"아, 어디로 가고 무엇을 할지는 당신이 잘 알고 있겠죠. 나쁜 짓이나 하지 말아요. 제가 해 줄 말은 이뿐이에요. 여기 1페니 줄 테니 이제 가세요."

"1페니로는 무얼 먹을 수도 없고, 저는 멀리 갈 기운도 없어요. 문을 닫지 마세요. ……아, 닫지 마세요, 제발!"

"닫아야겠어요, 비가 들이쳐서."

"아가씨들에게 말씀드려 주세요. 그분들을 한 번만 만나게 해 주세요."

"안 된다니까요. 아무래도 수상해. 그렇지 않고서야 이런 소란을 일으킬 리가 없지. 얼른 가라니까."

"쫓겨나면 저는 죽게 될 거예요."

"그럴 리가 있나. 이런 밤 시간에 남의 집 주변을 얼쩡거리는 걸 보면 분명히 못된 꿍꿍이가 있는 거야. 근처에 강도나 그런 패거리들이 있는 거라면 이 집에 우리만 있는 게 아니라고 일러 줘요. 여기에는 남자도 있고 개도 있고 총도 있어요."

정직하긴 하지만 고지식한 하인은 이 말을 끝으로 문을 닫고 안에서 빗장을 걸어 잠갔다.

여기까지가 나의 한계였다. 극심한 고통이, 진정한 절망의 격통이 내 가슴을 찢어 들썩이게 했다. 나는 완전히 지치고 말았다. 더는 한 걸음도 움직일 수 없었다. 비 젖은 계단에 무너져 내렸다. 신음했다. 두 손을 비틀며 처절한 괴로움에 울음을 터트렸다. 아, 죽음의 망령이여! 아, 너무나 무섭게 다가오고 있는 마지막 시간이여! 같은 인간들에게서 추방되어 세상에 혼자 동떨어져 있는 이 슬픈 고립감이여! 의지할 집도 없고, 발판으로 삼을 꿋꿋함도 사라졌다. 하지만 나는 곧 마음을 가다듬으려고 노력했다.

"죽음이 있을 뿐이다. 난 하느님을 믿어, 조용히 그분의 뜻을 기다리자."

이 말은 머릿속에서 나와 입 밖으로 내뱉어졌다. 나는 모든 슬픔을 마음속에 다시 잡아넣고 거기에 남겨 두려고 애썼다. 소리 나지 않게 잠잠하게.

그때 바로 옆에서 목소리가 들려왔다.

"인간은 누구나 죽는 거요. 하지만 여기서 이렇게 굶어 죽을 필요는 없지요. 그런 때 이른 죽음을 기다리는 게 모든 인간의 운명은 아니니까."

"이 말은 사람의 소리일까, 귀신의 소리일까?"

그 홀연한 소리에 겁이 나서 내가 중얼거렸다. 이제 무슨 일에서도 도움이 찾아오리라는 희망을 끌어낼 수 없었다. 어떤 형태가 가까이에 있었다. 밤이 칠흑같이 검고 눈까지 흐릿해서 나는 그게 무슨 형태인지 구별할 수 없었다. 이 새로 나타난 사람이 요란하고 길게 문을 두드렸다.

"세인트 존 씨?"

안에서 해나가 소리쳤다.

"그래 나요. 빨리 열어요."

"날씨가 이리 궂으니 얼마나 춥고 비에 흠뻑 젖으셨을까! 들어오세요. 아가씨들이 많이 걱정하고 계시고, 주위에 나쁜 무리들이 있는 것 같아요. 거지가 왔다 갔거든요. 어머나, 아직도 안 갔네! 여기 앉아 있잖아. 일어나! 뻔뻔스럽게! 얼른 가라니까!"

"조용히 해요, 해나! 이 여자와 할 얘기가 있소. 당신이 이 여자를 쫓아냄으로써 할 일을 다했으니, 이제 내가 안으로 데려가서 내 의무를 다해야겠소. 근처에서 두 사람이 하는 얘기를 다 들었소. 이 사람에게는 좀 특별한 사정이 있는 것 같아. 최소한 그게 뭔지라도 알아봐야겠소. 이봐요, 일어나서 집 안으로 들어가시오."

어렵사리 나는 그의 말대로 했다. 나는 깨끗하고 환한 부엌으로 들어가 벽난로 바로 옆에 바들바들 떨며 힘없이 섰다. 내 몰골은 틀림없이 비바람에 시달려 헝클어지고 파랗게 질려 형편없으리라. 두 명의 숙녀와 그들의 오라비 세인트 존 씨, 나이 든 하인이 모두 나를 뚫어져라 쳐다보았다.

"세인트 존, 누구예요?"

여자 하나가 묻는 소리가 들렸다.

"모르겠어. 문 앞에 있더구나."

"얼굴이 창백해요."

해나가 말했다.

"진흙이나 송장처럼 창백해. 쓰러질 것 같아. 의자에 앉혀야겠

EDMUND
DULAC

어."

누군가가 대꾸했다.

정말 머리가 빙빙 돌았다. 다리가 푹 꺾였다. 하지만 의자가 나를 받아 주었다. 나는 아직 의식을 잃은 게 아니었다. 말을 할 수는 없었지만.

"물을 마시면 좀 나아질지도 몰라. 해나, 마실 것 좀 가져와요. 너무나 수척해. 어쩜 이렇게 마르고 핏기가 없을까."

"꼭 유령 같아."

"병이 난 걸까, 굶주린 걸까?"

"굶주린 쪽인 것 같아. 해나, 그거 우유야? 이리 줘요, 빵도."

다이애나(나에게 몸을 굽힐 때 나와 난롯불 사이로 떨어지는 긴 곱슬머리를 보고 나는 그녀가 다이애나라는 걸 알았다)가 빵을 조금 떼어 우유에 적셔서 내 입에 갖다 댔다. 그녀의 얼굴이 내 눈앞에 있었다. 나는 그 얼굴에서 연민을 보았고, 그 가쁜 숨결에서 동정심을 느꼈다. "먹어 봐요." 하는 간단한 말 한마디에도 향유처럼 마음을 달래 주는 온정이 담겨 있었다.

"그래요, 먹어 봐요."

메리가 부드럽게 되풀이했다. 메리의 손이 나의 젖은 보닛을 벗겨 내고 내 머리를 잡아 올려 주었다. 나는 그들이 주는 것을 맛보았다. 처음에는 힘없이, 다음에는 열심히 먹었다.

"처음부터 너무 많이 먹이면 안 돼. 그만 먹게 해. 이 정도면 충분해."

그들의 오빠가 말했다. 그러고는 우유 컵과 빵 접시를 물렸다.

"조금만 더요, 세인트 존. 이 간절한 눈을 봐요."

"지금은 더 먹으면 안 돼. 이제 그녀가 말할 수 있는지 알아봐. 이름을 물어봐."

이제는 말을 할 수 있을 것 같았다.

"제 이름은 제인 엘리엇이에요."

누구에게도 발견되지 않으려고 전부터 가명을 쓰기로 결심하고 있었다.

"어디 살아요? 당신의 친지들은 어디 있어요?"

나는 잠자코 있었다.

"누구 아는 사람 있으면 연락해서 오라고 할까요?"

나는 고개를 흔들었다.

"자신에 대해 설명을 좀 해 주시겠소?"

웬일인지 이 집의 문지방을 넘어 그 주인들과 얼굴을 마주한 지금, 나는 더 이상 넓은 세상에 버려진 추방자나 부랑자가 아닌 것 같았다. 이제는 거지처럼 구걸하고 싶지 않았다. 나는 원래의 내 성격과 태도로 과감하게 돌아갔다. 다시 한 번 나 자신을 깨닫기 시작했다. 사실 설명할 기운도 전혀 없었다. 나는 잠시 침묵하고 나서 대답했다.

"오늘 밤에는 자세히 설명드릴 수가 없습니다."

"그럼 우리가 뭘 어떻게 해 주기를 바라시오?"

그가 말했다.

"바라는 거 없습니다."

내가 대답했다. 간단한 대답을 할 정도의 힘밖에 남아 있지 않았다. 다이애나가 입을 열었다.

"지금 그 말은 우리에게 원하는 만큼의 도움을 받았다는 뜻인가요? 그러니까 이제 비 내리는 한밤의 황야로 당신을 내보내도 된다는 건가요?"

나는 그녀를 바라보았다. 그녀는 놀라운 외모를 지니고 있었다. 힘과 선량함이 가득 배어 있었다. 갑자기 용기가 솟았다. 그녀의 동정 어린 시선에 미소로 대답하며 내가 말했다.

"전 당신을 믿겠어요. 오늘 같은 밤에는 길 잃은 개 한 마리도 이 난롯가에서 밀어내지 않으실 분으로 보여요. 사실 나는 정말로 두렵지 않아요. 당신이 원하는 대로 하세요. 하지만 긴 이야기를 시키지는 말아 주세요. 숨이 차요. 말할 때마다 경련이 일어나거든요."

세 사람이 모두 나를 살펴보았고, 셋 다 입을 열지 않았다. 마침내 세인트 존 씨가 말했다.

"해나, 우선 그녀를 여기 앉혀 두고 아무것도 물어보지 말아요. 그리고 10분 후에 우유와 빵을 마저 먹게 해 줘요. 메리, 다이애나, 응접실에 가서 이 문제를 상의해 보자."

그들이 나갔다. 금세 한 여자가 되돌아왔다. 그녀가 누구인지는 알 수 없었다. 따뜻한 불가에 앉아 있는 동안 기분 좋은 혼수상태가 내 몸으로 스며들었다. 그녀가 낮은 목소리로 해나에게 무언가 지시를 내렸다. 오래지 않아, 나는 하인의 부축을 받으며 계단을 올라갔다. 흠뻑 젖은 내 옷들이 벗겨졌다. 곧 따뜻하고 마른 침대가 나를 맞아주었다. 나는 하느님께 감사했다. 말할 수 없이 피곤한 가운데서도 감사에 찬 기쁨을 느끼며 잠이 들었다.

## 제29장

그 후로 이어지는 사흘 밤낮에 대한 기억은 아주 흐릿하다. 그사이에 내가 어떤 감각을 느꼈는지는 조금 기억이 난다. 하지만 거의 아무런 생각도 하지 않았고, 아무런 활동도 하지 않았다. 나는 내가 작은 방의 좁은 침대에 있다는 것을 알았다. 침대에 뿌리 내리고 있는 듯한 느낌이었다. 거기에 돌처럼 미동 없이 누워 있었다. 거기서 떼어졌다간 죽을 것만 같았다. 나는 시간의 흐름은 알아차리지 못했지만, 누군가 방에 들어오거나 나가는 것은 알았다. 그들이 누군지도 알 수 있었다. 그들이 내 옆에 서서 하는 말도 이해했다. 하지만 대답을 할 수는 없었다. 입을 열거나 팔다리를 움직이는 것이 모두 불가능했다. 제일 자주 들르는 사람은 하인 해나였다. 그녀가 오면 나는 항상 불안했다. 그녀가 나를 내보내고 싶어 한다는 느낌을 받았기 때문이다. 그녀는 나에 대해서나 내 상황에 대해 이해하지 못했다. 나에게 편견을 갖고 있었다. 다이애나와 메리는 하루에 한두 번 정도씩 방에 들어왔다. 그들은 내 침대 머리맡에서 이런 종류의 이야기를 소곤거렸다.

"들어오게 하길 잘했어."

"그래, 밤새 밖에 내버려 뒀으면 틀림없이 아침에 문 앞에서 죽은 채로 발견됐을 거야. 대체 무슨 일을 겪었던 걸까?"

"우리가 모르는 여러 가지 고생을 했겠지. 가엾어라, 야위고 창백한 방랑자 같아."

"말하는 태도로 봐서 교육을 못 받은 사람 같지는 않아. 사투리도 없고. 벗어 놓은 옷들도 지저분하게 젖어 있기는 했지만 별로 낡지 않은 좋은 옷이야."

"얼굴 생김이 독특해. 살집이 없고 초췌하긴 해도 마음에 들어. 건강을 회복하고 기운을 차리면 보기 좋은 얼굴이 될 것 같아."

그들의 대화에서 그들이 나에게 베푼 호의를 후회하는 말은 한 번도 들어 보지 못했다. 나에 대한 의심이나 반감의 말도 없었다. 마음이 놓였다.

세인트 존 씨는 딱 한 번 찾아왔다. 나를 쳐다보며, 이 무기력한 상태는 오랫동안 쌓인 피로 때문에 나타나는 반응이라고 말했다. 의사를 부를 필요는 없다. 자연이 최선의 치료를 해 줄 테니, 자연에게 맡겨 두면 된다. 신체의 모든 신경이 지나치게 긴장했던 것이니 한동안 모든 체계가 휴면 상태로 잠을 자야 한다. 병에 걸린 것도 아니다. 일단 회복되기 시작하면 충분히 빠르게 기력을 되찾을 것이다. 그는 조용하고 나지막한 몇 마디로 이런 의견을 전달했다. 그의 목소리는 수다스러운 비평에 익숙지 않은 듯했다. 잠시 후에 그가 덧붙였다.

"보기 드문 얼굴이야. 물론, 저속하거나 천박한 인상은 아니야."

다이애나가 대답했다.

"전혀 아니죠. 솔직히 말하면, 세인트 존, 나는 이 가엾은 아이에게 마음이 끌려요. 언제까지나 도움이 돼 줄 수 있었으면 좋겠어요. 아마 친지들과의 사이에 오해가 생겨서 분별없이 집을 떠나온 아가씨일 거야. 고집이 세지만 않으면 그들에게 돌려보낼 수도 있겠지. 하지만 얼굴선이 강한 걸로 보아 그리 순종적일 것 같지는 않군."

그의 대답이었다.

그는 몇 분 동안 서서 나를 살펴보았다. 그 후에 덧붙였다.

"현명해 보이긴 하지만 미인은 아니야."

"지금 많이 아프잖아요, 세인트 존."

"아프든 아니든 평범한 건 달라지지 않아. 미인으로서의 우아함과 조화가 상당히 부족해."

사흘째로 접어들자 나는 한결 회복되었다. 나흘째에는, 말하고 움직이고 침대에서 일어나고 돌아누울 수도 있었다. 식사 때쯤 되었다고 생각될 무렵에 해나가 오트밀 죽과 버터를 바르지 않은 토스트를 가지고 왔다. 나는 맛있게 먹어 치웠다. 음식은 맛있었다. 열 때문에 무엇이든 쓰게 느껴지던 입맛도 좋아졌다. 해나가 방에서 나갔을 때, 나는 제법 힘이 나고 몸이 회복된 기분을 느꼈다. 머지않아 누워 있는 게 지겨워지고 움직이고 싶은 욕구가 생겼다. 침대에서 일어나고 싶었다. 하지만 무엇을 입어야 하지? 내가 가진 옷이라고는 입은 채로 땅바닥에서 자고 습지에도 쓰러졌던 흙투성이의 젖은 옷뿐이다. 그런 차림으로 은인들 앞에 나가려니 부끄러웠다. 다행히도 그런 창피를 무릅쓸 필요는 없었다.

침대 옆 의자에 내 옷가지가 깨끗하게 마른 상태로 놓여 있었다. 검은 비단 프록은 벽에 걸려 있었다. 수렁에 빠졌던 흔적들은 사라지고, 젖어서 생긴 구김살들도 펴져 있었다. 꽤 말끔한 상태였다. 신발과 스타킹까지 깨끗해져서 남 앞에 신고 나갈 만했다. 방 안에는 세수 시설과 머리를 단정하게 빗을 빗과 브러시도 있었다. 5분마다 한 번씩 쉬는 힘든 과정을 거치고 나서 나는 결국 옷을 입는데 성공했다. 살이 많이 빠진 탓에 옷이 헐렁했다. 하지만 숄로 그 부족분을 가리고, 다시 한 번 깨끗하고 남부끄럽지 않은 모습으로 흙투성이 얼룩도 없고 나를 천하게 끌어내리는 듯해서 내가 몹시 싫어했던 흐트러짐의 흔적도 없는 모습으로 난간을 붙잡고 돌계단으로 내려가 좁고 낮은 복도를 지나, 금세 부엌으로 가는 길을 찾아냈다.

부엌은 새로 굽는 빵 냄새와 활활 지핀 불의 온기로 훈훈했다. 해나가 빵을 굽고 있었다. 잘 알려져 있다시피, 교육을 통해 완화되거나 비옥해지지 않은 마음의 토양에서 편견을 뿌리 뽑기란 매우 힘든 일이다. 편견은 돌 틈에 자란 잡초처럼 거기서 억세게 자라난다. 사실 해나는 처음에 쌀쌀맞고 딱딱했다. 최근에 그게 약간 누그러지기 시작했고, 내가 단정하고 말쑥한 차림으로 들어오는 것을 보고는 미소까지 지어 보이며 말했다.

"어머나, 일어났어요? 많이 나아진 모양이네. 앉으려면 난롯가에 있는 내 의자에 앉아도 돼요."

그녀가 흔들의자를 가리켰다. 나는 거기에 앉았다. 그녀는 가끔씩 흘끔흘끔 나를 쳐다보면서 바쁘게 돌아다녔다. 오븐에서 빵을 꺼내며 나에게 고개를 돌리더니, 그녀가 불쑥 물었다.

"여기 오기 전에도 구걸한 적 있어요?"

나는 순간적으로 화가 치밀었다. 하지만 화를 내 봤자 소용없는 일이고 내가 그녀에게는 정말 거지로 보였으리라는 것을 떠올리며, 조용히 그러면서도 약간 강하고 야무진 어조로 대답했다.

"나를 거지로 생각하는 건 오해예요. 난 거지가 아니에요. 당신이나 이 집의 아가씨들이 거지가 아닌 것과 마찬가지로요."

잠시 후에 그녀가 말했다.

"나는 당최 이해가 안 돼. 보아하니, 집도 없고 누런 것도 없는 것 같은데, 그렇잖아요?"

"집이나 누런 게(아마 돈을 말하는 모양이었다) 없다고 해서, 당신이 생각하는 것처럼 거지가 되는 건 아니에요."

"공부는 했어요?"

이윽고 그녀가 물었다.

"네, 많이 했어요."

"하지만 기숙 학교에 다닌 적은 없을 테지?"

"8년간 기숙 학교에 있었어요."

그녀의 눈이 휘둥그레졌다.

"그럼 왜 자기 밥벌이도 못하는 거예요?"

"나는 내 밥벌이를 해 왔고, 다시 그렇게 할 거예요. 그 구스베리로 뭘 할 거예요?"

그녀가 과일 바구니를 꺼냈을 때 내가 물었다.

"파이를 만들려고요."

"이리 주세요. 내가 다듬을게요."

"됐어요, 아가씨한테 뭐 시킬 생각은 없어."

"하지만 뭐든 해야겠어요. 내가 할게요."

그녀가 승낙을 했다. 옷을 더럽히면 안 된다면서, 내 치마에 펼칠 깨끗한 수건까지 갖다 주었다. 그녀가 말했다.

"손을 보니까 부엌일에 익숙한 것 같지는 않고 혹시 재단사였나?"

"아뇨, 틀렸어요. 이젠 내가 뭘 했건 신경 쓰지 말아 주세요. 더 이상 나 때문에 골머리를 썩지 마세요. 대신에 이 댁을 뭐라고 부르는지 말해 주세요."

"마시 엔드라고 부르는 사람도 있고, 무어 하우스라고 부르는 사람도 있지요."

"여기 사는 신사분은 세인트 존 씨고요?"

"아니, 그분은 여기 안 살아요. 잠깐 와 있는 거지. 살고 있는 집은 모턴의 교구에 있어요."

"몇 킬로미터 떨어져 있는 마을 말인가요?"

"그렇지."

"뭐 하는 분인데요?"

"목사님이라우."

내가 목사님을 만나게 해 달라고 청했을 때, 사제관의 늙은 가정부가 대답했던 말이 생각났다.

"그럼, 여기는 그분의 아버님 댁이에요?"

"그래요, 돌아가신 리버스 씨와 그전에 그분의 아버지, 할아버지,

증조할아버지까지 여기서 사셨지요."

"그러면 그 신사분의 이름은 세인트 존 리버스 씨겠네요?"

"그래요, 세인트 존은 세례명이고."

"동생분들은 다이애나 리버스와 메리 리버스인가요?"

"그렇죠."

"그분들의 아버님이 돌아가셨어요?"

"3주 전에 뇌졸중으로 돌아가셨어요."

"어머니는 안 계세요?"

"주인마님은 여러 해 전에 돌아가셨어요."

"이 댁에서 사신 지 오래됐어요?"

"여기서 30년을 살았죠. 세 분을 다 내가 키웠지요."

"그 정도면 정직하고 충실한 하인일 게 분명하군요. 그건 인정해 줄 만해요. 나를 거지라고 부르는 실례를 범하긴 했지만."

그녀가 다시 놀란 눈으로 나를 쳐다보며 말했다.

"내가 아가씨를 꽤 잘못 봤던 모양이에요. 하지만 워낙 속임수가 판을 치는 세상이라서 그런 거니까, 아가씨가 용서해 줘야 돼요."

내가 다소 엄격하게 말을 이었다.

"그래도 당신은 개도 밖에 내보내지 않을 밤에 나를 쫓아내려 했어요."

"그래요, 그건 심했어. 하지만 달리 어떻게 할 수 있겠어요? 나보다 우리 아가씨들을 더 생각해야 했는걸. 가엾은 아가씨들! 나밖에는 보살펴 줄 사람도 없으니 내가 정신을 바짝 차려야지."

나는 몇 분 동안 엄숙하게 침묵을 지켰다.

그녀가 다시 말했다.

"나를 너무 나쁘게 생각하지 말아요."

"그래도 나는 그렇게 생각할 수밖에 없어요. 이유를 말할게요. 그건 당신이 나에게 하룻밤 묵을 곳을 거절했다거나, 나를 사기꾼으로 간주했기 때문이 아니라, 방금 전처럼 내가 누린 것도 없고 집도 없다는 이유로 무시했기 때문이에요. 역사상 가장 훌륭했던 사람들 중에도 나처럼 가난했던 사람들이 있었어요. 그리고 당신이 그리스도인이라면 가난을 죄로 생각하면 안 돼요."

그녀가 말했다.

"이젠 안 그래요. 세인트 존 씨도 그렇게 말씀하셨고. 나도 내가 잘못했다는 거 알아요. 아무튼 아가씨에 대한 생각이 전과 많이 달라졌어요. 점잖고 바른 사람 같아요."

"그만하면 됐어요. 이젠 용서할게요. 우리, 악수해요."

그녀가 밀가루 묻은 딱딱하고 거친 손을 나에게 내밀었다. 다시 한 번 더욱 진심 어린 미소가 그녀의 투박한 얼굴에서 빛났다. 그 순간부터 우리는 친구가 되었다. 해나는 확실히 말하는 것을 좋아하는 사람이었다. 내가 과일을 다듬는 동안, 그녀는 파이 반죽을 만들면서 돌아가신 주인 나리와 마님에 대해, 그녀가 아이들이라고 부르는 젊은 남녀에 대해 이런저런 이야기들을 쉴 새 없이 들려주었다.

그녀는 돌아가신 리버스 씨가 아주 평범한 분이었지만 신사였고, 아주 오래된 가문의 후손이었다고 말했다. 마시 엔드는 집으로 지어진 이래로 리버스 가문의 것이었다.

"모턴 계곡에 있는 올리버 씨의 웅장한 저택과는 비교도 안 되게 작고 허름하지만 이래 봬도 2백 년이나 된 곳이죠. 빌 올리버의 아버지는 바늘을 만드는 기능공이었고, 리버스 가문은 모턴 교회의 등록부를 들여다보면 누구라도 알 수 있듯이 헨리 왕조 때부터 신사 계급이었어요."

그녀는 단언하면서도 이렇게 시인했다.

"돌아가신 주인님은 다른 사람들과 별반 다를 게 없었어요. 평범한 길에서 거의 벗어나지 않았죠. 사냥이나 농장 같은 것에 열중하셨어요."

마님은 달랐던 모양이다. 그녀는 대단한 독서가였고, 공부도 많이 한 사람이었다고 한다. 아이들은 어머니를 닮았는데 이 근방에는 그들과 같은 사람이 전에도 없었고 지금도 없다고 한다. 그들은 셋 다 거의 말을 할 줄 알게 되면서부터 공부하는 것을 좋아했다고 한다. 게다가 언제나 스스로를 책임져 왔다나. 세인트 존 씨는 성인이 되자 대학에 가서 목사가 되었고 아가씨들은 학교를 졸업하자마자 가정 교사 자리를 구했다. 몇 년 전에 그들의 아버지가 믿었던 남자에게 투자를 했다가 그 사람이 파산하는 통에 큰돈을 잃어버렸고, 아버지가 재산을 물려줄 수 없게 되자 각자 알아서 살 길을 찾아야 했던 것이다. 그래서 오랫동안 집을 떠나 좀처럼 드나들지를 못하다가 아버지가 돌아가셨다는 소식을 듣고 몇 주일 전에 와서 잠시 머물고 있다는 것이다. 하지만 그들은 마시 엔드와 모턴과 이 근방의 황야와 언덕 들을 너무나 좋아했다. 런던과 다른 여러 대도시에도 살아 보았지만, 언제나 고향처럼 좋은 곳이 없다고 했다고 한다. 게다가 서로 사이가 어찌나 좋은지, 싸우거나 언쟁을 한 적이 한 번도 없었다. 그녀는 그토록 우애와 정이 깊은 가족을 본 적이 없다고 말했다.

구스베리 따는 일을 끝마친 뒤에, 나는 두 아가씨와 그 오빠가 지금 어디에 있는지 물었다.

"모턴에 산책을 나가셨어요! 하지만 30분 내로 차 마시러 돌아오실 거예요."

해나가 얘기한 대로 그들은 그 시간 내에 돌아왔다. 그들이 부엌문으로 들어왔다. 세인트 존 씨는 나를 보더니 고개를 끄덕여 보이고 지나갔다. 두 여자는 걸음을 멈췄다. 메리는 내가 아래층으로 내려올 정도로 회복된 것을 보니 기쁘다며, 친절하고 차분하게 몇 마디를 건넸다. 다이애나는 내 손을 잡았다. 그러고는 고개를 흔들며 말했다.

"내가 내려와도 된다고 할 때까지 기다렸어야죠. 아직도 얼굴이 이렇게 창백한데. 게다가 너무 말랐어! 가엾어라, 가엾어!"

다이애나의 목소리는 마치 비둘기가 구구거리는 것처럼 정다웠다. 보면 볼수록 기분이 좋아지는 눈길이었다. 그녀의 얼굴 역시 매력으로 가득했다. 메리의 얼굴도 똑같이 지적이고 예뻤지만, 표정은 좀 더 내성적이고 태도는 온화하면서도 약간 거리감이 있었다. 다이애나의 말이나 시선에는 일종의 권위가 있었다. 분명히 강한 의지력을 지닌 사람인 듯했다. 그녀가 가지고 있는 것 같은 권위에 복종하고, 양심과 자존심이 허락하는 한 그런 적극적인 의지에 따르는 것은 내가 천성적으로 기뻐하는 일이었다.

"그런데 여기엔 무슨 일로 왔어요?"

그녀가 말을 이었다.

"여긴 당신이 있을 자리가 아니에요. 메리와 나는 때때로 집에서 방종에 가까운 자유를 누려 보고 싶어서 부엌에 앉곤 하죠. 하지만 당신은 손님이니까 거실로 가야 돼요."

"전 여기가 편해요."

"절대 안 돼요. 해나가 부산을 피우는 통에 밀가루를 덮어 썼잖아요."

"게다가 여기 불은 아직 당신에게 너무 뜨거워요."

메리가 거들었다.

"그렇고말고. 자, 가요. 내 말대로 해요."

다이애나가 덧붙였다. 그러고는 손을 잡은 그대로 나를 일으켜 세워, 안쪽 방으로 데리고 갔다. 그녀가 소파에 나를 앉히며 말했다.

"여기 앉아 있어요. 우리는 숄과 모자를 벗고 차를 준비할게요. 그건 우리가 이 조그만 황야의 집에서 누리는 작은 특권이에요. 특별히 그렇게 하고 싶을 때나, 해나가 빵을 굽거나 술을 담그거나 빨래나 다림질을 할 때, 우리가 직접 식사 준비를 하죠."

그녀가 문을 닫고, 나와 세인트 존 씨를 단둘이 남겨 놓았다. 그는 내 맞은편에 앉아 책인지 신문인지를 들고 있었다. 나는 거실을 둘러보다가 이윽고 거기 앉아 있는 사람을 관찰했다. 거실은 아주 소박하게 가구를 갖춰 놓은 작은 방이었다. 하지만 깔끔하고 단정해서 편안한 분위기를 풍겼다. 구식 의자들은 산뜻하게 윤기가 흘렀고, 월넛 탁자는 거울처럼 반들거렸다. 기이하고 오래된 다른 시대의 남녀 초상화 몇 점이 색칠한 벽을 장식하고 있었다. 유리문 달린 장식장에 몇 권의 책과 고풍스런 도자기 세트가 들어 있었다. 필요 이상의 장식은 어디에도 없었다. 사이드 테이블 가에 놓인 자단으로 된 숙녀용 책상과 장작통 버팀대를 제외하고는 현대적인 가구도 없었다. 양탄자와 커튼을 포함한 모든 것이 보기 좋게 낡았고 잘 보존된 듯했다.

세인트 존 씨는 벽에 걸린 어두운 그림처럼 움직임 없이 앉아 있었다. 입을 꾹 다물고, 읽고 있는 페이지에 시선을 고정시키고 있었기 때문에 관찰하기는 어렵지 않았다. 그가 인간이 아닌 조각상이었다 하더라도, 이보다 더 관찰하기 쉽지는 않았을 것이다. 나이는 스물여덟에서 서른 정도로 보였으며, 키가 크고 날렵했다. 보는 이의 눈길을 끄는 얼굴이었다. 그리스 사람처럼 윤곽이 뚜렷한 얼굴이었다. 곧고 고전적으로 생긴 코, 아테네 인처럼 생긴 입과 턱. 사실 영국인의 얼굴이 이처럼 고대의 모델들과 닮아 있는 경우는 좀처럼 드문 일이다. 그 자신이 이토록 조화롭게 생겼으니, 나의 불규칙한 생김새에 약간 충격을 받은 것도 무리는 아니겠지. 그의 눈은 크고 파란색에 갈색 속눈썹이 달려 있었다. 상아처럼 하얗고 높은 이마의 한 부분에는 금발이 자연스럽게 흘러내렸다.

독자여, 매우 온유한 느낌이 묻어나지 않는가? 하지만 이렇게 묘사된 인물은 온화하고 순하고 다정다감한 인상은 물론이고 심지어 평온한 인상조차 풍기지 않았다. 꼼짝 않고 앉아 있는데도, 그의 콧구멍과 입과 이마 주위에는 불안정하거나 단단하거나 열정적인 부류에 속하는 요소들을 암시하는 뭔가가 도사리고 있었다. 그는 누이들이 돌아올 때까지, 나에게 한마디도 건네지 않았고 시선을 한 번도 던지지 않았다. 다이애나는 차를 준비하느라 들락날락거리며 오븐에서 구워 낸 작은 케이크를 나에게 가져다주며 말했다.

"지금 먹어요. 배고플 거예요. 해나가 그러는데 아침부터 여태까지 죽 말고는 아무것도 안 먹었다면서요."

나는 식욕이 깨어나 예민해져 있었으므로 굳이 사양하지 않았다. 리버스 씨가 책을 덮고, 탁자로 다가와 자리를 잡고 앉더니, 그 그림 같은 파란 눈으로 나를 뚫어져라 쳐다보았다. 그의 눈에는 형식에 구애받지 않는 직접성과 단호하고 탐색적인 확고부동함이 담겨 있었다. 지금까지 나의 시선을 피했던 것은 수줍음 때문이 아니라 의도적인 것이었다.

"배가 많이 고팠나 보군요."

그가 말했다.

"네."

이것이 내 방식이다. 언제나 본능적으로 간결함에는 간결함으로, 직접적인 물음에는 솔직한 대답으로 대응하는 것.

"지난 사흘 동안 미열이 있어서 음식을 자제할 수밖에 없었던 게 차라리 다행스런 일이오. 처음에 식욕이 요구하는 대로 먹었다가는 위험했을 거요. 이제는 괜찮겠지. 아직 과하게 먹어서는 안 되겠지만."

"오래 폐 끼치지 않도록 하겠습니다."

이게 내가 아주 서투르게 생각해 낸 세련되지 못한 대답이었다.

"그래야지요. 친지의 주소를 알려 주면 그들에게 편지를 띄워 집으로 돌아갈 수 있게 해 드리겠소."

그가 차갑게 말했다.

"솔직히 말씀드리면 그렇게 할 처지가 못 됩니다. 집도 친지도 전혀 없거든요."

세 사람이 나를 쳐다보았다. 하지만 불신의 시선은 아니었다. 그들의 눈에 의심이 담긴 것 같지도 않았다. 그보다는 오히려 호기심을 느낀다고 해야 할까? 두 아가씨들의 경우가 특히 그랬다. 세인트 존의 눈은 글자 그대로의 의미로는 맑은 눈이었지만, 비유적으로는 헤아리기 어려운 눈이었다. 그는 그 눈을 자신의 생각을 노출시키는 매개체로 사용하기보다 다른 사람의 생각을 찾아내는 도구로 사용하는 듯했다. 매서움과 신중함이 결합된 그 눈빛은 상대를 격려하기보다 당황스럽게 하려고 계산된 듯 보였다.

그가 물었다.

"그 말은 세상천지에 아무도 없이 당신 혼자라는 뜻이오?"

"네. 살아 있는 누구도 저와 연결돼 있는 끈이 없습니다. 저는 영국의 어느 지붕 아래로도 들어갈 권리가 없어요."

"그 나이에 꽤 특이한 상황이로군."

그의 시선이 탁자에 포개져 있는 내 손으로 향했다. 나는 그가 거기서 무얼 찾는지 알 수 없었다. 곧 이어지는 그의 말이 설명해 주었다.

"결혼하지는 않았겠지? 독신이오?"

다이애나가 웃으며 말했다.

"어머, 많아야 열일곱이나 열여덟 살일 텐데요, 세인트 존."

“곧 열아홉이 돼요. 하지만 결혼하지는 않았어요.”

내 얼굴이 화끈 달아오르는 느낌이었다. 결혼이라는 말이 가슴을 뒤흔드는 비통한 기억들을 깨워 냈기 때문이다. 그들도 모두 그 당황스러움과 출렁이는 감정을 알아본 모양이다. 다이애나와 메리는 새빨개진 내 얼굴이 아닌 다른 곳으로 눈길을 돌려 나를 안심시켜 주었다. 하지만 그들보다 더 냉정하고 엄격한 오빠는 그가 일으킨 문제가 얼굴의 홍조뿐 아니라 눈물을 뽑아낼 때까지 시선을 떼지 않았다.

“최근까지 어디서 살았소?”

그가 물었다.

“너무 캐묻는 것 같아요, 세인트 존.”

메리가 낮은 목소리로 중얼거렸다. 하지만 그는 다시 한 번 확고하고 꿰뚫어 보는 시선으로 탁자에 몸을 기울이며 대답을 요구했다.

“제가 살았던 곳과 같이 살았던 사람의 이름은 제 비밀이에요.”

나는 간단히 대답했다.

“얘기하기 싫으면, 세인트 존에게든 누구에게든 말하지 않아도 돼요.”

다이애나가 말했다.

“하지만 내가 당신이나 당신의 과거에 대해 아무것도 모른다면 당신을 도울 수 없잖소. 당신은 도움이 필요하잖소, 안 그런가?”

그가 말했다.

“저는 도움이 필요하고 도움을 찾고 있어요. 어느 진정한 박애주의자가 저에게 할 수 있는 일을 구해 주시어, 그 보수로 살아갈 수 있게 되기를 바라고 있어요. 겨우 끼니를 잇는 정도라 해도 좋아요."

"내가 진정한 박애주의자인지 아닌지는 모르겠지만 그렇게 정직한 목적이라면, 힘닿는 데까지 기꺼이 도와 드리겠소. 그럼 우선, 당신이 어떤 일에 익숙하고 어떤 일을 할 수 있는지 말해 보시오."

이제 나는 차를 마셨다. 차를 마시자 와인을 마신 거인처럼 한결 기운이 났다. 쇠약해진 신경들이 되살아나, 이 날카로운 젊은 재판관에게 차분하게 말할 수 있게 되었다. 나는 그에게 고개를 돌려 노골적으로 거리낌 없이 나를 쳐다보고 있는 그를 바라보았다.

"리버스 씨, 당신과 당신의 누이들은 제게 커다란 도움을 주셨습니다. 인간이 인간에게 할 수 있는 가장 훌륭한 일을 해 주셨어요. 고귀한 환대로 저를 죽음에서 구해 주셨습니다. 이 은혜는 아무리 감사해도 다 갚을 수 없을 거예요. 어느 정도 제 이야기를 물어보실 권리도 있을 테고요. 제 마음의 평화를 깨뜨리지 않고, 제 자신의 정신적 육체적 안전과 다른 이들의 안전을 위협하지 않고 말할 수 있는 한도 내에서, 당신이 받아 주신 이 방랑자의 과거를 소상히 말씀드릴게요.

저는 고아예요. 성직자의 딸이죠. 부모님은 제가 그분들을 알기도 전에 돌아가셨어요. 저는 남의 집에서 얹혀살았어요. 자선 시설에서 교육을 받았죠. 거기서 학생으로 6년, 교사로 2년을 보냈는데, 이름도 말씀드릴게요. ○○ 주에 있는 로우드 고아 시설이었어요. 아마 들어 보셨겠지요, 리버스 씨? 로버트 브로클허스트 목사가 회계를 맡고 있어요."

"브로클허스트 씨에 관해서 들은 바가 있고 그 학교도 본 적이 있소."

"저는 1년쯤 전에 로우드를 떠나 개인 가정 교사가 되었어요. 좋은 일자리를 얻었고 행복했어요. 여기 오기 나흘 전에 그곳을 떠나야 했어요. 떠나야 했던 이유는 설명드릴 수 없고 설명드려서도 안 돼요. 말해 봤자 소용없는 일이고 위험하거든요. 아마 믿지 못하실 거예요. 저에게 잘못이 있었던 건 아니에요. 저는 여러분 모두만큼 책잡힐 일을 하지 않았어요. 저는 지금 비참한 상태고, 한동안 그럴 거예요. 파라다이스와 같았던 그 집에서 저를 몰아낸 재난은 기괴하고도 무서운 성질의 것이니까요. 저는 그곳에서의 출발을 계획할 때 두 가지만을 생각했어요. 되도록 빨리, 아무도 모르게 나와야 한다고요. 그 때문에 모든 소지품을 뒤에 남기고 작은 꾸러미만 들고 나왔어요. 무척 심란하고 다급했던지라 그 꾸러미마저 위트크로스까지 저를 태워 온 마차에 두고 내렸어요. 그래서 저는 완전히 빈손으로 이 동네까지 오게 됐어요. 이틀 밤을 바깥에서 보냈고, 문지방을 넘어 본 일 없이 이틀 낮을 헤매 다녔어요. 그동안에 음식을 먹은 건 두 번뿐이었어요. 배고픔과 피로와 절망으로 죽음에 이르기 직전이었을 때, 리버스 씨 당신이 이 문 앞에서 저를 굶어 죽을 운명에서 구해 주시고, 이 지붕의 안식처로 데려오신 거예요. 그 후에 당신의 누이들이 저에게 해 주신 일도 전부 알고 있습니다. 무기력한 상태에 있긴 했지만, 의식이 없었던 것은 아니니까요. 당신의 복음주의적인 자선에 못지않게, 두 분의 자발적이고 상냥하고 진심 어린 동정에도 제가 큰 은혜를 입었습니다."

내가 말을 멈추자 다이애나가 말했다.

"이제 더 말 시키지 말아요, 세인트 존. 아직 흥분하면 안 돼요. 자, 소파로 가서 앉아요, 엘리엇 양."

그 가명을 듣자 나도 모르게 몸이 움찔했다. 나는 나의 새 이름을 잊고 있었다. 무엇 하나 놓치지 않는 듯한 리버스 씨가 그것을 당장 알아차리고 나에게 물었다.

"이름이 제인 엘리엇이라고 했지요?"

"그렇게 말씀드렸지요. 지금으로서는 그 이름으로 불리는 게 적절하다고 생각해요. 하지만 제 진짜 이름이 아니라서 낯설게 느껴지는군요."

"진짜 이름은 말하지 않을 셈이오?"

"네. 저는 무엇보다도 발견되는 것이 두려워요. 저를 드러나게 하는 일은 어떤 것이든 피하고 싶어요."

다이애나가 말했다.

"그럼요, 그렇고말고요. 오빠, 이제 그녀를 잠시 편안하게 내버려 두세요."

하지만 세인트 존은 몇 분 동안 생각에 잠겨 있다가, 다시 전처럼 매우 예리하고 냉정하게 질문을 시작했다.

"당신은 우리에게 오래 신세지고 싶지 않을 거요. 될 수 있는 대로 빨리 내 누이들의 동정과, 무엇보다 나의 시선에서 벗어나고 싶을 것이오(당신이 이 두 가지를 구별해 말했다는 것은 잘 알고 있고, 기분 나쁘게 여기지도 않소. 당연한 거니까). 우리의 도움에서 벗어나 독립하고 싶겠지요?"

"네. 이미 그렇게 말씀드렸어요. 제가 할 수 있는 일이나 일자리를 구할 방법을 알려 주세요. 제가 부탁드리는 건 그뿐이에요. 그 후에 초라한 오두막이라도 좋으니 저를 보내 주세요. 하지만 '그때까지는' 여기 머물도록 허락해 주세요. 또다시 집 없이 굶주려야 한다면 정말 공포스러울 거예요."

"당연히 여기 있어야죠."

다이애나가 그 하얀 손을 내 머리에 얹으며 말했다.

"그럼요."

메리가 몸에 밴 듯한 조심스럽고 정직한 어조로 되풀이했다.

세인트 존 씨가 말했다.

"보다시피, 내 누이들은 당신을 이 집에 두는 것을 기쁨으로 여기고 있소. 겨울바람에 쫓겨 창으로 날아든 반쯤 얼어붙은 새를 기쁜 마음으로 소중히 돌봐 주듯이 말이오. 나는 당신 스스로 자립할 기회를 주는 게 낫다는 쪽이오. 그렇게 하기 위해 노력할 것이고. 하지만 내 손이 미치는 범위는 넓지 않아요. 가난한 시골 교구의 관리 목사일 뿐이니까요. 내가 줄 수 있는 도움이라고는 아주 보잘것없는 것에 불과할 거요. 당신이 '작은 일의 날'을 멸시하는 성향이 있다면, 내가 제공할 수 있는 것보다 더 효과적인 원조를 찾으시오."

다이애나가 나 대신 대답했다.

"그녀가 이미 말했잖아요. 자신이 할 수 있는 정직한 일이라면 뭐든지 하겠다고. 게다가 세인트 존, 그녀가 도와줄 사람을 선택할 수 없는 입장이라는 건 오빠도 잘 알 거예요. 오빠처럼 무뚝뚝한 사람이라도 어쩔 수 없이 견뎌야 하죠."

내가 대답했다.

"재단사도 좋아요. 바느질이라도 하겠어요. 하인도 괜찮아요. 다른 도리가 없다면 보모라도 하겠어요."

세인트 존이 꽤 냉담하게 말했다.

"좋소. 그 정도 의지라면 당신을 돕겠다고 약속하죠. 내 나름의 적당한 시간과 방법으로."

그는 이제 차 마시기 전에 읽던 책을 다시 집어 들었다. 나는 곧바로 물러 나왔다. 오래도록 앉아 많은 이야기를 하느라 기운이 다 빠져 버렸기 때문이다.

## 제30장

무어 하우스의 사람들을 알아 갈수록 나는 그들이 점점 더 좋아졌다. 며칠이 지나자 하루 종일 일어나 앉아 있을 수 있었고, 가끔씩 산책도 나갈 수 있을 정도로 건강이 회복되었다. 다이애나와 메리가 하는 일에도 모두 참여할 수 있었다. 그들이 좋아하는 만큼 대화를 나누고, 그들이 허락하는 때와 장소에서 그들을 도울 수 있었다. 이런 어울림에는 내가 난생처음으로 맛보는 소생의 기쁨이 있었다. 취향과 감성과 사고방식이 딱 맞는 사람들과의 교제에서 느끼는 기쁨이었다.

그들이 좋게 여기는 책을 나도 좋게 여겼다. 그들이 즐기는 것을 나도 즐겼다. 그들이 인정하는 것을 나도 존중했다. 그들은 호젓하게 자리하고 있는 그들의 집을 사랑했다. 나 역시, 이 작고 고풍스런 회색 집의 낮은 지붕과 격자창과 무너져 가는 벽, 전나무 고목들이 늘어선 길과, 주목과 호랑가시나무 들이 우거지고 아주 질긴 종이 아니면 꽃 피지 않는 정원에 강하고 영속적인 매력을 느꼈다. 그들은 그 집 뒤와 주위로 펼쳐진 보랏빛 황야에 애착을 갖고 있었다. 이 길은 처음에 양치류가 우거진 둑 사이로 구불구불 내려가다가,

히스 황야와 맞닿은 작은 야생의 목초지 사이로 뚫려 있었다. 이 목초지는 얼굴이 이끼처럼 부드러운 새끼 양들을 거느린 황야의 회색 양 떼에게 양식을 제공해 주었다. 그들은 이러한 풍광에 열렬한 애정을 품고 있었다. 나는 그 감정을 이해했고, 그 강렬함과 진실성에 공감할 수 있었다. 그곳이 지닌 매력에 빠져들었다. 그 쓸쓸함에서 신성함을 느꼈다. 내 눈은 널리 펼쳐진 산들의 기복을 마음껏 즐겼다. 이끼와 히스 꽃 들, 꽃들이 흩뿌려진 잔디, 반짝이는 고사리와 연한 빛깔의 화강암 바위들이 언덕마루와 낮은 골짜기에 부여하는 야생의 정취를 즐겼다. 이러한 것들은 그들에게와 마찬가지로 나에게도 순수하고 달콤한 기쁨을 제공했다. 강한 돌풍과 부드러운 미풍, 궂은 날과 화창한 날, 해가 뜨고 해가 질 무렵의 시간, 달 밝은 밤이나 구름 낀 밤. 이 모든 것에 대해 그들만큼이나 애정을 느꼈다. 그들을 황홀하게 해 주는 마력은 나 역시도 매혹시켰다.

집 안에서도 우리는 뜻이 잘 맞았다. 그들은 기량과 학식 면에서 모두 나보다 뛰어났다. 하지만 나도 열심히 지식의 길을 따랐다. 그들이 빌려 준 책을 부지런히 탐독했다. 낮에 읽은 내용을 저녁에 그들과 이야기하다 보면 충만한 만족감이 느껴졌다. 생각과 생각이 맞아 들어가고 의견과 의견이 어울렸다. 간단히 말해서, 우리는 완벽하게 일치했다.

우리 셋 중에서 우위에 있는 지도자가 있었다면, 그것은 다이애나였다. 신체적으로도 그녀는 나보다 훨씬 뛰어났다. 어여쁘고 활기찼다. 그녀의 혈기에 가득 들어차 끊임없이 넘쳐흐르는 생명력은 나의 이해력을 넘어서는 것이어서 나로서는 그저 경외스러울 뿐이었다. 초저녁에는 나도 한동안 이야기를 할 수 있었다. 하지만 처음의 원기와 유창함이 사라지면, 나는 기꺼이 다이애나의 발치에 있는 걸상에 앉아 그녀의 무릎에 머리를 기댄 채 내가 건드리기만 했던 주제를 철저하게 분석하는 그녀와 메리의 말에 즐겁게 귀를 기울였다. 다이애나는 나에게 독일어를 가르쳐 주겠다고 했다. 나도 배우고 싶었다. 가르치는 일은 그녀에게 즐거움을 주었고 잘 어울렸다. 마찬가지로 나에게는 학생 역할이 즐거운 일이었고 잘 어울렸다. 우리의 성질은 꼭 들어맞았다. 그 결과 우리는 서로에게 강한 애정을 느끼게 되었다. 그들은 내가 그림 그릴 줄 아는 것을 발견하고는, 곧 연필과 물감을 마음대로 사용하게 해 주었다. 그들보다 뛰어난 이 한 가지 재능은 그들을 놀라게 하고 매혹시켰다. 메리는 몇 시간이나 내 옆에 앉아 지켜보았다. 그 후에 그녀는 잘 알아듣고 똑똑하고 성실한 학생이 되어 내게서 그림을 배웠다. 그렇게 서로 즐기며 전념하는 사이에, 며칠이 몇 시간처럼 지나갔고 몇 주가 며칠처럼 흘러갔다.

그러나 이러한 친밀감이 세인트 존에게까지 확대된 것은 아니다. 아직까지 우리가 서먹서먹한 상태로 남아 있는 이유 중 하나는 그가 비교적 집에 있는 시간이 적기 때문이기도 했다. 그는 주로 교구에 흩어져 있는 주민들 사이의 병자와 빈민 들을 찾아다니며 많은 시간을 보내는 듯했다.

날씨는 이 목사의 심방을 전혀 방해하지 못했다. 비가 오거나 말거나, 그는 아침 일과가 끝나면 모자를 집어 들고 아버지의 늙은 포인터 사냥개 카를로를 뒤에 단 채, 사랑 때문인지 의무감 때문인지 자신의 사명을 다하러 나갔다. 가끔 날씨가 너무 안 좋을 때면, 그의 누이들이 나가지 말라고 만류하기도 했다. 그러면 그는 쾌활함보다는 엄숙함을 풍기는 그 독특한 미소를 지으며 이렇게 말했다.

"바람이 불고 비가 내린다고 해서 이렇게 쉬운 일을 중단한다면, 그런 게으름으로 어떻게 내 미래를 계획하겠니?"

이 말에 대한 다이애나와 메리의 대답은 흔히 한숨 한 번과 슬픔에 젖은 몇 분간의 명상이었다.

하지만 그의 잦은 외출 외에도, 그와의 우정을 가로막는 장벽은 또 있었다. 그는 말수가 적고, 어딘가 다른 데 정신이 팔려 심각한 생각에 잠겨 있는 듯 보이는 사람이었다. 목회 일에 열정적이고, 흠없는 생활과 습관을 유지하고 있었는데도, 성실한 그리스도인과 실천적인 박애주의자들이 보상으로 얻는 내적인 만족과 정신적인 평강을 누리는 것 같지 않았다. 책과 종이를 앞에 두고 저녁 창가에 앉아서도, 그는 종종 읽기나 쓰기를 멈추고 손으로 턱을 괴고 내가 알 수 없는 어떤 생각 속으로 빠져들었다. 그 눈이 자주 번득이고 커졌다 작아졌다 변화를 거듭하는 것으로 보아 마음을 어지럽히고 흥분을 자극하는 생각에 빠져 있음을 알 수 있었다.

게다가 그에게 자연은 그의 누이들이 누리는 것과 같은 기쁨의 보고가 아니었던 것 같다. 그가 울퉁불퉁한 언덕들의 매력에 대해 느끼는 강한 감정과, 집이라 부르는 검은 지붕과 회백색 벽에 대해 애착을 표시하는 것을 나는 단 한 번밖에 듣지 못했다. 하지만 그 감상을 표현하는 말과 어조에는 기쁨보다 우울함이 깃들어 있었다. 마음을 달래 주는 고요함을 찾아 황야를 거니는 경우도 거의 없는 듯했다. 황야가 줄 수 있는 수많은 평화로운 기쁨을 추구하지도 않았고 거기에 안주하지도 않았다.

말이 없는 사람이었기 때문에, 내가 그의 진면목을 가늠해 볼 기회를 갖게 되기까지는 다소 시간이 걸렸다. 그의 재능을 처음으로 알게 된 것은 모턴의 교회에서 그가 설교하는 것을 들었을 때였다. 그 설교를 묘사할 수 있다면 얼마나 좋을까. 하지만 그것은 내 능력을 벗어나는 일이다. 그 설교가 내게 일으킨 효과조차 충실하게 전달할 수가 없다.

설교는 차분하게 시작됐다. 사실 목소리의 고저와 말투는 끝까지 차분했다. 진정으로 느껴지면서도 엄격하게 자제된 열정이 곧 그 명확한 어조에 살아 힘 있는 말을 불러 일으켰다. 설교자의 힘으로 인해, 청중의 가슴은 떨리고 마음에는 충격이 일었다. 그의 설교에는 묘한 비통함이 깔려 있었다. 위로가 되는 부드러움은 없었다. 칼뱅주의—하느님의 선택, 운명 예정설, 하느님의 유기—의 엄격한 교리가 자주 언급되었다. 이런 언급들은 최후의 심판을 내리는 선고처럼 들렸다. 설교가 끝났을 때, 나는 더 기분이 나아지고 마음이 안정되고 개화된 느낌을 받는 대신에 표현할 수 없는 슬픔을 경험했다. 다른 이들은 어땠는지 모르겠지만 나에게는 내가 들은 웅변이 실망의 탁한 찌꺼기가 가라앉은 심연에서 나온 것 같았기 때문이다. 만족을 모르는 동경과 불안정한 열망이라는 소란한 충동이 꿈틀거리는 깊은 밑바닥에서. 나는 세인트 존 리버스가 순수한 삶을 살고 양심적이고 열정적이긴 하지만 모든 지각에 뛰어난 하느님의 평안을 발견하지 못한 사람이라고 확신했다. 그는 부서진 우상과 잃어버린 이상향에 대해 남모르게 가슴 찢어지는 회한을 안고 있는 사람처럼 보였다. 그것은 내가 최근에 입 밖에 내지 않으려고 노력해 왔지만 그럼에도 무자비하게 나를 지배하고 군림하는 회한과 비슷한 것이었다.

그러는 사이에 한 달이 지났다. 다이애나와 메리는 곧 무어 하우스를 떠나, 세련된 영국 남부 대도시의 가정 교사로서, 그들을 기다리고 있는 서로 다른 생활과 환경으로 돌아갈 예정이었다. 각자 다른 집으로 들어가, 그들의 타고난 미덕 하나 알아주거나 알아보려 하지 않고 오로지 요리사의 기술과 시중드는 하녀의 취미를 인정하듯 그들이 습득한 기량만을 인정하는 부유하고 오만한 이들에게 하찮은 고용인 취급을 받게 될 것이다. 세인트 존은 약속한 일자리에 대해 아직 아무 말도 하지 않았다. 하지만 나는 무슨 일이든 찾아야 했다. 어느 날 아침, 거실에서 잠깐 그와 단둘이 있게 되었을 때, 나는 과감히 그의 탁자와 의자와 책상이 마련되어 서재처럼 쓰이는 창 쪽 벽감으로 다가가 말을 걸어 보기로 했다. 어떤 식으로 물어봐야 할지는 알 수 없었다. 그와 같은 성격에 깔린 침묵의 얼음을 깨는 건 언제나 어려운 일이기 때문이다. 그때 그가 나에게 먼저 말을 걸어 나의 어려움을 덜어 주었다.

내가 가까이 다가가자 그가 고개를 들어 올리며 말했다.

"나에게 할 말이 있소?"

"네, 제가 일할 수 있는 곳을 구하셨는지 알고 싶어서요."

"당신이 할 수 있는 일은 3주 전에 찾아 놓았소, 아니 생각해 놨소. 하지만 당신이 여기서 유익하고 행복한 시간을 보내는 듯해서,

그리고 나의 누이들도 분명 당신에게 정을 느끼고 당신과 함께하는 시간을 보기 드물게 기뻐하는 듯해서 그들이 마시 엔드와 당신을 떠나야 할 시간이 올 때까지 서로의 위안을 깨뜨리지 않으려 했던 거요."

내가 말했다.

"동생분들이 이제 사흘 후면 떠나잖아요?"

"그렇소. 그들이 떠나면 나는 모턴의 사제관으로 돌아갈 거요. 해나도 같이 갈 것이고, 이 낡은 집은 폐쇄될 거요."

나는 그가 일자리 얘기를 계속하리라 기대하며 몇 분을 기다렸다. 하지만 그는 또 다른 생각의 흐름으로 빠져든 듯했다. 나와 나의 일자리에서 먼 데로 생각이 떠나 있는 표정이었다. 나는 부득불 나와 긴밀한 관계가 있는 걱정스러운 문제를 그에게 상기시켜 주어야 했다.

"생각하셨다는 일자리가 뭔가요, 리버스 씨? 지금까지 미뤄서 혹시라도 구하기 어려워진 게 아니었으면 좋겠어요."

"아, 아니오. 그건 내가 제안하고 당신이 받아들이기만 하면 되는 일이오."

그가 다시 입을 다물었다. 이야기를 계속하기가 망설여지는 모양이었다. 나는 점점 초조해졌다. 불안정하게 한두 번 움직인 뒤 그의 얼굴에 간절하고 강요하는 듯한 시선을 고정시켰다. 이는 말하는 것만큼 효과적이면서도 그보다 덜 수고스럽게 그에게 내 기분을 전달하는 방편이었다.

이윽고 그가 말했다.

"서두를 필요는 없소. 솔직히 말해서, 내가 제안하는 일은 당신이 바람직하게 여길 만하거나 보수가 괜찮은 일이 아니오. 우선, 내가 당신을 돕는 건 맹인이 절름발이를 돕는 것과 같다는 점을 분명히 밝혀 두어야겠소. 나는 가난한 사람이오. 아버지의 빚을 갚으면, 이 쓰러져 가는 집과 뒤쪽의 변변찮은 전나무들과 앞쪽의 주목과 호랑가시나무 덤불이 들어선 황무지 약간이 나에게 남는 전 재산이오. 나는 보잘것없는 사람이오. 리버스 가문의 이름은 오래되었지만 그 혈통에 남은 후손은 달랑 셋인데, 그중에 둘은 낯선 이들 사이로 들어가 고용인 생활을 하고, 세 번째 인물은 살아서나 죽어서나 자신을 이 고향 땅의 이방인으로 여기고 있소. 그래요, 그런 운명을 영광으로 생각하고 또 영광으로 생각할 거요. 육신의 끈에서 분리되는 십자가가 그의 어깨에 지워지는 날과, 그가 미천한 종으로 있는 전투 교회의 우두머리가 '일어나, 나를 따르라!'고 명하실 그때를 열망할 뿐이오."

세인트 존은 설교를 할 때처럼 조용하고 깊은 목소리로 말했다. 뺨은 달아오르지 않았지만 눈에서는 광채가 번쩍였다. 그가 다시 말했다.

"나 자신이 가난하고 미천하므로, 당신에게 가난하고 미천한 봉사밖에 제안할 것이 없소. 당신은 그것을 품위가 떨어지는 일로 생각할 수도 있소. 당신의 습관이 소위 세상 사람들이 말하는 우아한 것이고, 당신의 취향이 이상으로 기울어져 있고, 당신이 적어도 교육받은 자들과 교제해 왔다는 것을 알기 때문이오. 하지만 나는 인류를 향상시킬 수 있는 일이 품위가 떨어지는 일이라고는 생각지 않소. 경작을 명받은 땅이 불모지일수록, 그 수고가 가져오는 보상이 빈약할수록 그리스도의 일꾼에게 돌아오는 명예는 더욱 높아진다고 믿고 있소. 그런 면에서 볼 때, 일꾼의 운명은 개척자의 운명이오. 복음서 최초의 개척자는 사도들이었소. 그 우두머리는 구세주 예수, 그분이었소."

그가 말을 끊자 내가 말했다.

"그래서요? 계속하세요."

그는 말을 잇기 전에 나를 쳐다보았다. 나의 이목구비와 얼굴선들이 책에 적힌 글자라도 되는 것처럼 천천히 내 얼굴을 읽었다. 이 관찰에서 끌어낸 결론의 일부를 그는 다음과 같이 표현했다.

"나는 당신이 내가 제안한 자리를 받아들이고 당분간 그 일을 하리라고 믿소. 영원히 하지는 않겠지. 내가 이 좁고 편협한 시골 목사의 사역을 언제까지나 붙잡고 있을 수 없는 것처럼. 당신의 성격에는 나와 마찬가지로 휴식을 저해하는 불순물이 섞여 있소. 종류는 다르지만."

"설명을 해 보세요."

그가 다시 말을 끊는 바람에 내가 다그쳤다.

"설명하겠소. 당신은 그 제안이라는 것이 얼마나 빈약하고 사소하고 갑갑한 것인지 알게 될 거요. 아버지가 돌아가시고 내가 내 주인이 된 이상, 나는 모턴에 오래 머물지 않을 생각이오. 아마 열두 달 안에 여기를 떠날 거요. 하지만 여기 있는 동안, 이 지역의 개선을 위해 최대한 힘쓸 것이오. 2년 전에 내가 모턴에 왔을 때는 학교가 없었소. 가난한 집의 아이들은 발전의 희망에서 완전히 제외되어 있었지. 나는 남자아이들을 위한 학교를 하나 세웠소. 이제 여자아이들을 위한 두 번째 학교를 열 생각이오. 이 목적을 위해 건물을 하나 빌렸고, 거기에는 여교사용 숙소로 쓸 방 두 칸짜리 오두막이 딸려 있소. 교사의 급료는 1년에 30파운드요. 집은 이미 올리버 양의 친절로 간소하기는 하지만 생활할 만하게 꾸며 놓았소. 그녀는 내 교구에서 유일하게 부자인 올리버 씨, 그러니까 계곡에 바늘 공장과 주물 공장을 갖고 계시는 분의 외동딸이오. 그분은 또 구빈원의 고아 하나에게 의복비와 교육비를 지불하기로 했소. 교사는 학생들을 가르치느라 집과 학교에 관련된 자질구레한 일들을 직접 할 시간이 없을 테니까. 그 아이가 잡일을 도와준다는 조건으로 말이오. 당신이 이 학교의 교사가 되어 주시겠소?"

그는 다소 급하게 질문을 마쳤다. 이 제안에 대해 화를 내거나 적어도 경멸스러운 거절이 나오리라고 얼마쯤 예상하는 듯했다. 어느 정도는 짐작하더라도, 그가 나의 생각과 감정을 모두 아는 것이 아니기 때문에, 그 일이 나에게 어떤 식으로 비쳐질지 짐작하지 못한 것이다. 사실 그건 초라한 일자리였다. 하지만 피난처를 제공해 줄 수 있었고, 나는 안전한 피난처를 원하고 있었다. 그것은 고된 일이었다. 하지만 부잣집 가정 교사 자리에 비하면 독립된 일이었다. 낯선 이들에게 예속된다는 두려움은 나에게 강철처럼 박혀 있었다. 그것은 수치스러운 일도 아니고 가치 없는 일도 아니고 정신적으로 품위를 떨어뜨리는 일도 아니었다. 나는 마음을 정했다.

"제안해 주셔서 감사해요, 리버스 씨. 진심으로 받아들이겠습니다."

그가 말했다.

“내 말을 제대로 이해한 거요? 그건 마을 학교요. 당신이 맡을 학생들은 전부 가난한 여자아이들이고 빈농의 아이들, 기껏해야 자작농의 딸들일 거요. 뜨개질, 바느질, 독서, 쓰기, 계산 정도나 가르치게 될 거요. 당신이 애써 습득한 기량들은 어쩌겠소? 당신의 마음에 가장 큰 부분을 차지하는 정서나 취향은 다 어쩌겠소?”

“필요할 때까지 아껴 둬야죠. 없어지는 건 아니니까요.”

“그럼 당신이 무슨 일을 맡은 건지 알고 있는 거요?”

“네.”

그는 이제 비통하거나 슬픈 미소가 아니라, 매우 기쁘고 만족스런 미소를 지었다.

“그러면 언제부터 일을 시작하겠소?”

“내일 그 집으로 가겠어요. 당신이 괜찮다고 하시면, 다음 주에 학교를 열겠어요.”

“아주 좋아요. 그렇게 하시오.”

그가 자리에서 일어나 방 안을 걸어다녔다. 그대로 서서 다시 나를 쳐다보았다. 그러고는 고개를 흔들었다.

“무엇이 못마땅하신가요, 리버스 씨?”

내가 물었다.

“당신은 모턴에 오래 머물지 않을 거요. 그래, 그럴 거요.”

“어머! 그런 말씀을 하시는 이유는 뭔가요?”

“당신 눈에서 그걸 읽었소. 그 눈은 평탄한 인생 항로를 가겠다고 약속하는 눈이 아니오.”

"저는 야망이 없어요."

'야망'이라는 단어에 그가 움찔했다. 그가 다시 말했다.

"그렇겠지. 왜 갑자기 야망을 떠올린 거요? 누가 야망이 있다는 건가? 내가 그렇다는 건 알고 있소. 하지만 그걸 어떻게 알았지?"

"저는 저 자신을 말한 거예요."

"음, 야망이 없다면 당신은……."

그가 말을 멈췄다.

"뭔가요?"

"열정적이라는 말을 하려고 했소. 당신이 그 단어를 오해하고 불쾌하게 여길지도 모르겠소. 내 말은 인간적인 애정과 동정이 당신에게 가장 강한 영향력을 미친다는 뜻이오. 당신은 여가 시간을 혼자 보내고, 자극이 전혀 없는 단조로운 노동을 하며 보내는 생활에 오래 만족하지 못할 거요. 내가 만족하지 못하는 것처럼."

그가 힘주어 덧붙였다.

"여기 산에 갇혀, 습지에 묻혀 사는 것은 하느님이 내게 주신 천성에 반하는 일이오. 하늘이 주신 내 능력을 마비시켜 쓸모없게 만드는 일이오. 당신은 이제 내가 얼마나 자기모순에 빠져 있는지 알았을 거요. 미천한 운명에 만족하라고 설교하고, 하느님께 봉사한다는 면에서 장작 패며 물 긷는 자들의 직업도 천직이라고 정당화하는 내가, 안수받은 성직자인 내가 나의 불안한 마음을 떠들어 대고 있군. 음, 성향과 원칙은 무슨 수를 써서라도 조화시켜야 돼."

그가 방을 나갔다. 이 짧은 시간에 나는 그에 대해 지난 한 달 동안 알았던 것보다 더 많은 것을 알게 되었다. 하지만 그래도 그는 여전히 내게 알 수 없는 사람이었다. 다이애나와 메리 리버스는 그들의 오빠와 헤어지고 집을 떠나야 하는 날이 가까워지자 점점 말이 없어지고 표정이 어두워졌다. 둘 다 평소와 다름없이 행동하려고 노력했지만, 그들이 맞서 싸우는 슬픔은 철저히 정복하거나 숨길 수 있는 것이 아니었다. 다이애나는 이번 이별이 이전의 어느 이별과도 다를 거라고 했다. 세인트 존을 아마도 수년 동안 보지 못할 것이다. 어쩌면 평생의 이별이 될 수도 있었다. 그녀가 말했다.

"오빠는 오랫동안 생각해 온 결심을 위해 모든 것을 희생할 거예요. 그보다 강한 자연적인 애정과 감정까지도. 겉으로는 조용해 보이죠, 제인. 하지만 오빠의 내면에는 열병이 숨어 있어요. 당신은 그를 온유한 사람으로 생각하겠지만, 그는 어떤 일에서는 절대로 굽히지 않는 사람이에요. 무엇보다 내 양심이 그의 힘든 결정을 만류하도록 허락지 않는다는 게 가장 속상해요. 물론 한순간도 그 일로 오빠를 비난할 수는 없어요. 옳고 고귀하고 그리스도인다운 일이니까요. 하지만 마음이 아파요."

그녀의 아름다운 눈에 눈물이 솟구쳤다. 메리는 그녀의 바느질감 위로 고개를 푹 숙였다.

"이제 우리에게는 아버지가 안 계세요. 곧 집도 오빠도 없어질 거예요."

그녀가 중얼거렸다. 그때 운명으로 예정된 듯이 작은 사건이 일어났다. "불행은 따로따로 오지 않는다."는 속담의 진실을 부러 증명하고, 컵을 입으로 가져가는 사이에도 실수를 반복하는 짜증스러움을 그들의 슬픔에 더하려는 듯. 세인트 존이 편지를 읽으며 창문으로 지나갔다. 그가 방으로 들어오며 말했다.

"존 외삼촌이 돌아가셨어."

두 자매는 한 대 얻어맞은 듯한 표정이었다. 충격을 받거나 놀란 얼굴은 아니었다. 그 소식은 그들에게 슬프다기보다 다소 중대한 일인 것처럼 보였다.

"돌아가셨어요?"

다이애나가 되풀이했다.

"그래."

그녀가 무언가를 탐색하는 시선으로 오빠의 얼굴을 빤히 쳐다보았다.

"그래서 어떻게 됐어요?"

그녀가 낮은 목소리로 다그쳤다.

"어떻게 되다니?"

그는 대리석 조각처럼 표정 없는 얼굴로 대꾸했다.

"어떻게 되다니? 글쎄…… 별거 없어. 읽어 봐."

그가 그녀의 무릎에 편지를 던졌다. 그녀는 그것을 흘깃 살펴보고 메리에게 건넸다. 메리는 말없이 그것을 읽고 나서 오빠에게 돌려주었다. 세 사람은 서로를 보았고 셋 다 미소 지었다. 참으로 쓸쓸하고 서글픈 미소였다.

"아멘! 그래도 우린 살아갈 수 있어."

마침내 다이애나가 입을 열었다.

"아무튼, 이 일로 우리가 전보다 더 어려워지는 건 아니잖아."

메리가 말했다.

“어떤 변화가 일어날 수 있었을까를 더 많이 상상하게 되고, 그걸 다소 생생하게 현재와 비교하게 될 뿐이지.”

리버스 씨가 말했다.

그는 편지를 접고, 책상에 넣어 잠그고, 다시 나갔다. 몇 분 동안 아무도 입을 열지 않았다. 그 후에 다이애나가 나를 돌아보며 말했다.

“제인, 우리가 왜 이러는지 궁금하겠죠. 외삼촌 같은 가까운 친척이 돌아가셨다는데 별로 슬퍼하지도 않는 우리가 무정한 사람들처럼 보일지도 모르겠어요. 하지만 우리는 그분을 본 적도 없고 알지도 못해요. 그분은 우리 어머니의 동생이에요. 오래전에 아버지와 크게 다투셨대요. 아버지가 그분의 말을 듣고 대부분의 재산을 투자했다가 파산하셨거든요. 서로에 대한 비난이 오고 갔지요. 두 분은 화가 나서 헤어진 뒤로 끝내 화해하지 않으셨어요. 외삼촌은 그 후에 여러 사업에 투자해 성공하셨나 봐요. 2만 파운드의 재산을 모았다는군요. 결혼을 하지 않으셨기 때문에 가까운 친척이라고는 우리와 우리보다 촌수가 먼 다른 한 명뿐이었어요. 아버지는 그분이 우리에게 재산을 남겨 과거의 잘못을 속죄하실 거라고 항상 생각하셨죠. 이 편지에는 그분이 다른 친척에게 전 재산을 증여한다고 적혀 있었어요. 세인트 존과 다이애나와 메리 리버스에게는 추모 반지 세 개를 구입할 수 있는 30기니만 남기셨어요. 물론 자기 재산이니까 그분 마음대로 처분할 수 있죠. 그래도 그 소식을 들으니까 잠시나마 실망스러운 건 사실이네요. 메리와 나는 천 파운드만 받았어도 부자가 된 듯한 느낌이 들었을 거예요. 세인트 존에게도 그건 좋은 일에 쓰일 수 있는 귀중한 돈이 되었을 거고요."

이 설명을 끝으로 그 이야기는 마무리되었고, 리버스 씨나 그의 누이들은 그 일을 더 언급하지 않았다. 다음 날, 나는 마시 엔드를 떠나 모턴으로 향했다. 이튿날, 다이애나와 메리는 머나먼 B 시로 출발했다. 일주일 후에, 리버스 씨와 해나가 사제관으로 돌아갔다. 오래된 집은 그렇게 버려졌다.

# 제31장

내가 머물게 된 집은 작은 오두막이었다. 하얗게 칠한 벽, 깨끗하게 사포질한 바닥, 색을 칠한 의자 네 개와 탁자 하나, 시계, 큰 접시와 작은 접시 두세 개와 델프(네덜란드의 그릇 중 한 종류 _옮긴이)의 다기 한 벌이 담긴 찬장으로 구성된 작은 방이었다. 위쪽에 부엌과 같은 크기의 방이 하나 있고, 거기에 전나무로 짠 침대와 서랍장이 있었다. 작지만 몇 벌 안 되는 내 옷으로 채우기에는 너무 큰 서랍장이었다. 온유하고 너그러운 나의 친구들이 친절하게도 필요한 것들을 보충해 주어 옷가지가 늘어나긴 했지만.

저녁때였다. 나는 수고비 조로 오렌지를 하나 주고 내 하녀로 일한 고아 아이를 돌려보냈다. 나는 벽난롯가에 혼자 앉아 있었다. 오늘 아침에 마을 학교를 열었다. 학생은 스무 명이었다. 하지만 글을 읽을 줄 아는 아이는 그중 세 명뿐이었다. 쓰거나 계산할 줄 아는 아이는 하나도 없었다. 서너 명은 뜨개질을 할 줄 알았고, 두세 명은 바느질을 좀 할 줄 알았다. 아이들은 이 지방의 사투리를 심하게 썼다. 현재, 그들과 나는 서로의 말을 이해하는 데 약간 어려움을 겪고 있다. 몇 명은 무지할 뿐 아니라 버릇없고 사납고 고집스러웠다. 하지만 다른 아이들은 유순하고, 배우려는 의욕이 있고, 나를 기쁘게 하는 기질을 보여 주었다.

이 남루한 농부의 아이들도 점잖은 혈통의 자제들과 똑같은 살과 뼈를 지닌 인간이며 좋은 가문에서 태어난 아이들의 마음에서처럼 그들의 마음에도 타고난 장점과 세련됨과 지성과 친절한 감정의 싹이 존재하리라는 것을 나는 잊지 말아야 했다. 나의 의무는 이런 싹들을 계발시키는 것이었다. 물론 나는 그 일을 하는 데서 어느 정도의 행복을 찾아낼 것이다. 내 앞에 열려 있는 삶에서 많은 즐거움을 기대하지는 않지만, 그래도 내가 마음을 다잡고 내 능력을 충분히 발휘한다면 분명코 하루하루를 살아가는 데는 부족함이 없을 것이다.

세간 없는 초라한 교실에서 오늘 아침과 오후를 보내는 동안에, 나는 매우 즐겁고 안정되고 만족한 기분이었을까? 나 자신을 속이지 않으려면, 아니라고 대답해야 한다. 나는 꽤 쓸쓸한 기분이었다. 그렇다, 어리석은 나는 좌천된 기분이었다. 사회적인 계급에서 나를 위로 올리는 대신에 아래로 침몰시키는 단계를 밟은 것이 아닌지 의심스러웠다. 주위에서 보고 듣는 그 모든 무지함과 궁핍과 조악함에 마음 약하게 낙담해 버렸다. 하지만 이런 느낌 때문에 나를 너무 미워하거나 경멸하지 않을 것이다. 나는 그게 잘못이라는 것을 알고 있다. 그것만으로도 커다란 발전이었다. 그런 기분을 극복하기 위해 노력하리라. 내일이면 어느 정도 이겨 낼 수 있을 것이다. 아마 몇 주일이 지나면, 상당 부분 약화될 것이다. 몇 달 후에는, 아이들의 향상된 모습과 긍정적인 변화를 보는 행복이 이 싫은 기분을 흐뭇함으로 바꿀 수 있을 것이다.

그사이에, 나 자신에게 한 가지 질문을 해 봐야겠다. 어느 쪽이 더 나은가? 정열에 귀를 기울이고 유혹에 굴복하여 고통스러운 노력이나 투쟁도 없이, 비단으로 된 덫에 빠져 그 덫을 가려 주는 꽃밭에서 잠들고, 남부의 기후에서 호화로운 기쁨의 별장에서 깨어나는 것이 더 나았을까. 그러면 나는 지금 로체스터 씨의 애인이 되어 프랑스에서 살고 있으리라. 내 시간의 절반이 그의 사랑에 흠뻑 도취된 채로. 그가 나를 사랑해 줄 테니까. 아, 그래, 한동안은 나를 매우 사랑할 테니까. 그는 나를 사랑했다. 아무도 다시는 그렇게 나를 사랑해 주지는 않을 것이다. 이제 다시는 아름다움과 젊음과 우아함에 대해 그처럼 달콤한 언약을 듣지 못할 것이다. 다른 누구도 나에게 그런 매력을 느낄 것 같지 않으니까.

그는 나를 좋아하고 자랑스러워했다. 그 외에는 어떤 남자도 내게 그런 마음을 품지 않을 것이다. 그런데 나는 지금 어디서 헤매고 있는 것인가, 무슨 말을 하고 있는 건가, 무엇보다 무얼 느끼고 있는 것인가? 어느 쪽이 나으냐고 묻고 있지 않았던가. 마르세유의 어리석은 자의 파라다이스에서 노예가 되어 잠시 현혹적인 기쁨에 열광하고 그 후에 쓰라린 후회와 수치의 눈물로 숨 막히는 편이 나은가, 아니면 건강한 영국 중심부의 산들바람 부는 산 구석에서 자유롭고 양심에 거리낌 없는 마을 학교 교사가 되는 편이 나은가.

그래, 나는 원칙과 법률을 지키고, 광기 어린 순간의 비정상적인 충동들을 경멸하고 부서 버린 것이 옳았다고 느낀다. 하느님은 나를 올바른 선택으로 이끌어 주셨다. 나는 그렇게 인도해 주신 그분의 뜻에 감사했다!

저녁 무렵의 사색을 여기까지 끌고 온 뒤에, 나는 자리에서 일어나 문으로 가서 내 오두막 앞에 펼쳐진 조용한 들판과 수확기의 일몰을 바라보았다. 오두막과 학교는 마을에서 1킬로미터쯤 떨어져 있었다. 새들이 마지막 선율을 노래하고 있었다.

바람은 부드럽고, 이슬은 향기롭도다.

그 풍경을 바라보는 동안, 나는 내가 행복하다고 생각했는데, 오래지 않아 내가 울고 있다는 것을 깨달았다. 깜짝 놀랐다. 왜지? 내 주인의 곁에서 기어이 나를 찢어 놓고 만 운명 때문에? 더는 그를 볼 수 없기 때문에? 내가 떠나 버린 결과 어쩌면 옳은 길에서 멀리 벗어나 다시는 그 길로 되돌아오지 못하게 만들지도 모를 그의 절망적인 슬픔과 치명적인 분노 때문에? 이 생각을 하며, 나는 사랑스러운 저녁 하늘과 외로운 모턴 계곡으로부터 고개를 돌렸다.

'외롭다.'고 표현한 이유는, 내 눈에 보이는 골짜기 굽이에, 나무에 반쯤 가려진 교회와 사제관을 제외하고는 건물을 하나도 볼 수 없었기 때문이다. 단, 저 멀리 끝에 부유한 올리버 씨와 그의 딸이 살고 있는 베일 저택의 지붕이 보일 뿐이었다. 나는 눈을 가리고, 돌로 된 문설주에 머리를 기댔다. 하지만 곧 나의 작은 마당과 그 너머 풀밭을 가르는 쪽문 근처에서 들려오는 희미한 소리에 고개를 들어 올렸다. 개 한 마리가 코로 쪽문을 밀어 대고 있었다. 나는 그것이 리버스 씨의 포인터인 늙은 개 카를로라는 것을 금세 알아보았다. 세인트 존은 팔짱을 끼고 거기에 기대 서 있었다. 눈살을 찌푸리고, 언짢아 보이는 얼굴로 근엄하게 나를 쳐다보고 있었다. 나는 그에게 들어오겠느냐고 물었다.

"아니, 그럴 시간이 없소. 누이들이 당신에게 남긴 작은 꾸러미를 가져왔을 뿐이오. 그림물감 통과 연필과 종이인 것 같더군."

나는 그것을 받으려고 다가갔다. 반가운 선물이었다. 내가 가까이 가는 동안, 그가 내 얼굴을 엄격하게 살폈다. 눈물의 흔적이 고스란히 드러났을 것이었다.

"첫날 일이 예상보다 힘들었소?"

그가 물었다.

"아, 아니에요! 오히려, 머잖아 학생들과 사이좋게 잘 지낼 거라고 생각하고 있어요."

"그러면 이 숙소가, 이 오두막과 가구가 당신의 기대에 미치지 못했나? 사실 매우 빈약하긴 해. 하지만……."

내가 그의 말을 가로막았다.

"이 집은 깨끗하고 비바람을 막아 줘요. 가구도 충분하고 편리해요. 보이는 모든 것에 감사할 뿐, 낙담 같은 건 느끼지 않아요. 저는 양탄자와 소파와 은 식기가 없다고 해서 아쉬워하는 어리석은 감상주의자가 아니에요. 게다가 5주 전에는 아무것도 없었는걸요. 의지할 데 없는 거지, 부랑자였어요. 이제는 아는 사람도 있고 집도 있고 일도 있어요. 하느님의 선하심과 친구들의 아량과 제 운명의 넉넉함이 놀라워요. 전 불평하지 않습니다."

"그러면 외로워서 우울한 거요? 당신 뒤의 저 작은 집이 어둡게 텅 비어 있어서일까."

"아직 평온함을 즐길 겨를도 없었는데, 외로움에 힘들어할 리는 없지요."

"좋아요. 당신의 말대로 만족을 느끼기 바라겠소. 여하튼, 뒤를 돌아보다 소금 기둥이 된 롯의 아내처럼 불안한 두려움에 굴복하기에는 아직 너무 이르다는 것을 당신의 분별력이 알려 줄 것이오. 물론 당신이 나를 만나기 전에 무엇을 뒤에 남기고 떠나왔는지는 알지 못하오. 하지만 당신을 뒤돌아보게 만드는 모든 유혹에 굳건히 저항하라고 충고하겠소. 현재의 일을 꾸준히 계속하시오. 적어도 몇 달간은."

"그럴 생각이에요."

내가 대답했다. 세인트 존이 말을 이었다.

"성향의 작용을 조절하고 타고난 성미를 바꾸는 것은 어려운 일이오. 하지만 내 경험을 통해 볼 때 그것은 가능한 일이오. 하느님은 우리에게 어느 정도 자기 운명을 개척해 나갈 수 있는 힘을 주셨소. 구할 수 없는 양분을 우리의 힘이 요구할 때, 따를 수 없는 길로 우리의 의지가 따라가려 할 때 기아로 굶어 죽거나 절망에 묶여 있을 필요는 없소. 그 마음이 맛보고 싶어 하는 금단의 음식만큼 강하거나 어쩌면 그보다 더 확실한 다른 양분을 찾으면 되는 거요. 비록 더 험하더라도, 운명이 가로막고 있는 것과 같은 정도로 넓고 곧은길을 우리의 모험적인 발걸음으로 노력하여 개척해 나가면 되는 것이오.

1년 전에 나는 성직에 들어온 게 잘못이었다는 생각이 들어 말할 수 없이 비참했소. 늘 변함없는 목회자의 의무들이 죽도록 싫증이

나더군. 좀 더 활동적인 세상의 삶, 더 자극적인 문학가의 일, 예술가, 작가, 웅변가의 운명을 동경했소. 목회자만 아니라면 다른 무엇이든 좋았소. 그래요, 내 성직자의 제의 밑에는 정치인의 심장, 군인의 심장, 영광을 추구하고 명성을 사랑하며 권력을 갈망하는 자의 심장이 뛰고 있었소. 나는 생각했소. 이 삶이 너무나 비참하므로 바뀌어야 한다고, 안 그러면 죽을 것 같다고. 어둠과 투쟁의 시기가 지난 후에 빛이 비치고 구원이 내려왔소. 단번에 나의 갑갑한 생활이 무한히 펼쳐진 평원이 되었소. 일어나 있는 힘을 다해 날개를 펴고, 시야가 미치지 않는 저 너머로 날아가라는 하늘의 부르심을 들었소. 하느님께서 나에게 사명을 주신 거요. 그 사명을 멀리 가져가 충분히 전파하려면, 군인과 정치인과 웅변가가 가진 최고의 자질, 힘과 기술과 용기와 능변이 모두 필요했소. 훌륭한 선교사에게는 이 모든 것이 집중되어 있으니까 말이오.

나는 선교사가 되기로 결심했소. 그 순간부터 나의 정신 상태는 달라졌소. 내 모든 능력을 구속하고 있던 족쇄가 풀려 떨어져 나가고, 시간만이 치유해 줄 수 있는 달갑지 않은 아픔만 남게 되었소. 사실 선친께서는 이 결심에 반대하셨지만, 그분이 돌아가셨으니 맞서 싸워야 할 장애도 모두 사라진 셈이지. 몇 가지 일을 정리하고, 모턴 교구의 후임자를 정하고, 한두 가지 감정의 엉킴을 뚫고 나가거나 잘라 내면 나는 유럽을 떠나 동양으로 갈 것이오."

그는 절제되어 있으면서도 힘 있는 그 독특한 목소리로 말을 끝내고는 내 쪽이 아니라 저물어 가는 태양을 바라보았다. 나도 같이 바라보았다. 둘 다 들판에서 쪽문으로 이어지는 길을 등지고 있었으니 풀이 우거진 그 길로 걸어오는 발소리를 듣지 못한 것도 당연했다. 그 시간과 풍경을 달래 주는 소리는 계곡에 흐르는 물소리뿐이었다. 갑자기 들려온 은방울처럼 어여쁘고 쾌활한 목소리에 우리는 둘 다 소스라치게 놀랐다.

"안녕하세요, 리버스 씨. 안녕, 카를로. 당신의 개가 당신보다 친구들을 더 빨리 알아보는군요. 내가 들판 아래 있었을 때부터 카를로는 귀를 쫑긋 세우고 꼬리를 흔들었는데, 당신은 지금도 나에게 등을 돌리고 있네요."

그건 사실이었다. 처음 그 음악적인 목소리가 들렸을 때 머리 위에서 번개가 구름이라도 가른 듯 깜짝 놀랐던 리버스 씨는, 상대의 말이 끝났을 때도 여전히 아까와 같은 자세로 서 있었다. 문에 팔을 기대고, 얼굴을 서쪽으로 향하고 선 자세였다. 마침내 그가 자로 잰 듯한 신중함으로 천천히 돌아보았다. 그의 옆에는 환영 같은 모습이 하나 나타나 있었다. 그에게서 1미터쯤 떨어진 곳에 순백의 젊고 우아한 형체가 보였다. 윤곽이 풍만하면서도 고상했다. 몸을 낮춰 카를로를 토닥여 준 뒤, 고개를 들고 긴 베일을 뒤로 넘기자, 그의 시선 아래 완벽한 미인의 얼굴이 피어났다.

완벽한 미인이라는 말이 강한 표현이기는 하지만, 그것을 주워 담거나 수정할 생각은 없다. 앨비언(영국이나 잉글랜드를 가리키는 옛 이름 _옮긴이)의 온화한 풍토가 만들어 낸 가장 사랑스러운 얼굴이며, 그 습한 바람과 안개 낀 하늘이 키우고 보호해 온 가장 순수한 장미와 백합의 빛깔이라고 말해도 전혀 손색이 없을 정도였다. 어디 하나 부족한 데가 없었고, 결점도 눈에 띄지 않았다.

그 젊은 여인은 섬세하고 균형 잡힌 생김새를 지니고 있었다. 모양과 색이 모두 아름다운 그림에서나 볼 수 있는 것처럼 크고 검고 둥근 눈, 길고 아련하게 아름다운 눈을 둘러싸고 있어 부드러운 매력을 전해 주는 속눈썹, 선명하게 그린 듯한 눈썹, 생생한 색조와 빛의 아름다움에 휴식을 덧붙여 주는 희고 매끄러운 이마, 신선하고 매끈해 보이는 계란형의 뺨, 역시 상큼하고 발그레하고 건강하고 깜찍한 입술, 고르게 흠 없이 반짝이는 치아, 보조개가 들어가 있는 작은 턱, 탐스럽고 풍성하게 머리를 장식하는 머리채. 간단히 말해서 미의 이상을 실현하는 모든 장점을 합해 놓은 것이 그녀의 모습이었다. 이 아름다운 여인을 보면서 나는 경탄했다. 진심으로 감탄했다. 그녀를 빚을 때 자연은 편애를 했던 게 틀림없다. 선물을 아까워하는 계모의 인색한 태도를 버리고, 자연이 이 사랑하는 아이에게 할머니의 마음으로 넉넉하게 베풀어 준 것이다.

세인트 존 리버스는 이 지상의 천사를 어떻게 생각할까? 돌아서서 그녀를 쳐다보는 그를 지켜보면서, 나는 자연스럽게 이런 질문을 떠올렸다. 그리고 자연스럽게 그의 모습에서 질문의 답을 찾았다. 그는 이미 이 아름다운 요정에게서 시선을 거두고, 쪽문 옆에 초라하게 자라난 데이지 꽃들을 보고 있었다.

"아름다운 저녁이지만 혼자 다니기에는 늦은 시간이군요."

그는 눈처럼 하얗게 오므라든 꽃송이들을 발로 뭉개며 말했다.

"아 S 시에 갔다가 오늘 오후에야 돌아왔거든요(그녀는 30킬로미터쯤 떨어진 큰 도시 이름을 댔다). 아빠한테 당신이 학교를 열었고 새로운 선생님도 오셨다는 얘기를 들었어요. 그래서 차를 마시자마자 보닛을 쓰고, 그분을 만나러 계곡을 뛰어 올라온 거예요. 이분이 선생님인가요?"

그녀가 나를 가리켰다.

"그렇소."

세인트 존이 말했다.

"모턴을 좋아하게 될 것 같으세요?"

그녀는 아이처럼 기분 좋게, 솔직하고 순진하고 꾸밈없는 태도와 말씨로 나에게 물었다.

"그렇게 되겠지요. 좋아질 만한 점이 많아요."

"학생들이 기대만큼 집중을 잘하던가요?"

"네, 상당히."

"집은 마음에 드세요?"

"아주 좋아요."

"내가 가구를 제대로 갖춰 놓은 건가요?"

"아주 잘해 놓으셨어요."

"심부름할 아이로 앨리스 우드를 고른 것도 잘한 건가요?"

"잘하셨어요. 순하고 일을 잘해요(그때 이미 나는 이 사람이 상속녀 올리버 양이라는 걸 짐작하고 있었다. 자연의 선물뿐 아니라 행운의 선물까지 받은 아가씨였다! 어떤 행복한 별들이 그녀의 탄생을 주재했을까)."

"내가 가끔 와서 가르치는 일을 도와 드릴게요."

그녀가 덧붙였다.

"이따금씩 찾아오면 기분 전환이 될 거예요. 나는 변화를 좋아하거든요. 리버스 씨, 제가 S 시에 체류하는 동안 아주 즐거웠답니다.

어젯밤, 아니 오늘 아침이라고 해야겠네요. 새벽 2시까지 춤을 추었어요. 폭동 때문에 ○○ 연대가 거기 주둔하고 있었거든요. 장교들은 세상에서 제일 마음에 드는 사람들이에요. 이 근처의 칼 가는 사람이나 가위 파는 젊은이들은 그 발밑도 못 따라오지요."

세인트 존의 아랫입술이 튀어나오고 윗입술이 잠시 오므라드는 것 같았다. 올리버 양이 웃으며 이 이야기를 했을 때, 그의 입은 더욱 꾹 다물어지고, 얼굴 아랫부분이 유난히 엄하고 네모나 보였다.

그는 또 데이지에서 시선을 들어 그녀를 바라보았다. 웃음기를 거두고 탐색하는 듯 의미심장하게 바라보는 시선이었다. 그녀가 두 번째 웃음으로 그에 답했고, 그 웃음은 그녀의 젊음과 장밋빛 고운 안색과 보조개와 반짝이는 눈에 아주 잘 어울렸다.

그가 말없이 엄숙하게 서 있기만 하자, 그녀는 다시 몸을 내려 카를로를 쓰다듬으며 말했다.

"이 가엾은 카를로는 나를 사랑해요. 친구들에게 엄하고 쌀쌀맞게 굴지 않죠. 이 녀석이 말할 수 있다면 입을 다물고 있지 않을 거예요."

그녀가 그 개의 젊고 준엄한 주인 앞에서 타고난 우아한 몸짓으로 몸을 숙여 개의 머리를 토닥거릴 때, 나는 그 주인의 얼굴에 올라오는 홍조를 보았다. 엄숙한 눈에 갑자기 불길이 피어나, 불가항력의 감정으로 번득이는 것을 보았다. 이렇게 붉게 번득이는 그는, 그녀가 여자로서 아름다운 것만큼 남자로서 아름다워 보였다. 그의 가슴이 한번 들썩였다. 마치 독재의 압박에 지친 커다란 심장이 자유를 쟁취하려고 크게 도약하는 듯이. 하지만 그는 단호한 기수가 뒷발로 일어서는 준마를 제어하는 듯 그것을 억제했다. 그녀의 부드러운 시도에 말로도 행동으로도 반응하지 않았다.

올리버 양이 고개를 들며 말을 이었다.

"아빠가 그러시는데, 요즘 저희 집에 통 들르지 않으셨다면서요. 이러다 너무 멀어지겠어요. 오늘 저녁에 아빠 혼자 계시고, 몸도 안 좋으시거든요. 저랑 같이 가서 아빠를 만나시겠어요?"

"올리버 씨를 찾아뵙기에 적당한 시간이 아닌 것 같소."

세인트 존이 대답했다.

"적당한 시간이 아니라니요! 딱 적당한 시간인걸요. 아빠가 공장 일을 끝내고 달리 전념할 일이 없어, 제일 누군가와 같이 있고 싶어 할 때가 이 시간이잖아요. 자, 리버스 씨, 같이 가세요. 당신은 왜 그렇게 수줍고 침울하신가요?"

그녀는 그의 침묵이 남긴 공백을 자신의 대답으로 메웠다.

"아참!" 하고 스스로 생각해도 어이가 없다는 듯이 그 아름다운 곱슬머리를 흔들며 그녀가 소리쳤다.

"내가 이렇게 경솔하고 생각이 없다니까! 용서하세요. 당신이 제 수다를 받아 주실 기분이 아닐 거라는 걸 깜박 잊고 있었어요. 다이애나와 메리가 떠나고, 무어 하우스가 폐쇄됐으니 참으로 쓸쓸하실 텐데. 정말 안됐어요. 가서 아빠를 만나 보세요."

"오늘 밤은 안 되겠소, 로자몬드 양. 오늘 밤은 안 돼요."

세인트 존은 거의 자동인형처럼 말했다. 이렇게 거절하는 데 얼마나 큰 노력이 필요한지 그 자신만이 알고 있을 것이다.

"정 그러시다면, 전 이만 가 보겠어요. 여기에는 더 있지 못하겠어요. 이슬이 떨어지기 시작하는군요. 안녕히 가세요."

그녀가 손을 내밀었다. 그는 그 손을 살짝 건드렸을 뿐이다.

"안녕히 가시오!"

그가 메아리치듯 낮게 울리는 목소리로 중얼거렸다. 그녀가 돌아섰다. 하지만 금방 다시 돌아섰다.

"어디 편찮으세요?"

그녀가 물었다. 그런 질문을 하는 것도 무리는 아니었다. 그의 얼굴이 그녀의 옷 색깔처럼 창백했던 것이다.

"전혀 문제없소."

그가 분명하게 말하고는, 고개를 숙여 보이고 그 문을 떠났다. 그녀는 한쪽 길로, 그는 다른 쪽 길로 갔다. 그녀는 요정처럼 들판을 걸어 내려가다가, 두 번쯤 그를 돌아보았다. 그는 단호하게 성큼성큼 걸으며, 절대로 돌아보지 않았다.

다른 이의 괴로움과 희생이 드러나는 이 광경은, 내 괴로움만을 생각하던 상태에서 나를 끄집어냈다. 다이애나 라버스는 자신의 오빠가 '절대로 굽히지 않는 사람'이라고 했다. 그 말은 과장이 아니었다.

## 제32장

나는 최대한 적극적이고 충실하게 마을 학교 일을 계속해 나갔다. 처음에는 정말 힘든 일이었다. 많은 노력을 기울였는데도, 학생들과 그들의 성질을 이해하기까지 꽤 시간이 걸렸다. 교육이라는 것을 받아 보지 못한 탓에 능력이 잠들어 있었으므로, 그들은 모두 그저 가망 없이 아둔해 보였다. 처음 봤을 때는 정말 그렇게 생각했다. 하지만 곧 내 생각이 잘못이었다는 것을 알게 되었다. 교육받은 이들이 그렇듯이 그들 사이에도 차이가 있었다. 내가 그들을 알게 되고, 그들이 나를 알게 되면서, 이 차이는 빠르게 벌어졌다. 일단 아이들이 나와 내 말씨와 규율과 방식에 적응하기 시작하자, 나는 이 우울해 보이고 입 벌린 시골뜨기 같은 아이들 중 몇몇이 날카로운 재치를 지닌 아이들로 깨어나는 모습을 볼 수 있었다. 양순하고 귀염성 있는 아이들도 많았다. 나의 호의와 감탄을 자아내는 탁월한 능력뿐 아니라 자연스러운 예의와 타고난 자긍심을 지닌 아이들도 적지 않았다. 이 아이들은 금세 자기가 할 일을 해내고, 옷차림을 깨끗이 하고, 규칙적으로 공부를 하고, 조용하고 질서 있는 예법을 익히는 데서 기쁨을 찾아냈다. 어떤 경우에는 항상 속도가 너무 빨라서 놀라울 정도였다. 나는 거기서 진정으로 행복한 자부심을 느꼈다. 게다가 개인적으로 특별히 뛰어난 몇몇 학생들을 좋아하게 되었다. 그들도 나를 좋아했다. 학생들 중에는 농부의 딸도 몇 명 있었다. 거의 성인이 다 된 젊은 여성들이었다. 이들은 이미 읽기와 쓰기와 바느질을 할 줄 알았다. 나는 그들에게 기본적인 문법, 지리, 역사와 좀 더 고급스러운 자수를 가르쳤다. 그들 가운데서 훌륭한 품성, 다시 말해 더 알고자 하고 더 나아지고 싶어 하는 품성을 찾아냈고 그들의 집에서 그들과 같이 즐거운 저녁 시간을 보내기도 했다. 그럴 때면 그들의 부모는(농부와 그의 아내) 나에게 온통 관심을 기울였다. 그들의 소박한 친절을 받아들이고, 신중하고 세심하게 배려하여 그 친절에 보답하는 것은 즐거운 일이었다. 그런 일에 익숙지 않았을 그들에게도 그것은 기쁘고 또 유익한 일인 듯했다. 자신의 품위가 높아진 것처럼 느꼈을 테니, 자기들이 받는 공손한 대접에 어울리는 사람이 되고자 노력했기 때문이다.

나는 마을의 총아가 된 기분이었다. 어디를 가든, 사방에서 상냥한 인사말이 들려왔고 다정한 미소로 환영을 받았다. 비록 노동자들의 존경에 불과했지만, 뭇사람들의 존경을 받으며 산다는 것은 평화롭고 따뜻한 햇살 아래 앉아 있는 것과 같다. 그 빛을 받으면 내면의 평온한 느낌이 싹트고 꽃핀다. 이 기간 동안, 내 마음은 실의로 무너지기보다 감사로 부풀어 오르는 경우가 훨씬 많았다. 그렇지만 독자여, 있는 그대로 전부 말하자면, 이 차분하고 만족스러운 생활 가운데서도, 학생들 사이에서 명예로운 노력을 하며 낮 시간을 보내고 혼자 만족스럽게 책을 읽거나 그림을 그리며 저녁 시간을 보낸 후에도, 밤이 되면 나는 이상한 꿈속으로 뛰어들곤 했다. 이상과 마음의 동요와 폭풍으로 가득한 소란스러운 가지각색의 꿈들, 모험과 불안정한 위험과 낭만적인 기회로 채워지는 특이한 장면들 가운데, 항상 어느 짜릿한 위기 상황에서 다시, 또다시 로체스터 씨를 만나는 꿈들이었다. 그 후에는 그의 품에 안겨, 그의 목소리를 듣고, 그의 눈을 마주 보며, 그의 손과 뺨을 매만지며, 그를 사랑하고 그에게 사랑받는 느낌이, 그의 곁에서 평생을 보내고 싶은 소망을 처음 느꼈을 때와 같은 힘과 열정으로 되살아났다. 그다음에 나는 깨어났다. 나는 내가 있는 곳과 처해 있는 상황을 깨달았고 커튼 없는 침대에서 일어나 부들부들 몸을 떨었다. 그리고 고요한 검은 밤은 발작하는 절망을 목격했고, 감정이 폭발하는 소리를 들었다. 다음 날 아침 9시 정각이면 나는 다시 학교를 열고 있었다. 그날의 의무를 착실히 준비하는 차분하고 안정된 모습으로.

로자몬드 올리버는 나를 찾아오겠다던 약속을 지켰다. 대개는 아침 승마를 하러 나와서는 학교에 들렀다. 조랑말을 타고 문까지 달려왔는데, 제복 입은 하인이 말을 타고 그 뒤를 따랐다. 보라색 승마복 차림에, 그 뺨에 입을 맞추고 어깨로 흘러내리는 긴 곱슬머리에 우아하게 검은 벨벳의 아마존 모자를 얹어 쓴 그녀의 모습은 더 이상 상상하기 어려울 만큼 아름다웠다. 그녀는 이렇게 소박한 건물로 들어와, 황홀한 듯 자기를 바라보며 서 있는 아이들 사이로 미끄러지듯이 걸어왔다. 그녀가 방문하는 시간은 보통 리버스 씨가 교리 문답을 가르치는 시간이었다. 그녀의 시선은 예리하게 젊은 목사의 가슴을 꿰뚫는 것 같았다. 눈으로 보지 않을 때도 그의 본능은 그녀가 들어오는 것을 경고해 주는 듯했다. 그녀가 거기에 나타나면 문 쪽을 보지 않고도 그의 뺨이 붉어졌고, 대리석 같은 그의 얼굴은 무어라 말할 수 없이 달라졌다. 그 정지 상태야말로 근육의 움직임이나 쏠리는 시선이 나타낼 수 있는 것보다 더 강하게 그의 억압된 열정을 표현했다.

물론 그녀는 자신의 힘을 알고 있었다. 사실 그는 그것을 제대로 숨기지도 못했다. 금욕적인 태도에도 불구하고, 그녀가 나타나 그에게 말을 걸고 그의 얼굴을 바라보며 쾌활하게 격려하듯이, 심지어 다정하게 미소를 지으면 그의 손은 떨렸고 그의 눈은 불타올랐다. 입으로 말을 하지는 않았지만, 그의 슬프고 결연한 표정은 이렇게 말하는 듯했다. '나는 당신을 사랑하오. 당신이 나를 좋아하는 것도 알고 있소. 내가 입을 다물고 있는 것은 사랑에 성공할 가망이 없어서가 아니오. 내가 내 마음을 바치면 당신이 받아 줄 거라고 믿소. 하지만 내 심장은 이미 신성한 제단에 바쳐져 있소. 그 주위에는 불길이 준비되어 있소. 머잖아 그것은 불타 버린 희생물이 되어 버릴 것이오.' 그러면 그녀는 실망한 아이처럼 입을 삐죽 내밀었다. 애수에 찬 구름이 그녀의 화사한 쾌활함에 내려앉았다. 그녀는 서둘러 그에게서 손을 빼내고, 순교자 같은 그의 모습에 잠시 토라져서 홱 돌아섰다. 그녀가 이렇게 떠나갈 때면, 세인트 존은 그 뒤를 따라가, 다시 그녀를 불러 붙잡을 수만 있다면 세상 무엇이라도 내주고 싶은 심정이었을 것이다. 하지만 그는 천국에의 기회를 내놓지 않았다. 사랑의 낙원을 얻기 위해, 진실하고 영원한 파라다이스의 희망을 포기하지 않았다. 게다가 그는 자신의 천성에 숨은 유랑자, 야심가, 시인, 성직자적인 기질을 단 하나의 정열 속에 가둬 놓지 못했다. 베일 저택의 평화로운 응접실을 위해, 사명감으로 떠나는 거친 전쟁터를 단념하지 못했고 단념할 생각도 없었다. 과감히 그의 과묵함을 깨고 그의 심중으로 파고들어 가 본 적이 있는 나는 그의 입을 통해 이것들을 알아낼 수 있었다.

올리버 양은 이미 여러 번 나의 오두막을 찾아 주었다. 나는 그녀의 성격을 온전히 파악했다. 숨기거나 속이려 하는 면은 없었다. 교태를 부리기는 하지만 무정한 사람은 아니었다. 까다롭긴 하지만 쓸데없이 이기적이지는 않았다. 태어나면서부터 응석받이로 자랐지만 심하게 버릇이 없지는 않았다. 성급하기는 하지만 싹싹한 성격이었다. 허영심이 있기는 하지만(거울을 볼 때마다 그토록 사랑스러운 모습을 보게 되니 그녀로서도 어쩔 수 없었을 것이다) 잘난 체하지는 않았다. 인색하지 않게 베풀고, 부유함을 자랑하지 않고, 천진난만하고, 충분히 총명하고, 명랑하고, 생기발랄하고, 깊이 생각하지 않았다. 한마디로 같은 여자인 내가 찬찬히 살펴보아도 매우 매력적인 여인이었다. 하지만 흥미롭거나 특별히 인상적인 구석은 없었다. 예를 들어 세인트 존의 누이들하고만 비교해 보더라도 상당히 다른 부류에 속하는 사람이라고 할 수 있다. 하지만 나는 나의 제자 아델을 좋아했던 만큼이나 그녀를 좋아했다. 가르치고 돌보는 아이에게는, 그와 똑같은 매력을 지닌 어른에게보다 좀 더 각별한 애정을 품는 것이 사실이긴 하지만.

그녀는 나에게도 사랑스러운 변덕을 부렸다. 나더러 리버스 씨와 비슷하다고 했다(물론 '당신이 단정하고 멋진 사람이긴 하지만, 그분이 열 배 더 잘생겼고 그분은 천사'라고 하면서 한 말이었다).

하지만 선하고 영리하고 차분하고 확고하다는 점에서는 그와 내가 닮았다고 했다. 그녀는 내가 마을 교사로서 '자연의 변종'이라며, 모르긴 몰라도 전에 재미난 로맨스를 경험했을 거라고 확신했다.

어느 날 저녁에, 그녀는 예의 어린아이 같은 활발함과, 경솔하지만 불쾌하게 느껴지지 않는 호기심으로 내 작은 부엌의 찬장과 서랍을 뒤지다가, 프랑스 어 책 두 권과 실러의 시집과 독일어 문법책 및 사전을 찾아냈다. 곧이어 나의 그림 도구들과 꼬마 천사처럼 예쁜 나의 학생 하나를 연필로 그린 초상화, 모턴 계곡과 주위의 황야를 스케치한 갖가지 풍경화들을 찾아냈다. 그녀가 놀라서 빤히 쳐다보더니, 이내 흥분하며 기뻐했다.

"당신이 이 그림들을 그린 거예요? 프랑스어와 독일어를 할 줄 알아요? 근사해라. 놀라워라! S시 최고 학교의 선생님보다 훨씬 솜씨가 좋아요. 아빠에게 보여 주고 싶은데, 내 초상화 한 장 그려 줄래요?"

"기꺼이 그려 드릴게요."

나는 대답했다. 그처럼 완벽하고 빛나는 모델을 그릴 수 있다는 것은 예술가로서 전율이 느껴질 만큼 기쁜 일이었다. 그녀는 검푸른 비단 옷을 입고 있었다. 팔과 목을 드러냈고, 자연스럽고 우아하게 어깨 위로 넘실거리는 곱슬곱슬한 밤색 머리채가 유일한 장식이었다. 나는 고급 종이 한 장을 꺼내 신중하게 윤곽을 그렸다. 색칠하는 즐거움도 누리리라고 스스로 다짐했다. 시간이 늦어졌으므로, 나는 그녀에게 집에 돌아갔다가 다음 날 다시 포즈를 취해 달라고 말했다.

그녀가 내 이야기를 아버지에게 많이 한 모양인지, 다음 날 저녁에 올리버 씨가 딸과 함께 찾아왔다. 그는 키가 크고 육중한 체구에 머리가 반백인 중년 남자였는데, 그 옆에 있는 그의 사랑스런 딸은 오래된 탑 옆에 산뜻하게 피어난 꽃처럼 보였다. 무뚝뚝하고 도도한 사람이었지만, 내게는 퍽 친절했다. 로자몬드의 초상화를 무척 마음에 들어 하면서, 그림을 꼭 완성해 달라고 했다. 다음 날 저녁에 베일 저택에 와 달라고 나를 초대하기까지 했다.

나는 그곳에 찾아갔다. 주인이 부자라는 증거를 유감없이 드러내는 크고 멋진 저택이었다. 내가 머무는 내내 로자몬드는 쾌활하고 즐거워했다. 그녀의 아버지는 정중했다. 차 마신 뒤 대화를 나누면서, 그는 모턴의 마을 학교에서 내가 행한 일들을 극구 칭찬했다. 자신이 보고 들은 바로는 내가 그 자리에 있기에는 너무 훌륭한 교사라서 조만간 그만두고 더 좋은 곳으로 떠날까 봐 걱정이라는 말도 덧붙였다.

로자몬드가 외쳤다.

"맞아요! 이분은 명문가의 가정 교사가 될 수 있을 정도로 훌륭해요, 아빠."

나야 이 땅의 어느 명문가에 있는 것보다 지금 있는 곳이 한결 낫다고 생각했지만 올리버 씨는 리버스 씨와 리버스 가문을 대단히 존경하는 듯 보였다. 리버스가가 그 고장에서 매우 오래된 가문이며, 선조들도 부유했고, 한때는 모턴 전체가 그들의 소유였고, 지금도 그 집의 후계자가 원하기만 한다면 최고의 집안과 혼인할 수 있을 거라고 말했다. 그렇게 우수하고 재능 있는 젊은이가 선교사로 나갈 계획을 하다니 안타까운 일이며, 그것은 귀한 삶을 내던지는 것이나 마찬가지라고 했다. 올리버 씨는 세인트 존과 자기 딸의 결혼을 막을 생각이 없는 듯했다. 그 젊은 목사의 좋은 혈통과 오랜 가문과 신성한 직업이 재산이 없다는 단점을 충분히 보완할 수 있다고 생각하는 게 분명했다.

때는 11월 5일, 휴일이었다. 나의 어린 하인은 집 안 청소하는 일을 도와주고 나서, 수고비로 받은 1페니에 매우 만족하며 돌아갔다. 박박 닦은 마루, 윤기 나는 쇠살대, 잘 닦인 의자들, 내 주위의 모든 것이 먼지 하나 없이 반짝거렸다. 나 역시 몸을 단정히 했고, 이제 마음대로 쓸 수 있는 오후가 내 앞에 펼쳐져 있었다.

한 시간가량 독일어 몇 페이지를 번역하며 보냈다. 그 후에는 팔레트와 화판을 꺼내 번역보다 쉽고 그래서 마음을 편안하게 해 주는 로자몬드 올리버의 초상을 완성하는 일에 착수했다. 머리 부분은 이미 마친 상태였다. 배경을 색칠하고 옷의 주름에 명암을 넣어 주기만 하면 끝이었다. 도톰한 입술에 홍색을 살짝 덧칠하고, 머리채 여기저기에 부드러운 물결을 만들어 주고, 하늘색 눈꺼풀 아래 속눈썹 그늘을 조금 진하게 하면 될 것이다.

내가 이 근사한 세부 작업에 몰두해 있을 때, 문에서 빠른 노크 소리가 나더니, 이내 문이 열리고 세인트 존 리버스가 들어왔다.

"당신이 휴일을 어떻게 보내는지 보려고 왔소. 사색에 잠긴 건 아니었으면 좋겠는데. 아니군, 잘 됐소. 그림 그리는 동안에는 외로움을 느끼지 않겠지. 보다시피, 나는 아직 당신을 믿지 않소. 지금까지는 훌륭하게 견뎌 왔지만 말이오. 당신에게 저녁의 위안거리가 될 만한 책을 가져왔소."

그가 새 책 한 권을 탁자에 내려놓았다. 시집이었다. 현대 문학의 황금기였던 그 시절의 운 좋은 독자들이 자주 볼 수 있었던 진정한 작품 중의 하나였다. 슬픈 일이다! 이 시대의 독자들은 그때만큼 혜택을 받지 못하고 있다. 하지만 기운 내시길! 여기서 비난이나 불평을 늘어놓을 생각은 없다. 시는 죽지 않았고 천재도 사라지지 않았다는 것을 나는 알고 있다. 물욕의 신이 아무리 힘을 뻗친다 해도 이런 것들을 속박하거나 소멸시킬 수는 없는 법이다. 시와 천재는 언젠가 그 생명과 존재와 자유와 힘을 다시 주장하고 나설 것이다. 하늘에서 편안히 쉬고 있는 강력한 천사들이여! 더러운 영혼이 승리하고 약한 영혼이 파멸에 눈물 흘릴 때, 그들은 미소 짓는다. 시가 파괴되었다고? 천재가 추방되었다고? 아니다! 범부들이여, 그렇지 않다. 질투심으로 그런 생각에 이끌리지 마라. 아니다, 시와 천재는 살아 있을 뿐 아니라, 권력을 쥐고 명성을 되찾을 것이다. 어디에나 퍼지는 그들의 신성한 힘이 없다면, 당신은 당신 자신의 비천한 지옥에 남겨질 것이다.

그 책은《마미온》(월터 스콧의 장편 서사시 _옮긴이)이었다. 내가 책의 빛나는 페이지들을 열렬히 읊어 보고 있는 동안, 세인트 존이 그림을 살펴보려는 듯 몸을 숙였다. 그의 큰 키가 화들짝 다시 튀어 올랐다. 그는 아무 말도 하지 않았다. 내가 그를 올려다보았다. 그가 내 눈을 피했다. 나는 그의 생각을 알 수 있었고, 그의 마음을 확연히 읽을 수 있었다. 그 순간에는 내가 그보다 더 침착하고 냉정하다고 생각했다. 잠시나마 내가 우위에 있었다. 할 수만 있다면 그에게 도움이 되는 일을 하고 싶다고 생각했다.

'그는 저 굳세고 강한 자제력으로 자신을 너무 괴롭히고 있어. 감정과 괴로움을 모두 안에 가둬 두고 무엇 하나 표현하거나 고백하거나 얘기하지 않아. 그가 결혼하면 안 된다고 생각하는 이 사랑스런 로자몬드에 대해 이야기를 좀 해 보는 게 도움이 될 것 같아. 그에게서 말을 끌어내야겠어.'

나는 우선 이렇게 말했다.

"의자에 앉으세요, 리버스 씨."

하지만 그는 언제나 그랬듯이, 오래 머물 수 없다고 대답했다.

'좋아요.' 하고 나는 마음속으로 대꾸했다. '원한다면 서 있으세요. 하지만 나는 아직 당신을 돌려보내지 않기로 결심했어요. 고독은 나에게 만큼이나 당신에게도 해로워요. 당신 안에 숨어 있는 비밀의 샘을 찾아내서, 그 대리석 같은 가슴에 동정의 향유 한 방울을 뿌릴 수 있는 틈이 있는지 알아보겠어요.'

"이 초상화가 비슷한가요?"

내가 불쑥 물었다.

"비슷하다니! 누구와 비슷하다는 거요! 자세히 보지 않아서 모르겠소."

"자세히 보셨잖아요, 리버스 씨."

내가 갑자기 이상스러울 정도로 당돌하게 굴자 그가 움찔했다. 그가 놀란 얼굴로 나를 쳐다보았다.

'아, 이 정도는 아직 아무것도 아니에요.' 하고 나는 속으로 중얼거렸다. '당신이 아무리 딱딱하게 굴어도 나는 당황하지 않을 거예요. 상당히 멀리까지 갈 준비가 됐거든요.'

내가 계속했다.

"당신은 그걸 유심히 살펴보셨어요. 하지만 다시 보신다 해도 막지는 않겠어요."

내가 일어나 그의 손에 그림을 안겨 주었다.

그림을 보며 그가 말했다.

"잘된 그림이오. 색채가 아주 부드럽고 선명하군. 매우 우아하고 정확하게 그렸소."

"네, 네, 그건 저도 알아요. 그런데 누구랑 비슷하지 않은가요? 누구 같아요?"

약간 망설이는 듯하더니 그가 대답했다.

"올리버 양인 것 같군요."

"물론이에요. 정확히 알아맞히셨으니 그 보상으로 이와 똑같은 그림을 한 장 더 그려 드리겠다고 약속할게요. 당신이 받아 주신다면 말이에요. 당신이 가치 없이 여기시는 일에 시간과 수고를 낭비하고 싶지는 않거든요."

그는 한동안 그림을 응시했다. 보는 시간이 길어질수록 더 탐이 나는 듯, 그림을 더 단단히 부여잡으며 중얼거렸다.

"닮았어. 눈이 제대로 표현됐어. 색채도, 빛도, 표정도 완벽해. 미소 짓고 있군."

"닮은 그림을 갖고 있는 것이 위로가 될까요, 아니면 상처가 될까요? 그걸 말해 주세요. 당신이 마다가스카르나 희망봉, 아니면 인도에 있을 때, 그 기념품을 갖고 있는 게 위로가 될까요? 아니면 그걸 볼 때마다 기운이 빠지고 가슴 아픈 기억들이 되살아날까요?"

그가 슬쩍 눈을 들어 올렸다. 우유부단한 표정으로 심란하게 나를 쳐다보더니, 다시 그림으로 시선을 내렸다.

"내가 이것을 갖고 싶은 것은 확실하오. 그게 분별 있는 일인지 현명한 일인지는 또 다른 문제지만."

로자몬드가 진심으로 그를 좋아하고, 그녀의 아버지가 이 결혼에 반대하지 않으리라는 것을 확인했기 때문에, 세인트 존보다 생각이 훌륭하지 못한 나는 그들의 결혼을 지지하고 싶은 마음이 강하게 일어났다. 그가 올리버 씨의 막대한 재산을 소유하게 된다면, 열대의 태양 아래서 그의 재능을 시들게 하고 힘을 낭비하는 것 못지않게 좋은 일을 많이 할 수 있을 것 같았다. 이러한 신념을 가지고 내가 이렇게 대답했다.

"제가 보기에는 당신이 즉시 이 그림의 주인공을 차지하는 게 더 현명하고 분별 있는 일인 것 같은데요."

이때쯤 그는 의자에 주저앉았다. 그림을 탁자에 놓고 두 손으로 이마를 받치고, 그 위로 다정하게 고개를 숙였다. 그는 지금 나의 대담함에 놀라거나 화를 내고 있지 않았다. 오히려 자신이 금기시했던 주제를 이렇게 솔직하게 꺼내 준 것을 새로운 기쁨이나 예기치 않았던 구원으로 느끼기 시작하는 것 같았다. 사실 내향적인 사람들은 개방적인 사람들보다 더 자주 그들의 감정과 슬픔을 솔직히 얘기할 필요가 있다. 아무리 엄격해 보이는 금욕주의자도 결국은 인간이다. 대담한 선의를 가지고 그 침묵의 바다로 뛰어 들어가는 것은 때로 그들에게 지극한 친절이 된다.

"그녀는 당신을 좋아하고 있어요. 그녀의 아버지도 당신을 존경해요. 더구나 그녀는 사랑스런 여자예요. 생각이 약간 부족하긴 하지만 당신이 두 사람분의 생각을 충분히 하시잖아요. 그녀와 결혼하세요."

내가 그의 의자 뒤에 서며 말했다.

"그녀가 날 좋아한다고?"

그가 물었다.

"그럼요. 다른 누구보다 좋아하고 있어요. 끝도 없이 당신 얘기를 하는걸요. 그녀가 가장 즐거워하고 가장 자주 꺼내는 주제예요."

"기분 좋은 말이군, 대단히. 15분만 더 하시오."

그러고는 실제로 시간을 재려는 듯 시계를 꺼내 탁자에 올려놓았다.

"하지만 당신이 반박의 철퇴를 준비하거나 마음에 채울 사슬을 만들어 내고 있다면, 제가 무슨 말을 해도 소용이 없겠지요?"

내가 물었다.

"그런 가혹한 상상은 하지 말아요. 내가 고분고분하게 녹아내리고 있다고 상상하시오. 인간적인 사랑이 새로이 뚫린 샘처럼 내 마음에 올라와, 지금까지 내가 그다지도 신중하게 준비하고 선한 의도로 극기의 씨앗을 뿌려 놓은 들판 위로 달콤하게 흘러들어 넘치고 있소. 이제 내 마음은 감미로운 홍수에 빠져들고 있소. 어린 싹들이 물에 젖고 맛있는 독에 의해 서서히 썩어 가고 있소. 베일 저택 응접실에서 나의 신부 로자몬드 올리버의 발치에 있는 긴 의자에 누워 있는 내 모습이 보이는군. 그녀가 달콤한 목소리로 나에게 말하고 있소. 당신이 너무나도 능숙하게 그려 낸 그 눈으로 나를 내려다보며 산호색 입술로 나에게 미소 짓고 있소. 그녀는 나의 것, 나는 그녀의 것. 이 현재의 삶과 일시적인 세상으로도 충분해. 쉬잇! 아무 말도 하지 말아요. 내 마음에 기쁨이 가득하고 나의 감각들은 도취되었소. 내가 정한 시간이 평화롭게 지나게 해 주시오."

나는 그의 바람을 들어주었다. 똑딱똑딱 시간이 흘렀다. 그는 빠르고 낮게 숨을 쉬었다. 나는 말없이 서 있었다. 정적 속에서 15분이 지나갔다. 그는 시계를 다시 집어넣고, 그림을 내려놓고 일어나 난롯가에 섰다.

"잠시 광란과 망상에게 작은 공간을 내주었소. 유혹의 가슴에 내 관자놀이를 기대어 쉬고, 꽃으로 만든 멍에에 자진해서 내 목을 들여놓았소. 나는 그녀가 주는 잔을 맛보았소. 베개는 불타고 있었소. 화환에는 살모사가 있었소. 와인의 맛은 쓰디썼소. 그녀의 약속은 공허하고 그녀의 제안들은 거짓이었소. 나는 이 모든 것을 보고 알 수 있소."

나는 놀라서 그를 쳐다보았다. 그가 계속했다.

"이상한 일이오. 내가 그토록 격렬하게 로자몬드 올리버를 사랑하는 동안에도, 첫사랑의 강렬한 열정으로 더할 나위 없이 아름답고 우아하고 매혹적인 대상을 사랑하면서도, 그와 동시에 그녀가 나에게 맞는 아내가 되지 못할 것이고, 그녀가 나에게 어울리는 짝이 아니며, 결혼 후 1년이 지나면 내가 이것을 깨닫고, 그 환희의 대가로 평생을 후회하게 되리라는, 차분하고 왜곡되지 않은 의식을 경험했소. 난 이것을 알고 있소."

"정말 이상하군요!"

나는 소리치지 않을 수 없었다.

그가 계속했다.

"내 안의 무언가가 그녀의 매력을 예리하게 감지하는 동안, 다른 무언가는 그녀의 결점을 깊이 인식했소. 그것은 내가 열망하는 어느 것에도 일치할 수 없는 것이오. 내가 감당할 어떤 일에도 협력할 수 없는 것이오. 로자몬드가 수난당하는 자, 일꾼, 하느님의 사도가 될 수 있을까? 로자몬드가 선교사의 아내가 될 수 있을까? 그럴 리 없소!"

"하지만 당신이 꼭 선교사가 되어야 하는 건 아니잖아요. 그 계획을 단념할 수도 있잖아요."

"단념이라니! 그게 무슨 소리요! 나의 사명을? 나의 위대한 작업을? 천상의 주거를 위해 지상에 놓는 나의 초석을? 인류를 향상시키고, 무지의 땅에 지식을 전달하고, 전쟁을 평화로, 속박을 자유로, 미신을 종교로, 지옥에의 두려움을 천국에의 희망으로 바꾸는 영광스러운 일에 모든 포부를 바친 이들 중의 하나가 되려는 나의 희망을? 내가 그것을 단념해야 한다고? 그것은 내 혈관 속의 피보다 더 소중하오. 그것이 내가 고대하는 일이며 내가 살아가는 목적이오."

오랜 침묵이 흐른 뒤에, 내가 말했다.

"올리버 양은요? 그녀의 실망과 슬픔은 전혀 생각지 않으시나요?"

"올리버 양은 언제나 구애하고 아첨하는 자들에게 둘러싸여 있소. 한 달도 못 가서 내 모습은 그녀의 마음에서 지워질 거요. 그녀는 나를 잊을 것이오. 아마 나보다 훨씬 행복하게 해 줄 사람과 결혼할 거요."

"참으로 냉정하게 말씀하시는군요. 하지만 당신은 갈등을 겪고 있어요. 날로 쇠약해지고 있잖아요."

"아니오. 내가 약간 야위었다면, 그것은 아직 확정되지 않은 내 앞날, 끝없이 지연되는 나의 출발에 대한 불안감 때문이오. 오늘 아침에야 내가 그토록 오래 기다려 왔던 후임자의 도착이 앞으로 3개월 안에는 이루어질 수 없다는 통보를 받았소. 석 달이 어쩌면 6개월까지 늘어날 수도 있겠지."

"올리버 양이 교실에 들어올 때마다 얼굴이 붉어지고 몸이 떨리시잖아요."

다시 그의 얼굴에 놀라움의 빛이 스쳤다. 여자가 남자에게 이토록 과감하게 말하리라고는 상상하지 못했던 모양이다. 나는 이런 종류의 대화가 불편하지 않았다. 상대가 남자든 여자든 강하고 신중하고 우아한 정신을 지닌 이들과 대화할 때의 나는 자제를 요구하는 전통적인 외벽을 지나, 신뢰의 문턱을 넘어서고, 그들 마음의 바닥 돌 옆에 한 자리를 차지할 때까지 절대로 물러서지 않았다.

그가 말했다.

"당신은 특이한 사람이군. 겁쟁이도 아니야. 당신의 영혼에는 용기가 있을 뿐 아니라 당신의 눈에는 통찰력이 있소. 하지만 당신이 얼마간 내 감정을 오해했던 모양이오. 당신은 나의 감정을 실제보다 깊고 강한 것으로 생각하는 것 같소. 나를 지나치게 동정하고 있소. 올리버 양 앞에서 내 얼굴이 붉어지고 몸이 떨릴 때, 나는 나를 동정하지 않소. 나의 약함을 경멸할 뿐이지요. 창피스러운 일이고, 단순한 육체의 열병이라는 것을 알고 있소. 영혼이 흔들리는 것은 아니오. 영혼은 소란한 바다 깊숙이 확고하게 박힌 바위처럼 움직이지 않소. 나를 있는 그대로 차갑고 독한 남자로 보아 주시오."

나는 믿을 수 없어 미소 지었다. 그가 계속했다.

"당신은 교묘하게 내 비밀을 캐냈군. 이제 그 상당 부분이 당신의 수중에 들어갔소. 인간의 결함을 가려 주는 그리스도의 피로 정화된 옷을 벗으면 나는 그저 차갑고 독한 야심가지요. 모든 감정 중에서 자연적인 애정만이 나에게 영구한 힘을 지니고 있소. 나의 인도자는 감정이 아니라 이성이오. 나의 야망은 끝이 없소. 남보다 높은 곳에 오르고, 남보다 더 많은 것을 하려는 나의 욕망은 만족을 모르오. 나는 인내와 불굴의 노력과 근면과 재능을 귀하게 여기고 있소. 인간이 좀 더 위대한 목적을 성취하고 높은 곳으로 올라가기 위해서는 이런 방편이 필요하니까. 나는 당신이 하는 일을 관심 있게 지켜보고 있소. 그건 당신이 지금까지 겪어 왔거나 아직까지 겪고 있는 일을 깊이 동정해서가 아니라, 당신이 부지런하고 규율 바르고 지칠 줄 모르는 여인의 전형이라고 생각하기 때문이오."

"이교도의 철학자처럼 말씀하시는군요."

내가 말했다.

"아니오. 나와 이신론적인 철학자 간에는 차이가 있소. 나는 신앙이 있고 복음을 믿소. 당신의 표현은 잘못되었소. 나는 이교도가 아니라, 그리스도교의 철학자이며 예수 종파의 신봉자요. 예수 그리스도의 제자로서 그 순수하고 자비로우며 인자한 교의를 내 것으로 삼았소. 그것을 옹호하오. 그것을 전파하겠다고 맹세했소. 어려서 종교에 귀의했으므로, 종교는 나의 타고난 자질을 계발시켜 왔소. 자연적인 애정이라는 작은 싹으로부터 넓게 그늘을 드리우는 인류애의 나무를 키워 냈소. 인간의 올곧음이라는 거칠고 질긴 뿌리로부터 신의 정의라는 정당한 의식을 길러 냈소. 나의 비참한 자아를 위해 힘과 명성을 얻으려는 야심을, 주님의 왕국을 넓히고 십자가의 깃발로 승리를 쟁취하려는 야망으로 바꿔 주었소. 종교는 나에게 이렇게 많은 일을 해 주었소. 원자재를 최대한 활용하고, 자연의 성질을 깎고 단련시켰소. 하지만 자연의 성질을 완전히 뿌리 뽑을 수는 없었소. '이 죽을 것이 죽지 아니함을 업을 때까지' 그것은 뽑혀 나가지 않을 것이오."

이 말을 하고 그는 탁자 위의 내 팔레트 옆에 놓아 두었던 모자를 집어 들었다. 다시 한 번 초상화를 바라보며 중얼거렸다.

"사랑스러워. 실로 세상의 장미라 부를 만해."

"당신에게도 이 그림을 그려 드릴까요?"

"그게 누구에게 이득이 되겠소? 사양하겠소."

그는 내가 그림 그릴 때 도화지를 더럽히지 않으려고 늘 손 밑에 깔던 얇은 종이를 그 초상화 위에 올려놓았다. 이 백지에서 그가 갑자기 무엇을 보았는지는 알 수 없다. 하지만 뭔가가 그의 시선을 사로잡았던 것은 분명했다. 그가 그것을 와락 집어 들더니 그 가장자리를 살펴보았다. 그 후에는 뭐라고 설명하기 힘든 특이하고 이상한 표정으로 나를 흘깃 쳐다보았다. 나의 몸과 얼굴과 옷차림의 모든 요소를 받아들여 기록하는 듯한 시선이었다. 그의 시선이 번개처럼 빠르고 날카롭게 움직였다. 무슨 말을 하려는 듯 잠시 입을 열었다가 그는 뭔지 모를 그 말을 눌러 참았다.

"왜 그러세요?" 하고 내가 물었다.

"아무것도 아니오."

그가 대답했다. 종이를 내려놓으면서, 그가 그 끄트머리에서 교묘하게 작은 종잇조각을 찢어 내는 걸 보았다. 종잇조각은 그의 장갑 안으로 사라졌다. 급하게 고개를 한번 끄덕이고 "안녕히."라는 인사를 남긴 뒤, 그는 떠나갔다.

"참나, 그걸로 지구라도 덮겠네."

나는 이 지방 특유의 표현을 사용해 소리쳤다.

이번에는 내가 그 종이를 찬찬히 살펴보았다. 하지만 화필로 색을 시험하느라 칠해 놓은 거무죽죽한 물감 얼룩 몇 개 말고는 아무것도 없었다. 나는 일이 분간 이 수수께끼에 대해 생각했다. 하지만 도저히 풀 수 없다는 것을 깨닫고는 중요한 것일 리 없다고 확신하며 생각을 접고 금세 잊어버렸다.

# 제33장

세인트 존 씨가 떠날 때쯤, 눈이 내리기 시작했다. 그러더니 밤새 펄펄 날리는 폭설이 이어졌다. 다음 날은 매서운 바람이 또다시 눈앞을 가리는 눈발을 몰고 왔다. 해질 무렵이 되자 계곡에는 사람이 다닐 수 없을 정도로 눈이 쌓였다. 나는 덧문을 닫고, 그 아래로 눈이 들이치지 않게 매트를 대 놓고, 난롯불을 키워 놓고, 거의 한 시간 동안 불 앞에서 희미한 눈보라의 고함 소리를 들으며 앉아 있다가, 촛불을 켜고《마미온》을 꺼내 읽기 시작했다.

노램의 가파른 성벽에,
넓고 깊은 아름다운 트위드의 강에,
외로운 체비엇의 산봉우리에 해는 지네.
우람한 탑들, 견고한 아성,
그 주위로 에워싼 성벽은,
금빛으로 빛나도다.

나는 곧 시의 운율에 취해 눈보라를 잊었다.

무슨 소리가 들렸다. 바람이 문을 흔들어 대는 소리인가 했는데 아니었다. 걸쇠를 올리고, 얼어붙은 눈보라가 울부짖는 어둠 속에서 나타나 내 앞에 선 사람은 세인트 존 리버스였다. 커다란 그의 몸을 감싼 외투는 빙하처럼 온통 하얗게 덮여 있었다. 나는 기절할 만큼 놀랐다. 그런 밤에 눈으로 길이 막힌 계곡에서 손님이 찾아오리라고는 전혀 예상하지 못했기 때문이다. 그를 보자마자 내가 다그쳤다.

"안 좋은 소식이라도 있나요? 무슨 일이 생겼어요?"

"아니오. 꽤 쉽게 놀라는군요!"

그가 대답하며 외투를 벗어 문에 걸고, 들어오다 흐트러트린 매트를 침착하게 다시 문으로 밀어 놓았다. 발을 굴러 부츠에서 눈을 털어 냈다.

그가 이렇게 말하며 난로 쪽으로 다가왔다.

"깨끗한 바닥을 더럽히게 되겠지만, 이번 한 번만 용서해 주시오. 여기까지 오느라 무척 고생했소."

그가 불길 위로 손을 쬐며 말을 이었다.

"눈이 허리까지 올라오는 데도 있더군요. 아직 눈이 부드러워서 다행이었지만."

"그런데 왜 오셨어요?"

나는 이 말을 하지 않고는 견딜 수 없었다.

"손님에게 다소 야박한 질문이군요. 하지만 이왕 물으셨으니, 그냥 당신과 몇 마디 나누러 왔다고 대답하겠소. 말 못하는 책들과 텅 빈 방이 지겨웠거든. 게다가 어제 이후로, 나는 절반만 들은 이야기의 후편을 듣고 싶어서 조바심이 난 사람처럼 흥분을 거두지 못하고 있소."

그가 의자에 앉았다. 나는 어제 그가 보였던 특이한 행동을 떠올리며, 그의 정신이 이상해진 게 아닌지 걱정이 되기 시작했다. 하지만 정상이 아니라 해도, 그의 상태는 매우 차분하고 침착한 비정상이었다. 눈에 젖은 머리를 이마에서 쓸어 넘기니 근심이나 슬픔으로 야윈 흔적이 더욱 뚜렷해 보였다. 내 마음을 아프게 하는 창백한 이마와 창백한 뺨이 불빛을 받자 그의 잘생긴 얼굴은 그 어느 때보다 깎아 놓은 대리석 같았다. 나는 그가 최소한 내가 이해할 수 있는 뭔가를 말하리라고 기대하며 기다렸다. 하지만 이제 그의 손은 턱에, 손가락은 입술에 가 있었다. 그는 생각하는 중이었다. 그의 얼굴만큼이나 손도 야위어 있는 것을 보자 가슴이 뭉클해졌다. 내가 이런 말을 했던 것을 보면 아마 쓸데없는 연민이 솟구쳤던가 보다.

"다이애나나 메리가 돌아와서 당신과 같이 살았으면 좋겠어요. 당신 혼자 사는 게 너무 안돼 보여요. 건강을 전혀 돌보지 않잖아요."

"그렇지 않소. 필요할 때는 나 스스로 돌볼 수 있소. 난 지금 건강해요. 어디 안 좋아 보이는 데라도 있소?"

그는 되는 대로 무심하게 말했다. 적어도 그가 보기에는 나의 걱정이 전혀 불필요하다는 투였다. 나는 입을 다무는 수밖에 없었다.

그의 손가락은 여전히 느릿느릿 윗입술을 문지르고, 그의 눈은 여전히 시뻘건 쇠살대에 몽롱하게 고정되어 있었다. 무슨 말이든 해야 할 것 같아서, 잠시 후에 나는 그의 뒤쪽에 있는 문에서 찬바람이 들어오지 않는지 물었다.

"아니, 아니오."

그는 짤막하게 약간 화난 듯이 대답했다.

'좋아요. 말하기 싫으면 그만두세요. 난 이제 당신을 내버려 두고 책이나 읽겠어요.' 하고 나는 생각했다.

그래서 나는 양초의 심지를 잘라 내고, 다시 《마미온》을 읽기 시작했다. 곧바로 그가 몸을 움직였다. 내 눈이 다시 그의 움직임으로 쏠렸다. 그는 모로코가죽으로 된 수첩을 꺼내 그 안에 있던 편지 한 장을 조용히 읽은 뒤에 다시 접어 도로 집어넣고 생각에 잠겼다. 도무지 속을 알 수 없는 붙박이 같은 사람을 앞에 두고 있으려니 책이 눈에 들어오지 않았다. 안달 나는 기분이라서 말없이 앉아 있을 수도 없었다. 그가 내 말을 받아 주든 말든, 나는 말을 하기로 했다.

"최근에 다이애나와 메리에게 소식이 있었어요?"

"일주일 전에 당신에게 보여 준 편지 이후로는 없었소."

"당신이 준비하시는 일에는 다른 변화가 없나요? 예상보다 빨리 영국을 떠나게 되지는 않을까요?"

"그렇게는 안 될 거요. 그런 행운이 내게 찾아올 것 같지 않소."

이런 노력이 좌절되자 나는 화제를 바꿨다. 학교와 학생들에 대해 말하기로 했다.

"메리 개러트의 어머니가 많이 좋아지셔서 메리가 오늘 아침에 학교에 나왔고, 다음 주에는 주물 공장 마을에서 신입생이 네 명 들어올 거예요. 눈이 이렇게 많이 오지 않았으면 오늘 왔을 텐데."

"그렇군요."

"올리버 씨가 그 둘의 학비를 내주시기로 했어요."

"그래요?"

"크리스마스 때는 학생들 모두에게 한턱내시겠대요."

"알고 있소."

"당신이 건의하셨어요?"

"아니오."

"그럼 누가?"

"아마, 따님이겠지요."

"그녀다워요. 마음이 아주 고운 분이에요."

"그렇지요."

다시 말이 끊어지고 침묵이 흘렀다. 시계가 8시를 알렸다. 그 소리가 그를 깨워 낸 모양이었다. 그는 꼬고 있던 다리를 풀고 똑바로 앉아, 나를 돌아보며 말했다.

"잠시 책을 놓고, 불가로 더 가까이 오시오."

나는 한없는 놀라움에 젖어 그의 말에 따랐다. 그가 말을 이었다.

"30분 전에 내가 어떤 이야기의 후편을 듣고 싶어 하는 사람처럼 조바심을 느낀다고 말했을 거요. 생각해 보니, 내가 이야기하는 쪽이 되고 당신이 듣는 편이 되는 게 더 나을 것 같소. 시작하기 전에, 그 이야기가 당신에게 다소 진부하게 들릴 거라는 점을 미리 말해 두어야겠소. 하지만 김빠진 이야기라 해도 새로운 사람의 입을 통해 들으면 어느 정도는 신선미를 되찾기도 하지요. 나머지는 아는 이야기건 처음 듣는 이야기건, 짧게 끝날 거요.

20년 전에, 어느 가난한 목사가, 지금은 그의 이름에 신경 쓰지 마시오. 부잣집 딸과 사랑에 빠졌었소. 그녀도 그를 사랑했고, 친지들의 반대를 무릅쓰고 그와 결혼했지요. 그들이 결혼하자마자 친지들은 그녀와 인연을 끊어 버렸소. 2년이 지나지 않아 그 무모한 한 쌍은 둘 다 죽음에 이르러 하나의 묘석 아래 나란히 조용히 눕게 되었소(나는 그 무덤을 보았소. ○○ 주의 크게 성장한 공업 도시에 으스스한 검댕으로 검어진 오래된 성당 주위에서 거대한 교회 묘지 보도의 일부가 되어 있더군). 그들에게는 갓 태어난 딸이 하나 있었는데 그 아이는 자선 시설에 위탁되었소. 오늘 밤에 내가 거의 꼼짝 못하고 갇힐 뻔했던 눈 더미처럼 차가운 곳이었지요. 자선 시설은 어머니 쪽의 부유한 친척에게 그 의지할 데 없는 것을 넘겼죠. 아이는 외숙모의 손에서 자랐소(이제 이름을 말하리다). 게이츠헤드의 리드 부인이라는 사람이었지. 깜짝 놀라는군, 무슨 소리라도 들었소? 아마 옆 교실에서 쥐들이 서까래 사이로 기어다니는 소리일 거요. 내가 수리하고 개조하기 전에는 거기가 헛간이었는데, 헛간에는 흔히 쥐들이 들락거리잖소. 하던 얘기를 계속하겠소. 리드 부인은 그 고아를 10년간 데리고 있었소. 그동안에 아이가 행복했는지 어땠는지는 들은 바가 없어서 잘 모르겠소. 하지만 10년이 지났을 무렵에 그녀는 아이를 당신이 잘 아는 곳으로, 바로 당신이 아주 오래 거주했던 로우드 학교로 보냈소. 그곳에서 아이가 자기 할 일을 무척 잘 해냈던 모양이오. 학생이었다가 나중에 교사가 되었거든. 당신처럼 말이오. 그녀의 과거와 당신의 과거가 꽤 비슷하다는 생각이 드는군요. 그녀는 그곳을 떠나 가정 교사가 되었소. 이 또한 당신의 운명과 닮아 있소. 그녀는 로체스터 씨라는 분이 맡아 키우는 아이의 교육을 맡게 되었지요."

"리버스 씨!" 하고 내가 말을 가로막았다.

그가 말했다.

"당신 기분이 어떨지 짐작은 가지만 잠시 참아 주시오. 거의 끝나 가니 끝까지 들어요. 로체스터 씨의 됨됨이에 대해서는 나도 아는 바 없지만, 단 하나 아는 것은, 그가 이 젊은 여성에게 명예로운 결혼을 제안하는 척했고, 바로 그 제단에서 그의 아내가 미치긴 했지만 아직 살아 있다는 사실이 밝혀진 것이오. 그 후에 그가 어떤 행동을 하고 어떤 제안을 했는지는 추측으로만 짐작할 뿐이오. 그런데 그 가정 교사의 안부를 알아야 할 사건이 일어났을 때, 그녀가 사라졌다는 사실이 밝혀졌소. 언제, 어디로, 또 어떻게 사라졌는지는 아무도 모르오. 그녀가 밤에 손필드 저택을 떠났던 거요. 사방으로 그녀의 행방을 찾으러 다녔지만 모두 허사였소. 그 지방 일대를 샅샅이 뒤졌지만, 그녀의 소식에 대해서는 아무런 단서를 잡을 수 없었소. 하지만 그녀를 찾는 일은 중대하고 긴급한 문제가 되었지요. 모든 신문에 광고가 났고, 나도 브릭스 씨라는 변호사에게 지금 말한 내용이 적힌 편지를 받았소. 이상한 이야기 아니오?"

내가 말했다.

"이것만 말해 주세요. 당신이 그 정도로 많이 알고 있으니 당연히 이것도 알려 주실 수 있겠지요. 로체스터 씨는 어떤가요? 그분이 어떻게 됐고 어디에 있나요? 무얼 하고 있나요? 괜찮은가요?"

"로체스터 씨에 관해서는 전혀 아는 바가 없소. 편지에는 그의 부정하고 불법적인 시도만이 언급되어 있을 뿐, 다른 얘기는 나와 있지 않소. 그보다는 그 가정 교사의 이름과 그녀가 모습을 드러내야 할 사건의 성질을 물어봐야 할 것 같은데."

"그럼 아무도 손필드 저택에 가지 않은 건가요? 아무도 로체스터 씨를 보지 못했나요?"

"그런 것 같소."

"하지만 그에게 편지를 썼을 거 아니에요?"

"물론이오."

"어떤 답장이 왔다던가요? 누가 그의 편지를 갖고 있죠?"

"브릭스 씨가 보낸 편지에 답한 사람은 로체스터 씨가 아니라, 어떤 부인이었소. '앨리스 페어팩스'라고 서명되어 있었다더군."

섬뜩하게 가슴이 내려앉는 느낌이었다. 그러면 내가 가장 두려워하던 일이 현실로 나타난 걸까. 그는 필시 영국을 떠나 무모한 절망에 빠진 채 전에 드나들던 대륙의 어느 소굴로 뛰어들었을 것이다.

그가 거기에서 극심한 고통을 마비시키는 무엇을, 강한 열정을 진정시키는 어떤 대상을 찾으려 했을까? 감히 나는 그 질문에 대답하지 못했다. 아, 가엾은 나의 주인. 한때 내 남편이 될 뻔했던 사람. 내가 자주 "나의 사랑하는 에드워드!"라고 불렀던 사람.

리버스 씨가 말했다.

"그는 틀림없이 나쁜 사람이었을 거요."

내가 흥분해서 받아쳤다.

"알지도 못하면서 함부로 말하지 마세요."

그가 조용히 대답했다.

"그러겠소. 사실 내 머릿속은 그 사람보다 다른 일로 가득 차 있소. 마무리 지을 얘기가 있거든. 당신이 그 가정 교사의 이름을 묻지 않으니, 내가 자진해서 말해야겠군요. 가만 있자, 내가 여기다 뒀는데. 중요한 사항이 확실하게 적혀 있는 걸 보면 언제나 만족스럽지."

그가 수첩을 다시 신중하게 열고 안을 뒤적였다. 그중 한 칸에서 급하게 찢어 낸 듯한 지저분한 종잇조각을 꺼냈다. 그 재질과 군청색, 진홍색, 주홍색의 물감 얼룩을 보고 나는 그게 초상화를 덮은 종이에서 나온 조각이라는 것을 알아차렸다. 그가 일어나더니 그것을 내 눈 가까이로 올렸다. 내 필체로, 먹으로 쓴 '제인 에어'라는 글씨가 거기 드러나 있었다. 틀림없이 넋 놓고 있던 어느 순간에 저지른 일이리라.

그가 말했다.

"브릭스는 나에게 제인 에어에 대해 써 보냈소. 광고에서도 제인 에어를 찾고 있었소. 나는 제인 엘리엇을 알고 있었소. 솔직히 어느 정도 의심은 하고 있었지만, 그게 확신으로 변한 건 어제 오후였소. 당신의 가명을 버리고 본명을 인정하겠소?"

"네…… 네……, 그런데 브릭스 씨는 어디 있죠? 그 사람은 아마 당신보다 로체스터 씨에 대해 더 많이 알고 있을 거예요."

"브릭스는 런던에 있소. 그가 로체스터 씨에 대해 무엇 하나 알고 있을지는 의문이오. 그가 관심을 갖고 있는 사람은 로체스터 씨가 아니니까. 그나저나 당신은 사소한 걸 물어보느라 중요한 것을 잊고 있군요. 브릭스 씨가 왜 당신을 찾는지, 당신에게 무슨 볼일인지 물어보지 않았잖소."

"그가 나에게 무슨 볼일인가요?"

"마데이라에 계시던 당신의 삼촌 에어 씨가 돌아가셨고, 그가 당신에게 전 재산을 남겼고, 당신이 이제 부자라는 것을 알려 주려는 것이지. 단지 그것뿐 다른 건 없소."

"내가! 부자요?"

"그래, 당신은 부자요. 사실상의 상속녀지. 물론 당신이 본인이라는 것을 증명해야 하오."

침묵이 이어졌다.

이윽고 세인트 존이 다시 말했다.

"어려울 것 없는 단계지요. 그러면 즉시 모든 재산이 당신 소유가 되는 거요. 당신의 재산은 영국 공채에 투자돼 있소. 유언장과 필요한 서류는 브릭스가 갖고 있소."

여기에 새로운 패가 등장했다! 독자여, 순식간에 가난뱅이에서 부자로 올라가는 건 멋진 일이다. 아주 멋진 일이다. 하지만 갑자기 들이닥친 일을 이해하기는 어려운 법이다. 따라서 즐거워할 수만도 없다. 인생에는 이보다 더 짜릿하게 환희를 안겨 주는 다른 기회들이 있다. 이것은 확고하고, 실제적인 세상의 일이며 이상적인 면이 없다. 여기에 얽혀 연상되는 것들은 모두 확실하고 진지한 것이며, 그 표현도 마찬가지다. 큰 재산이 생겼다는 말을 들었을 때, 사람들은 보통 벌떡 일어나 만세를 부르지 않는다. 책임과 할 일을 생각하기 시작한다. 안정된 만족감 위에 심각한 근심들이 생겨나고 자신을 자제하며, 엄숙한 표정으로 우리의 기쁨을 숙고하게 된다.

게다가 유산과 유증이라는 단어들은 죽음과 장례 같은 단어들과 나란히 찾아온다. 내가 말로만 들었던 삼촌, 나의 유일한 친척은 세상을 떠났다. 그분의 존재를 알게 된 후로 언젠가 만날 수 있으리라는 희망을 품고 있었는데. 그런데 이제 영영 만날 수 없게 된 것이다. 게다가 그 돈은 나 혼자에게 주어졌다. 함께 기뻐할 가족에게 나눠진 게 아니라, 오로지 외톨박이인 나 하나에게 주어졌다. 그게 굉장한 유익이라는 건 틀림없는 일이다. 경제적으로 자립할 수 있다면 황홀할 것이다. 그래, 그게 느껴졌다. 그 생각에 내 마음이 부풀어 올랐다.

리버스 씨가 말했다.

"드디어 이맛살이 펴지는군. 당신이 메두사라도 보고 돌로 변한 줄 알았소. 이제 당신 재산이 얼마인지 물어보겠소?"

"제 재산이 얼만데요?"

"아, 얼마 안 되오! 얘깃거리로 삼을 정도는 아니란 말이오. 2만 파운드라고 하던가. 하지만 그게 뭐 별거겠소?"

"2만 파운드요?"

여기서 새로이 근사한 일격이 찾아왔다. 나는 4천이나 5천 파운드를 예상하고 있었다. 그 소식에 정말로 내 숨이 잠깐 멎었다. 세인트 존의 입에서 여태까지 한 번도 들어 본 적 없던 웃음소리가 터져 나왔다.

그가 말했다.

"당신이 살인을 저질렀고 그 죄가 이제 발각되었다는 말을 들었어도, 이보다 더 혼비백산할 수는 없을 거요."

"너무 큰돈이에요. 무슨 착오가 있었던 게 아닐까요?"

"착오 같은 건 없소."

"어쩌면 당신이 숫자를 잘못 읽으셨을지도 몰라요. 2천이었을지 몰라요!"

"숫자가 아니라 글자로 씌어 있었소. 2만 파운드라고."

나는 다시 평범한 위장을 가진 사람이 백 명분의 잔칫상을 앞에 두고 혼자 앉아 있는 것 같은 기분이 들었다. 리버스 씨가 이제 일어나 외투를 걸치며 말했다.

"이렇게 궂은 날씨만 아니면, 당신의 말벗이라도 하게 해나를 보냈을 거요. 당신이 너무 우울해 보여서 혼자 두고 가는 게 편치 않군요. 하지만 가엾은 해나! 그녀는 나처럼 눈밭을 걸어다닐 수가 없다오. 다리가 별로 길지 않거든. 그러니 어쩔 수 없이 당신의 슬픔에 당신을 남겨 두고 가야겠소. 잘 자요."

그가 걸쇠를 벗기고 있었다. 갑자기 내 머리에 어떤 생각이 스쳤다.

"잠깐만요." 하고 내가 소리쳤다.

"왜 그러시오?"

"브릭스 씨가 왜 당신에게 나에 대한 편지를 썼는지, 그 사람이 당신을 어떻게 아는지, 무슨 근거로 이렇게 외진 곳에 사는 당신이 나를 찾는 데 도움이 되리라고 생각한 건지, 그게 도무지 이해가 안 돼요."

"아! 내가 목사잖소. 목사는 이상한 일을 부탁으로 받는 경우가 많아요."

그가 말하고는 다시 걸쇠를 달그락거렸다.

"안 돼요. 그 정도로는 납득이 안 돼요."

내가 소리쳤다. 사실 그 설명 같지 않은 성급한 대답에는 나의 호기심을 가라앉힌다기보다 오히려 더 부추기는 무언가가 있었다.

내가 덧붙였다.

"그 부분이 아주 이상스러워요. 좀 더 알아야겠어요."

"다음에 얘기합시다."

"안 돼요. 오늘 밤! 오늘 밤에 들어야겠어요."

그가 문에서 돌아섰을 때, 나는 문과 그의 사이를 가로막고 섰다. 그의 표정이 꽤 난처해 보였다.

"전부 다 말씀해 주기 전에는 절대 못 가세요."

내가 말했다.

"지금은 말하지 않는 편이 낫겠소."

"말씀하세요! 말해야 돼요."

"다이애나나 메리가 말하는 편이 낫겠소."

당연히 이 거절은 나의 열의에 불을 붙였다. 이 호기심은 지체 없이 만족되어야 했다. 나는 그에게 그렇게 말했다.

"내가 단단한 남자라고 미리 말했을 거요. 설득하기 어려울 거요."

그가 말했다.

"저도 단단한 여자예요. 빠져나가지 못하실 거예요."

그가 계속했다.

"게다가 난 차갑소. 열의에 흔들리지 않소."

"반면에 저는 뜨거워요. 열이 얼음을 녹이는 법이죠. 저기 저 불길이 당신의 외투에 묻은 눈을 전부 녹였잖아요. 그러고 보니 눈 녹은 물이 바닥에 흘러 짓밟고 다닌 길바닥처럼 돼 버렸어요. 깨끗이 닦은 부엌을 망쳐 버린 이 큰 죄와 잘못된 행위를 용서받고 싶으시다면 리버스 씨, 제가 알고 싶은 것을 알려 주세요."

"정 그렇다면 당신의 열의가 아니라 당신의 끈기에 항복하겠소. 꾸준한 물방울이 돌을 뚫는 것처럼. 게다가 지금이든 나중이든 언젠가는 당신도 알아야 할 일이지. 당신의 이름이 제인 에어지요?"

그가 물었다.

"물론이에요. 그건 아까 다 해결됐잖아요."

"내가 당신과 같은 이름을 쓴다는 건 아마 모르겠지요? 나의 세례명이 세인트 존 에어 리버스라는 것은?"

"전혀 몰랐어요! 그러고 보니 당신이 전에 빌려 주신 책에 씌어 있던 당신의 머리글자 중에 E 자가 들어 있는 걸 봤던 게 기억나요. 하지만 그게 어떤 이름을 나타내는 건지 물어보진 않았어요. 그렇다면 뭐죠? 설마……."

내 말이 끊겼다. 순간적으로 강하고 확실한 가능성을 주장하며 나에게 밀어닥친 생각은, 말로 표현하기는 고사하고 받아들이기도 어려웠다. 상황과 상황이 스스로 엮이고 맞아 들어가며 질서를 잡았다. 지금까지 형태 없는 고리들의 덩어리로 늘어져 있던 사슬이 쭉 잡아당겨졌다. 둥그런 고리가 완성되고 연결도 완벽해서, 나는 세인트 존의 말을 더 듣기도 전에 본능적으로 어떻게 된 일인지 알아차렸다. 하지만 독자 여러분은 나처럼 직감적으로 알아차릴 수 없을 것이므로, 그의 설명을 여기에 되풀이해야겠다.

"내 어머니가 에어 집안의 사람이었소. 어머니에게는 남동생이 둘 있었소. 한 명은 목사로, 게이츠헤드의 제인 리드 양과 결혼했지요. 다른 한 명은 마데이라 푼샬의 상인이었던, 최근에 작고하신 존 에어 향사요. 에어 씨의 변호사인 브릭스 씨는 지난 8월에 우리에게 편지를 보내 우리 외삼촌의 사망 소식을 전하고, 내 아버지와 싸웠던 일을 결코 용서할 수 없었던 그분이 우리를 도외시하고 다른 형제인 목사의 고아 딸에게 재산을 남겼다는 사실을 알려 주었소. 몇 주 전에 그가 다시 편지를 보내왔소. 그 상속녀가 실종되었다면서 그녀에 대해 뭔가 아는 게 있는지 묻는 내용이었지요. 우연히 종잇조각에 적힌 이름으로 내가 그녀를 찾을 수 있게 된 거고. 나머지는 당신도 다 알고 있는 일이오."

다시 그가 나가려고 했지만, 나는 문에 등을 갖다 대며 말했다.

"저도 말 좀 할게요. 숨 좀 돌리고 생각할 시간을 주세요."

내가 말을 멈췄다. 그는 손에 모자를 들고, 매우 차분해 보이는 모습으로 내 앞에 서 있었다. 나는 다시 입을 열었다.

"당신의 어머니가 제 아버지의 누님이었군요."

"그렇소."

"그러면 저의 고모?"

그가 고개를 끄덕였다.

"저의 존 삼촌이 당신의 존 외삼촌이었어요? 내가 그분 형의 아이인 것처럼, 당신과 다이애나와 메리가 그분 누님의 자제들이라고요?"

"틀림없소."

"그럼 당신 셋은 내 사촌이고 우리 피의 절반이 같은 근원에서 흘러나온 거겠네요?"

"그래요, 우린 사촌 간이오."

나는 그를 살펴보았다. 내가 오빠를 찾아낸 모양이었다. 내가 자랑스러워할 수 있고 사랑할 수 있는 오빠. 그리고 낯선 이방인으로서 알았을 때도 나에게 진정한 애정과 감탄을 불러일으키는 자질을 지녔던 언니들. 내가 비 젖은 땅에 무릎을 꿇고, 무어 하우스 부엌의 낮은 격자창을 통해, 호기심과 절망이 뒤섞인 씁쓸한 기분으로 바라보았던 그 두 사람이 내 가까운 친척이었다. 문 앞에서 죽어가던 나를 발견한 이 젊고 품위 있는 신사가 나와 피를 나눈 친척이었다.

외롭고 가련한 이에게 이 얼마나 황홀한 발견인가! 이것이야말로 진정한 재산이었다! 마음의 재산! 순수하고 따듯한 애정의 광산이었다. 밝고 눈부시고 상쾌한 축복이었다. 무거운 황금의 선물과는 다르다. 그것도 나름대로 매우 풍성하고 반가운 선물이지만, 그 무게로 인해 진지해지지 않을 수 없다. 갑작스런 기쁨이 벅차올라 나는 두 손을 맞잡았다. 맥박이 뛰고 혈관이 전율했다.

"와, 좋아라! 정말 기뻐요." 하고 내가 소리쳤다.

세인트 존이 미소 지으며 물었다.

"당신이 사소한 데 연연하느라 중요한 것을 소홀히 한다고 내가 말하지 않았던가? 부자가 됐다고 말했을 때는 심각하기만 하더니,

이제는 중요하지도 않은 일에 흥분하는군요."

"그게 무슨 소리예요? 당신에게는 중요하지 않을지 모르죠. 누이들이 있으니 사촌을 바라지 않을 수 있겠죠. 하지만 나한테는 아무도 없어요. 그런데 이제 친척 세 명이…… 아니, 당신이 그 속에 끼기 싫다면 두 명이 내 세상으로 완전히 자란 어른으로 나타난 거예요. 다시 말하지만, 난 정말 기뻐요!"

나는 빠르게 방을 걸어다녔다. 내가 받아들이고 이해하고 처리할 수 없을 만큼 빠르게 올라오는 생각들로 숨이 막힐 듯해서 멈춰 섰다. 가능하고, 될 수 있고, 될 것이고, 머잖아 그렇게 되어야 하는 생각들. 나는 텅 빈 벽을 바라보았다. 마치 떠오르는 별들이 총총히 박힌 하늘 같았다. 별 하나하나가 목적이나 기쁨이 되어 나를 비춰 주었다.

이 시간까지 내가 무기력하게 사랑했던 생명의 은인들을 이제 내가 도울 수 있게 된 것이다. 그들이 지고 있는 멍에를 내가 풀어 줄 수 있었다. 흩어져 있는 그들을 내가 다시 모을 수 있었다. 자립과 풍요로움이 나의 것이 된 것처럼, 그들의 것이 될 수도 있었다. 우리는 넷이 아닌가? 2만 파운드를 똑같이 나누면 5천씩이 된다. 충분하고도 남는다. 그것이 정당한 일이다. 모두 행복해질 수 있다. 이제 그 부유함은 나에게 짐이 되지 않았다. 그건 단순히 금전적인 유산이 아니라 삶과 희망과 즐거움의 유산이었다.

이런 생각들이 폭풍처럼 내 머릿속에 휘몰아치는 동안 내 모습이 어때 보였는지는 모르겠다. 하지만 나는 곧 리버스 씨가 내 뒤에 의자를 갖다 대며 부드럽게 앉히려 하는 것을 알아차렸다. 그가 나에게 진정하라고 충고했다. 내가 정신 착란에 빠져 있다는 듯한 이 암시를 비웃으며, 나는 그의 손을 뿌리치고 다시 걸어다니기 시작했다.

"다이애나와 메리에게 내일 편지를 쓰세요. 당장 그들에게 집으로 돌아오라고 하세요. 다이애나는 천 파운드만 있어도 부자가 된 기분일 거라고 했으니까, 5천이 생기면 갑부가 된 기분일 거예요."

내가 말했다.

"물을 좀 떠 와야 할 것 같으니 어디 있는지 말해 주시오. 정말로 당신은 감정을 진정시킬 필요가 있겠소."

세인트 존이 말했다.

"그런 말 마세요! 그 유산이 당신에게 어떤 영향을 미치게 될까요? 영국에 남아 올리버 양과 결혼해서 평범한 사람으로 자리 잡고 살게 될까요?"

"정신을 못 차리는군요. 머릿속이 복잡하겠지. 아무래도 내가 너무 급작스럽게 소식을 알린 것 같소. 그래서 당신이 지나치게 흥분해 버린 거요."

"리버스 씨! 제 인내심을 시험하시는군요. 저는 정신이 아주 말짱해요. 오해하는 쪽은, 아니 오해하는 척하는 쪽은 당신이에요."

"당신이 좀 더 자세히 설명해 준다면 더 이해가 될 거요."

"설명이라니요! 설명할 게 뭐가 있어요! 그 돈 2만 파운드를 우리 삼촌의 조카와 질녀들이 똑같이 나누면 각각 5천 파운드가 된다는 걸 설마 모르진 않겠죠? 제가 원하는 건, 당신이 누이들에게 편지해서 그들에게 재산이 생겼다는 걸 알리는 거예요."

"당신에게 재산이 생겼다는 말이겠지요."

"이 문제에 대한 제 생각은 이미 말씀드렸어요. 다른 견해는 받아들일 수 없어요. 저는 지독히 이기적이지도, 맹목적으로 불공평하지도, 악마처럼 배은망덕하지도 않아요. 뿐만 아니라 제 집과 친척을 가지기로 결심했어요. 저는 무어 하우스가 좋아요. 무어 하우스에서 살 거예요. 다이애나와 메리가 좋고, 다이애나와 메리에게 평생 붙어 있을 거예요. 5천 파운드를 가지면 기쁘고 도움이 되겠지만, 2만 파운드를 갖게 되면 괴롭고 부담스러울 거예요. 더구나 법적으로는 어떨지 몰라도, 그건 정당한 내 몫이 아니에요. 그래서 나에게 필요 이상으로 차고 넘치는 것을 당신들에게 넘기는 거예요. 반대하지도 말고 논의하지도 마세요. 서로 동의하고, 당장 결정을 내리기로 해요."

"당신은 처음의 충동에 휘말려 행동하고 있소. 이런 문제는 며칠 더 신중하게 생각해야만 하오. 그 후에야 당신의 말이 진지하게 여겨질 수 있을 것이오."

"아! 오로지 저의 진실성을 의심하는 거라면 제 마음은 편해요. 이 일이 공정하다는 건 아시겠지요?"

"어느 정도 공정성이 있다는 건 알겠소. 하지만 그건 관습에 위배되는 일이오. 게다가 모든 재산은 당신에게 권리가 있소. 나의 외삼촌은 스스로 노력하여 이 재산을 모았소. 누구든 자신이 원하는 사람에게 줄 수 있지요. 그분은 그것을 당신에게 남겼소. 결국 당신이 그것을 소유하는 게 정당하오. 전혀 양심에 거리낌 없이, 온전히 당신의 재산으로 받아들여도 된다는 얘기요."

내가 말했다.

“저에게 이 일은 양심의 문제인 동시에 감정의 문제이기도 해요. 저도 제 감정을 만족시켜 줘야 하잖아요. 좀처럼 그럴 기회를 가져 보지 못했어요. 당신이 반박하고 반대하며 1년간 나를 귀찮게 굴더라도, 내가 언뜻 바라본 이 감미로운 기쁨을, 크나큰 은혜를 조금이라도 갚고 평생의 친구를 얻는 기쁨을 버릴 수는 없어요.”

세인트 존이 대답했다.

“지금은 그렇게 생각하겠지요. 돈을 갖는다는 게 뭔지, 결과적으로 부를 즐긴다는 게 뭔지 아직 모를 테니까. 당신은 2만 파운드가 당신을 얼마나 중요한 인물로 만들어 줄지, 사회적으로 어떤 위치에 서게 해 줄지, 당신에게 어떤 미래를 열어 줄지 알지 못한 거요. 당신은…….”

내가 그의 말을 가로막았다.

“당신은 제가 형제자매 간의 사랑에 대해 가지고 있는 갈망을 전혀 생각지 못하시는군요. 저에게는 집이라는 게 없었고 형제자매도 없었어요. 이젠 그걸 다 가질 거고 가져야겠어요. 절 인정하고 받아들이는 걸 주저하시는 건 아니겠지요, 그렇죠?”

“제인, 당신이 정당한 권리를 희생하지 않아도, 나는 당신의 오빠가 될 것이고 내 누이들은 당신의 언니가 될 것이오.”

“오빠요? 네, 천 리나 멀리 떨어져 있는 오빠겠죠! 언니요? 네, 낯선 사람들 속에서 뼈 빠지게 일하는 언니들이겠죠! 저는 부자예요. 내 손으로 벌지도 않았고 가질 자격도 없는 돈으로 두둑하게 채워진 부자요! 당신들은 무일푼인데! 이게 그 유명한 평등과 우애로군요! 각별한 화합! 친밀한 애정이로군요!"

"하지만 제인, 당신이 갈구하는 가족의 유대와 가정의 행복은 당신이 생각하는 것과 다른 방법으로도 실현할 수 있소. 결혼하면 되잖소."

"또 말도 안 되는 말씀! 결혼이라니요! 전 결혼하고 싶지 않고, 절대로 안 할 거예요."

"너무 속단하지 마시오. 그렇게 위험한 단정을 내리는 것이 바로 당신이 흥분해 있음을 보여 주는 증거요."

"속단한 게 아니에요. 저는 제 기분이 어떤지 알고 있어요. 결혼이라는 건 생각만 해도 진저리가 나요. 저를 사랑해서 아내로 맞을 사람은 없을 거예요. 투기 대상이 되고 싶지 않아요. 나랑은 맞지도 않고 전혀 다른 낯선 사람……, 그런 이방인은 원하지 않아요. 나와 비슷한 친척을 갖고 싶어요. 온전히 동료로 느낄 수 있는 사람 말이에요. 다시 한 번 내 오빠가 되겠다고 말씀해 주세요. 그 말을 들었을 때 가슴이 벅차고 행복했어요. 가능하면 다시 말해 주세요. 진심으로 다시 말해 주세요."

"그건 어렵지 않은 일이오. 나는 언제나 내 누이들을 사랑해 왔소. 그들에 대한 내 애정이 어디서 비롯되는지도 알아요. 그들의 가치를 존중하고 재능에 감탄하기 때문이지요. 당신 역시 원칙과 정신력을 지니고 있소. 당신의 취향과 습관은 다이애나나 메리와 비슷해요. 당신이 곁에 있는 것은 언제나 기분 좋은 일이오. 나는 이미 얼마 전부터 당신과의 대화에서 유익한 위로를 발견하고 있소. 내 마음에 당신을 세 번째 막내 누이로 받아들일 공간을 만드는 것은 쉽고 자연스러운 일일 것 같소."

"감사해요. 오늘 밤에는 그걸로 만족할게요. 이제 그만 가시는 게 좋겠어요. 더 오래 계시다가는 또 어떤 의심스런 생각으로 저를 화나게 하실지 모르니까요."

"학교는 어쩌겠소, 에어 양? 이제 닫아야겠지요?"

"아니요. 저 대신 일할 사람이 구해질 때까지 교사 일을 계속하겠어요."

그가 찬성하는 미소를 지었다. 악수를 나누고, 그는 떠났다. 이 유산 문제를 내 소망대로 매듭짓기 위해 그 후로 얼마나 많은 싸움을 거치고 어떤 논쟁을 펼쳤는지에 대해서는 상세하게 이야기하지 않겠다. 매우 힘든 과정이었다. 하지만 내 결심은 확고했다.

재산을 공정하게 분배하려는 내 마음이 진심으로 변함없다는 것을 결국에는 내 사촌들도 알게 되자 그들도 내 의도가 공평하다는 것을 인정했다. 입장이 바뀌었다면 그들 역시 내가 하고 싶어 하는 일을 했으리라고 인식했으므로 그들이 마침내 한 발 양보하여 이 문제를 중재에 부치기로 동의했다. 올리버 씨와 유능한 변호사가 판사로 선정되었다. 둘 다 내 의견에 동조했다. 나는 내 주장을 관철시켰다. 재산 양도 증서가 작성되었다. 세인트 존과 다이애나와 메리와 나는 각각 상당한 재산을 갖게 되었다.

## 제34장

모든 일이 정리된 것은 크리스마스가 가까워질 무렵이었다. 대대적인 축제 연휴가 다가왔다. 나는 이제 모턴 학교를 닫았다. 나에게 그 헤어짐이 시시한 것이 되지 않도록 신경을 썼다. 행운은 신기하게도 마음뿐 아니라 손까지 열어 준다. 우리가 넉넉하게 받은 행운을 얼마간 나누는 것은, 그 흥분된 감정을 배출하는 일일 뿐이다. 나는 오래전부터 이 시골 학생들 중 많은 아이들이 나를 좋아해 주는 것에서 기쁨을 느꼈고, 우리가 헤어질 때 그 느낌은 확인되었다. 그들은 자신의 애정을 강하고 솔직하게 표현했다. 내가 그들의 순박한 가슴에 진정으로 자리 잡았음을 발견하는 것은 매우 뿌듯한 일이었다. 나는 앞으로도 매주 한 번씩 찾아와 한 시간씩 수업하는 일을 거르지 않겠노라고 그들에게 약속했다.

리버스 씨가 다가온 것은, 내가 이제 60여 명으로 늘어난 학생들이 내 앞으로 줄지어 나가는 것을 보고 난 뒤에 문을 닫고 열쇠를 손에 쥐고 서서 여섯 명쯤 되는 최우수 학생들과 특별한 작별 인사를 교환하고 있을 때였다. 그들은 영국의 소농 계급에서 볼 수 있는 가장 예의 바르고 훌륭하고 정숙하고 박식한 젊은 여성들이었다.

이 말에는 상당한 의미가 포함돼 있다. 영국의 소농 계급은 유럽 어느 나라의 농민보다 많이 배우고 가장 예의 바르고 가장 자존심이 강하기 때문이다. 그 시절 이후에 나는 프랑스와 독일의 시골 처녀들과 농부의 아내들을 만나 보았다. 그중에서 가장 뛰어나다는 사람들도 내가 가르친 모턴의 소녀들에 비하면 무지하고 거칠고 우둔했다.

"노력한 만큼의 보람이 있었다고 생각하시오?"

학생들이 다 떠나고 나자, 리버스 씨가 물었다.

"젊었을 때 무언가 실로 좋은 일을 했다고 생각하면 기쁘지 않소?"

"정말 그래요."

"당신은 겨우 몇 달을 수고했을 뿐이오! 우리 인류를 향상시키는 과업에 헌신하며 산다면 더욱 보람 있지 않겠소?"

"그렇긴 하지만, 언제까지나 이렇게 계속할 수는 없어요. 다른 사람들의 능력을 키우는 것도 좋지만 나 자신의 능력도 즐겨 보고 싶어요. 이제 그걸 즐겨야죠. 제 마음과 몸에 학교를 상기시키지 말아 주세요. 학교에서 벗어났으니 휴식을 만끽할 생각이에요."

그의 표정이 심각했다.

"이제 뭘 할 거요? 이 갑작스런 열의는 뭐지? 무얼 하려는 거요?"

"좀 움직이려고 해요. 최대한 활발하게 움직일 거예요. 우선은 해나를 놓아주시고, 당신을 시중들 사람을 달리 찾아보시라고 부탁드려야겠어요."

"해나가 필요한가요?"

"네, 저와 같이 무어 하우스로 데려가려고 해요. 일주일 후면 다이애나와 메리가 집에 올 테니, 그 전에 모든 걸 정리해 놓고 싶어요."

"알겠소. 난 당신이 유람이라도 떠나려는 줄 알았는데 이편이 훨씬 낫군. 해나를 같이 보내 주겠소."

"그럼 내일까지 준비하라고 전해 주세요. 자요, 교실 열쇠를 받으세요. 제 오두막 열쇠는 아침에 드릴게요."

그가 열쇠를 받으며 말했다.

"당신은 정말 기쁘게 이걸 포기하는군. 나로서는 당신의 쾌활함이 이해되지 않소. 당신이 그만두는 일 대신에 무슨 일을 하려는 건지 알 수 없으니 말이오. 이제 어떤 목표, 어떤 목적, 어떤 삶의 야망을 가질 생각이오?"

"첫 번째 목표는 쓸어 내는 거예요(이 표현의 힘을 충분히 이해하시겠어요?). 무어 하우스를 침실부터 지하실까지 싹 쓸어 낼 거예요. 다음에는 밀랍으로, 기름으로, 수많은 걸레로, 다시 반짝반짝 윤이 날 때까지 닦아야죠. 세 번째로는, 모든 의자와 탁자와 침대와 양탄자를 수학적인 정확함으로 배치할 거예요. 그 후에는 당신이 파산할 정도로 온 방에 석탄과 토탄을 듬뿍 가져다가 활활 불을 지필 거예요. 마지막으로 당신의 누이들이 오기 전 이틀은, 해나와 같이 계란을 휘젓고, 건포도를 고르고, 양념을 갈고, 크리스마스 케이크 재료를 섞고, 민스파이 재료를 썰고, 기타 당신 같은 문외한은 아무리 말해도 알 수 없는 여러 가지 부엌에 관련된 의식들을 엄숙하게 거행할 거예요. 간단히 말해서, 제 목적은 다음 목요일까지 다이애나와 메리를 위해 모든 것이 완벽하게 준비되도록 하는 것이죠. 제 야망은 그들이 돌아올 때 최상의 환영을 해 주는 거예요."

세인트 존이 살짝 미소 지었다. 그래도 그는 만족하지 않았다.

"지금으로서는 그것도 좋지만, 그 파릇파릇한 생기가 사라지고 나면, 당신이 가사의 즐거움과 가정적인 기쁨보다 좀 더 높은 것을 바라보게 될 거라고 나는 진지하게 믿고 있소."

그가 말했다.

"이게 세상에서 제일 좋은 거예요!"

내가 그의 말을 가로챘다.

"아니오, 제인. 아니야. 이 세상은 결실의 장소가 아니오. 그렇게 만들려 하지 마시오. 휴식의 장도 아니오. 나태해지지 마시오."

"그러기는커녕 아주 바빠질 생각인걸요."

"제인, 당분간은 그대로 인정하겠소. 당신이 새로운 처지를 마음껏 즐기고, 다시 찾게 된 친척들과 어울리는 기쁨을 누리는 데 두 달의 유예 기간을 주겠소. 하지만 그 후에는 무어 하우스나 모턴이나 자매의 정이나 문명의 풍요로움이 주는 이기적인 평온과 감각적인 안락을 넘어서는 곳으로 눈을 돌리기 바라오. 당신의 활력이 그때 다시 한 번 힘차게 당신을 괴롭히길 바라겠소."

나는 놀라서 그를 바라보며 말했다.

"세인트 존, 심술궂은 말을 하시는군요. 여왕처럼 만족을 느끼려 하는 저를 당신은 불안하게 흔들고 있어요! 무슨 목적으로 그러시는 거죠?"

"하느님이 당신에게 맡기셨고 언젠가 분명히 엄밀한 보고를 요구하실 당신의 능력을 유익하게 쓰도록 하기 위한 목적이오. 제인, 나는 당신을 유심히 지켜볼 거요. 그 점을 기억하시오. 그리고 평범한 가정적인 즐거움에 온 마음을 쏟아붓는 그 부적절한 열의를 자제하시오. 육신의 끈에 너무 집요하게 매달리지 말아요. 합당한 이유를 위해 당신의 변함없는 열정을 아껴 두시오. 진부하고 덧없는 목표에 그걸 낭비하지 말라는 말이오. 알아듣겠소, 제인?"

"네, 알겠어요. 꼭 그리스 어를 듣는 것 같네요. 저는 제가 행복해질 만한 이유가 있다고 생각하고, 꼭 그렇게 될 거예요. 안녕히 가세요."

무어 하우스에서 나는 행복했고 열심히 일했다. 해나도 마찬가지였다. 그녀는 내가 뒤죽박죽이 된 집 안을 부산하게 돌아다니면서 얼마나 유쾌해하는지를 보았다. 내가 먼지를 털고, 비로 쓸고, 청소하고, 요리하는 것을 보고 기뻐했다. 사실 극심하게 어지럽혀진 가운데 하루 이틀을 보내고 나서, 우리가 스스로 만든 그 혼란으로부터 차츰차츰 질서를 잡아 나가는 것은 즐거운 일이었다. 나는 미리 S 시에 가서 새 가구를 사들였다. 내 사촌들이 내게 뭐든지 마음대로 바꿔도 좋다며 전권을 위임했고, 그 목적을 위한 비용이 따로 마련되어 있었다. 일반 응접실과 침실 들은 대부분 예전대로 남겨 두었다. 멋들어지게 새로 바뀐 것보다 그 오래되고 수수한 탁자와 의자와 침대 들을 다시 보는 걸 다이애나와 메리가 더 좋아하리라고 생각했기 때문이다. 그래도 집으로 돌아오는 두 사람에게 짜릿한 즐거움을 안겨 주려면, 새로운 뭔가가 필요했다. 진한 색의 아름다운 새 양탄자와 커튼 들, 신중하게 골라 배열해 놓은 자기류와 청동제의 고풍스런 장식들, 새로 장만한 덮개들, 거울, 경대에 놓은 화장 도구 가방들이 이 목적에 들어맞았다. 그것들은 눈에 띄게 튀지 않으면서도 새로워 보였다. 예비 거실과 침실은 오래된 마호가니 가구와 진홍색 천으로 완전히 다시 단장했다. 복도에 올이 굵은 천을 깔고 계단에 융단을 깔았다. 이 일이 전부 끝나자, 추운 황야와 쓸쓸한 황량함의 전형인 바깥세상에 비해, 무어 하우스의 내부는 밝음과 수수함과 아늑함의 완벽한 전형을 보여 주는 듯했다.

드디어 중요한 목요일이 왔다. 그들이 어두울 때쯤 도착할 예정이었으므로, 해지기 전에 위층과 아래층에 불을 피웠다. 부엌은 깨끗이 정리되었다. 해나와 나는 옷을 갖춰 입고 준비를 마쳤다.

세인트 존이 제일 먼저 도착했다. 나는 집 안 정리가 다 끝날 때까지 집에 오지 말아 달라고 그에게 부탁했었다. 그리고 사실, 지저분하고 하찮은 소동이 벌어지고 있다는 생각만으로도 그는 이 집에 오는 게 끔찍하게 꺼려졌을 것이다. 그가 들어왔을 때, 나는 부엌에서 차와 함께 내놓을 케이크가 구워지는 것을 지켜보고 있었다. 그가 난로로 다가오며 물었다.

"드디어 가사일에 만족하셨소?"

나는 내 노고의 결과를 함께 돌아보지 않겠느냐는 말로 대답을 대신했다. 약간의 어려운 설득을 거쳐, 그에게 집 안 구경을 시켜 줄 수 있었다. 그는 그저 내가 열어 보인 문들 앞에서 안을 들여다보았을 뿐이다. 위층과 아래층을 돌아본 후에, 그 짧은 시간에 이토록 큰 변화를 만들어 내려면 상당히 힘들고 어려운 과정을 거쳤겠다고 말했다. 하지만 이 집의 개선된 면에 대해 기쁨을 표하는 말은 한마디도 하지 않았다. 그의 침묵에 나는 풀이 죽었다. 이렇게 바꿔 놓은 것이 그가 소중히 여기는 오랜 추억들을 망쳐 버린 게 아닐까 하는 생각도 들었다. 그런 것인지 아닌지 그에게 물어보았다. 틀림없이 다소 맥 빠진 어조였을 것이다.

"전혀 그렇지 않소. 오히려 추억이 될 만한 것들을 꼼꼼하게 존중한 것 같소. 사실 그 값어치 이상으로 신경을 쓴 것이 아닌가 싶어요. 예를 들어, 이 방의 가구 배치를 연구하는 데 얼마나 많은 시간을 투자했소?"

그러면서 그는 어떤 책이 어디에 있는지 알려 달라고 했다.

나는 책이 있는 선반을 알려 주었다. 그가 책을 내리고는 서재로 쓰는 창 쪽 벽감으로 가서 읽기 시작했다.

독자여, 나는 솔직히 마음에 들지 않았다. 세인트 존은 좋은 남자였다. 하지만 스스로를 차갑고 단단한 사람이라고 했던 그의 말은 진실이었다. 그는 인간다움과 삶의 쾌적함 따위에 매력을 느끼지 못했다. 평화로운 즐거움에도 매력을 느끼지 못했다. 사실상 그는 높이 오르는 열망을 위해서만, 훌륭하고 위대한 것을 위해서만 살고 있었다. 그러면서도 늘 쉬지 않았다. 주위에 있는 다른 사람들의 휴식도 용납하지 않았다. 하얀 돌처럼 미동 없고 창백한 그의 고고한 이마를, 독서에 열중하고 있는 그 잘생긴 얼굴을 보면서, 나는 그가 좋은 남편이 되지 못하리라는 것을 확연하게 알아차렸다. 그의 아내가 된다는 것은 힘든 고행의 길이 될 것이다. 올리버 양에 대한 그의 사랑이 어떤 것인지도 직감적으로 알 수 있었다. 그것이 감각적인 사랑에 불과하다는 그의 말에도 수긍이 갔다. 그것이 자신에게 미치는 뜨거운 영향력에 대해 그가 스스로를 얼마나 경멸했을지, 얼마나 그걸 억누르고 부셔 버리고 싶었을지, 그것이 그와 그녀의 행복에 영원히 이바지하리라는 가능성을 얼마나 불신했을지도 이해할 수 있었다. 그리스도인이든 이교도든, 그는 영웅과 입법자와 정치인과 정복자 들과 똑같은 재료로 만들어진 사람이었다. 위대한 이익을 위한 일에서는 의지할 만한 굳건한 성채가 되겠지만, 가정의 난롯가에서는 음울하고 차갑고 귀찮기만 한 기둥 같은 존재일 것이다. 나는 생각했다.

'이 거실은 그가 있을 곳이 아니야. 히말라야 봉우리나 남아프리카 카피르 족의 밀림 속이나, 심지어 역병의 저주를 받은 기니 해안의 습지가 그에게 더 잘 어울려. 그가 평온한 가정생활을 피하는 것도 무리는 아니야. 거기는 그의 활동 영역이 아니니까. 거기서는 그의 능력이 정체되어 썩어 갈 거야. 발전될 수도 없고 가치를 드러낼 수도 없어. 투쟁과 위험이 있는 곳에서, 용기가 증명되고 힘이 발휘되고 굳건함이 요구되는 곳에서만 그는 훌륭하게 말하고 행동할 수 있어. 이 난롯가에서는 쾌활한 어린아이가 오히려 그보다 나아. 그가 선교사가 되기로 한 건 잘한 일이야. 이제야 그걸 알겠어.'

"아가씨들이 오세요! 아가씨들이 오세요!"

해나가 거실 문을 열어젖히며 소리쳤다. 그와 동시에 늙은 카를로가 기쁘게 짖어 댔다. 내가 밖으로 달려 나갔다. 벌써 날이 어둑어둑해졌지만, 달그락거리는 바퀴 소리를 들을 수 있었다. 해나가 얼른 초롱불을 밝혔다. 마차가 쪽문 앞에서 멈춰 섰다. 마부가 마차

문을 열었다. 눈에 익은 자태가 내려서고 또 하나의 자태가 밖으로 나왔다. 금세 내 얼굴이 그들의 보닛 아래로 들어가 처음에는 메리의 부드러운 뺨에, 다음에는 다이애나의 물결치는 곱슬머리에 얼굴을 맞댔다. 그들이 웃으며 나와 해나에게 키스했다. 기뻐 날뛰는 카를로를 토닥여 주고, 열렬하게 다 괜찮으냐고 물었다. 긍정적인 대답을 들으며 서둘러 집으로 들어갔다.

그들은 위트크로스에서 긴 시간 덜컹거리는 마차를 타고 오느라 몸이 굳어져 있었고 매서운 밤공기에 얼어붙어 있었다. 하지만 활활 타오르는 불길 앞에서 그들의 유쾌한 표정은 더욱 환해졌다. 마부와 해나가 짐을 들이는 동안, 그들은 세인트 존을 찾았다. 이때 그가 거실에서 나타났다. 그들이 동시에 그의 목을 끌어안았다. 그는 누이들에게 각각 조용히 입을 맞추고, 낮은 어조로 몇 마디 환영의 말을 건네며 한동안 서서 얘기하다가, 그들이 곧 거실에 들어오리라 생각한다면서, 피난처를 찾아들듯 그리로 들어갔다.

나는 그들을 위층으로 데려가기 위해 양초를 밝혀 놓고 있었지만, 다이애나는 마부를 친절히 대접하라는 지시를 먼저 내렸다. 이 일을 마친 뒤에 두 사람은 내 뒤를 따랐다. 그들은 새 커튼과 산뜻한 양탄자, 진한 빛깔의 도자기 화병이 눈에 띄는 달라진 방의 모습과 장식을 보고 기뻐했다. 아낌없이 만족감을 표현해 주었다. 내가 신경 써서 준비한 것이 그들의 마음에 들고, 내가 한 일이 그들의 즐거운 귀향에 생생한 매력을 더해 준 것 같아서 나도 기쁘기 그지없었다.

그날 우리는 즐거운 저녁 시간을 보냈다. 한껏 들떠 있는 내 사촌들이 워낙 달변으로 이야기를 이끌어 갔으므로, 그들의 유창함이 세인트 존의 과묵함을 가려 주었다. 그는 누이들을 만나게 된 것을 진심으로 기뻐했다. 하지만 그들의 흥분한 열정과 넘치는 기쁨에는 동조하지 않았다. 그날의 사건, 즉 다이애나와 메리의 귀향은 그를 즐겁게 했다. 하지만 그 사건에 부수적으로 따르는 즐거운 소란과 시끄러운 환영의 흥분은 그를 지루하게 만들었다. 그가 내일은 좀 더 조용해지기를 바라고 있음을 나는 알 수 있었다. 차를 마시고 한 시간쯤 지나, 그 밤의 즐거움이 한창일 때 문 두드리는 소리가 들렸다. 해나가 들어와서 말했다.

"이 밤늦은 시간에 어느 가엾은 젊은이가 찾아왔어요. 죽어 가는 어머니에게 리버스 씨를 모셔 가겠다면서요."

"사는 곳이 어디라던가, 해나?"

"위트크로스 브라우 위쪽인데, 여기서 6킬로미터는 가야 돼요. 중간에 황야와 이끼밖에 없어요."

"간다고 전해요."

"안 가시는 게 좋겠는데요. 어두워진 후에 가기에는 길이 너무 험해요. 늪지에는 길다운 길이 전혀 없다니까요. 게다가 날이 얼마나 추운데요. 이렇게 매서운 바람은 난생처음이에요. 아침에 가겠다고 말씀하시는 편이 낫겠어요."

하지만 그는 이미 복도에서 외투를 걸치고 있었다. 싫은 기색이나 불평 한마디 없이, 그는 출발했다. 그때가 9시였다. 그는 자정이 되어서야 돌아왔다. 허기지고 지쳐 있었지만, 집을 나설 때보다 행복해 보였다. 그는 의무를 다했고 노력을 했다. 자신의 자제력을 확인하고 스스로에게 더 만족한 듯했다.

그 후로 이어진 일주일은 그의 인내심을 시험하는 기간이었던 것 같다. 크리스마스 주간이었다. 우리는 특별히 정해진 일 없이, 집 안에서 이런저런 오락을 즐기며 경쾌하게 보냈다. 황야의 공기와 자기 집의 자유로움과 유복한 생활에의 서광은 다이애나와 메리의 영혼에 생기를 주는 영약처럼 작용했다. 그들은 아침부터 낮까지, 낮부터 밤까지 쾌활했다. 언제나 화제가 끊이지 않았다. 재치 있고 독창적이고 핵심을 찌르는 그들의 이야기가 너무나 매력적이어서 나는 다른 무엇보다도 그들의 얘기를 듣고 거기에 동참하는 게 좋았다. 세인트 존은 우리의 넘치는 생기를 비난하지 않았다. 하지만 그것을 피했다. 그는 좀처럼 집에 붙어 있지 않았다. 그의 교구는 크고, 주민은 사방에 흩어져 있었기 때문에, 각기 다른 지역에 사는 병자와 빈민 들을 찾아다니는 데서 매일의 할 일을 찾았다.

어느 날 아침에 아침 식사를 하다가, 잠시 침울한 표정에 잠겨 있던 다이애나가 그에게 물었다.

"오빠의 계획은 아직 변하지 않은 건가요?"

"변하지 않았고 변할 수도 없어."

이것이 그의 대답이었다. 그는 곧이어 자신의 영국 출발이 내년으로 확정되었다고 우리에게 알렸다.

"로자몬드 올리버는요?"

메리가 말했다. 무심결에 뒤에 나온 말이었는지 그녀는 그 말을 하고는 곧 취소하고 싶은 듯한 몸짓을 보였다. 세인트 존은 손에 책을 들고 있었다. 식사 시간에 책을 읽는 것이 비사교적인 그의 습관이었다. 그가 책을 덮고 고개를 들며 말했다.

"로자몬드 올리버는 그랜비 씨와 결혼할 거다. S 시에서 가장 훌륭한 친척들을 지닌 존경받는 집안 출신으로 프레데릭 그랜비 경의 손자이자 상속자지. 어제 그녀의 아버지에게 소식을 들었어."

그의 누이들이 서로를 쳐다보았고, 나를 쳐다보았다. 우리 셋이 모두 그를 쳐다보았다. 그는 유리처럼 평온했다.

"혼담이 급히 진행됐나 봐요. 서로 안 지 오래되지는 않았을 텐데."

다이애나가 말했다.

"두 달 됐어. 10월에 S 시의 자선 무도회에서 만났다더구나. 하지만 이런 경우처럼 아무런 장애물이 없고 모든 면에서 바람직한 혼사일 때는 지체할 필요가 없지. 프레데릭 경이 선사한 S 저택이 그들을 맞을 수 있게 재단장되면 바로 결혼식을 올리게 될 거다."

이 말을 들은 후에 내가 처음 혼자 있는 세인트 존을 발견했을 때, 나는 그 일이 그의 마음을 괴롭히는지 물어보고 싶었다. 하지만 그는 전혀 동정이 필요하지 않은 사람 같아 보였다. 아니, 감히 동정을 표하기는커녕, 내가 전에 용감하게 내뱉은 말들을 떠올리는 것이 부끄러울 지경이었다. 게다가 요즘 나는 그와 대화를 나눠 본 적이 별로 없었다. 다시 그의 과묵함이 얼어붙어 버려서, 나의 솔직함도 그 아래 얼어 버렸다. 그는 나를 자신의 누이처럼 대하겠다는 약속을 지키지 않고 있었다. 늘 한결같이 다른 누이들과 나 사이에 알게 모르게 싸늘한 차이를 두었고, 그것은 따뜻한 우애를 쌓는 데 전혀 도움이 되지 않았다. 간단히 말해서, 그의 친척으로 인정받아

같은 지붕 아래 사는 지금, 나는 마을 교사로 그를 알았을 때보다 우리 사이가 훨씬 벌어진 듯한 느낌을 받았다. 내가 한때 그의 속 깊은 이야기까지 들었던 것을 생각하면, 지금과 같은 냉담함은 좀처럼 이해가 되지 않았다.

그런 사정이 있었기 때문에, 그가 책상에서 갑자기 고개를 들고 이렇게 말했을 때 나는 이만저만 놀란 게 아니었다.

"제인, 보다시피 전투는 치러졌고 승리가 이뤄졌소."

그가 먼저 말을 건넸다는 사실에 놀라, 나는 곧바로 대답을 하지 못했다. 잠시 망설인 후에 내가 대꾸했다.

"하지만 너무나 소중한 것을 대가로 치르고 차지한 승리가 아닐까요? 그런 승리를 또 한 번 거뒀다가는 파괴되고 말겠어요."

"그렇지 않을 거요. 설사 그렇더라도, 그건 중요하지 않소. 다시는 그런 것과 싸우는 일이 없을 테니까. 이 싸움의 결과는 결정적이오. 이제 나의 길은 명확해졌고, 그 점에 대해 하느님께 감사드리오."

이렇게 말하며, 그는 책상 위의 서류와 침묵으로 되돌아갔다.

우리 서로의 행복이(다이애나와 메리와 나의 행복이) 한결 조용한 성질의 것으로 자리 잡고, 평소의 습관과 규칙적인 공부가 다시 시작되면서 세인트 존이 집에 있는 시간도 늘어났다. 그는 우리와 같은 방에서, 때로 몇 시간씩 함께 앉아 있었다. 메리는 그림을 그리고, 다이애나는 (나에게 경이로움과 놀라움을 안긴) 백과사전 읽기에 여념이 없고, 나는 독일어 공부에 열중해 있는 동안, 그는 자신이 선택한 이해할 수 없는 학문에 전념했다. 그는 자신의 계획을 위해 필히 습득해야 한다고 여기는 어느 동양의 언어를 익히고 있었다.

그렇게 벽감에 앉아 공부하고 있을 때의 그는 조용하게 몰두하고 있는 듯이 보였다. 하지만 그 푸른 눈은 괴상해 보이는 문법에서 벗어나 이리저리 방황하다가, 때때로 같은 연구 동료인 우리 쪽을 호기심 어린 강렬한 시선으로 관찰하곤 했다. 그러다 눈이 마주치면 즉시 시선을 돌려 버렸지만, 그 탐색하는 시선은 어느새 다시 우리 쪽으로 돌아왔다. 나는 도무지 그 의미를 알 수 없었다. 게다가 내가 보기에는 별로 중요한 것 같지도 않은 일에, 이를 하여 매주 한 번씩 모턴 학교에 나가 논 일에 그가 늘 변함없이 만족스러움을 표하는 것도 이상스러웠다. 날씨가 나빠 눈이 오거나 비가 오거나 세찬 바람이 불어서 그의 누이들이 나더러 가지 말라고 만류하는데도, 언제나 그들의 걱정을 대수롭지 않게 넘기며 날씨에 상관없이 할 일을 하라고 격려하는 그를 볼 때면 더더욱 곤혹스러운 기분이 들었다.

그는 말했다.

"너희는 제인을 나약하게 만들려는 모양이지만 제인은 그렇게 나약한 사람이 아니야. 우리 중 누구 못지않게 산바람도 소나기도 눈발도 견뎌 낼 수 있어. 그녀의 체질은 건강하고 적응력이 뛰어나 더 건장한 사람들보다도 기후 변화를 잘 견디지."

가끔씩 몹시 피곤하고 적잖이 비바람에 시달리다 돌아왔을 때도, 나는 감히 불평하지 못했다. 내가 투덜거리면 그가 언짢아할 것 같았기 때문이다. 어떤 경우건 불굴의 정신은 그를 기쁘게 했다. 그 반대의 것은 그를 특별히 화나게 하는 일이었다.

하지만 어느 날 오후에, 나는 정말로 감기에 걸려서 집에 있어도 좋다는 허락을 받았다. 그의 누이들이 나 대신에 모턴 학교로 떠났다. 나는 앉아서 실러의 시집을 읽고 있었다. 그는 그 이상야릇한 동양의 두루마리 책을 해독하고 있었다. 독일어를 해석한 뒤에 연습 문제로 바꾸려다가 내가 우연히 그의 쪽을 쳐다보았다. 언제나처럼 주의 깊은 그 푸른 눈의 세력 아래 내가 들어가 있었다. 그가 얼마나 오래 나를 그토록 뚫어지게 철저히 살피고 있었는지는 알 수 없다. 너무나 예리하면서도 차가운 눈길이라서, 나는 순간적으로 내가 초자연적인 존재와 한방에 앉아 있는 것이 아닌가 하는 미신적인 두려움에 사로잡혔다.

"제인, 뭐 하고 있소?"

"독일어를 공부하고 있어요."

"난 당신이 독일어 배우기를 그만두고 힌두스탄어를 배웠으면 좋겠소."

"설마 진심은 아니시겠죠?"

"더할 나위 없이 진심이오. 그 이유를 말해 보리다."

그러더니 그는 자신이 현재 공부하고 있는 언어가 힌두스탄어인데, 공부를 하다 보면 처음 부분을 자꾸 잊어버리게 돼서, 기초적인 부분을 복습하며 가르칠 제자가 있다면 완벽하게 외우는 데 큰 도움이 될 것이라고 했다. 그는 나와 누이들 사이에서 누구를 선택할지 한동안 고민했는데, 셋 중에서 내가 가장 한 가지 일을 오래할 수 있다고 보았기 때문에 나를 선택하게 되었다고 설명했다. 나더러 자신의 부탁을 들어주겠느냐고 물었다. 이제 출발까지는 겨우 3

개월밖에 안 남았으니, 아마 이런 희생을 오래 감당할 필요는 없을 것이라는 말도 덧붙였다.

세인트 존은 쉽게 거절할 수 있는 남자가 아니었다. 고통이건 기쁨이건 그에게 한번 찍힌 인상은 깊이 아로새겨지고 영원히 지워지지 않는다. 나는 승낙했다. 다이애나와 메리가 돌아왔을 때, 다이애나는 자신의 제자가 오빠의 제자가 된 것을 알고는 웃음을 터트렸다. 그녀도 메리도 자신들은 결코 세인트 존에게 그런 식으로 설득당하지 않았을 것이라고 입을 모았다. 그는 조용히 대답했다.

"그건 나도 알아."

나는 그가 매우 끈기 있고 참을성이 있지만 엄격한 선생이라는 것을 알게 되었다. 그는 나에게 많은 것을 기대했다. 내가 그 기대에 부응하면, 그 나름의 방식으로 충분히 칭찬했다. 차츰차츰, 그는 마음의 자유를 앗아 가는 종류의 영향력을 나에게 미치기 시작했다. 그의 칭찬과 주목은 그의 무관심보다 더 나를 구속했다. 그가 옆에 있으면 나는 더 이상 자유롭게 말하거나 웃을 수 없었다. 쾌활한 활기가(적어도 내 안에 있는 활기가) 그에게는 불쾌하게 여겨질 것이라는 것을 집요한 본능이 지겹도록 일깨워 주었기 때문이다. 진지한 마음과 진지한 일만이 그에게 받아들여질 수 있음을 철저히 인식하고 있었으므로, 그의 앞에서 다른 마음을 품거나 다른 일을 하려고 하는 것은 모두 헛수고였다. 나는 얼어붙는 마법에 걸려 있었다. 그가 '가라'고 하면 나는 갔다. '오라'고 하면 왔다. '이걸 하라'고 하면 그것을 했다. 하지만 나는 이 예속이 마음에 들지 않았다. 차라리 그가 나를 계속 무시했으면 좋겠다고 생각한 적이 한두 번이 아니었다.

어느 날 저녁, 잠자러 갈 시간이 되어, 그의 누이들과 나는 그의 주위에 서서 잘 자라는 인사를 했고, 그는 평소 습관대로 그들에게 입을 맞췄다. 그가 나에게는 평소 습관대로 손을 내밀었다. 마침 까불거리고 싶은 기분이었는지 다이애나가(그녀는 그의 의지력에 고통스럽게 지배당하지 않았다. 방식은 다르지만 그녀의 의지력도 대단했기 때문이다) 이렇게 소리쳤다.

"세인트 존! 말로만 제인을 셋째 동생이라고 하면 뭐해요. 그렇게 대해 주질 않고 있잖아요. 그녀에게도 키스하세요."

그녀가 나를 그의 쪽으로 밀었다. 나는 다이애나가 매우 도발적이라고 생각하며 불편하고 당황스러운 기분이었는데, 내가 이런 생각과 느낌에 빠져 있는 동안 세인트 존이 고개를 숙였다. 그리스 조각 같은 그의 얼굴이 내 얼굴 앞으로 내려와, 꿰뚫어 보듯이 내 눈을 응시했다. 그가 나에게 키스했다. 대리석의 키스나 얼음의 키스 같은 것이 있을 리 없겠지만 나는 이 성직자 사촌의 인사가 그런 종류에 속했다고 말하고 싶다. 실험적인 키스라는 게 있다면 그의 키스야말로 실험하는 키스였다. 키스하고 나서, 그는 결과를 알아보려는 듯이 나를 관찰했다. 별다른 건 없었다. 나는 내 얼굴이 붉어지지 않았다고 확신한다. 어쩌면 약간 창백해졌을지는 모르겠다. 그 키스가 나의 족쇄에 찍는 봉인처럼 느껴졌으니까. 그 후로 그는 이 의식을 생략하지 않았고, 그것을 견디는 나의 엄숙한 정지 상태는 그에게 어떤 매력으로 작용하는 듯했다.

나는 매일매일 그를 더 기쁘게 하고 싶었다. 하지만 그렇게 하기 위해서, 매일매일 점점 더 내 천성의 절반을 버리고, 내 능력의 절반을 억누르고, 내 취향을 본래의 경향에서 비틀어 떼어 내고, 내가 제대로 할 소질도 없는 일을 채택할 수밖에 없었다. 그는 내가 닿을 수 없는 높이까지 나를 훈련시켜 거기에 이르게 만들었다. 그가 높여 놓은 수준으로 오르려는 노력은 나에게 끝없는 괴로움을 안겨 주었다. 그것은 정확하고 고전적으로 생긴 그의 얼굴 주형에 나의 불규칙한 이목구비를 주조하려는 것처럼, 나의 변화무쌍한 초록 눈에 그의 엄숙한 광채와 바닷빛 푸른 물을 들이려는 것처럼 불가능한 일이었다.

하지만 지금 나를 얽어매는 것은 그의 지배력만이 아니었다. 최근의 나는 자주 슬퍼 보였을 것이다. 마음을 좀먹는 질병, 즉 불안이라는 질병이 내 가슴에 들어앉아 나의 행복을 뿌리부터 말리고 있었다.

독자여, 당신은 내가 이런 장소와 운명의 변화에 휩쓸려 로체스터 씨를 잊어버렸다고 생각할지 모르겠다. 그러나 나는 한 시도 그를 잊은 적이 없다. 그에 대한 생각은 여전히 내 마음에 살아 있었다. 그것은 햇빛에 흩어져 사라지는 수증기도 아니고, 폭풍에 쓸려 없어지는 모래로 그린 초상도 아니었다. 석판에 새겨진 이름이었고, 그 대리석이 사라지지 않는 한 오래도록 지워지지 않을 운명이었다. 그가 어떻게 되었는지 알고 싶은 갈망이 어디든지 나를 따라다녔다. 모턴에서도, 나는 밤마다 오두막에 들어가 그를 생각했다. 이제 무어 하우스에서는, 매일 밤마다 내 침실에서 그를 생각했다.

유언에 관련된 문제로 브릭스 씨와 필요한 서신을 주고받는 과정에서, 나는 그에게 로체스터 씨의 현재 거주지와 건강 상태에 대해 뭔가 아는 게 있는지 물어보았다. 하지만 세인트 존이 짐작했던 대로, 그는 전혀 아는 바가 없었다. 그 후에 나는 페어팩스 부인에게 편지를 써서, 그에 관해 알려 달라고 부탁했다. 이 단계에서는 내 목적을 확실히 이룰 수 있으리라고 예상했다. 금방 답장이 올 거라고 확신했다. 아무런 답장 없이 2주일이 지나자 나는 놀라움을 금치 못했다. 하루하루 도착하는 우편물 중에 나에게 오는 것 하나 없이 두 달이 지나가자, 나는 극심한 불안에 사로잡혔다.

나는 다시 편지를 썼다. 첫 번째 편지가 제대로 도착하지 않았을 수도 있잖은가. 다시 시작된 노력에 다시 살아난 희망이 뒤따랐다. 그 희망은 몇 주일 동안 예전의 것처럼 반짝거렸고, 다음에는 차차 흐릿해져 꺼질 듯이 깜박거렸다. 단 한 줄도, 한마디의 소식도 전해지지 않았다. 덧없는 기대 속에서 반년이 지나자 나의 희망은 사라졌다. 광명이 전혀 없는 느낌이었다.

주위에는 아름다운 봄이 반짝거렸지만, 나는 즐길 수 없었다. 여름이 다가왔다. 다이애나는 내 기운을 북돋아 주기 위해 노력했다. 혈색이 좋지 않다면서, 바닷가로 같이 여행을 가자고 했다. 세인트 존이 이 계획에 반대했다. 그는 내가 원하는 것은 유흥이 아니라 일하는 것이라며, 현재의 삶이 무의미하니 목적이 있어야 한다고 말했다. 그 결핍을 채우기 위해서인지, 그는 힌두스탄어 공부 시간을 더욱 늘렸고 더욱 다급하게 성취를 요구했다. 그리고 나는 바보처럼 그에게 저항할 생각을 하지 못했다. 나는 그에게 저항할 수 없었다.

어느 날은 평소보다 더 침울한 기분으로 공부하러 갔다. 가슴에 사무치는 실망감이 그 원인이었다. 아침나절에 해나가 나에게 온 편지가 있다고 하기에, 기다리고 기다리던 소식이 드디어 도착한 거라고 확신하며 아래층으로 내려갔는데, 그것이 하나도 중요하지 않은 사무적인 문제로 브릭스 씨가 보낸 편지라는 것을 알게 된 것이다. 이 쓰라린 좌절이 내 눈에서 눈물을 뽑아냈다. 인도인이 써놓은 이상야릇한 문자와 장황한 수사 들을 들여다보며 앉아 있는데, 또다시 내 눈에 눈물이 들어찼다.

세인트 존이 나를 옆으로 불러 읽어 보라고 했다. 읽으려고 했지만 목소리가 나오지 않았다. 말이 흐느낌 속에 묻혀 버렸다. 거실에는 그와 나밖에 없었다. 다이애나는 응접실에서 음악을 연습 중이었고, 메리는 정원을 손질하고 있었다. 햇살이 따스하고 산들바람이 부는 아주 맑고 청명한 5월의 어느 날이었다. 그는 나의 이런 감정 폭발에 놀라움을 표하지 않았고, 이유를 묻지도 않았다. 그는 이렇게 말했을 뿐이다.

"당신이 좀 더 진정될 때까지 잠시 기다리기로 합시다, 제인."

내가 황급히 흥분된 감정을 억누르는 동안, 그는 차분하고 끈기 있게 책상에 기대앉아, 예상하고 있었고 알고 있었던 만성 질환자의 위기를 과학의 눈으로 지켜보는 의사처럼, 나를 지켜보았다. 나는 흐느낌을 억제하고 눈물을 닦으며, 그날 아침 상태가 좋지 않은 것에 대해 몇 마디 중얼거렸다. 다시 그 글을 읽기 시작했고, 끝까지 읽어 냈다. 세인트 존이 내 책과 자신의 책을 치우고, 책상 서랍을 잠그고 나서 말했다.

"이제 산책하러 갑시다, 제인. 나와 같이."

"다이애나와 메리를 부를게요."

"아니. 오늘 아침에는 한 사람과만 동행하고 싶고, 당신이 같이 가 줘야겠소. 외출 준비를 해요. 부엌문으로 나가 마시 글렌 위쪽으로 향하는 길로 가시오. 내가 곧 따라가겠소."

나는 중간이라는 것을 모른다. 내 평생 나와 상반되는 독단적이고 완강한 성격의 소유자들을 대할 때, 절대적인 복종과 결연한 반항 사이에 중간이 있다는 것을 알지 못했다. 나는 언제나 폭발하기 직전까지 한쪽을 충실하게 지키다가, 때로 화산이 터지는 것처럼 격렬하게 다른 쪽으로 폭발해 버렸다. 그때는 폭발할 상황도 아니고 내 기분이 반항으로 기울어진 것도 아니었기 때문에, 나는 신중하게 세인트 존의 지시를 따랐다. 10분 후에 나는 그와 나란히 계곡의 황량한 오솔길을 걷고 있었다.

서풍이 불고 있었다. 히스와 골풀의 향긋한 향을 머금은 바람이 언덕 너머에서 불어왔다. 하늘은 구름 한 점 없이 푸르렀다. 계곡을 내려오는 개울은 지난번 봄비로 물이 불어나, 태양의 황금빛과 하늘의 사파이어 색을 받으며 맑고 풍성하게 쏟아지고 있었다. 좀 더 나아가 오솔길을 벗어나자, 자디잔 흰 꽃들이 점점이 빛나고 별 같은 노란 꽃들이 박힌, 이끼처럼 부드러운 에메랄드빛 초록의 풀밭이 우리의 발아래 펼쳐졌다. 그렇게 걷는 사이에 주위의 언덕이 우리를 둘러쌌다. 위로 올라갈수록 계속 이 언덕의 중심부로 휘감겨 있었기 때문이다.

"여기서 쉽시다."

산길을 지키는 바위들의 대대에서 홀로 낙오된 첫 번째 바위에 도달했을 때 세인트 존이 말했다. 그 너머에 개울물이 폭포가 되어 떨어지고, 좀 더 멀리에는 산이 잔디와 꽃 들을 털어 내고, 히스 옷만을 입고 바위산만을 보석으로 품고 있었다. 야생의 느낌을 야만스러움으로 과장하고, 상쾌함을 찌푸림으로 바꿔 버리는 광경이었다. 그곳의 산은 고독에의 희미한 희망과 침묵의 마지막 피난처를 지키고 있었다.

내가 자리를 잡고 앉았다. 세인트 존은 내 가까이에 섰다. 그는 산길을 올려보고 분지를 내려다보았다. 그의 시선이 물줄기를 따라 헤매다가, 그 개울에 색을 입힌 구름 없는 하늘로 올라갔다. 그가 모자를 벗었다. 바람이 그의 머리카락을 흔들고 그의 이마에 키스했다. 그곳의 수호신과 교감이라도 나누려는 걸까? 그가 눈으로 무언가에 작별을 고하며 큰 소리로 말했다.

"나 다시 이 광경을 보게 되리라. 갠지스 강가에 잠들었을 때, 꿈속에서. 그리고 다시, 더 먼 훗날 또 다른 잠이 나를 덮을 때, 더 어두운 물가에서."

이상한 사랑이 담긴 이상한 말이었다! 조국 땅에 대한 엄격한 애국자의 정열이었다! 그가 내려앉았다. 30분 동안 우리는 아무 말도 하지 않았다. 그도 나에게, 나도 그에게 말을 걸지 않았다. 드디어 그가 입을 열었다.

"제인, 6주 후면 나는 떠날 거요. 6월 20일에 출항하는 동인도 무역선에 선실을 예약했소."

내가 대답했다.

"하느님이 보호해 주실 거예요. 그분의 일을 하시는 거니까요."

그가 말했다.

"그래요, 거기에 나의 영광과 기쁨이 있소. 나는 절대로 오류가 없는 주인의 종이오. 나는 하잘것없고 연약한 인간의 불완전한 법률과 그릇된 지배에 복종하여, 인간의 인도를 받아 떠나가는 것이 아니오. 나의 왕, 나의 입법자, 나의 선장은 완전무결한 분이오. 주위의 모든 이들이 같은 깃발 아래 모여들어 이 일에 참여하려고 불타오르지 않는 것이 나에겐 오히려 이상해 보여요."

"모두가 당신과 같은 능력을 가진 게 아니니까요. 나약한 자가 강한 자와 같이 행군하고 싶어 하는 것도 어리석은 일이겠지요."

"나는 나약한 자에 대해 말하는 것이 아니고 그들을 생각지도 않소. 그 일을 하기에 적합하고 성취할 능력이 있는 사람만을 말하는 거요."

"그런 사람은 몇 안 되고, 찾기도 어려워요."

"정확히 짚었소. 하지만 찾아냈을 때는, 그들을 분발시키고 그렇게 노력하도록 격려하고 권고하고, 그들의 재능이 무엇이며 어째서 그런 재능이 주어졌는지를 알려 주고, 그들의 귀에 하늘의 뜻을 전하고 하느님이 선택하신 지위를 하느님의 명령으로 직접 그들에게 제안하는 것이 옳은 일이오."

"정말로 그 일에 적합한 사람이라면, 그들의 가슴이 제일 먼저 그걸 알려 주지 않을까요?"

어떤 끔찍한 마력이 나를 둘러싸고 덮쳐 오는 것 같은 느낌이 들었다. 나를 꼼짝 못하게 묶어 버릴 치명적인 마법의 선언이라도 듣

EDMUND
DULAC

게 될까 봐 가슴이 조마조마했다.

"당신의 가슴은 무얼 말하지?"

세인트 존이 다그쳤다.

"제 가슴은 벙어리예요. 제 가슴은 아무 말도 안 해요."

나는 놀라서 부르르 떨며 대답했다.

그러자 그가 깊고 단호한 목소리로 계속했다.

"그렇다면 내가 말해 주어야겠군. 제인, 나와 같이 인도로 갑시다. 나의 배우자로서, 동료 일꾼으로서 같이 갑시다."

계곡과 하늘이 빙빙 돌았다. 언덕들이 들썩였다! 마치 하늘에서 울리는 부름 소리를 들은 것 같았다. 바울에게 나타난 마케도니아의 사자와 같은 환영이 나타나, "와서 우리를 도와 달라!"고 말한 것 같았다. 하지만 나는 사도가 아니었다. 내 눈에는 전령이 보이지 않았다. 그의 부름을 받아들일 수 없었다.

"아, 세인트 존, 자비를 베푸세요."

내가 소리쳤다. 자신이 의무라고 믿는 일을 행함에 있어서는 자비도 연민도 알지 못하는 이에게 나는 호소했다. 그가 말을 이었다.

"하느님과 자연은 당신을 선교사의 아내로 쓰시려고 정하셨소. 당신이 부여받은 재능은 외면적인 것이 아니라, 정신적인 자질이오. 당신은 사랑을 위해서가 아니라 수고를 위해 만들어졌소. 선교사의 아내가 되어야 해요. 그렇게 될 것이오. 당신은 내 아내가 될 거요. 나는 내 즐거움을 위해서가 아니라 나의 군주에게 봉사하기 위해, 당신을 요구하는 거요."

"저는 그 일에 적합하지 않아요. 저에게는 사명감이 없어요."

내가 말했다.

그는 이 같은 반대가 나오리라는 걸 이미 계산하고 있었던 듯했다. 그는 화내지 않았다. 사실 그 뒤의 바위산에 등을 기대, 팔짱을 끼고 표정 하나 변하지 않는 그를 보면서, 나는 그가 길고 힘든 반대에 맞설 준비를 마쳤고, 끝까지 밀고 나갈 인내심을 이미 저장해 왔으며, 결국에는 승리를 쟁취하고 말겠다는 결의를 다졌음을 알았다. 그가 말했다.

"제인, 겸손은 그리스도인의 기본적인 미덕이오. 당신이 그 일에 적합하지 않다는 말은 옳아요. 어느 누가 그 일에 적합하겠소? 아니, 지금까지 스스로 정당하게 부름을 받았고 그 부르심에 적합하다고 믿은 자가 누구겠소? 일례로, 나 역시 지극히 작은 자에 지나지 않아요. 사도 바울과 함께, 내가 죄인 중의 괴수인 것을 인정하오. 그러나 스스로의 비천함을 안다고 해서 기가 죽지는 않아요. 나는 나의 인도자를 알고 있소. 그분은 위대하실 뿐 아니라 공정하시고, 위대한 과업을 수행하기 위해 나약한 도구를 선택하시고, 그 무한하신 섭리로 목적으로 가는 수단의 부족함을 채우실 것이오. 나처럼 생각하시오, 제인. 나처럼 믿어요. 당신이 의지할 것은 영원한 반석이오. 그것이 당신의 인간적인 약함의 무게를 지탱해 주실 것이오. 이 점은 의심하지 마시오."

"저는 선교사 생활이 어떤 건지 몰라요. 선교사역을 공부한 적도 없어요."

"그 점은, 내가 미력하나마 당신에게 필요한 도움이 돼 줄 수 있소. 그때그때 할 일을 정해 주고, 언제나 당신의 옆에 서서 수시로 당신을 도울 수 있소. 처음에는 그렇게 해 줄 수 있어요. 당신은 곧 (내가 당신의 능력을 알고 있으니) 나처럼 강하고 능숙해져서, 내 도움이 필요치 않게 될 거요."

"하지만 제 어디에 그 일을 감당할 능력이 있다는 건가요? 저는 그런 힘이 느껴지지 않아요. 당신이 이 말을 하는 동안에도 내 마음에서 얘기하거나 움직이는 게 전혀 없어요. 타오르는 불길도, 약동하는 생기도, 권고하거나 응원하는 목소리도 느낄 수 없어요. 아, 지금 이 순간 내 마음이 얼마나 빛 없는 지하 감옥 같은지 당신에게 보여 줄 수 있다면 얼마나 좋을까요. 그 깊은 곳에서 족쇄에 매인 듯 두려움에 떨고 있어요. 내가 해낼 수 없는 일을 시도하게 하려는 당신에게 설득당할지도 모른다는 두려움이요!"

"당신 대신에 내가 대답을 가지고 있소. 내 말을 들어 봐요. 당신을 처음 만났을 때부터 나는 당신을 지켜보았소. 10개월 동안 당신을 주목해 왔소. 그 시기에 갖가지 시험으로 당신을 검증했소. 내가 무엇을 보고 무엇을 이끌어 냈을 것 같소? 마을 학교에서는 당신이 자신의 습관과 성향에 맞지 않는 일을 정확하고 올바르게 수행해 낼 수 있다는 것을 확인했소. 당신이 재능과 수완을 발휘하여 그 일을 해내는 것도 보았소. 당신은 학생들을 통제하는 동시에 그들의 마음을 얻어 낼 수도 있었소. 갑자기 부자가 된 것을 안 순간 당신이 보여 준 차분함에서, 나는 '데마의 죄'에 물들지 않은 마음을 읽어 냈소. 재물은 당신에게 큰 힘을 미치지 못했소. 당신이 자신의 부를 네 몫으로 나눠 그중 하나만을 갖고 나머지는 관념적인 정의의 요구에 양도했던 결연한 각오를 보면서, 나는 희생의 흥분과 정열에 기뻐하는 영혼을 알아보았소. 나의 소망에 따라 당신이 흥미로워하던 공부를 포기하고, 내가 관심을 기울인다는 이유로 다른 공부를 받아들인 그 순종에서, 그 후로 끈기 있게 노력하던 불굴의 근면함에서, 어려움을 만나도 약해지지 않는 당신의 힘과 흔들림 없는 성질에서 내가 찾고 있던 보완적인 자질들을 발견했소. 제인, 당신은 온순하고 부지런하고 사심 없고 충실하고 꾸준하고 용감해요. 대단히 부드럽고 대담하기도 하지. 자신을 불신하지 말아요. 나는 당신을 전적으로 믿을 수 있소. 인도 학교의 지도자로서, 인도 여성들을 도와주는 협력자로서, 당신의 도움은 나에게 더없이 귀중한 것이 될 거요."

쇠로 만든 수의가 내 몸으로 죄어들었다. 설득은 느리고 확고한 걸음으로 진행되었다. 내가 아무리 눈을 감아도, 그의 이 마지막 말이 지금까지 막혀 있는 듯했던 길을 꽤나 분명하게 뚫어 버렸다. 그토록 흐릿하고 가망 없이 흐트러져 보이던 나의 일이, 그의 이야기가 진행됨에 따라 스스로 응집되면서, 구체화하는 그의 손에 의해 명확한 형태를 갖춰 나갔다. 그는 대답을 기다렸다. 나는 대답하기 전에 15분쯤 생각할 시간을 달라고 했다.

"기꺼이."

그는 자리에서 일어나더니 산길 쪽으로 약간 올라가, 거기 펼쳐진 히스 위에 몸을 던지고 그대로 드러누웠다.

나는 생각에 잠겼다.

'나는 그가 원하는 일을 할 수 있어. 그건 알겠고 인정할 수밖에 없어. 생명이 지속된다면 그렇다는 거야. 인도의 태양 아래서 내 생명이 오래갈 수 있을 것 같지는 않아. 그럼 뭐지? 그는 그런 것에 신경 쓰지 않을 거야. 내가 죽을 때가 되면, 그는 너무나 침착하고 경건하게 나를 주신 하느님에게로 나를 위탁할 거야. 그건 아주 분명해. 영국을 떠난다는 것은, 사랑하지만 텅 비어 버린 땅을 떠나는 거야. 로체스터 씨는 여기에 없어. 있다 한들, 어쩔 거야. 내게 무슨 소용이 있겠어? 이제 나는 그 사람 없이 살아야 돼. 그와 다시 결합할 수 있을지도 모른다는 가능성 없는 변화를 기다리며 하루하루를 질질 끌어가는 것은 어리석고 모자란 짓이야. 당연히, (세인트 존이 전에 말했듯이) 나는 잃어버린 흥미를 대신할 다른 흥미를 인생에서 찾아야 돼. 그가 지금 나에게 제안한 일은 인간이 선택하거나 하느님이 내려 주실 수 있는 일 중에서 가장 영광스러운 일이지 않은가? 뿌리 뽑혀 나간 애정과 파괴된 희망이 남긴 공허를 그 고상한 노고와 숭고한 결과로 가득 채우는 것이 가장 적합하지 않을까? 좋다고 말해야 할 것 같아. 그렇지만 내 마음은 떨려. 슬퍼! 세인트 존과 결합하면, 나는 나의 절반을 포기해야 돼. 인도로 가면 내 생명을 재촉하게 될 거야. 영국을 떠나 인도로 향하고, 인도에서 무덤으로 가는 사이의 간격이 어떻게 채워질까? 아, 확실히 알 것 같아! 어떤 일이 벌어질지 눈앞에 선해. 나는 온몸의 근육이 상할 때까지 세인트 존을 만족시키려고 노력하면서 그가 기대하는 원의 주요 중심부에서부터 아주 멀리 떨어진 원의 둘레까지 그를 만족시키려 애쓸 거야. 내가 그와 같이 간다면, 그가 촉구하는 희생을 하기로 한다면, 나는 그걸 완벽하게 해낼 거야. 마음도 심장도 전부 바치는 희생물로 제단에 모든 것을 내던질 거야. 그는 결코 나를 사랑하지 않을 거야. 하지만 나의 노력을 인정해 줄 거야. 나는 그가 여태껏 보지 못했던 힘과, 그가 짐작도 못한 소질을 보여 줄 거야. 그래, 나는 그에 못지않게 열심히 노력할 수 있어. 전혀 싫은 기색 없이 할 수 있어.

그렇다면, 그의 요구에 응하는 것은 가능해. 한 가지 조건, 두려운 그 조건만 아니라면. 그건 그가 나에게 아내가 되어 달라고 하면서도, 저 아래 협곡에 거품을 내며 흐르는 개울물 가운데 얼굴 찌푸리고 앉은 거대한 암석과 마찬가지로 나에게 남편으로서의 마음을 갖고 있지 않다는 점이지. 그는 군인이 좋은 무기를 존중하듯 나를 존중해. 그게 전부야. 그와 결혼하지 않는다고 해서 내게 슬픔이 될 건 없어. 하지만 내가 그의 계산대로 되게 하고 냉정하게 그의 계획을 실천하게 하여 결혼식을 올릴 수 있을까? 가장 중요한 혼이 빠져 있다는 걸 알면서, 그에게 결혼반지를 받고, 사랑의 모든 형태를(그는 틀림없이 그걸 철저하게 이행할 거야) 견딜 수 있을까? 그가 보여 주는 모든 애정 표현이 믿음에 의해 행해지는 희생이라는 걸 알면서 참아 낼 수 있을까? 아니, 그런 고난은 끔찍할 것 같아. 그런 일은 절대 겪고 싶지 않아. 그의 누이로서라면 같이 갈 수 있겠어, 그의 아내로서가 아니라. 그렇게 말해야겠어.'

나는 언덕 쪽을 바라보았다. 그가 쓰러진 기둥처럼 미동 없이 누워 있었다. 그의 얼굴이 나에게 향했다. 그의 눈이 주의 깊고 날카롭게 빛났다. 그가 벌떡 일어나 나에게로 다가왔다.

"인도로 가겠어요, 자유로운 몸으로 갈 수만 있다면."

그가 말했다.

"그 대답에는 설명이 필요하겠소. 의미가 분명치 않아요."

"당신은 지금까지 나의 사촌 오빠였어요. 나는 당신의 사촌 누이였고요. 계속 이대로 지냈으면 좋겠어요. 우리는 결혼하지 않는 편이 나아요."

그는 고개를 저었다.

"사촌 남매 간으로는 안 돼요. 당신이 나의 친누이라면 사정이 다르겠지. 나는 당신을 데려가고 아내를 구하지 않을 것이오. 하지만 사실이 그렇지가 않으니 우리의 결합은 결혼으로 맺어져 신성화되든지, 그렇지 않으면 아예 성립될 수 없는 것이오. 이외의 다른 어떤 계획에도 현실적인 장애가 있소. 그걸 모르겠소, 제인? 잠시 생각해 봐요. 당신의 강한 분별력이 당신을 인도해 줄 거요."

나는 생각했다. 그리고 변변치 않은 나의 분별력은 여전히 우리가 남편과 아내로서 그래야 하듯이 서로 사랑하지 않는다는 사실만을 일러 주었다. 그러므로 결혼해서는 안 된다는 것이었다. 나는 그렇게 말했다.

"세인트 존, 나는 당신을 오빠로 생각해요. 당신은 나를 누이로 생각해요. 계속 그렇게 가기로 해요."

그는 짧은 말에 날카로운 결의를 담아 대답했다.

"그럴 수는 없소. 그럴 수는 없어. 그건 안 될 말이오. 인도에 나와 같이 가겠다고 했잖소. 기억하겠지. 당신이 그렇게 말했소."

"조건부였어요."

"그래, 그래. 중요한 점에 있어서는, 나와 같이 영국을 떠나 내 미래의 일에 협력한다는 점에서는 이의가 없는 거잖소. 당신은 이미 쟁기를 손에 쥔 것이나 마찬가지요. 당신처럼 일관성 있는 사람이 이미 한 말을 번복하지는 않겠지. 당신이 마음에 새길 목표는 어떻게 하면 당신이 맡은 일을 가장 훌륭히 수행해 낼 수 있는가 하는 것뿐이오. 복잡한 흥미, 감정, 생각, 소망, 목적은 단순화시켜요. 모든 사항을 하나의 목적에 융합시키시오. 위대한 주님의 사명을 효과적으로 힘차게 완수한다는 목적 말이오. 그렇게 하려면, 보좌해 줄 사람이 필요하오. 오빠라는 매듭은 너무 헐거워요. 당신에게는 오빠가 아니라, 남편이 필요해요. 나 역시 누이를 원하지 않소. 누이는 언제라도 남에게 빼앗길 수 있으니까. 내가 원하는 사람은 아내요. 살아 있는 동안 효과적으로 영향을 미치고 죽을 때까지 절대적으로 보유할 수 있는 유일한 내조자 말이오."

그의 말을 들으며 나는 몸서리를 쳤다. 그의 영향력이 뼛속까지 스며들고 그의 손아귀가 내 사지를 틀어쥔 느낌이었다.

"저 말고 다른 사람을 찾아보세요, 세인트 존. 당신에게 어울리는 사람을 찾으세요."

"내 목적에 어울리는 사람이라는 뜻이겠지. 내 소명에 어울리는 사람. 다시 말하지만 내가 배우자로 원하는 사람은 하찮고 사사로운 인간, 세상의 이기적인 생각을 지닌 단순한 인간이 아니오. 선교사를 원하는 거요."

"그러니까 선교에 저의 힘을 쏟아붓겠어요. 당신이 원하는 건 그거잖아요. 하지만 저 자신은 드리지 못하겠어요. 그건 어차피 낟알에 깍지와 껍데기를 덧씌우는 것일 뿐이에요. 당신에겐 필요치 않잖아요. 내가 그걸 가지고 있겠어요."

"안 돼요. 그러면 안 되오. 하느님이 반쪽짜리 봉헌에 만족하실 거라고 생각하시오? 그분이 불완전한 희생을 받아들일까요? 내가 옹호하는 것은 하느님의 대의요. 그분의 깃발 아래로 당신을 불러들이는 거요. 그분을 대신하여 나는 반 토막 난 충성을 받아들일 수가 없소. 완전한 것이어야 해."

나는 말했다.

"아! 제 마음을 하느님께 바치면 되잖아요. 당신은 그걸 원하지 않잖아요."

독자여, 이 말을 할 때 나의 어조와 그에 동반된 감정에 억압된 냉소 비슷한 것이 없었다고 맹세하지는 않겠다. 내가 지금까지 말없이 세인트 존을 두려워했던 이유는, 그를 이해할 수 없었기 때문이었다. 아직 그를 완전히 파악하지 못하고 있었으므로 나는 그에게 경외감을 간직했었다. 그의 얼마만큼이 성자이고, 얼마만큼이 인간인지 알 수 없었다. 하지만 이 대화를 통해 진실이 드러나고 있었다. 내 눈앞에서 그의 본성이 분석되고 있었다. 나는 오류에 빠지기 쉬운 그의 성질을 보았고 그것을 파악했다. 거기 히스 제방에 앉아 그 잘생긴 모습을 바라보면서 나는 그 역시 나처럼 실수할 수 있는 인간임을 깨달았다. 단단하고 압제적인 그 얼굴에서 베일이 벗겨지고 있었다. 그의 안에 존재하는 이러한 성질을 느끼며, 나는 그의 불완전함을 알았고 용기를 얻을 수 있었다. 나는 나와 동등한 자, 내가 반박할 수 있는 자, 정당한 이유만 있다면 저항할 수 있는 자와 같이 있는 것이었다.

내가 마지막 말을 마치고 나자 침묵이 이어졌다. 이윽고 나는 과감하게 그의 얼굴을 흘끔 올려다보았다. 나에게 향해 있는 그의 눈은 지극한 놀라움과 날카로운 질문을 동시에 표현하고 있었다. '그녀가 빈정거리다니, 나에게 빈정거리다니! 이게 무슨 뜻이지?' 이렇게 말하는 듯했다.

잠시 후에 그가 입을 열었다.

"이것이 진지한 문제임을 잊지 마시오. 가볍게 말하는 것도 가볍게 생각하는 것도 죄가 될 수 있소. 제인, 하느님께 마음을 바치겠다고 한 당신의 말이 진심일 거라고 믿소. 내가 원하는 건 그것뿐이오. 일단 인간에게서 마음을 떼어 내 당신의 조물주만 바라본다면, 이 땅에서 발전해 나가는 조물주의 영적인 왕국이 가장 큰 기쁨이자 노력이 될 거요. 그 목적을 위해서라면 무엇이든 당장 하고 싶어질 것이오. 우리가 결혼을 통하여 육체적, 정신적으로 결합할 경우 당신과 나의 노력에 어떤 추진력이 부여될지 생각해 보시오. 그것은 인간의 운명과 계획에 영원히 부합하는 성질을 주는 유일한 결합이오. 사소한 변덕이나, 하찮은 감정의 어려움과 미묘한 부분들이나 개인적인 성향의 정도나 종류나 강도나 취약성에 대한 모든 의심을 넘어선다면 서둘러 이 결합으로 들어오게 될 것이오."

"과연 그럴까요?" 하고 나는 간단히 대꾸했다. 아름답게 조화는 이루어졌지만 조용한 엄격함이 이상스레 무시무시하게 느껴지는 그의 이목구비를 바라보았다. 위엄은 있지만 개방적이지 않은 이마, 밝고 깊고 탐구하는 듯하지만 부드럽지 않은 눈, 크고 당당한 그의 몸을 바라보았다. 그리고 나를 그의 아내로 상상해 보았다. 아! 절대로 잘되지 않을 것이다! 그를 돕는 사람으로서, 그의 동료로서는 모든 것이 괜찮을 것이다. 그런 자격으로라면 그와 같이 대양을 건널 수도 있다. 그런 직책으로라면 그와 같이 아시아의 사막에서, 동방의 태양 아래서 수고하리라. 그의 용기, 헌신, 활력에 감탄하고 열심히 모방하리라. 그의 지배에 얌전히 순응하고, 그의 뿌리 깊은 야망에 차분하게 미소 짓고, 그리스도인으로서의 일면과 평범한 인간으로서의 일면을 구별하여, 한쪽은 지극히 존경하고 다른 쪽은 아낌없이 용서하리라. 내가 이러한 자격으로만 그에게 소속된다면 틀림없이 잦은 고생이 따를 것이다. 나의 육체는 다소 엄중한 멍에를 지게 되겠지만 마음과 정신은 자유로울 것이다. 나에게는 여전히 내가 의지할 수 있는 시들지 않은 자아가 남으리라. 외로움의 순간에 예속되지 않은 나의 자연스런 감정과 대화할 수 있으리라. 내 마음에는 그가 절대 들어오지 못할, 오로지 나만의 벽감이 남을 것이다. 거기에 그의 엄격함에 절대 시들지 않고, 그의 질서 정연한 투사의 행군에도 짓밟히지 않는 감정들이 싱싱하게 보호되어 자라날 것이다. 하지만 그의 아내로서는 언제나 그의 옆에서 통제되고 억제된 채로 내 천성의 불길을 안으로 가둬야 할 것이다. 내장과 생명력이 전부 불타 없어질지라도, 그 불길을 안에서 타게 하고 소리 한번 지르지 못하게 항상 낮춰 놓을 수밖에 없을 것이다. 이것만은 견딜 수 없다.

여기까지 생각이 미치자 나는 소리쳤다.

"세인트 존!"

"왜?"

그가 냉랭하게 대꾸했다.

"다시 말할게요. 당신의 동료 선교사로서는 얼마든지 같이 가겠지만 아내로서는 안 되겠어요. 나는 당신과 결혼하여 당신의 일부가 될 수 없어요."

그러자 그가 확고하게 대답했다.

"당신은 내 일부가 되어야 하오. 그렇지 않으면 이 이야기는 전부 무효요. 서른도 안 된 남자가 어떻게 결혼도 하지 않고 열아홉 소녀를 인도로 데려갈 수 있겠소? 결혼하지 않고 우리가 어떻게 영원히, 때로는 사람 없는 곳에서, 때로는 야만족들 사이에서 함께일 수 있겠소?"

나는 간단히 말했다.

"알겠어요. 그런 상황에서는, 내가 당신의 친누이나 당신과 같은 남자 목사인 셈 치면 돼요."

"당신이 내 친누이가 아니라는 것은 세상이 알고 있소. 나는 당신을 그런 식으로 소개할 수 없소. 그렇게 하려다가는 우리 둘에게 불리한 의심만 씌워질 거요. 게다가 당신이 아무리 남자와 같은 활기찬 두뇌를 가졌다 해도, 마음은 여자고…… 아무튼 그건 안 될 말이오."

나는 약간 경멸을 섞어 단언했다.

"될 수 있어요. 아주 잘될 수 있어요. 나에게도 여인의 마음이 있긴 하지만 당신에게는 아니에요. 당신에게는 오로지 동지로서의 신의, 전우로서의 솔직함, 충절만을 바칠 수 있어요. 당신이 받아들인다면 우애도. 사제에 대한 수련자의 존경과 복종 그 이상은 없어요. 걱정하지 마세요."

그는 혼잣말처럼 말했다.

"내가 원하는 것이 바로 그거요. 그게 바로 내가 원하는 거요. 그런데 그 길에 장애들이 있소. 그걸 잘라 내야 돼. 제인, 나와 결혼하면 후회하지 않을 거요. 그건 확실해요. 우리는 결혼해야 해. 다시 말하지만 다른 방법이 없소. 결혼하면 틀림없이 당신의 눈에도 우리의 결합이 옳게 보일 정도로 충분한 사랑이 생겨날 것이오."

"나는 당신이 생각하는 사랑의 개념을 경멸해요."

나는 이렇게 말하지 않을 수 없었다. 자리에서 일어나 그의 앞에 서서 바위에 등을 기댔다.

"당신이 제안하는 허위적인 감정을 경멸해요. 그래요, 세인트 존, 그런 제안을 하는 당신을 경멸해요."

그가 나를 뚫어져라 쳐다보았다. 그의 조각 같은 입술이 꽉 다물어졌다. 놀란 건지, 화가 난 건지, 아니면 다른 어떤 감정인 건지 알기는 쉽지 않았다. 그는 완벽하게 자신의 표정을 지배하고 있었다. 이윽고 그가 말했다.

"당신에게 그런 말을 들으리라고는 예상치 못했소. 나는 경멸받을 말을 하거나 경멸받을 행동을 했다고는 생각지 않소."

그의 점잖은 어조에 나는 가슴이 뜨끔했고, 그의 고상하고 차분한 태도에 압도되었다.

"제 말을 용서하세요, 세인트 존. 하지만 나를 화나게 해서 부주의한 말을 하게 한 건 당신이에요. 성격적으로 우리의 의견이 일치될 수 없는, 논의되어서는 안 될 주제를 꺼내셨잖아요. 사랑이라는 말은 우리 사이에 분쟁의 씨앗이 될 뿐이에요. 정말로 애정을 내놔

보라고 한다면 어떻게 해야 하죠? 어떤 기분일까요? 친애하는 사촌 오빠, 결혼 계획을 포기하세요. 잊어버리세요."

"안 되오. 그것은 내가 오래 품어 온 계획이고, 나의 원대한 목적을 보장해 줄 수 있는 유일한 계획이오. 하지만 지금은 당신을 더 재촉하지 않겠소. 내일 나는 케임브리지로 떠날 거요. 거기에 작별을 고하고 싶은 친구들이 많이 있소. 2주일간 집에 없을 거요. 그동안에 내 제안을 잘 생각해 보시오. 그리고 당신이 거절한다면, 내가 아니라 하느님을 거절하는 것이라는 사실을 명심하시오. 그분은 나를 수단으로 삼아 당신에게 고귀한 기회를 열어 주신 거요. 당신은 오로지 내 아내로서만 거기에 발을 들일 수 있소. 내 아내가 되지 않겠다면, 이기적인 안일과 삭막한 어둠의 길에 자신을 영원히 한정 짓게 될 것이오. 믿음을 부인하여 이단자보다도 못한 자들과 같이 헤아려지지 않도록 주의하시오!"

그가 말을 끝냈다. 그는 나에게서 돌아서서, 다시 한 번 강을 바라보고, 언덕을 바라보았다. 하지만 이번에는 그의 감정이 그의 마음에 갇혔다. 나는 그 감정이 꺼내는 말을 들을 자격이 없었다. 그와 나란히 집으로 걸어오며, 그의 무쇠 같은 침묵에서 그가 나에게 어떤 기분인지 잘 읽을 수 있었다. 복종을 기대했던 곳에서 저항을 만난 엄격하고 독재적인 인물의 실망, 타인에게서 공감할 수 없는 감정과 견해를 발견한 차갑고 완고한 판단력의 소유자가 터트리는 비난이었다. 간단히 말해서, 남자로서의 그는 나를 억지로라도 순종하게 만들고 싶었을 것이다. 그가 나의 외고집을 인내하며 참아내고, 성찰하고 반성할 수 있는 긴 시간을 허락한 것은 오로지 그가 성실한 기독교인이었기 때문이다.

그날 밤, 그는 자신의 누이들에게 키스한 후에, 나와는 악수하는 것조차 잊어버리는 것이 낫다고 생각했는지 말없이 방을 나가 버렸다. 그를 사랑하지는 않지만, 그에게 깊은 정을 느끼고 있었던 나는 뚜렷이 강조된 이 의식의 생략에 상처를 받았다. 눈물이 찔끔 날 정도로 깊은 상처를 받았다.

다이애나가 말했다.

"황야로 산책 나갔을 때 당신과 세인트 존 사이에 다툼이 있었다는 거 알아요, 제인. 그래도 따라가 봐요. 오빠가 지금 복도에서 당신을 기다리며 서성이고 있어요. 화해할 수 있을 거예요."

나는 이런 상황에서 별로 자존심을 내세우지 않는다. 언제든지 품위를 지키는 것보다는 마음이 편한 게 더 좋았다. 나는 그를 쫓아 달려갔다. 그가 계단 아래 서 있었다.

"잘 자요, 세인트 존."

내가 말했다.

"잘 자요, 제인."

그가 차분히 대답했다.

"그럼 악수해요." 하고 내가 덧붙였다.

내 손가락을 누른 그의 손길이 얼마나 차갑고 느슨했던가! 그는 그날 일어난 일로 기분이 몹시 상해 있었다. 우정은 그를 따뜻하게 해 주지 않았고 눈물은 그의 마음을 움직이지 못했다. 그와의 기분 좋은 화해는 이루어지지 않았다. 기운을 북돋아 주는 미소나 너그러운 말 한마디도 없었다. 그래도 그 기독교인은 끈기 있고 차분했다. 내가 나를 용서해 주겠느냐고 물었을 때, 그는 자신은 마음에 화를 간직하는 사람이 아니며, 불쾌한 일이 없으니 용서할 것도 없다고 대답했다. 그렇게 대답하고 그는 떠나갔다. 차라리 주먹으로 한 대 때려 주었다면 훨씬 마음이 편했을 것이다.

## 제35장

다음 날 그는 자신의 말과 달리 케임브리지로 떠나지 않았다. 출발은 일주일 연기되었다. 그 시간 동안, 나는 선하지만 엄격하고 양심적이지만 화해하기 힘든 사람이, 자신의 감정을 상하게 한 자에게 어떤 식으로 모진 벌을 가하는지를 확실히 경험할 수 있었다. 적의가 드러나는 행동이나 비난하는 말 한마디 없이, 그는 수시로 내가 자신의 호의 밖에 놓였다는 것을 확실하게 각인시켜 주었다.

세인트 존이 그리스도인답지 않은 앙심을 품었던 것은 아니다. 그는 능히 그럴 힘이 있더라도 내 머리카락 한 올이라도 다치게 할 사람이 아니었다. 천성적으로나 그의 신념으로나, 그는 저급한 복수로 얻을 수 있는 만족보다 높은 곳에 자리했다. 그는 그와 그의 사랑을 경멸한다고 말한 나를 용서했지만, 그 말은 잊지 않고 있었다. 그와 내가 살아 있는 한은 결코 잊지 않을 것이다. 나를 돌아보는 얼굴에 담긴 표정만으로도, 나는 그 말이 언제나 그와 나 사이의 허공에 씌어 있다는 걸 알 수 있었다. 내가 말할 때마다, 그 말은 나의 목소리를 타고 그의 귀에 들어갔다. 그가 나에게 하는 대답 하나하나에 그 말이 메아리쳤다.

그가 나와 전혀 얘기를 안 했던 것은 아니다. 아침마다 평소처럼 그의 책상으로 나를 부르기까지 했다. 그의 안에 있는 사악한 남자는, 분명히 평소처럼 말하고 행동하면서도, 전에는 말씨와 태도를 통해 전해 주었던 관심과 찬성의 기색을 모든 행동과 문장에서 모조리 빼 버릴 수 있다는 것을 교묘하게 보여 주었다. 그리고 그것을 통해 순수한 기독교인이라면 갖지 말아야 하고 전하지 말아야 할 쾌감을 맛보았던 것 같다. 그는 나에게 사실상 살아 있는 사람이 아니라 대리석이 되었다. 그의 눈은 차갑게 빛나는 푸른 보석이었다. 그의 혀는 말하는 도구일 뿐 그 이상은 아니었다.

이 모든 것은 나에게 고문이었다. 언제 끝날지 모르는 세련된 고문이었다. 그것은 천천히 분노의 불길을 태우며 비탄으로 떨리는 몸부림을 지속시켜, 나를 완전히 괴롭히고 부서뜨렸다. 내가 그의 아내라면, 햇빛 비치지 않는 깊은 샘처럼 순수한 이 선량한 남자가, 내 혈관에서 피 한 방울 뽑아내지 않고, 그 자신의 투명한 양심에 흐릿한 죄의 얼룩 하나 만들지 않고, 나를 어떻게 금방 죽음으로 몰아갈지 알 수 있는 느낌이었다. 그의 기분을 달래 주려고 노력할 때마다 나는 그걸 분명히 느낄 수 있었다. 나의 슬픔에 대답해 주는 슬픔은 없었다. 그는 우리 사이가 멀어졌다고 해서 괴로워하지도 않았고 화해를 열망하지도 않았다. 어느 결에 내 눈에서 떨어져 버린 눈물이 우리 둘 다 고개 숙이고 있던 종이에 물집을 잡은 게 한두 번이 아니었지만, 그의 가슴은 돌이나 금속으로 만들어진 듯 아무런 반응을 보이지 않았다. 그사이에 그는 그의 누이들에게 평소보다 조금 더 친절했다. 단순한 차가움만으로는 내가 얼마나 철저하게 추방되고 배제되었는지 제대로 깨닫지 못할까 봐 걱정했던 걸까. 그는 거기에 대조의 힘까지 추가했던 것이다. 그리고 나는 그의 이런 행동이 악의가 아닌 신념에 따른 것이었으리라고 확신한다.

그가 집을 떠나기 전날 밤, 우연히 해질 무렵에 정원을 거닐고 있는 그를 보았다. 나는 내가 보고 있는 이 남자가 지금은 서로 소원해졌더라도, 한때는 내 생명을 구해 준 은인이고 우리가 가까운 친척이라는 사실을 떠올리며, 그와의 우정을 회복하기 위해 마지막 노력을 기울여야겠다고 생각했다. 나는 밖으로 나가, 작은 문에 기대서 있는 그에게 다가갔다. 그러고는 즉시 본론으로 들어갔다.

"세인트 존, 당신이 계속 나한테 화나 있는 게 너무 속상해요. 우리 사이좋게 지내요."

"사이좋게 지내고 있잖소."

냉정한 대답이었다. 내가 다가설 때와 마찬가지로 그는 여전히 떠오르는 달만 바라보고 있었다.

"아니에요, 세인트 존, 우리는 전만큼 사이가 좋지 않아요. 당신도 알잖아요."

"아니라고? 잘못 생각한 거요. 나는 당신이 잘못되는 일 없이 다 잘되기를 바라고 있소."

"그 말은 믿어요, 세인트 존. 당신은 누구라도 잘못되길 바랄 사람이 아니니까요. 하지만 저는 당신의 친척이니만큼, 전혀 모르는 사람들에게 베푸는 일반적인 박애보다 좀 더 많은 애정을 받고 싶어요."

"물론, 그건 일리 있는 바람이오. 그리고 나는 당신을 전혀 남으로 생각지 않소."

차갑고 차분하게 전달된 이 말은 충분히 굴욕적이고 당황스러웠다. 내가 자존심과 분노의 속삭임에 귀를 기울였다면, 당장 그 곁을 떠났을 만큼. 하지만 그런 감정보다 강한 무언가가 내 안에서 움직였다. 나는 이 사촌의 재능과 신념을 깊이 존경했다. 그와의 우정은 나에게 너무도 소중했다. 그것을 잃는다는 건 정말 괴로운 일이었다. 그걸 다시 찾으려는 시도를 이렇게 금방 포기하고 싶지 않았다.

"우리가 이런 식으로 헤어져야 하나요, 세인트 존? 인도로 갈 때까지 당신은 이보다 더 친절한 말 한마디 없이 그렇게 나를 떠날 건가요?"

그가 이제 달에서 고개를 돌려 나를 마주 보았다.

"제인, 내가 인도로 갈 때 당신을 떠난다니? 무슨 소리요! 당신은 인도에 가지 않겠다는 거요?"

"결혼하지 않으면 같이 갈 수 없다고 하셨잖아요."

"그러니까 당신은 나와 결혼하지 않겠다는 거요? 그 결정을 고수하겠다는 거요?"

독자여, 이렇게 차가운 사람들이 얼음처럼 차가운 질문 속에 얼마만큼의 공포를 집어넣을 수 있는지 알고 있는가? 그들의 분노가 얼마나 큰 눈사태를 일으킬 수 있는지, 그들의 불쾌가 얼마나 얼어붙은 바다를 부셔 버릴 수 있는지 아는가?

"그래요, 세인트 존, 나는 당신과 결혼하지 않을 거예요. 내 결심을 지킬 거예요."

눈 무더기가 흔들리며 앞으로 약간 미끄러졌다. 하지만 아직 무너져 내린 것은 아니었다.

그가 물었다.

"다시 한 번 묻겠소. 거절하는 이유는?"

내가 대답했다.

"전에는 당신이 날 사랑하지 않기 때문이었어요. 이제는 당신이 나를 거의 미워하기 때문이라고 대답하겠어요. 결혼하면 당신은 나를 죽음으로 몰아갈 거예요. 지금도 나를 죽이고 있어요."

그의 입술과 뺨이 하얗게 변했다. 아주 새하얗게.

"내가 당신을 죽인다고? 내가 당신을 죽이고 있다고? 그런 말은 절대로 하지 말아야 하는 거요. 과격하고 여성스럽지 못하고, 사실이 아니오. 그건 부적절한 정신 상태를 드러내는 말이오. 엄히 책망받아 마땅한 말이오. 일흔 번씩 일곱 번이라도 용서하는 것이 인간의 의무만 아니라면, 용서할 수 없을 말이오."

모든 것이 다 어그러졌다. 전에 일으켰던 분노의 흔적을 진심으로 그의 마음에서 지우고 싶었는데, 그 완강한 마음의 표면에 또 다시 훨씬 더 깊은 인상을 찍어 놓고 말았다. 진하게 아로새겨 버렸다.

나는 말했다.

"이제 당신은 나를 정말로 미워하겠군요. 화해하려고 해 봤자 소용없겠죠. 내가 당신을 영원한 적으로 만들어 버렸다는 걸 알겠어요."

이 말들 역시 또 새로운 잘못이 되었다. 진실을 건드렸기 때문에 더 고약했다. 그 핏기 없는 입술이 순간적으로 경련하듯 떨렸다. 나는 내가 강철 같은 분노를 자극했다는 것을 알았다. 마음이 찢어지는 것 같았다.

내가 얼른 그의 손을 잡으며 말했다.

"내 말을 전적으로 오해하시는 거예요. 당신을 슬프게 하거나 괴롭게 하려고 한 말이 아니에요. 정말, 그렇지 않아요."

그는 너무나 씁쓸하게 미소 지었다. 지독히 단호하게 나에게서 손을 잡아 뺐다.

"그러니까 이제 당신이 한 약속을 취소하고, 절대로 인도에 가지 않겠다는 거로군?"

한참의 공백이 흐른 뒤에 그가 말했다.

"아니에요, 당신의 조수로서 가겠어요." 하고 내가 대답했다.

길고 긴 침묵이 이어졌다. 그동안 그의 마음속에서 타고난 천성과 하느님의 은총 사이에 어떤 싸움이 벌어졌는지는 알 수 없다. 그의 눈에 기이한 빛이 번득이고, 그의 얼굴에 묘한 그림자들이 지나갔을 뿐이다. 그가 마침내 입을 열었다.

"나는 이미 당신 나이의 독신 여성이 나 같은 독신 남자와 같이 해외로 나가겠다는 것이 말도 안 되는 일이라고 설명한 바 있소. 두 번 다시 그런 얘기를 하지 못할 정도로 확실하게 이야기했는데 당신이 그 말을 또 했다는 것이 유감이오. 당신을 위해서."

나는 그의 말을 가로막았다. 명백한 비난처럼 들리는 이 말은 나에게 바로 용기를 주었다.

"상식을 잃지 마세요, 세인트 존. 당신의 말은 억지에 가까워지고 있어요. 내 말에 충격을 받은 척하는군요. 사실 당신은 충격받지 않았어요. 당신처럼 머리 좋은 분이 내 말뜻을 오해할 정도로 그렇게 둔하거나 자만심이 강할 리 없으니까요. 다시 말하지만, 당신이 원한다면 나는 당신의 부목사가 되겠지만, 아내는 절대 될 수 없어요."

다시 그의 얼굴이 납덩이처럼 창백해졌다. 하지만 그는 전처럼, 완벽하게 흥분을 통제했다. 그러고는 강하면서도 차분하게 대답했다.

"아내가 아닌 여자 부목사는 나에게 적합하지 않소. 그렇다면 당신은 나와 같이 갈 수 없을 것 같소. 하지만 당신의 제안이 진심이라면, 도시에 있는 동안에 아내를 도울 사람을 구한다는 선교사가 있었으니, 그 선교사와 얘기를 해 보겠소. 당신은 재산이 있으니까 협회의 도움을 받지 않아도 될 거요. 그렇게 하면 약속을 어기고 함께하기로 한 사람들을 저버렸다는 불명예도 면할 수 있겠지요."

독자도 아시다시피, 나는 정식으로 약속을 한 적이 없고 어떠한 계약을 한 적도 없었다. 이 경우에 이 말은 너무 가혹하고 지나친 횡포였다. 내가 대답했다.

"이 일에는 불명예도 없고, 약속 위반도 없고, 의무 불이행도 없어요. 내가 인도로 가야 할 의무는 전혀 없어요. 모르는 사람들과 같이 가야 할 의무는 더더욱 없죠. 당신과 같이 가는 거라면 과감히 모험을 해 보겠어요. 당신을 흠모하고 신뢰하고 누이로서 사랑하니까요. 하지만 언제 누구와 같이 가더라도, 나는 그런 기후에서 오래 살지는 못할 거예요."

"아! 자기 몸을 걱정하는 게로군."

그가 입술을 오므리며 말했다.

"그래요. 하느님이 나에게 생명을 주신 것은 내던지라고 주신 게 아니에요. 당신이 원하는 대로 하는 것은 거의 자살이나 다름없다는 생각이 들기 시작해요. 뿐만 아니라 확실하게 영국을 떠나기로 결심하기 전에, 여기 남아서 내가 더 유용한 일을 할 수 있을지에 관해 확인을 해야겠어요."

"무슨 뜻이오?"

"설명해 봤자 쓸데없는 짓이겠죠. 하지만 내가 오래도록 고통스럽게 의문을 품어 온 일이 하나 있어요. 어떤 식으로든 그 의문이 풀릴 때까지는 어디에도 갈 수 없어요."

"당신의 마음이 어디로 향하고, 무엇에 매달리는지 알고 있소. 당신이 품은 관심은 법에 어긋나는 것이고 하느님이 인정하지 않으시는 일이오. 이미 오래전에 지워 없앴어야 했소. 지금 그런 말을 입에 담은 것도 부끄러워해야 하오. 로체스터 씨를 생각하는 거요?"

그건 사실이었다. 나는 침묵으로 그것을 인정했다.

"로체스터 씨를 찾으려는 거요?"

"그 사람이 어떻게 됐는지 알아야겠어요."

그가 말했다.

"그렇다면 내게 남은 일은 기도할 때 당신을 기억하고, 당신이 진정 버림받은 자가 되지 않기를 하느님에게 진심으로 간청하는 것뿐이겠군요. 나는 당신 안에서 선택된 자의 모습을 발견했다고 생각했소. 하지만 하느님의 눈은 인간의 눈과 다르시지. 그분의 뜻이 이루어질 것이오."

그는 문을 열고 밖으로 나가, 계곡 쪽으로 떠나갔다. 그의 모습이 곧 시야에서 사라졌다.

거실로 다시 들어오니, 다이애나가 깊이 생각에 잠긴 모습으로 창가에 서 있었다. 다이애나는 나보다 훨씬 키가 컸다. 그녀가 내 어깨에 손을 얹고, 고개 숙여 내 얼굴을 들여다보며 말했다.

"제인, 당신은 요즘에 항상 불안하고 창백해 보여요. 무슨 문제가 있는 게 분명해요. 세인트 존과 당신 사이에 어떤 일이 벌어지고 있는 건지 나에게 말해 봐요. 30분 동안 창가에서 두 사람을 지켜봤어요. 엿본 걸 용서해 줘요. 하지만 오래전부터 내가 모르는 뭔가가 있다는 생각이 들었거든요. 세인트 존은 좀 특이한 사람이잖아요."

그녀가 말을 멈췄다. 나는 입을 열지 않았다. 그녀가 곧 다시 말을 이었다.

"오빠가 당신에게 뭔가 특별한 생각을 가지고 있는 것 같아요. 다른 누구에게도 보인 적 없는 관심과 시선으로 당신을 특별 취급한 게 벌써 오래됐어요. 무엇 때문일까요? 나는 오빠가 당신을 사랑하는 거라면 좋겠어요. 그런 건가요, 제인?"

나는 그녀의 차가운 손을 나의 뜨거운 이마에 갖다 댔다.

"아뇨, 전혀 그렇지 않아요."

"그러면 왜 그렇게 당신에게 시선을 보내고, 왜 그렇게 자주 당신과 단둘이 있는 시간을 만들고, 왜 그렇게 지속적으로 당신을 곁에 두는 거죠? 메리와 나는 오빠가 당신과 결혼하고 싶어 하는 거라고 결론지었어요."

"맞아요, 나에게 아내가 돼 달라고 하더군요."

다이애나가 두 손을 마주쳤다.

"우리가 바라고 생각했던 게 바로 그거예요! 오빠와 결혼할 거죠, 제인, 그렇죠? 그럼 오빠도 영국에 남을 거예요."

"그렇지 않아요, 다이애나. 그분이 나에게 청혼한 이유는 오로지 인도 선교사역에 적합한 동료를 얻기 위해서예요."

"무슨 소리예요! 오빠가 인도에 같이 가재요?"

"네!"

그녀가 소리쳤다.

"미쳤어! 거기 갔다간 당신은 아마 3개월도 못 살 거예요. 절대 가지 말아요. 승낙한 거 아니죠, 그렇죠, 제인?"

"결혼하지 않겠다고 했어요."

"그래서 오빠가 화난 거로군요?"

그녀가 물었다.

"아주 많이 화나셨어요. 절대로 용서하지 않을 것 같아요. 그래도 난 누이로서 같이 가는 거라면 가겠다고 했어요."

"그런 소리를 하다니 너무나 바보 같은 짓을 했군요, 제인. 당신이 하겠다는 일이 어떤 일인지 생각해 봐요. 끝없는 피로가 이어질 거예요. 튼튼한 사람도 지쳐 쓰러질 일이에요. 당신은 약하잖아요. 세인트 존은, 당신도 알겠지만, 불가능한 일을 하도록 당신을 밀어붙일 거고 햇볕이 내리쬐는 시간에도 쉬게 해 주지 않을 거예요. 안타깝게도, 오빠가 아무리 무리한 요구를 해도 당신이 애써 해내는 걸 내가 다 봤단 말이에요. 당신에게 오빠의 청혼을 거절할 용기가 있었다는 게 놀라워요. 그럼 그를 사랑하지 않는 건가요, 제인?"

"남편으로서는 사랑하지 않아요."

"하지만 참으로 잘생겼잖아요."

"저는 이렇게 못생겼고요. 우리는 전혀 안 어울려요."

"못생겼다니요! 당신이? 절대 그렇지 않아요. 캘커타에서 산 채로 익기에는 너무 예쁘고 착한걸요."

그리고 그녀는 다시 한 번 자기 오빠를 따라갈 생각을 아예 하지 말라고 간곡히 부탁했다. 내가 말했다.

"사실은 갈 수도 없어요. 방금 전에 내가 누이로서 따라가겠다고 다시 한 번 말했더니, 그분은 나의 점잖지 못함에 충격을 표시하시더군요. 결혼하지 않고 같이 가겠다고 한 게 무슨 망측한 생각이라도 되는 것처럼. 나는 처음부터 그분이 오빠이기를 바라고 습관처럼 그렇게 바라봐 왔는데."

"그런데 오빠가 당신을 사랑하지 않는다고 생각하는 근거가 뭐죠, 제인?"

"그분 입으로 직접 들으셔야 해요. 나를 아내로 맞으려는 것은 자신을 위해서가 아니라 자신의 직무 때문이라고 몇 번이나 설명하시더군요. 내가 사랑을 위해서가 아니라 수고를 위해 만들어진 사람이래요. 그건 틀림없이 맞는 말이에요. 하지만 내 생각에, 내가 사랑을 위해 만들어지지 않았다면, 결혼을 위해 만들어진 것도 아닌 거잖아요. 자신을 쓸모 있는 도구로밖에 여기지 않는 남자에게 평생 묶여 산다는 건 이상한 일 아닌가요?"

"참을 수 없고 비인간적이고 말도 안 되는 일이에요!"

내가 계속했다.

"게다가 내가 지금은 누이로서의 애정뿐이지만, 그의 아내가 된다면 어쩔 수 없이 기이하고 고통스러운 종류의 사랑을 그에게 품게 될 수도 있어요. 그는 매우 뛰어난 사람이고, 그의 표정과 태도와 말에는 영웅적인 장엄함 같은 게 있으니까요. 그렇게 되면 내 운명은 이루 말할 수 없이 비참해질 거예요. 그는 내 사랑을 원하지 않을 거예요. 내가 그런 감정을 표현하면, 그게 자신이 요구하지 않은 불필요한 것이고 내 분수에도 맞지 않는 일이라는 것을 느끼게 할 거예요. 틀림없이 그럴 거예요."

"그래도 세인트 존은 좋은 사람이에요."

다이애나가 말했다.

"선량하고 훌륭한 분이죠. 하지만 원대한 목적을 추구할 때는 하찮은 사람들의 감정과 권리를 가차 없이 잊어버려요. 그러니 보잘것없는 인간이 그 발에 밟히지 않으려면, 그의 앞길에서 벗어나 있는 편이 나아요. 저기 오시네요! 나는 이만 가 볼게요, 다이애나."

그가 정원으로 들어서는 것을 보고 나는 서둘러 위층으로 올라갔다.

하지만 저녁 식사 시간에 나는 다시 그를 만날 수밖에 없었다. 식사하는 동안 그는 평소처럼 차분해 보였다. 나는 그가 나에게 말을 걸지 않을 것이고 결혼 계획도 포기했으리라고 확신했다. 그 후에 일어난 일은 이 두 가지 확신이 모두 틀렸다는 것을 알려 주었다. 그는 정확히 평소와 같은 태도로, 아니 최근에 늘 보이던 태도로 나에게 말을 걸었다. 철저히 예의 바르게. 분명히 성령의 도움을 받아 내가 일으킨 분노를 가라앉히고 다시 한 번 나를 용서했다고 믿는 듯했다.

기도 전의 저녁 성경 읽기 시간에, 그는 〈요한계시록〉 21장을 선택했다. 그의 입에서 흘러나오는 성경 말씀을 들으면 언제나 기분이 좋았었다. 그의 아름다운 목소리는 하느님의 계시를 전할 때, 가장 감미롭고 낭랑했다. 가장 고상하고 소박한 태도로 깊은 인상을 안겼다. 오늘 밤 가족들과 둘러앉아(5월의 달빛이 커튼을 내리지 않은 창으로 스며들어 와, 탁자 위의 촛불은 거의 필요하지 않았다), 낡고 커다란 성서에 고개 숙이고, 그 책장에서 새 하늘과 땅의 모습을 묘사하며 하느님이 어떻게 인간과 더불어 거하게 될지, 어떻게 그들의 눈에서 모든 눈물을 닦아 내실지, 처음 것들이 다 지나갔으니 다시 사망이 없고 애통하는 것이나 곡하는 것이나 아픈 것이 다시 있지 아니하리라고 약속하는 그의 목소리는 더욱 엄숙하게 울렸고 그의 태도는 한층 더 의미심장했다.

그 후에 이어지는 말들은 나에게 묘한 전율을 일으켰다. 미미하면서도 설명할 수 없는 미묘한 소리의 변화를 통해 그 글을 읽는 그의 눈길이 나에게 쏠려 있다는 것을 느꼈을 때는 더욱 그랬다.

그는 천천히, 분명하게 읽어 나갔다.

"이기는 자는 이것들을 유업으로 얻으리라. 나는 저의 하느님이 되고 그는 내 아들이 되리라. 그러나 두려워하는 자들과 믿지 아니하는 자들과 불과 유황으로 타는 못에 참예하리니 이것이 둘째 사망이라."

이것으로, 나는 세인트 존이 나에게 닥칠 어떤 운명을 두려워하는지 알게 되었다.

그 장의 영광스런 마지막 구절을 읽는 그의 목소리에는 진실한 열망과 차분하게 가라앉은 승리감이 넘쳐났다. 낭독하는 본인은 이미 자신의 이름이 '어린양의 생명책'에 적혀 있음을 믿고, 지상의 왕들이 자신의 영광과 명예를 가져가는 도시로 입장하게 될 그 시간을 고대하고 있었다. 그 도시는 하느님의 영광이 비치고 어린양이 등불이 되므로, 해나 달의 비침이 필요치 않은 곳이었다.

이어지는 기도에 그의 모든 힘이 집중되었다. 그의 엄숙한 열의가 모두 잠에서 깨어났다. 그는 마음 깊은 곳에서 우러나는 진심으로, 하느님과 씨름하며 승리를 다짐했다. 마음이 약한 자들에게 힘을 달라고 기도했다. 우리를 떠나 헤매는 양들을 인도해 주시고, 세상과 육신의 유혹으로 인하여 좁은 길에서 벗어나 있는 자들이 마지막 순간에라도 돌아오게 해 달라고 간구했다. 불에서 꺼낸 나뭇조각 같은 은혜를 내려 달라고 청하고 재촉하고 요구했다. 진지한 열성은 언제나 매우 엄숙한 법이다. 처음에 그의 기도를 들으면서 나는 그 열성에 감탄했다. 기도가 계속되고 고조됨에 따라, 나는 감동을 받았고, 마침내 경외감을 느꼈다. 그는 자신의 목적이 위대하고 선하다는 것을 진심으로 느끼고 있었다. 그의 간구를 들은 다른 사람들도 그렇게 느낄 수밖에 없었다.

기도가 끝나자, 우리는 그에게 작별 인사를 했다. 그는 다음 날 아침 아주 이른 시각에 떠날 예정이었다. 다이애나와 메리가 그에게 입을 맞추고 방을 나갔다. 그가 그들에게 무슨 말인가를 속삭인 듯했다. 나도 그에게 손을 내밀며 즐거운 여행이 되기를 바란다고 말했다.

"고마워요, 제인. 전에 말했듯이, 나는 2주일 후에 케임브리지에서 돌아올 거요. 그동안 잘 생각하시오. 내가 인간의 자존심에 연연한다면 당신에게 더는 결혼 얘기를 꺼내지 않을 거요. 하지만 나는 내 의무에 귀를 기울이고, 나의 가장 중요한 목표인 하느님의 영광을 위해 일하는 것만을 변함없이 바라보고 있소. 나의 주인은 참을성이 많은 분이오. 나 역시 그럴 거요. 당신이 진노의 그릇이 되어 파멸하는 것을 두고 볼 수 없소. 회개하시오. 아직 시간이 있을 때 결심하시오. 우리는 낮에 일하라는 명을 받았고 '아무도 일할 수 없는 밤이 오리라.'는 경고가 있었음을 기억하시오. 이 생에서 좋은 것들을 가졌던 부자의 운명을 잊지 마시오. 하느님이 당신에게 빼앗기지 아니 할 좋은 편을 택할 수 있는 힘을 주시기를 바라겠소."

이 마지막 말을 하면서 그는 내 머리에 손을 얹었다. 그는 진지하고 온화하게 말했다. 그의 표정은 사랑하는 이를 바라보는 연인의 것이 아니었다. 방황하는 양을 불러들이는 목사의 그것이었다. 아니 그보다, 자신이 책임지고 있는 영혼을 지켜보는 수호천사의 표정이었다. 감정적인 사람이건 아니건, 열광자이건, 야심가이건, 폭군이건, 재능 있고 진지한 사람이라면 누구든지, 그들이 다른 이들을 압도하고 지배하는 장엄한 순간들이 있게 마련이다. 나는 세인트 존에게 존경심을 느꼈다. 그것은 내가 그토록 오래 피하려 했던 지점까지 나를 단번에 밀어붙일 정도로 강력했다. 나는 그와의 싸움을 그만두고 그의 의지라는 급류를 타고 그의 존재의 심연으로 빠져들어, 거기서 나 자신을 잃어버려도 될 것 같은 유혹에 사로잡혔다. 똑같지는 않지만 내가 전에 다른 사람에게 흔들렸던 것과 거의 비슷한 강도로 마음이 흔들렸다. 두 번 다 어리석었다. 그때 굴복했더라면 원칙을 어기는 실수를 했을 것이다. 이번에 굴복한다면 판단의 실수를 하게 될 것이다. 시간이라는 조용한 매개를 통해 그 위기를 돌이켜 보는 이 순간, 나는 그렇게 생각한다. 하지만 그 순간에는 나의 바보짓을 의식하지 못했다.

나는 내 사제의 손 밑에서 꼼짝도 못하고 서 있었다. 나의 거절은 잊혀지고 두려움은 극복되고 나의 격투는 마비되었다. 불가능이, 즉 세인트 존과의 결혼이 빠르게 가능이 되어 가고 있었다. 모든 것이 돌연 한꺼번에, 완벽하게 변하고 있었다. 종교가 부르고 천사들이 손짓하고 하느님이 명령했다. 생명이 두루마리처럼 말려 죽음의 문이 열리고, 그 너머의 영원을 보여 주었다. 그곳에서의 평안과 지복을 위해, 여기 있는 모든 것을 단번에 희생해도 좋을 것 같았다. 어두운 그 방에 이름다운 환상이 차고 넘쳤다.

"이제 결심할 수 있겠소?"

그 선교사가 물었다. 온화한 목소리였다. 그가 부드럽게 나를 끌어당겼다. 아, 그 부드러움이란! 부드러움은 강압보다 얼마나 강한 것인지! 나는 세인트 존의 분노에는 저항할 수 있었지만 그의 친절 앞에서는 갈대처럼 유순할 수밖에 없었다. 하지만 내가 지금 굴복한다면, 언젠가 그에게 반항했던 일들을 틀림없이 후회하게 되리라는 것을 알고 있었다. 한 시간의 엄숙한 기도로 그의 천성이 바뀐 것은 아니었다. 다만 고양되었을 뿐이었다.

내가 대답했다.

"확신이 선다면 결정할 수 있어요. 당신과 결혼하는 것이 하느님의 뜻이라고 확신할 수만 있다면, 지금 이 자리에서 결혼을 맹세할 수 있어요. 앞으로 어떤 일이 닥쳐오더라도!"

"나의 기도가 이루어졌어!"

세인트 존이 소리쳤다. 나를 자신의 것이라고 주장이라도 하듯, 그가 내 머리에 얹은 손에 더욱 힘을 가했다. 거의 나를 사랑하는 것처럼 다른 팔로 나를 감쌌다(거의라고 말하는 이유는 내가 그 차이를 알기 때문이다. 나는 사랑받는다는 게 어떤 것인지 이미 느껴 봤다. 하지만 세인트 존처럼, 이 순간에는 나도 사랑을 문제 삼지 않고 의무만을 생각했다). 나는 아직 구름이 진하게 깔려 있는 앞날에 대해 내면의 어두움과 투쟁했다. 옳은 일을 할 수 있기를, 오로지 그것만을 진지하고 간절하게, 그리고 열렬히 갈구했다. '저에게 보여 주세요, 저에게 길을 보여 주세요!' 이렇게 하늘에 간청했다. 나는 이전의 어느 때보다 흥분해 있었다. 그 후에 일어난 일이 흥분으로 인한 결과인지는 독자의 판단에 맡겨야 하리라.

온 집 안이 고요했다. 세인트 존과 나를 제외한 모두가 잠자리에 든 듯했다. 하나 남은 촛불이 꺼져 가고 있었다. 방에 달빛이 가득했다. 나의 심장은 빠르고 격렬하게 뛰고 있었다. 그 고동 소리를 들을 수도 있을 정도였다. 갑자기 짜릿하게 내 심장을 꿰뚫고 머리와 말초신경으로 단번에 퍼져 나가는 무어라 표현할 수 없는 느낌에, 심장 박동이 딱 멈춰 섰다. 전기 충격 같은 것은 아니었다. 아주 날카롭고 기이하고, 깜짝 놀라게 하는 그런 것이었다. 그것은 마치 지금까지 가장 활발했던 활동이 마비 상태에 불과했던 것처럼 나의 감각에 극렬한 효과를 일으켰다. 나의 감각들을 불러내며 깨어나라고 촉구했다. 기대감이 일었다. 내 뼈에 붙은 살들이 떨리고, 눈과 귀는 무언가를 기다렸다.

"무슨 소리가 들렸소? 뭐가 보이는 거요?"

세인트 존이 물었다. 아무것도 보이지 않았다. 하지만 어디선가 외치는 소리가 들렸다. "제인! 제인! 제인." 그뿐이었다.

"오 하느님! 이게 뭐죠?"

내가 숨을 들이켰다.

나는 '이게 어디서 나는 소리죠?'라고 말할 수도 있었을 것이다. 방에서도 아니고 집 안에서도 아니고 정원에서 나는 소리도 아닌 것 같았다. 하늘에서 들려온 것도, 땅 밑에서 들려온 것도, 머리 위에서 들려온 것도 아니었다. 나는 그 소리를 들었다. 어디인지, 아니 어디에서인지 영원히 알 수 없을 것이다! 그리고 그것은 인간의 목소리였다. 내가 알고 사랑하고 생생히 기억하고 있는 에드워드 페어팩스 로체스터의 목소리였다. 고통과 고뇌로 가득한 그 목소리가 거칠게 소름 끼치게 다급하게 부르짖었다.

"갈게요! 기다리세요! 아, 갈게요!" 하고 내가 소리쳤다. 나는 문으로 달려가 복도를 내다보았다. 캄캄했다. 정원으로 달려 나갔다. 텅 비어 있었다.

내가 소리쳤다.

"어디 계세요?"

마시 글렌 너머 언덕들이 희미한 대답을 돌려보냈다. "어디 있어요?" 나는 귀를 기울였다. 바람이 전나무들 사이에서 나지막이 한숨지었다. 주위는 온통 황야의 적막과 한밤의 정적뿐이었다.

문 앞의 검은 주목 옆에 망령이 검게 일어섰으므로 나는 말했다.

"미신이여 물러가라! 이것은 너의 속임수도 아니고 너의 요술도 아니야. 자연이 한 일이야. 기적이 아니라, 자연이 깨어나 최선을 다한거야."

나는 나를 따라 나와 붙잡으려 하는 세인트 존의 손을 뿌리쳤다. 이제 내가 우위에 설 차례였다. 나의 능력이 활발하게 활동 중이었다. 나는 그에게 아무것도 묻지 말고 아무 말도 하지 말라고 했다. 내 곁을 떠나 달라고 했다. 나 혼자 있어야 하고, 혼자 있을 것이라고 했다.

그가 곧 내 말을 따랐다. 충분한 힘을 가지고 명령하면 반드시 순종이 따르는 법이다. 나는 내 방으로 올라갔다. 문을 잠그고 무릎을 꿇었다. 세인트 존과는 다른 방식이지만 내 나름대로 효과적인 내 방식으로 기도했다. 강력한 영의 바로 곁에까지 다가간 느낌이었다. 내 영혼이 감사하며 그분의 발치로 달려 나갔다. 나는 감사 기도를 하고 일어났다. 결심을 했고, 깨달음을 얻었다고 생각하며, 두려움 없이 날이 밝기만을 바라며 자리에 누웠다.

## 제36장

동이 텄다. 나는 새벽에 일어났다. 잠시 집을 떠나 있는 동안 방이 어질러져 보이지 않게, 방 안의 물건이며 서랍이며 옷장을 정리하며 바쁘게 한두 시간을 보냈다. 그사이에 세인트 존이 방에서 나오는 소리가 들렸다. 그가 내 문 앞에서 멈춰 섰다. 노크할까 봐 두려웠지만 그는 그러지 않았다. 종이쪽지 한 장이 문 밑으로 들어왔다. 나는 그것을 집어 들었다. 거기에는 이렇게 씌어 있었다.

"어젯밤에 당신은 너무 갑자기 떠나 버렸소. 조금만 더 머물렀다면, 그리스도의 십자가와 천사의 관에 손을 얹어 놓았을 거요. 2주 후의 오늘, 내가 돌아왔을 때는 확실하게 결심이 서 있기를 기대하겠소. 그동안 시험에 들지 않도록 깨어 기도하시오. 내가 믿는 바, 마음은 원이로되, 내가 아는 바, 육신은 약한 것이오. 당신을 위해 항시 기도하겠소. 당신의 세인트 존."

나는 마음속으로 대답했다.

'내 마음은 기꺼이 옳은 일을 하고 싶어 해요. 하늘의 뜻을 명확히 알 수만 있다면 나의 육신은 그 뜻을 이룰 정도로 강하다고 생각해요. 여하튼, 수많은 의문에서 빠져나갈 출구를 더듬어 조사하고

확신의 밝은 날을 찾아낼 정도로는 강할 거예요.'

6월 1일이었다. 하지만 우중충하고 으스스한 아침이었다. 빗방울이 꾸준히 내 창을 때렸다. 현관문이 열리고, 세인트 존이 나가는 소리가 들렸다. 창문 너머로 그가 정원을 가로지르는 모습이 보였다. 그는 안개 낀 황야로 나 있는 위트크로스 쪽 길로 걸어갔다. 거기서 마차를 타려는 것이었다.

나는 생각했다.

'몇 시간 후에는 나도 당신의 뒤를 이어 그 길을 밟을 거예요. 나 역시 위트크로스에서 마차를 타야 하거든요. 나 역시 영국을 영원히 떠나기 전에 알아보고 만나 볼 사람이 있어요.'

아침 식사 시간이 될 때까지는 아직 두 시간이 남아 있었다. 나는 소리 없이 방 안을 걸어다니며 나의 계획을 현재의 성향으로 바꾼 초자연적인 사건을 곰곰이 생각하며 남은 시간을 채웠다. 내 마음이 경험했던 느낌을 떠올려 보았다. 형언할 수 없는 그 묘한 느낌이 생생하게 되살아났다. 내가 들었던 목소리도 기억했다. 다시 그게 어디서 들려왔을지 자문해 봤지만 역시 부질없는 짓이었다. 외부 세상이 아닌 나의 내부에서 생겨난 소리인 듯했다. 단순히 신경과민으로 인한 감각이었을까? 환청이었을까? 이해할 수도 없고 믿을 수도 없었다. 그것은 영적인 감응에 더 가까웠다. 불가사의하고 충격적인 느낌이 마치 바울과 실라가 갇혀 있던 감옥의 지반을 뒤흔든 지진처럼 찾아들었다. 그것이 영혼의 감방 문을 열어 결박을 풀고 잠을 깨워 내자, 영혼은 부들부들 떨며 일어나 귀를 기울이다가 혼비백산했다. 세 번의 그 부름 소리는 놀란 내 귀를, 떨리는 내

심장을, 그리고 나의 마음을 꿰뚫고 진동시켰다. 두렵지도 않고 떨리지도 않았으며, 내 마음은 성가신 육체에서 따로 떨어져 마음에게만 허락된 노력을 성공시킨 듯 기쁨에 젖어 환호했다.

나는 명상을 끝내며 생각했다.

'조금만 있으면, 어젯밤 나를 부르는 듯했던 그분에 대해 뭔가를 알게 될 거야. 편지는 소용없는 게 확실해. 직접 나서서 알아봐야겠어.'

아침 식사 때 나는 다이애나와 메리에게, 여행을 떠날 생각이며 적어도 나흘 정도 집을 비울 거라고 알렸다.

"혼자서요, 제인?"

그들이 물었다.

"네. 한동안 궁금하게 여기고 있던 친구를 만나 보거나, 소식이라도 들으려고요."

그들은 나에게 자기들 외에는 다른 친구가 없는 줄 알았다고 말할 수 있었을 테고, 틀림없이 그렇게 생각했을 것이다. 사실 내가 자주 그렇게 말했으니까. 하지만 진정 고상한 성격을 타고난 그들은 그 말을 속으로 삼켰다. 다이애나가 정말 여행을 떠나도 될 만큼 건강한 거냐고 물었을 뿐이다. 그녀는 내 얼굴이 아주 창백해 보인다고 했다. 곧 사라지기를 바라는 마음속의 불안을 제외하면 나를 괴롭히는 것은 아무것도 없다고 대답했다.

그 후에 다른 일들을 정리하기는 어렵지 않았다. 질문 공세나 억측에 시달리지 않았기 때문이다. 지금은 확실하게 내 계획을 말할 수 없다고 설명하자, 그들은 친절하고 지혜롭게 내가 말없이 계획을 진행할 수 있도록 묵인해 주었다. 비슷한 상황이라면 나도 그렇게 했을 것이다.

나는 오후 3시에 무어 하우스를 떠났고, 4시가 지난 직후에 위트크로스 푯말이 세워진 곳에 서서, 멀리 손필드로 나를 태워다 줄 마차가 오기를 기다렸다. 외로운 길들과 황량한 언덕들이 침묵을 지키는 가운데, 아주 멀리서 마차 다가오는 소리가 들렸다. 1년 전 여름날 저녁에, 바로 그 자리에서 나를 내려 주었던 것과 똑같은 마차였다. 얼마나 고독했던가! 아무런 목적 없이 얼마나 절망적이었던가! 손짓을 하자 마차가 멈췄다. 내가 올라탔다. 이제 마차 삯으로 나의 전 재산을 내줄 필요는 없었다. 다시 손필드로 돌아가는 길을 달리며, 나는 집으로 날아가는 비둘기 전령이라도 된 기분이었다.

서른여섯 시간의 여행이었다. 화요일 오후에 위트크로스를 출발하여, 목요일 이른 아침에 마차는 말들에게 물을 먹이기 위해 길가 여인숙에 정차했다. 그곳을 둘러싼 초록빛 산울타리와 넓은 들판, 목가적인 낮은 언덕 들의 풍경은(중북부의 황야 지대 모턴에 비하면 얼마나 온화한 모습이며 푸릇푸릇한 빛깔인가!) 한때 익숙했던 얼굴처럼 내 눈에 쏙 들어왔다. 그렇다, 나는 이 풍경의 특징을 알고 있었다. 목적지에 가까이 온 것이다.

내가 여인숙 마부에게 물었다.

"여기서 손필드 저택까지 얼마나 되죠?"

"들판을 건너 3킬로미터만 가면 됩니다."

'여행이 끝나 가고 있어.' 하고 나는 속으로 생각했다. 마차에서 내려 여인숙 마부에게 짐을 맡기고, 내가 찾으러 올 때까지 맡아 달라고 했다. 마부가 섭섭지 않을 만큼 마차 삯을 내고 걸어 나갔다. 밝아 오는 햇살이 여인숙 표지에 닿아 번득였고, 거기에 금빛 글자로 '로체스터 암스'라고 적혀 있었다. 내 가슴이 튀어 올랐다. 나는 내 주인의 영지에 들어와 있었다. 가슴이 다시 내려앉으며 이런 생각이 떠올랐다.

'너의 주인은 영국 해협 건너에 있을지도 몰라. 네가 서둘러 향하는 손필드에 그분이 있다 한들, 또 다른 사람이 있잖아. 그에게는 미친 아내가 있어. 너는 그와 아무 상관없는 사람이야. 감히 그를 만나려 하거나 얘기하려 하지 마. 괜히 헛수고하는 거야. 이 이상 가지 않는 편이 나아.'

내 마음의 검열자가 재촉했다.

'여인숙에 있는 사람들에게 물어봐. 네가 알고 싶어 하는 걸 전부 알려 줄 거야. 그들이 너의 의문을 금방 풀어 줄 수 있어. 저 사람한테 가서 로체스터 씨가 집에 계시는지 물어봐.'

현명한 제안이었다. 그렇지만 나는 그렇게 할 마음이 나지 않았다. 나를 절망으로 부스러뜨릴 대답을 듣게 될까 봐 너무나 두려웠다. 의문을 연장시키는 것은 희망을 연장시키는 일이었다. 다시 한번 희망의 별빛 아래 저택을 볼 수 있었다. 내 앞에 그 계단이 있었다. 손필드에서 도망치던 아침에 나를 쫓아와 괴롭히던 앙심 깊은 분노로, 눈도 멀고 귀도 먹은 채 미친 듯이 달리던 그 들판이 있었다. 내가 어떤 길로 갈지 결심하기도 전에 나는 그 가운데 와 있었다. 얼마나 빨리 걸었던가! 때로는 얼마나 달렸던가! 내가 잘 아는 숲의 풍경이 나타나기를 얼마나 고대했던가! 눈에 익은 각각의 나무와 그 사이로 언뜻 보이는 친숙한 풀밭과 언덕을 또 어떤 기분으로 반겼던가!

드디어 숲이 나타났다. 당까마귀 떼가 까맣게 모여 있었다. 깍깍대는 시끄러운 울음소리가 아침의 정적을 깨뜨렸다. 마음에 묘한 기쁨이 일어났다. 나는 부지런히 걸음을 재촉했다. 또 하나의 들판을 지나 좁은 길을 헤치고 나가니 안마당을 둘러싼 담과 뒤채가 보였다. 저택은 아직 당까마귀들에게 가려져 있었다. '우선 정면을 봐야겠어.' 나는 결심했다. '거기라면 우뚝 솟은 흉벽이 곧 늠름한 모습을 드러낼 테고, 내 주인의 창문이 어느 건지 골라낼 수도 있어. 어쩌면 그가 과수원을 거닐고 있을지 몰라. 아니 앞쪽 길에 나와 있을지 몰라. 그분을 볼 수만 있다면! 잠깐이라도! 그렇게 되더라도 당연히 그에게 달려가는 정신 나간 짓을 하면 안 되겠지? 모르겠어. 자신 없어. 내가 만약 달려간다면 어떻게 할까? 하느님의 축복을 빌며 인사해야지! 그다음엔 어떡하지? 그의 시선에서 다시 한 번 생명의 기운을 맛본다고 해서 해가 되는 건 아니잖아? 내가 헛소리를 지껄이고 있구나. 어쩌면 지금 이 순간에 그는 피레네 산맥 위로 떠오르는 태양이나 조수간만 없는 남쪽 바다를 바라보고 있을지 모르는데.'

나는 과수원의 나직한 담을 따라 모퉁이를 돌았다. 바로 거기에 둥근 돌을 얹은 두 개의 석주 사이로, 풀밭으로 트인 문이 있었다. 하나의 돌기둥 뒤에서 조용히 돌아보면 저택의 정면을 완벽하게 엿볼 수 있었다. 나는 어느 방의 블라인드가 걷혀 있는지 확인하려고 조심스레 고개를 내밀었다. 흉벽, 창문, 길쭉한 정면, 이 모든 것을 내가 숨은 곳에서 마음껏 볼 수 있을 것이다. 내가 이렇게 조심스럽게 다가가는 동안 머리 위로 날아다니던 까마귀들은 나를 지켜보았을 것이다. 그들은 무슨 생각을 했을까. 처음에는 그렇게 조심스럽고 소심하게 굴더니, 점점 대담하고 무모해지는구나 하고 생각했을 것이다. 나는 살짝 엿보고 나서, 다시 오랫동안 응시했다. 숨은 곳에서 빠져나와 풀밭으로 걸어갔다. 거대한 저택 앞에서 딱 멈춰 서서 오래오래 대담하게 쳐다보았다. '처음에는 그냥 자신 없는 척했던 거야?' 까마귀들이 이렇게 다그치는 것 같았다. '이젠 또 무슨 멍청하고 경솔한 짓이야?'

독자여, 하나의 장면을 상상해 보라.

사랑에 빠진 한 남자가 이끼 낀 제방에 잠들어 있는 연인을 발견한다. 그는 그녀의 잠을 깨우지 않고 그 고운 얼굴을 보고 싶어진다. 소리 나지 않게 가만가만 풀밭 위로 몰래 다가간다. 걸음을 멈춘다. 그녀가 움직인 것 같아서다. 뒤로 물러선다. 절대로 그녀의 눈에 띄지 않으려고. 모든 것이 잠잠하다. 그는 다시 나아간다. 그녀에게 고개를 숙인다. 그녀의 얼굴에 가벼운 베일이 씌워져 있다. 그는 베일을 들어 올리고 더 아래로 고개를 내린다. 이제 그의 눈은 미인의 영상을 기대한다. 피어나는 꽃처럼 따뜻하고 사랑스럽게 휴식하고 있는 연인의 모습을. 그가 얼마나 조급하게 첫 시선을 던졌을까! 그 눈이 얼마나 강하게 고정되었을까! 그가 얼마나 깜짝 놀랐을까! 1분 전에는 감히 손가락 하나 대지 못했던 그 몸을 별안간 그의 두 팔이 격렬하게 움켜쥔다! 연인의 이름을 소리쳐 부르고, 안고 있는 몸을 놓아 버리고, 미친 듯이 그것을 응시한다! 그가 이렇게 움켜쥐고 소리치고 응시한 이유는, 그가 내뱉는 어떠한 목소리로도, 그가 행하는 어떠한 움직임으로도 더는 그녀를 깨우지 못할 것이기 때문이다. 그는 자신의 연인이 달콤하게 잠들어 있다고 생각했다. 그런데 그녀는 돌처럼 죽어 있었다.

나는 조마조마한 기쁨을 안고 당당한 저택 쪽을 바라보았다. 하지만 내가 본 것은 시커먼 폐허였다.

사실, 기둥 뒤에 웅크릴 필요도 없었다! 안에서 움직이는 사람이 있을까 봐 침실의 격자창들을 엿볼 필요도 없었다! 문 열리는 소리에 귀를 기울일 필요도, 보도나 자갈길에서 나는 발소리를 상상할 필요도 없었다! 잔디와 정원은 망가지고 황폐해져 있었다. 현관은 공허하게 뻥 뚫어져 하품하고 있었다. 건물의 정면은, 내가 언젠가 꿈에서 보았던 것처럼 구멍 뚫린 창과 높고 허물어질 듯이 보이는 껍데기 벽뿐이었다. 지붕도 없고 흉벽도 없고 굴뚝도 없이 모든 것이 무너져 있었다.

그리고 그 주위에는 죽음의 침묵과 외로운 황야의 고독이 깔려 있었다. 여기 사람들에게 보낸 편지에 아무런 답장이 없었던 것도 당연한 일이었다. 납골당으로 편지를 보낸 것이나 다름없었으니. 흉물스럽게 검어진 돌들은 이 저택이 어떤 운명으로 무너져 내렸는지를 말해 주었다. 큰불이 났던 것이다. 하지만 어쩌다 불이 났을까? 이 재난에 어떤 사연이 얽혀 있을까? 회반죽과 대리석과 목조 이외에 어떤 손실이 뒤를 이었을까? 재산뿐 아니라 생명도 파괴되었을까? 그렇다면 누구의 생명이? 무시무시한 질문이었다. 여기 그 질문에 대답해 줄 이는 아무도 없었다. 무언의 표시도, 말 없는 흔적도 없었다.

부서진 벽들을 돌아 황폐한 내부를 돌아다니면서, 나는 그 참화가 최근에 일어나지 않았다는 증거들을 발견했다. 여러 번 겨울 눈이 휑한 아치로 날아들고, 여러 번 겨울비가 텅 빈 창틀을 때렸던 것 같다. 젖은 쓰레기 더미 사이로 봄이 식물을 키워 낸 걸 보면. 여기저기 돌과 쓰러진 서까래들 사이에 잔디와 잡초가 자라 있었다. 아! 그사이에 이 폐허의 불운한 주인은 어디 있었을까? 어느 땅에? 어떤 보호를 받으며? 나는 무의식적으로 정문 근처의 회색 교회 탑으로 시선을 돌리며 자문했다.

'그가 혹시 자신의 조상 데이머 드 로체스터와 함께 좁은 대리석 거처에 누워 있는 것은 아닐까?'

필히 대답을 얻어 내야 했다. 이에 대한 답은 여인숙에서밖에 얻을 수 없을 것이다. 나는 곧바로 그리로 돌아갔다. 주인이 나의 아침 식사를 직접 거실로 가지고 왔다. 나는 그에게 몇 가지 물어볼 말이 있다며 문을 닫고 앉아 달라고 부탁했다. 하지만 그가 문을 닫고 앉자, 어떤 말부터 시작해야 할지 막막했다. 어떤 대답들을 듣게 될지 너무나 무서웠다. 그렇지만 내가 방금 보고 온 폐허의 광경이, 어느 정도 비참한 이야기를 들을 수 있도록 마음의 준비를 시켜 주었다. 여인숙 주인은 점잖아 보이는 중년 남자였다.

"손필드 저택을 아시겠죠, 물론?"

결국 나는 간신히 말문을 열었다.

"네. 전에 거기서 살기도 했어요."

"그래요?"

'내가 있을 때는 아니었겠지. 당신은 처음 보는 얼굴인걸.' 하고 나는 생각했다.

"돌아가신 로체스터 씨의 집사였거든요."

그가 덧붙였다.

돌아가신! 내가 그토록 피하려 했던 일격을 된통 얻어맞은 느낌이었다.

"돌아가시다니요. 그분이 돌아가셨나요?"

나는 숨을 헐떡거렸다.

"현재 주인이신 에드워드 씨의 아버님 말입니다."

그가 설명했다. 나는 다시 숨을 가다듬었다. 내 피가 다시 흐르기 시작했다. 이 말은 적어도 에드워드 씨, 나의 로체스터 씨가(그분이 어디에 있든 하느님께서 축복해 주시기를!) 생존해 있다는 뜻이다. 즉 그는 현재 주인이었다. 기쁨을 주는 말이 아닐 수 없었다! 앞으로는 무슨 말을 듣더라도, 어떤 사실들이 밝혀지더라도 차분하게 다 들을 수 있을 것 같았다. 그가 무덤에 누워 있는 것은 아니니, 설사 지구 반대편에 있다는 것을 알게 되더라도 견딜 수 있으리라고 생각했다.

"로체스터 씨가 지금 손필드에 살고 계신가요?"

물론 어떤 대답이 나올지 알고 있었지만, 그래도 그가 실제로 어디에 있는지 직접적으로 물어보는 것을 미루고 싶어서 한 말이었다.

"아뇨, 아이고 아니에요! 거기에는 아무도 안 살아요. 이 근방에 처음 오신 모양입니다. 그렇지 않으면 지난가을에 벌어졌던 일을 들으셨을 텐데, 손필드 저택은 완전히 폐허가 됐어요. 수확기 즈음에 불타 무너졌지요. 끔찍한 재난이었어요! 그 귀중하고 엄청난 재산이 다 타 버렸어요. 살림살이 하나 건지질 못했어요. 한밤중에 불이 나서 밀코트 소방대가 도착하기 전에, 건물이 완전히 화염에 휩싸였거든요. 무시무시한 광경이었어요. 제 눈으로 직접 봤다니까요."

"한밤중에!" 하고 나는 중얼거렸다. 그래, 손필드에서는 그때가 늘 치명적인 시간이었다.

"어쩌다 불이 났다고 하던가요?"

내가 다그쳐 물었다.

"짐작만 하는 거죠, 짐작만. 하지만 제가 보기에는 의심의 여지없이 확실한 것 같아요. 아마 잘 모르시겠지만."

그가 탁자로 좀 더 가까이 의자를 끌어당기며 낮은 목소리로 말을 이었다.

"그 집에 미, 미, 미친 여자가 갇혀 있었다는 거 아세요?"

"그 비슷한 얘기는 들었어요."

"그 여자는 아주 단단히 갇혀 있었어요. 사람들은 몇 년 동안 그런 여자가 있는 줄도 전혀 모르고 있었죠. 그 여자를 본 사람은 아무도 없었어요. 손필드에 그런 여자가 있다는 소문만 있었어요. 그녀가 누군지 어떤 사람인지 짐작할 수도 없었죠. 에드워드 씨가 외국에서 데려왔다는 얘기도 있고, 그분의 애인이었을 거라고 생각하는 사람도 있었어요. 그런데 1년 전에 괴상한 일이 일어났어요. 아주 괴상한 일이요."

나는 이제 내 이야기를 듣게 될까 봐 겁이 났다. 그에게 이야기의 핵심을 상기시키려고 노력했다.

"그런데 그 여자는요?"

그가 대답했다.

"그 여자는 알고 보니 로체스터 씨의 아내였지 뭡니까! 아주 이상한 일로 인해 그 사실이 밝혀지게 됐어요. 거기서 가정 교사로 일하던 젊은 여자가 있었는데, 로체스터 씨가……."

"불이 났다면서요." 하고 내가 말했다.

"제가 하려던 얘기는 에드워드 씨가 사랑에 빠져 버렸다는 거예요. 하인들 말로는 그렇게 깊이 사랑에 빠진 사람을 본 적이 없었대요. 항상 그 여자를 쫓아다녔대요. 하인들이 유심히 지켜본 바에 따르면, 아시다시피 하인들이 원래 그렇잖아요, 그분이 다른 무엇보다 그 여자를 소중하게 여기더래요. 그분 말고는 그녀를 예쁘다고 생각하는 사람이 아무도 없었는데 말이죠. 그들 말로는, 하도 어리고 작아서 마치 아이처럼 보이는 여자였대요. 내 눈으로 보지는 못했지만요. 거기서 하녀로 일하던 리어가 얘기하는 걸 들었죠. 리어도 그 여자를 꽤 좋아했대요. 로체스터 씨는 마흔쯤 됐고, 이 가정 교사는 스물이 안 된 나이였어요. 아시겠지만, 그 나이의 신사가 젊은 여자를 사랑하게 되면 완전히 홀려 버린 것처럼 되잖아요. 아무튼 그분은 그녀와 결혼할 생각이었어요."

내가 그의 말을 가로막았다.

"그 이야기는 다음에 하시고, 지금은 제가 화재 사건에 대해 상세히 듣고 싶은 특별한 이유가 있거든요. 정신이 이상하다는 그 로체스터 부인이 화재와 관련이 있다고 하던가요?"

"바로 맞추셨어요. 거의 그 여자인 게 확실해요. 그 여자 말고 그런 짓을 할 사람도 없죠. 풀 부인이라는 여자가 그녀를 맡아 관리했는데, 그런 일에 유능하고 믿을 수 있는 여자긴 하지만 한 가지 단점이 있었어요. 간호부와 보모 들이 흔히 가진 단점이죠. 술병을 몰래 숨겨 두고 가끔 좀 지나치게 마신다는 거였어요. 사는 게 고되니까 그만한 건 봐줄 수도 있겠죠. 하지만 그건 위험한 일이었어요. 풀 부인이 술을 마시고 곯아떨어졌을 때, 마녀처럼 교활한 그 미친 여자가 그녀의 주머니에서 열쇠를 슬쩍해서 방을 빠져나와, 집 안을 돌아다니면서 생각나는 대로 못된 짓거리를 마구 하고 다녔거든요. 한번은 침대에 잠들어 있던 남편을 태워 죽일 뻔했대요. 하지만 그 일에 대해서는 잘 모르겠어요. 어쨌거나, 그날 밤에 그 여자는 자기 옆방의 태피스트리에 제일 먼저 불을 붙였어요. 그러고는 아래층으로 내려가 가정 교사가 쓰던 방으로 가서 (어떻게 앞뒤 사정을 알았는지 가정 교사를 아주 미워했던 것 같아요) 거기 침대에 불을 붙였죠. 하지만 다행히 거기에는 자고 있는 사람이 없었어요. 가정 교사는 두 달 전에 도망쳤거든요. 로체스터 씨가 세상에서 제일 소중한 것인 듯이 백방으로 찾아다녔는데 아무런 소식을 들을 수가 없었다죠. 그분은 점점 난폭해지셨어요. 실 망 때문에 아주 난폭해지셨죠. 원래는 거친 분이 아니었는데, 그녀를 잃어버리고 난 후엔 위험스러워지셨어요. 게다가 혼자였죠. 가정부로 있던 페어팩스 부인을 멀리 그녀의 친구들에게 보냈어요. 하지만 평생 먹고살 수 있게 해 주셨으니까 일 처리는 훌륭하게 하신 셈이죠. 그만한 자격도 있는 사람이었고요. 아주 착한 여자였거든요. 맡아 키우던 아델 양은 학교로 보내셨어요. 그분은 다른 신사분들과 완전히 교제를 끊고 세상을 등진 사람처럼 저택에 혼자 틀어박혀 계셨답니다."

"어머나! 영국을 떠나신 게 아니었어요?"

"영국을 떠나요? 천만에요! 집의 문지방도 넘지 않으셨는걸요. 밤에만 미친 사람마냥, 과수원과 정원을 유령처럼 돌아다니셨죠. 이건 내 생각이에요. 그 꼬맹이 가정 교사가 그분을 거역하기 전에는 그보다 더 기운차고 대담하고 열정적인 신사가 없을 정도였으니까요. 다른 사람들처럼 술이나 도박이나 경마에 빠지지도 않았고요. 그리 잘생기지는 않았지만, 누구 못지않은 용기와 의지력을 지닌 분이었죠. 나는 그분을 어렸을 때부터 알고 있었어요. 에어 양이 손필드에 오기 전에 바다에 빠져 버렸더라면 좋았을 거라고 생각한 적이 한두 번이 아니었어요."

"그럼 불이 났을 때 로체스터 씨가 집에 계셨나요?"

"그럼요, 계셨죠. 위아래 층이 전부 불타고 있을 때 다락으로 올라가서, 하인들을 깨우고 친히 밖으로 내보내시고는 미친 아내를 방에서 데리고 나오려고 다시 올라가셨어요. 그런데 하인들이 그녀가 지붕에 있다고 소리친 거예요. 그 여자가 거기 흉벽 위에 서서 두 팔을 흔들어 대며, 2킬로미터 밖에서도 들을 수 있을 정도로 고래고래 소리를 지르고 있었어요. 이건 내 눈으로 직접 보고 들었어요. 덩치가 크고, 머리는 길고 검은 여자였죠. 거기 서 있을 때 화염을 배경으로 머리가 흩날리는 게 보였어요. 나도 그렇고 다른 사람들도 로체스터 씨가 채광창을 통해서 지붕으로 올라가는 걸 목격했어요. '버사!' 하고 소리치시며, 그분이 조금씩 가까이 다가가고 있었어요. 그때 여자가 찢어져라 비명을 지르더니 펄쩍 뛰어오른 후에, 바닥에 퍽 하고 떨어져 누워 있더군요."

"죽었나요?"

"죽었냐고요? 그럼요, 머리가 깨지고 피가 사방으로 튀어 완전히 죽어 버렸어요."

"맙소사!"

"그렇다니까요. 소름 끼치는 일이었어요."

그가 몸서리를 쳤다.

"그 후에는요?" 하고 내가 재촉했다.

"그 후에는 집이 완전히 타 버렸죠. 이제 벽의 일부가 남아 있을 뿐이에요."

"또 죽은 사람이 있나요?"

"아뇨, 그랬더라면 더 나았을지도 모르죠."

"그게 무슨 뜻이죠?"

그가 소리쳤다.

"불쌍한 에드워드 씨! 그렇게 될 줄은 꿈에도 생각 못했어요! 본부인을 숨기고, 아내가 뻔히 살아 있는데도 다른 아내를 맞으려 했던 일에 대해 정당한 심판을 받은 거라고 말하는 사람들도 있죠. 하지만 난 그분이 가엾어요."

"살아 있다고 하셨잖아요?"

내가 외쳤다.

"네, 네. 살아 있어요. 하지만 차라리 돌아가시는 편이 나았다고 생각하는 사람들이 많아요."

"왜요? 어째서요?"

내 피가 다시 싸늘하게 식어 가고 있었다. 내가 다그쳤다.

"그분이 어디 있죠? 영국에 계신가요?"

"네, 네, 영국에 계세요. 영국에서 나갈 수가 없을걸요. 이제 꼼짝하실 수가 없어요."

이 무슨 고통인가! 게다가 이 남자는 그 고통을 오래 끌려고 작정한 듯했다.

마침내 그가 말했다.

"눈이 완전히 멀었어요. 그래요, 완전히 장님이 되신 거예요. 에드워드 씨가."

그보다 더 심한 일일까 봐 겁이 났었다. 그가 미쳤을까 봐 두려웠었다. 나는 기운을 내서 어쩌다 그렇게 됐는지 물어보았다.

"모두 그분의 용기 때문이었죠. 보기에 따라서는 친절한 마음씨 때문이라고 말하는 사람도 있을 테고요. 그분은 다른 사람들을 죄다 먼저 내보낼 때까지 집에서 나오지 않으셨어요. 로체스터 부인이 흉벽에서 몸을 던진 후에, 드디어 큰 계단으로 내려오시는데 그때 엄청나게 큰 소리가 들리더니 모든 게 와르르 무너졌어요. 무너진 잔해에서 그분을 끌어냈을 때 살아 계시긴 했지만 심하게 다치셨어요. 들보 하나가 그분을 약간 막아 주는 식으로 떨어지긴 했죠. 하지만 한쪽 눈이 튀어나왔고, 한 손은 아주 뭉개져서 의사인 카터 씨가 곧바로 잘라 내야 했어요. 다른 눈에도 염증이 생겼죠. 그쪽도 시력을 잃고 말았어요. 그분은 이제 아무것도 못해요. 장님에 불구자가 된 겁니다."

"어디 계시죠? 지금 어디서 사세요?"

"50킬로미터쯤 떨어진 그분 농장에, 펀딘 장원에 계세요. 꽤나 적막한 곳이죠."

"누구랑 같이 계시나요?"

"존 영감 내외뿐이에요. 다른 사람은 두려고도 하지 않으세요. 많이 쇠약해지셨다고 하더군요."

"탈 만한 마차 같은 게 있나요?"

"이륜마차가 있지요, 아주 좋은 마차예요."

"당장 준비시켜 주세요. 당신의 마부가 오늘 날이 저물기 전에 펀딘으로 나를 데려다 주면, 당신과 마부에게 평소 요금의 두 배를 드리겠어요."

## 제37장

펀딘의 저택은 건축적인 겉치레가 전혀 없는 중간 크기의 아주 낡은 건물로, 숲 속 깊이 파묻혀 있었다. 나는 전에 그곳에 대해 들은 적이 있다. 로체스터 씨가 자주 얘기했고, 가끔 거기에 다녀오기도 했다. 그 집은 그의 선친이 사냥감 두는 곳으로 쓰려고 구입한 곳이었다. 집을 세놓으려고 했지만, 장소가 사람 살기에 적당치 않고 건강에도 좋지 않아서 세 들 사람을 찾을 수 없었다. 그래서 펀딘은 사는 사람도, 가구도 없이 남겨졌었다. 사냥철에 로체스터 씨가 지낼 수 있도록 방 두세 개가 준비되어 있을 뿐이었다.

슬픈 하늘과 차가운 돌풍과 스미듯이 추적추적 내리는 비가 특징적으로 강조되는 저녁 무렵, 어두워지기 직전에 나는 그 집에 도착했다. 약속대로 두 배의 요금을 주고 마차와 마부를 돌려보낸 후에, 마지막 남은 2킬로미터는 걸어서 갔다. 아주 가까이까지 갔는데도 건물의 흔적은 보이지 않았다. 사방에 음침한 숲이 어두컴컴하고 울창하게 자라 있었다. 화강암 기둥 사이의 철문이 들어가는 입구를 보여 주었고, 그 문을 지나자 빽빽이 늘어선 나무들 사이로 어스름한 그늘이 이어졌다. 회백색의 옹이 진 나무줄기들 사이로,

나뭇가지들이 아치를 이루고 있는 아래로, 숲 속 통로로 내려가는 풀밭 길이 나 있었다. 그 길을 따라가면 곧 집이 나오리라 기대했다. 하지만 길은 한없이 굽이굽이 계속되었다. 주택이나 마당 같은 것은 보이지 않았다.

나는 내가 방향을 잘못 잡아 길을 잃어버린 줄 알았다. 이제 숲의 어스름뿐 아니라 자연의 어둠까지 밀려들고 있었다. 다른 길이 있는지 주위를 둘러보았다. 그런 것은 없었다. 서로 뒤엉킨 가지와 원기둥 같은 커다란 줄기와 무성한 여름철 나뭇잎이 보일 뿐이었다. 어디로도 뚫려 있지 않았다.

계속 걸었다. 드디어 길이 열리고 나무들이 듬성듬성해졌다. 이윽고 울타리가 나타나고 집이 보였다. 어두컴컴해서 그게 집인지 나무인지 구별하기 힘들 정도였다. 썩어 가는 벽들이 아주 축축한 초록빛을 띠고 있었다. 걸쇠로만 잠겨 있는 문을 열고 들어가자, 숲으로 둘러싸인 마당 한복판이 나타났고, 거기서부터 나무들이 반원형으로 치워져 있었다. 꽃도 없고 화단도 없었다. 다만 넓은 자갈길이 작은 풀밭을 에워싸고, 묵직한 틀을 이룬 숲에 맞닿아 있었다. 건물 정면에 뾰족한 박공지붕 두 개가 드러나 보였다. 창문들은 좁은 격자창이었다. 현관도 폭이 좁았고, 그 앞에 한 단짜리 계단이 이어져 있었다. 로체스터 암스의 주인이 말했던 것처럼, 전체적으로 꽤나 적막한 곳으로 보였다. 평일의 교회당처럼 고요했다. 숲의 나뭇잎에 후두두둑 떨어지는 빗소리가 그 근방에서 들리는 유일한 소리였다.

'이런 곳에 정말 사람이 살고 있을까?' 하고 나는 생각했다.

그렇다. 뭔지 모를 생명이 있기는 했다. 움직임 소리가 들렸던 것이다. 좁은 현관이 열리고, 집 안에서 어떤 형체가 나오려고 하고 있었다.

문은 천천히 열렸다. 하나의 형체가 황혼 속으로 나와 계단 위에 섰다. 모자를 쓰지 않은 남자였다. 그는 비가 오는지 알아보려는 듯이 한 손을 뻗었다. 어두웠지만, 나는 그를 알아보았다. 그 사람은 다름 아닌 나의 주인, 에드워드 페어팩스 로체스터였다.

나는 걸음을 멈추고, 거의 숨도 멈추고 서서 그를 지켜보았다. 내 모습이 보이지 않게 숨어서 그를 살펴보려 했다. 그런데 아아! 그는 이제 나를 볼 수가 없지 않은가. 그것은 갑작스런 만남이었고, 고통이 큰 기쁨을 잡아 억누르는 만남이었다. 내 입에서 터져 나오려는 외침이나 성급하게 달려가려는 내 발걸음을 제어하는 것은 힘든 일이 아니었다.

그 몸의 윤곽은 전처럼 강하고 튼튼해 보였다. 자세도 여전히 곧았고, 머리는 여전히 갈까마귀 같은 검정색이었다. 얼굴도 달라지거나 홀쭉해지지 않았다. 1년이라는 시간 동안, 어떤 슬픔도 그의 강인한 체력을 정복하거나 왕성한 활력을 시들게 만들지 못했던 모양이다. 그러나 그의 표정에서 나는 변화를 보았다. 수심에 잠긴 절망적인 얼굴이었다. 성난 괴로움에 사로잡혀 있어 가까이 가기도 위험해 보였다. 사슬에 묶여 학대받는 야수나 맹금을 연상시켰다. 잔혹함이 앗아가 버린 눈가에 금빛 테두리만을 두르고 조롱에 갇혀 있는 그 독수리는, 아마 앞을 보지 못하는 삼손처럼만 볼 수 있었으리라.

독자여, 내가 그의 눈먼 흉포함을 두려워했을 거라고 생각하는가? 그렇다면 나를 너무나 모르는 것이다. 슬픔과 부드러운 희망이 뒤섞여 나는 곧 그 바위 같은 이마와 그 아래 너무나 완강하게 다물어진 입술에 입맞춤을 하고 싶었다. 하지만 아직은 그럴 수 없었다. 나는 아직 그에게 말을 걸지 않았다.

그는 계단을 내려와, 풀밭 쪽으로 천천히 더듬거리며 나아갔다. 과감하고 당당하던 그의 걸음걸이는 어디로 사라진 걸까? 어느 쪽으로 가야 할지 모르는 듯 그가 멈춰 섰다. 손을 올려 자신의 눈꺼풀을 벌렸다. 하늘과 반원형으로 둘러싼 나무들을 향해 필사적으로, 초점 없이 눈을 고정시켰다. 그에게는 모든 것이 공허한 어둠일 뿐이라는 것을 알 수 있었다. 그가 오른손을 뻗었다(잘린 왼팔은 가슴에 계속 감추고 있었다). 주위에 무엇이 있는지 알아보려는 듯 더듬거렸다. 손에 닿는 것은 움직임 없는 허공이 전부였다. 나무들은 그가 선 곳에서 몇 미터 떨어진 곳에 있었기 때문이다. 그는 노력을 단념하고 팔을 거두고 모자를 쓰지 않은 머리에 이제 줄기차게 내리는 비를 맞으며 벙어리처럼 말없이 서 있었다. 이때 어디선가 존이 나타나 그에게 다가서며 말했다.

"제 팔을 잡으시겠습니까? 소나기가 퍼부으려나 봐요. 들어가시는 게 낫지 않겠어요?"

"내버려 둬."

그의 대답이었다.

존은 나를 발견하지 못하고 물러갔다. 로체스터 씨는 이제 이리저리 걸어 보려 하고 있었다. 소용없는 짓이었다. 모든 게 너무나 불확실했다. 그는 더듬거리며 집으로 돌아가는 길을 찾아, 다시 집으로 들어가 문을 닫았다. 나는 문으로 다가가 노크를 했다. 존의 아내가 문을 열었다.

"메리, 잘 지냈어요?" 하고 내가 말했다.

유령이라도 본 것처럼 그녀가 기겁했다. 나는 그녀를 진정시켰다.

"이 늦은 시간에 이 외로운 곳까지 온 게, 에어 양, 정말 당신인가요?"

숨 가쁘게 묻는 그녀에게, 그녀의 손을 잡는 것으로 대답을 대신했다. 그 후에 그녀를 따라, 이제 존이 뜨끈한 불가에 앉아 있는 부엌으로 들어갔다. 나는 그들에게 간단한 몇 마디로, 내가 손필드를 떠난 이후에 어떤 일이 벌어졌는지 다 들었고 로체스터 씨를 만나러 왔다고 설명했다. 존에게 아까 내가 마차를 돌려보내고 짐을 맡겨 두었던 통행료 징수소에 가서 짐을 찾아와 달라고 부탁했다. 그러고 나서 보닛과 숄을 벗으며, 오늘 밤 내가 이 집에서 묵어 갈 수 있을지 물어보았다. 방을 마련하는 일이 어렵기는 하지만 불가능하지는 않다는 말을 듣고, 오늘 밤에 여기서 지내겠다고 말했다. 이때 거실에서 종이 울렸다.

내가 말했다.

"들어가거든 주인 나리에게 누가 만나 뵙고 싶어 한다고 말하세요. 내 이름은 말하지 말고요."

그녀가 대답했다.

"만나 주지 않으실걸요. 아무도 안 만나시거든요."

그녀가 돌아왔을 때 나는 그가 무어라고 대답했는지 물어보았다.

"이름과 용건을 말하라고 하시던데요."

그녀가 대답했다. 그 후에 유리잔에 물을 따르고, 촛불과 함께 쟁반에 올려놓았다.

"이것 때문에 부르신 건가요?"

내가 물었다.

"네. 앞은 안 보여도, 해질 녘에는 항상 촛불을 가져오라고 하세요."

"쟁반 이리 주세요. 내가 가지고 들어갈게요."

나는 그녀의 손에서 쟁반을 받아 들었다. 그녀가 거실 문을 가리켰다. 내 손에 들린 쟁반이 흔들렸다. 유리잔의 물이 엎질러졌다. 내 심장이 큰 소리를 내며 쿵쾅쿵쾅 갈비뼈에 부딪혔다. 메리가 문을 열어 주고 뒤에서 닫아 주었다.

거실은 음침해 보였다. 살피지 않은 한 줌의 불이 쇠살대 안에서 약하게 타고 있었다. 그리로 몸을 숙이고 높다란 구식 벽난로 선반에 머리를 기대고 있는 그 방의 눈먼 주인이 보였다. 늙은 개 파일럿은 거치적거리지 않게 한쪽에 비켜 누워서, 혹시라도 밟히게 될까 봐 두려운 듯이 몸을 말고 있었다. 내가 들어가자 파일럿이 귀를 쫑긋 세웠다. 이내 벌떡 일어나 컹컹 짖고 낑낑대며 내 쪽으로 달려왔다. 내 손에 든 쟁반이 떨어질 뻔했다. 나는 그것을 탁자에 내려놓고, 녀석을 토닥여 주며 부드럽게 "앉아." 하고 명령했다. 로체스터 씨가 무의식적으로 무슨 소란이 일어난 것인지 보려고 고개를 돌렸다. 하지만 그는 아무것도 보지 못했으므로 다시 고개를 돌리며 한숨을 내쉬었다. 그가 말했다.

"물 줘, 메리."

나는 이제 물이 반만 차 있는 잔을 들고 그에게 다가갔다. 파일럿이 여전히 흥분해서 나를 따라왔다.

"왜 그래?" 하고 그가 물었다.

"앉아, 파일럿."

내가 다시 말했다. 물을 입으로 가져가던 그의 손이 멈칫하더니 귀를 기울이는 듯했다. 그가 물을 마시고 잔을 내려놓았다.

"메리, 자네 맞나?"

"메리는 부엌에 있어요."

내가 대답했다.

그가 재빠르게 손을 뻗었지만, 내가 어디에 서 있는지 볼 수 없었으므로, 나에게 닿지 못했다.

"누구지? 누구야?"

그가 안 보이는 눈으로 보려고 애쓰며 다그쳤다. 부질없고도 애처로운 노력이었다!

"대답해. 다시 말해 봐."

그가 다급하게 큰 소리로 명령했다.

"물을 더 갖다 드릴까요? 제가 반이나 흘렸거든요."

"누구야? 뭐야? 누가 말하는 거야?"

"파일럿은 저를 알고 있고, 존과 메리도 제가 여기 있다는 걸 알아요. 겨우 오늘 저녁에야 왔어요."

내가 대답했다.

"맙소사! 무슨 망상이 내게 덮친 것인가? 어떤 달콤한 광기가 나를 사로잡은 것인가?"

"망상도 아니고 광기도 아니에요. 나리의 정신은 매우 강해서 망상에 빠질 수 없고, 나리의 몸은 매우 건강해서 광기에 젖을 수 없어요."

"말하는 자는 어디에 있는가? 목소리밖에 없는 건가? 아! 나는 볼 수가 없어. 하지만 느껴야겠어. 그렇게 하지 않으면 내 심장이 멎고 머리가 터져 버릴 거야. 당신이 누구든, 무엇이든 손으로 만져 보지 않으면 난 살 수가 없어!"

그가 손을 뻗어 더듬거렸다. 나는 그의 방황하는 손을 잡아, 내 두 손으로 감싸 쥐었다.

그가 소리쳤다.

"바로 그녀의 손가락이야! 작고 가느다란 그녀의 손가락! 그렇다면 그녀의 다른 부분도 있겠지!"

그의 강인한 손이 내 손에서 빠져나갔다. 내 팔이 붙잡히고, 어깨…… 목…… 허리……. 나는 그의 팔에 안겨 끌려갔다.

"제인인가? 이건 뭐지? 이건 그녀의 몸이야. 이건 그녀의 크기야……."

내가 덧붙였다.

"그리고 이건 그녀의 목소리죠. 그녀의 전부가 여기 있어요. 그녀의 마음도. 당신에게 하느님이 축복하시기를! 다시 이렇게 당신 곁에 있게 돼서 기뻐요."

"제인 에어…… 제인 에어."

이것이 그가 말한 전부였다.

"친애하는 나의 주인님. 저는 제인 에어예요. 제가 당신을 찾아냈어요. 제가 당신에게 돌아왔어요."

"정말로…… 살아 있는 몸으로? 살아 있는 제인이오?"

"이렇게 만지고 계시잖아요. 꼭 안고 계시잖아요. 시체처럼 차갑지도 않고, 공기처럼 비어 있지도 않잖아요?"

"살아 있는 내 사랑! 이것은 틀림없는 그녀의 팔이고, 이건 틀림없는 그녀의 얼굴이야. 하지만 그 모진 고난을 당한 후에, 내게 이런 축복이 찾아올 리 없어. 이건 꿈이야. 밤마다 지금처럼 그녀를 다시 가슴에 안고, 이렇게 키스하며 그녀가 나를 사랑한다고 느끼고, 나를 떠나지 않을 거라고 믿었던 꿈."

"오늘 이후로는, 절대로 떠나지 않을게요."

"절대로 안 떠난다고? 환영이 말하는 건가? 하지만 깨어나면 항상 그게 텅 빈 조롱이라는 걸 알게 되지. 난 쓸쓸하게 버려졌어. 내 삶은 어둡고 외롭고 희망이 없어. 내 영혼은 목마른데 마실 것을 금지당했고 내 가슴은 굶주렸으나 아무것도 먹지 못하지. 지금 나의 품에 안긴 부드럽고 아늑한 꿈이여, 너도 전에 왔던 너의 자매들처럼 날아가 버리겠지. 하지만 가기 전에 나에게 입을 맞춰 줘. 나를 안아 줘, 제인."

"자요, 여기에…… 여기에도!"

한때 눈부셨으나 지금은 빛을 잃은 그의 눈에 나는 내 입술을 눌렀다. 그의 이마에서 머리를 쓸어 넘기고, 거기에도 입을 맞췄다. 그가 갑자기 깨어나는 듯했다. 이 모든 것이 현실이라는 확신이 그를 사로잡은 것이다.

"정말 당신이오, 제인? 당신이 내게 돌아온 거요, 그럼?"

"네."

"어느 강바닥에 죽어 누워 있는 게 아니고? 낯선 사람들 틈에서 수척하게 떠돌아다니는 게 아니고?"

"네, 저는 이제 독립한 여자예요."

"독립! 그게 무슨 뜻이지, 제인?"

"마데이라에 사시던 삼촌이 돌아가시면서, 5천 파운드를 제게 남겨 주셨어요."

그가 소리쳤다.

"아, 이건 현실이군. 진짜야! 절대 꿈이 아니야. 게다가 부드러우면서도 생기와 흥미를 자극하는 목소리는 그녀만의 독특한 목소리야. 이 목소리가 나의 시든 가슴에 기운을 북돋아 주고 있어. 생명을 불어넣고 있어. 뭐라고, 자네트! 당신이 독립한 여자라고? 당신이 부자라는 거요?"

"상당히 부자예요. 당신이 여기서 같이 살게 해 주지 않으시면, 바로 옆에 제 집을 지을 수도 있어요. 그러면 당신은 말동무가 필요하신 저녁에 저의 거실에 와서 앉으셔도 돼요."

"하지만 당신이 부자라면, 제인, 이제 틀림없이 당신을 돌봐 주고, 나 같은 눈먼 불구자에게 자신을 희생하도록 내버려 두지 않을 친구들이 있지 않겠나?"

"제가 부자일 뿐 아니라, 독립했다고 말씀드렸잖아요. 제가 저의 주인이에요."

"내 곁에 있을 건가?"

"그럼요. 당신이 반대하지만 않으신다면 당신의 이웃, 당신의 간호부, 당신의 가정부가 되어 드리겠어요. 당신은 외로워요. 제가 당신의 말동무가 되어 책을 읽어 드리고, 같이 걷고, 같이 앉고, 시중을 들어 드리고, 당신의 눈과 손이 되겠어요. 그렇게 우울한 표정 짓지 마세요. 제가 살아 있는 한은 쓸쓸하게 해 드리지 않을게요."

그는 대답하지 않았다. 심각하고 멍한 표정이였다. 그가 한숨지었다. 무슨 말을 하려는 듯이 입술을 반쯤 열었다 다시 다물었다. 나는 약간 당황스러웠다. 내가 너무 성급하게 인습을 뛰어넘은 것일까. 세인트 존과 마찬가지로, 그도 나의 경솔함을 온당치 못하게 여기는 것일까. 나는 사실 그가 나를 아내로 맞아들이길 원하고 요구할 거라고 생각하며 이런 제안을 했던 것인데. 말하지는 않았지만 틀림없이 그가 당장 나를 자신의 여자로 요구하리라는 기대가 내 마음을 붕 띄워 놓았었는데. 하지만 그 어떤 암시도 없이 그의 얼굴이 점점 어두워지자, 갑자기 내가 전혀 잘못된 착각을 하고 나도 모르는 사이에 바보짓을 하고 있었던 게 아닌가 하는 생각이 들었다. 그래서 가만히 그의 품에서 몸을 빼내려고 했다. 하지만 그는 더욱 간절하게 나를 꼭 끌어안았다.

"아니, 아니…… 제인. 가면 안 돼. 안 돼. 나는 당신을 만지고, 당신의 목소리를 듣고, 당신이 곁에 있다는 위안을…… 당신의 달콤한 위로를 느꼈소. 이 기쁨을 포기할 순 없어. 나에게 남은 건 아무것도 없소. 당신을 가져야겠어. 세상이 비웃겠지. 나더러 어리석고 이기적이라고 욕할지도 몰라. 하지만 그런 건 상관없소. 내 영혼이 당신을 청하고 있소. 그 청을 들어주겠지. 안 그러면 영혼이 이 몸에 끔찍한 복수를 할 거요."

"저는 당신 곁에 있을 거예요. 그렇게 말씀드렸잖아요."

"그랬지. 하지만 당신이 내 곁에 있겠다는 의미와 내가 생각하는 의미는 다를지도 모르겠어. 당신은 어쩌면 내 손과 의자 가까이에서 친절한 간호부처럼 내 시중을 들어 주기로 마음먹었을지 몰라(당신은 자신이 가엾게 여기는 자들을 위해 희생하려는, 다정한 마음과 너그러운 영혼을 지닌 사람이니까). 그리고 물론 나는 거기에 만족해야 할 거요. 이제 당신에게 아버지다운 느낌 외에는 다른 감정을 품어서도 안 되겠지. 당신 생각이 그런 거요? 어서 말해 봐요."

"저는 당신이 원하시는 대로 할 거예요. 그 편이 더 낫다고 생각하신다면, 당신의 간호부로만 있어도 만족해요."

"하지만 당신이 언제까지나 내 간호부로 있을 수는 없소. 자네트, 당신은 젊어. 언젠가 결혼해야 돼."

"전 결혼에 관심 없어요."

"관심을 가져야 해요, 자네트. 내가 예전과 같은 입장이라면, 당신이 관심을 갖도록 노력해 보겠지만 이렇게 눈먼 장애물이 됐으니!"

그는 다시금 침울해졌다. 반대로, 나는 점점 쾌활해졌고 새로운 용기를 얻었다. 이 마지막 말을 통해 문제가 어디에 있는지 헤아릴 수 있게 된 것이다. 그건 나에게 문제될 게 없었으므로, 나는 이제까지의 당혹감에서 가뿐하게 벗어났다. 더 명랑하게 대화를 이어 나갔다.

"누군가 당신을 다시 인간으로 바꿔 놓아야 할 때가 된 것 같아요."

자르지 않아 길고 덥수룩하게 자라난 그의 머리를 쓸어 넘기며 내가 말했다.

"당신은 사자나 그 비슷한 것으로 변해 가고 있어요. 어딘지 모르게 들판으로 쫓겨난 네부카드네자르 왕과 비슷한 분위기가 풍겨요. 정말 그래요. 머리가 독수리 깃털 같아요. 당신의 손톱이 새 발톱처럼 자라는지는 아직 못 봤지만요."

"이 팔에는 손도 손톱도 없소. 끊어진 그루터기에 불과해. 소름 끼치는 모습이지! 그렇지 않소, 제인?"

그가 가슴에서 잘린 팔을 꺼내 보이며 말했다.

"보기에 딱해요. 당신의 눈도 보기에 가엾어요. 불에 덴 이마의 흉터도. 무엇보다 심한 건, 그 모든 것과 상관없이 제가 당신을 너무나 사랑하고 너무나 소중히 여길 위험에 처해 있다는 것이죠."

"당신이 이 팔과 흉터 난 얼굴을 보고 혐오스러워할 줄 알았소, 제인."

"그래요? 저에게 그렇게 말하지 마세요. 당신의 판단력을 험담하는 말이 나올지도 모르니까요. 자, 잠시 절 놓아주세요. 불을 좀 더 지피고 난로를 깨끗이 해야겠어요. 불이 잘 타는지 알 수 있으세요?"

"그렇소. 오른쪽 눈에 빛이 보여. 불그스름한 아지랑이처럼."

"촛불도 보이세요?"

"아주 희미하게…… 빛을 내는 구름처럼."

"제가 보이세요?"

"보이질 않소, 나의 요정은. 하지만 당신의 목소리를 듣고 당신을 만질 수 있는 것만으로도 감사할 따름이오."

"저녁은 언제 드세요?"

"저녁은 먹지 않소."

"하지만 오늘 밤에는 드셔야 해요. 제가 배고프거든요. 당신도 아마 배고프실 거예요. 잊었을 뿐이죠."

나는 메리를 불러서, 방 안 분위기가 좀 더 상쾌해지도록 정리시켰다. 내 식사와 함께, 그를 위해서도 편안한 식사를 준비시켰다. 내 마음은 한껏 고조되었고, 저녁 식사를 하는 동안에, 그리고 그 후로도 오랫동안 즐겁고 편하게 이야기했다. 그와 함께 있으면 기쁨과 생기를 억누를 필요가 없었고, 고생스럽게 조심할 필요도 없었다. 우리의 마음이 맞는다는 것을 알았으므로 그와 함께 있으면 완벽하게 편안했다. 나의 모든 말과 행동이 그를 위로하고 기운을 북돋아 주는 듯했다. 이 얼마나 기분 좋은 깨달음인가! 그 느낌이 나에게 생기와 빛을 가져왔다. 그의 곁에서 나는 완전하게 살아났고, 그는 내 옆에서 완전하게 살아났다. 비록 눈은 멀었지만, 그의 얼굴에 미소가 일렁이고 그의 이마에 기쁨이 피어났다. 그의 표정이 부드럽고 따뜻해졌다.

식사 후에, 그는 나에게 그동안 어디에 있었는지, 무얼 했는지, 어떻게 그를 찾아냈는지 등 여러 가지 것들을 물어보기 시작했다. 하지만 나는 극히 부분적인 대답만을 해 주었다. 일일이 설명하기에는 너무 늦은 시간이었다. 게다가 그의 심금을 깊이 전율하게 하고 싶지 않았다. 그의 가슴에 새로운 감정의 샘을 파헤치고 싶지 않았다. 현재 나의 유일한 목표는 그를 쾌활하게 하는 것이었다. 앞에서 말했듯이, 그는 쾌활해졌다. 그렇지만 아직은 일시적인 것에 불과했다. 잠깐이라도 대화가 끊기고 침묵이 흐르면, 그는 불안하게 돌아보며 나를 만지고는 "제인!" 하고 불렀다.

"분명히 진짜 사람이지, 제인? 확실하지?"

"확실히 그렇다고 믿고 있어요, 로체스터 씨."

"그런데 이 어둡고 음울한 저녁에, 어찌 그리도 갑자기 나의 외로운 난롯가에 불쑥 나타날 수 있었지? 나는 하인에게 물 잔을 받으려고 손을 뻗었는데 당신이 그 물을 주었어. 존의 아내가 대답할 줄 알았는데 당신의 목소리가 내 귀에 들려왔소."

"메리 대신에 제가 쟁반을 들고 들어왔기 때문이죠."

"지금 당신과 보내고 있는 이 시간도 마법에 걸려 있는 것 같아. 지난 몇 달 동안 내가 얼마나 캄캄하고 황량하고 암담한 삶을 살아왔는지 어느 누가 알 수 있겠소? 아무것도 하지 않았고, 아무 기대도 하지 못했소. 낮과 밤이 뒤섞였었소. 불이 꺼지면 추위를 느끼고, 먹는 걸 잊으면 배가 고파질 뿐이었소. 게다가 끝없는 슬픔과 때때로 다시 나의 제인을 보고 싶다는 미칠 것 같은 갈망뿐이었소. 그래요. 나는 잃어버린 시력을 되찾기보다 제인이 돌아오기를 더 갈구했던 거요. 그런데 어떻게 제인이 나와 같이 있고 나를 사랑한다고 말할 수 있지? 올 때처럼 홀연히 사라져 버리는 건 아니겠지? 내일이 되면, 다시 그녀를 보지 못할 것만 같소."

지금과 같이 심란한 그의 마음 상태에는 평범하고 실제적인 대답을 하는 것이 가장 최선이자 가장 안심시켜 줄 수 있는 방도일 것 같았다. 나는 손끝으로 그의 눈썹을 매만지며, 눈썹이 그슬렸으니 전처럼 두껍고 검게 자라게 하는 뭔가를 발라 드려야겠다고 말했다.

“자애로운 영혼이여, 당신이 어느 결정적인 순간에 다시 나를 버리고 어디로 어떻게 사라졌는지 모르게, 그 후에는 아무리 해도 찾을 수 없게 그림자처럼 사라져 버린다면, 나에게 아무리 잘해 준다 한들 그게 다 무슨 소용이겠소?”

“여기 어디 주머니 빗이 있나요?”

“뭐에 쓰려고 그러오, 제인?”

“이 초라한 검은 갈기를 빗겨 드리려고요. 가까이서 당신을 살펴보니 무시무시해 보여요. 당신은 저더러 요정이라고 하지만, 당신이 더 브라우니(스코틀랜드 전설에서, 밤에 몰래 나타나 농가 일을 도와준다는 갈색 괴물 _옮긴이) 같아요.”

“내 모습이 그렇게 지독한가, 제인?”

“심해요. 전에도 그리 다르지는 않았지만요.”

“흠! 어디에 가 있었든지 심술궂은 입버릇은 여전하군.”

“하지만 저는 좋은 사람들과 같이 지냈어요. 당신보다 백 배는 더 좋은 사람들이죠. 당신이 살면서 생각해 본 적 없을 생각과 견해를 지닌, 대단히 세련되고 고상한 사람들이에요.”

“대체 누구랑 같이 있었는데?”

“그렇게 머리를 움직이시면 머리카락이 뽑혀요. 그렇게 해서라도 제가 진짜 사람인지 아닌지 확인하시려는 건가요?”

“누구랑 같이 있었는데, 제인?”

“오늘 밤에는 알아내지 못하실 거예요. 내일까지 기다리세요. 제 이야기를 반만 하고 남겨 두는 것은, 그걸 끝내기 위해서라도 아침 식탁에 나타나겠다는 약속과 같은 거예요. 말이 났으니 말인데, 그때는 물 한 잔만 가지고 당신의 난롯가에 나타나면 안 되겠지요. 튀긴 햄은 물론이고, 적어도 계란이라도 가져와야겠어요."

"요, 요정으로 태어나 인간으로 자란 꼬마 같으니! 지난 열두 달간 내가 맛보지 못했던 기분을 당신이 느끼게 하는군. 사울이 다윗 대신에 당신을 곁에 두었더라면, 하프의 도움 없이도 악귀를 쫓아낼 수 있었을 거요."

"자, 이제 말끔하고 단정해지셨어요. 저는 이만 물러갈게요. 사흘을 여행해 왔더니 피곤해요. 안녕히 주무세요."

"한마디만 더, 제인. 당신이 살았던 집에는 여자들만 있었소?"

나는 웃으며 방을 빠져나왔고, 위층으로 달려 올라가면서도 내내 웃고 있었다.

'좋은 생각이 났어!' 나는 크게 기뻐하며 생각했다. '앞으로 한동안은 이걸로 그를 약올려서 우울해할 겨를이 없게 만들어야지.'

다음 날 아침 그는 일찍부터 위층으로 올라와 이 방 저 방으로 돌아다녔다. 메리가 아래층으로 내려가자마자 그녀에게 질문하는 소리가 들렸다.

"에어 양이 여기 있나? 그녀를 어느 방에 재웠지? 습기는 없었나? 그녀가 일어났나? 가서 필요한 게 있는지 물어봐. 언제 내려올 건지도."

아침 먹을 때쯤이 되었으리라고 생각되자 나는 곧 아래층으로 내려갔다. 소리 없이 그의 방으로 들어가, 그가 나를 알아차리기 전에 그의 모습을 바라보았다. 사실 그 원기 왕성한 영혼이 약한 육체

EDMUND
DULAC

에 예속되어 있는 모습을 보는 것은 가슴 아픈 일이었다. 그는 의자에 앉아 있었다. 움직이지 않았지만, 편안해 보이지 않았다. 기다리는 기색이 역력했다. 이제 습관이 된 슬픔의 선들이 그의 강인한 이목구비에 아로새겨져 있었다. 그 얼굴의 표정은 다시 켜지기를 기다리는 불 꺼진 램프를 연상시켰다. 게다가 슬프게도 이제 그의 얼굴에 생기의 광채를 지필 수 있는 사람은 그 자신이 아니었다. 다른 사람에게 그 일을 의지하고 있었다! 나는 명랑하고 태평하게 행동할 생각이었지만, 그렇게 강하던 남자의 무기력한 모습을 보니 마음속 깊은 곳까지 아려 왔다. 그래도 최대한 쾌활하게 말을 걸었다.

"맑고 화창한 아침이에요. 비가 그친 뒤에, 부드러운 햇살이 빛나고 있어요. 조금 있다가 산책하기로 해요."

내가 그 빛을 깨워 냈다. 그의 얼굴이 환해졌다.

"아, 당신이 정말 여기에 있었군, 나의 종달새! 이리 와요. 가 버리지 않았군. 사라지지 않은 거지? 한 시간 전에 나무 위 높은 곳에서 노래하는 당신 친구의 소리를 들었소. 하지만 떠오르는 태양이 나에게 빛이 되지 않듯이, 그 노래도 나에게 음악이 아니었소. 내 귀에는 이 땅의 모든 멜로디가 나의 제인의 혀에 모여 있소(그게 말 못하는 것으로 태어나지 않아서 다행이오). 내가 느낄 수 있는 햇살은 오직 당신이 있는 곳에 있소."

나에게 의지하고 있다는 이 고백의 말을 듣고 나니 눈에서 눈물이 솟구쳤다. 마치 횃대에 사슬로 묶여 참새에게 먹을 것을 날라다 달라고 간청할 수밖에 없는 독수리의 왕과 같았다. 하지만 나는 나약하게 눈물을 흘리는 사람이 되고 싶지 않았다. 짭짤한 물방울을 닦아 내고 부지런히 아침 식사를 준비했다.

오전 시간은 주로 야외에서 보냈다. 나는 비에 젖은 야생의 숲에서 상쾌한 들판으로 그를 이끌었다. 그 들판이 얼마나 눈부신 초록빛인지, 꽃과 산울타리 들이 얼마나 상큼해 보이는지, 하늘이 얼마나 놀라운 파란색인지 전부 설명해 주었다. 사람들의 눈에 띄지 않는 아늑한 곳에 앉을 자리를 찾아 주었다. 마른 나무의 그루터기였다. 그가 거기에 앉아 나를 무릎에 앉혔을 때, 나는 거절하지 않았다. 떨어져 있을 때보다 가까이 있을 때 더 행복한데, 내가 왜 그걸 거절하겠는가? 파일럿이 우리 옆에 누웠다. 모든 게 조용했다. 그가 두 팔로 나를 끌어안고 있다가 불쑥 입을 열었다.

"매정하고 매정한 도망자여! 제인, 당신이 손필드에서 도망친 것을 알았을 때, 어디서도 당신을 찾을 수 없었을 때, 그리고 당신의 방을 뒤지다가 당신이 돈이나 그 대용으로 쓸 만한 것을 아무것도 가져가지 않았다는 것을 알았을 때, 내 심정이 어떠했는지 알아? 내가 준 진주 목걸이는 손도 안 대고 작은 상자에 고스란히 남겨 두었더군. 당신의 트렁크도 신혼여행을 위해 준비한 그대로 끈에 묶여 잠겨 있었소. 돈 한 푼 없고 가진 거 하나 없는 내 사랑이 어떻게 지낼 수 있을까, 나는 이렇게 나에게 물었소. 그녀가 어떻게 지냈을까? 이제 나에게 말해 주시오."

이처럼 계속해서 재촉을 받자, 나는 작년에 겪었던 일들을 이야기하기 시작했다. 굶주린 채 방황했던 사흘에 관해서는 자세히 말해 봤자 그에게 쓸데없는 고통만 안겨 줄 것이기에, 상당히 걸러서 말했다. 조금밖에 말하지 않았는데도 그의 충실한 가슴은 내가 바라는 이상으로 깊이깊이 찢어졌다.

그는 내가 그렇게 살아 나갈 방편도 없이 떠나면 안 되는 것이었다고 말했다. 나의 의도를 그에게 알렸어야 했다고 그에게 고백했어야 했다고. 그러면 절대로 애인이 돼 달라고 억지 쓰지 않았을 것이라고. 절망적인 심정이라서 난폭하게 보였을지 몰라도, 사실은 나를 사랑하는 마음이 너무나 크고 다정해서 폭군처럼 굴지 못했을 것이라고. 이 넓은 세상에 의지할 사람 하나 없이 내던져지는 나를 보느니 차라리, 한 번의 키스조차 보답으로 요구하지 않고 자기 재산의 절반을 주었을 것이라고 했다. 그는 내가 자기에게 말한 것보다 훨씬 더한 고통을 견뎠을 것이라고 확신했다.

"제가 어떤 고생을 했든, 아주 잠깐이었을 뿐이에요."

내가 대답했다. 그다음에 내가 어쩌다 무어 하우스로 들어가 살게 되었으며 어떻게 교사 일을 얻게 되었는지 등등의 설명을 계속해 나갔다. 유산 상속과 친척을 찾게 된 내용이 뒤를 이었다. 당연히 이야기 중간중간에 세인트 존 리버스의 이름이 자주 등장했다. 내 얘기가 끝나자, 그는 곧 그 이름을 입에 올렸다.

"그러면 이 세인트 존이라는 사람은 당신 사촌이오?"

"네."

"그 사람 얘기를 많이 하던데 그를 좋아했소?"

"좋은 사람이었어요. 좋아하지 않을 수 없었죠."

"좋은 사람? 그 말은 그가 존경스럽고 품행이 바른 쉰 살의 남자라는 뜻인가? 아니라면 무슨 뜻이지?"

"세인트 존은 이제 겨우 스물아홉이에요."

"프랑스 인들의 표현대로, 'Jeune encore(아직 젊군).' 키 작고 무기력하고 못생겼나? 용감하고 미덕이 뛰어나다기보다 나쁜 짓을 하지 않아서 착한 사람인가?"

"그는 지칠 줄 모르는 활동가예요. 위대하고 숭고한 행동을 하기 위해 살아가는 사람이죠."

"하지만 그의 두뇌는? 아마 좀 멍청하겠지? 마음씨는 착하지만, 말하는 것을 들으면 어이없어지는 그런 사람이겠지?"

"말이 많지는 않아요. 늘 핵심만 말하죠. 그의 두뇌는 최고 수준이에요. 다정하진 않지만, 기운차다고 할 수 있어요."

"그러면 유능한 남자라는 거요?"

"대단히 유능해요."

"교육도 많이 받았고?"

"세인트 존은 교양 있고 깊이 있는 학자예요."

"그의 태도가 당신 취향에 맞지 않는다고 했던 것 같은데? 까다로운 목사 티가 나나?"

"그의 태도에 관해 말한 적은 없어요. 하지만 제 취향이 그다지 나쁜 게 아니라면, 꽤 괜찮다고 말해야 할 거예요. 세련되고 침착하고 신사답거든요."

"그의 외모는…… 당신이 그의 외모를 어떻게 설명했는지 잊어버렸소. 흰 목도리를 숨 막힐 듯이 졸라매고 밑창 두꺼운 편상화를 신고 허세 부리는 풋내기 목사쯤 되겠지, 응?"

"세인트 존은 말쑥하게 차려입어요. 미남이고요. 키가 크고 푸른 눈에 금발이고, 얼굴선은 그리스 인 같아요."

"(옆으로 고개 돌리고) 빌어먹을 놈! (나에게) 그를 좋아했나, 제인?"

"네, 로체스터 씨, 그를 좋아했어요. 하지만 그건 좀 전에도 물어보셨잖아요."

물론 나는 그의 심리 변화를 눈치채고 있었다. 질투가 그를 휘어잡고 있었다. 질투의 화신이 그를 찔러 대고 있었다. 하지만 그 공격은 유익한 것이었다. 그를 갉아먹는 우울증의 독니에서 벗어나 쉴 수 있는 기회를 마련해 줄 테니. 그래서 나는 이 질투의 뱀을 얼른 달래 주지 않았다.

"내 무릎에 더 오래 앉아 있고 싶지 않겠지, 에어 양?"

이건 다소 예상치 못한 말이었다.

"왜요, 로체스터 씨?"

"당신이 방금 그린 그림은 상당히 극적인 대조를 나타내고 있소. 당신은 매우 아리땁고 우아한 아폴론을 묘사했어. 키 크고, 금발에 푸른 눈, 그리스 인 같은 얼굴선이 당신의 상상에 떠올라 있겠지. 그런데 당신의 눈은 불카누스(로마 신화에 나오는 불과 대장장이의 신_옮긴이)를 보고 있잖소. 거무튀튀하고 어깨 넓은 대장장이. 게다가 눈까지 먼 불구자."

"지금까지 그런 생각은 안 해 봤어요. 그런데 정말 당신은 불카누스와 비슷하세요."

"자, 그만 가 보시오. 하지만 떠나기 전에, (말은 그렇게 하면서도 그는 전보다 더 단단히 나를 붙잡고 놔주지 않았다) 한두 가지 질문에 답해 주기를 바라겠소."

그가 말을 멈췄다.

"어떤 질문인가요, 로체스터 씨?"

그 후에 준엄한 추궁이 이어졌다.

"세인트 존은 당신이 사촌이라는 것을 알기 전에 당신을 모턴의 교사로 삼았나?"

"네."

"그를 자주 만났소? 그가 가끔 학교로 찾아왔소?"

"매일 왔어요."

"그가 당신의 계획에 찬성하던가, 제인? 당신은 재능 있는 사람이니까, 당신이 세운 계획들도 영리했을 거야."

"찬성하더군요, 네."

"그가 당신에게서 예상치 못한 장점들을 많이 발견했나? 당신의 소양은 평범하지 않거든."

"그건 모르겠어요."

"학교 옆 작은 오두막에서 살았다면서. 그가 거기로 당신을 만나러 온 적이 있나?"

"가끔요."

"저녁에는?"

"한두 번."

침묵.

"사촌이라는 걸 알게 된 후에 그 사람들과 같이 얼마나 더 살았지?"

"5개월이요."

"리버스가 집안 여자들과 같이 보내는 시간이 많았나?"

"네. 안쪽 거실은 그의 서재이자 우리의 서재였어요. 그는 창가에 앉고 우리는 탁자에 앉았죠."

"그가 공부를 많이 했나?"

"아주 많이 했어요."

"무슨 공부?"

"힌두스탄어요."

"그동안에 당신은 무얼 했소?"

"처음에는 독일어를 배웠어요."

"그 사람이 가르쳤나?"

"그는 독일어를 몰라요."

"그럼 그는 당신에게 아무것도 안 가르쳤나?"

"힌두스탄어를 조금."

"리버스가 당신에게 힌두스탄어를 가르쳤다고?"

"네."

"자기 누이들한테도?"

"아뇨."

"당신한테만?"

"저한테만."

"당신이 가르쳐 달라고 했나?"

"아뇨."

"그가 가르쳐 주겠다고 했소?"

"네."

두 번째 침묵.

“그가 왜 그걸 가르쳐 주려 한 거요? 힌두스탄어가 당신에게 무슨 소용이 있다고?”

“저를 인도로 데려갈 생각이었거든요.”

“아! 이제야 핵심이 나오는군. 그자가 당신과 결혼하고 싶어 했나?”

“저에게 청혼했어요.”

“거짓말. 나를 화나게 하려고 뻔뻔하게 날조해 낸 말이야.”

“죄송하지만, 있는 그대로의 진실이에요. 그는 몇 번이나 청혼을 했고, 당신만큼이나 강경하게 자기 주장을 고집했어요.”

“에어 양, 다시 말하지만, 이만 가 보시오. 같은 말을 몇 번이나 해야 하는 거요? 내가 떠나라고 했는데 왜 이렇게 끈덕지게 내 무릎에 앉아 있는 거요?”

“여기가 편하니까요.”

“아니, 제인, 당신의 마음이 다른 데 가 있는데 여기 앉아 있는 게 편할 리 없어. 당신의 마음은 그 사촌, 세인트 존이라는 사람에게 가 있잖소. 아, 지금 이 순간까지 나의 조그만 제인이 온전히 내 것이라고 생각했는데! 그녀가 내 곁을 떠났을 때조차 나를 사랑한다는 믿음을 갖고 있었어. 그것은 쓰디쓴 고통 가운데 한 방울의 달콤한 꿀이었어. 우리가 오랫동안 헤어져 있었고, 내가 우리의 이별을 통탄하며 뜨거운 눈물을 흘린 적이 많았지만, 내가 그녀의 죽음을 애도하고 있는 동안에 그녀가 다른 이를 사랑하고 있을 거라고는 단 한 번도 생각해 본 적이 없소! 하지만 애통하게 부르짖어 봤자 쓸데없는 짓이지. 제인, 나를 떠나시오. 가서 리버스와 결혼하시오."

"그러면 저를 뿌리치세요, 밀어 내세요. 제가 자진해서 떠나지는 않을 거니까요."

"제인, 당신의 목소리가 마음에 들어. 그 목소리는 여전히 희망을 되살리고 있어. 너무나 진실하게 들려. 그 목소리를 들으면, 1년 전으로 돌아간 듯한 기분이야. 당신에게 새로운 인연이 생겼다는 걸 잊어버리게 돼. 하지만 난 바보가 아니오. ……가시오."

"제가 어디로 가야 하죠?"

"당신의 길을 가야지. 당신이 선택한 남편과 함께."

"그 사람이 누군데요?"

"알잖소, 그 세인트 존 리버스."

"그는 내 남편이 아니고, 앞으로도 그렇게 되지 않을 거예요. 그는 나를 사랑하지 않아요. 나도 그를 사랑하지 않아요. 그는 로자몬드라는 아름다운 아가씨를 사랑해요(그가 사랑할 수 있는 만큼이죠. 그건 당신의 사랑과 다르고요). 그는 오로지 내가 선교사의 아내로서 적합하다고 생각했기 때문에 나와 결혼하려 했던 거예요. 그녀는 그 역할을 맡지 않을 테니까요. 그는 선량하고 훌륭한 사람이지만, 엄격해요. 나에게는 빙산처럼 차갑죠. 그는 당신 같지 않아요. 그의 곁에서, 그의 근처에서, 그와 같이 있으면 나는 행복하지 않아요. 그는 나에게 너그럽지 않아요. 각별한 애정도 없어요. 나를 매력적으로 여기지도 않아요. 젊음조차 매력이 되지 못해요. 다만 나에게 있는 몇 가지 유용한 정신적인 장점을 알아 줄 뿐이에요. 그런데도 제가 당신 곁을 떠나 그에게 가야 하나요?"

나는 무의식적으로 몸을 떨며, 내가 사랑하는 눈먼 주인에게 본능적으로 바짝 달라붙었다. 그가 미소 지었다.

"뭐라고, 제인! 그게 사실이오? 당신과 리버스 사이가 정말 그런 것이었소?"

"그렇다니까요. 아, 절대로 질투하실 필요 없어요! 당신의 슬픔이 조금이라도 덜어지도록 약간 놀려 드리려 했던 거예요. 슬픔보다 분노가 낫다고 생각했거든요. 하지만 당신이 제 사랑을 원하신다면, 제가 얼마나 당신을 사랑하는지 아실 수만 있다면, 만족스럽고 자랑스러운 기분이 드실 거예요. 제 마음은 모두 당신 것이에요. 당신의 소유예요. 운명이 저의 육신을 당신 곁에서 영원히 떼어 놓는다 해도, 마음만은 당신과 함께 있을 거예요."

그가 나에게 입을 맞출 때, 또다시 고통스런 생각들이 그의 표정을 어둡게 했다.

"불타 버린 내 눈! 불구가 된 내 몸!"

그가 통탄스럽게 중얼거렸다.

나는 그의 마음을 달래 주려고 그를 어루만졌다. 그가 무슨 생각을 하는지 알 수 있었고, 그를 대신하여 그걸 말하고 싶었다. 하지만 감히 그러지 못했다. 그가 잠깐 옆으로 고개를 돌렸을 때, 그의 감겨진 눈꺼풀 아래로부터 스며 나와 남자다운 뺨으로 흘러내리는 눈물을 나는 보았다. 내 가슴이 북받쳐 올랐다.

"나는 손필드 과수원의 벼락 맞은 칠엽수 고목보다 나을 게 없어. 썩은 잔해가 무슨 권리로 이제 막 싹을 틔우기 시작한 인동덩굴에게 그 신선함으로 썩어 문드러진 곳을 가려 달라고 명할 수 있겠소?"

"당신은 썩은 잔해가 아니에요. 벼락 맞은 고목이 아니에요. 당신은 싱싱하고 생기 넘쳐요. 당신이 부탁하거나 말거나, 당신의 뿌리 주위에는 초목이 자라날 거예요. 당신이 제공하는 풍성한 그늘을 즐거워할 테니까요. 그것들은 자라면서 당신 쪽으로 기울어져 당신의 몸을 휘감고 올라갈 거예요. 당신의 힘이 안전한 버팀목이 되어 줄 테니까요."

다시 그가 미소를 지었다. 내 말이 위로가 된 것이다.

"친구가 되자는 말인가, 제인?"

그가 물었다.

"네, 친구요."

나는 다소 망설이며 대답했다. 나로서는 친구 이상이 되고 싶은 마음이었지만, 달리 어떤 단어를 써야 할지 알 수 없었다. 그가 나를 도와주었다.

"아! 제인. 하지만 나는 아내를 원하고 있소."

"그러세요?"

"그렇소. 처음 듣는 말인가?"

"그럼요. 전에는 그런 말씀 안 하셨잖아요."

"반갑지 않은 말인가?"

"경우에 따라 다르겠죠. 당신이 누굴 선택하느냐에 따라."

"당신이 대신 선택해 주시오, 제인. 나는 당신의 결정에 따르겠소."

"그러면 선택하세요. 당신을 가장 사랑하는 그녀를."

"적어도 나는 선택하겠소. 내가 가장 사랑하는 그녀를. 제인, 나와 결혼해 주겠소?"

"좋아요."

"당신 손으로 이끌어 줘야 할 가엾은 장님인데?"

"좋아요."

"당신보다 스무 살이나 많고 당신이 시중들어 주어야 하는 불구자인데?"

"좋아요."

"진심이오, 제인?"

"지극히 진심이에요."

"아! 내 사랑! 하느님이 당신을 축복하시고 보상하시기를!"

"로체스터 씨, 제가 평생에 착한 일을 한 적이 있다면, 제가 착한 생각을 한 적이 있다면, 제가 진정으로 흠 없이 기도한 적이 있다면, 제가 올바른 소망을 바란 적이 있다면 저는 이제 그 보상을 받은 거예요. 당신의 아내가 되는 것은 저에게 지상 최고의 행복이에요."

"당신이 희생을 기뻐하기 때문이지."

"희생이요! 제가 뭘 희생하는데요? 굶주림 뒤에 음식을 얻고, 기대감 뒤에 만족을 얻었을 뿐이에요. 제가 소중히 여기는 사람을 이 팔로 안을 수 있고, 제가 사랑하는 사람에게 입 맞출 수 있고, 제가 신뢰하는 사람에게 의지할 수 있는 특권을 갖는 것이 희생인가요? 그렇다면, 당연히 저는 기쁘게 희생하겠어요."

"나의 불완전함을 견뎌야 하오, 제인. 나의 결함을 너그러이 봐주어야 하오."

"그건 저에게 아무것도 아니에요. 당신이 베푸는 입장이나 보호자 역할만을 고집하며 도도하게 독립을 지키고 있을 때보다, 제가 진실로 당신에게 쓸모 있는 존재가 될 수 있는 지금, 저는 당신을 더 사랑해요."

"이제까지 나는 남의 도움을 받는 것이나 누가 이끌어 주는 것을 싫어했소. 이제부터는 싫어하지 않을 것 같아. 하인에게는 내 손을 맡기고 싶지 않았지만, 제인의 작은 손가락에 잡히는 것은 기분이 좋아. 끊임없이 하인들의 시중을 받는 것보다 철저히 혼자 있는 편이 좋았으나, 제인의 부드러운 시중은 영원한 기쁨일 거요. 제인은 내게 잘 맞아. 나도 그녀에게 잘 맞을까?"

"제 천성의 가장 세밀한 기질까지 맞아요."

"그렇다면 아무것도 기다릴 필요 없군. 당장 결혼해야겠소."

그가 열렬하게 바라보며 말했다. 예전의 그 성급한 성질이 살아나고 있었다.

"우리는 지체 없이 한 몸이 되어야 해, 제인. 허가증만 얻으면 돼. 그다음에 결혼하는 거요."

"로체스터 씨, 이제 보니 해가 벌써 정오를 훨씬 지났고, 파일럿은 배를 채우러 집으로 가 버렸어요. 시계 좀 보여 주세요."

"앞으로는 당신 허리춤에 차고 당신이 가지고 있으시오, 자네트. 내게는 소용없으니까."

"4시가 다 됐어요. 시장하지 않으세요?"

"오늘로부터 사흘째 되는 날에 결혼하는 거요, 제인. 이제 좋은 옷과 보석 같은 건 상관없소. 죄다 눈곱만큼의 가치도 없소."

"햇빛에 빗방울이 모두 말라 버렸어요. 바람이 잔잔해요. 날이 꽤 더워요."

"제인, 지금 이 크라바트 아래 나의 청동색 목에 당신의 작은 진주 목걸이가 걸려 있다는 걸 아나? 나의 유일한 보물을 잃은 날로부터 그것을 걸고 다녔다오. 그녀의 기념품으로."

"숲길로 해서 집으로 가요. 제일 그늘져 있을 거예요."

그는 내 말에 개의치 않고 자신의 말을 이어 나갔다.

"제인! 당신은 아마 나를 신앙 없는 불경스러운 놈으로 생각할 거요. 하지만 지금 내 마음은 이 땅의 자비로운 하느님에 대한 감사로 벅차 오르고 있소. 그분은 인간처럼 보지 않으시고, 훨씬 명확하게 바라보셔. 인간이 판단하는 대로가 아니라, 훨씬 더 현명하게 심판하셔. 나는 잘못을 저질렀소. 나의 순결한 꽃을 더럽히고 그 순수함에 죄를 불어넣으려 했소. 전능한 신이 그것을 나에게서 빼앗아 가셨지. 나는 고집스런 반항심으로 하늘의 섭리를 저주했소. 천명에 따르는 대신, 거기에 반항했소. 신의 정의가 당연한 과정을 밟았지. 재앙이 줄줄이 이어진 거요. 나는 죽음의 어두운 골짜기를 지나지 않을 수 없었소. 그분의 징벌은 엄중해. 영원히 나를 초라하게 하는 벌이 엄습했소. 내가 내 힘을 자랑스러워했다는 것을 알 거요. 하지만 어린아이가 남의 손에 의지하듯이 내가 남의 인도를 받아야 하는 지금은 그게 다 소용이 없어졌소. 최근에야, 제인, 겨우 최근에야 나는 내 운명에 미치는 하느님의 손길을 바라보고 인정하기 시작했소. 후회하고 회개하고, 나의 조물주와 화해하기를 소망하고, 때때로 기도하기 시작했소. 아주 짧지만, 아주 진실하게.

며칠 전의 일이오. 아니, 그게 언제였는지 확실히 알아. 나흘 전이었소. 지난 월요일 밤에, 이상한 기분이 밀려들더군. 미칠 듯한 기분이 비탄으로 변하고 화난 기분이 슬픔으로 바뀌었소. 어디에서도 당신을 찾을 수가 없어서, 나는 이미 오래전에 당신이 죽었을 거라고 생각하고 있었소. 그날 밤 늦게, 아마 11시에서 12시 사이였을 거요. 내 쓸쓸한 잠자리로 들어가기 전에, 하느님께 간청을 드렸소. 하느님이 보시기에 선한 일이라면 이 세상에서 당장 나를 거둬 가시고 제인과 다시 만날 희망이 있는 저세상으로 들어가게 해 달라고.

나는 내 방에, 열린 창가에 앉아 있었소. 따스한 밤공기가 마음을 달래 주더군. 별들은 볼 수 없었지만, 흐릿하게 빛나는 아지랑이 같은 것으로 달이 떠 있는 것을 알았소. 나는 그대를 갈망했소, 자네트! 아, 나의 온몸과 영혼이 그대를 갈망했소! 고통스럽고 겸손한 마음으로, 이만하면 내가 충분히 오래 외로워하고 괴로워하고 고통받지 않았는지, 이제 곧 다시 한 번 행복과 평화를 맛볼 수는 없는 것인지 하느님께 여쭤 보았소. 내가 겪은 모든 일이 내가 받아 마땅한 일이었다고 인정했소. 더는 견딜 수 없다고 애원했소. 내 가슴에 있는 소망의 알파와 오메가가 나도 모르게 '제인! 제인! 제인!' 하는 소리로 내 입에서 터져 나왔소."

"큰 소리로 그렇게 부르셨나요?"

"그랬소, 제인. 누가 들었으면 나를 미치광이로 여겼을 거요. 그 정도로 광적으로 소리쳤소."

"그게 지난 월요일 밤이었군요. 자정 무렵의 언제쯤이라고 하셨죠?"

"그래요. 하지만 시간은 중요하지 않아. 그 후에 이상한 일이 일어났소. 당신은 나를 미신적인 사람으로 생각할 거야. 내 핏속에 어느 정도 그런 요소가 항상 흐르고는 있었지. 그렇더라도 이건 사실이오. 적어도 내가 이제 말하려는 그 소리를 들었던 것 만큼은 사실이오.

내가 '제인! 제인! 제인!' 하고 외쳤을 때 어떤 목소리가 대답했소. '갈게요. 기다리세요.' 이렇게. 그 소리가 어디서 왔는지는 모르지만, 그게 누구 목소리였는지는 알아. 그리고 조금 있다가 바람결에 속삭이듯이 '어디 계세요?' 하는 말이 들려왔소. 할 수만 있다면, 그 말이 내 마음에 어떤 생각과 영상을 열어 놨는지 말해 보겠소. 하지만 내가 표현하고 싶은 것을 다 표현하기는 어려워. 보다시피, 펀딘은 울창한 숲에 파묻혀 있어서, 소리가 분명하게 퍼지지 않고 금세 사라져 버린단 말이오. 그런데 '어디 계세요?' 하는 말은 산속에서 난 것 같았소. 산울림이 똑같은 말을 되풀이하는 게 들렸으니까. 그 순간 더 차분하고 상쾌한 바람이 내 이마에 와 닿는 듯했소. 어딘가 황량하고 쓸쓸한 풍경에서, 제인과 내가 만나고 있는 듯한 느낌이 들었소. 틀림없이 우리의 영혼이 만났으리라고 믿소. 그 시간에 당신은 분명 세상 모르게 자고 있었겠지, 제인. 어쩌면 당신의 영혼이 나를 위로하려고 육신에서 나와 방황했는지도 모르겠어. 왜냐하면 그것은 당신의 목소리였거든. 내가 살아 있는 것처럼 확실하게 그것은 당신의 목소리였소!"

독자여, 내가 그 신비로운 부름 소리를 들었던 것도 월요일 밤이었다. 자정 무렵이었다. 그 말은 내가 대답했던 바로 그 말이었다.

나는 로체스터 씨의 이야기에 귀를 기울였다. 하지만 내 이야기를 하지는 않았다. 입 밖에 내거나 서로 논의하기에는 너무나 경이롭고 불가해한 우연의 일치였다. 내가 무슨 말이든 했다면, 필연적으로 듣는 이의 마음에 강렬한 인상을 심어 주었을 것이다. 하지만 아직도 고뇌로 인해 자칫하면 우울해지기 십상인 그의 마음에 초자연적인 현상의 어두운 색조를 더할 필요는 없을 것 같아, 나는 그 이야기를 마음에만 간직하기로 했다. 나의 주인이 계속했다.

"그런 일이 있었으니 어젯밤 당신이 전혀 예상치 못하게 내 앞에 나타났을 때도 그저 목소리와 환상일 뿐이라고 생각했던 거요. 한 밤의 속삭임과 산의 메아리가 사라져 버렸던 것처럼, 당신도 잠잠해지고 소멸해 없어질 줄로 알았던 거요. 이제 나는 하느님께 감사하오! 그렇지 않다는 걸 알았으니까. 그래, 하느님께 감사해!"

그는 나를 무릎에서 내려놓고 일어나, 경건하게 모자를 벗고 보이지 않는 눈을 땅으로 향하고, 묵도를 드리며 서 있었다. 기도의 마지막 말만 들을 수 있었다.

"심판의 한가운데서 자비를 기억하신 나의 조물주께 감사드립니다. 앞으로 지금까지 살아온 것보다 더 순전한 삶을 살아갈 수 있는 힘을 주시기를, 나의 구세주에게 겸허히 청원합니다."

그리고 그는 나의 인도를 받으려고 손을 내밀었다. 나는 그 사랑스런 손을 잡아 내 입술에 잠깐 대고 나서, 내 어깨에 둘렀다. 그보다 한참 키가 작은 내가 그의 버팀목이자 안내자가 되었다. 우리는 숲으로 들어가 집으로 향했다.

## 제38장

독자여, 나는 그와 결혼했다. 조용한 결혼식이었다. 식에 참석한 사람은 그와 나, 그리고 목사와 서기뿐이었다. 교회에서 돌아왔을 때, 나는 메리가 식사를 준비하고 존이 칼을 손질하고 있는 부엌으로 들어가서 말했다.

"메리, 나 오늘 아침에 로체스터 씨와 결혼했어요."

메리와 그녀의 남편은 아무리 놀라운 소식을 들어도 찢어질 듯한 외침 소리로 귀를 먹먹하게 하거나 그 후에 호기심 어린 장황한 수다로 사람을 성가시게 할 사람들이 아니었다. 그들은 점잖고 무덤덤한 사람들이었다. 메리가 고개를 들고 나를 쳐다보았다. 닭고기 두 마리를 불에 올려 구우며 육즙을 끼얹고 있던 그녀의 국자가 약 3분 정도 허공에 정지했다. 존이 갈고 있던 칼도 비슷한 시간 동안 휴식을 취했다. 하지만 메리는 다시 닭구이로 고개를 숙이며 이렇게 말했을 뿐이다.

"그러셨어요? 음, 확실하군요. 두 분이 같이 나가는 건 봤지만, 결혼하러 교회에 가시는 줄은 몰랐어요."

육즙 끼얹는 일을 계속했고, 존은 뒤에서 입이 찢어져라 헤벌쭉

웃고 있었다. 그가 말했다.

"내가 이렇게 될 거라고 메리한테 말했었죠. 에드워드 씨가(존은 늙은 하인이고, 그의 주인이 이 집의 도련님이었을 적부터 알고 있었으므로, 곧잘 그를 세례명으로 불렀다) 어떻게 하실 건지 알고 있었어요. 오래 기다리지 않으실 거라고도 생각했죠. 잘하신 거예요, 그럼요. 축하합니다!"

그러고는 정중하게 머리를 숙여 인사했다.

"고마워요, 존. 로체스터 씨가 당신과 메리에게 이걸 주라고 하셨어요."

나는 그의 손에 5파운드 지폐를 쥐어 주고는 무슨 말을 기다릴 것도 없이, 부엌을 빠져나왔다. 얼마 후에 부엌문 앞을 지나는데 내 귀에 이런 말들이 들려왔다.

"주인 나리에게는 어느 대단한 숙녀보다도 이분이 훨씬 나아."

또 이런 말도 들렸다.

"얼굴이 아주 예쁜 건 아니지만, 밉상은 아니잖아. 마음씨도 곱고. 게다가 나리의 눈에 엄청난 미인으로 보인다는 건 누가 봐도 알 수 있지."

나는 즉시 무어 하우스와 케임브리지에 편지를 보내 내가 한 일을 알렸다. 그렇게 행동한 이유에 대해서도 충분히 설명했다. 다이애나와 메리는 아낌없이 찬성의 뜻을 전해 왔다. 다이애나는 신혼 기간이 지날 때까지 기다렸다가 곧바로 나를 만나러 오겠다고 했다.

내가 그녀의 편지를 읽어 주자, 로체스터 씨가 말했다.

"그때까지 기다리지 않는 게 나을 텐데, 제인. 신혼이 지날 때까지 기다리려면 너무 늦어질 거야. 우리의 신혼은 평생토록 빛날 거니까. 우리 둘이 무덤에 들어간 후에야 그 빛이 흐려질 거요."

세인트 존이 그 소식을 어떻게 받아들였는지는 모르겠다. 그는 내가 보낸 편지에 답장하지 않았다. 6개월 후에 편지를 보내긴 했지만, 로체스터 씨의 이름을 언급하거나, 내 결혼에 대한 얘기는 일절 없었다. 그의 편지는 차분했다. 대단히 진지했으나 친절했다. 그 후로도 자주는 아니지만 정기적으로 서신을 보내오고 있다. 그는 내가 행복하기를 바라고, 내가 세상에서 하느님 없이 살며 세속적인 것에만 마음을 쓰는 사람이 아니리라 믿는다고 했다.

독자여, 귀여운 아델을 까맣게 잊어버리지는 않았을 것이다. 나 역시 잊지 않았다. 결혼하고 얼마 지나지 않아 나는 로체스터 씨에게 학교에 가서 그녀를 만나도 되는지 물어보았고 허락을 받았다. 나를 다시 만나 열렬하게 기뻐하던 그녀의 모습은 나에게 깊은 감동을 주었다. 그녀는 창백하고 야위어 보였다. 그곳에서 행복하지 않다고 했다. 학교 규칙이 그녀 또래의 아이에게 너무 엄격하고, 학업 과정도 지나치게 힘들다는 것을 알고는 그녀를 집으로 데려왔다. 내가 다시 그녀의 가정 교사 역할을 맡을 생각이었다. 하지만 곧 현실적으로 불가능한 일이라는 것을 알게 되었다. 이제 나의 시간과 보살핌을 원하는 다른 사람이 있었다. 내 남편이 그 모든 것을 필요로 했다. 그래서 전에 있던 학교보다 관대한 방침으로 운영되고, 내가 자주 찾아가거나 때로 그녀를 집에 데려올 수 있을 만큼 가까운 곳에 있는 학교를 찾아보았다. 그녀가 부족함 없이 편안하게 지낼 수 있도록 신경을 썼다. 얼마 후 그녀는 새로운 학교에 들어갔고, 그곳에서 행복해했으며, 학업 면에서도 상당한 진전을 보였다. 그녀가 성장함에 따라, 건전한 영국 교육이 그녀의 프랑스적인 단점을 상당 부분 교정해 주었다. 학교를 졸업했을 때, 그녀는 같이 있기에 즐겁고, 남을 잘 도와주며, 온순하고 상냥하고 지조 있는 여인이 되었다. 그녀가 나와 나의 가족에게 감사하는 마음으로 보여 준 관심을 생각하면, 내가 힘닿는 데까지 보여 주었던 사소한 친절 하나하나까지 충분히 보답받은 지 이미 오래다.

내 이야기는 결말에 가까워지고 있다. 나의 결혼생활에 관해 한마디 하고, 이 이야기에 가장 자주 등장한 사람들의 그 후 운명을 잠깐 살펴보고 나면, 내 글은 끝이 난다.

나는 이제 결혼한 지 10년째다. 세상에서 가장 사랑하는 사람과 함께하며 그 사람을 위해 온전히 산다는 것이 무언지 알고 있다. 나는 스스로 대단히 축복받은 사람이라고, 말로 표현할 수 없을 정도로 축복받은 사람이라고 생각한다. 그가 내 생명인 것과 마찬가지로 나도 그의 생명이기 때문이다. 나만큼 남편에게 가까웠던 여자는 없을 것이다. 나만큼 절대적으로 그의 '뼈 중의 뼈요, 살 중의 살'이었던 여자도 없을 것이다. 나는 나의 에드워드와 아무리 오래도록 같이 있어도 싫증이 나지 않는다. 우리가 각자 가슴에서 뛰는 심장 박동에 싫증 내지 않듯이, 그도 나와 함께 있을 때 싫증이라는 것을 모른다. 따라서 우리는 언제나 함께다. 함께한다는 것은 우리에게 혼자 있을 때처럼 자유로운 동시에 같이할 때처럼 즐겁다는 뜻이다. 우리는 하루 종일 오래도록 이야기한다. 우리의 얘기는 서로의 생각을 좀 더 생생하게 귀로 전해 준다. 나는 온전히 그에게 신뢰를 보내고, 그는 온전히 나에게 신뢰를 바친다. 우리는 성격적으로 매우 잘 맞고 그래서 완벽한 조화를 이룬다.

로체스터 씨는 결혼한 후 2년간 계속 눈이 보이지 않는 상태로 지냈다. 어쩌면 그러한 환경이 우리를 그토록 긴밀하게 끌어당기고 그토록 가까이 묶어 주었으리라! 나는 그의 눈이었고, 그의 오른손이었다. 말 그대로, 나는 (그가 자주 그렇게 불렀듯이) 그의 귀중한 눈동자였다. 그는 나를 통해 자연을 보았고 책을 보았다. 나는 그를 대신하여 들판, 나무, 도시, 강, 구름, 햇살 등을 바라보며 우리 앞에 펼쳐진 풍경과 우리 주위의 날씨를 말로 표현해 주고, 더는 빛이 그의 눈에 각인시켜 줄 수 없는 것들을 소리로 전해 주었다. 그에게 책을 읽어 주고, 그가 가고 싶어 하는 곳으로 인도하고, 그가 하고자 하는 일을 대신 하는 것에 결코 지치지 않았다. 슬프긴 하지만, 나의 봉사에는 지극히 충만하고 절묘한 기쁨이 있었다. 그가 고통스러운 수치심이나 기죽은 굴욕감을 느끼지 않고 이런 봉사를 요구했기 때문이다. 그는 나를 진정으로 사랑했으므로, 내 시중을 조금도 꺼리지 않았다. 내가 그를 지극히 사랑하는 것을 느끼고 있었으므로, 나의 시중을 받아들이는 것이 나의 달콤한 소망을 들어주는 것이라고 느끼고 있었다.

2년이 끝나 가던 어느 날 아침에, 내가 그의 구술에 따라 편지를 받아쓰고 있을 때, 그가 나에게 다가와 고개를 숙이더니 물었다.

"제인, 당신의 목에 반짝이는 장신구가 걸려 있소?"

나는 금 시곗줄을 걸고 있었다. "네." 하고 내가 대답했다.

"연푸른색 옷을 입었소?"

그 말도 맞았다. 그러자 그는 얼마 전부터 한쪽 눈을 가리고 있던 뿌연 느낌이 덜해지는 것 같았는데 이제 그것이 확실하다고 알려 주었다.

우리는 런던으로 갔다. 그는 저명한 안과의사에게 진찰을 받았고, 결국 한쪽 눈의 시력을 회복했다. 지금도 그리 또렷하게 보지는 못한다. 많이 읽거나 쓸 수는 없다. 하지만 손을 잡아 주지 않아도 걸어다닐 수 있다. 하늘은 그에게 더는 공백이 아니고 대지도 더는 공허가 아니다. 첫아이를 품에 안았을 때, 그는 아들이 예전의 자기 눈을, 크고 빛나는 검은 눈을 그대로 물려받았다는 것을 볼 수 있었다. 그때 그는 다시 벅차오르는 마음으로, 하느님의 자비로우심이 심판을 약화시켜 주신 것을 인정하며 감사했다.

에드워드와 나는 행복하다. 우리가 가장 사랑하는 이들도 마찬가지로 행복하기 때문에, 더욱 행복하다. 다이애나와 메리 리버스는 둘 다 결혼했다. 1년에 한 번씩 번갈아, 그들이 우리를 만나러 오거나, 우리가 그들을 만나러 간다. 다이애나의 남편은 해군 대령이다. 씩씩한 장교이며 좋은 사람이다. 메리의 남편은 성직자다. 오빠의 대학 동창인데, 학식과 지조를 겸비한 훌륭한 배필이다. 피츠제임스 대령과 워튼 씨는 둘 다 아내를 사랑하고, 아내에게 사랑받고 있다.

세인트 존 리버스에 대해 말하자면, 그는 영국을 떠나 인도로 갔다. 스스로 정한 그 길로 들어가, 여전히 같은 길을 걸어가고 있다. 갖가지 고난과 위험 속에서 그보다 더 결연하게 돌파해 나가는 개척자는 찾아보기 힘들 것이다. 확고하고 충실하고 헌신적이며, 정력과 열의와 진실로 가득한 그는 인류를 위해 애쓰고 있다. 인류의 향상을 위해 고통스럽게 길을 닦아 나가며, 그 길을 가로막는 교리나 계급 제도의 편견들을 거인처럼 베어 넘어뜨리고 있다. 그는 준엄할 수 있다. 강제적일 수 있다. 야심에 차 있을 수도 있다. 하지만 그의 준엄함은 무저갱에서 온 사자의 습격으로부터 순례자들을 지키는 전사 그레이트하트(존 버니언의 《천로역정》에 나오는 길잡이 _옮긴이)의 준엄함이다. 그의 강요는 "누구든지 나를 따라오려거든 자기를 부인하고 자기 십자가를 지고 나를 좇을 것이니라."라고 오직 그리스도만을 위해 말하는 사도의 그것이다. 그의 야심은 이 땅에서 구원받은 자들, 하느님의 보좌 앞에 흠 없이 서고, 어린양의 마지막 커다란 승리를 함께 나누고, 부름을 받고, 선택받고, 충실한 자들의 첫째 줄에 자리 잡는 것을 목표로 달리는 위대한 정신의 소유자들이 지닌 야심이다.

세인트 존은 결혼하지 않았다. 앞으로도 영영 결혼하지 않을 것이다. 지금까지의 노고는 그 혼자만으로 충분했다. 그리고 그 노고의 끝이 이제 가까워지고 있다. 그의 영광스런 태양이 급히 저물어 가려 한다. 최근에 도착한 그의 편지는 내 눈에서 인간적인 눈물을 뽑아냈고, 내 가슴을 신성한 기쁨으로 채웠다. 그는 그의 확실한 보상, 불멸의 관을 고대하고 있었다. 다음번에는 그 선하고 충실한 종이 결국 주님의 기쁨으로 들어가는 부르심을 받았다고 전하는 어느 낯선 사람의 편지를 받게 될 것 같다. 누가 이 일을 슬퍼하겠는가? 죽음의 공포가 세인트 존의 마지막 시간을 어둡게 하지는 않을 것이다. 그의 마음은 구름 한 점 없이 맑을 것이다. 그의 가슴은 담대할 것이다. 그의 희망은 확실할 것이다. 그의 믿음은 견고할 것이다. 그 자신의 말이 그것을 보증하고 있다.

"주님께서 이미 나에게 알려 주셨습니다. 하루하루 점점 더 분명하게 '내가 진실로 속히 오리라!' 하고 말씀하십니다. 나는 시시각각 더욱 열렬하게 대답합니다. '아멘. 주 예수여, 어서 오시옵소서!'"

# 꿋꿋하고 당당한 현대적인 여성상, 제인 에어

문학 작품이 한 세기 넘게 사랑받기란 쉽지 않다. 변화하는 시대 상황과 가치관을 넘어서는 공감대를 형성해야 하며, 동시에 진실한 감정의 울림을 이끌어 내야 하기 때문이다. 이런 요건들이 충족되는 작품들을 우리는 흔히 '고전'이라고 부른다. 고전의 반열에 오른 작품들 중《제인 에어》는 특히나 독자들로부터 많은 사랑을 받아 왔다. 지금도 여전히 영화나 드라마로 재해석될 만큼 대중적 인기 또한 높다. 그렇다면 '제인'이라는 당찬 19세기의 여인이 오늘날의 삶 속으로 걸어 들어와 잔잔한 마음의 파문을 일으키는 이유는 어디에 있을까.

## 진정한 자신을 잃지 않으려는 굳건한 의지

이 작품이 오늘날에도 여전히 매력적으로 읽히는 까닭은 온갖 장애를 극복하고 이뤄 낸 진실한 사랑 이야기이기 때문만은 아니다. 자신의 삶을 스스로 선택하고 상황에 절대 굴하지 않으며, 어떤 순간에도 당당하게 자신의 삶을 개척해 나가는 '제인'이라는 인물이 등장하기 때문이다.

《제인 에어》는 현재의 행복하고 성숙한 여주인공이 그렇지 못했던 과거의 삶을 회고하는 형식을 취하고 있다. 그녀가 기억하는 자신의 어린 시절은 결코 순탄치가 않았다. 항상 고통받고 위협당했으며 언제나 혼자 지내야 했다. 외숙모의 눈에 들기 위해 노력했지만, 늘 버릇없고 성가시며 부루퉁하고 음흉하다는 비난을 받았다. 어린 그녀는 외삼촌 댁에 있는 어느 누구와도 어울릴 수 없는 외딴 섬 같은 존재였다.

열 살이라는 어린 나이에 홀로 머나먼 로우드 학교로 떠나게 됐을 때, 그녀는 새로운 시작을 꿈꾸었다. 춥고 배고프고 규율이 엄격했지만 누군가에게 진정으로 사랑받을 수 있다면 어떤 어려움도 기꺼이 감수할 수 있다고 생각했다. 제인은 그곳에서 순수한 영혼을 가졌지만 너무나 이른 나이에 하늘로 불려 올라간 천사 같은 헬렌과 진심으로 노력하는 아이를 인정해 주고 그 능력을 더 발전시키기 위해 노력하는 템플 선생님을 만났다. 그들을 통해 제인은 멸시당하고 미움받는 외톨이에서 자신의 의무를 다하고 질서를 지킬 줄 아는 차분하고 반듯한 사람으로 성장해 갔다.

그러나 제인이 항상 예의와 규칙만을 중시했던 것은 아니다. 그녀는 현재의 삶에 안주하기보다 새로운 삶을 개척해 나가기를 바랐다. 이곳이 아닌 바깥 세상에, 현재가 아닌 미래의 삶에 언제나 눈을 돌렸다. 그런 변화에 대한 열망은 제인을 로우드를 떠나 손필드에 있는 로체스터 저택에서 가정 교사로 일하도록 이끌었다. 그리고 그녀는 그곳에서 로체스터라는 꽤 매력적인 남자를 만났다. 그는 쌀쌀맞고 오만하고 괴팍한 성격의 소유자였지만 제인이 지닌 마음의 평화와 오염되지 않는 깨끗한 양심을 부러워하고, '후회는 인생의 독이니 잘못된 길로 가고자 하는 유혹이 생기면 후회를 두려워하라.'고 말할 줄 아는 풍부한 인생 경험과 지혜를 갖춘 남자였다. 그런 로체스터의 행동들은 그녀의 마음을 흔들어 놓기에 충분했다. 20년이라는 나이 차이, 주인과 가정 교사라는 신분의 차이, 부자와 빈털터리라는 경제적 계급의 차이 등 모든 차이를 뛰어넘는 열정으로 그녀의 가슴은 불타올랐다.

그 사랑과 열정이 행복으로 이어지려던 찰나, 운명은 그녀에게 강한 철퇴를 내리쳤다. 로체스터에게 이미 결혼한 아내가 있다는 충격적인 사실을 접하게 된 것이다. 자신의 곁에 있어 달라는 그의 간절한 호소에도 불구하고 제인은 하느님과 사람들 앞에 떳떳하지 못한 관계로 남는 것을 거부하고 한밤중에 도망치듯 그 집을 뛰쳐나왔다. 추위와 배고픔으로 죽음의 문턱까지 갔을 때조차 한 인간으로서의 존엄성을 지키기로 한 자신의 선택을 후회하지 않았다.

제인은 굶주린 상태로 여러 날을 헤맨 끝에 무어 하우스 앞에서 쓰러졌다. 하지만 그곳의 목사와 누이들의 정성 어린 간호로 기력을 회복할 수 있었고, 우연과 행운의 도움으로 친척의 재산을 물려받아 경제적으로 넉넉해졌다. 또한 평소 제인의 끈기와 성실함을 눈여겨본 세인트 존 목사에게 아내로서 인도 선교에 동행해 달라는 청혼도 받았다. 그러나 그녀의 마음 깊숙한 곳에는 여전히 로체스터에 대한 사랑이 자리해 있었다. 어느 날 밤, "제인! 제인! 제인!" 하고 부르는 로체스터의 목소리를 들은 것 같은 환청을 경험한 뒤 다시 손필드로 향했다. 곧 로체스터를 볼 수 있을지도 모른다는 기대와 달리 손필드 저택은 불에 타 폐허가 되었고, 로체스터의 아내는 분연히 생을 마감했다. 그리고 로체스터는 한쪽 손과 시력을 잃은 불구가 되어 있었다. 이제 더는 그들의 사랑을 가로막는 장애물이 없었다. 로체스터는 혼자였으며, 경제적 계급의 차이도 더는 존재하지 않았다. 그들은 드디어 온전한 부부로서 함께할 수 있게 되었다.

이처럼 제인은 작품이 처음 세상에 발표된 지 160여 년이 지난 지금에도 전혀 어색하지 않을 만큼 현대적인 인물이다. 어린 시절에 주어진 숱한 어려움을 꿋꿋하게 이겨 냈을 뿐 아니라 언제든 자신의 의무와 책임을 다할 줄 아는 신뢰할 수 있는 여성이고, 원칙을 지키기 어려운 상황에서도 자신이 옳다고 믿는 바를 확고하게 밀고 나갈 수 있는 강인한 의지력을 소유자다. 의지할 수 있는 친구나 지지해 주는 사람 없이도 하늘이 부여하고 인간이 승인한 법규를 지켜 나가는 것으로 자기 자신을 존중한다. 아무리 간절히 원하는 것이라 할지라도 무언가를 얻기 위해 법과 원칙을 깨뜨리는 행위를 용납하지 않는다. 이를 증명하는 모든 행동들에서 볼 수 있듯 제인은 진정한 자신을 잃지 않으려고 노력했고, 늘 굳건한 의지로 그것을 지켜 냈다. 또한 어느 누구 앞에서든 자신을 다른 사람인 양 가장하지 않았다. 그렇게 자존심을 지켰기에 언제 어떤 상황에서든 떳떳하고 당당할 수 있었던 것이다.

### 원칙과 소신을 지키는 주체적인 삶

《제인 에어》가 처음 세상에 공개된 것은 1847년이다. 빅토리아

시대라 불리던 시기로 사회에 순응하고 인내하며 가정을 위해 희생하는 것이 여성의 당연한 미덕으로 여겨지던 때였다. 그러므로 여성에게는 항상 결혼, 출산, 가정, 모성, 희생이란 단어들이 따라다녔다. 간단히 말해 여성에 대한 시각이 상당히 보수적이었으며 여성의 사회적 활동도 환대받지 못했다. 때문에 샬럿 브론테 역시 자신의 본명이 아닌 커러 벨이라는 남성의 이름으로《제인 에어》를 발표해야 했다.

하지만 제인이란 인물 자체는 당시 시대가 요구하는 여성상과 상당히 동떨어져 있다. 작품 속에서 제인은 작고 못생기고 볼품없는 여자로 묘사돼 있지만, 그런 외적인 조건과 상관없이 정직하고 올곧은 성품을 지녔으며 현실적인 조건에 굴하지 않고 자신의 소신대로 밀고 나가는 박력 있는 모습을 보여 주었다. 제인은 높은 신분이나 경제적 부 같은 사회적으로 무기가 될 만한 것을 전혀 갖지 못한 상황에서도 당당하게 자신의 길을 갔다. 여성도 사랑과 삶의 주체가 될 수 있음을 분명하게 보여 준 것이다.

여성의 사회적 활동에 부정적이었던 빅토리아 시대에 집안도 좋지 않고 미모도 특출하지 않은 여성이 자존심을 지키고 원칙에 충실하기란 결코 쉽지 않았을 것이다. 웬만한 강심장이 아니고서는 감당할 수 없는 도전이었다. 샬럿 브론테는 가난한 목사의 딸이라는 내세울 것 없는 집안 환경과 한때 열렬히 앓았던 사랑의 열병(그녀는 자신이 다닌 기숙 학교의 교장을 사랑했는데, 그가 기혼남이었고 그녀의 마음을 받아 주지 않아 결국 가슴 아픈 사랑으로 끝이 났다)을 겪으면서 세상이라는 단단한 유리 벽을 뚫기 위해 애를 썼을 것이다.

그러므로 작품 속 제인이라는 인물에는 작가의 실제 모습이 투영되어 있거나 자신이 열망하는 소망이 반영돼 있으리라 짐작할 수 있다.

물론 오늘날의 우리들은 전혀 다른 시대를 살아가고 있지만, 여전히 우리 주위에는 여러 가지 불평등한 상황과 유혹이 존재한다. 외부에서 밀려드는 압력에 무너지거나 편하고 익숙한 삶에 휩쓸려 가라는 마음의 꾐에 넘어가기 얼마나 쉬운가. 그리고 제인처럼 자신의 원칙과 소신을 지키며 자신의 의지대로 실천해 나가기란 얼마나 어려운가. 물론 제인과 로체스터의 사랑도 가슴 설레지만, 주체적인 삶을 살아가기로 선택한 제인의 확고하고 강인한 모습이 귀감이 되어 오랜 세월 독자들로부터 꾸준한 사랑을 받는 게 아닐까.

작품 말미에 제인이 친척의 유산을 물려받아 갑자기 부자가 되는 설정을 작위적이라고 느끼는 사람도 있을 것이다. 실제 현실에서 이런 일이 일어날 확률은 희박하기 때문이다. 제인은 수많은 고난을 겪기는 하지만 다른 이의 도움으로 경제적 어려움을 해결하고, 혼자가 된 로체스터와 사랑까지 이루게 된다. 로체스터가 눈이 멀고 한쪽 손을 잃기는 했어도 결국 자신의 소망을 이룬 것이다. 이런 해피 엔딩적인 결말을 두고 일부러 꾸며 낸 것이 아니냐고 반문하는 사람도 분명 있을 것이다.

하지만 상황이 그런 식으로 흘러가지 않았다고 해서 제인이 불행한 삶을 살았을까? 그럼에도 그녀는 여전히 잘 살아갔을 것이다. 자신에게 주어진 삶을 받아들이고, 전과 마찬가지로 자신의 천성과 인간으로서의 존엄성을 잃지 않기 위해 노력하면서. 설사 환경이 주는 시련을 이기지 못하고 죽음에 이르게 된다 해도 그녀는 당당하게 '나는 내가 할 수 있는 최선을 다했다. 나 자신을 잃지 않았다.'고 읊조리며 생을 마감했을 것이다. 이처럼《제인 에어》는 독립적인 한 인간으로서의 실체를 모색해 가는 삶의 여정을 담고 있는 작품이라 할 수 있다.

여담으로, 이 작품에서 광인으로 등장하는 '버사'를 주인공으로 한《광활한 사가소 바다(Wide Sargasso Sea)》라는 작품이 있다. 크리올인 버사가 제인 에어와 로체스터 사이를 갈라놓으려는 미친 여자로 묘사된 것에 화가 난 크리올 출신 작가 진 리스가 새롭게 쓴 책이다. 크리올은 식민 제국주의 시대에 다른 식민지에서 태어난 백인들을 말한다. 흑인들의 나라에서는 부자였지만 백인임에도 백인 감성이 아닌 흑인 감성을 지니고 있어서, 문화적으로 백인에 속하지도 못하고 인종적으로 흑인에 속하지도 못하는 애매한 사람들이었다. 이 작품에서 로체스터는 냉정하고 잔인한 속물로 그려진다. 손필드의 재산이 모두 버사의 것이고 그 재산을 빼앗기 위해 로체스터가 버사와 결혼을 한 것이다. 하지만 버사가 순수 영국인이 아니라 식민지인이었기 때문에 로체스터는 그녀를 인간이 아닌 인간과 동물의 중간쯤인 존재로 취급한다.

하지만 리스의 작품에 나오는 로체스터를 브론테의 작품에 나오는 로체스터와 동일 인물로 보기에는 무리가 있다.《제인 에어》에서 로체스터는 첫 번째 아내인 버사를 학대한 것이 아니었다. 물려받을 재산이 없는 둘째 아들에게 다른 집안의 재산을 상속받게 하려는 아버지의 욕심에 등 떠밀려 서인도 제도의 부유한 농장주 딸을 만나게 되고 그녀의 미모에 반해 결혼하게 되지만, 그 후 버사의 포악한 성격과 정신적인 문제 때문에 영국으로 데려와 손필드에 가둬 두었을 뿐이다. 버사가 손필드에 불을 질렀을 때는 그토록 끔찍하게 싫어했던 아내였음에도 그녀를 구하기 위해 목숨을 걸고 불길 속에 뛰어들었다가 불구가 되고 만다. 그러니 《제인 에어》와 《광활한 사가소 바다》를 같은 선상에서 바라봐서는 안 될 것이다.

## 샬럿 브론테 연보

**1816년** 4월 21일, 영국 요크셔 주에서 영국 국교회 목사인 패트릭 브론테와 마리아 브론테 사이에서 여섯 남매 중 셋째로 태어난다. 마리아와 엘리자베스 두 언니가 있었고, 그 후로 남동생 패트릭 브랜웰(1817년), 여동생 에밀리(1818년), 앤(1820년)이 태어났다.

**1821년** 9월 15일, 어머니 마리아 브론테가 세상을 떠난다.

**1824년** 언니들과 여동생 에밀리와 함께 목회자의 딸들을 싼 값에 맡아 가르치는 코언 브리지라는 사립 기숙 학교에 들어간다. 이 학교는 나중에 《제인 에어》에 나오는 로우드 기숙 학교의 배경이 된다.

**1825년** 5월, 언니 마리아가 기숙 학교의 열악한 환경을 견디지 못하고 영양실조와 폐병으로 사망한다. 엘리자베스와 샬럿과 에밀리는 집으로 돌아오지만, 얼마 후 언니 엘리자베스마저 세상을 떠난다. 이후 5년간 샬럿은 훗날 《폭풍의 언덕》을 쓴 동생 에밀리와 함께 집에서 독학하며 시를 쓰기 시작한다.

**1831년** 로헤드 사립 기숙 학교에 들어간다.

**1835년** 샬럿은 로헤드 기숙 학교에서 3년간 교사 생활을 하고, 에밀리는 학생으로 입학했다가 극심한 향수병으로 3개월 만에 집으로 돌아간다.

**1838년** 로헤드 학교가 듀스베리로 이전하면서 12월에 교사직을 떠나게 된다.

**1839년** 친구 엘런의 오빠인 헨리 너스가 청혼하지만 거절한다.

**1841년** 화이트 가에서 가정 교사로 일한다. 이때 에밀리와 함께 사립 학교를 열기로 계획한다.

**1842년** 사립 학교를 세우기 위한 학력을 기르려고 에밀리와 함께 벨기에 브뤼셀에 있는 에제 기숙 학교에 들어갔다가 그곳 교장인 에제에게 매력을 느낀다. 10월, 살림을 봐 주던 엘리자베스 브랜웰 이모가 세상을 떠나 자매는 영국으로 돌아온다.

**1843년** 1월, 에제의 초청으로 혼자 에제 학교로 되돌아간다. 그곳에서 학생 겸 교수로 생활하면서 에제를 향한 순수하고 열정적인 마음을 키워 간다. 그러나 에제는 그녀의 마음을 받아 주지 않는다.

**1844년** 상심한 채 영국 집으로 돌아온다. 하워스 사제관에 학교를 설립하려 하지만 무위로 그친다. 하워스에 머물면서 에제에게 연서를 보내지만 답장을 받진 못한다. 이 경험은 샬럿에게 큰 영향을 미쳤고, 후에 에제는 《제인 에어》의 로체스터의 모습으로 등장한다.

**1845년** 훗날 남편이 될 아서 벨 니콜스가 보좌 신부에 취임해 하워스로 온다. 샬럿은 에밀리가 쓴 시에서 재능을 발견하고, 두 여동생에게 각자 쓴 시를 공동 시집으로 출간하자고 제안한다. 자신들의 정체를 감추기 위해 커러 벨, 엘리스 벨, 액턴 벨이라는 필명을 사용하기로 한다.

**1846년** 자매 셋이서 《커러, 엘리스, 액턴 벨의 시집》을 자비로 출판한다. 하지만 시집은 단 두 권이 팔렸을 뿐 전혀 주목받지 못한다. 8월, 아버지의 백내장 수술 위해 맨체스터로 동행한 샬럿은 거기서 《제인 에어》를 쓰기 시작한다.

**1847년** 스미스 엘더&코 출판사에서 출판된 《제인 에어》가 큰 호응을 얻어 작가로서 성공한다. 같은 해 에밀리의 《폭풍의 언덕》도 출간된다. 《제인 에어》의 작가 커러 벨의 정체에 대해 수많은 억측이 일어나고 결국 여자임이 밝혀지게 된다.

**1848년** 남동생 브랜웰과 여동생 에밀리가 몇 달 간격으로 세상을 떠난다. 커러 벨이라는 필명으로 쓴 자서전이 하퍼&브라더스 오브 뉴욕 출판사에서 미국 판으로 출간된다.

**1849년** 앤까지 세상을 떠나게 되자 샬럿은 크게 상심한다. 10월, 샬럿 브론테의 후속작 《셜리(Shirley)》가 출간된다.

**1852년** 그동안 몇몇 남성에게 청혼을 받지만 모두 거절하다가 아버지의 부목사인 아서 벨 니콜스에게 네 번째로 청혼을 받는다. 하지만 아버지의 반대로 결혼이 무산된다.

**1853년** 《빌레트(Villette)》가 출간된다.

**1854년** 1월, 니콜스에게 다시 청혼을 받고 결혼을 강행한다.

**1855년** 3월 31일, 39세라는 늦은 나이에 임신한 상태로 다른 병이 겹쳐 결혼 9개월 만에 사망한다.

**1857년** 《교수(The Professor)》가 사후 출간된다.

**옮긴이 나선숙**

이화여자대학교 사회사업학과, 성균관대학교 번역대학원을 졸업하고 현재 전문 번역가로 활동 중이다. 옮긴 책으로는 《애널리스트》, 《블랙리스트》, 《캘리포니아 걸》, 《셰익스피어 이야기》, 《두려움은 없다》, 《네 안의 에베레스트를 정복하라》, 《헬로우 미세스 루스벨트》, 《게으름뱅이 아내의 고백》 등이 있다.


# 제인에어

1판 1쇄 펴낸 날 2026년 3월 1일

지은이 샬럿 브론테
옮긴이 나선숙
펴낸이 장영재
펴낸곳 (주)미르북컴퍼니
자회사 더스토리
전 화 02)3141-4421
팩 스 0505)333-4428
등 록 2012년 3월 16일(제313-2012-81호)
주 소 서울시 마포구 성미산로32길 12, 2층 (우 03983)
E-mail sanhonjinju@naver.com
카 페 cafe.naver.com/mirbookcompany
S N S www.instagram.com/mirbooks

* (주)미르북컴퍼니는 독자 여러분의 의견에 항상 귀 기울이고 있습니다.
* 파본은 책을 구입하신 서점에서 교환해 드립니다.
* 책값은 뒤표지에 있습니다.